I0724590

Tödliche Verwandtschaft

LUCINDA BRANT BÜCHER

— Die Roxtons – die frühen Jahre —
DER EDLE SATYR
SEINE HERZOGIN
IHR HERZOG
IHRE GNADEN

— Roxton-Familiensaga —
HEIRAT UM MITTERNACHT
HERZOGIN DES HERBSTES
TEUFELSKERL DAIR
DIE STOLZE MARY
DER SOHN DES SATYRS
IN LIEBE
HERZLICHST

— Salt Hendon-Serie —
DIE BRAUT VON SALT HENDON
RÜCKKEHR NACH SALT HENDON

— Alec-Halsey-Krimis —
TÖDLICHE VERLOBUNG
TÖDLICHE AFFÄRE
TÖDLICHE GEFAHR
TÖDLICHE VERWANDTSCHAFT

ÜBER DIE AUTORIN

Wenn ich nicht in meiner Sänfte durch das London des 18. Jahrhunderts schaukele oder mit parfümierten Hofleuten mit Schönheitspflästerchen in den vergoldeten Salons von Versailles den neuesten Klatsch austausche, schreibe ich preisgekrönte historische Liebesgeschichten und Krimis (die auch ihre Liebesgeschichten enthalten) aus der georgianischen Zeit. Meine Bücher spielen im georgianischen England des 18. Jahrhunderts, mit gelegentlichen Ausflügen auf den europäischen Kontinent. Ich lege die Zügel bei der französischen Revolution, wo ich ein früheres Leben wegen meines unverzeihlichen hedonistischen Lebensstil als faule Aristokratin beendet habe, nieder.

lucindabrant@gmail.com	lucindabrant.com
pinterest.com/lucindabrant	twitter.com/lucindabrant
facebook.com/lucindabrantbooks	youtube.com/lucindabrantauthor

ÜBER DIE ÜBERSETZERIN

SUSANNE DÖRING

Bücher waren immer mein größtes Vergnügen; indem ich sie übersetze, kann ich sie auch mit denen teilen, die lieber auf Deutsch lesen. Ihre Meinung ist mir wichtig, Sie erreichen mich unter:

werrakind@gmail.com

Tödliche Verwandtschaft

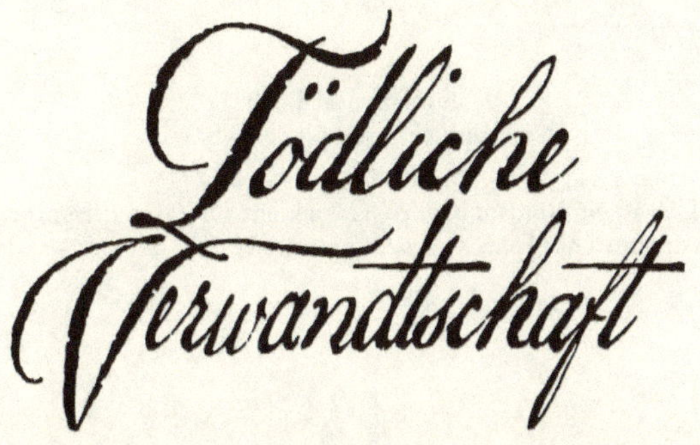

EIN HISTORISCHER KRIMINALROMAN
AUS DER GEORGIANISCHEN ZEIT

ALEC-HALSEY-KRIMIS BAND 4

Lucinda Brant

ÜBERSETZT VON SUSANNE DÖRING

Ein Sprigleaf-Buch
Veröffentlicht von Sprigleaf Pty Ltd

Dies ist ein Roman; Namen, Charaktere, Orte und Ereignisse
entstammen der Fantasie des Autors oder werden fiktiv verwendet.

Tödliche Verwandtschaft
Copyright © 2021 Lucinda Brant (lucindabrant.com).
Englischer Originaltitel: *Deadly Kin*.
Deutsche Übersetzung: Susanne Döring.
Redaktion & Korrektur: Stef Mills.
Umschlagbild und Fotografie: Larry Rostant.
Design und Formatierung: Sprigleaf.
Titelmodell: Dan Cook.

Die Silhouette eines georgianischen Paares ist ein Markenzeichen von Lucinda Brant.
Sprigleaf Triple-Leaf Design ist ein Markenzeichen von Sprigleaf Pty Ltd.

Alle Inhalte sind urheberrechtlich geschützt.
Alle Rechte, einschließlich der Vervielfältigung, Veröffentlichung.
Bearbeitung und Übersetzung, bleiben vorbehalten.

Gesetzt in Adobe Garamond Pro.

Auch als E-book, Hörbuch und in anderen Sprachen.

ISBN 978-1-925614-81-7

10 9 8 7 6 5 4 3 2 1   Broschierte Ausgabe (s.ii) I

Für

Aarin

PROLOG

FIVETREES, KENT, SOMMER 1764

Das Tier lag tot zu ihren Füssen.

Hellrotes Blut sickerte in winzigen Blasen aus der Wunde, wo der Pfeil das Fleisch durchbohrt, eine Lunge gestreift und das Herz durchdrungen hatte. Als er einschlug, hatte das Tier seinen schweren Kopf gehoben, war aufgeschreckt. Dann hatte es sich abgewandt und war geflohen, von der offenen Wiese in die Sicherheit der Deckung tief im Wald.

Ein letztes, temperamentvolles Aufbäumen des Lebens im schwindenden Licht eines Sommertages.

Zwei der drei jungen Männer jagten ihm nach, krachten durch den Adlerfarn, wichen Ästen aus, rutschten und glitten über Laub und Schlamm, bereit zu rennen, bis ihre Lungen platzten. Dieses Tier gehörte ihnen, und es würde nicht entkommen.

Hundert Yard in den dichten Wald hinein fanden sie es zusammengebrochen neben einem mit Flechten bedeckten Baumstamm, wo es seine letzten, keuchenden Atemzüge tat.

Sie näherten sich ihm vorsichtig, nicht überzeugt davon, dass solch ein mächtiges Tier durch einen einzelnen Pfeil von einer Armbrust niedergestreckt werden könnte. Sie fürchteten, es könnte noch Leben in sich haben und sich zu letztem Widerstand aufbäumen. Und wenn es das täte und sie ihm zu nahe wären, würde es sie zerreißen und sie würden selbst verwundet und blutend daliegen.

Doch das Tier raffte sich nicht wieder auf.

Ermutigt streckte einer der jungen Männer seinen schlammverkrusteten Fuß aus und trat mit dem Zeh gegen den reglosen Körper.

Als keine Reaktion kam, ging er näher heran und drückte seinen Fuß auf die Wunde. Blut sickerte heraus, sammelte sich um den Pfeil und tropfte auf das tote Laub auf dem Boden. Sein Freund hob einen Stock auf, hielt ihn auf Armeslänge von sich ab und stieß ihn in die Flanke des Tieres. Und, als das Tier nicht reagierte, kam er wie sein Freund näher, stach noch einmal zu und dann ein drittes Mal. Jeder Stoß war kräftiger als der letzte.

Sie verspotteten das sterbende Tier, forderten es heraus, wieder aufzustehen, nach seinem Tod vergaßen sie jede Vorsicht. Und als es jetzt tot war und aus starren Augen in die Welt schaute, waren sie tapfer und siegreich. Nie in ihren dreizehn Sommern hätten sie davon geträumt, einem solchen Tier so nahe zu kommen. Solche Tiere erspähte man nur im Morgengrauen und in der Abenddämmerung, und selbst dann waren sie nicht in Reichweite gewöhnlicher Sterbli-cher. Sie und die Herde waren das Eigentum und die jagdbaren Spiel-zeuge von Königen und Adligen.

Und hier standen sie, Dorfjungen, von denen keiner ein Paar Schuhe besaß, als siegreiche Jäger. Sie wollten ihren Triumph von den Baumkronen schreien.

Es war ein törichter Wunsch, einer, der ihnen versagt bleiben würde. Sie waren Eindringlinge - in diesem Wald, auf diesem Anwe-sen, und zu dieser besonderen Stunde stand auf ein solches Eindringen die Todesstrafe. Nicht, dass jemand, der erwischt wurde, je gehängt worden wäre. Eine Verwarnung durch den Wildhüter reichte aus, um zumindest ein paar Wochen ferngehalten zu werden. Doch diesmal würde es nicht bei einer Verwarnung bleiben. Dieses Mal hatten sie getötet, und den wertvollsten Hirsch seiner Lordschaft noch dazu. Wenn man sie dieses Mal erwischte, würden sie vom Ende eines Strickes baumeln.

Dieser gemeinsame Gedanke, als wäre er eine überraschende Erkenntnis und würde ihnen erst jetzt bewusst, ließ die Jungen von dem Tier wegtreten. Sie starrten einander an und dann, ohne Vorwar-nung, überraschten sie sich selbst, als sie in Gelächter ausbrachen. Es war die Art von schrillem, nervösem Lachen, das aus absoluter Panik entsteht. Doch sie wollten weder zugeben, Angst zu haben noch zeigen, dass sie sich Sorgen über die Folgen ihrer Taten machten. Und zu ihrer Erleichterung war es nicht nötig, das zuzugeben.

Ein dritter Junge, der Rädelsführer, der selbst den tödlichen Pfeil abgeschossen hatte, drängte sich zwischen sie und befahl ihnen, leise zu sein. Hatten sie vergessen, dass sie tief im Wald Stimmen gehört hatten? Es könnten ihre Brüder sein, die versuchten, ein paar Hasen oder ein Paar Rebhühner in Fallen zu fangen. Was aber, wenn es

Adams wäre, der Wildhüter und seine Helfer, die es sich zur Gewohnheit gemacht hatten, bei Sonnenauf- und -untergang hier herumzuschleichen? Wollten sie erwischt und gehängt werden?

Das ließ das Lächeln auf den Gesichtern seiner Freunde ersterben. Sie schüttelten gehorsam den Kopf und machten den Mund zu, warfen einen misstrauischen Blick in die Runde, als wären diese Männer bereits hinter ihnen.

Der Rädelsführer legte die Armbrust beiseite und ließ sich vor dem Tier auf ein Knie nieder. Doch er stieß oder schubste es nicht. Er hatte auch keine Furcht. Er legte sanft seine Hand auf die Flanke und strich mit seiner Handfläche über das weiche Fell und senkte ehrfurchtsvoll den Kopf.

Er kannte diesen Hirsch. Er war kein gewöhnliches Tier. Er war ein König seiner Art. Das Oberhaupt der Hirsche in der Herde seiner Lordschaft. Aus der Nähe war er noch größer als erwartet, mit dickem, kräftigen Hals und ausladendem, schweren Geweih. Mit sechzehn Enden war es eine Trophäe, die es wert wäre, in der großen Halle ausgestellt zu werden, zusammen mit all den anderen außergewöhnlichen Trophäen, die im Laufe der Jahrhunderte von adligen Vorfahren erlegt worden waren. Doch diesem gebührte der Ehrenplatz über dem riesigen Kamin seiner Lordschaft. Jedoch würde Lord Halsey, dem Herrn und Besitzer dieses Hirschparks und der tausenden von Hektar, die ihn umgaben, das Privileg verwehrt bleiben, diesen Hirsch als seine Trophäe auszustellen. Ebenso den Landbesitzern in seiner Nachbarschaft.

Diese Beute war nicht einfach eine Trophäe, mit der ein Adliger prahlen konnte. Diese Beute stand nicht dem Marquess Halsey zu. Er, Hugh Turner, beanspruchte diesen prachtvollen Hirsch im Namen der Armen und Entrechteten - dieser armen Schweine, die von ihrem Gemeinschaftsland vertrieben worden waren, auf dem sie Hunderte von Jahren ihr Vieh gezüchtet und geweidet hatten. Dieses Tier war für die Gemeinde und für jede Gemeinde im Königreich, denen nichts geblieben war, nicht einmal ein Ort, an den sie gehen konnten, seit der berüchtigte „Black Act" sie ihrer Existenzgrundlage beraubt hatte. Und während sie darbten, fraßen die Hirsche seiner Lordschaft das, was einst die Schweine der Armen ernährt und fett gemacht hatte. Die einheimischen Landbesitzer wurden auch fetter und wohlhabender, und kühner noch dazu, denn sie jagten auf den Ländereien seiner Lordschaft ohne Angst vor Repressalien. Denn wer würde es wagen, die Ankläger anzuklagen?

Diese Männer in ihrem eigenen Spiel zu schlagen war die einzige Antwort. Sie dort zu treffen, wo es am meisten schmerzte - in ihren

Taschen und ihren Bäuchen. Der Tod dieses Tieres sollte ihnen eine
Lektion erteilen. Etwas beweisen. Seiner Lordschaft und seinen Land-
besitzer-Freunden zeigen, dass sie, wenn sie die unter ihnen
Stehenden mit Verachtung und Gleichgültigkeit behandelten, entdecken würden, nicht unverwundbar zu sein, ebenso wie der Hirsch,
der stolz in seinem Revier herumgestreift war, als gehörte ihm die
Welt.

Hughs Freunde waren sich nicht sicher, was er mit seinen leidenschaftlichen Reden über die Armen und Entrechteten meinte. Und sie
hatten keine Ahnung, was der „Black Act" war. Doch sie waren alle
begeistert von der Aufregung und dem Nervenkitzel der Jagd. Sie
rieben sich die Hände in Vorfreude über das Vermögen, das das
Fleisch dieses Tieres ihnen einbringen würde. Und wie schon zuvor
erinnerte Hugh sie an ihr Versprechen.

„Keinen Penny", zischte er, erhob sich und sah sie an. „Wir waren
uns einig. Erinnert ihr euch? Nic? Will?"

Die Jungen schauten einander an und Will sagte, was sie beide
dachten.

„Ja. Stimmt. Aber der hier muss zweimal so groß und damit
zweimal so viel wert sein, mit genug Fleisch für alle ..."

„Nein. Wir sind keine gewöhnlichen Diebe. Dieses Tier ist ein
Symbol. Es darf nicht umsonst gestorben sein."

„Es ist nicht umsonst, wenn es ein Dorf nährt!", widersprach Nic.

„Und denk an das Geld, was wir von dem Verkauf des Fleischs
bekommen würden."

Hugh trat drohend einen Schritt vor. „Manchmal frage ich mich,
ob ihr beide ein einziges Wort von dem gehört habt, was ich sage!
Und ich sage nein!"

„Ja. Haben wir. Aber es ist nicht mehr wie früher. Seit der neue
Lord hier bei uns lebt, ist es doch eine andere Welt, nicht wahr?"

„Die Familien hungern doch heute nicht mehr, oder?", warf Nic
ein. „Es gibt genug Arbeit für uns alle oben in der Hall."

„Und Pa schätzt, mit all den Verbesserungen, die Seine Lordschaft
macht, wird es genug Arbeit geben, bis sie unsere Gräber schaufeln."

„Sally sagt, Mylady interessiert sich sehr für alles!"

„Was weiß deine dumme Schwester schon?", fauchte Hugh. „Sie
ist Wäscherin."

„Sie hört Dinge", murmelte Nic.

Hugh schaute von einem zum anderen und verschränkte dann
seine Arme.

„In einem Atemzug sagst du mir, wir sollten das Tier zerteilen und
ein hungerndes Dorf füttern, und im nächsten, seine Lordschaft

würde uns alle dick und glücklich machen und wir könnten arbeiten, bis wir tot umfallen! Wie denn nun?"

Als seine Freunde zwar ihr Münder öffneten, aber verwirrt aussahen, schüttelte Hugh grinsend den Kopf. Er legte jedem einen Arm um die Schultern und zog sie an sich. „Ich sage nur eins, worüber wir uns alle einig sind", flüsterte er verschwörerisch. „Wir wollen nicht erwischt werden. Also nehmen wir uns, worauf wir es abgesehen hatten und verschwinden von hier, bevor die Nacht über uns hereinbricht."

„Das Geweih?"

„Das Geweih."

„Was ist mit dem Rest?"

„Scheint ein Jammer, es verderben zu lassen."

Hugh ließ seine Freunde los, schlug ihnen auf den Rücken und richtete sich auf.

„Old Bill. Er wird wissen, was mit dem Rest zu tun ist. Wusste er schon immer. Ihr könntet sogar einen Anteil bekommen, wenn er herausfindet, wer ihm das Glück beschert hat."

Es hieß, Old Bill wäre sein ganzes Leben lang ein Wilderer gewesen, bis eine Falle ihm ein Bein abgetrennt, damit seine Existenzgrundlage zerstört und ihn zu einem Leben im Haus gezwungen hatte. Jetzt betätigte er sich als Vermittler bei der Verteilung illegaler Jagdbeute. Nicht, dass je jemand Old Bill gesehen hätte. Doch jeder wusste, wo im Wald seine Hütte zu finden war. Das ließ die Jungen einen Entschluss fassen und ihr Lächeln kehrte zurück. Doch ebenso schnell verschwand auch dieses Lächeln wieder.

Nicht weit entfernt unter den Bäumen riefen Männer einander etwas zu. Das konnten keine anderen Wilderer sein, auch nicht die Wildhüter seiner Lordschaft mit ihren Helfern. Erstere würden jeden Laut vermeiden, wenn sie auf der Lauer lagen und Letztere ebenso, wenn sie hofften, Eindringlinge auf dem Land seiner Lordschaft zu ergreifen. Also wer auch immer es war, sie mussten nach etwas oder jemandem suchen.

Das Dröhnen einer Donnerbüchse ließ die Jungen aufschrecken und nervös werden. Auf Hugh hatte es die entgegengesetzte Wirkung, er grinste. Er versuchte, seine Freunde zu beruhigen.

„Das ist Adams. Das war ein Warnschuss. Und es ist der einzige, den er abgeben wird. Wir müssen uns beeilen."

„Was? Er weiß, dass wir hier sind?", zischte Nic.

„Nicht genau, dass wir es sind. Aber er lässt alle Eindringlinge wissen, dass Jäger da sind ..."

„Squire Ferris?"

Es war Will, der mit dem Namen herausplatzte. Als Hugh nickte, warfen Nic und Will wilde Blicke um sich, als ob der Mann gleich hinter ihnen stünde. Sir Tinsley Ferris war nach Lord Halsey der größte Landbesitzer. Und während seine Ländereien nur ein Fünftel des Besitzes seiner Lordschaft betrugen, war er doch der örtliche Magistrat. Was hieß, dass er die Macht über Leben und Tod aller ihm Unterstellten hatte, also aller, außer seiner Lordschaft. Ferris war gleichermaßen gefürchtet und verhasst.

Hugh schnaubte und wandte sich wieder dem gefällten Hirsch zu.

„Sagt mir nicht, dass ihr euch vor einem anderen Wilderer fürchtet?", spottete er und unterdrückte seine Furcht, wenn auch nicht seinen Hass. „Denn das ist Ferris doch, oder? Dies ist das Land seiner Lordschaft und trotzdem gehen Ferris und seine Freunde seit Jahren hier auf die Jagd. Das heißt doch bei jedem Stehlen, oder nicht?" Als seine Freunde nickten, fügte er mit einem ironischen Grinsen hinzu: „Adams hat uns einen Gefallen getan, als er seine Flinte abfeuerte ..."

„... um uns wissen zu lassen, dass der Squire in der Nähe ist?", unterbrach Nic unterbrach beeindruckt.

„Sieht so aus. Schätze, dass die Donnerbüchse auch die Herde zerstreut hat. Was dem Nachbarn seiner Lordschaft kaum gefallen dürfte, nicht wahr?"

Nic und Will grinsten bei dem Gedanken, wie Sir Tinsley enttäuscht und verärgert mit leeren Händen nach Hause zurückkehren würde.

Hugh ließ sich auf dem laubbedeckten Boden auf seine Knie nieder und zog den blutigen Pfeil aus dem Hirsch. Er hielt ihn Nic hin.

„Steck ihn in den Köcher", befahl er. „Und gib mir Messer und Säge."

Nic nahm den Pfeil, blieb aber wie angewurzelt stehen.

„Du willst trotzdem das Geweih mitnehmen? Wir haben keine Zeit, um alles zu tun, was nötig ist!"

„Warum nicht? Sie sind längst nicht so nahe, wie ihr glaubt."

„Wir werden nicht imstande sein, es schnell genug wegzubringen", fügte Will hinzu.

Hugh schaute über seine Schulter. Seine Freunde waren beide kreidebleich. Er unterdrückte den Drang, wieder zu schnauben, und sagte trocken: „Dann bringen wir ihn einfach dort drüben hinter den Baumstumpf und verstecken ihn. Bedecken ihn mit Laub und kommen das Geweih morgen holen. Aber zuerst muss ich ihm den Kopf abhacken, ja? Uff! Was zum - Nic! Nic?"

Bei den Worten *ihm den Kopf abhacken*, warf Nic den Pfeil hin und floh in den Wald.

Hugh wollte ihm nachrufen, dass er ein jämmerlicher Feigling wäre, doch das hätte ihre Anwesenheit hier mit Sicherheit verraten. Stattdessen suchte er schnell nach dem Pfeil, stieß ihn in seinen Köcher und kehrte mit seinem Messer und einer kleinen Säge zurück. Bevor er sich wieder hinkniete, starrte er Will an.

„Wirst du dich auch wie ein Mädchen aufführen und wegrennen?"

„Ich schätze, du brauchst mich, um das Geweih ruhig zu halten, während du sägst."

Hugh entspannte sich. „Ja. Genau." Er hob das Messer. „Wir sollten uns besser an die Arbeit machen."

Will versuchte, ein Mann zu sein, doch er hatte noch nie gesehen, wie frische Jagdbeute dieser Größe gehäutet wurde, noch viel weniger, wie ein Kopf aufgesägt wurde. Kaninchen und Hühner, ja, sogar ein Schaf, aber das Knacken des Knochens, der gespalten und der Muskeln, die durchgehackt wurden, hörte sich grauenhaft an, und bald steckte Hugh bis zu den Ellbogen tief in Blut und Sehnen, und auch die Vorderseite seines Hemdes war bespritzt. Der letzte Strohhalm war das offengelegte Hirn und Hughs Finger, die sich im Kopf des Tieres bewegten. Will ließ die Geweihstangen los, taumelte zur Seite und erbrach sich.

Hugh war so in seine Arbeit vertieft, um sie so schnell wie möglich zu beenden, dass ihm Wills Fehlen erst auffiel, als er rasch eine Hand ausstrecken musste, um eine Geweihstange aufzufangen, bevor alles hinfiel und die Säge abrutschte. Er hielt inne. Will stand bei einem Baum und würgte. Er durfte keine Zeit verschwenden, während sein Freund sich übergab. Der Hirsch und sein Geweih waren fast voneinander getrennt.

Hugh legte die Säge beiseite. Er brauchte das Messer, um die Haut sauberer abzuschneiden. Während er seine Arbeit prüfend musterte und das Geweih mit einer Hand festhielt, suchten seine Finger nach dem Messer, das er in das Laub vor seinen Knien hatte fallen lassen. Als er es nicht sofort greifen konnte, hob er seinen Blick von dem gehäuteten, abgetrennten Kopf des Hirschs und schaute sich um. Da erblickte er Stiefel und Handschuhe.

Er fuhr herum und schaute auf. Erkennen blitzte in seinen Augen auf und sein Mund verzog sich ärgerlich.

„Warum - warum seid Ihr hier?"

Die in einem Handschuh steckende Hand schloss sich um seine Kehle und drückte seinen Kopf nach hinten, bis seine Nase in den

Himmel ragte, was einen weißen Hals und einen hervorstehenden Adamsapfel enthüllte.

Hugh riss die Augen auf, blickte um sich, seine Gedanken rasten, während er sich fragte, welches Spiel sein Angreifer spielte. Er wurde fest an ein gestiefeltes Bein gedrückt und die behandschuhte Hand unter seinem Kinn hielt seine Zähne zusammen. In diesem Schock dachte er nicht daran, sich zu wehren, und mit dem zugepressten Mund konnte er nicht protestieren. Und dann verstand er. In dieser Sekunde, als sein Kopf so weit zurückgezerrt wurde, dass er dachte, es würde ihm das Genick brechen, verstand er die Absicht seines Angreifers. Er sah das Messer nicht und spürte es auch nicht.

Hugh Turners letzte Gedanke flog nicht zu seiner Mutter, seinem Vater oder seinem Bruder. Er dachte an Tabitha.

EINS

Alec, in einen seidenen Morgenrock gehüllt, starrte in die Dunkelheit vor Sonnenaufgang hinaus, als die ersten Strahlen der Sommersonne die Nacht vertrieben. Dies war die stillste Stunde seines Tages, die wenigen Augenblicke völligen Friedens, vor unaufhörlichem Lärm und ständigen Unterbrechungen. Wer immer sagte, das Land wäre eine Oase der Ruhe, hatte noch nie ein weitläufiges jakobinisches Herrenhaus von der Größe einer mittelalterlichen Stadt renoviert.

Wie viele Morgen bedeckte das Haus? Vier? Ja, *vier* Morgen an Gebäude. Und sein Verwalter sagte, es wären *sieben* Morgen Dachfläche. Und nach zwanzig Jahren der Vernachlässigung erforderte fast alles davon Reparaturen irgendeiner Art. Die Liste war endlos: die Sandsteine neu setzen, die unebenen Steinplatten frisch verlegen, die Innenwände abkratzen, verputzen und wieder streichen, neue Glasscheiben in undichte Flügelfenster einpassen lassen, verfaultes Holz in Fußböden, Treppen und Decken ersetzen. Dies waren nur ein paar der gewaltigen Aufgaben, die er abhaken musste. Und das würde gerade ausreichen, um das Haus bewohnbar zu machen. Darin waren noch nicht die Modernisierungen enthalten, die er durchführen wollte, damit seine Familie sich wohlfühlte; die meisten würden warten müssen, bis die wichtigsten Reparaturen beendet waren.

Die Hälfte des Gebäudes, in dem die ständig bewohnten Bereiche lagen, waren jetzt von Gerüsten verkleidet. Die andere Hälfte war von innen entkernt worden. Und alle vier Morgen des Gebäudes und die sieben Morgen Dach würden ab Sonnenaufgang von Arbeitern wimmeln. Sägen, Hämmern, Nageln, Schaufeln, Kratzen und Schreien; der ständige Lärm von Verstärkung, Befestigung und Reparatur würde bis zum Sonnenuntergang weitergehen.

Wie hatte er den größten Teil seines Lebens in London verbracht, ohne sich des Lärms bewusst zu sein? Lag es daran, dass die Stadt nie schlief, nicht einmal, nachdem die Sonne untergegangen war? Während hier auf dem Lande, wenn die Sonne verschwand, der Lärm desgleichen tat. Die Nacht war totenstill. Vielleicht ging der Lärm im Haus in weit abgelegenen Teilen dieser Ansammlung von Gebäuden weiter, in den Dienstbotenräumen und dort, wo die Arbeiter, die auf der Baustelle lebten, sich für den Abend niederließen.

Und der unaufhörliche Krach würde nur lauter werden.

Am Tag zuvor hatte er mit seinem Verwalter und dem obersten Vorarbeiter besprochen, dass sie zwanzig weitere Männer herholen würden, was die gesamte Zahl der Arbeiter im Haus allein auf fünfundachtzig erhöhte. Er beschäftigte bereits die meisten gesunden Männer, Frauen und Kinder im Umkreis von zwanzig Meilen. Doch jetzt wurde fachmännische Arbeit benötigt, und die musste von außerhalb herangeholt werden. Diese Zahl beinhaltete nicht die Diener, die das Haus versorgten, und die persönlichen Diener, die sich um die direkten Bedürfnisse seiner Familie kümmerten.

Was die fünfzehntausend Hektar anging, die zu seinem Landsitz gehörten und die Männer, die mit dessen Bewirtschaftung beschäftigt waren, vom Park und dem Hirschwald bis zu den Pächtern, die seine Äcker bearbeiteten, war das ein anderer Bereich seines Erbes, von dem er nichts verstand und den er gern seinem Verwalter, seinem Wildhüter und den Arbeitern, die unter ihrem Befehl arbeiteten, überließ. Einstweilen hatte er vor, sich darauf zu konzentrieren, das Haus zu einem Heim zu machen.

Er schob vorsichtig ein Fenster auf und lehnte sich über das Fensterbrett, um die kühle Luft auf seinen Wangen spüren zu können.

Die Morgendämmerung war so erholsam. Die hügelige Parklandschaft, die sich bis zum Wald erstreckte, glitzerte und funkelte vor Tau. Die erwachende Sonne blinzelte durch Äste, die in einem tiefliegenden Nebel verschwammen, der sich in den Niederungen gesammelt hatte. Die Rehe waren herausgekommen, um zu grasen und wanderten durch den Park. In Gruppen von drei oder vieren kamen scheue rote Hirschkühe heraus, Kitze an ihren Seiten, und knabberten an den zarten, frisch gesprossenen Blättern, während gesprenkelte Damhirsche und Jährlinge miteinander herumtollten. Sein Wildhüter hatte ihm gesagt, dass die Hirsche - vor allem die älteren - sich selten zeigten, und dann nur in der Abend- und Morgendämmerung am

Rande des Waldes, bereit, jederzeit in die Sicherheit des Baumdachs zu fliehen.

Es überraschte Alec zu erfahren, dass in seinem Park mehr als tausend Stück Rotwild standen und dass sein Erbe im Laufe der Jahre so gewachsen war; ursprünglich war es ein Geschenk Henrys des Achten an einen Vorfahren gewesen, der mit der Familie Seymour verwandt war, als Jane Seymour Königin gewesen war. Es war ein großzügiges und höchst ungewöhnliches Geschenk, denn solche Parks und das Recht, Rotwild zu jagen, waren das Vorrecht der Könige. Alec wäre es lieber gewesen, Henry hätte sein Geschenk behalten. Die Vorstellung, zum Vergnügen zu jagen und zu töten, fand er abscheulich. Soweit es ihn betraf, durften seine Rehe ein friedliches Dasein führen, ohne befürchten zu müssen, von ihm oder jemand anderem gejagt und geschlachtet zu werden. Er wollte seine Rehe in der gleichen rücksichtsvollen Weise gepflegt sehen wie seine Kühe und Schafe, und wissen, dass sie nur aus gutem Grund starben. Sein Onkel stimmte ihm zu. Sein Verwalter behielt seine Ungläubigkeit für sich.

Er starrte ein paar weitere Minuten aus dem Fenster in der Hoffnung, diesmal einen Hirsch zu sehen. Dies geschah jedoch nicht. Daher schob er leise das Fenster wieder zu und stapfte durch das große Schlafzimmer zu dem Himmelbett, dessen Vorhänge nicht zugezogen waren, und in dem er seine Frau noch wach fand. Sie lehnte an einem Berg von Kissen, der es ihr für ihre fortgeschrittene Schwangerschaft so bequem wie möglich machte. Sie spielte mit den Enden ihres langen, dicken Zopfes aus aprikosenfarbenem Haar und lächelte ihn an.

„Habe ich dich geweckt?", fragte er.

„Nein. Ich bin schon eine Weile wach. Und du weißt, dass ich ohne dich nicht schlafen kann."

Seine Stirn legte sich in Falten. „Du hättest etwas sagen sollen, dann wäre ich zurück ins Bett gekommen."

Selinas Lächeln wurde breiter. Seine düstere Schönheit war noch ausgeprägter, wenn er besorgt war. Sie wusste, dass seine Sorge nur ihr und dem Baby galt; die Wehen konnte jeden Tag einsetzen. Beide hatten entsetzliche Angst davor. Er konnte seinen Schrecken nicht verbergen. Sie tat es, um seinetwillen, und weil sie es philosophisch sah; es gab jetzt nichts, was sie wegen des Ergebnisses tun konnte, außer zu beten und zu hoffen, dass das sie und das Kind die Qual gesund überlebten.

„Und die einzigen fünfzehn ruhigen Minuten verderben, die Seine Lordschaft am Tage hat? So unhöflich könnte ich nicht sein."

„Beschwere ich mich so oft?" Als sie nickte, brach er in Gelächter aus. „Himmel, ich bin ein solcher Langweiler geworden!"

Selina warf ihren dicken Zopf über die Schulter und streckte eine Hand aus. „Aber mein gutaussehender Langweiler."

Er kam auf ihre Seite des Betts und setzte sich dicht bei ihr auf den Rand der Matratze. Er spielte mit ihren Fingern. Er wollte nach dem Baby fragen, verzichtete aber darauf, weil er wusste, dass er übermäßig ängstlich war, und weil sie, egal wie sie sich fühlte oder wie ängstlich sie war, ihm tapfer sagen würde, dass mit ihr und ihrem Kind alles in Ordnung wäre. Was wahrscheinlich der Wahrheit entsprach, aber das machte ihn nicht zuversichtlicher. Daher tat er sein Bestes, die Unterhaltung leicht zu halten.

„Ich dachte, ich könnte die Jungs nach dem Frühstück zu einem Ausflug durch den Wald mitnehmen."

Bei den „Jungs" handelte es sich um Alecs Windhunde, Marziran und Cromwell.

„Und rechtzeitig zum Mittag wieder zurück. Wir haben Gäste."

„Gäste?"

„Sir Tinsley und Lady Ferris. Colonel Bailey und seine Frau. Und der Reverend Purefoy. Es wird unsere letzte Einladung sein, bevor... bevor wir eine Familie werden."

„Sollen wir zwischen den Trümmern und den Gerüsten speisen?"

„In der Loggia mit Blick auf die Rasenfläche. Das ist so weit entfernt von dem Hämmern, wie ich die Tische aufstellen lassen konnte und ohne unsere Gäste im Park bei den Rehen sitzen zu lassen."

„Zweifellos, wo mein Onkel sie gerne sitzen sehen würde", witzelte Alec.

„Ja. Aber er hat versprochen, sein bestes Benehmen an den Tag zu legen, trotz seiner Abneigung gegen Sir Tinsley."

„Oh, für dich wird er sich als Muster der Zurückhaltung erweisen", versicherte Alec ihr grinsend. „Obwohl ich dir nicht versprechen kann, dass er unseren Nachbarn nicht ärgern wird, indem er mit dessen Frau flirtet."

Selina legte den Kopf auf die Seite. „Das hat er getan?", fragte sie, tatsächlich überrascht. „Ich dachte, er wollte sie nur davon abhalten, sich deinetwegen zum Narren zu machen ..."

„Meinetwegen?"

„Ja. Sicher weißt du doch, dass Lady Ferris eine Schwäche für dich hat? Und wenn sie zwanzig Jahre jünger wäre, hätte ich Grund, mir Sorgen zu machen." Sie seufzte und fügte neckend hinzu: „Ich werde mein Bestes tun, um es zu ertragen, aber ich werde mich nie daran gewöhnen, dass Frauen sich deinetwegen lächerlich machen - auch nicht die Frauen deiner eigenen Familie."

Alec zog verlegen seine Schultern hoch. „Die einzige Familie, die ich brauche, ist hier, in diesem Haus. Ich wusste so wenig über meine Mutter, ich hatte keine Ahnung, dass sie eine Schwester hatte, am wenigsten eine, die auf dem benachbarten Landsitz lebt. Wie unwahrscheinlich war das?"

„Auf dem Land?" Selina konnte kaum glauben, wie naiv er war. „Höchst wahrscheinlich! Mein Bruder hat das Mädchen vom Nachbarhof geheiratet, nur, um seinen Landbesitz zu verdoppeln. Im Gegenzug wurde Caro Lady Cobham. Kein fairer Handel, meiner Meinung nach. Clive ist so anziehend wie ein vertrockneter Pfirsich. Trotzdem hätte Onkel Plant dir vor Jahren sagen müssen, dass deine Mutter eine Schwester hatte. Doch ich vermute, dass er keinen Grund dafür sah, nachdem deine eigenen Eltern dich verleugneten. Wer hätte gedacht, dass eine Tante das völlig anders sehen könnte? Oh! Das war - war ..."

„... die Wahrheit. Das könnte auch Lady Ferris' Schwäche für mich erklären, wie du es nennst. Vielleicht möchte sie die gewaltige Vernachlässigung seitens meiner Eltern ausgleichen? Zweifellos ist es für sie ebenso neu, einen Neffen zu haben, wie es für mich war herauszufinden, dass ich eine Tante habe."

„Ja, ich bin sicher, das muss es sein", sagte Selina ohne Überzeugung, weil sie es nicht glaubte.

Das letzte Mal, als sie sich in der Gesellschaft von Sir Tinsley und seiner Frau befunden hatte, hatte sie den deutlichen Eindruck erhalten, dass Alecs Existenz für sie keine Überraschung war. Dass Sir Tinsley und Lady Ferris nun eifrig die familiäre Verbindung pflegen wollten, vermutete sie zynisch, hatte vor allem damit zu tun, dass Alec das Familiengut geerbt hatte. Noch wichtiger in den Augen des an gesellschaftlicher Stellung interessierten Sir Tinsleys war, dass Seine Majestät es für angebracht gehalten hatte, Alec zum Marquess zu erheben und ihn damit in die erhabenen Höhen des Hochadels aufsteigen zu lassen.

Unter anderen Umständen hätte Selina einen Grund gefunden, sich von Kriechern wie Sir Tinsley fernzuhalten. Doch seine Frau war Alecs Tante, die Schwester von Alecs Mutter, einer Frau, die ein Rätsel blieb. Und während Alec es fertigbrachte, seine Mutter aus seinem Bewusstsein zu verdrängen, hatte Selina ein brennendes Verlangen danach, mehr über die Gräfin von Delvin und die Art von Frau, die sie gewesen war, zu erfahren. Sie wollte verstehen, was sie dazu getrieben hatte, eine Affäre mit einem Diener, noch dazu einem

Mulatten, zu riskieren. Aber was Selina mehr erstaunte, war, dass Alecs Mutter ihr Kind dann aufgegeben hatte, als ob er nie existiert hätte. Selina hätte das Kind, das sie trug, ebenso wenig aufgeben können wie das Atmen. Wenn man ihr das Kindchen wegnehmen würde und sie es nie wiedersehen sollte, wäre das eine Qual, schlimmer als der Tod.

Als sie spürte, dass Alec sie beobachtete, lächelte sie beruhigend und wechselte das Thema.

„Während du die Aussicht bewundert hast, steckte Jeffries seine Nase ins Zimmer."

Alec runzelte die Stirn. Es musste etwas geschehen sein, dass sein Kammerdiener sich ins Schlafzimmer traute. Doch er hatte nicht vor, sich die einzige Zeit des Tages, die er allein mit seiner Frau verbrachte, verderben zu lassen. Wenn Jeffries dringend mit ihm sprechen musste, würde er seinen Kopf wieder hereinstrecken. Er beugte sich vor und küsste sie auf die Stirn und vertrieb jeden anderen Gedanken außer an sie.

„Lass uns heute Morgen hier drinnen frühstücken."

Sie berührte seine Wange. „Eine großartige Idee."

„Du weißt, wie sehr ich dich liebe, nicht wahr?"

„Oh ja." Plötzlich ließen Tränen ihre Sicht verschwimmen. „Ich wünschte nur, ich würde mich nicht immer in Tränen auflösen, wenn du es sagst. Ich bin sicher, dass das an meinen *interessanten Umständen* liegt, wie Evans meine Schwangerschaft so hartnäckig nennt", plapperte sie weiter, nur um die plötzlichen Tränen daran zu hindern, herabzurollen. „Und das, obwohl ich ihr ständig predige, dass eine Schwangerschaft ein völlig normaler und häufiger Zustand für eine verheiratete Frau ist - wie Tante Olivia mich in ihren Briefen ständig beruhigt."

„So ist es. Und ich weiß nicht, worüber du dich zu beklagen hast. Ich bin derjenige, den Evans dafür verdammt, dass er dich in diesen *interessanten Zustand* gebracht hat. Ich bemerke oft, wie sie mich finster von der Seite anschaut."

Selina kicherte und fühlte sich besser.

„Die finsteren Blicke sind nicht wegen der Schwangerschaft, Liebling. Sondern weil wir weiter das Bett teilen. Sie findet es skandalös. Und da ist sie nicht die einzige. Erst gestern fragte mich Mrs. Turner *erneut*, nachdem die Renovierungsarbeiten in diesem Flügel beendet wären, wann seine Lordschaft in sein eigenes Schlafzimmer umziehen würde. Ihr Tonfall verwies darauf, dass es keine Entschuldigung für dich gäbe, das nicht zu tun. Und ich bin sicher, wenn du es tätest, würde das Jeffries' Pflichten als Kammerdiener und Evans Hilfe bei mir für die beiden viel einfacher machen."

„Gott behüte, dass ich unseren persönlichen Dienern lästig falle", schnaubte er spöttisch und errötete wider willens. „Aber wenn es für dich lästig ist, mich hier zu haben und du es vorziehen würdest ..."

„Lästig? *Vorziehen?*"

Selina versuchte, sich aufzurichten, doch ihr Bauch hinderte sie daran, mehr als nur ihre Schultern zu heben, bevor sie sich wieder an die Kissen lehnte.

„Die Frage ist nicht, ob du lästig bist", brummte sie gutmütig. „Aber bin ich selbstsüchtig, wenn ich dich hierhaben will, während ich so dick bin wie ... wie eine Kuh? Vielleicht kann ich nicht schlafen, aber das heißt ja nicht, dass du auch schlaflose Nächte haben musst. Und nach allem, was am Tag auf dich einströmt, ist es kaum ein Wunder dass du müde bist und sich jeder Lärm für dich nach einem Kanonenschuss anhört." Sie holte tief Luft. „Wenn also Seine Lordschaft sein eigenes Schlafzimmer vorziehen würde ..."

„Nein. Gewöhnliche Menschen teilen ihr Schlafzimmer, komme, was wolle. Und wir werden das auch tun."

„Gewöhnliche Menschen haben nicht den Luxus, etwas anderes zu tun. Lord Halsey schon. Außerdem erwarten die meisten Menschen von uns, getrennte Schlafzimmer zu haben. In unseren Kreisen ‚gehört sich‘ das so. Ich kann dir nur eine Handvoll adliger Paare nennen, die sich ein Schlafzimmer teilen - eines davon sind dein guter Freund Lord Salt und seine Gräfin, dazu noch mit ihrem kleinen Sohn."

Alec war überrascht. „Hat er dir das erzählt?"

Selina schüttelte amüsiert den Kopf. „Salt mir etwas so Vertrauliches erzählen? Der Mann ist ein halber Eisblock! Nein. Sie - Jane - war es."

„Das hast du mir nicht erzählt."

„Wenn ich dir alles erzählen wollte, was vertraulich unter Frauen geschrieben wird, vor allem die Einzelheiten, die Geburt und Erziehung von Kindern angehen, wärest du noch besorgter, als du es ohnehin schon bist."

„Danke, dass du mich schonst. Aber ich möchte alles mit dir teilen - auch dein Bett." Er drückte ihre Hand. „Hier in diesem Schlafzimmer sind wir wie jedes andere verliebte Paar und alle und alles andere können zum Teufel gehen. Nein. Ich werde bleiben, und auch bei allen Schwangerschaften, mit denen wir gesegnet werden, bis in mein hohes Alter. Das ist alles Teil des großen Abenteuers, verheiratet zu sein, nicht wahr?" Er schaute ihr in die dunklen Augen. „Aber nur, wenn es das ist, was du auch willst."

„Das ist, was ich will. Sehr sogar." Und um bei seiner liebevollen Aufrichtigkeit nicht erneut in Tränen auszubrechen, fügte sie lässig hinzu: „Außerdem, das Bett mit einer Frau zu teilen, die im neunten Monat schwanger ist, dürfte kaum das Schlimmste sein, was du zu ertragen hattest."

„Ohne dich zu schlafen wäre das zweitschlimmste."

„Aha! Also habe ich mich geirrt!", erklärte sie, um ihn weiter zu necken. Doch sobald die Worte aus ihrem Mund waren, erkannte sie ihren Fehler, und dass sie all ihre Bemühungen, seine Gedanken von den Gefahren der Geburt fernzuhalten, zunichte gemacht hatte. „Also *ist* es das Allerschlimmste, das Bett mit deiner schwangeren Frau zu teilen!"

Alec verlor sein Lächeln und die Farbe wich aus seinem Gesicht. Er konnte die Worte kaum laut aussprechen. „Nein. Dich zu verlieren ... euch beide zu verlieren ... das wäre unerträglich."

Er wandte den Kopf, um zärtlich seine Wange auf ihren Bauch zu legen und blieb dort, ruhig und still, und genoss das neue Leben, das in ihr wuchs. Und als sie sanft ihre Finger durch seine langen, schwarzen Locken gleiten ließ, schloss er die Augen. Schließlich setzte er sich auf. Seine Augen waren feucht.

Selina holte beschämt Luft. „Oh, mein Herzallerliebster, ich wollte dir keinen Kummer machen ..."

„Liebste, ich bin - ich bin so - *glücklich*. Ich war noch nie glücklicher."

„Oh?" Sie wurde rot und strahlte. „Ich auch nicht ... Warum kommst du nicht noch für eine Weile zurück ins Bett? Evans kommt nicht vor einer Stunde mit dem Tee ..." Als er zu ihr kam und sich ankuschelte, griff sie nach einem Bündel Briefe auf dem Nachttisch. Jetzt strömte genug Morgenlicht durch die Flügelfenster, dass man lesen konnte. „Möchtest du hören, was Cosmo mir geschrieben hat? Sein Brief kam gestern."

Er nickte und vergrub sich unter den Decken, genoss ihre Wärme und schmiegte sich an sie. Er hörte Selina Stimme und tat sein Bestes, um zuzuhören, was ihr Cousin über seine Wanderungen in der Wildnis der irischen Landschaft zu sagen hatte. Doch bald hörte er nur noch jedes dritte Wort und verlor den Willen, sich zu konzentrieren. Am Ende des ersten Absatzes war Alec in einen tiefen Schlaf gefallen.

DAS KLIRREN EINES SILBERNEN LÖFFELS AN EINER PORZELLAN-Teetasse weckte ihn. Doch sein Kopf war so schwer, dass er einfach auf dem Bett ausgestreckt liegen blieb, in dem er jetzt allein war. Schließlich stützte er sich auf einen Ellbogen auf und strich sich die Haare aus dem Gesicht. Er blinzelte in das Sonnenlicht, das über den Orientteppich floss.

Die Zofe seiner Frau machte sich am Teewagen zu schaffen. Eine der Dienerinnen stand bei Evans; eine zweite am Eingang zu Selinas Ankleidezimmer, mit einem Kleidungsstück auf ihrem Arm. Beide hielten den Blick auf den Boden gerichtet. Und dann war er über-rascht, als sein Kammerdiener seinen Kopf aus dem Flur steckte, der dieses Schlafzimmer mit seinen Räumen verband. Jeffries blieb dort und als Alec seinen Blick auf sich zog, wurden seine Augen groß und er erwiderte den Blick einen Moment, bevor er ebenso rasch wieder verschwand.

Etwas musste Jeffries stören – etwas oder jemand ...

Selina, die bequem auf der Chaiselongue am Feuer saß, die in Pantöffelchen steckenden Füße auf einen Hocker gestützt, und eine Tasse Tee auf ihrem Leib balancierte, beantwortete seine Frage, ohne dass er sie stellen musste. Sie sprach Französisch, die Sprache, die sie bevorzugten, wenn sie nicht ganz allein waren. Es gab ihnen die Möglichkeit, ein intimes Gespräch fortzusetzen, ohne befürchten zu müssen, belauscht zu werden oder dass jemand ihre Worte wieder-holen könnte. Dass Evans und Jeffries die französische Sprache verstanden, war nebensächlich; solche ergebenen Dienstboten waren taub, wenn es nötig war. Und dann war da noch das kleine Detail, das sie ihm nie anvertraut hatte - wenn Alec Französisch sprach, bekam sie Gänsehaut - jedes Mal.

„Dein Londoner Vorarbeiter - Stephens? Ja! Stephens. Er hat nach dir gefragt. Irgendetwas wegen einer Entdeckung unter den Stein-platten im Stone Court. Und das war das dritte Mal, dass Jeffries hereingeschaut hat. Ich fürchte, dein Badewasser ist inzwischen lauwarm.“

„Diese - äh - Entdeckung erfordert meine Anwesenheit vor dem Frühstück?“

„Es hat den Anschein, ja. Die Arbeiter haben ihre Werkzeuge niedergelegt und weigern sich, weiterzuarbeiten - egal für wen, nicht einmal für Turner.“

Alec verzog das Gesicht. „Mein schweigsamer Verwalter wird nicht erfreut sein. Er und Stephens haben bereits bei mehreren Gele-genheiten Streit gehabt.“

Selina nippte an ihrem Tee. „Das überrascht mich nicht. Turner hat sein ganzes Leben auf dem Landsitz verbracht, und ist Verwalter seit - wie lange? Zwanzig ...“

„Fünfundzwanzig Jahren.“

„Er ist seit fünfundzwanzig Jahren Verwalter und sein Vater war es vor ihm. Und du, Mylord, hast es nicht nur für angebracht gehalten, Arbeiter aus der Hauptstadt zu holen, sondern sie auch einem Londoner Vorarbeiter zu unterstellen.“

„Ein notwendiges Übel, wenn wir dieses Haus noch zu unseren Lebzeiten repariert und bewohnbar sehen wollen.“

„Oh, ich kritisiere dich nicht, Liebling.“ Auf Selinas Gesicht entstanden Grübchen. „Doch vielleicht sollte ich Seine Lordschaft daran erinnern, dass du, als du zuerst die Idee aufbrachtest, das auf unserer Rückreise aus Midanich war und ich dir nicht nur aus ganzem Herzen zustimmte, sondern dir auch riet, einen Vorarbeiter anzustellen, um deine fremden Arbeiter zu beaufsichtigen.“

„Das stimmt. Danke. Und du hast mich gewarnt, dass ein Mann wie Turner, der dieses Anwesen seit Jahrzehnten ohne große Einmischung verwaltet hat, die bloße Vorstellung hassen würde, dass fremde Arbeiter überall hier herumschleichen, obwohl er mir das nicht ins Gesicht sagen würde.“

„Ebenso wie die Haushälterin mir nicht ins Gesicht sagen würde, dass es ihr nicht gefällt, dass wir unsere eigene Londoner Dienerschaft mitgebracht haben, um sich um uns zu kümmern.“ Selina lächelte verschmitzt. „Da unser Verwalter und die Haushälterin miteinander verheiratet sind, haben sie wenigstens den Trost, miteinander über den jeweiligen Herrn murren zu können.“

„Ja, das ist wohl so. Wir - vor allem ich - müssen ständig Anlass zum Murren für die armen Turners sein.“

Selina stellte ihre Teetasse fort und sagte im völligen Gegensatz zum vorher Gesagten schmollend: „Sie sollten wirklich nicht murren. Dass wir hierher gezogen sind, muss der größte Eingriff und daher auch das Aufregendste sein, das seit Jahrzehnten hier passiert ist!“

Darüber musste Alec laut lachen. Schließlich glitt er aus dem Bett, fand seinen Morgenrock unter den zerknitterten Decken und warf ihn sich über.

„Muss das sein?“, klagte sie.

Er zog den Morgenrock um seinen Körper, als er zum Teewagen hinüberging und winkte dem Hausmädchen ab, um sich selbst eine Tasse Tee einzuschenken.

„Muss - was, Mylady?“, fragte er verwirrt.

„Mir ist meine griechische Statue ohne Kleider lieber.“

Alec goss weiter mit ruhiger Hand den Tee ein und machte nur eine winzige Pause. Ohne von seiner Teetasse aufzuschauen, sagte er ganz ruhig: „Benimm dich, Madame, oder ich werde anfangen, eines dieser weiten, formlosen Nachthemden zu tragen, die Gentlemen eines gewissen Alters bevorzugen."

„Du besitzt so ein grässliches Ding gar nicht. Aber vielleicht solltest du es", überlegte Selina. „Bis nach der Geburt ... Tante Olivia hat mir anvertraut, dass das das Mittel war, um die Flamme ihres - ihres *Begehrens* nach dem Herzog zu löschen."

Alec stieß ein bellendes Gelächter aus und hätte fast seine Teetasse umgeworfen. Er hörte nie auf, sich an Selinas Offenheit zu erfreuen. Er nippte an seinem Tee und kam zu ihr, als Evans gerade mit dem Hausmädchen im Schlepptau beiseite trat.

„Tatsächlich? Nun, das war dann aber ein sehr schwaches Mittel, was Olivia mehr als ein Dutzend Mal im Kindbett eingebracht hat! Das würde ich dir nicht wünschen, und ich werde auch so etwas nicht tragen."

Selina hob ihre Wange. „Also war das nur eine leere Drohung, Mylord?"

„Das weißt du doch. Ich werde nie Geld für ein Nachthemd ausgeben - niemals."

„Danke. Ich freue mich, das zu hören. Jetzt gib mir einen Kuss und geh nachschauen, was Jeffries will, bevor er den Lack von den Dielen läuft. Ich kenne dich, du wirst keine Ruhe haben, bis du nicht gehört hast, was er dir zu sagen hat. Ich sehe dich zu Mittag."

„Wo wir von ruhelosen Geistern reden", sagte Alec und hob sanft ihr Kinn, um sie auf den Mund zu küssen, „soll ich Jeffries nach meinem Frühstück in die Bibliothek schicken?"

Selinas dunkle Augen leuchteten auf.

„Kannst du ihn entbehren?"

„Er wäre enttäuscht, wenn du seine Hilfe nicht brauchen würdest."

„Hat er dir gesagt, dass wir die Unterlagen der Familie durchsuchen, um einen Stammbaum aufzustellen?"

Alec hob eine Augenbraue. „Du willst unserem Kind noch immer den Namen eines meiner Vorfahren geben?"

Selina strich sich unbewusst mit einer Hand über ihren runden Bauch. „Wie es sich für den Erben eines Marquess gehört. Ich hoffe, wenn ich weit genug zurückgehe, werde ich eine Reihe von Namen finden, die für uns beide annehmbar sind."

„Ich werde mit jedem Namen, den du wählst, zufrieden sein, nur nicht Roderick, Edward oder Joseph."

Selina runzelte die Stirn. „Roderick war dein Vater. Edward war dein Bruder... Aber Joseph...?"

„Ein pensionierter schottischer Anwalt, der einmal in diesem Haus als Diener beschäftigt war und der, wie das Gerücht besagt, meiner Mutter sehr nahestand."

Selina riss die Augen auf. Der Mulatte!

„Und wenn wir eine Tochter bekommen - nicht Helen", stellte Selina fest und erwähnte den Vornamen der Gräfin von Delvin.

Alec tätschelte ihr die Wange. „Danke. Nicht Helen."

Nach dieser Ernüchterung verließ Alec das Schlafzimmer, Selina sah ihm nach und wünschte, sie hätte seine Mutter nicht erwähnt. Doch sie hatte durchaus die Absicht, seinen Onkel nach Joseph, dem pensionierten Anwalt, zu fragen.

Alec jedoch vergaß die Gräfin sofort, als er den Rücken wandte, und fragte sich nur, was die Männer wohl unter den Steinplatten im Stone Court gefunden haben mochten, das sie die Arbeit niederlegen ließ. Er hoffte, es wäre etwas Interessantes.

Er würde es Selina nie verraten, doch seinen Verstand im tiefsten Hinterland lebendig zu halten, fiel nicht nur seinem Diener mit seinen speziellen Fähigkeiten schwer, sondern auch ihm, der eine diplomatische Karriere gegen ein Leben als Landbesitzer eingetauscht hatte. Seine Tage waren immer geschäftig, doch er vermisste das, was London und das Außenministerium zu bieten hatten. Und er freute sich auf die Zeit, wenn er wenigstens einen Teil des Jahres wieder in seinem Stadthaus am St. James' Place verbringen könnte.

„Also Jeffries", sagte Alec, als er, die Teetasse in der Hand, in sein Ankleidezimmer geschlendert kam. „Was höre ich da von einem Fund unter den Steinplatten?"

ZWEI

„Sir! Ich muss Euch unter vier Augen sprechen.“

Alec warf einen Blick auf seinen Kammerdiener und wandte sich dann einem jungen Mann mit roten Sommersprossen und karottenroten Haaren zu, der im Türrahmen stand. Er hatte einen Fuß im Ankleidezimmer und den anderen im Flur, als wäre er nicht sicher, ob er kam oder ging, doch durchaus dessen bewusst, dass er störte.

„Hat das etwas mit der Entdeckung im Stone Court zu tun?“, fragte Alec.

„Stone Court? Davon weiß ich nichts, Sir. Es geht um ...“

„Ich hatte Mr. Fisher gebeten zu warten, bis ich Euch angekleidet hätte, Mylord.“ Der Kammerdiener schnüffelte missbilligend, ohne dem Eindringling einen Blick zu gönnen. „Doch er ließ sich nicht abweisen ...“

„Es geht um meinen Cousin Hugh, Sir“, unterbrach ihn Tam Fisher eilig. „Er ist verschwunden und seine Mutter ist krank vor Sorge, und ich dachte, Ihr ...“

„Hugh?“

„Hugh Turner. Mr. Turners Sohn, Sir.

„Und er ist verschwunden? Seit wann?“

„Seit einigen Tagen.“

„Warum ist das dann jetzt so dringend?“

„Genau das habe ich auch gefragt, Mylord“, stellte Jeffries fest.

„Es ist aber nicht Eure Aufgabe, das zu fragen, oder?“, fragte Tam den Kammerdiener spöttisch.

Alecs Mund presste sich zu einem dünnen Strich zusammen. Er

unterdrückte das Bedürfnis, seine Augen über Tams ständigen Groll auf Hadrian Jeffries zu verdrehen, nur, weil Hadrian seinen Platz als Kammerdiener übernommen hatte. Vor allem, da Tam keinen Grund hatte, ihm zu grollen. Er war nicht länger Diener, sondern ein vielgefragter Apotheker, der sich der Kundschaft von Mitgliedern der Aristokratie rühmen konnte - Alec und zumindest ein Herzog gehörten zu seinen Kunden. Er war auch in Alecs weitere Familie aufgenommen worden. Das hätte ausreichen sollen, sich geschätzt genug zu fühlen, um Hadrian Jeffries mit dem Respekt zu behandeln, der einem hochherrschaftlichen Kammerdiener zustand. Alec wollte das Offensichtliche nicht aussprechen müssen, aber er tat es doch.

„Mr. Jeffries liegt nur mein Wohl am Herzen, Tam. Ausgerechnet du solltest das wissen. Dies ist ...“

„Aber - Sir! Ich ...“

„Dies ist Jeffries Bereich, nicht deiner“, stellte Alec knapp fest. „Wenn mein Onkel in mein Ankleidezimmer eindringen würde, hätte Jeffries auch jedes Recht, ihn zu bitten, sein Anliegen zu äußern, ebenso, wie er es bei dir getan hat.“

„Ja, Sir. Natürlich.“

„Also was auch immer du mir anzuvertrauen hast, kannst du vor uns beiden erzählen.“

„Ja, Sir“, wiederholte Tam, ohne einen Blick auf den Kammerdiener zu werfen. „Es ist nur dringend, weil Hughs Mutter in Panik ist. Aber sie möchte kein Aufhebens machen. Und sie will nicht, dass Mr. Turner weiß, dass er vermisst wird, weil er Euer Verwalter ist ... Es ist schwierig. Wenn es Euch also einerlei ist, bitte ich Euch, mich zu entschuldigen und bitte um ein Wort unter vier Augen, wenn das denn möglich ist.“

„Na gut. Doch da Hugh Turner bereits seit mehreren Tagen fort ist, dürfte eine Stunde, um mich präsentabel zu machen und zu frühstücken, kaum einen Unterschied machen ...“

„Mylord, Mr. Stephens und Mr. Turner erwarten Euch im Stone Court.“

„Danke, dass du mich erinnerst, Jeffries. So ist es. Lass ihnen eine Nachricht zukommen, dass ich nach dem Frühstück zu ihnen kommen werde. Zweifellos ist das, was die Arbeiter unter diesen Steinplatten entdeckt haben, seit Jahrzehnten dort, daher kann auch das warten.“

„Verratet den Turners nicht, dass ich hier bin“, befahl Tam Jeffries.

„Das würde ich mir nie erlauben, Mr. Fisher“, sagte der Kammerdiener. „Wenn Ihr im Wohnzimmer auf Seine Lordschaft warten würdet, findet Ihr dort den Frühstückstisch gedeckt."

Jeffries verneigte sich dann vor dem jungen Mann mit einer Höflichkeit, die an Unverschämtheit grenzte. Und als Alec ihm den Rücken zudrehte und in sein Kabinett schlenderte, um sich rasieren zu lassen, nutzte der Kammerdiener die Gelegenheit, Tam direkt ins Gesicht zu sehen. Er hob die Brauen mit der gleichen Unverschämtheit, die er in seine unterwürfige Verbeugung gelegt hatte. Und als Tams Hände sich zu Fäusten ballten, grinste Jeffries. Da er nun sein Ziel erreicht hatte, wandte der Kammerdiener sich ab und folgte seinem edlen Herrn leichten Schrittes, um dann die Tür zuzuziehen.

✺

„*RACHSÜCHTIGER MISTKERL*", MURMELTE TAM UND BLIES DIE Wangen auf, als er ins Wohnzimmer stampfte, die Fäuste noch immer geballt.

„Nimm dir von den Eiern. Geht nichts über warmes Ei, um Ärger zu vergessen."

Tam blieb abrupt stehen und wirbelte auf dem Absatz herum. An der Anrichte, eine silberne Abdeckungshaube in der Hand, stand Lord Halseys grauhaariger Onkel, das Parlamentsmitglied Plantagenet Halsey. Aller Kampfgeist schwand aus dem Jungen. Er blinzelte und bewegte seine Finger.

„Fragst dich, warum ich nicht unten im Frühstücksraum bin?", fragte der alte Mann im Plauderton. „Vermute, aus dem gleichen Grund wie du. Weil hier der einzige Ort ist, wo man die ungeteilte Aufmerksamkeit Seiner Lordschaft erlangen kann. Verdammt, wenn ich nicht einen Termin ausmachen muss, um mit meinem eigenen Neffen zu sprechen!"

Das brachte Tam zum Lächeln. Als er zur Anrichte kam, reichte Plantagenet Halsey ihm einen Teller.

„Und neben den Eiern empfehle ich das Wildbret."

Der alte Mann füllte seinen Teller und nahm seinen Platz am Tisch ein, den Rücken den Flügelfenstern zugewandt, die langen Beine ausgestreckt. Ein Nicken in Richtung des Lakaien, und der Diener füllte seinen Krug mit Ale. Und als Tam sich ihm gegenüber setzte, legte er Messer und Gabel beiseite und hob seinen Krug.

„Auf deinen Kräutergarten, Thomas. Ich habe heute Morgen einen Spaziergang durch die Küchengärten gemacht und die Kräuterbeete besichtigt. Sie gedeihen alle schön. Eines Tages können sie denen in Chelsea vielleicht Konkurrenz machen."

Tam errötete bei solchem Lob. „Ich habe keine Erwartungen, Sir, aber wenn sie die Arzneimittel, die hier auf dem Anwesen und im Dorf benötigt werden, liefern können, wäre ich mehr als zufrieden."

„Und seine Lordschaft auch ... ich hoffe, du hast jede Menge Anweisungen für die Gärtner aufgeschrieben, damit sie wissen, wie sie sie am besten pflegen müssen, wenn du dich verabschiedest."

Tam verschluckte einen großen Bissen Ei. Seine Stirn legte sich in Falten.

„Mich verabschieden, Sir ...?"

Plantagenet Halsey schaufelte Ei auf seine Gabel. Er sah zu Tam hinüber.

„Du wirst dir doch hier nicht die Beine in den Bauch stehen wollen, bis Mylady glücklich entbunden hat. Ich vermute, du möchtest unbedingt in die St. James' Street zurückkehren. Da Seine Gnaden, der Herzog von Cleveley und die Herzogin von Romney-St. Neots zu deinen Kunden zählen, sagt mein Neffe, dass die Leute dir, seit dem Tag, an dem du den Laden aufgemacht hast, die Tür eingerannt hätten. Und die, die nicht selbst kommen, schicken ihre Diener, um sich dort auf der Straße in die Schlange zu stellen." Er verzehrte sein Ei mit Genuss und stach dann mit der erhobenen Gabel in die Luft. „Bin sehr stolz auf dich, Thomas. Wirklich, sehr stolz."

„Vielen Dank, Sir. Es stimmt, dass ich wirklich gern nach St. James zurückkehren möchte. Nicht, um hinter der Ladentheke zu bedienen. Das überlasse ich meinem Partner, Mr. Clements. Ich interessiere mich mehr für die Hausbesuche. Und da die Herzogin von Cleveley mich gnädig zu ihrem persönlichen Apotheker ernannt hat, habe ich eine lange Liste von Kunden, die ..." Er unterbrach sich. „Aber das spielt hier alles keine Rolle. Wichtig ist, dass Lady Halsey gesund von ihrem Kind entbunden wird", fügte er ernst hinzu. „Und ich habe Seiner Lordschaft versichert, dass ich so lange bleibe, wie ich gebraucht werde."

Plantagenet Halsey nickte und aß weiter, die Konzentration anscheinend völlig auf die dünnen Scheiben Wildbret in einer zarten Buttersauce mit Petersilie und Zimt gerichtet.

„Das ist lobenswert, mein Junge. Und ich habe jedes Vertrauen in dich - ebenso wie Seine Lordschaft. Hoffen wir, dass deine Hilfe nicht nötig sein wird und die Geburt so ereignislos verläuft, wie eine Erstgeburt es nur sein kann. Wohlgemerkt, ich habe nichts gegen männliche Geburtshelfer und ich bin kein Fachmann, aber ich kann dir sagen, dass ich weit weniger nervös sein werde, wenn erst Ihre Gnaden von Romney-St. Neots und Lady Sybilla angekommen sind, um sich um die Kinderzimmer zu kümmern. Mutter und Tochter haben zusammen mehr als ein Dutzend Geburten erlebt. In meinen Augen stellt das eine Erfahrung dar, die nicht ersetzbar ist!"

Der alte Mann unterstrich diese Erklärung mit einem energischen Nicken und fügte dann mit scheinbar unbekümmerter Miene hinzu: „Trotzdem ... ich könnte dich nicht tadeln, wenn du es dir zweimal überlegt hättest, ob du hier nach Delvin, pardon, *Deer Park*, wie es jetzt heißen soll, zurückkehren solltest."

Tam runzelte die Stirn und stellte seine Kaffeetasse ab. „Aber ich habe nicht zweimal nachgedacht. Ihr wisst, dass ich für Lord Halsey alles tun würde. Wirklich alles. Sobald ich seinen Brief bekam, habe ich alles geregelt, damit Mr. Clements meine Kundenliste übernehmen könnte, und wir haben einen Assistenten eingestellt und kam direkt nach ..."

Plantagenet Halsey hob eine Hand. „Ich glaube dir, Thomas. Ich weiß, dass du Seiner Lordschaft ergeben bist, und er weiß das auch. Ich meinte nur, dass du vielleicht Bedenken gehabt hättest, wieder in dieses Haus zu kommen. Erst letztes Jahr um diese Zeit warst du mit meinem Neffen hier. Obwohl, nach unserem Ausflug auf den Kontinent und nachdem die Verliebten endlich verheiratet sind und fast sofort ein Baby unterwegs war, ganz zu schweigen davon, dass du deine Lehrzeit beendet hast, scheint es, als wären Jahre, nicht Monate, vergangen. Doch vor einem Jahr um diese Zeit war Seine Lordschaft eher abgelenkt. Durch den unerwarteten Tod seines Bruders und nachdem er keine Lösung wegen seiner Liebsten gefunden hatte, verbrachte er einen großen Teil seiner Zeit hinter einem Schleier aus Selbstmitleid. Ihm fiel nicht auf, dass dieses Gemäuer ihm über dem Kopf zusammenzufallen drohte und ich wette, er hatte keine Ahnung von deinen Bedenken. Es muss für dich nicht leicht gewesen sein ..."

„Ich kann es ihm nicht verübeln, Sir. Es ist ja nicht so, als hätte er eine Ahnung gehabt, wie mein Leben aussah, als ich in Delvin - Verzeihung, *Deer Park*, aufwuchs. Wie hätte er das wissen können? Er hatte nie hier gelebt und war nie zu Besuch gekommen, bis kurz vor dem Tod seiner Mutter. Aber zu dieser Zeit war ich längst fort."

„Das ist eine sehr erwachsene Einstellung. Nein, er wusste nichts davon. Ich habe dafür gesorgt. Ich hätte dafür sorgen müssen, dass du auch nichts davon wusstest."

Tam machte eine Pause und beugte sich vor, Messer und Gabel mitten in der Luft.

„Ich, Sir? Hättet Ihr das gekonnt? Hättet Ihr dafür sorgen können?"

„Erinnerst du dich an meinen Besuch, als du noch ein ganz

kleiner Kerl warst, gerade erst aus deine ersten Kleidchen herausgewachsen?"

Tam lehnte sich zurück und fragte sich, warum der alte Mann gerade jetzt darauf kam, in Erinnerungen zu schwelgen. Sicher wusste er doch alles, was es über Tams Leben auf dem Landsitz zu wissen gab, und alles, was er nicht wusste, hatte Tam ihm auf seine Fragen hin erzählt. Doch er tat ihm den Gefallen und dachte über die Frage nach, während er das Wildbret auf seinem Teller zerteilte.

„Einmal, ja ... Ihr habt mir eine Tüte Süßigkeiten mitgebracht. Ich hatte nie zuvor solches Zuckerzeug gegessen. Keiner von uns Fishers. Deshalb erinnere ich mich daran. Ich habe alles auf einmal aufgegessen und dann wurde mir übel. Das hat mich gelehrt, nicht gierig zu sein. Aber ich dachte, wenn ich mit solch einem Schatz von Zuckerzeug erwischt würde, würde ich beschuldigt werden, gestohlen zu haben.“

„So? Ha!“ Plantagenet Halsey lächelte und schüttelte den Kopf. Er schüttete sein Ale herunter, und sein Lächeln schwand. „Das war für uns beide eine ganz andere Zeit. So wie dies jetzt eine ganz andere Zeit ist ... Ich meine nicht, weil die Gebäude völlig auf den Kopf gestellt und wieder in Ordnung gebracht werden. Sondern, weil mein Neffe und seine Frau dieses Haus wieder zu einem Heim machen. Etwas, das es nie war - nicht, seit ich ein Kind war und ganz sicher nicht, solange du dich zurückerinnern kannst. Ganz sicher war es das nicht in den wenigen Jahren, als Edward der Earl war. Aber wenn Gott will, wird hier bald eine Brut von Kindern durch die Galerien rennen und allen möglichen Lärm beim Spielen veranstalten. Und weil sie geliebt und erwünscht sind, wird ihr Lachen die Geister der Vergangenheit vertreiben, für immer.“ Er hielt Tams Blick stand, ohne zu blinzeln. „Dies wird von jetzt an ein Ort des Frohsinns und des Optimismus sein, Thomas, und du und ich werden ein Teil davon sein.“

„Das fände ich wunderschön, Sir.“

„Ich bin froh, das zu hören ...“

Der alte Mann lehnte sich zurück und warf einen anscheinend zufälligen Blick auf den livrierten Diener, der dienstbereit an der Anrichte stand. Er wollte sichergehen, dass dieser Diener einer der zwei Dutzend war, die sein Neffe mit sich aus seinem Haushalt in der Stadt gebracht hatte. Diese Diener, vom Lakaien bis zu den Dienstmädchen, arbeiteten ausschließlich in den Privaträumen des edlen Paares. Sie hatten ihre eigenen Dienstbotenunterkünfte und da sie sich selbst als einige Stufen über ihren Kollegen von Lande stehend empfanden, hatten sie mit den einheimischen Dienstboten wenig zu tun, mit denen, die bereits im Haus gewesen oder aus dem Dorf angestellt worden waren. Dass der Lakai neben der Anrichte aus der Stadt war, gab Plantagenet Halsey das Vertrauen, seine Meinung zu sagen, im Wissen, dass seine Worte nicht in den Räumen der Dienstboten, über die die Turners herrschten, wiederholt werden würden.

„Nimm einmal an, nur zum Beispiel, dass du Gemurmel über das hören würdest, was sich hier in vergangenen Zeiten ereignet hat, als du noch ein kleiner Junge warst oder auch zuvor", sagte er im Plauderton. „Wenn es Murren gäbe über die Veränderungen, die Seine Lordschaft hier, dort und überall macht ... Wenn die Turners oder einer der alten Gefolgsleute wie Adams, der Wildhüter - die alle schon hier waren, als mein verstorbener Bruder noch der Earl war - oder auch von weiter her, sagen wir, Landbesitzer wie Ferris und seinesgleichen ... wenn einer davon anfangen würde, unangenehme Dinge aus der Vergangenheit zu verbreiten ..."

„Sie würden nichts gegen Seine Lordschaft oder - oder Euch sagen, wenn ich es höre, oder sie könnten etwas erleben!", sagte Tam hitzig. „Keine Sorge. Ich würde ihnen schon zeigen, wohin sie gehören!"

„Das ist sehr lobenswert und loyal, Thomas. Aber ich möchte nicht, dass du dir die Mühe machst ..."

„Das ist keine Mühe, Sir! Ich würde etwas dazu sagen wollen!"

„Natürlich würdest du das", stimmte Plantagenet Halsey lächelnd zu. „Doch ganz unter uns, ich bezweifle, dass diese Art von unangenehmem Klatsch dir ins Gesicht gesagt würde. Du würdest ihn nur im Vorbeigehen hören, oder wenn nicht beabsichtigt wäre, dass du ihn hörst, oder wenn dir jemand sagt, was er gehört hätte. Wenn du verstehst, was ich meine."

Tam runzelte die Stirn und nippte an seinem Kaffee. Er bemerkte kaum, dass er kalt geworden war.

„Ich verstehe. Ich weiß nur nicht, was Ihr von mir erwartet, das ich gegen solche Illoyalität und Geschwätz unternehmen soll."

Plantagenet Halsey unterdrückte ein Lächeln über das ernsthafte Stirnrunzeln des jungen Mannes und achtete auf seinen Gesichtsausdruck, um nicht besorgt zu wirken. „Ich möchte, dass du überhaupt nichts dagegen unternimmst."

„Verzeihung, Sir? Warum nicht?"

„Wenn du etwas hörst oder erzählt bekommst, dass du für illoyal oder herabsetzendes *Geschwätz* über seine Lordschaft, seine Familie oder seine Vorfahren oder - oder über mich hältst ... wäre ich dir ausgesprochen dankbar, wenn du es für dich behalten würdest, bis du *mir* davon erzählen kannst."

Die Falte zwischen Tams Brauen vertiefte sich. „Ihr wollt, dass ich Euch erzähle, wenn ich Geschwätz höre?"

„Ja. Damit ich mich auf meine Art darum kümmern kann. Wir wollen Seine Lordschaft nicht mit so einem Unsinn belästigen, oder?"

„Nein, Sir!"

„... weil er genug im Kopf hat. Angefangen damit, dieses Gemäuer aus dem letzten Jahrhundert in dieses zu befördern. Die tägliche Verwaltung dieses Anwesens und der Umgang mit den Problemen der Pächter. Und das, wo das Kindchen jeden Tag erwartet wird - er braucht keine zusätzliche Belastung mit weiteren Sorgen oder Wolken die sein Glück trüben."

„Ihr könnt Euch auf mich verlassen."

Der alte Mann beugte sich mit einem Lächeln vor.

„Guter Junge. Das wusste ich doch."

„Und ich kann Euch jetzt sagen, Sir, dass ich nichts gehört habe", versicherte Tam ihm. „Doch das liegt wahrscheinlich daran, dass ich meine Zeit im Garten verbringe, oder im Arzneizimmer, wo ich meine Heilmittel herstelle."

„Das ist eine sehr gute Art, deine Zeit zu verbringen. Es ist am besten, beschäftigt zu bleiben und sich von all der Unruhe im Haus fernzuhalten. Wie ich." Plantagenet Halsey schob seinen Krug beiseite und fügte in leichterem Ton, der nicht zu den Sorgenfalten auf seiner Stirn passen wollte, hinzu: „Aber wenn du doch etwas hören solltest, ganz gleich, wie banal, berichte es mir. Verstanden, mein Junge?"

„Ja, Sir. Natürlich", beruhigte ihn Tam.

Obwohl er sich nicht sicher war, warum der alte Mann weiter darauf bestand oder ihm ein Versprechen abnahm, das er bereits gegeben hatte. Zweifellos hatte Mr. Halsey seine Gründe, die er nicht preisgeben wollte, und das war Tam auch recht. Wenn es bedeutete, dass der alte Mann nachts ruhig schlafen konnte und Lord Halsey nicht belästigt wurde, sondern sich auf die wirklich wichtigen Dinge konzentrieren konnte, würde er das nur zu gern tun. Und dann wurde ihm mit einem plötzlichen Ruck klar, dass er gerade genau das getan hatte, was der alte Mann ihn zu unterlassen gebeten hatte.

Er war in das Ankleidezimmer seiner Lordschaft geplatzt mit der Forderung, mit ihm über Hugh Turners Verschwinden sprechen zu dürfen. Doch er hatte keine Gelegenheit bekommen, ihm die ganze Geschichte zu erzählen, oder warum er sich um seinen Cousin Sorgen machte. Also wäre es vielleicht das Beste, wenn er sich dem alten Mann und nicht Seiner Lordschaft anvertraute. Und wenn das den hochnäsigen Jeffries in Unwissenheit hielte, war er sehr dafür. Je länger er darüber nachdachte, desto sinnvoller erschien es ihm. Plantagenet Halsey war auf dem Landsitzt aufgewachsen. Er kannte die Turners länger als jeder andere, und er kannte auch Hugh. Also würde es seinem Cousin vielleicht nichts ausmachen, wenn Mr. Halsey sich einmischte. Und er würde auch einen Weg finden, Seine Lordschaft nicht zu belästigen. Es war einen Versuch wert ...

Tam legte Messer und Gabel auf den leeren Teller und schob diesen zur Seite.

„Sir, wenn wir dieses Gespräch etwas früher geführt hätten, wäre ich zuerst zu Euch gekommen ... Die Sache ist die, ich habe, bevor ich hier hereinkam, versucht, mit Seiner Lordschaft über Hugh Turner zu sprechen. Ich konnte ihm nicht viel erzählen, weil Jeffries seine Nase in alles steckt, was ihn nichts angeht. Also ist alles, was Seine Lordschaft weiß, dass Mrs. Turner sich Sorgen um Hugh macht, aber nicht, warum.“

„Also in welcher Klemme steckt der Schlingel dieses Mal?“

„Um ehrlich zu sein, ich weiß es nicht. Mrs. Turner sagt, es sei nicht ungewöhnlich, dass Hugh Nächte auswärts verbringt und ihr oder seinem Vater nichts erzählt. Doch sie vermutet, dass er wildern geht.“

Der alte Mann setzte sich auf.

„Wildern?“ Sein Mund zuckte. „Aber alle wissen, dass wir hier in der Gegend keine Wilderer haben, Thomas. Unser örtlicher hoch-wohlgeborener Magistrat Sir Tinsley wird dir das selbst bestätigen. Er wirft sich deshalb jedes Mal in die Brust, wenn er kann, wie eine preisgekrönte Gans!“

Tams Gesicht verzog sich zu einem Grinsen. „Das hörte ich, Sir.“

„Warum meint Mrs. Turner, dass ihr Junge zum Wildern geht?“

„Die Armbrust seines Vaters ist verschwunden. Und Adams berichtete, dass eines der Wildnetze fehlt. Und dann ...“

„Was versucht er zu erwischen, was meinst du? Hasen? Hirsche? Rebhühner?“

„Mit einer Armbrust? Keine Rebhühner, Sir.“

„Ha! Du hast recht. Von dem armen Vogel würden nur Federn übrigbleiben. Und für Hughs arme Mutter ein Sohn, dem eine Schlinge um den Hals droht! Narr.“

„Aber - steht auf Wilderei Hängen?“

„Wilderei? Er braucht gar nichts derartiges zu tun, um gegen ein Gesetz zu verstoßen. Nur mit der Armbrust da draußen zu sein, oder auch nur mit dem Netz, könnte dazu führen, dass der Junge deportiert wird. In der Tat muss er gar nichts dabei haben, um verfolgt zu werden. Nach Einbruch der Dämmerung im Wald angetroffen zu werden, ist genug Grund für jeden von uns, außer Seiner Lordschaft, um der Absicht der Wilderei angeklagt zu werden."

„Absicht? Das scheint nicht fair, Sir."

„Seit wann haben Gesetze je Rücksicht auf Fairness genommen? Gesetze werden gemacht, um die Interessen derer zu schützen, die sie verabschieden. Und wehe, wenn du die Interessen unserer Parlamentsmitglied angreifst!"

„Ihr seid doch auch Parlamentsmitglied, Sir."

Der alte Mann konnte ein Lächeln nicht unterdrücken.

„Ja, stimmt, Thomas. Und ich bin dort, um meine Kollegen auf dem rechten Weg zu halten. Ein paar von uns denken weiter, als nur daran, die Taschen mit Geld und unsere Bäuche mit Rindfleisch zu füllen. Jemand muss versuchen, das kollektive Gewissen anzustacheln. Obwohl ... Selbst wenn ich einen Rammbock benutzen würde, könnte es nicht genug Verstand in die Köpfe meiner Mitparlamentarier hauen, um den Black Act aufzuheben ..."

„Black Act?"

„Ein widerliches Stück Gesetzgebung, das die Todesstrafe für mehr als fünfzig Vergehen bestimmt." Der alte Mann schnaubte. „Wenn man es als kriminell bezeichnen will, dass Waldbewohner nach Torf und Brennholz für ihre Herde suchen. Sie haben das seit Generationen getan, nur genommen, so viel sie brauchten, und dieser Black Act wird erlassen und macht es zu einem Verbrechen, auf das die Todesstrafe steht! Ich frage dich, ist das fair? Ist es kriminell, sein Leben mit dem Abfall anderer zu fristen?" Er tippte mit dem Finger auf den Tisch. „Ich sage dir, was kriminell ist - den Armen das Recht zu nehmen, sich durch ehrliche Arbeit am Leben zu erhalten, das ist es!"

„Ich habe noch nie von Waldbewohnern oder Armen gehört, die hier als Holzdiebe strafrechtlich verfolgt worden wären. Ihr etwa, Sir?"

„Nein. Und das wirst du vermutlich auch nicht, auch nicht wegen Wilderei, nicht, solange ich das hiesige Parlamentsmitglied bin!"

Tams Augen wurden groß vor Verständnis.

„Weil Sir Tinsley sich Euch gegenüber würde verantworten müssen?"

„Genau, Thomas. Das müsste er. Unser örtlicher Magistrat mag eine preisgekrönte Gans sein, die bei jeder Gelegenheit ihre Federn aufplustert, doch ich bin ein Halsey. Und wir Halseys haben seit eh und je in Kent gelebt und wurden nach der Eroberung geadelt. Das bedeutet für einen Baronet wie Ferris viel. Er ist stolz auf die Tatsache, der nächste Nachbar seiner Lordschaft zu sein. Er ist noch stolzer darauf, dass er uns durch verwandtschaftliche Bande verbunden ist.

Die Schwester seiner Frau war hier Gräfin. Was bedeutete, dass Seine Lordschaft sein angeheirateter Neffe ist. Und nachdem jetzt sein Neffe Marquess Halsey ist, kann er noch mehr prahlen. Und eingeladen zu werden, am Tisch Seiner Lordschaft zu speisen, nun, Ferris weiß es besser, als sich gegen *mich* zu stellen. Ich kann dir sagen, Thomas, ich berufe mich nicht gern auf meinen Namen, doch wenn das hilft, die Dorfbewohner vor ungerechten Gesetzen und Dummheit der Krone zu bewahren, muss es eben sein."

Tam dachte einen Augenblick darüber nach, dann grinste er und sagte zuversichtlich: „Und Sir Tinsley bleibt der örtliche Magistrat, solange niemand deportiert oder aufgehängt wird."

„Genau, Thomas, so läuft das. Wenn die Umstände es erfordern, weiß er, wann er blind, taub und unglaublich stumm sein muss. Außerdem ist es zu unser beider Nutzen."

Tam begegnete seinem Blick.

„Meint Ihr, dass er auch damit prahlen kann, dass die Einheimischen ihn so respektieren oder fürchten, dass sie nicht gegen das Gesetz verstoßen?"

Plantagenet Halsey kniff leicht die Augen zu und tippte sich angesichts der Scharfsinnigkeit des jungen Mannes leicht an die Nase.

„Ja. Ganz genau."

Tam musterte seine leere Kaffeetasse und sah dann wieder den alten Mann an, wählte seine Worte aber sorgfältig.

„Wäre es dann fair zu sagen, Sir, dass andere von Euren Ansichten über den Black Act wissen und von dieser stillschweigenden Abmachung, die ihr mit Sir Tinsley habt?"

Plantagenet Halsey schob die Unterlippe vor. „Durchaus. Warum fragst du?"

„Nun, mir scheint, wenn das so ist, und wo ich jetzt weiß, wie die Dinge zwischen Euch und dem Magistrat liegen, denke ich, auch die Turners müssten das wissen ..."

„Und daher wunderst du dich, warum Mrs. Turner sich unnötige Sorgen macht, wenn ihr Junge eine Armbrust mit in den Wald nimmt?"

„Ja, Sir."

Plantagenet Halsey nickte über die begründeten Annahme des jungen Mannes.

„Gutes Argument, Thomas ... Hugh würde vielleicht nicht deportiert oder aufgehängt, doch Mrs. Turner weiß, dass das nicht garantiert, dass der Magistrat nicht doch ein Exempel an ihm statuieren würde, um andere zu warnen, nicht so dumm zu sein, seine Autorität als Magistrat zu missachten. Das wäre eine Peinlichkeit, die Sir

Tinsley nicht ertragen würde. Und es ist ebenfalls eine Peinlichkeit, die die Turners nicht wünschen. Ferris könnte Hugh mit einer hohen Geldstrafe belegen, nur, weil er sich im Wald aufhält. Das sind Kosten, die seine Eltern tragen müssten, weil Hugh keinen Penny sein Eigen nennt. Oder, wenn er mehr als einmal erwischt würde, könnte unser Magistrat ihm damit drohen, vor die Assisen gezerrt zu werden. Und niemand möchte gern weggeschleppt werden, um vor dem Richter zu stehen, nicht wahr?"

„Mrs. Turner sagt, Hugh habe es schon früher getan, wäre aber nicht erwischt worden. Doch diesmal ist es anders, weil er seit drei Nächten fort ist. Und er ist nicht der Einzige, der verschwunden ist."

„Wer war noch an diesem dämlichen Unternehmen beteiligt?"

„Zwei Jungen aus dem Dorf. Doch ich glaube, was Mrs. Turner Sorgen macht, ist, dass ihre Würde leiden könnte, wenn er seine Pflichten gegenüber Lady Ferris nicht erfüllt."

„Was meinst du mit seinen Pflichten bei Lady Ferris?", fragte Plantagenet Halsey grober, als er beabsichtigt hatte. „Was hat er getan, um sie zu verärgern?"

Tam zuckte bei der plötzlichen Veränderung im Verhalten des alten Mannes zurück. Die Liebenswürdigkeit war verschwunden. Tam war nicht sicher, wie er reagieren sollte. Eine Antwort blieb ihm erspart.

Alec kam, flankiert von seinen Windhunden, in das Wohnzimmer geschlendert, rechtzeitig, um die geknurrte Frage seines Onkels zu hören. Er schickte die Hunde zu dem Teppich vor dem Kamin und ging zur Anrichte, um unter die silbernen Hauben der abgedeckten Platten zu sehen.

„Guten Morgen. Ist dir ein Ei nicht bekommen, Onkel?"

„Hä? Ei? Nein. Nein. Du kannst die Eier haben. Thomas und ich haben schon gegessen", murmelte der alte Mann. Er schüttelte innerlich seinen Ärger ab und zwang sich zum Lächeln. „Und ich wünsche dir und deinen vierbeinigen Unholden einen guten Morgen! Ich hoffe, Mylady hat gut geschlafen?"

„So gut, wie man erwarten kann, wenn man bedenkt, dass sie weder liegen noch sitzen noch es sich wirklich bequem machen kann. Zumindest hat sich unser kleines Äffchen beruhigt und hält sie nicht länger halbe Nächte mit seinen Purzelbäumen wach."

„Äffchen?" Der alte Mann war verblüfft. Dann lachte er leise, als ihm klar wurde, dass Alec von seinem ungeborenen Kind sprach. „Die Ruhe vor dem Sturm." Er klatschte in die Hände und rieb sie sich dann voller Vorfreude. „Ich kann es nicht erwarten!"

Alec kam zu seinem Platz am Tisch, ließ mit einem scheuen

Lächeln den Blick sinken, rote Flecken zeigten sich auf seinen beiden Wangen. Er lupfte die Schöße seines hellblauen Leinenrocks und setzte sich. „Ich auch nicht."

Plantagenet Halsey zog Tams Aufmerksamkeit auf sich und machte eine Bewegung mit seinem Kopf zur Tür, ein Zeichen, dass er wünschte, Tam sollte sich verabschieden, was den Jungen sofort dazu veranlasste, sich von seinem Stuhl zu erheben. Alec schaute auf und sagte ihm leise, er sollte sitzenbleiben und fügte milde, während er eine Serviette über seinen Schoß breitete, hinzu:

„Erzähle mir von Hugh Turner. Warum seine Mutter - was sagtest du vorhin - ach ja! Warum ist seine Mutter in *panischer Aufregung*?"

DREI

„Du musst dir dein Frühstück nicht mit Geschichten über einen Schlingel wie Hugh Turner verderben lassen", grollte Plantagenet Halsey. „Der Junge bringt sich immer in Schwierigkeiten. Er kann nie stillsitzen. Sich nie zu etwas entscheiden. Seine Eltern verzweifeln daran, ihn dazu zu bringen, einen Beruf zu erlernen."

„Das sagt mir einiges über den Jungen", antwortete Alec. „Was es mir nicht sagt, ist, warum seine Mutter gerade dieses Mal besonders besorgt um ihn ist."

Plantagenet Halsey warf eine Hand hoch. Er wollte einfach abwiegeln.

„Mütter sorgen sich immer. Und mit einem Jungen wir Hugh nur noch mehr."

Alec schaute zu, wie sein Onkel zur Anrichte ging und mit der Kaffeekanne zurückkam. Er hielt ihm seine Tasse hin. Er nickte Tam zu, das Gleiche zu tun.

„Ich habe den Turners genug Anlass gegeben, sich um ihre jeweiligen Stellungen in meinem Haushalt Sorgen zu machen, ohne dass ein ungeratener Sohn dazu beiträgt. Aber du kennst Mrs. Turner besser als ich, daher kannst du mich berichtigen, wenn ich falsch liege. Sie wirkt nicht wie jemand, der sich ohne guten Grund Sorgen macht, vor allem nicht über einen Sohn, der *immer in Schwierigkeiten* gerät."

„Nun ja, an dem Punkt kann ich dir nicht widersprechen", stimmte sein Onkel zu und nahm wieder Platz. Er schob Tam die Zuckerdose zu und begegnete seinem Blick. „Es könnte damit zu tun haben, dass Hugh seinen Termin bei Lady Ferris nicht einhält. Würde das den Grund für Mrs. Turners Sorgen erklären, Thomas?"

Thomas griff den Hinweis auf. Er sollte sich auf Hughs Abwesenheit bei Lady Ferris beschränken und die Wilderei seines Cousins in den Wäldern nicht erwähnen. Doch er würde Lord Halsey nicht anlügen, und um sicher zu sein, dass er beim Thema blieb, behielt er den alten Mann im Auge.

„Ich schätze, so ist es, Sir. Hugh hilft im Sommer in Lady Ferris' Garten aus. Manchmal geht er zu den Baileys hinüber und hilft auch bei Mrs. Bailey aus. Er geht jetzt zwischen den beiden seit ein paar Jahren hin und her. Eine Menge Jungen aus den Dörfern arbeiten auf den Feldern, oder wenn es Gelegenheitsarbeiten gibt, auf den Bauerhöfen, aber Hugh war der Einzige, der sich für Blumenbeete interessierte." Tam schaute zu Alec und sah, dass er mit dem beschäftigt war, was auf seinem Teller lag, statt ihn anzusehen, und entspannte sich. „Mrs. Turner sagte, als Hugh das letzte Mal von einer seiner Arbeiten im Garten zurückkam, hätte er erwähnt, dass Lady Ferris ihm das Versprechen abgenommen hätte, dass er wiederkommen würde, und als er das bereitwillig gab, hätte sie ihm erklärt, dass auch Sir Tinsley erfreut sein würde, das zu hören."

„Warum brauchte Lady Ferris ein solches Versprechen?", fragte Alec.

Als Plantagenet Halsey ihm zunickte, erklärte Tam: „Mrs. Turner sagte, Lady Ferris hätte Bedenken gehabt, da die meisten Leute aus dem Dorf jetzt hier, hier in *Deer Park*, arbeiteten und Hugh das vielleicht auch beabsichtigte. Und dann würde er vielleicht keine Zeit für ihren Garten haben, oder vielleicht nur zu Mrs. Bailey gehen, aber nicht zu ihr. Hugh erzählte seiner Mutter, dass Lady Ferris wegen dieser Möglichkeit sehr besorgt gewesen wäre und sich erst beruhigt hätte, als er ihr das feierlich versprach."

„Und obwohl er so ein Schlingel ist und sich ständig in Schwierigkeiten bringt, ist er in den Gärten von zwei unserer hervorragendsten landbesitzenden Nachbarn erwünscht? Ist er die Art von Junge, der feierlich etwas verspricht und es dann hält?"

Als der alte Mann und Tam zuerst einander und dann Alec anschauten und nickten, stellte er fest, dass er über ihre heimliche Verschwörung lächeln musste. Trotzdem ließ er sich nicht anmerken, dass ihm dies aufgefallen war und sagte, während er von seinem Onkel zu Tam und dann wieder auf seinen Teller sah:

„Dann verstehe ich, warum Mrs. Turner sich Sorgen um den Verbleib ihres Sohnes macht. Fällt dir etwas ein, Onkel?"

Plantagenet Halsey verzog das Gesicht und wollte gerade den

Kopf schütteln, sagte dann aber im Plauderton, als ob ihm der Gedanke gerade gekommen wäre: „Ich sag' dir etwas. Warum spreche ich nicht kurz mit Mrs. Turner. Ich sehe mal, ob ich mehr über Hugh herausfinden kann und lasse es dich dann beim Nuncheon wissen."

„Danke. Eine ausgezeichnete Idee." Alec schob seinen Stuhl zurück und legte die Serviette auf den Tisch. „Und während du das tust, kann Tam mich auf einen Ritt durch den Park begleiten. Ich versprach Cromwell und Marziran heute Morgen einen guten Auslauf."

Bei der Erwähnung ihrer Namen spitzten die Windhunde ihre Ohren und hoben die Schnauzen von den Pfoten.

„Ich sollte Roger im Arzneizimmer treffen", wollte Tam, mit einem Blick auf den alten Mann, erklären.

„Dann geh zuerst dorthin. Ich brauche mehr Augentropfen", sagte Alec und fischte eine kleine, blaue Flasche aus der Rocktasche, um sie Tam zu geben. „Ich muss einen Umweg über den Stone Court machen, um zu sehen, was sie dort unter den Steinplatten gefunden haben." Er gab den Hunden das Zeichen, bei Fuß zu kommen und schaute auf, als er bemerkte, dass sein Onkel Tam ein Zeichen gab zu verschwinden. „Vielleicht möchtest du mit uns kommen, Onkel, und herausfinden, warum die Arbeiter ihre Werkzeuge niedergelegt haben?"

„Ich überlasse es dir, dich mit diesem Haufen zu befassen", antwortete der alte Mann und folgte seinem Neffen und Tam durch den Raum zur Tür, wobei er darauf achtete, nicht zwischen den Herrn und seine vierbeinigen Begleiter zu geraten. „Ich schätze, sie sind auf ein Rohr der alten Abflüsse gestoßen, die unter dem Hof verlaufen, und haben Chaos angerichtet. Oder vielleicht haben sie alte Knochen von Schweinen oder Schafen ausgegraben und wissen nicht, was sie davon halten sollen? Bevor die Galerie zum Kinderzimmer gebaut wurde, war diese Seite zum Küchengarten und dem Brauhaus hin offen."

Alec blieb unter der Tür stehen.

„Ich hätte gedacht, Turner würde mindestens so viel wissen wie du, wenn nicht mehr - da er Zugang zu allen Plänen und Vermessungskarten hat - dass er Stephens und seine Männer informieren könnte, was unter den Steinplatten liegt und was sie dort zu erwarten haben?"

„Ja, das hat er und das hätte er tun sollen", stimmte der alte Mann zu und fügte mit einem Schnauben hinzu: „Aber wenn dein Verwalter und dein Vorarbeiter sich nicht grün sind, wer will sagen, was Turner einem *Ausländer* lieber vorenthalten hat."

Alec war verblüfft. „Ausländer?"

„Ja. Ein Fremder. Wie Männer aus Kent einen Mann nennen, der nicht von hier ist."

„Ich kenne das Wort, Onkel. Meine Überraschung gilt nicht der Tatsache, dass mein Verwalter Stephens als Ausländer betrachtet, sondern dass er ihm absichtlich Informationen vorenthalten würde, was die begonnene Arbeit behindern könnte, nur, weil der Mann kein Einheimischer ist."

Plantagenet Halsey sah aus, als wäre es ihm unbehaglich. „Ich sage nicht, dass er das tun würde. Nur, dass es sein könnte. Diese Leute sind nicht daran gewöhnt, dass ihr Leben auf den Kopf gestellt und ihr Heim von einem Haufen Ausländer überlaufen wird. Das macht sie unruhig. Und einem Mann wie Turner, der dieses Anwesen seit Jahrzehnten praktisch allein verwaltet hat, gibt es das Gefühl, dass seine Autorität bedroht wird. Er würde es nicht freundlich aufnehmen, von Männern herumkommandiert zu werden, die gerade einmal seit fünf Minuten hier sind." Er lächelte schwach. „Aber ich erzählte dir nichts, das du nicht schon weißt. Und ich bin sicher, du wirst das auf deine gewöhnliche, taktvolle Art regeln."

Alec lehnte sich in die Tür, die Hände tief in den Taschen seines Rocks. Es war das erste Mal, dass sein Onkel Bedenken darüber äußerte, Arbeiter von außerhalb des Bezirks heranzuziehen.

„Hat Turner etwas zu dir gesagt?"

„Warum sollte er?", polterte der alte Mann. „Er muss mir nichts dazu sagen, damit ich mir eine Meinung bilden kann, warum ich glaube, dass dein Verwalter und dein Vorarbeiter alles andere als gut zusammenarbeiten."

Alec war nicht überzeugt. Wenn er darüber nachdachte, war es genau das, was Turner ähnlich sähe - sich einem älteren Familienmitglied anzuvertrauen, der das Anwesen und seine Arbeiter gut kannte, und das weit länger als er selbst. Und er würde das eher tun, als seine Bedenken gegenüber Alec anzusprechen, der, obwohl er den Landsitz beim Tode seines Bruders geerbt und in den Hochadel erhoben worden war, in Turners Augen ebenso ein Ausländer war wie Stephens. Doch er behielt seine Gedanken für sich und sagte nur trocken:

„Vielleicht hat mein Verwalter sich verirrt und vergessen, dass er einen Dienstherrn hat? Arbeiter aus London herzubringen kann für ihn nur gut sein, und für mich auch. Für ihn, damit er merkt, dass *Deer Park* nicht sein Eigentum ist, über das er herrschen kann, wie es ihm beliebt, und für mich, damit ich andere Meinungen höre, unabhängig von der seinen, und weiß, dass ich den besten Rat erhalte." Er

sah seinem Onkel in die blauen Augen. „Jeder hier, von meinem
Verwalter bis zur letzten Wäscherin, muss wissen, dass ich der Herr in
meinem Haus bin. Das geht nur, wenn mein Verwalter und ich mit
einer Stimme sprechen - mit meiner. Stimmst du mir zu?“

„Jawohl, Mylord“, antwortete der alte Mann mit einem leisen
Lächeln. „Das tut er, und ich auch.“

Das Lächeln erstarb, als er weiter zuschaute, wie sein Neffe den
Gang hinab verschwand, Tam und die Windhunde auf den Fersen.
Plantagenet Halsey drehte sich um und schlug eine andere Richtung
ein. Wieder die Treppen hinab und durch Flure, die nur denen
bekannt waren, die so lange in diesem Haus gelebt hatten wie er. Er
suchte nicht nach Mrs. Turner. Die Frage des Verschwindens ihres
Sohnes konnte warten. Er hatte Wichtigeres in der Bibliothek zu erledigen. Er musste diese Karten und Vermessungspläne des Hauses, vor
allem den für den Stone Court finden, die sein Neffe erwähnt hatte.
Er hatte eine Vorahnung, was genau die Arbeiter unter diesen Steinen
gefunden haben könnten, und sie erfüllte ihn mit Schrecken.

⚜

ALEC GING WEITER, BIS ER AN DAS OBERE ENDE DER BREITEN
Treppe kam. Diese führte in die lange Gemäldegalerie hinauf, die auf
den Stone Court hinausging, und hinab in den großen Saal, der mit
der Rückseite an denselben Hof stieß. Hier rief er die Windhunde zu
sich und wandte sich an Tam.

„Ich würde dich nie bitten, ein Versprechen, das du meinem
Onkel gegeben hast, zu brechen, aber was an Hugh Turners
Verschwinden macht ihm solche Sorgen?“

Tam schluckte schwer. Er tat sein Bestes für den alten Mann, aber
am Ende erzählte er Alec doch alles.

⚜

EIN HALBES DUTZEND ARBEITER STAND MÜSSIG IM SCHATTEN
der breiten Arkade, die sich am Stone Court entlang zog und am
großen Saal endete. Ebenso viele hockten schräg gegenüber oder lagen
am Eingang eines tiefen Torbogens. Dieser zog sich durch das Erdgeschoss unter der dreistöckigen Galerie der Kinderzimmer bis zu einer
Rasenfläche, die zum Brauhaus, der Molkerei und der Wäscherei
abfiel, die alle von den zweiflügligen Fenstern oben zu sehen waren.

Generationen von Halseys waren in dieser Galerie geboren und
von einer Armee von Kindermädchen und anderem Personal erzogen

und verwöhnt worden. Und als Kinder, bevor sie die ersten Hosen bekamen und von Tutoren übernommen wurden, hatten sie auf diesem Rasen gespielt. Das hieß, alle Halseys außer Alec. Er war hier geboren, aber er war nie verwöhnt oder umsorgt worden oder auf dem Rasen herumgelaufen. Er war fortgeschickt worden, als er noch in den Windeln steckte. Doch er beabsichtigte, mit seinen eigenen Kindern auf dem Rasen herumzulaufen, seinen Vater mochte der Teufel holen; er war dazu entschlossen. Er schaute von dem Torbogen fort und wandte seine Aufmerksamkeit wieder der Gegenwart zu.

Werkzeuge und ein Haufen aufgenommener Steinplatten waren von den Arbeitern zwischen dem Torbogen und der Arkade liegen gelassen worden. Dies war der letzte Bereich des Stone Court, in dem die Platten aufgenommen und neu verlegt werden sollten. Der Rest des ummauerten Hofs hatte jetzt eine perfekt glatte Oberfläche von einer Wand zur anderen aus Sandsteinblöcken in grau und weiß. Kahl und eher steril, mit hohen Gebäuden an allen vier Seiten, erinnerte Stone Court Alec an einen der Schlosshöfe auf Schloss Herzfeld im fernen europäischen Fürstentum Midanich.

Dieser Schlosshof war ein trostloser Ort, an dem die Gefangenen des Markgrafen eine Stunde pro Woche aus ihren Zellen heraus und sich die Füße vertreten durften. Alec war vor langer Zeit ein solcher Gefangener gewesen, und ebenso sein bester Freund Cosmo, aber in jüngerer Zeit, während des Bürgerkriegs. Der arme Cosmo hatte schrecklich unter seiner Inhaftierung gelitten und litt immer noch. Alec hatte gewünscht, dass er seine Genesung in *Deer Park* fortsetzen sollte. Doch Cosmo hatte ihm seinen Anteil an diesem Krieg nicht verziehen. Und nichts, was irgendjemand sagen konnte, hatte Cosmos Überzeugung, dass seine Gefangenschaft und Folter Alecs Schuld waren, ändern können. Daher war er nicht nach Kent gekommen, sondern nach Irland abgereist, in der Hoffnung, dass die offene Weite dort ihn von seinen Albträumen würde kurieren können. Selina war überzeugt, dass die Zeit Cosmo heilen und er wieder sein altes Selbst werden würde. Alec war sich nicht sicher.

Er war sich jedoch bei weiterem Nachdenken sicher, dass es gut war, dass Cosmo nicht nach *Deer Park* gekommen war. Er wäre in den Stone Court getreten und alle alten Albträume seiner Gefangenschaft wären wieder aufgetaucht. Er hätte sich wahrscheinlich gefragt, ob er wieder zurück in Burg Herzfeld wäre. Der Stone Court besaß den ganzen Charme eines Gefängnishofs. Jedoch laut allen, die ihn zum ersten Mal sahen, war er nur eine der vielen eindrucksvollen Erinnerungen in diesem Haus an die vielen Jahre der Privilegien der Familie Halsey und ihren Diensten für ihren Herrscher.

Nur für Alec waren Stone Court und die vielen, langen Galerien eine ständige Erinnerung daran, dass dieses Landhaus von aufeinanderfolgenden Generationen von Halseys ausgebaut worden war, ohne Gedanken an architektonischen Wert der Anbauten. So, dass *Deer Park* von dem ersten, mittelalterlichen Gebäude auf dieser Seite bis zum Uhrturm, den sein Vater vor ein paar Jahrzehnten hatte erbauen lassen, ein architektonisches Chaos war.

Nach mehreren Jahrhunderten, in denen seine Vorfahren gebaut hatten, um andere zu beeindrucken, blieb es jetzt ihm überlassen, alles in Ordnung zu bringen und zu verbessern. Manchmal fragte er sich - und dieser Tag war dazu gut geeignet - ob es nicht einfacher, und, wie er wusste, weit billiger, gewesen wäre, das Gebäude verfallen zu lassen. Er hätte auf dem Hügel ein neues Haus bauen können. Etwas im palladianischen Stil, funktionaler und besser für eine Familie geeignet, weniger ein protzig baufälliges Gemäuer. Frisch gestrichen und neu möbliert hätte eine palladianische Villa ihm gut gefallen.

Aber Selina liebte *Deer Park* und all seine architektonischen Exzentrizitäten. Sie fand, es wäre zauberhaft und der perfekte Ort, um Kinder zu erziehen und aufwachsen zu sehen. *Denk an all die Verstecke, die sie an jeder Ecke finden werden.* Und mit so vielen Höfen und einer hohen Mauer um das ganze Haus und die Gärten, bestand keine Gefahr, dass die Kinder weit weglaufen konnten, bevor sie nicht alt genug waren, das unbeaufsichtigt zu tun. Sie könnten durch den Park hüpfen, in das Wäldchen laufen und über den Landsitz reiten, so weit ihr Herz begehrte. Selinas Begeisterung war ansteckend. So sehr, dass er sich wünschte, nicht nur hier geboren zu sein, sondern die Gelegenheit bekommen zu haben, Haus und Landsitz noch als Junge zu erforschen.

Sein Onkel war hier aufgewachsen; ebenso sein ihm entfremdeter Bruder. Und so oft sein Onkel sich auch über die Verschwendung ihrer Vorfahren und die riesigen Ausgaben für diesen *Klotz am Bein in der Landschaft von Kent* beklagte, war es offensichtlich, dass er diesen Ort ebenso liebte wie Selina.

Solange seine Kinder also noch klein wären und sein Onkel lebte, würde dieses Konglomerat aus Mittelalter und jakobinischer Zeit das Heim von Marquess Halsey und seiner Marchionnes und ihrer Familie bleiben. Was hieß, sich mit Jahrhunderten architektonischem Prunks zu befassen, und mit dem Ergebnis, dass in Dachböden, hinter verputzten Wänden und, wie es jetzt schien, unter den Steinplatten des Stone Courts, strukturelle Entdeckungen zu machen waren.

ALEC KAM AUS DEM GANG HERAUS, DER VOM GROSSEN SAAL in den Schatten der Arkade führte, trat auf den Hof hinaus und blieb stehen. Er schaute sich um. Die Gespräche erstarben plötzlich. Jeder Mann erhob sich, und die, die sich an die Mauern gelehnt hatten, richteten sich auf. Arme hingen respektvoll an den Seiten hinab und Blicke richteten sich zu Boden.

Zwei Männer von ähnlicher Größe und Statur kamen auf ihn zu. Beide trugen die gedeckten Töne und den widerstandsfähigen Stoff ihrer gewählten Berufe. Beide zogen höflich ihre Kappen ab. Doch als der ältere Mann sprach, ohne zuerst angesprochen worden zu sein, zog sich eine Welle verärgerter Überraschung durch die Arbeiter, die zunächst einander, dann Alec anschauten, um seine Reaktion auf diese Unhöflichkeit zu beobachten. Doch Alec ermutigte seinen Verwalter, offen zu sprechen, und er hatte das Gleiche dem Vorarbeiter der Bauleute gesagt, als er ihm die Verantwortung dafür übertragen hatte, das gesamte Restaurierungsprojekt zu leiten. Daher war er weder überrascht noch verärgert über den Vorwitz des Mannes. Was ihn störte, war die Feindseligkeit zwischen den beiden.

„Guten Morgen, Mylord. Es tut mir leid, dass man Euch unnötig gestört hat", sagte Paul Turner mit einem verärgerten Blick auf den Mann neben ihm. „Wäre Mr. Stephens vernünftig gewesen, wäre diese Angelegenheit erledigt worden, ohne, dass Ihr überhaupt hättet behelligt werden müssen."

Alec schaute den Vorarbeiter an und wartete auf dessen Antwort.

„Ich erlaube mir höflich, anderer Meinung zu sein, Mylord", sagte Saul Stephens friedlich und fügte mit genug beiläufiger Bosheit hinzu, um seinen Begleiter nervös zu machen: „Dass Seine Lordschaft nicht behelligt worden wäre ist es, was mir Sorgen macht, Mr. Turner."

„Als Verwalter habe ich zu entscheiden, womit Seine Lordschaft belästigt werden soll und womit nicht, Mr. Stephens", verkündete Paul Turner eisig.

„Und als Vorarbeiter und Ingenieur würde ich meiner Verantwortung nicht nachkommen, wenn ich Lord Halsey nicht über das Ausmaß des Problems informieren würde ..."

„*Ausmaß?*", polterte der Verwalter mit einem Seitenblick auf Alec. „Wenn Ihr Eure Männer angewiesen hättet, die Steinfliesen in diesem Quadranten unberührt zu lassen, wie ich befohlen hatte, hätten wir jetzt kein Problem ..."

„Turner, vielleicht sollte ich mir dieses Problem selbst anschauen", unterbrach Alec ruhig. „Und dann könnt Ihr beide mir Eure Positionen erklären."

„Sehr wohl, Mylord. Aber - und Mr. Stephens und ich sind darin einer Meinung - der Bereich ist zu unsicher, um allzu nah heran zu treten.“

„Ja. So ist es, Mylord“, stimmte der Vorarbeiter zu. „Wir müssen von einem anderen Ausgangspunkt zu diesem Loch gelangen ...“

„Loch?“, fragte Alec und sah zwischen den Schultern der beiden Männer zu dem verlassenen Haufen Werkzeuge.

Verwalter und Vorarbeiter schauten einander an, und als der Verwalter die Lippen fest aufeinander gepresst hielt, antwortete der Vorarbeiter.

„Mehr eine Höhle als ein Loch.“

Alec konnte sein Erstaunen nicht verbergen. „Ihr habt eine Höhle unter den Steinplatten entdeckt?“

„Jawohl, Mylord. Doch das ist keine natürliche Höhle, die von Gott geschaffen ist“, erklärte der Vorarbeiter. „Und sie ist auch nicht aus dem Nichts entstanden, wie ein Vulkan oder eine Quelle, die aus der Erde springen. Sie ist von Menschenhand gemacht. Wir haben eine Kerze in die Dunkelheit hinabgelassen, um zu sehen, was möglich war. Das Licht, das sie warf, war aus solcher Höhe bestenfalls trübe. Und ich war besorgt, dass das ganze Dach einbrechen könnte, deshalb haben wir uns sehr beeilt. In diesen wenigen Sekunden habe ich weiß getünchte Wände gesehen, also ist es ein Raum, der zu einem Zweck erbaut wurde, ich kann aber nichts über seine Tiefe oder Breite sagen.“

„Zu einem bestimmten Zweck? Soweit ich weiß“, fuhr Alec fort, „liegen unter der Galerie der Kinderzimmer Keller und verlaufen teilweise unter diesem Hof. Also könnte das aufgebrochene Loch zu einem der Kellerräume führen?“

„Es ist zu weit südlich, Mylord“, antwortete der Verwalter schnell. „Der Hauptkeller befindet sich unter der Galerie der Kinderzimmer, das stimmt. Und zwei kleinere Kellerräume unter den Steinplatten im nördlichsten Quadranten. Die Kellerwand verläuft etwa zwanzig Fuß weit im rechten Winkel zur Kinderzimmer-Galerie, bevor sie wieder im rechten Winkel abbiegt, fort von diesem Quadranten, und sich bis zur Galerie des Uhrturms zieht.“

Alec nahm sich einen Augenblick Zeit, sich diesen Verlauf vorzustellen. Er war nur einmal im Keller unten gewesen. Man hatte ihm einen großen, langen Raum voller Flaschenregale und Fässer gezeigt, und einige Geräte, auf die er nur einen Blick geworfen hatte. Doch er erinnerte sich an die eindrucksvolle, gemauerte Decke und dass die hinterste Wand von einem Teppich verdeckt war. Er hatte sich diesem nähern wollen und war gewarnt worden, sich lieber fernzuhalten. Der Teppich stank vor Schimmel und wer mochte wissen, was darin und dahinter lebte. Er hatte auch die Pläne jedes Teils des Hauses viele Male studiert, während er die Renovierungsarbeiten, die Anbauten und Verbesserungen mit seinem Architekten, Vorarbeiter, Verwalter und auch mit Selina und seinem Onkel besprach. Er hatte also eine vernünftige Vorstellung davon, was sein Verwalter als direkt unter ihren Füßen liegend beschrieb. Doch es war nicht so abwegig, dass er eine Reihe von Räumen übersehen hatte, insbesondere, wenn sie unter der Erde lagen und nur bestimmten Zwecken dienten. Er erwartete jedoch, dass sein Verwalter und sein Vorarbeiter sich damit befasst hätten, und etwas in ihrer Feindseligkeit einander gegenüber ließ ihn fragen:

„War die Entdeckung dieses Raumes für Euch beide eine völlige Überraschung?"

„Überraschung?" Der Verwalter stürzte sich auf das Wort und wirkte defensiv. „Aber mit Sicherheit war es eine Überraschung, Mylord. In all meinen Jahren hier wurde niemals ein Raum unter diesem Quadranten des Stone Court erwähnt."

„Weshalb meine Männer einfach die Steinplatten aufnahmen, als ob alles, was sie darunter erwartete, Erde, noch dazu schlammige, sein würde, nach diesem nassen Sommer, den wir hatten", fügte der Vorarbeiter hinzu.

Alec erinnerte sich an etwas, das sein Verwalter früher gesagt hatte. „Ihr wolltet nicht, dass Stephens und seine Männer die Steinplatten in diesem Quadranten berührten, Mr. Turner ... Warum?"

„Ein unnötiger Zeit- und Geldaufwand, um das aufzunehmen, was bereits perfekt gelegt wurde. Ich stehe zu meiner Entscheidung, Mylord."

„Das könnt Ihr tun, Mr. Turner. Das ist Euer gutes Recht", sagte der Vorarbeiter. „Und ich stehe zu meiner, das zu tun, was nötig und richtig ist. Und es ist nur gut, dass wir begonnen haben, die Fliesen hochzunehmen, denn die Decke des Raumes da unten wäre sonst früher oder später eingebrochen. Vielleicht nicht heute oder morgen, aber es wäre passiert. Und wenn jemand nach einem schweren Regenfall darüber gelaufen wäre, hätte das ganze einbrechen können. Und dann wäre der Mann, die Frau oder das Kind zehn oder mehr Fuß abgestürzt, hätte sich einen Arm, ein Bein oder den Hals brechen können."

„Melodramatischer Unsinn!", sagte der Steward abweisend. „Die Steine in diesem Innenhof haben hunderte von Jahren standgehalten. Nur durch Eure Einmischung ist das Dach dieses Raums eingebrochen und jetzt haben wir ein klaffendes Loch."

„Es war mein Wunsch, dass alle Steinplatten aufgehoben und neu verlegt würden", stellte Alec fest. „Vielleicht ist es ein glücklicher Zufall, dass dies jetzt geschah, während Mr. Stephens und seine Männer hier vor Ort sind, um die Schäden zu beheben."

„Dem kann ich nicht widersprechen, Mylord", knurrte der Verwalter. „Und je früher es repariert wird, desto besser. Ein Gewitter zieht auf. Ich würde Mr. Stephens raten, dieses Loch so schnell wie möglich zu verschalen. Aber seine Männer haben die Arbeit niedergelegt und weigern sich, weiterzuarbeiten. Und so stehen wir hier ... und Euer Lordschaft wurden überflüssigerweise hineingezogen."

Alec sah den Vorarbeiter an.

„Im Gegensatz zu dem, was Mr. Turner denkt, Mylord, wünsche ich mir das gleiche Ergebnis - das Loch verschlossen und die Steine neu verlegt zu sehen, und die Oberfläche vor dem nächsten Regenguss wasserdicht. Doch wie ich ihm erklärte, ist es nicht so, dass wir einfach das Loch zu machen könnten, indem wir Bretter über das legen, was noch von der Ziegelsteindecke übrig ist und die Steinplatten über diese Bretter legen. Wenn wir das tun, gebe ich dem bestenfalls drei Monate, bis wir wieder am gleichen Punkt stehen. Was ich vorhergesagt habe, wird dann passieren. Es wird gebrochene Knochen geben."

„Was schlagt Ihr vor?"

„Wir müssen in diesen Raum gehen und uns das Problem von unten anschauen. Die Decke wird Stein um Stein abgetragen und neu aufgebaut werden müssen, bevor wir die Steinfliesen neu verlegen können."

„Extra Arbeit. Mehr Zeit. Und höhere Kosten!", protestierte Paul Turner mit einem abwehrenden Schnauben.

„Ja. Aber notwendig", antwortete Alec milde und unterstrich dies mit einem raschen Lächeln, ein Lächeln, das sein Verwalter inzwischen gut kannte.

Es war eine Warnung. Sein edler Dienstherr war bis zu einem gewissen Punkt geduldig und verständnisvoll, doch wenn es zu emotionale Halbwahrheiten und Spekulationen kam, war er weniger tolerant. Es war ein Zeichen für Turner, seine Opposition zu beenden oder offen kritisiert zu werden, nicht nur vor einem Haufen ausländischer Arbeiter, sondern auch vor dem halben Dutzend einheimischer Männer, die oben auf einem Gerüst an den Fenstern der gegenüberliegenden Galerie arbeiteten und mit einem Ohr der Unterhaltung lauschten, die unter ihnen stattfand. Dies war eine Demütigung, die er nicht riskieren wollte, daher nickte er zustimmend und fügte hinzu, um sein Gesicht zu wahren:

„Sehr wohl, Mylord. Mr. Stephens kann bei den Reparaturen jede

Unterstützung erhalten. Doch ich muss darauf bestehen, dass vor Beginn der Arbeiten die Keller genau untersucht werden. Das werden meine Männer erledigen. Ich lasse Mr. Stephens dann wissen, was wir festgestellt haben. Wir können dann Empfehlungen beschließen, wie der entstandene Schaden zu beseitigen ist. Das wird eine Verzögerung bei der Fertigstellung dieses Hofes bedeuten, aber vielleicht keine zusätzlichen Kosten, wenn man berücksichtigt, dass Stephens Männer diesen Schaden ursprünglich verursacht haben ..."

Der Vorarbeiter fuhr hoch. „Schaden? Wir hatten keine Ahnung, dass Schaden entstehen könnte, gerade weil Ihr, Mr. Turner, es versäumt habt, uns zu informieren ..."

„Es besteht kein Grund für gegenseitige Schuldzuweisungen", bestimmte Alec energisch. „Ich möchte, dass die Kellerräume gründlich überprüft und alle Schäden beseitigt werden. Das ist alles. Die Kosten sind unwichtig."

Er sah von seinem Verwalter zu dem Vorarbeiter und beide nickten.

„Jawohl, Mylord. Ich werde das Loch unterdessen mit einer Plane abdecken lassen", sagte Stephens. „Das wird helfen, die Baustelle wasserdicht zu machen. Doch ich kann nicht dafür garantieren, dass wir allen Regen werden abhalten können, angesichts des nassen Wetters in letzter Zeit."

„Dann sollten wir auf Mr. Turner vertrauen, dass die Überprüfung so schnell wie möglich durchgeführt wird."

„Ich kümmere mich sofort darum", verkündete der Verwalter mit einer Fröhlichkeit, die er bislang nicht an den Tag gelegt hatte. „Und um sicherzugehen, dass niemand versehentlich auf die Plane tritt und ins Leere fällt, werden ich Männer aufstellen, um Wache zu halten. Ebenso am Zugang zu den Kellerräumen. Das sollte verhindern, dass neugierige Leute ihre Nasen an Orte stecken, an denen sie nichts zu suchen haben."

Etwas an dem plötzlichen Überschwang seines Verwalters störte Alec.

„Bevor Ihr diesen Raum betretet, lasst es mich wissen", sagte er ruhig. „Ich möchte dabei sein, wenn Ihr das tut."

Das Gesicht des Verwalters wurde lang.

„Sicher hat Euer Lordschaft Wichtigeres zu tun, als Zeit auf die vergammelten Reste zu verschwenden, die in einem Raum gelagert sind, der seit Jahrzehnten nicht mehr geöffnet wurde?"

Alec lächelte. „Ich verpasse nie eine Gelegenheit zu erleben, wie ein Rätsel gelöst wird." Er nickte dem Vorarbeiter zu, der beiseitetrat und fügte kurz hinzu: „Geht ein Stück mit mir, Mr. Turner."

Der Verwalter gehorchte und folgte Alec durch den Torbogen des Kinderflügels und hinaus auf die abschüssige Wiese den Weg Richtung Stallungen entlang. Sie waren noch nicht viele Schritte gegangen, als Alec anhielt und sich umdrehte. Kein Mensch war in Sicht. Was genau seine Absicht gewesen war. Er wollte nicht, dass ihre Unterhaltung von irgendjemandem belauscht würde.

„Ich hatte heute Morgen Wild zum Frühstück."

„Sehr wohl, Mylord. Ich hoffe, Ihr habt es genossen. Dieses Anwesen hat das beste Wildbret in Kent."

„Das sagte man mir, und es ist sehr erfreulich zu hören, aber ... eigentlich sollten doch vor August keine Tiere getötet werden, oder?"

Der Verwalter war verwirrt. „Mylord ...?"

„Das war mit Adams vereinbart. Meine Hirsche sollten nicht gejagt, sondern im August geschlachtet werden, nicht vorher."

„Der Wildhüter und seine Gehilfen kennen Eure Wünsche, Mylord."

„Wie erklärt Ihr Euch dann das Wild auf meinem Teller zum Frühstück?"

„Das kann ich nicht sagen, Mylord. Dies ist die traditionelle Jahreszeit, in der die Hirsche gejagt werden. Aber da Ihre Lordschaft diesem Sport ein Ende gesetzt hat, muss ich annehmen, dass das Wildbret von einem verletzten Tier stammt, das getötet werden musste. Oder es wurde illegal von ein paar Wilderern getötet und von Adams beschlagnahmt. Er hätte ein solches Tier nicht verschwenden wollen und es daher der Köchin für Euren Tisch angeboten."

„Lauter plausible Erklärungen. Jedoch ... versichert mir mein Wildhüter, dass wir auf meinem Anwesen keine Wilderer und keine Wilderei haben."

Der Verwalter hielt Alecs Blick stand. Er blinzelte nicht.

„Das ist wohl richtig, Mylord. Die einzige Erklärung ist dann, dass Adams auf ein verletztes Tier gestoßen ist und es von seinem Elend erlöst hat."

„Fragt ihn. Ich möchte wissen, wo mein Fleisch herkommt - Unfall, Wilderei oder was auch immer."

„Ja, Mylord. Wäre das alles?"

Als Alec nickte, um Paul Turner zu entlassen, verbeugte dieser sich, machte auf dem Absatz kehrt und ging langsam den Schotterweg zur Galerie der Kinderzimmer zurück.

DER VERWALTER ACHTETE DARAUF, DASS ER NICHT EILIG wirkte. Er war dankbar, dass er im Freien und allein war. Niemand würde hören, wie er wegen seiner Frustration über seinen edlen Dienstherrn lange und heftig in sich hinein fluchte. Er betrachtete die Einmischung von Marquess Halsey in den täglichen Betrieb des Anwesens als eine Komplikation, auf die er hätte verzichten können.

Die Turners hatten der Familie Halsey fünf Generationen lang treu gedient. Er, sein Vater und der Vater seines Vaters waren alle Verwalter der Grafen von Delvin gewesen. Und er hatte gehofft, dass einer seiner Söhne ihm in diese Stellung nachfolgen würde. Doch diese Sicherheit wurde durch den Tod des letzten Earls von Delvin zerstört, als der Nachlass in die Hände des Bruders Seiner Lordschaft, des hochedlen Marquess Halsey, geriet. Als Alec Halsey hatte er die Erbschaft vor etwas über einem Jahr angetreten. Doch wenn man die lange Amtszeit der Familie Turner als Verwalter des Anwesens bedachte, war in Paul Turners Augen Seine Lordschaft noch keine fünf Minuten der Herr hier!

In diesen fünf Minuten hatte der Marquess Halsey jedoch genug schwierige Fragen gestellt und war bestrebt, so viele Änderungen vorzunehmen, dass der Verwalter die Zusicherungen zu bezweifeln begann, die man ihm gegeben hatte: dass sein jetziger Herr, als frisch verheirateter Mann und bald zum ersten Male Vater, zu sehr mit der Geburt seines ersten Kindes beschäftigt sein würde, um sich zu intensiv mit den Angelegenheiten des Anwesens zu befassen. Dass das edle Paar bald nach der Geburt eines Erben nach London zurückzukehren und sein Leben dort zu führen beabsichtigte. Schließlich hatte Seine Lordschaft eine Karriere als Diplomat und Seine Majestät erwartete, dass er diesen Dienst fortsetzte. Also was vom Verwalter, seiner Frau, der Haushälterin und dem Rest der Dienerschaft, die in der der Gegend lebte, verlangt wurde, war, den Mund zu halten, sich in Geduld zu üben und abzuwarten, bis das Leben wieder so würde, wie es seit Jahrhunderten gewesen war.

Aber Paul Turner war kein Narr. Und Lord Halsey ebenso wenig. Der Edelmann war zu aufrichtig und zu klug für sein eigenes Wohl. Der Meinung des Verwalters nach, die er auch seiner Frau anvertraut hatte, war es nur eine Frage der Zeit, bis Seine Lordschaft entdecken würde, dass sein Verwalter, seine Haushälterin, sein Wildhüter und alle Diener, die den Turners unterstanden, die Änderungswünsche ihres Dienstherrn sabotierten, während sie vorgaben, seinen Anweisungen nachzukommen. Und es würde nicht lange dauern, bis Seine Lordschaft das herausfände, wo doch eine Menge ausländischer

Arbeiter überall auf dem Gut herumschlichen, die nur zu bereitwillig etwas in sein Ohr flüstern würden, Saul Stephens als allererster.

Was für ein Pech, dass die Gewölbedecke des Kellers eingebrochen war! Den Vorarbeiter und seine Truppe Irre zu führen würde einigen Einfallsreichtum erfordern. Aber es war kein Pech, das Wildbret auf den Tisch Seiner Lordschaft gebracht hatte. Der Steward führte das auf fahrlässige Dummheit zurück. Und dagegen konnte er etwas tun, und zwar schnell.

Mit zielbewusstem Schritt kehrte Paul Turner zum Stone Court zurück. Doch er hielt nicht an, um mit dem Vorarbeiter zu sprechen, er ging auch nicht in sein Büro oder schickte nach Adam, dem Wildhüter. Er ging die einzige Person suchen, der er mehr als allen anderen vertraute, von der er wusste, dass sie ihm den besten Weg zeigen würde, um sicherzugehen, dass Marquess Halsey weiter in Unwissenheit leben würde - den Onkel Seiner Lordschaft, Plantagenet Halsey.

VIER

Als Selina mit ihrer Zofe und Hadrian Jeffries die Bibliothek betrat, entdeckte sie Plantagenet Halsey auf einer der Leitern. Seine Schulter lehnte an der Seite eines Bücherregals und seine lange Nase steckte zwischen einigen Pergamentblättern. Er war so in seine Lektüre vertieft, dass sie Zeit hatten, durch den ganzen Raum zu gehen, ohne ihn zu stören.

Als sie am Fuße seiner Leiter angekommen waren, bückte sich Hadrian Jeffries sofort, um die Papierrollen aufzuheben, die auf dem Boden verstreut lagen.

„Lasst das!", ertönte der Befehl hinter dem Pergament hervor. „In meinem Chaos steckt System."

Instinktiv legte Hadrian Jeffries alles genau wieder dorthin, wo er die drei Rollen gefunden hatte, die er an seine Weste drückte. Er richtete sich auf und schaute den alten Mann an.

„Warum macht Ihr nicht dort weiter, wo wir gestern aufgehört haben?", schlug Selina dem Kammerdiener vor und lächelte ihn an. Als Hadrian Jeffries den Kopf senkte, nickte und weiter von der Leiter fort trat, wandte sie sich um und schaute zu dem alten Mann hinauf. „Darf ich fragen, wonach du suchst?"

Selinas Frage sicherte ihr seine volle Aufmerksamkeit. Er senkte das Diagramm, das er gerade studierte und lächelte auf ihr nach oben gerichtetes Gesicht hinab.

„Wie geht es meiner Lieblingsnichte heute Morgen?"

„Ich bin deine einzige Nichte, Onkel."

„Und meine liebste." Er kam unbeschwert die Sprossen herab und legte das Pergament zur Seite. Er lächelte in ihre dunklen Augen. „Geht es dir gut?"

„Sehr gut. Uns beiden." Sie küsste ihn auf die Wange. „Danke, dass du mich anschaust und nicht meinen Höcker! Jeder schaut erst dorthin und fragt dann, wie es mir geht. Ich weiß, dass sie eigentlich nur nach dem Baby fragen."

„Alle, außer Alec", sagte er zärtlich und sein Blick wanderte über ihre Fülle aprikosenfarbener Locken, die in mehrere Zöpfe gebändigt um ihren Kopf gelegt waren. Ihr Gesicht war durch die Schwangerschaft voller als gewöhnlich, doch das konnte nicht von ihrer makellosen Schönheit ablenken. Sie leuchtete förmlich vor Gesundheit und ihre dunklen Augen strahlten. Trotz alledem spürte er ihre Furcht und wusste, dass sie nicht scherzte. „Für ihn wirst du immer an erster Stelle stehen. Das weißt du doch, nicht wahr?"

Das löste sofort Tränen aus. Sie nickte und betupfte schnell ihre Augen. „Ja. Ja. Natürlich. Evans? Lass bitte Tee bringen", sagte sie über ihre Schulter zu ihrer Zofe, bevor sie den Arm des alten Mannes ergriff. „Sollen wir herumgehen, während wir warten - oder vielleicht musst du mit deinem systematischen Chaos weitermachen, damit du nichts durcheinander bringst?"

„Was? Eine Gelegenheit zu verpassen, mit dir zwischen diesen verstaubten Büchern herumzuspazieren? Das kann warten."

„Ich dachte, wir könnten in der Loggia herumschlendern", schlug sie lässig vor. „Da fallen wir wenigstens nicht über Bücher."

Der alte Mann verstand. Sie wollte unter vier Augen mit ihm reden. Schließlich lagen hier, trotz ihrer Worte, keine Bücher in der Bibliothek herum, über die man hätte fallen können. Jeder Band war an seinem Platz, entweder auf den Regalen oder in säuberlichen Stapeln auf Tischen oder neben Sofas. Hadrian Jeffries hatte mit der Hilfe von zwei Lakaien die Regale rasch in Ordnung gebracht. Jetzt waren der Kammerdiener und Selina dabei, die Bände methodisch neu zu sortieren. Weshalb er Probleme gehabt hatte, das zu finden, wonach er suchte. Doch nachdem er es erst gefunden hatte, konnte er jede Karte und jedes Diagramm, jedes Stück Korrespondenz, das sich mit der Gestaltung des Hauses, des Gartens und des Parks befasste, an diesem einen Ort finden.

Er war voller Bewunderung für das zwanghafte Bedürfnis des Kammerdieners nach Ordnung und Organisation. Das verursachte ihm Schuldgefühle, weil er Chaos angerichtet hatte. Diese verschwanden jedoch rasch angesichts der Aussicht auf das, was die Marchionnes mit ihm besprechen wollte und was sie vor den Lakaien an den Flügeltüren verheimlichen wollte und, überraschenderweise, auch vor den zwei vertrauenswürdigsten Dienern der Familie.

„Frische Luft wird uns beiden guttun", antwortete er. „Keine Sorge. Ich passe gut auf sie auf", sagte er zu Evans, als sie sich anschickte, ihnen zu folgen. „Bis Ihr den Tee geholt habt, werden wir zurück sein."

Evans war so verblüfft, von Plantagenet Halsey persönlich angesprochen zu werden, dass sie einen Knicks machte und davoneilte.

„Sie meint es nur gut", versicherte Selina ihm. „Doch je näher meine Entbindung rückt, desto weniger weicht sie von meiner Seite." Sie warf dem alten Mann ein ironisches Lächeln zu und wechselte das Thema. „Du wirst heute ganz tapfer sein und dich uns zum Nuncheon anschließen, ja? Mir zuliebe."

Plantagenet Halsey lachte leise. „Tapfer sein ist eine Art, es auszudrücken. Zuzuhören, wie Ferris, Bailey und ihresgleichen und unser lieber Reverend Purefoy predigen, braucht mehr als Tapferkeit. Aber ich werde dort sein, deinetwegen. Du wirst jemanden brauchen, der dich unterhält."

Selina strahlte. „Das macht mich glücklich."

Er ließ Selina durch die Türen der Bibliothek hinausgehen, dann gingen sie den Gang zu einer weiteren zweiflügligen Tür entlang, die zur Loggia hinausging. Die Loggia, bestehend aus einer langen Arkade, getragen von römischen Säulen, zwischen denen Marmorstatuen römischer Kaiser auf hohen Podesten standen, zog sich entlang des Grünen Hofs, einer weitläufigen Rasenfläche, die von der Familie zu Ball- und Bocciaspielen benutzt wurde. An der Vorderseite und an dem von Gästen benutzten Eingang gelegen, war dies der ruhigste Ort innerhalb des ganzen Herrenhauses, vor allem während der überall stattfindenden Renovierungsarbeiten. Das hieß, mit Ausnahme des Uhrturms über dem Torbogen des Eingangs, von dem aus die Stunde schlug.

Selina hatte beschlossen, den Nuncheon im kühlen Schatten der Loggia einzunehmen. Webteppiche waren von drinnen entfernt, von Staub befreit und dann auf dem schachbrettartig schwarz-weiß gemusterten Boden ausgelegt worden. Auf ihnen stand ein langer Mahagonitisch und ein Satz dunkler Mahagonistühle mit roten, quastenverzierten Kissen. Der Tisch war mit dem zweitbesten Porzellanservice gedeckt, mit geschliffenen Kristallgläsern, silbernem Besteck und drei niedrigen silbernen Tischaufsätzen, deren Schalen mit Sommerfrüchten gefüllt waren. Alles war für die Ankunft der Gäste vorbereitet, doch im Moment war die Arkade von Dienern verlassen, außer den beiden Lakaien, die am anderen Ende außer Hörweite Wache standen.

Ihre Gäste sollten in der nächsten Stunde ankommen, was ihr ausreichend Zeit und Gelegenheit bot, mit Alecs Onkel ein Wort unter vier Augen zu wechseln. Und da sie nicht zu Beschönigungen neigte und der alte Mann ein offenes Wort zu schätzen wusste, kam sie direkt zur Sache. Sie ging Arm im Arm mit ihn durch den Schatten, blieb aber bei der Büste Augustus Caesars plötzlich stehen und wandte sich ihm zu.

„Ich möchte mit dir über die Geburt sprechen ... und über Alec ... und falls das Undenkbare eintreten sollte ...“

„Das wird es nicht“, unterbrach er sie scharf. „Bei dieser Geburt wird alles gutgehen. *Alles.*“

Selina war so überrascht von der unterdrückten Emotion in seinem Ton, dass sie ihn unbewusst beruhigte. „Oh, da bin ich mir sicher. Es ist nur, im Falle, dass es ...“

„Du *darfst* nicht an einen solchen Fall denken. Warum solltest du das tun?“

„Warum sollte ich *nicht* daran denken, was schiefgehen könnte? Jeden Tag sterben Frauen im Kindbett. Aus vielen Gründen besteht ein großes und tatsächliches Risiko, dass die Mutter oder das Kind bei der Geburt sterben können. Es ist nicht sicher, dass beide diese Tortur lebend überstehen. Ich bin nicht übermäßig dramatisch. Das ist einfach eine Tatsache.“

„Ich weiß. Es stimmt, was du sagst. Aber es wird nicht *dir* zustoßen.“

„Vielen Dank für dein Vertrauen. Ich möchte dich nicht unnötig beunruhigen. Aber einer von uns muss sich der sehr realen Wahrscheinlichkeit stellen, dass es - *Komplikationen* geben kann.“

Der alte Mann musterte sie fragend. „Alec kann das nicht?“

„Wir haben die Möglichkeit kurz angesprochen ... aber nein, nicht eine Zukunft ohne - ohne *mich*. Aber ich weiß, dass der Gedanke daran ihm nicht fern liegt. Er schläft nicht gut. Ich sehe ihn gedankenverloren aus dem Fenster starren, und er kann nicht die ganze Zeit nur die Aussicht bewundern!“ Als Plantagenet Halsey leise lachte, drückte sie seinen Arm. „Hat er dir gegenüber etwas erwähnt?“

„Kein Wort.“ Er tätschelte ihre Hand. „Ihr werdet beide weniger besorgt und zuversichtlicher sein, wenn Ihre Gnaden und deren Tochter erst angekommen sind.“

„Das ist wohl wahr. Ich zumindest. Obwohl ich bezweifle, dass irgendetwas, das Tante Olivia oder Cousine Sybilla sagen könnten, *seine* Sorgen besänftigen würden.“

„Weißt du, es wird ihm nicht schaden, ein wenig zu grübeln. Das können Männer am besten, wenn sie nicht imstande sind, etwas wegen einer Situation zu tun, die außerhalb ihrer Kontrolle liegt. Und die Geburt eines Kindes gehört ganz sicher zu diesen Gelegenheiten, nicht wahr?" Er lächelte zu ihr hinab. „Es wird den Augenblick, wenn er die Nachricht bekommt, dass du und das Kleine die Tortur wohl und gesund überstanden habt, nur um so freudiger machen. Doch er wird erst wirklich erleichtert sein, wenn er dich wirklich mit dem Kind in den Armen sieht. Nun, das ist ein herrlicher Anblick. Einer, den er für den Rest seiner Tage nicht vergessen wird. Also mache dir keine Sorgen um ihn. Mit ihm ist schon alles in Ordnung. Und ich werde ihm zur Seite stehen, während er Löcher in die Dielen läuft!"

Das war gedacht, sie aufzurichten, sie zum Lächeln zu bringen und sie zu beruhigen. Doch als Selina nur nickte und tief und zittrig Atem holte, nahm er sanft ihr Gesicht zwischen seine schlanken Hände und lächelte sie an.

„Alles bei dieser Geburt wird ganz großartig für dich und Alec laufen. Und bald werdet ihr eine Familie sein. Und es gibt nichts Kostbareres und Befriedigenderes, als deinem Kind beim Aufwachsen zuzusehen, und ihr beide werdet das zusammen tun. Das glaube ich und du musst es auch glauben."

Trotz seines zuversichtlichen Tonfalls sah sie Traurigkeit in seinem Gesicht und das ließ sie innehalten. Sie wollte nicht, dass er traurig oder besorgt war, doch sie musste ihn dazu bringen, sie zu verstehen. Also nahm sie seine Hand und legte sie sanft auf die gemusterte Baumwolle ihres Schwangerschaftskleides, wo ihr Bauch am rundesten war. Dann legte sie ihre Hand über seine. Sie war erfreut, als er sie nicht zurückzog, denn es war das erste Mal, dass sie ihm angeboten hatte, ihre Schwangerschaft zu fühlen, und es musste für ihn sehr fremdartig sein. Sie fragte sich, ob er je eine solche Gelegenheit gehabt hätte, und ahnte, dass dem nicht so war. Und als er seine schlanken Finger lockerte und leicht ausbreitete, um sich sanft um die Rundung zu legen, als ob ihm das erlauben würde, das Kind darunter zu spüren, lächelte sie ihn an.

„Er bewegt sich nicht mehr. Zuerst hat mir das Sorgen gemacht. Aber Tante Olivia erklärte mir, das wäre in den letzten Wochen völlig normal."

„Ja, das sagte man mir ... Er?"

„Oh, das weiß ich natürlich nicht sicher. Wer könnte das?", antwortete sie mit einem Lächeln bei der Erwartung in seiner Stimme. „Doch wenn ich denke, es wird ein Junge, hoffe ich, dass das ausreichen wird, um es wahr werden zu lassen. Ich möchte, dass Alec einen

Erben bekommt. Dass dieser Besitz einen Erben bekommt. Das möchtest du doch auch, nicht wahr?"

„Ja. Aber ich wäre mit einem Jungen oder einem Mädchen gleich glücklich. Und das wäre er auch."

Selinas Finger krümmten sich um seine.

„Onkel ... versprich mir ... versprich mir, dass ... wenn meine Zeit gekommen ist und wenn es Komplikationen bei der Geburt gibt und die Wahl getroffen werden muss ... versprich mir ... versprich mir, dass du dieses Kind retten wirst."

„Das kann ich nicht tun", sagte er und schluckte hart, seine Stimme war kaum hörbar.

„Du musst es tun - für mich, und für Alec."

Er schüttelte den Kopf und zog widerwillig seine Hand unter der ihren hervor. Er hob den Blick, um ihr in die Augen zu sehen. Die ihren standen voller Tränen. Er fühlte sich furchtbar. Doch er konnte sich noch immer nicht dazu bringen, ihr dieses Versprechen zu geben.

„Nur Alec hat das Recht, das zu tun. Nur er kann diese Wahl treffen. Und er wird sich für dich entscheiden."

„Ja. Davor habe ich Angst und das ist der Grund, warum du dafür sorgen musst, dass er das Kind wählt. Unser Kind. Seinen Sohn. Um seiner selbst willen. Er verdient es, einen Sohn und Erben zu haben. Er ist ein guter Mann. Ein liebevoller Mann. Er ist wie du. Er wird einen großartigen Vater abgeben. Es gibt keine zwei besseren Männer auf der Welt, von denen ich mir wünschen würde, dass sie mein Kind großziehen."

Der alte Mann umfasste ihre Finger und drückte seine Lippen auf ihren Handrücken. Seine Stimme schwankte vor Rührung.

„Mein liebstes Mädchen, das ist das größte Kompliment, das ich je erhalten habe. Ich danke dir dafür. Aber warum diese Sorge? Sicher ist es doch nur die Angst vor dem Unbekannten, die deine Gedanken in diese morbide Richtung lenkt? Es ist ja schließlich dein erstes Kind." Er lächelte sie an. „Lass mich dir sagen - und das bleibt unter uns - Alecs Mama war ebenso besorgt, wie du es jetzt bist. Furchtbar nervös und schreckhaft, den Kopf voller düsterer Gedanken, als der Tag ihrer Niederkunft näher kam. Ich habe ihr ständig versichert, dass alles gut gehen würde, dass sie es überleben würde, und ihr Kind auch." Er schüttelte seinen Kopf bei der Erinnerung und schnaubte leise. „Und wozu haben all diese grundlosen Sorgen geführt? Dass ich stattdessen sechsunddreißig Jahre lang Sorgen hatte!" Er schnippte liebevoll gegen ihre Wange. „Man hört nie auf, sich Sorgen zu machen, wenn ein Kind erst einmal auf der Welt ist. Das ist nur der Anfang. Du wirst es erleben ..."

Selina versuchte, ihre Fassung wiederzugewinnen, aber ihr Lächeln wirkte gezwungen. Sie versuchte verzweifelt, ihm zu erklären, was sie beunruhigte, damit er tun würde, was sie sich wünschte, im Falle, dass es die Entscheidung zu treffen galt, ihr Leben oder das Leben ihres Babys zu retten.

„Ich habe kein Recht, jemandem die Schuld zu geben, und tue das auch nicht", versicherte sie ihm. „Alecs Mutter mag eine Ehebrecherin gewesen sein und ihr ungeborenes Kind mag nicht das ihres Ehemannes gewesen sein, doch sie hatte nie versucht, eine Schwangerschaft aufzuhalten, sie wegzuschaffen ..."

„Warum hätte sie so etwas Schreckliches tun sollen?", fragte der alte Mann mit einer tiefen Falte zwischen den Brauen. „Das Kind war in Liebe empfangen worden und von seinen beiden Eltern sehr erwünscht."

„Ich glaube dir das, Onkel. Aber ich rede nicht über sie", vertraute Selina ihm fast flüsternd an. „Ich habe dafür gesorgt, dass ich nicht von George schwanger wurde, und dadurch verhindert, dass er den Sohn bekam, den er sich so verzweifelt wünschte. Ich muss für meine Sünden büßen, wenn dieses Kind eine Chance im Leben haben soll ..."

„Unsinn! Dein erster Mann war eine erbarmungslose Bestie. Jamison-Lewis hat dich nicht verdient. Und er hat es nicht verdient, dass du ihm Kinder schenktest! Sünden? Pah! An dem, was du getan hast, war nichts Sündiges. Das nennt man Selbsterhaltung. Was du getan hast, war zum Besten – für dich und für die Aussichten eines ungeborenen Kindes, das dir von diesem Monster aufgezwungen worden wäre."

„Wer will sagen, dass er, nur weil er mir gegenüber ein Ungeheuer war, ein schlechter Vater geworden wäre?"

„Wer will sagen ...?" Plantagenet Halsey glotzte sie an. Jetzt befürchtete er wirklich, dass die Schwangerschaft ihren Verstand verwirrt hätte. „Ich sage das! *Jeder* sagt das! Alle Götter, Selina, ich kümmere mich für keinen roten Heller darum, was du getan hast, um diese Hölle von einer Ehe zu überleben. Alec genauso wenig. Wir haben im Leben alle schon Entscheidungen getroffen, die wir abstoßend finden, oder die wir bedauern und auf die wir nicht stolz sind. Aber wir müssen den Glauben daran behalten, dass wir das, was wir taten, aus den *richtigen* Gründen taten."

Er zog ihren Arm durch seinen und zog sie an sich, und sie erlaubte ihm, sie weiter durch die Loggia zu führen.

„Lass mich dir etwas erzählen, das ich niemals jemandem anvertraut habe", sagte er leise und beugte sich zu ihr, damit er nicht lauter sprechen musste. „Ich war einmal gezwungen, eine Entscheidung zu treffen, die keinem Mann jemals zu treffen haben sollte. Diese Wahl verfolgt mich noch immer. Doch ich habe sie getroffen, und ich bin dabei geblieben - um Alecs willen." Er blieb stehen, drehte sich um und schaute sie an. Das Licht in seinen blauen Augen war erloschen. „Ich habe seiner Mutter das Herz gebrochen. Ich bin nicht stolz darauf, aber einer von uns musste sein Herz verhärten. Und dann machte ich es für sie noch schlimmer, und einige Zeit hasste sie mich, weil ich mich mit den Bedingungen meines Bruders einverstanden erklärt hatte. Ich musste es tun. Er hätte sich auf keinen Kompromiss eingelassen, aber das hatte ich auch nie erwartet. Andernfalls hätte er mir Alec nicht überlassen. Der armen Helen wurde ihr Kindchen weggenommen, bevor es auch nur einmal bei ihr hatte trinken dürfen ... Doch sie verstand, dass es keine andere Möglichkeit gab, nicht, wenn wir wollten, dass der Junge lebte. Aber das bleibt unter uns. Und ich erzähle dir das alles, weil du und Alec niemals eine solch teuflisch schreckliche Wahl werdet treffen müssen. Das Undenkbare wird dir oder deinem Kind nicht zustoßen. Verstehst du mich? Wir werden es alle überstehen - *gemeinsam*."

„Danke, dass du mir das anvertraut hast ... Und ich werde mein Bestes tun, nur Gutes über die kommende Zeit zu denken."

Er legte sanft seine Hände auf ihre Schultern und küsste ihre Stirn.

„Gutes Mädchen. Das Einzige, was du in deinem hübschen Kopf haben solltest, ist eine Liste von Namen für euer Kindchen, aus der du und Alec wählen könnt. Doch wenn es dich beruhigt, gebe ich dir mein Ehrenwort, alles in meiner Macht Stehende zu tun, um mich um Alec und euer Kind zu kümmern - sollte es je nötig werden. Jetzt ..."

„Danke. Danke, aus ganzem Herzen!", erklärte Selina mit einem erleichterten Aufschluchzen.

„... lass uns diesen Tee trinken. Du musst völlig ausgedörrt sein. Ah! Dein Schatten hat meine Gedanken gelesen", murmelte er, als Evans mit einem Hausmädchen, dass das Teetablett trug, im Schlepptau auf sie zu kam; dahinter kam ein Lakai mit der silbernen Teekanne und seinem Stövchen.

Unerwartet war jedoch der Anblick des Verwalters hinter dem Teeaufzug. Als die Diener an einem Ende des Tisches anhielten und begannen, Teekanne und -tassen aufzustellen, ging Paul Turner weiter und trat dem flanierenden Paar in den Weg. Er verbeugte sich vor Selina und sprach beide an.

„Wenn Ihr uns entschuldigen wollt, Mylady. Ich habe mit Mr. Halsey etwas Dringendes zu besprechen."

„Kann das nicht warten, bis wir unseren Tee getrunken haben?", knurrte der alte Mann.

„Leider nicht, Sir. Ich muss darauf bestehen, Euch sofort zu sprechen."

„Dann los, gehen wir in die Bibliothek, Mr. Turner."

Plantagenet Halsey verdrehte die Augen in Selinas Richtung und stapfte davon, der Verwalter folgte ihm, die Hände hinter seinem Rücken zusammengelegt. Ein wenig zu fest, wie Selinas fand, was hieß, dass der immer säuerliche Mann in noch düsterer Stimmung war als gewöhnlich. Sie fragte sich, was er von Alecs Onkel wollte, sicher hätte die Sache, wenn sie dringend war, in Gegenwart ihres Mannes besprochen werden müssen. Sie wünschte sich, eine Fliege an der Wand zu sein, um zu hören, was zweifellos ein sehr interessantes Gespräch sein müsste.

Nach einem Schritt in die Bibliothek befahl der Verwalter mit einem Rucken seines Daumens allen Lakaien, hinauszugehen. Nachdem die Flügeltüren sich hinter ihrem Rücken geschlossen hatten, fuhr er zu dem alten Mann herum.

„Sir! Ich flehe Euch an! Ihr müsst diesen Einmischungen ein Ende bereiten, bevor es zu spät ist!"

FÜNF

Hadrian Jeffries hatte einen Lakaien eine Leiter vor einem Bücherregal, in dessen Regalen sich die Tagebücher der Familie Halsey, Buchhaltung des Anwesens und verschiedene Geschichten und Biografien über prominente Familienmitglieder und ihre Verbindungen im Bezirk befanden, aufstellen lassen. Dicht daneben stand eine Gruppe von Sofas vor einem Kamin. Hinter einem dieser Sofas stand ein langer, schmaler Tisch, an den ein Stuhl gezogen war. Hier pflegte Hadrian zu sitzen, während die Marchionnes es sich an Kissen gelehnt und mit hochgelegten Beinen auf dem Sofa gemütlich machte. So saßen sie dicht genug beieinander, um sich Dokumente und Bücher hin und her zu reichen, ohne dass der Kammerdiener von seinem Stuhl hätte aufstehen müssen. Sie verbrachten oft ein paar angenehme Stunden damit, die Archive der Unterlagen nach Namen und Daten der Familienangehörigen zu durchsuchen und er erstellte dabei eine Liste, die einmal zu einem Stammbaum werden sollte. Er hatte bereits begonnen, einen zu entwerfen, und er lag auf dem Tisch neben einem Stapel Büchern, die Tinte trocknete auf dem Papier, wo er vor Kurzem ein weiteres Blatt mit verwandtschaftlichen Beziehungen der Familie angelegt hatte. Er erstellte auch eine Liste, aus der seine edlen Dienstherrn die Kette von passenden Vornamen des Kindes, das eines Tages Marquess werden würde, auswählen sollten.

Hadrian war auf der Bibliotheksleiter gewesen und hatte nach einem bestimmten Tagebuch gesucht, als ein Bündel Papiere zwischen den Deckblättern eines schmalen Bandes herausfiel, den er gerade aufgeschlagen hatte. Die Papiere flatterten durch die Luft und schwebten dann hinab, ein paar blieben auf dem Tisch liegen, der Rest auf dem polierten Parkett. Er kletterte rasch hinab, um sie aufzusammeln. Aber als das Öffnen und Schließen der Doppeltüren einen Windstoß mit sich brachte, flatterten einige der Papiere in die Luft und wurden unter den Tisch geweht.

Er krabbelte auf allen vieren darunter und legte sich dann hin, um ein bestimmtes Papier zu erreichen, das unter das Sofa gerutscht war. Es lag gerade außerhalb seiner Reichweite. Flach auf dem Bauch ausgestreckt, während seien Beine unter dem Tisch hervorragten und sein Arm halb unter dem Sofa verschwunden war, dessen Fingerspitzen gerade das Papier berührten, hörte er die Stimme des Verwalters. Zuerst glaubte er, selbst angesprochen zu werden. Doch der Verwalter erhielt eine Antwort, und von niemand anderem als Mr. Halsey.

Die instinktive Reaktion des Kammerdieners bestand darin, heraus zu krabbeln, seine Weste und seine Hosen abzubürsten und sich entweder an den Tisch zu setzen und so unauffällig wie möglich zu wirken oder aufzustehen und darauf zu warten, bemerkt zu werden. Doch irgendetwas, eine Intuition vielleicht, ließ ihn still liegen bleiben. Als er Plantagenet Halseys scharfe Antwort an den Verwalter hörte, erstarrte er. Und weil er sich nicht bewegte, zögerte er es hinaus, sich bemerkbar zu machen. Was bedeutete, dass er mehr von dem erhitzten Wortwechsel mit anhörte, als er hätte sollen. Und bald wurde deutlich, dass es nicht länger eine Option war, sich zu zeigen.

Leise, mit größter Vorsicht, zog er seine Beine an, sodass er völlig unter dem Tisch versteckt war. Und um sicherzugehen, dass er nicht gesehen würde, schob er seinen Rücken an das Sofa, zog seine Knie an die Brust und legte den Kopf auf die Knie. Er hatte keine Ahnung, was er sagen würde, sollte er erwischt werden, oder ob er auch nur versuchen würde, zu leugnen, dass er den alten Mann und den Verwalter belauscht hatte. Doch diese Befürchtungen schwanden, als er dem Gespräch zuhörte, das in einem so stillen, höhlenartigen Raum deutlich zu hören war. Und als Seine Lordschaft erwähnt wurde, hing der Kammerdiener bald an jedem Wort; dank seines außergewöhnlichen Erinnerungsvermögens konnte er nicht umhin, sich alles zu merken.

⚭

„EINMISCHUNG? WER MISCHT SICH EIN?“, WOLLTE PLANTAGENET Halsey wissen.

„Ihr wisst sehr wohl, von wem ich spreche, Sir."

Die buschigen Brauen des alten Mannes schossen nach oben. Er sprach knapp.

„Nicht, wenn Ihr in so unverschämtem Ton von ihm sprecht!"

Der Steward besann sich sofort auf seine Stellung und senkte den Kopf.

„Ich bitte um Verzeihung, Sir. Ich hatte Seiner Lordschaft gegenüber nicht respektlos sein wollen." Er unterdrückte die frustrierte Bitterkeit in seiner Stimme, um gleichmütig zu sagen: „Ich fürchte, Seine Lordschaft mischt sich in Dinge, die ihn nichts angehen."

Plantagenet Halsey sah angemessen verblüfft aus. „Ich verstehe nicht, worauf Ihr hinaus wollt."

„Seine Lordschaft hat mich heute Morgen nach der Herkunft seines Wildbrets gefragt, und ich habe ihm gesagt ..."

„... dass es aus seinem eigenen Hirschpark stammt. Man muss kein Genie sein, um das zu erraten."

Der Verwalter zwang sich, innezuhalten und tief Luft zu holen, da er wusste, dass Plantagenet Halsey trotz seines poltrigen Äußeren kein Narr war. Er wusste auch, wem er seine Treue schuldete, daher übersah er die Lässigkeit des alten Mannes, um genauer zu erklären:

„Ich sagte Seiner Lordschaft, ich hätte keine Ahnung, wie das Wildbret auf seinem Teller gelandet wäre. Und jetzt hat er mir befohlen, bei Adams zu erfragen, wie das Tier gestorben wäre und ob es sich um Wilderei oder eine zufälligen Verletzung handeln würde."

„Was ist schon dabei? Adams wird Euch sagen, dass das Tier sich verletzt hatte und damit hat die Sache ein Ende."

„Ich wünschte, es wäre so einfach, aber ..."

„Ihr sagt Seiner Lordschaft einfach, was Adams Euch erzählt. Wie viel einfacher kann es denn sein?"

„Aber Ihr und ich wisst, dass durchaus die Möglichkeit besteht, dass das, was Adams mir sagt und was die Wahrheit ist, zwei völlig verschiedene Dinge sind."

Plantagenet Halsey schnaubte verärgert. Er verlor die Geduld.

„Hört zu, Turner. Wenn der Wildhüter seiner Lordschaft Euch sagt, dass das Wildbret von einem verunglückten Tier stammt, das er von seinem Elend erlösen musste, dann ist das so gewesen. Alles, was Ihr tun müsst, ist, dies Seiner Lordschaft zu berichten. Ob Ihr es glaubt oder nicht ist unwichtig und Ihr müsst Euch nicht den Kopf darüber zerbrechen. Euer Gewissen ist rein, denn Ihr wiederholt nur, was man Euch erzählt hat. Verstanden?"

Der Verwalter sah Plantagenet Halsey in die Augen. Um den Mund des alten Mannes lag ein Zug von Sturheit und Entschlossenheit, in seinen Augen leuchtete ein kaltes Licht. Er wusste, wann er sich der Autorität beugen musste und blinzelte als erster.

„Ja, Sir. Natürlich. Wie mein Vater zuvor gilt meine Treue jetzt und immer dem Herrn auf Delvin - Verzeihung - von *Deer Park*.

„Hört sich doch nett an - *Deer Park*. Gefällt mir."

„Wenn Ihr das sagt."

„Oh ja." Plantagenet Halsey versuchte, den säuerlichen Verwalter zu besänftigen. „Warum zieht Ihr so ein langes Gesicht? Ich habe nichts gegen Euren Charakter oder Eure Loyalität gesagt. Tut einfach, was Ihr immer getan habt, und alles wird in bester Ordnung sein. Wie immer."

„Ich tue mein Bestes, Sir. Glaubt mir. Ich wünschte nur, ich hätte Euren Optimismus, dass die Dinge von allein in Ordnung kommen würden."

„Das wird schon. Seine Lordschaft ist nicht unvernünftig und wenn Ihr überzeugend klingt, wird er Euch glauben."

„Sir, ich bezweifle nicht, dass Seine Lordschaft höflich genug sein wird, meine Erklärung zu akzeptieren, doch ich muss Euch widersprechen. Er wird mir oder Adams nicht glauben."

„Warum nicht?"

„Weil Seine Lordschaft scharfsinnig ist. Er bemerkt - *alles*."

Der alte Mann lachte auf. Seine Stimme hatte einen Unterton von unverhülltem Stolz.

„Ja, das tut er, nicht wahr? Hat einen scharfen Verstand ... Manchmal zu scharf für sein eigenes Wohl. Ich habe heute Morgen mit ihm zusammen Wildbret gegessen - das im Übrigen sehr gut schmeckte - und tatsächlich habe ich keinen zweiten Gedanken daran verschwendet, wie das Fleisch auf meinen Teller kam." Er schüttelte den Kopf. „Aber ihm fiel es natürlich auf. Er war immer neugierig, schon als kleiner Kerl. Stellte beständig Fragen über dieses und jenes, wie etwas funktionierte, oder woher es käme und wie es dort hingekommen wäre! Hat mich manchmal ziemlich erschöpft ..." Er rieb sich die Stoppeln auf seinem Kinn. „Frage mich, warum er gerade das Wildbret bemerkte?"

Der Verwalter, der die Frage des alten Mannes vorhergeahnt hatte, sagte rundheraus: „Seine Lordschaft hat der Jagd auf Wild nur zum Sport ein Ende bereitet. Und da vor August nicht geschlachtet werden soll, ist es ungewöhnlich, zwei Monate zuvor Wildbret serviert zu bekommen."

„Gut für ihn! Ich hasse die Hirschjagd. Habe sie schon als Junge verabscheut. Ihr dürftet Euch daran erinnern, dass ich alles tat, was ich konnte, um es zu vermeiden, mit meinem Vater und meinem Bruder auf die Jagd zu gehen."

„Oh ja, Sir. Ich erinnere mich auch, dass Ihr einst ihre Armbrüste zerstört habt, in der Hoffnung, dass die Jagdsaison beendet werden würde. Mein Vater war so wütend auf Euch."

Der alte Mann lachte in sich hinein. „Aber er konnte nichts dagegen tun, nicht wahr? Und mein Vater fand nie heraus, dass ich es war. Er und Rod waren teuflisch wütend. Ha!"

„Das lag wohl daran, dass mein Vater mich zwang, die Schuld auf *mich* zu nehmen und ich die Schläge bekam, die für Euch bestimmt gewesen waren."

„Er hat was? Ihr?" Der alte Mann verlor sein Lächeln. Er war entsetzt. „Ich hatte keine Ahnung. Verdammt!" Er tätschelte die Schulter des Verwalters. „Das tut mir leid, Paul. Ich wette, dass das nicht die einzige Prügel war, die Ihr bekommen habt, wenn Euer Vater Euch für meine Sünden zahlen ließ."

Der Verwalter sah dem alten Mann wieder in die Augen.

„Es gibt keinen Grund, sich zu entschuldigen, Sir. Unsere Väter taten, was sie für das Beste hielten. So, wie ich es für meine Söhne tue."

„Wie geht es Roger und Hugh?", fragte Plantagenet Halsey so beiläufig, wie er es fertigbrachte. „Roger ist nach Oxford gegangen, nicht wahr?"

„Danke, dass Ihr fragt, Sir. Ja, und ich bin stolz, sagen zu können, dass er seinen Abschluss gemacht hat. Er ist jetzt wieder hier und arbeitet unter meiner Anleitung."

„Will in Eure Fußstapfen treten? Gut für ihn! Aber da will er in große Schuhe schlüpfen."

„Vielen Dank, Sir."

„Aber warum ist er dann nicht an Eurer Seite? Ich erinnere mich, dass Ihr Eurem Vater ständig wie ein Schatten gefolgt seid, als er noch Verwalter war."

„Ja, aber ich habe auch die Lehren meines Vaters gern angenommen. Roger, der frisch von der Universität zurückgekommen ist, hat seine eigenen - Ideen - Ideen, die er für besser hält als die zwanzigjährige Erfahrung eines Verwalters."

Der alte Mann gab ein Grunzen von sich. „Ein dickköpfiger Sohn mit lauter gelehrten Gedanken, der dem Rat eines Verwalters nicht folgen will, weil er auch sein Vater ist, wie?"

„Ja, Sir. Ich sehe, Ihr versteht die Situation."

„Wir können keinen Verwalter brauchen, der nichts von der Arbeit versteht oder einen, der infrage stellt, wie die Dinge hier gehandhabt werden, oder?"

„Nein, Sir. Ich bin mir sehr wohl über meine Pflichten im Klaren, und über seine. Obwohl er bei mir in der Lehre ist und in gewisser Weise erwartet, eines Tages hier Verwalter zu werden, erlaube ich ihm nicht, bestimmte Dinge zu erfahren, bis ich nicht von seiner Verständigkeit und seiner Loyalität überzeugt bin."

„Gut. Ich habe vollstes Vertrauen in Euch, dass Ihr ihn auf den rechten Weg bringen werdet."

Paul Turner konnte sich ein schiefes Lächeln nicht verkneifen. „Ich tue mein Bestes. Eigentlich müsste man ihm noch eine Portion Verstand einbläuen. Wenn Ihr versteht, was ich meine. Also habe ich ihn nacheinander bei den verschiedenen Gewerken auf dem Anwesen eingeteilt, damit er aus erster Hand von denen lernen kann, die es ihn lehren können ..."

„... und denen er vielleicht bereitwilliger zuhört als seinem Vater?" Der alte Mann lachte bellend und schüttelte den Kopf. „Na, ist das nicht wunderbar! Mir tun die armen Seelen leid, die sich mit solch jugendlicher Dickköpfigkeit herumstreiten müssen. Doch ich habe jedes Vertrauen in Adams und seinesgleichen, ihn zur Vernunft zu bringen. Wer kümmert sich im Moment um ihn?"

„Er war zwei Monate bei Adams, jetzt habe ich ihn zu Mr. Fisher geschickt, wo er etwas über die Wunder, oder auch die Geheimnisse, der Apothekerei lernt."

„Nachdem er zwei Monate hinter unserem Wildhüter durch die Wälder getrampelt ist, und sich durch die Brennnesseln geschlagen hat, wird es ihm himmlisch vorkommen, in Tams Apotheke alle möglichen Tränke zu brauen! Und was ist mit Eurem jüngeren Sohn, Hugh?", fuhr Plantagenet Halsey glatt fort. „Was macht Euer anderer Junge? Hoffentlich weniger Ärger als Roger?"

„Ich wünschte, das wäre so, Sir. Hugh ist eine Sorge für seine Mutter und mich auf eine andere Art und Weise, aber ich muss Euch nicht damit belästigen ..."

Plantagenet Halsey verschränkte die Arme. „Ihr belästigt mich nicht. Ich habe nach Roger gefragt. Also erzählt mir auch von Hugh."

„Ich hatte gehofft, Hugh bei Adams in die Lehre zu geben, weil er lieber im Freien ist. Er hat sich nie besonders für das Lernen aus Büchern interessiert."

„Hört sich nach einer guten Wahl an."

„Das dachte ich auch. Aber ich muss Adams noch davon überzeugen, ihn zu nehmen."

„Hatte wohl genug von Roger und will daher nicht noch einen

Eurer Söhne in die Lehre nehmen? Soll ich ein paar Worte mit unserem Wildhüter reden?"

„Vielen Dank, Sir. Aber, nein. Ich mache das schon. Sobald ich Hugh nach Hause bringen kann."

„Wo ist er?"

„Draußen im Wald. Er ist seit drei Nächten fort. Seine Mutter macht sich Sorgen. Ich nicht."

„Warum nicht?"

„Es ist für ihn nicht ungewöhnlich, einfach wegzubleiben, solange er seine Wunden leckt." Der Verwalter fühlte, wie seine Wangen heiß wurden. „Wir - Hugh und ich - hatten einen hitzigen Wortwechsel."

„Worüber?"

„Wilderei."

Plantagenet Halsey runzelte die Stirn. „Was hat er gemacht, Hirsche gewildert?"

„Er wildert nicht, Sir. Er ist dagegen. Deshalb ist er mit zwei seiner Freunde aus dem Dorf in den Wald gegangen. Nicht um Hirsche zu fangen, sondern um die Wilderer zu stören."

Die Stirn des alten Mannes glättete sich. Er blieb aber hartnäckig.

„Wir haben keine Wilderer. Das weiß doch jeder. Er sollte es wissen. Habt Ihr ihm das gesagt?"

„Ja. Er glaubt mir nicht." Der Verwalter zuckte mit den Schultern. „Und das zu Recht. Er weiß, sein Vater lügt, lügt ihm ins Gesicht, doch er weiß nicht, warum ich das tue. Ich bin nicht stolz darauf. Und bei einem Vater ist das verachtenswert, aber als Verwalter tat ich, was ich tun musste. Wie immer ... *Ut prodessem multis*."

„Es ist zum Wohle der Meisten." Plantagenet Halsey kniff seine Augen leicht zusammen und beugte sich vor. „Ihr glaubt immer noch, dass das stimmt, nicht wahr? Dass das, was ich - was wir - tun, den Vielen nutzt?"

„Ja, Sir. Ihr könnt Euch auf mich verlassen."

Der alte Mann richtete sich auf und entspannte sich ein wenig. „Macht Euch keine Sorgen um Hugh. Er wird nach Hause kommen, wenn er nichts mehr zu essen findet! Adams könnte ihn finden, noch bevor es so weit ist. Habt Ihr je daran gedacht, dass er drüben auf Ferris' Gut sein könnte, um Lady Ferris mit ihren Blumen zu helfen?"

„Hugh hilft Lady Ferris in ihrem Garten?" Der Verwalter klang ungläubig.

„Ja, und nach allem, was ich gehört habe, hilft er auch Mrs. Bailey manchmal in ihrem Garten. Wenn ich die beiden nur ein wenig kenne, streiten sie sich um Hughs Zeit. Ha! Haben nichts Besseres mit ihrer Zeit zu tun ... Aber ist es schlimm, wenn der Junge sich fürs Gärtnern interessiert? Ihr seht nicht überzeugt aus."

„Ich habe nichts dagegen, Sir. Roger hat früher in seinen Sommerferien auch im Garten der Ferris ausgeholfen. Das heißt, bis es einen Vorfall mit Lady Ferris gab ..."

„Vorfall?", fauchte der alte Mann. „Mit Lady Ferris?"

„Ja, Sir. „Ihre - ihre - *Altersschwäche* hat ...""

„*Was*? Ich weiß, dass ihr Kopf nicht mehr so gut arbeitet wie früher, aber sie ist nicht bösartig."

„Erlaubt mir, anderer Meinung zu sein, Sir, wenn ich Roger Glauben schenken darf. Und mein Sohn würde mich wegen etwas derartigem nicht belügen."

„Hä?"

„Roger sagt, Lady Ferris hat Zeiten, in denen sie nicht sie selbst zu sein scheint – in denen sie verwirrt ist. Zum Glück war Mylady bei Verstand, als sie zuletzt zum Nuncheon bei Lord und Lady Halsey war. Aber ...""

„Wie *unvernünftig* glaubt Ihr, dass eine winzige Lady einem paar strammen Jungs wie Roger und Hugh gegenüber, oder, was das angeht, jedem anderen gegenüber, werden könnte? Was für ein Vorfall war das, und wann hat er sich ereignet?"

„Während Ihr im Ausland wart. Ich kenne die genauen Einzelheiten nicht, Roger schon. Er sagt, Lady Ferris hätte sich mit ihrer Nähschere auf einen Lakaien gestürzt, weil sie ihn für einen Eindringling hielt. Laut dem Geschwätz der Dienstboten soll das mehr als einmal vorgekommen sein."

Plantagenet Halsey schnaubte skeptisch. „*Dienstbotengeschwätz?* Sich auf einen - einen *Lakaien* gestürzt? Mit ihrer - ihrer *Nähschere?* Um Himmels willen! Die Frau ist fünf Fuß groß, wenn überhaupt, und wiegt weniger als eine halb ertrunkene Katze!"

„Ja, Sir. Das ist mir klar, doch für Roger war es genug, Zeuge einer solch schockierenden Szene zu werden, dass er nicht mehr auf das Gut der Ferris zurückkehren wollte ...""

„... aber nicht genug, dass Hugh sich davon abhalten ließe, einer alten Dame mit ihren Rosen zu helfen? Hugh ist gerade in meiner Achtung gestiegen. Schaut, Turner. Ihr müsst zustimmen, dass der Fehler, einen Lakaien für einen Eindringling zu halten, sie nicht gefährlich macht. Gut, dass sie dem Schneid hat, sich selbst zu verteidigen. Nicht, dass sie für einen stämmigen Diener ein Hindernis darstellen könnte, doch sie hat es versucht. Ich wette, er hat bei dem Handgemenge nicht einmal einen Kratzer abbekommen!"

„Wie Roger mir sagte, nicht. Mir kam in den Sinn, wenn ihr Kopf nicht mehr wie früher ist, hat sie vielleicht ihren eigenen Diener nicht erkannt und sich in ihrer Panik mit der Schere verteidigt. Und sie mag klein und gebrechlich wirken, doch Roger sagte, es hätte zwei Diener gebraucht, um sie festzuhalten und die Schere aus ihrem Griff zu entringen."

„Tatsächlich?" Der alte Mann war nicht überzeugt, doch er machte dem Verwalter ein Zugeständnis, indem er sagte: „Ich werde sie im Auge behalten, solange sie hier ist ... Werde Euch wissen lassen, was ich denke." Dann fügte er abrupt hinzu: „Ich muss weg. Die Nachbarn können jeden Moment eintreffen. Wenn das alles war ..."

„Verzeihung, Sir, aber es gibt ein noch drängenderes Problem."

Der alte Mann hatte sich schon abgewendet, blieb aber stehen. Seine hellen Augen wurden trüb.

„Und welches Problem ist für den Verwalter von *Deer Park* zu belastend?"

„Ich muss wissen, was ich wegen des Lochs unternehmen soll, das im Stone Court aufgebrochen ist."

SECHS

Der Verwalter senkte seine Stimme, als fürchtete er, belauscht zu werden. Was er, ohne es zu ahnen, auch wurde. Die veränderte Lautstärke ließ Hadrian Jeffries auf seinem Hinterteil nach vorn rutschen. Er war so darauf bedacht, jedes Wort zu hören, dass er fast vergaß, unter dem Tisch versteckt zu bleiben.

Plantagenet Halsey zögerte nicht mit seiner Antwort. „Macht es zu.“

„Wenn es so einfach wäre, wie Ihr sagt. Die einzige Methode, die Decke zu reparieren, ist von unten aus dem Raum heraus zu arbeiten.“

„Warum könnt Ihr es nicht von oben flicken?“

„Das habe ich vorgeschlagen. Ich war absolut dafür, das Loch mit Planken abzudichten und dann die Steinplatten direkt darauf zu legen. Doch der Vorarbeiter, den Seine Lordschaft eingestellt hat, bestand darauf, dass das keine Lösung wäre und ganz sicher nicht auf lange Sicht. In der Tat würde das Verschließen mit Brettern aller Wahrscheinlichkeit nach zu weiteren Einbrüchen führen. Ich muss seiner Einschätzung zustimmen, auch wenn ich es im Gespräch nicht zugegeben habe.“

Plantagenet Halsey trat einen Schritt dichter an den Verwalter heran.

„Sagt mir, Turner: Warum ist dieser Raum auf keinem der Pläne des Anwesens zu sehen?“

Der Verwalter fragte sich, ob der alte Mann ihn mit der Frage auf die Probe stellen wollte. Doch er hatte keine Kraft, sich mit ihm zu streiten, daher sagte er knapp: „Damit er geheim bleibt."

Der alte Mann tippte sich an die lange Nase, zeigte dann mit dem Finger auf den Verwalter und grinste.

„Genau! Doch nachdem die Decke eingestürzt ist, wird er nicht mehr lange ein Geheimnis bleiben, nicht wahr?"

„Nein, Sir."

„Also möchte ich, dass Ihr etwas unternehmt, um sie irgendwie zu reparieren, bevor Fragen gestellt werden."

„Ich fürchte, diese Fragen haben bereits begonnen. Der Vorarbeiter ist darauf erpicht, seine Leute in den Keller zu schicken, um den entstandenen Schaden zu prüfen und für die Reparatur zu sorgen."

„Das habt Ihr natürlich verhindert."

„Ja. Einstweilen."

„Einstweilen reicht nicht. Niemand soll diese Gruft - nennen wir es doch, was es ist - je betreten. Das war der Grund, warum der Raum versiegelt und absichtlich bei den Plänen des Anwesens außer Acht gelassen wurde, damit er nie wieder geöffnet werden sollte." Der alte Mann musterte den Verwalter. „Ihr wisst, was in der Gruft ist, Turner?"

„Nein, Sir. Aber ich habe die Gerüchte gehört ..."

„Wie kann es Gerüchte geben, wenn niemand von seiner Existenz weiß?"

„Sehr wahr, Sir. Mein Vater hat mir kurz vor seinem Tod, als ich die Verwaltung übernahm, von dem Gewölbe erzählt."

„Was wisst Ihr also?"

Der Verwalter zögerte nicht. Er sprach deutlich.

„Dass das Gewölbe von verschiedenen Oberhäuptern der Familie Halsey benutzt worden wäre, seit Generationen. Erst Euer Vater hat es versiegeln lassen. Lord Delvin befahl, es für immer zu verschließen. Doch Euer Bruder, als er der Earl war, ließ es wieder öffnen ..." Der Blick des Verwalters huschte umher und begegnete dann dem des alten Mannes; er wählte seine Worte vorsichtig. „Er sagte, er wollte die alte Gewohnheit zur Beisetzung der Familie ehren."

Plantagenet Halsey schnaubte verächtlich und machte eine abwehrende Handbewegung.

Ehren?", wiederholte er, als ob er etwas Saures gekostet hätte. „Was für ein Haufen Mist! Ihr müsst wissen, dass es nicht stimmt, warum kommt Ihr mir also damit, hä? Dieser Spruch wurde von meinem Bruder benutzt, um das abscheuliche Verhalten unserer

Ahnen zu beschönigen. Es ist nur gut, dass er nur predigte, was unsere mörderischen Verwandten verübten!"

„Zum Glück für Euch, Sir."

Der alte Mann seufzte schwer, verzog das Gesicht und schnaufte. „Und wenn Ihr darüber nachdenkt, hätte mein Vater diese Kette von Morden nicht durchbrochen, wäre ich nicht hier, und ebenso wenig Seine Lordschaft."

Der Verwalter war sich nicht sicher, ob er antworten sollte, aber er tat es.

„Aber sicher steht es uns nicht zu, über sie zu urteilen - über Eure illustren Verwandten, oder, was das angeht, jede begüterte Familie aus Kent, die wünschte, ihren Besitz zusammenzuhalten. Es war - *es ist* - ihre einzige Möglichkeit, um ein Gesetz zu umgehen, das seit der Zeit vor der Invasion des Eroberers in Kraft ist."

„Das mögt Ihr denken, und die meisten Leute hier tun das ebenso. Doch ich sage, nichts - und ich meine wirklich nichts - rechtfertigt Mord. Und meine Verwandten haben über Jahrhunderte hinweg Morde begangen, ebenso wie andere, die ein Stück Land in Kent besitzen. Soweit mir bekannt ist, *ehren* sie noch immer diese alte Familiensitte. Es ist kaltblütig und berechnend und es ist falsch. Und hier wird es nicht geschehen!" Als der Verwalter schwieg, blinzelte er zu ihm hinab und fügte mit leiser Stimme hinzu: „Und es wäre nicht spekuliert, wenn ich sage, dass, da Ihr alles über die alte Sitte meiner Familie der *Beisetzungen* kennt, Ihr nicht lange raten müsst, was dort in jener alten Gruft begraben ist, nicht wahr, Turner?"

Der Verwalter wagte nicht, seinen Blick abzuwenden und tat sein Bestes, um seine Stimme emotionslos klingen zu lassen. Doch er konnte nicht verhindern, dass sein Gesicht vor Verlegenheit heiß brannte.

„Da ich von der Sitte weiß, wäre es unaufrichtig von mir, Unwissenheit vorzutäuschen", antwortete er ruhig. „Doch die Wahrheit ist, dass ich keinen Gedanken daran verschwendet habe, seit mein Vater mir davon erzählte, bis heute, als dieses Unglück im Stone Court passierte."

„Eure Aufrichtigkeit und Eure Scham sind erfreulich. Und um Euch gerecht zu werden, und auch die Wahrheit zu sagen, ich habe mein ganzes Leben lang mein verdammt Möglichstes getan, um zu vergessen, dass diese Gruft existiert. Doch sie ist da und es gibt nichts, was wir dagegen tun können, außer sie versiegelt und geheim zu halten. Und das werden wir auch. Verstanden?"

„Ja."

„Gut. Also was wir jetzt tun müssen, ist, uns darauf zu konzentrieren, dieses Loch so schnell wie möglich flicken zu lassen, was all den Spekulationen ein Ende bereiten und Seine Lordschaft davon abhalten sollte, sich noch mehr damit zu befassen, als er es bereits tut."

„Ich stimme Euch völlig zu, Sir."

„Wisst Ihr, was mir absolut unverständlich ist, nachdem ich diese Baupläne durchgesehen habe, Turner - warum meine mörderischen Ahnen diese Familiengruft unter dem Stone Court angelegt haben. Ich hatte immer angenommen, dass sie wie der Rest der Keller unter dem Kinderflügel läge."

„Das habe ich mich auch gefragt", sinnierte der Verwalter. „Ich wage zu vermuten, dass vielleicht zu der Zeit, als sie angelegt wurde, das war, als die Galerie der Kinderzimmer in den vierziger Jahren des sechzehnten Jahrhunderts erbaut wurde, die Arbeiter nicht weiter unter dem Gebäude graben konnten, weil sie auf ein geologisches Hindernis gestoßen waren. Felsen, der zu hart war, um ihn abtragen zu können, vielleicht. Also war es einfacher und schneller, den Hof zu untergraben."

„Damit könntet Ihr recht haben ... *Verdammt*. Was für ein Pech, dass das gerade jetzt geschehen muss. Wir brauchen in diesen Tagen kein solches Pech, Turner. Nicht, wo das Kindchen Seiner Lordschaft in ein paar Tagen kommen soll ...""

Der alte Mann knabberte nachdenklich an seinem Daumen und der Verwalter nutzte die Pause, um ihm gut zuzureden.

„Wir haben eine Plane über das eingestürzte Dach gespannt, um es vor dem Wetter zu schützen, und vor neugierigen Augen, die versuchen könnten, aus den oberen Stockwerken der Galerien einen Blick in die Leere zu werfen. Ich habe auch einen Mann im Stone Court auf gestellt, um Wache zu halten, Tag und Nacht."

„Wie schlagt Ihr vor, den Vorarbeiter Seiner Lordschaft und dessen Männer davon abzuhalten, durch den Keller in die Gruft zu gelangen?"

„Wie ich es verstehe, gibt es einen Vorraum zu der Gruft, durch den man hindurchgehen muss, um das Innere des eigentlichen Gewölbes zu erreichen. Es war der Eingang zu diesem Vorraum, der von Eurem Vater zugemauert wurde, doch diese Ziegel wurden auf Befehl Eures Bruders wieder entfernt. Als er erneut zugemauert wurde, versteckte man die neue Wand hinter einem Wandteppich. Der hängt noch immer da. Und selbst, wenn der Vorarbeiter und seine Leute auf der Suche nach einem Eingang zu dem Gewölbe in den Keller kämen, würden sie wissen müssen, wo sie zu suchen haben, und nach was."

„Und wenn sie hinter den Wandteppich spähten, was dann?"

„Sie könnten erkennen, dass das Mauerwerk nicht genauso ist wie bei den anderen Kellerwänden. Und wenn sie dann beschließen, diese Steine herauszureißen und in den Vorraum gelangen, wären sie einer Öffnung der Gruft doch immer noch nicht näher."

„Warum nicht?"

„Weil zwischen dem Vorraum und der Gruft eine schwere Eichentür liegt. Und diese Tür ist mit einer Kette und einem Vorhängeschloss verschlossen. Man muss das Vorhängeschloss öffnen und dann die Tür aufschließen, bevor man in die eigentliche Gruft gelangt."

Plantagenet Halsey warf Paul Turner einen schrägen Blick zu. „Für jemanden, der versucht hat, die bloße Existenz der Gruft zu vergessen, wisst Ihr verdammt viel darüber, wie man hineinkommt!"

Der Verwalter schluckte und lächelte schief. „Die Gruft und der Vorraum mögen nicht auf den Plänen des Hauses verzeichnet sein, aber das heißt nicht, dass es keine Aufzeichnungen darüber gäbe ..."

„Was? *Aufzeichnungen?* Wer hat darüber geschrieben? Nicht mein Vater, das ist sicher! War mein Bruder dumm genug, das in *Briefen* zu erwähnen? Und an wen ..."

„Nein, Sir! Nicht, dass ich wüsste. Keine Briefe. Es gibt ein Dokument, ein Dokument über die Gruft. Was man tun muss, falls man sie öffnen will. Was ich Euch gerade berichtet habe. Niemand sonst weiß davon - nicht einmal Seine Lordschaft. Und sein Bruder wusste ganz sicher nichts davon."

„Ich wusste auch nicht, dass es existiert, bis Ihr es mir gesagt habt! Steht noch etwas darin?"

„Es ist Jahre her, seit ich Grund hatte, das Dokument aus dem Safe zu holen. Woran ich mich erinnere, ist, dass die Schlüssel, sowohl die für das Vorhängeschloss als auch die für die Tür der Gruft, nicht hier, sondern in der Obhut der Familienanwälte der Halseys in London, aufbewahrt werden."

„Wozu zum Teufel? Also wollt Ihr mir sagen, selbst wenn wir die Ziegelsteine hinter dem Wandteppich abreißen und in den Vorraum kommen würden, wir erst noch nach London um die Schlüssel schicken müssten, um die verdammte Tür zu der Gruft öffnen zu können?"

„Ja, Sir. Genau."

Der alte Mann verdrehte die Augen und fuhr sich frustriert mit der Hand über sein Gesicht. Er holte tief Luft. „Wessen Idee war das? Nicht die meines Bruders, würde ich wetten."

„Ich müsste in dem Dokument nachsehen, aber ich glaube, es

stammt aus der Zeit nach Lord Delvins Tod, doch bevor sein Sohn -
Euer Neffe - die Nachfolge antrat."

Plantagenet Halseys Augenbrauen schossen nach oben. „Als die
Gräfin aber noch lebte?"

„Ja, Sir ... Sir, mir ist klar, dass das nicht das ist, was Ihr hören
wollt, doch da die Schlüssel in London sind und nach ihnen geschickt
werden müsste und da ich keinen Zweifel habe, dass der Anwalt der
Familie sie selbst nach Kent bringen würde, heißt das, die Zeit
arbeitet für uns."

„Das soll heißen?"

„Selbst wenn Seine Lordschaft seinen Vorarbeiter und dessen
Leute in den Keller schicken würde, müssten sie erst danach suchen,
wo der Eingang zu dem Vorraum zugemauert ist. Und selbst, wenn sie
auf Befehl Seiner Lordschaft diese Mauer einreißen und den Vorraum
betreten würden, müssten sie sich immer noch mit dem Vorhängeschloss und der verschlossenen Tür befassen ..."

„... die sie einfach mit einer Axt zerschlagen könnten, um sich den
Weg hinein zu bahnen!"

Der Verwalter wagte zu lächeln.

„Bitte um Vergebung, Sir, aber haltet Ihr es für wahrscheinlich,
dass Seine Lordschaft, der sich die allergrößte Mühe gibt, um dieses
Haus mit der ganzen Sensibilität eines Mannes, der die Geschichte zu
wahren sucht, es seinem Vorarbeiter und dessen Männern erlauben
würde, sich wie die Einbrecher mit einer Tür zu befassen, die seit
mehr als dreihundert Jahren dort steht?"

Plantagenet Halsey lachte schnaubend. „Ha! Recht habt Ihr! Nein.
Das würde er nicht." Sein Lächeln verwandelte sich in ein Stirnrunzeln. „Aber er wird nicht bis zu dieser Tür kommen, oder, Turner? Ihr
werdet etwas tun, um ihn davon abzubringen. Sagt, der Boden wäre
unsicher. Sagt, das Dach könnte über seinem Kopf einstürzen. Sagt,
was auch immer euch verdammt einfällt, aber Ihr müsst ihn davon
abbringen!"

„Ich wünschte, es wäre so einfach ..."

„Da ist wieder dieses Wort - *einfach*. Inzwischen solltet Ihr
wissen, dass bei Seiner Lordschaft nichts einfach ist. Gewöhnt Euch
daran."

„Ich tue mein Bestes, Sir. Nur hat Seine Lordschaft festgelegt, dass
er anwesend sein soll, um den Schaden mit seinem Vorarbeiter
gemeinsam zu bewerten."

„So? Nun, das kommt nicht in Frage."

„Aber ..."

„Nein, Turner. Kein ‚Aber'. Niemand sonst, vor allem nicht die junge Marchioness in ihrem gegenwärtigen Zustand, sollte für immer im Traum davon verfolgt werden. Verstanden?"

„Ja, Sir." Der Verwalter dachte einen Augenblick nach, holte tief Luft und sagte dann: „Dann sehe ich kommen, dass es meine Männer und mich beträchtliche Zeit kosten wird, dieses Loch im Stone Court von unten zu erreichen, angesichts der Tatsache, dass kein weiterer Raum neben dem Keller auf den Plänen des Gebäudes erwähnt wird. Und da weitere Einbrüche zu befürchten sind und Männer verletzt werden könnten, wird es ein langsames und schwieriges Vorgehen werden ... ich bin sicher, dass Seine Lordschaft erwartet, dass ich mit aller Vorsicht vorgehe. Sollte der Vorraum durch die drängenden Fragen seiner Lordschaft entdeckt werden, ist da noch immer die Eichentür, die weitere Fortschritte verhindert. Und wenn entdeckt wird, dass sie doppelt verschlossen ist, bezweifle ich nicht, dass Seine Lordschaft die Schlüssel verlangen wird. Schlüssel, die ich nicht habe, und es wird geraume Zeit brauchen, die Archive der Familie zu durchsuchen, um herauszufinden ..."

„... und selbst, wenn Ihr sie findet - denn Seine Lordschaft wird nicht aufgeben, bevor Ihr die Schlüssel nicht findet, das steht fest - müssen wir nach London schicken", fügte der alte Mann zufrieden hinzu. „Und diese Schlüssel müssen vom Anwalt der Familie begleitet werden. Und das Büro von Yarrborough und Yarrborough ist eine geschäftige Kanzlei in der City. Ich schätze, keiner der Yarrborough-Brüder oder ihrer Partner kann einfach alles stehen und liegen lassen, um ohne Vorwarnung hierher zu eilen. Es könnte Wochen dauern, bis sie eine Gelegenheit finden, um dem Ruf seiner Lordschaft zu folgen."

Der alte Mann klatschte in die Hände und rieb sie sich dann voller Befriedigung.

„Das sollte die Sache ausreichend verzögern, denke ich. Das Kindchen wird bis dahin geboren sein und Seine Lordschaft wird zu sehr damit beschäftigt sein, den jungen Papa zu spielen, als dass er sich um die Reparaturen des Schlosshofs kümmern könnte. Und dann könnt Ihr und Eure Leute Euch daran machen, das Dach von oben zu flicken. Mit Gottes Hilfe werdet Ihr es hübsch und ordentlich verschlossen haben, bevor Seine Lordschaft einen weiteren Gedanken an den Stone Court verschwendet. Er wird sich einfach freuen, dass die Arbeit erledigt und das Problem gelöst ist. Es ist ja nicht so, dass er nicht genug andere Probleme mit diesem verfallenden Haufen alter Steine und zerbrechender Balken hätte, dass er und seine fremden Arbeiter in der Zwischenzeit beschäftigt sein könnten, oder?"

Der Verwalter stimmte mit einem untypischen Grinsen zu.

„Nein, Sir. Und Ihr könnt sicher sein, dass meine Männer und ich nicht in der Lage sein werden, einen möglichen Zugang zu diesem Gewölbe durch den Keller zu finden. Oder wenn doch, wird es uns, wie ich sagte, beträchtliche Zeit und Mühe kosten, durch das Mauerwerk zu brechen."

„Danke, Turner. Euer Versprechen macht mir das Herz leichter."

Der Verwalter nickte und neigte den Kopf einen Moment, bevor er den Blick wieder zu dem des alten Mannes hob.

„Ihr könnt immer auf meine Loyalität zählen, Sir. Das wisst Ihr doch, nicht wahr?"

„Ja, Paul. Ich habe mich schon viel öfter auf Euch verlassen, als ich mich erinnern möchte." Plantagenet Halsey holte Atem, plötzlich überwältigt, und legte seine Hand auf die des Verwalters. Er ergriff sie kurz. Und mit einem letzten Klopfen auf den Arm des Verwalters ließ er diesen wieder los. „Eure Loyalität ist unbezahlbar. Ich werde Euch nie genug danken können für ..."

„Bitte, Sir. Lassen wir das ruhen. Ich sollte besser weitermachen. Es gibt viel zu tun und Mrs. Turner wird sich fragen, wo ich bleibe. Seine Lordschaft hat Gäste - aber das wisst Ihr ja."

„Ja, allerdings." Der alte Mann holte erneut Atem und sage mit einem Zungenschnalzen: „Und denkt daran, wenn Ihr weitere Schwierigkeiten mit diesem Haufen fremder Arbeiter habt, kommt Ihr zu mir. Ich kümmere mir um diese Leute. Jetzt los, bevor Mylady sich fragt, was wir hier drinnen tun, und wofür ich meinen Tee auf der Terrasse habe kalt werden lassen." Er lachte kurz auf und schüttelte den Kopf. „Und Ihr glaubt, Seine Lordschaft sähe alles? Ha!"

❦

Die Bibliothekstür schloss sich, und Hadrian Jeffries zwang sich, bis zehn zu zählen. Die anhaltende Stille ließ ihn unter dem Tisch herauskriechen, ohne zu fürchten, dass er entdeckt werden könnte. Seine beiden Beine kribbelten und er zitterte am ganzen Körper. Er war sich nicht sicher, was ihn am meisten verstörte - dass er eine äußerst private Unterhaltung zwischen Herrn und Diener belauscht hatte oder was der Inhalt dieses Gesprächs für seinen Herrn bedeutete. Er fühlte sich übel bis ins Innerste und sehnte sich nach frischer Luft. Doch bevor er nach draußen stürzen konnte, veranlasste sein überwältigendes Bedürfnis, alles, was er berührte, ordentlich und sauber zu hinterlassen, ihn dazu, aufzuräumen.

Mit zitternden Händen hob er die Papiere, die auf den Boden geflattert waren auf, und zwang sich, zunächst unter den Tisch zu kriechen. Er schob sie gedankenlos zusammen, machte dann einen

Stapel daraus, so dass die Ecken alle aufeinander lagen und legte sie auf sein offenes Journal. Er würde sie später lesen, wenn er wieder klar denken konnte.

Seine Gedanken rasten, während er sich alles einprägte, was zwischen dem Verwalter und dem Onkel seiner Lordschaft gesagt worden war, und er fragte sich, was er unternehmen sollte, nachdem er jetzt im Besitz solch wunderlicher Informationen war. Fest stand, er konnte das nicht alles für sich behalten. Seine Lordschaft hatte das Recht, es zu erfahren, und es war seine Pflicht, ihm davon zu berichten. Doch wie und wann sollte er das tun, ohne Zwietracht zwischen den beiden sich liebenden Verwandten zu säen? Er brauchte Rat, Rat, wie er vorgehen und wie er Seine Lordschaft darauf ansprechen sollte. Und er brauchte ihn gleich.

Er verließ die Bibliothek, seine Gedanken rasten und sein Herz pochte laut. Seine Füße trugen ihn durch ein Gewirr enger Flure, die von der Dienerschaft benutzt wurden, aus einem Gebäude heraus, über einen Hof und in den nächsten, bis er in den kühlen Tiefen des Hauses angelangt war, wo nur Diener, Untergebene und Lieferanten herumlungerten. Doch er blieb nicht stehen und ließ sich auch auf kein Gespräch ein. Er sah auch kaum jemandem in die Augen. Niemand fand das seltsam. Schließlich konnte der Kammerdiener Seiner Lordschaft gehen, wohin er wollte. Und als Kammerdiener seiner Lordschaft war er für die anderen Diener die Augen und Ohren des Herrn. Daher waren sie in seiner Gegenwart immer auf der Hut oder taten ihr Bestes, um ihm aus dem Weg zu gehen, aus Furcht, die Aufmerksamkeit des Marquess Halsey auf sich zu lenken.

Hadrian bemerkte kaum jemanden oder irgendetwas. Sein Kopf summte noch von Plantagenet Halseys Worten - *meine Verwandten haben über Jahrhunderte hinweg Morde begangen*. Was in dieser geheimen Gruft verborgen war, das sich auf die mörderischen Aktivitäten der Familie bezog, musste wirklich Stoff für Albträume sein. Und er war nicht überrascht, dass der alte Mann nicht den Wunsch verspürte, dass sein Neffen und dessen Frau das entdeckten.

Es war alles äußerst verwirrend und erschreckend. Mit aufsteigender Panik riss ein zerstreuter Hadrian die Küchentür auf und schritt über den gepflasterten Innenhof zu dem ummauerten Gemüsegarten dahinter. Hier hielt er an, um endlich Atem zu holen und blinzelte ins sommerliche Licht. Er sog die frische Luft ein, die einen durchdringenden Geruch von Geißblatt mit sich brachte, und, die Sonne auf dem Gesicht und der leichte Wind dazu, nahm er sich einen Augenblick Zeit, um sich umzuschauen. Direkt hinter dem Gartentor befanden sich die ordentlich gepflügten und bepflanzten

Beete des kürzlich angelegten Arzneigartens. Dahinter führte ein gewundener Pfad, gesäumt von schattenspendenden Bäumen, zu einer Brennerei und den Arbeitsräumen, die jeder Apotheker stolz gewesen wäre, sein Eigen nennen zu dürfen.

Hadrian ging durch das Tor und betrat den schattigen Weg, ohne seine unmittelbaren Absichten selbst zu kennen. Als er wieder in die Sonne trat, fand er sich auf den Stufen zu den Arbeitsräumen. Er blinzelte überrascht. Von der Tür aus beobachtete ihn Mr. Thomas Fisher und am Fenster, die Ellbogen auf das Fensterbrett gestützt und das Gesicht in die Hände, dessen säuerlicher Gehilfe, Roger Turner. Keinem schien er besonders willkommen zu sein.

SIEBEN

„SAGT, WAS IHR WOLLT, JEFFRIES", sagte Tam steif und richtete sich auf.

Der Kammerdiener näherte sich dem Apotheker langsam. Er war sich nicht ganz sicher, was er eigentlich wollte, oder was ihn hergeführt hatte, in den Herrschaftsbereich des sommersprossigen Thomas Fishers. Der frühere Kammerdiener Seiner Lordschaft sah mehr wie ein Junge aus als wie ein Mann, obwohl er der Apotheker großer und titeltragender Persönlichkeiten war. Doch was für Hadrian wichtig war, war die Tatsache, dass Fisher nicht länger Diener im Haushalt seiner Lordschaft war, sondern zu einem bevorzugten Freund der Familie geworden war. Vielleicht war es der Zufall, der ihn hierher gebracht hatte ...

„Ich - ich hätte gern ein Wort mit Euch gewechselt, Mr. Fisher." Er warf dem mürrischen Gehilfen, der noch immer aus dem Fenster sah, einen Blick zu. „Unter vier Augen, wenn ich bitten darf ..."

Tams instinktive Reaktion war, dem hochnäsigen Kammerdiener zu sagen, wenn er nicht wegen einer Bitte seines Herrn hier wäre, könnte er gleich wieder gehen. Jeffries hatte Tam das Leben zur Hölle gemacht, als er noch der Kammerdiener Alec Halseys gewesen war. Er hatte Tam für unwürdig erachtet, der Gentleman eines Gentlemans zu sein, und mit der Hilfe des Butlers hatte er Tams Anstrengungen an jeder Ecke behindert. Jeffries hatte ihn unfähig wirken lassen in der Hoffnung, dass er entlassen werden würde, damit er selbst die Stellung erhalten konnte. Und jetzt standen sie hier, zwölf Monate später, und Jeffries hatte seinen Willen bekommen.

Doch seither war viel Wasser den Berg hinabgeflossen und während Hadrian Jeffries sein Ziel erreicht hatte, die Stelle von Lord Halseys Kammerdiener anzutreten, war Tam in den Augen eines jeden Dienstboten bis in den Himmel hinauf gestiegen. Nicht nur hatte er ein Vermächtnis von tausend Pfund erhalten, ein Vermächtnis, das er in seine eigene Apotheke in der St. James' Street in Westminster investiert hatte, sondern er saß jetzt als Freund Seiner Lordschaft an dessen Tisch. Mr. Hadrian Jeffries würde für den Rest seiner Tage der Gentleman eines Gentlemans bleiben.

Dies zu wissen, verschaffte Tam vorübergehende Befriedigung. Doch er neigte nicht zur Rachsucht. Also schluckte er die Erinnerung an seine Demütigungen als Diener herunter und statt den Kammerdiener abzuweisen und seiner Wege zu schicken – und ihm zu sagen, dass sie einander nichts zu sagen hätten - nickte er ihm zu.

„Sagt Eurer Sprüchlein auf, Jeffries. Ich lausche."

Hadrian fühlte plötzlich, wie seine Kehle trocken wurde. Er schaute wieder zu dem Gehilfen, diesmal länger, in der Hoffnung, dass Thomas Fisher es bemerken würde, ohne dass er das Offensichtliche laut aussprechen müsste.

„Drinnen wäre besser, Mr. Fischer ..."

Tam hatte den Seitenblick zu Roger schon beim ersten Mal bemerkt, und wie bei diesem ersten Mal zog er es vor, ihn zu ignorieren.

„Hier ist es genauso gut."

Der Kammerdiener versuchte, seine Enttäuschung nicht zu zeigen. Er verdiente die Feindseligkeit des Apothekers. Bis zu diesem Mal Morgen, tatsächlich bis zu seiner Zeit unter dem Tisch, als er das Gespräch zwischen Mr. Halsey und dem Steward belauschte, hätte er Thomas Fisher weiterhin auf die gleiche Weise betrachtet. Doch wenn er sich einer Sache sicher war, dann, dass der junge Mann dem Marquess völlig ergeben war. Wie er selbst würde der Apotheker alles tun, um Seiner Lordschaft zu helfen. An diesem Punkt waren sie sich einig. Und er hielt sich an dieser Tatsache fest und hoffte, dass er ihn aus seinem Dilemma befreien könnte.

„Wenn es so einfach wäre, würde ich es Euch hier sagen. Aber das ist es nicht - und wenn Ihr mir erlauben würdet, aus der Sonne zu gehen ... ich ... ich fühle mich nicht ganz wohl, Mr. Fischer."

Tam runzelte die Stirn. „Nicht ganz wohl?"

„Es tut mir leid, aber ich fürchte, ich bin entschieden unwohl", gab der Kammerdiener zu. „Es geht gleich wieder ... Wenn ich mich vielleicht einen Moment in den Schatten setzen könnte, würde das helfen ... Nochmals, Verzeihung ..."

Tam kam rasch die Stufen herab, um ihn sich genauer anzusehen. Der Kammerdiener war kreidebleich und auf seiner Stirn standen Schweißperlen. Er fühlte an Jeffries Handgelenk nach dem Puls, er raste. Nicht nur das, sondern er schwankte auch. Tams Instinkt als Heiler übernahm. Alle Feindseligkeit gegenüber Hadrian Jeffries schwand. Jetzt war er ein Patient, der seiner Hilfe bedurfte. Ohne zweimal darüber nachzudenken, legte er einen Arm um die Schultern des Kammerdieners, um ihn aufrecht zu halten und rief nach seinem Gehilfen.

Roger erschien in der Tür, machte jedoch keine Anstalten, sich zu bewegen. Er lehnte am Türrahmen und schaute zu, wie Tam dem Kammerdiener die Stufen hinaufhalf. Erst, als er den beiden Männern im Weg stand, trat er endlich zur Seite.

Hadrian Jeffries sackte schwindlig nach vorn. Tam zog ihn hoch und brüllte nach einem Stuhl. Diesmal bewegte Roger sich und tat, was ihm gesagt wurde. Doch er war langsam, zu langsam für Tam, der ihm den Stuhl wegschnappte, diesen mit allen vier Beinen auf den Boden knallte und den Kammerdiener darauf absetzte.

„Beweg dich nicht!", verlangte Tam von Roger. „Bleib neben ihm stehen, und wenn er umzukippen droht, richte ihn wieder auf."

Roger ließ ihn durch ein Augenrollen wissen, dass er nur widerwillig Befehle entgegennahm. Tam ignorierte ihn und ging zum Arbeitstisch hinüber, wo er rasch eine Reihe etikettierter Fläschchen untersuchte. Er fand, was er suchte, zog den Korken heraus, nahm sich ein kleines Tuch und kehrte zu dem Kammerdiener zurück. Er legte das Tuch über den offenen Flaschenhals, drehte sie um und ließ die Flüssigkeit das Tuch tränken.

Als ein scharfes und unverwechselbares Aroma die Luft erfüllte, hielt Roger sich die Nase zu und schnitt eine Grimasse. Wenn Tam nicht wegen des Kammerdieners besorgt gewesen wäre, hätte er über solche Mätzchen gelacht und ihm dann eine Predigt gehalten, wie man sich in Gegenwart eines Patienten benahm. Er versuchte, Roger zu erklären, was er tat.

„Lavendelöl auf die Schläfen, um Kopfschmerzen zu lindern und Erregung zu besänftigen ..."

„Das wird ihn wohl eher völlig umhauen", spottete Roger. „Es stinkt gottserbärmlich, Cous..."

„Hier bin ich nicht dein Cousin, Roger Turner", sagte Tam durch zusammengebissene Zähne.

Roger zuckte gleichgültig mit den Schultern. „Wie es dir gefällt. Aber dein Hokuspokus ändert doch nichts an der Tatsache, dass wir Cousins sind, oder?"

„Ich werde tun, was mir gefällt, und du wirst auch tun, was mir gefällt, solange du unter meiner Aufsicht stehst!"

„Wenn es denn sein muss - oi! Ist dieser Kerl nicht der Prügelknabe Seiner Lordschaft?"

„Jeffries ist Lord Halseys Kammerdiener", stellte Tam fest, und der barsche Ton stand im krassen Gegensatz zu der Sanftheit, mit der er die Lavendeltropfen auf Hadrians Schläfen auftrug. Er stand auf und trat zurück, ein besorgtes Stirnrunzeln in Richtung des Kammerdieners, als er ruhiger sagte: „Schließt die Augen, Jeffries. Holt ein paar Mal tief Luft. Dann werdet Ihr Euch gleich besser fühlen."

Als der Kammerdiener tat, wie ihm gesagt wurde, wandte er seine Aufmerksamkeit Roger Turner zu. Innerlich ließ er die Schultern hängen. Tam hatte sich nur bereiterklärt, sich um ihn zu kümmern, um Rogers Mutter zu besänftigen. Einen widerwilligen Geist konnte man nicht belehren und es bestand keine Hoffnung, jemandem ein wenig Demut einzuhämmern, der sich über die Plackerei des Alltags für erhaben hielt. Wie sehr die Turners auch immer das Gegenteil hofften, ihr ältester Sohn Roger hatte eine zu hohe Meinung von sich selbst, um für irgendjemanden von Nutzen zu sein.

„Während Jeffries sein Gleichgewicht wiedererlangt, kannst du einen Krug Dünnbier holen", befahl Tam. „Nicht aus dem Haus. Geh ins Dorf. Du brauchst dich mit dem Zurückkommen nicht zu beeilen."

Roger wollte schon antworten, dass er nicht drei Jahre auf der Universität verbracht hätte, um dann zum Diener zu werden. Und da er niemandes Diener war, holte und brachte er nichts für niemanden, und ganz sicher nicht für einen Kammerdiener, egal, wie großartig sein Dienstherr war, und auch dann nicht, wenn dieser Dienstherr der Herr dieses Anwesens war. Und dann fiel ihm ein, dass es Dienstag und damit Waschtag war. Und dass die Wäscherei zu der Ansammlung niedriger Gebäude gehörte, die auf dem Landsitz als das Dorf bekannt waren. Dazu gehörte nicht nur die Schmiede, die Werkstätten von Zimmermann und Stellmacher, sondern auch das Brauhaus und die Hopfendarre. Und um Bier zu holen, müsste er an der Wäscherei vorbeigehen.

Und da an diesem Tag Waschtag war, würden all die jungen Wäscherinnen bis zu den Knöcheln in den Waschzubern voll Seifenwasser stehen, die Röcke bis hoch an die Oberschenkel geschürzt, damit sie nicht nass würden, und mit ihren langen, wohlgeformten Beinen und nackten Füßen die schmutzigen Laken und Wäsche treten. Sie waren ein fröhlicher Haufen und kicherten beständig, während sie die Wäsche sauber trampelten. Nicht einmal der adstringierende, üble Geruch der Seife, der dick in der feuchten Luft hing, schien sie zu stören, obwohl er Roger in die Nase stach, seine Kehle schmerzen ließ und ihn fast zum Erbrechen reizte. Doch er würde den Gestank und eine wunde Nase und Hals ertragen, nur um des Nervenkitzels willen, der einzige männliche Zeuge dieser völlig weiblichen Bastion von nackten Schenkeln und hüpfenden Brüsten zu sein.

Und nachdem Hugh aus dem Weg war, gab es keine Möglichkeit, dass er seinen Bruder in der Dunkelheit des Mangelraums finden würde, zwischen der Maschinerie versteckt, aber mit guter Aussicht auf die Mädchen in den Bottichen. Er würde den Platz ganz für sich allein haben, ohne fürchten zu müssen, dass sein Vergnügen gestört würde. Niemand kam je in den Mangelraum, außer am Freitag nach dem Waschtag.

Mit dem Gedanken an eine Schar kichernder, hüpfender Waschmädchen in Kopf schlenderte Roger aus dem Arbeitsraum der Apotheke, als hätte er alle Zeit der Welt. Doch als er erst aus dem Tor war, wurden seine Schritte länger. Einen Krug Bier zu holen war das letzte, was ihm im Sinn lag.

⚘

NACHDEM ROGER FORT WAR, MACHTE TAM SICH AM Arbeitstisch zu schaffen, ein Auge auf Hadrian Jeffries, dem er befohlen hatte, die Augen geschlossen zu halten, bis er sich nicht länger ängstlich und unsicher fühlte.

Hadrian tat, was ihm gesagt wurde, und lehnte sich mit gestreckten Schultern auf dem Stuhl zurück. Er holte ein paar Mal tief Luft, der Lavendelgeruch war überraschend beruhigend. Sein Kopf wurde klarer, weniger von Worten verstopft, und sein Herz fühlte sich nicht mehr an, als ob es direkt in seinen Ohren hämmerte. Mit noch immer geschlossenen Augen versuchte er, sich daran zu erinnern, was er zuerst beim Eintritt in diesen Raum gesehen hatte. Es gab mehrere Regale mit Flaschen, die alle Etiketten trugen, und unter einer Reihe von Fenstern stand ein langer Tisch, auf dem Bündel von allen möglichen Kräutern und belaubten Zweigen lagen. Am Kamin standen zwei Kessel auf dem Gitter. Und während sein inneres Auge versuchte, den Innenraum darzustellen, erfassten seine Ohren die Geräusche unter dem Fenster. Irgendwo in der Nähe bellte ein Hund. Männer gingen im Gespräch vorbei, ihre Stiefel knirschten auf dem Kiesweg. Sie wurden vom Rollen von Rädern begleitet. Vielleicht waren es mehrere Gärtner mit ihren Schubkarren. Und dann hörte man Mädchen kichern und eine kurze, scharfe Reaktion einer befehlsgewohnten Frauenstimme, die ihren Untergebenen befahl, ihre Augen geradeaus und ihre Münder geschlossen zu lassen ... Mädchen mit Bündeln von Wäsche, die von einer weiblichen Vorgesetzen aus dem Haus und zur Wäscherei gescheucht wurden.

⚘

ALS DIE FARBE WIEDER IN HADRIAN JEFFRIES' WANGEN zurückkehrte und seine Schultern sich entspannten, kam Tam durch das Zimmer zu ihm zurück. Er brachte zwei Krüge mit Zitronenwasser mit. Er wartete, bis der Kammerdiener seine Augen öffnete, dann hielt er ihm einen Krug hin und achtete darauf, dass der Kammerdiener ihn fest im Griff hatte, bevor er zur Seite trat. Dann schnappte er sich einen Stuhl und setzte sich ihm gegenüber.

Als Hadrian an seinem Krug schnupperte, lächelte Tam schief.

„Ich habe nicht vor, Euch zu vergiften! Es schmeckt, wie es riecht, nach Zitronen. Ich hätte Euch das Bier gegönnt, aber das kommt vermutlich nie hier an, so, wie ich Roger kenne. Ich habe ihn weggeschickt, es zu holen, um ihn loszuwerden." Tam nippte an seinem Krug. „Das Zitronenwasser wird gegen den Schwindel helfen."

Hadrian nippte dankbar. „Danke. Ich bin wie ausgedörrt." Nachdem er ein paar Schlucke mehr genommen hatte, fragte er zaghaft mit einem Stirnrunzeln: „Weigert sich Roger gewöhnlich, das zu tun, was Ihr ihm sagt, Mr. Fisher?"

„Weil wir Cousins sind und er älter ist als ich?" Tam sprach aus, was der Kammerdiener dachte. „Das ist eine passende Einschätzung. Aber Roger tut, was ihm behagt, gleich wo und bei wem er ist. Ich habe ihn nur Mrs. Turner zuliebe angenommen."

„Ist er nicht zu alt, um Lehrling zu sein?"

„Ja. Er ist auch nicht mein Lehrling. Er soll mir helfen, während ich den Arzneigarten für Seine Lordschaft anlege, damit er eine Ahnung von den Pflichten und der Verantwortung eines Apothekers auf diesem Anwesen bekommt. Das gehört alles zu seiner Ausbildung ..."

„Ausbildung?"

„... um eines Tages in die Fußstapfen seines Vaters zu treten und Verwalter von *Deer Park* zu werden."

Hadrian konnte sein Erstaunen nicht verbergen. Aber er schaffte es, gleichmütig zu sagen: „Und Euch zu helfen, wird ihm dabei nützlich sein?"

Tam zuckte mit den Schultern. „Bei jedem anderen als Roger würde es das. Doch hier ist seit mindestens fünf Generationen immer ein Turner Verwalter gewesen. Und da Roger der älteste Sohn ist, wird er die Stellung seines Vaters übernehmen, wenn die Zeit gekommen ist ... Mr. Turner ist entschlossen, dass er lernen soll, wie alle Bereiche des Anwesens geführt werden, sonst wäre er nicht imstande, seine Arbeit richtig zu machen. Das heißt auch, Zeit mit mir zu verbringen. Aber Ihr wisst sicher alles über Landgüter und ...“

„Nein. Nein, weiß ich nicht. Ich bin das erste Mal auf dem Land. Meine Familie Verwandten waren - sind - Stadtbewohner. Daher weiß ich leider nur sehr wenig über Landsitze und wie sie verwaltet werden.“

„Was für eine hohe Ehre also, dass Ihr in der Wildnis von Kent festsitzt! Aber Ihr seid nicht wegen des Vergnügens meiner Konversation zu mir gekommen. Also warum seid Ihr hier?“

Hadrian trank den letzten Tropfen Zitronenwasser im Becher aus, hielt diesen ein wenig zu fest und schaute Tam direkt ins Gesicht, als er sagte: „Zuerst erlaubt mir, mich für mein scheußliches Benehmen Euch gegenüber, als Ihr zuerst zum St. James Place kamt, zu entschuldigen ...“

„Nein. So nicht. Ich will keine Entschuldigung von Euch. Nur, weil ich Euch geholfen habe, heißt das nicht, dass ich Euch nicht noch immer verachte! Als Apotheker bin ich verpflichtet, Kranke zu behandeln. Ihr brauchtet eine Behandlung und ich habe sie geleistet. Das war's.“

„Bei allem Respekt, Mr. Fisher, ich bin anderer Meinung. Ihr müsst meine Entschuldigung nicht annehmen. Ich erwarte auch nicht, dass Ihr mich anders als mit der gleichen Verachtung behandelt, die ich Euch gezeigt habe. Doch ich möchte aufrichtig um Entschuldigung bitten und sagen, dass es falsch von mir war ...“

„Ja. Ja. Allerdings!“, fauchte Tam, bevor er sich zurückhalten konnte, die Erinnerungen an die schlechte Behandlung durch diesen Mann und den Butler am St. James Place übermannten ihn. „Ihr und Mr. Wantage haben mein Leben im Dienstbotenquartier unerträglich gemacht. Aber ich will davon nichts mehr hören. Ich möchte auch nie wieder darüber sprechen. Belasst es dabei.“

Hadrian machte eine kleine Verneigung mit seinem Kopf vor Tam. „Ja, Sir. Wenn das Euer Wunsch ist. Aber es tut mir leid.“

Diese Verbeugung und die Anrede „Sir“ brachten Tam in Erinnerung, dass ihre Lebensumstände nun völlig anders waren. Jetzt war er der Höhergestellte. Er hätte, wenn er das wollte, Jeffries Unannehmlichkeiten bereiten können, wenn das seinem Charakter entsprochen hätte; der Kammerdiener ließ ihn wissen, dass das möglich war. Obwohl er ihm trotzdem noch lange nicht traute, stimmte es Tam dem Kammerdiener gegenüber freundlicher, als es je zuvor der Fall gewesen war.

„Ich nehme Eure Entschuldigung an", antwortete Tam und fügte rasch hinzu, weil seine Gefühle noch immer verletzt waren: „Doch das macht uns nicht zu Freunden! Verstanden?"

Hadrian Jeffries nickte und achtete darauf, nicht zu lächeln, um nicht unaufrichtig zu erscheinen. Er lächelte nicht über Tam, sondern über den Jungen, der Tam noch immer war. Trotz all seiner Gelehrsamkeit und seinen Erfahrungen als Apotheker für hochgestellte und titeltragende Leute lauerte unter der Oberfläche doch immer noch der Junge, der sich seiner selbst und seiner Stellung in der Welt nicht sicher war.

„Ja, Mr. Fisher. Ich ..."

„Und Ihr könnt Euch den Mr. Fisher sparen", knurrte Tam. „Es heißt Fisher oder Thomas oder Tam. Niemand nennt mich Mr. Fisher, nur meine Kunden. Sogar Ihre Gnaden von Clevely nennt mich Thomas. Also nennt mich, wie Ihr wollt, aber lasst den ‚Mister' weg, wenn wir unter uns sind."

„In Ordnung - Thomas. Obwohl Ihr mir, wenn ich Euch beim Vornamen nennen darf, die Ehre gebt, mich als gleichgestellt ..."

„Mr. Halsey sagt zu Recht, dass wir alle gleich sind, so, wie der Pfarrer es predigt, dass kein Diener größer ist als sein Herr, noch–"

„... ein Bote größer als der, der ihn ausschickt", unterbrach Hadrian. „Aus dem Johannesevangelium, glaube ich."

Tam nickte. „So ist es. Mr. Halsey sagt, dass es nur das Glück der Geburt ist, das den einen etwas höher auf die Leiter des Lebens gestellt hat als andere. Und der Pfarrer sagt, wie wir in diesem Leben andere behandeln, wird darüber entscheiden, wie wir im nächsten behandelt werden. Doch Ihr seid nicht wegen einer von Mr. Halseys Reden oder einer der Predigten des Pfarrers gekommen. Warum also dann?"

„Um ehrlich zu sein, ich weiß nicht, was mich an Eure Tür geführt hat", gestand Hadrian. „Doch nachdem ich jetzt mit ruhigerem Herzen und klarerem Kopf sitze, bin ich überzeugt, dass ich mich keinem besseren Mann als Euch anvertrauen könnte, Thomas."

Tam, skeptisch ob solchen Lobes, verschränkte die Arme, lehnte sich zurück und wartete.

„Es geht um Seine Lordschaft ..."

„Ich verrate keine Vertraulichkeiten. Das solltet Ihr auch nicht."

„So sollte es sein. Ich bitte Euch nicht darum und würde es auch selbst nicht tun. Ich möchte Euch um Rat bitten, wie ich ihm am besten helfen kann."

„Ihm helfen?" Tam rückte mit seinem Stuhl näher, seine Feindseligkeit wandelte sich zu Besorgnis. „Wie das?"

Hadrian Jeffries beugte sich vor und senkte die Stimme, als er Tam in die Augen sah. „Kann ich Euch vertrauen, Thomas?"

„Wenn es um Seine Lordschaft geht? In Allem! Aber kann Seine Lordschaft Euch vertrauen, Jeffries?"

„Ich bin ihm bis ins Letzte ergeben, ebenso, wie ich es von Euch weiß. Und nichts, was ich hier in diesen vier Wänden sage, wird jemand anders außer uns beiden zu hören bekommen, es sei denn, dass Ihr es für richtig haltet. Ich gebe Euch mein Wort."

Hadrian streckte seine Hand aus.

Tam sah die ihm hingehaltene Hand an und zögerte. Hadrians Gesicht zeigte rote Flecken, als er eine Ablehnung fürchtete. Doch Tams Zögern dauerte nur einen Moment. Er nahm Hadrians Hand mit festem Griff und sie schüttelten sich die Hände. Hadrian seufzte innerlich erleichtert auf. Dann lehnten sich beide schweigend zurück; die einzigen Geräusche, die durch das Fenster drangen, war das Summen der Bienen, die schwer beladen mit Pollen über die Blumenbeete flogen.

„Um die Wahrheit zu sagen, ich weiß nicht, warum ich von dem, was ich gehört habe, so aufgewühlt bin", gestand Hadrian. „Wenn man bedenkt, was wir - Seine Lordschaft und ich - in Midanich durchgemacht haben, als wir dort in den Bürgerkrieg gerieten. Es war gefährlich und mehr als einmal habe ich mich gefragt, ob wir uns vor einem Erschießungskommando an eine Wand gestellt sehen würden ..."

Als der Kammerdiener verstummte und das Schweigen sich dehnte, versuchte Tam, die Ungeduld in seiner Stimme zu besänftigen. „Ich kann Euch oder Seiner Lordschaft nicht helfen, wenn Ihr mir nicht zuerst erzählt, worum es bei all dem geht ..."

„Ja. Ja! Verzeihung, Mr. - Thomas. Es war eben gerade in der Bibliothek. Ich habe eine Unterhaltung zwischen Mr. Halsey und Mr. Turner mit angehört ..."

Und so berichtete Hadrian Tam von dem Gespräch zwischen dem Verwalter und dem Onkel Seiner Lordschaft. Das tat er ruhig, aber mit einer Falte zwischen den Brauen und einem fernen Ausdruck in den Augen, als ob er alles innerlich noch einmal durchlebte. Als er geendet hatte, war sein Gesicht nicht das einzige, das kreidebleich war. Tam starrte ihn fassungslos an. Es war nicht so, dass er Hadrian nicht geglaubt hätte, aber vielleicht lag doch ein Missverständnis bei dem vom Kammerdiener Erlauschten vor, insbesondere, da er sich zu der Zeit unter einem Tisch befunden hatte.

„Seid Ihr sicher, dass Mr. Halsey, als er die Worte *mörderische Vorfahren* benutzte, nicht übertrieb? Er hat bisweilen die Neigung, ein wenig zu viel des Guten zu tun. Und damit will ich nicht respektlos sein!", fügte Tam düster hinzu, als ob er irgendwie dem alten Mann gegenüber illoyal gewesen wäre.

„Das weiß ich Thomas. Ich habe es nicht anders verstanden. Und es kam mir in den Sinn, dass Mr. Halsey, wie Ihr sagt, übertreiben könnte", stimmte Hadrian zu. „Doch das war keine beiläufige Bemerkung wie man sie gewöhnlich macht. Und es wurde auch nicht in Mr. Halseys üblich großspuriger Manier gesagt, die ich sehr wohl kenne. Und er bemühte sich sehr, Mr. Turner verständlich zu machen, dass Seine Lordschaft nie von dieser mörderischen Vergangenheit seiner Familie erfahren dürfte."

„Ich verstehe nicht, warum Mr. Halsey über die mörderische Vergangenheit seiner Familie, wie er es nennt, mit Mr. Turner sprechen würde, aber nicht will, dass Lord Halsey davon erfährt."

„Ich glaube, das hat alles mit diesem Loch zu tun, das im Stone Court aufgebrochen ist."

„Warum? Wie? Das verstehe ich nicht."

„Weil sich unter dem Stone Court ein Gewölbe befindet."

„Und Ihr glaubt, dass dieses Gewölbe und die mörderischen Vorfahren Seiner Lordschaft in einem Zusammenhang miteinander stehen?"

„Das glaube ich nicht nur, Thomas. Ich weiß es, weil Mr. Halsey und Mr. Turner über diesen Zusammenhang gesprochen haben. Oberhäupter der Halsey-Familie haben dieses Gewölbe seit Generationen benutzt, um - lasst mich den genauen Wortlaut erinnern - ach ja! Das Gewölbe wurde über Generationen hinweg verwendet, um *die alte Gewohnheit der Familie der Beisetzung zu ehren ...*"

„Beisetzung?" Tam platzte mit dem Wort heraus, denn er kannte dessen Bedeutung und sie verstörte ihn. „Seid Ihr sicher?"

Der Kammerdiener nickte. „Ein finsterer Ort der Beisetzung, Mr. Fisher."

Tam setzte sich gerade auf. Das Wort finster gefiel ihm nicht. Es ließ darauf schließen, dass der Verwalter und Plantagenet Halsey versuchten, etwas Beunruhigendes und möglicherweise Böses zu verbergen. Aber wenn der alte Mann die Worte *mörderische Vorfahren* ausgesprochen und Mr. Turner eingespannt hatte, um Lord Halsey in Unwissenheit über ein geheimes Gewölbe unter Stone Court zu halten, dann war Hadrian Jeffries vielleicht durchaus im Recht, das Wort finster zu verwenden.

„Aber wenn es geheim und, wie Ihr glaubt, finster ist, dann ist dieses Gewölbe ..." Tam unterbrach sich und begegnete Hadrians Blick in der Hoffnung, dass dieser den Satz für ihn beenden würde. Als sein Gegenüber nichts sagte, fragte er, um das Unausweichliche hinauszuschieben: „Was habt Ihr vor, mit Eurem Wissen zu tun, Mr. Jeffries?"

„Deshalb kam ich zu Euch. Um zu fragen, was ich tun sollte."

Ohne zu zögern sagte Tam: „Erzählt es Seiner Lordschaft. Erzählt ihm alles, was Ihr mir berichtet habt, und mehr, wenn es noch mehr gibt. Ich weiß nicht, warum Mr. Halsey und Mr. Turner es für das Beste halten, Seine Lordschaft in Unwissenheit zu halten, doch wenn ich eines über Lord Halsey weiß, dann, dass er die Wahrheit wissen möchte, ganz gleich, wie sie lautet, ungeachtet dessen, ob es sich um die Vergangenheit handelt oder gestern passiert ist. Das ist mein Rat an Euch, Hadrian."

Der Kammerdiener lächelte. „Vielen Dank, Thomas. Ich hatte gehofft, dass Ihr mir diesen Rat geben würdet. Es ist auch das, was ich tun möchte. Und das werde ich auch. Heute Abend noch. Und jetzt sollte ich besser zum Haus zurückkehren. Seine Lordschaft hat heute Nachmittag Gäste."

Als Hadrian aufstand, erhob sich auch Tam, und doch trat keiner von beiden von ihren Stühlen weg.

Tam schluckte, seine Kehle war plötzlich trocken. „Hat - hat Mr. Halsey oder Mr. Turner erwähnt, was sich in diesem Gewölbe der Familie befindet, was sie vor Seiner Lordschaft verbergen wollen?"

Hadrian schüttelte den Kopf. „Nein. Doch da wir beide wissen, was Beisetzung bedeutet, können wir es erraten, nicht wahr?"

Tam runzelte die Stirn und ging durch den Raum zur Tür. Er wollte es nicht laut aussprechen. Er ließ Hadrian dies tun, indem er forderte: „So? Was schätzt Ihr wohl, Mr. Jeffries, was sich in diesem Gewölbe befindet?"

„Leichen, Mr. Fisher. Die Leichen von Menschen, die Lord Halseys Vorfahren ermordet haben."

ACHT

Alec kam zu spät zum Nuncheon.

Er war von seinem Ritt durch die Wälder mit den Windhunden zurückgekehrt, und hatte zwar Kleidung zum Wechseln herausgelegt vorgefunden, jedoch war seine Badewanne leer und sein Kammerdiener abwesend. Keiner der beiden Diener konnte ihm sagen, wo Jeffries sich aufhielt, und als der Butler gerufen wurde, auch er nicht.

Alec saß bereits an seinem Toilettentisch in Hemdsärmeln, als Hadrian Jeffries endlich auftauchte. Wenn er es nicht eilig gehabt hätte, würde er seinen Kammerdiener gefragt haben, was los war - der Mann war geistesabwesend, linkisch und konnte ihm nicht ins Gesicht sehen. In der Tat war der Kammerdiener so abgelenkt, dass er nicht einmal versuchte, Alec einen Grund für seine Verspätung zu nennen. Doch da Alec es eilig hatte, ließ er sich schweigend von Jeffries fertig ankleiden und verließ seine Räume, ohne etwas zu ahnen.

Er dachte noch über Jeffries 'untypisches Verhalten nach, als er in den Schatten der Loggia trat; er trug einen hellblauen Leinenrock mit passenden Kniehosen und eine Weste, die mit Sträußchen aus Maiglöckchen, Erdbeerblüten und Akanthusblättern bestickt war. Eine große, weiße Seidenschleife im Nacken und diamantbesetzte Schuhschnallen vervollständigten seine Aufmachung. Das war weit entfernt von den wildledernen Reithosen und der braunen Reitjacke früher am Tage, der Kleidung, in der er sich am wohlsten fühlte. Seine derzeitige Aufmachung war eher für einen Spaziergang durch den Green Park in

London mit seinen adligen Standesgenossen geeignet. Doch Selina hatte ihm anvertraut, dass ihre ländlichen Nachbarn über seinen Mangel an modischer Pracht bei ihrem vorigen Besuch recht enttäuscht gewesen waren. Also musste er sich zu diesem Anlass gemäß der Rolle eines Marquess Halseys anziehen, oder doch ungefähr so, wie sie dachten, dass ein Mitglied des Hochadels bei einer solchen Einladung aussehen sollte. Sie würde sich jedenfalls bequem anziehen. Und in ihrem gegenwärtigen Zustand weigerte sie sich, etwas mehr als ein Schlupfmieder unter ihrem leichten Schwangerschaftskleid aus Baumwolle zu tragen. Er würde für sie beide prächtig aussehen müssen.

Und er sah wirklich wundervoll aus, dachte Selina mit einem inneren Seufzer, als sie ihn in das Sonnenlicht blinzeln sah, dass von dem Kiesweg um den Spielrasen reflektiert wurde. Sie war sicher, dass die beiden Frauen in ihrem Rücken ebenso vor Befriedigung seufzten und vielleicht sein Onkel genauso, während die rundlichen, breitbrüstigen und hängeschultrigen Gentlemen unter den Gästen eher neidisch auf die teuren Stoffe schauen würden, als sich der Wirkung des schönen Lords auf die Damen bewusst waren. Was den jüngsten der anwesenden Männer anging ... Der spargeldünne Mr. Ferris mochte hinter ihr stehen, sodass sie ihn nicht sehen konnte, doch Selina war sich sicher, dass er sein Augenglas hervorgeholt hatte und geziert demonstrierte, wie er es ins Auge klemmte, sobald Alec auftauchte. Sie fragte sich, wie oft er eine solche Bewegung vor seinem Spiegel wohl üben mochte.

„Da bist du endlich, Mylord!", verkündete sie mit breitem Lächeln als sie ihm mit ausgestreckter Hand durch die Gruppe entgegenkam. „Und keine Minute zu früh."

Alec beugte sich, eine Hand in seinem Rücken, über ihre Finger und schaute dann über ihre Schulter zu seinen Gästen, die bereits alle eingetroffen waren. Sie standen um einen Teewagen herum, von dem aus ein livrierter Diener unter Aufsicht des Butlers Gläser mit Wein austeilte. Sie drehten sich alle gleichzeitig um und die Unterhaltung brach mitten im Satz ab. Aber Alec schaute am längsten auf den langen, für den Nuncheon gedeckten Tisch. Denn inmitten all des Silbers, Porzellans und Kristalls stand ein großer Strauß weißer Rosen. Er sah wieder zu seiner Frau und lächelte.

„Verzeih mir meine Verspätung, Mylady. Ich hatte gehofft, dass dieses kleine Geschenk das wieder wettmachen würde. Aus dem Wald. Aber der Dank gebührt nicht allein mir. Cromwell und Marziran waren bei mir." Hinter seinem Rücken holte er einen duftenden Blumenstrauß aus Maiglöckchen hervor. Wieder schaute er zum

Tisch. „Aber ich sehe, meine Lady hat bereits einen wunderschönen Strauß erhalten."

Selina errötete überrascht und schnüffelte unbewusst an dem Blumenstrauß. „Sie sind entzückend. *Du* bist entzückend, du lieber Mann", sagte sie leise und berührte leicht seine Wange. „Jetzt sprich bitte mit deiner Tante. Sie braucht ein bisschen Beruhigung. Wir möchten keine Szene, noch bevor wir uns an den Tisch gesetzt haben." Sie trat zurück und sagte laut: „Sie sind wunderschön, nicht wahr? Sie sind aus einem Garten, von dem ich gar nicht wusste, dass wir ihn haben. Stellt Euch das vor! Lady Ferris erzählte mir, dass es ein Rosengarten wäre, den deine Mutter angelegt hat und der seit langem vernachlässigt wurde. Und um uns das wissen zu lassen, hat sie sich die Freiheit genommen, diese hier pflücken zu lassen. Sie sind schön und duften auch."

„Stellt diese hier in Wasser und auf den Tisch an den Platz von Lady Halsey", befahl Alec dem Diener, dem Selina das Sträußchen reichte. Er sagte nichts über den Rosengarten seiner Mutter und mit einem Lächeln und einem Augenzwinkern für seine Frau ging er zu seinen Gästen. Sein Onkel kam und nahm seine Stelle ein und überreichte Selina ein Glas Wein.

Es waren zwei Paare anwesend, Sir Tinsley und Lady Ferris und Oberst und Mrs. Bailey, die größten Landbesitzer im Fivetrees-Bezirk, nach Alec. Er wusste nicht genau, wo ihre Ländereien an seine grenzten, doch sein Verwalter hatte ihm mitgeteilt, dass dem so war und sie daher seine nächsten Nachbarn wären. Die anderen Gäste waren der unverheiratete Reverend Purefoy, der breitschultrige Bruder von Mrs. Bailey, der die Pfarrei von Fivetrees leitete und ein dünner junger Mann namens Mr. Ralph Ferris, der, wie Alec bei der Vorstellung erfuhr, Sir Tinsleys Cousin und Erbe war.

Alec hatte gerade Zeit, alle willkommen zu heißen, bevor Lady Ferris ihrem Mann ihr Weinglas in die Hand drückte und vor ihn trat. Eine kleine, attraktive Frau mit großen dunklen Augen und einem Schopf lockiger schwarzer Haare, die mit vielen silbernen Strähnen durchzogen waren, und sie ähnelte seiner ihm entfremdeten Mutter genug, dass es Alec Unbehagen bereitete. Doch tat er sein Bestes, um dieses irrationale Gefühl zu verdrängen und begrüßte sie mit einem freundlichen Lächeln. Sie machte einen Knicks vor ihm, wie es sich ihm als Marquess gegenüber gehörte, und streckte ihm dann ihre Hand hin.

Er beugte sich darüber und sagte im Plauderton: „Danke, dass Ihr uns auf den Rosengarten aufmerksam gemacht habt, von dem wir nichts wussten, Mylady. Es gibt so viel auf diesem Anwesen, das ich erst noch kennenlernen muss."

„Daran habe ich keinen Zweifel. Ich habe gewagt zu vermuten, dass du von diesem Garten speziell nichts wissen würdest, weil er abgelegen ist, in einer Ecke des ummauerten Gartens auf der anderen Seite dieses Gebäudes." Sie seufzte leise. „Nicht der ideale Platz, um Rosensträucher zu pflanzen, und das habe ich deiner Mutter gesagt, doch sie war entschlossen und sie sind so gut gediehen! Es muss etwas Besonderes an der Erde dieser abgelegenen Ecke sein - und es heißt nicht *Mylady*, sondern *Tante*."

„Verzeih mir. Ich hatte immer nur einen Onkel. Daher ist es neu für mich, eine Tante zu haben, und es dauert wohl, bis ich mich daran gewöhnt habe."

Lady Ferris schlang ihren Arm um Alecs Leinenärmel und er ließ sich von ihr zu einem Spaziergang durch die Loggia, fort von seinen anderen Gästen, führen.

„Meine Schwester - deine Mutter - und ich waren Waisen, und wir hatten niemanden, den wir Onkel oder Tante hätten nennen können."

Alec war überrascht. „Es tut mir leid, das zu hören. Das wusste ich nicht."

Sie schaute zu ihm auf. „Das bezweifle ich nicht. Leider weißt du nicht nur nichts über dieses Anwesen, sondern bist auch völlig unwissend über die Geschichte deiner Familie. Dein Onkel Plantagenet - Tagent für mich, weil ich seinen schrecklichen Namen als Kind nie aussprechen konnte - erzählte mir, du hättest kein Interesse an der Familiengeschichte und ich sollte dich nicht damit langweilen. Aber ich denke, du solltest doch einiges darüber wissen - sowohl über die Familie deiner Mutter als auch über deinen Vater. Wenn nicht für dich, dann um deiner Kinder willen."

Er konnte sehen, dass sie begierig darauf war, ihm etwas anzuvertrauen, daher ermunterte er sie mit der Frage: „Wie alt wart ihr, als ihr zu Waisen wurdet?"

„Deine Mutter war vier. Unser Bruder war sechs, oder war er sieben? Ich war ein Säugling. Unsere Mutter starb bei meiner Geburt im Kindbett. Wir wurden Mündel deines Großvaters, der, wie uns gesagt wurde, ein entfernter Verwandter war - All diese Arbeiten, die du hier drinnen und draußen verrichten lässt, all dieses Hämmern und Sägen und die Unruhe mit den Männern, die kommen und gehen, das bringt mir so viele Erinnerungen zurück ..."

„Ich bitte um Verzeihung für den Lärm. Dieser Ort ist so ruhig, wie es nur geht. Lady Halsey hat sich große Mühe gegeben, um sicherzustellen, dass ..."

„Bitte, du musst dich nicht entschuldigen. Und ich bin sicher, dass deine schöne Frau sehr bemüht war, unseren Besuch so angenehm wie möglich zu gestalten. Aber ich mag das Durcheinander und den Lärm. Ohne das ist das Landleben eine so langweilige Angelegenheit. Gott weiß, dass dieses verfallende Gemäuer einer Renovierung bedarf! Tagents Vater war der letzte Halsey, der Geld in seinen Unterhalt investierte. Er hat riesige Summen ausgegeben, um Wände frisch verputzen und Holz ersetzen zu lassen. Er war es auch, der die zweite Treppe hinten in der Großen Halle hat einbauen lassen ..."

„Tatsächlich?", antwortete Alec, als die Stimme seiner Tante verklang und sie in die Ferne starrte. „Ich habe mich schon gefragt ..."

„Wir haben oft verstecken gespielt und waren den Zimmerleuten und Gipsern im Weg", fuhr sie fort, als hätte Alec nichts gesagt, sie wurde lebhafter, je mehr sie sich in ihre Erinnerungen vertiefte. „Um unser Versteckspiel schwieriger zu machen, nachdem die Jungen unsere Verstecke entdeckt hatten, mussten Helen und ich raten, wer von den beiden uns gefunden hatte. Helen war nicht sehr gut darin, die Brüder auseinander zu halten. Deine Mutter riet immer, und meistens falsch. Ich andererseits konnte die beiden immer voneinander unterscheiden", fügte sie stolz hinzu, seufzte dann und zuckte mit den Achseln. „Die Streiche, die die Jungen sich ausdachten!"

Sie waren entlang der dorischen Säulen im ersten Abschnitt der Loggia gegangen und Alec war sich sehr bewusst, dass er Selina und seinen Onkel mit dem Rest der Gäste allein gelassen hatte, die inzwischen alle sehr darauf warten würden, sich zum Essen zu setzen. Daher machte er kehrt und ging wieder auf den Tisch zu, während Lady Ferris sich noch immer an seinen Arm klammerte. Er ging langsam, weil er mehr über die Brüder erfahren wollte. Er sprach seinen Verdacht aus.

„Waren sich die Brüder in Größe und Aussehen denn so ähnlich?"

Lady Ferris zuckte zusammen und blieb stehen. „Was? Das weißt du nicht?"

„Wissen? Was weiß ich nicht, Tante?"

Mit einem undamenhaften Schnauben, das ihre Ungläubigkeit ausdrückte, tätschelte sie seinen Arm, als ob er ihres Mitgefühls bedürfte. „Mein lieber Junge, dir fehlt es leider an Kenntnissen der Familiengeschichte, wenn Tagent dir nicht einmal das über sich und Rod erzählt hat!"

„Um meinem Onkel gerecht zu werden, ich habe ihn nie gefragt."

Sie schaute zum anderen Ende der Loggia, wo Plantagenet Halsey sein Glas in der einen Hand hielt und mit der anderen vor Oberst und Mrs. Bailey, seinen faszinierten Zuhörern, gestikulierte. „Das dürfte ihm gelegen gekommen sein", sinnierte sie. „Ich habe keinen Zweifel, dass er es so anstellte, dass du das nicht tun würdest ... man kann nicht nach etwas fragen, wovon man nichts weiß."

„Das ist sehr richtig. Hätte es denn einen Grund gegeben, dass ich dies *nicht* über meinen Onkel und seinen Bruder hätte erfahren sollen?"

Das ließ Lady Ferris wieder zu Alec aufsehen. Der abwesende Ausdruck auf ihrem Gesicht kam zurück und als sie wieder seinen Onkel anschaute, dachte er, sie würde seine Frage gleich beantworten. Stattdessen änderte sie abrupt das Thema, indem sie zerstreut und verärgert sagte:

„Hugh Turner hat diese ganze Woche nicht in meinem Garten gearbeitet. Ich könnte verstehen, wenn er wegen des Regens fortgeblieben wäre, doch die letzten drei Tage waren wunderschön und sonnig ... Und ich kann noch immer meine Nähschere nicht finden!"

„Glaubst du, Hugh hat deine Nähschere?", fragte Alec lahm, der nicht wusste, worauf sie in diesem Gespräch hinaus wollte.

Lady Ferris starrte ihn verblüfft an.

„Warum? Warum sollte dieser Junge meine Schere haben? Nein! Nein! Nein! Ich habe sie irgendwo sicher weggelegt und jetzt kann ich sie nicht mehr finden. Hugh sollte mir helfen, meine Rosensträucher zu schneiden ..."

„— mit der Nähschere?"

Lady Ferris brach in trillerndes Lachen aus, ein Lachen, das sie rasch hinter ihrer Hand erstickte. „Mein lieber Junge, du bist hier draußen auf dem Land wirklich nicht in deinem Element, nicht wahr!"

Alec errötete und begann zu erklären, dass er genau wusste, dass Hugh die Stiele von Rosensträuchern nicht mit einer Nähschere schneiden konnte, als sie mit einem abwehrenden Winken ihrer Hand fortfuhr.

„Machen wir uns keine weiteren Gedanken um diesen dummen Jungen. Sir Tinsley sagt, dass ich zu empfindlich bin, weil er sich manchmal auch in Mrs. Baileys Garten schleicht, um zu arbeiten, und ich bin einfach nur eifersüchtig." Sie lächelte. „Darin steckt ein Körnchen Wahrheit! Aber Sir Tinsley sagt auch, Jungs sind eben Jungs. Hughs Bruder Roger half auch in meinem Rosengarten aus, aber er war weit weniger zuverlässig als Hugh. Roger tat es aus Pflichtgefühl und weil Sir Tinsley ihn damit bestach, als Gegenleistung für seine Arbeit an meinen Rosen mit auf die Jagd gehen zu dürfen.

Während Hugh das Gärtnern selbst liebt ... zumindest dachte ich das ..."

„Hughs Abwesenheit muss ungewohnt sein, sonst würde es dich nicht stören", wagte Alec einzuwenden.

Lady Ferris verlor ihr Lächeln, sie nickte und hatte Tränen in den Augen. Sie betupfte rasch ihre Augen und ebenso abrupt, wie sie das Gesprächsthema gewechselt hatte, um von den Turner-Jungs zu sprechen, tat sie das jetzt erneut und kehrte zu ihren ursprünglichen Gedanken zurück. Sie sprach, als hätte sie Hugh und Roger überhaupt nicht erwähnt.

„Es überrascht mich nicht, dass Tagent dich in Unwissenheit gelassen hat", klagte sie. „Wie bei allem, was mit dir zu tun hatte, tat er es absichtlich." Sie lächelte und sagte verschmitzt, als bewahre sie ein großes Geheimnis: „Ich bin sicher, er würde es nicht schätzen, wenn ich es dir anvertrauen würde, nachdem er dir das alle diese Jahre vorenthalten hat - wie alt bist du?"

„Sechsunddreißig."

„Sechsunddreißig?" Lady Ferris war schockiert. „Wo sind nur all diese Jahre hin ..." Sie schaute die Loggia hinab zur Marchioness, die jetzt in ein Gespräch mit Reverend Purefoy vertieft war und sprach ihre Gedanken laut aus: „Sie ist viel jünger als du, nicht wahr ...“

„Ja", unterbrach Alec sie knapp. „Elf Jahre jünger, um genau zu sein.“

Lady Ferris klopfte ihn auf den Ärmel. „Gut. Viele Jahre der Fruchtbarkeit, um dir ein Haus voll Kinder zu schenken, etwas, worin die Halseys nie gut waren. Aber nicht nur die Halseys. Die besten Familien in dieser kleinen Ecke von England haben nur einzige Erben, einzige *Söhne*, um genau zu sein, und keinerlei Töchter. Das machte Helen und mich zu etwas Neuem. Andererseits waren auch Rod und Tagent etwas Neues. Umso mehr, als sie den Gütern der Halseys zwei Erben verschafften. Es gibt einen alten Segensspruch in Fivetrees, der in das Mauerwerk am Markt gehauen ist. Er ist lateinisch, aber übersetzt bedeutet er: *Mögest du nur mit einem Sohn gesegnet sein und keine Tochter deines Namens haben.*"

„*Et benedicta tu quae uno filio tantum, non et filiabus nomen tuum.* Ein eher seltsamer Segensspruch", bemerkte Alec stirnrunzelnd.

Lady Ferris zuckte mit den Schultern, als gäbe es nicht mehr darüber zu sagen und fügte kryptisch hinzu: „Alles an Fivetrees ist seltsam. Dieser Segen vielleicht noch am wenigsten."

„Aber das so eindeutig auszudrücken ...“

„Der arme Sir Tinsley hat nur diesen angeberischen Mensch und sein Augenglas, der gerade deine liebe Frau zu Tode langweilt", sagte sie seufzend, abgelenkt von Mr. Ralph Ferris, der in einer lebhaften Unterhaltung mit der Marchioness und dem Vikar stand, während sein Augenglas rasch vor seinem Gesicht tanzte, als ob er nach einer Mücke schlüge. „Wir hatten zwei Söhne, aber beide starben jung, und wir hatten keine Töchter, die wir hätten verstoßen können ... Aber du hast nicht die geringste Ahnung, wovon ich spreche, daher denkst du sicher, ich wäre eine einzige Quelle der Belanglosigkeiten!"

„Oh nein, aber das heißt auch nicht, dass mich dein Reden stört", antwortete Alec freundlich. „Besser, eine Tante zu haben, die viel redet, als gar keine Tante."

„Oh! Du lieber, lieber Junge! Wie nett, so etwas zu sagen! Obwohl ich bezweifle, dass dein Onkel das genauso sehen würde. Ich bin sicher, er wünscht mich tausend Meilen weit fort, aus Sorge, ich könnte jeden Moment Familiengeheimnisse preisgeben."

Alec beugte sich zu ihr. „Ich habe nicht den Eindruck, dass du dich in der Vergangenheit vom Missfallen meines Onkels davon hast abhalten lassen, zu tun, was du wolltest."

Ihre Hand flog zu ihrer Wange hinauf, als wäre sie schockiert. Doch ihre Augen funkelten vor Heiterkeit.

„Kluger Junge! Nur zu wahr! Ich glaube tatsächlich, ich sollte dir erzählen, was dein Onkel dich nicht wissen lassen will. Und ich bin ziemlich sicher, dass du schockiert sein *wirst*, unabhängig davon, was du anderes glauben magst." Sie beugte sich zu ihm, Lächeln und Lachen waren verschwunden, aber das Funkeln war noch immer in ihren Augen. „Roderick und Plantagenet – um ihre Geburtsnamen zu verwenden – wurden am selben Tag derselben Mutter geboren, nur wenige Minuten nacheinander."

„Zw-*Zwillinge*? Mein Onkel und mein Vater waren Zwillinge?"

„Aha! Du *bist* schockiert."

„Das muss ich zugeben, Tante. Ich hatte keine Ahnung."

„Natürlich nicht. Warum solltest du, wenn Tagent es dir nicht erzählt hatte? Ich fürchte, ich werde dich weiter schockieren müssen, wenn ich dir sage, dass die Brüder sich völlig gleich waren. Absolut identische Zwillinge. Von Geburt an konnte niemand sie auseinanderhalten."

Alec war selten sprachlos, aber jetzt war er es. Er starrte nicht Lady Ferris an, sondern durch die Loggia zu seinem Onkel. Er konnte nicht verstehen, dass sein Onkel und sein Vater in jeder Hinsicht wie eine Person gewesen waren, doch als zwei verschiedene Individuen herumgegangen waren. Warum hatte ihm das niemand gesagt? Seinen Vater hatte er nie kennengelernt. Der Earl war gestorben, ohne ihn je gesehen zu haben, hatte ihn bei der Geburt verstoßen - das Ergebnis einer Affäre seiner Frau mit einem Mulatto-Diener, den Gerüchten zufolge. Und Alec hatte sein ganzes Leben lang bei seinem Onkel gelebt, während der Earl vor Alecs zwanzigstem Jahr gestorben war. Er hatte diesen Tod nicht betrauert.

Doch sollte er jetzt seinen Onkel anschauen und seinen ihm fremden Vater in ihm sehen? Und wenn beide Männer sich zum Verwechseln ähnlich sahen, waren sie dann in ihrer Persönlichkeit ebenso identisch gewesen? Er fand es fast unmöglich, ersteres zu glauben, und praktisch völlig unmöglich und unerträglich, sich das Letztere vorzustellen. Sein Onkel und sein Vater konnten nichts gemeinsam haben. Der eine hatte ihn verstoßen. Der andere hatte ihn geliebt und aufgezogen. Der eine war als arroganter, prahlerischer Vertreter des Adels bekannt gewesen. Der andere war ein freimütiger Parlamentarier, der darum kämpfte, jenen, die nicht für sich selbst kämpfen konnten, Rechte zu verschaffen. Den einen hatte er verabscheut. Den anderen liebte er.

Überraschenderweise war die erste Frage, die ihm in den Kopf kam, wo die Bilder seines Vaters, des Earls, waren?

In der Gemäldegalerie befand sich nur ein Bild, und das zeigte die Brüder als Jungen. Er hatte lange vor dem großen Gemälde von Earl und Gräfin von Delvin mit ihren zwei Söhnen gestanden, die beide gerade ihre ersten Hosen trugen, und es durch seine Brille hindurch gemustert, um zu versuchen, eine Verbundenheit zu Großeltern zu spüren, die er nie gekannt hatte, und zu den zwei Jungen, von denen er so wenig wusste. Er erinnerte sich an seine Überraschung über das anscheinend fast gleiche Alter der Brüder, doch daran, dass ihre Haarfarbe verschieden war, der eine braun, der andere blond. Ihm war nie in den Sinn gekommen, sie für Zwillinge zu halten.

Es gab keine Porträts seines Vaters als jungen Mann, oder auch als alten. Und keines seines Onkels. Es gab ein Gemälde, lebensgroß, von seiner Mutter in all ihrer standesüblichen Pracht, doch kein dazu passendes Porträt ihres Ehemannes, des Earls, was ausgesprochen ungewöhnlich war. Alec meinte, sein Vater würde sich mit Sicherheit für die Nachwelt porträtieren haben lassen. Und das mehr als einmal. Solche Gemälde mussten existieren. Dass sie nicht an den Wänden des Heims seiner Ahnen hingen, ließ Alec sich jetzt, in Anbetracht dessen, was seine Tante ihm gerade verraten hatte, fragen, ob sie absichtlich entfernt worden waren, damit er sie nie zu sehen bekäme, und daher Fragen stellen könnte, die sein Onkel nicht beantworten wollte.

Sein andauernder Schock war so groß, dass er nicht wusste, wie er auf die Offenbarung seiner Tante reagieren sollte. Er starrte weiter seinen Onkel an und sagte das erste, was ihm in den Kopf kam, und das war seine Verwunderung über die verschiedene Haarfarbe bei den beiden Jungen auf dem Familienporträt. Lady Ferris hatte eine sofortige und einfache Erklärung.

„Sie wurden so gemalt, um sie auseinanderzuhalten, und damit zukünftige Generationen auch den einen vom anderen unterscheiden könnten. In Wahrheit waren beide Jungen weißblond, bis sie fast zwanzig waren." Sie drückte Alecs Arm und schaute ihn besorgt an, als er endlich seinen Blick von seinem Onkel losriss und ihren erwiderte. „Ich fürchte, diese Entdeckung ist dir unangenehm. Ich wünschte, es wäre nicht so. Vielleicht hatte dein Onkel recht damit, dich das nicht wissen zu lassen. Obwohl ich immer behauptet habe, dass du es verdienst, die Wahrheit über deine Geburt und alles, was vor ihr kam, zu erfahren. Leider waren die Brüder - und, wie ich aus ihrem Schweigen schließen muss, auch deine Mutter - nicht dieser Meinung." Sie legte den Kopf auf die Seite. „Deine Zukunft war vermutlich das einzige, worüber sie sich alle drei einig waren ... Aber ich habe genug gesagt! Tagent würde sagen, ich hätte schon viel zu viel erzählt. Komm. Gehen wir zu deiner kleinen Gesellschaft zurück. Ich bin mir sehr sicher, dass Sir Tinsley und der Oberst es kaum erwarten können, die kulinarischen Kreationen deines Kochs zu verschlingen. Lady Halsey sagt mir, dass du deinen eigenen Koch aus London mitgebracht hast...?"

Alec kehrte mit seiner Tante zum Tisch zurück, doch er war nicht in Eile, und stellte fest, dass er den Appetit verloren hatte. Als sie die Loggia hinaufschlenderten, hörte er kaum ein Wort von dreien, als Lady Ferris über ihre Probleme mit einem launischen Koch berichtete. Seine Blicke und seine Gedanken waren auf seinen Onkel gerichtet.

Seine Gäste standen im Halbkreis, ein begeistertes Publikum für Plantagenet Halseys Anekdoten. Sie kicherten und machten Bemerkungen, Selina machte einen Scherz, die Hand liebevoll auf den Manschettenaufschlag des Onkels gelegt, während sie den alten Mann anschaute. Er tätschelte ihre Hand und erwiderte den liebevollen Blick, um dann eine Bemerkung zu machen, die alle zum Lachen brachte. Es war deutlich zu erkennen, dass er Hof hielt und jede Minute davon genoss. Mit dem neu gefundenen Wissen, das Alec nun über den Mann hatte, der ihn erzogen hatte, dem er sein Leben verdankte und den er außer Selina über alle anderen liebte, kam er zu einer höchst beunruhigenden Erkenntnis: Er wusste nichts über die ersten fünfundzwanzig Jahre im Leben seines Onkels, jene Jahre, bevor er die alleinige Verantwortung für Alecs Wohlergehen übernommen hatte. Es war ein Vierteljahrhundert, das Plantagenet Halsey für sich behalten hatte. Wenn er gefragt wurde, schob er diese Jahre immer als unwichtig beiseite. Aber jetzt fragte sich Alec wegen dieser fünfundzwanzig Jahre, warum sein Onkel sie für irrelevant hielt und warum er Alec in Unwissenheit halten wollte. Worum ging es bei diesen Jahren? Was war damals geschehen, dass sein Onkel einen Schleier darüber gebreitet hatte und Alec nichts davon wissen lassen wollte, als hielte er ihn von einem wohl gehüteten Geheimnis fern? Es ließ in ihm die Frage aufkommen, ob er seinen Onkel überhaupt kannte.

NEUN

WÄHREND DER ERSTEN HÄLFTE DER MAHLZEIT WAR ALEC IN einer Art Traumzustand. Er wählte von den Speisen aus, die am Tisch herumgereicht wurden, aß, was auf seinem Teller lag und nippte an dem Wein in seinem Glas. Er plauderte sogar mit Mrs. Bailey, erzählte eine Anekdote aus seiner Zeit im Ausland, antwortete auf die Frage seines Onkels über den Namen, den die Lastkähne auf den Kanälen Midanichs trugen - *trekschuiten* - und schaffte es sogar, seine Frau anzulächeln, als sie einen Scherz darüber machte, wer von ihnen aufgeregter war über die Aussicht, Eltern zu werden. Doch ein dicker Nebel aus unbeantworteten Fragen wirbelte während des gesamten Essens durch seinen Kopf. Alles, woran er denken konnte, war die Enthüllung, dass sein Onkel und sein Vater identische Zwillinge gewesen waren. Und die Frage, auf die er vor allem eine Antwort haben wollte, war, warum sein Onkel es für notwendig befunden hatte, ihm dies zu verschweigen. Dies ließ ihn sich fragen, wer noch in der Familie davon wusste. Waren sie alle gewarnt worden, ihm nichts davon zu erzählen? Wusste seine Patin Olivia, die Herzogin von Romney-St. Neots, davon? Oder Selinas Bruder, Lord Cobham? Und was war mit den Anwälten der Familie, den Gefolgsleuten, seinem Verwalter, dem Wildhüter und den Nachbarn hier in Kent?

Es erschien ihm unglaublich, dass sie es nicht wissen sollten. Andererseits hatte er seit frühester Jugend gelernt, nicht nach seinen Eltern, diesem Anwesen und vor allem der Vergangenheit seines Onkels zu fragen. Doch wenn sein Onkel ihn in Unwissenheit halten wollte, musste es andere geben, die mit ihm zusammenarbeiteten, um das möglich zu machen. Und ebenso musste es andere geben, die in einem ähnlich unwissendem Zustand gehalten wurden. Er war sich sicher, dass Selina keine Ahnung hatte, dass sein Vater und sein Onkel Zwillinge gewesen waren. Sie würde ihm ein so erstaunliches Stück Familiengeschichte nicht vorenthalten. Und sie grub tief in den Archiven seiner Familie, doch anscheinend nicht tief genug, wenn es keine Aufzeichnungen über seine Geburt gab. Und wenn es keine Aufzeichnungen gab, warf das allein schon die Frage auf, warum nicht. Doch vielleicht hatte sie die relevanten Informationen nur noch nicht gefunden.

Und hier teilte seine Frau das, was sie bisher, vergraben in den Regalen der Bibliothek gefunden hatte, den anderen am Tisch mit. Und sie tat das, weil seine Tante sie dazu aufgefordert hatte. Also zwang er sich, seine Grübelei auf später zu verschieben und seine Beschäftigung mit der Vergangenheit seines Onkels zu verdrängen und auf später zu vertagen, wenn er ihn unter vier Augen ansprechen und hoffentlich die Wahrheit erfahren könnte. Er beteiligte sich wieder an der Unterhaltung, auch wenn er keine Ahnung hatte, worüber genau gesprochen wurde. Lady Halsey hielt die Aufmerksamkeit des gesamten Tisches auf sich gerichtet.

„Ich habe ein besonderes Interesse an Zahlen und Mustern", sagte Selina. „Daher war ich bei meiner Entdeckung in den Halsey-Dokumenten recht überrascht. In der Tat war ich erstaunt. Auch wenn es auf den ersten Blick banal erscheint, sagt mir die Wahrscheinlichkeit, mit der es auftritt, dass es nicht wahr sein kann."

„Ich bezweifle nicht, dass es Euch erstaunt, Mylady", stimmte Sir Tinsley zu und mischte sich mit einem herablassenden, besänftigenden Lächeln in das Gespräch ein. Er warf einen schnellen Blick um den Tisch, das fleischige Gesicht zu einem selbstgefälligen Lächeln verzogen, silberne Gabel und Messer an beiden Seiten des gemusterten Porzellantellers, den ein Diener mit Pilzen füllte. „Aber bei den in diesem Teil des Landes geborenen und aufgewachsenen ist das häufig genug, um als alltäglich betrachtet zu werden. Meint Ihr nicht auch, Oberst? Sir?", fügte er hinzu mit einem Blick zu Oberst Bailey und dann zu Plantagenet Halsey.

Keiner bekam Gelegenheit zu antworten, als Lady Ferris das Wort ergriff.

„Üblich, ja, Sir Tinsley", bestätigte seine Frau. „So üblich, in der Tat, dass es eine alte Inschrift gibt, die in die Steine am Marktplatz gehauen ist." Sie lächelte Alec an. „Ich habe gerade meinem Neffen auf unserem Spaziergang davon erzählt. Er versteht Latein weit besser,

als ich es je können werde, obwohl Sir Tinsley genug davon versteht
…"

„*Et benedicta tu quae uno filio tantum, non et filiabus nomen tuum.*
Mögest du nur mit einem Sohn gesegnet sein und keine Tochter
deines Namens haben."

„Danke, mein Lieber", sagte Lady Ferris zu ihrem Mann.

„Was für eine seltsame Inschrift für einen Marktplatz", bemerkte
Selina. „Warum auf Latein, denn wer kann diese alte Sprache lesen,
außer den Gelehrten und den Söhnen der Gentlemen? Sicher doch
nicht die Dorfbewohner oder die Leute, die zum Markt kommen, um
ihre Waren zu verkaufen."

„Sehr wahr, Mylady", stimmte Sir Tinsley zu. „Die Absicht ist
klar. Es ist in der Sprache der Gelehrten dort eingehauen, nicht für
das gewöhnliche Volk, Pächter oder Ladenbesitzer, sondern für die im
Bezirk, die geboren wurden, um über sie zu herrschen. Die Herren des
Schicksals und des Besitzes ihrer Familien …"

„… und ihre Frauen", unterbrach Selina. „Die Herren und ihre
Frauen, denn es kann keine Familie ohne beide geben."

Als der Magistrat in sich hineinlachte und leise den Kopf schüttelte,
zuckte Alec ob der Herablassung dieses Mannes innerlich zusammen. Er
schwieg weiter, ignorierte die verstohlenen Blicke seiner Gäste, die zweifellos erwarteten, dass er einschreiten und das Gespräch von einem mit
Sicherheit streitträchtigen Weg ablenken würde. Doch er wusste, dass
seine Frau eine Einmischung nicht begrüßen würde, und das zu Recht.
Sie konnte sich bei einer Diskussion selbst wehren, daher lehnte er sich
weiter zurück und nippte an seinem Wein. Er hoffte, Sir Tinsley hätte
die Geistesgegenwart zu erkennen, dass er bei einem Wortgefecht mit
der Marchioness nicht gewinnen könnte. Er sollte der Lady an diesem
Punkt lieber nachgeben, wenn auch nur aus dem Grund, dass dies ihre
Tafel war und er ihr Gast. Doch das war wohl zu viel erwartet. Die
nächsten Worte des Magistrats vernichteten jede derartige Hoffnung.

„Frauen?" Er lachte spöttisch auf. „Meine liebe Lady Halsey,
Frauen, oder auch Mütter, Schwestern oder Töchter dieser Herrn,
brauchen sich nicht ihre hübschen Köpfchen über Schicksal und
Besitz zu zerbrechen …"

„Hübsche Köpfchen? Ist es das, was Frauen sind, Sir? Nur
Dekoration?"

„An Euch ist nichts, das ich mit ‚nur' bezeichnen würde, meine
liebe Lady Halsey", antwortete der Magistrat mit einem Lächeln, das
Selina verriet, er wäre überzeugt, ihr einen Balsam auf jede mögliche
Beleidigung geboten zu haben. „Ich spreche für alle hier, und ich bin

sicher, Seine Lordschaft wird es nicht übelnehmen, denn ich sage es nicht als bloße Schmeichelei, sondern als Tatsache, dass Ihr nicht hübsch seid, sondern göttlich schön. Doch leider zählt Schönheit nichts, wenn es um das Erbe geht. Die Entscheidungen müssen denen überlassen bleiben, die am besten geeignet sind, über die Zukunft zu entscheiden."

„Und die ‚am besten geeigneten‘ ist nur der halbe Teil - denn, was ist ein Ehemann ohne seine Frau ...?", fragte Selina mit einem raschen Lächeln.

Als sie dabei den Kopf fragend zur Seite neigte und die dunklen Augen weit aufriss, rasch heftig Atem holte, konnte Alec kaum ein lautes Auflachen unterdrücken, wobei er auch noch beinahe seinen Wein verschüttet hätte. Oh, Sir Tinsley hatte bei der Wahl seines Gegners keine Klugheit walten lassen.

„In der Tat! Ich sehe, Ihr versteht es, Mylady", sagte der Magistrat mit einem zufriedenen Grinsen, wobei er seine Gastgeberin völlig missverstand. „Die Inschrift ist absichtlich auf Latein. Wie Ihr selbst sagtet: Für die *Söhne* von Gentlemen. Sie dient als Erinnerung. Das Schicksal einer Familie und ihr Besitz liegen völlig in den Händen des Ehemannes. Dieser Umstand ist umso wichtiger, wenn man die wechselhafte Geschichte dieses kleinen Fleckchens England und den Platz seiner Lordschaft darin bedenkt ..."

„Jetzt reicht es mit Schicksal und Besitz, Ferris", knurrte Plantagenet Halsey, der halb aus seinem Stuhl aufgestanden war, um sich einen Pfirsich vom Tischaufsatz zu nehmen. „Ihr ruiniert meinen Appetit und den aller anderen ebenfalls, möchte ich wetten."

„Hä? Oh! Ah! Oh ja! Oh ja! Ich verstehe, was Ihr meint", murmelte Sir Tinsley, dessen Elan völlig geschwunden schien. Er hüstelte in seine Faust und griff nach seinem Weinglas, um einen tiefen Zug zu tun.

Der alte Mann pflanzte sein Hinterteil wieder auf das Gobelinkissen und verlor den finsteren Ausdruck auf seinem Gesicht. Er lächelte Selina an und fügte mit völlig anderem Tonfall hinzu: „Meine mathematischen Fähigkeiten sind bestenfalls eine Grundlage, wenn du also so freundlich wärest, deine Entdeckung in den Archiven der Familie so zu erklären, dass ein alter Mann sie verstehen kann, würde ich das zu schätzen wissen."

„Ich werde mein Bestes tun", antwortete Selina ebenso mit einem Blick zu Alec, ob er den Befehl seines Onkels an den Magistrat gehört hatte. Das Heben einer Augenbraue bestätigte ihr, dass dem so war. Und auch alle anderen hatten es gehört, denn die Blicke richteten sich auf die Leinenservietten in ihrem Schoß und blieben dort. „Aber nachdem, was Sir Tinsley uns gerade über die Inschrift am Marktplatz erzählt hat, glaube ich, dass das, was ich entdeckt habe, vielleicht doch nicht so erstaunlich ist, wie ich zuerst angenommen habe. Vor allem, da es sich anscheinend nicht auf die Familie Halsey beschränkt."

„Vielleicht ist es der Wein oder die sommerliche Hitze oder beides, aber ich bin noch keineswegs klüger, Mylady", sagte Alec höflich und bestätigte mit einem leichten Aufreißen seiner Augen Selinas Verdacht, dass er der früheren Diskussion gar nicht zugehört hatte, sondern in eigene Überlegungen versunken gewesen war. Daher wiederholte sie geduldig, was sie ihren Gästen bereits erzählt hatte, die alle entweder zu höflich waren, um nicht überrascht zu schauen, oder bereits wussten, was sie erst vor kurzem selbst entdeckt hatte.

„Es scheint, dass deine Vorfahren dazu neigten, nur ein einziges, männliches Kind pro Generation zu zeugen, und das über zweihundert Jahre lang so getan haben. Zu denken, dass ein Familie ständig männliche Einzelkinder hat, ohne Brüder oder Schwestern, nicht einmal eines, das tragisch bei der Geburt oder in jungen Jahren an der ein oder anderen Krankheit starb - nun, jedenfalls keine, die wichtig genug gewesen wären, um in der Familiengeschichte erwähnt oder in der Familienbibel verzeichnet zu werden - ist jedenfalls einfach erstaunlich."

„Daran ist nichts Einfaches, Mylady", stimmte Alec zu und setzte sich auf, mit einem Blick zu seinem Onkel, der nicht in seine Richtung sah. „Das ist bemerkenswert. Ich bin sicher, dass deine Berechnungen stimmen, aber ich frage trotzdem: bist du dir sicher?"

„Ja. Obwohl ich es nicht sein sollte, oder, wenn man sagen kann, dass die Tatsache, ob ein männliches oder weibliches Kind gezeugt wird, so wahrscheinlich ist, als ob man eine Münze wirft. Wenn man also nur ein Kind hat und das einzige Kind seit fünf Generationen jeweils männlich ist, ist das nicht nur erstaunlich, sondern völlig unwahrscheinlich ...“

„Ich bin nicht sicher, ob ich da folgen kann", unterbrach Plantagenet Halsey mit einem verständnislosen Stirnrunzeln.

„Verzeihung, Onkel", sagte Selina lächelnd. „Lass es mich so erklären: Wenn wir annehmen, dass die Wahrscheinlichkeit, dass ein Mädchen oder ein Junge geboren wird, gleich ist, dann können wir es mit dem Werfen einer Münze vergleichen. Jede Möglichkeit hat eine Chance von fünfzig zu fünfzig, dass das Kind ein Junge oder Mädchen beziehungsweise Kopf oder Zahl sein wird. Und dennoch scheint es bei der Halsey-Familie so zu sein, als würfe man fünf Mal nacheinander Kopf, was wirklich höchst unwahrscheinlich ist. Es ist, als hätte eine Familie eine Münze mit zwei Köpfen und keiner Zahl, sodass ganz gleich wie die Münze fällt, sie garantiert einen Kopf zeigt und jedes Mal einen Jungen hervorbringt."

Plantagenet Halsey rieb sich die Hände. „Bravo! Dann könnte ich deinen Berechnungen nach jeden Tag einen Großneffen erwarten!"

Alle lächelten und klatschten.

„Eine Münze mit zwei Köpfen und keiner Zahl lässt auf irgendeine Manipulation schließen, um das gewünschte Ergebnis zu erzielen, nicht wahr, Mylady?", fragte Alec seine Frau und ignorierte den Überschwang seines Onkels ebenso wie das beglückwünschende Lächeln seiner Gäste.

Selina nickte, so in das mathematische Problem vertieft, dass ihr nicht auffiel, was ihr Ehemann andeutete, so begierig war sie darauf, es zu erklären. „Es ist ein mathematisches Rätsel, dass eine Familie nur ein einziges Kind hervorbringt und jedes Mal einen Jungen, über so viele Generationen hinweg. Und bei so unglaublicher Unwahrscheinlichkeit bin ich skeptisch, ob das purer Zufall ist ..."

Alec ließ seine Blicke von seiner Frau zu seinem Onkel wandern und hob die Brauen. „Fällt dir dazu etwas ein, Onkel?"

Der alte Mann zuckte mit den Schultern und verzog staunend das Gesicht. „Nur, dass ich wie der Rest an diesem Tisch über den mathematischen Verstand Myladys höchst erstaunt bin. Ich hätte gedacht, du müsstest über die guten Aussichten, einen Sohn und Erben zu bekommen, erfreut sein."

Alec hielt dem Blick des alten Mannes stand, als ob er erwartete, dass er etwas völlig anderes sagen würde.

„Die einzigen Chance, an denen ich interessiert bin, sind die, dass ein gesundes Kind geboren wird und meine Frau die Geburt überlebt." Dann fragte er Selina: „Ich gehe davon aus, dass diese unwahrscheinliche Reihe von rein männlichen Einzelkindern mit der Geburt meines Onkels und seines Bruders endete?"

Selina dachte darüber nach, während sie eine saftige Erdbeere aus der Schüssel, die von einem Diener vor sie hingestellt worden war, wählte. Was sie sagte, überraschte Alec nicht, obwohl er wünschte, es wäre so. „Du dürftest recht haben, obwohl ich die Aufzeichnungen über ihre Geburt erst noch finden muss ... ich hatte erwartet, sie unter den Dokumenten der Familie zu finden ..."

„Es gibt keine solchen Unterlagen?"

Selina schüttelte den Kopf. „Keine, die ich bis jetzt entdeckt hätte."

„Wie seltsam, dass die Aufzeichnungen über die erste Geburt von zwei Brüdern in über zweihundert Jahren anscheinend verlegt worden sind. Was, glaubst du, ist damit geschehen, Onkel?"

Wieder zuckte Plantagenet Halsey unbekümmert mit den Schultern. „Das Dokument muss vorhanden sein. Mylady muss nur noch ein bisschen tiefer graben."

„Vielleicht gab es bei deiner und der Geburt deines Bruders etwas, das nicht wie bei den anderen war?", warf Alec ein und schaute dabei seinen Onkel an, ohne Lady Ferris einen einzigen Blick zu gönnen.

Der alte Mann zögerte nicht zu antworten. Er lachte bellend auf und schlug auf den Tisch. „Ja. Nun, das ist doch offensichtlich! Wir waren eben zwei!"

Die Gäste lachten zur Antwort. Alec hatte den deutlichen Eindruck, dass es ein gezwungenes Lachen war. Er sagte zu Sir Tinsley:

„Mylady ist von der mathematische Unwahrscheinlichkeit eines solchen Ergebnisses verwirrt und dennoch schient Ihr überhaupt nicht erstaunt, Sir. In der Tat nanntet Ihr es ein *recht häufiges Vorkommen*. Würdet Ihr mir wohl sagen, warum?"

„Ja, Ferris", fügte Plantagenet Halsey hinzu, das Knurren und der finstere Ausdruck kehrten zurück. „Nachdem ihr jetzt das Maul so weit wie möglich aufgerissen habt, warum lasst Ihr dann Seine Lordschaft nicht an Euren Fachkenntnissen über die männliche Linie meiner Familie teilhaben?"

Sir Tinsley schob die Unterlippe vor und wurde vor Verlegenheit rot. „Ich - ich bin kein Mathematiker. Ich kann auch nicht behaupten, Fachkenntnisse über Eure edle Familie zu haben, Sir. Daher, Mylord, würde ich es vorziehen, keine Meinung dazu zu äußern."

„Das ist das Klügste, was Ihr heute von Euch gegeben habt, Ferris", stellte der alte Mann abschließend fest. Er schüttete den Rest seines Weins herunter und streckte dem Diener das Glas hin, um es wieder füllen zu lassen, ohne seine Augen von dem Magistrat abzuwenden. „Niemand, der Augen hat, kann die Schönheit Myladys bestreiten, doch sie ist weit mehr als nur ein hübsches Gesicht und es gibt keinen Mathematiker in diesem Land, der das bestreiten würde. Doch wenn es Seiner Lordschaft und dem Rest der Gesellschaft recht ist, würde ich gern das Thema wechseln. Meine Verwandten sind mir schon zu meinen besten Zeiten zu langweilig, Anwesende natürlich ausgeschlossen."

Eine längere Stille trat ein, als die Gäste verstohlen den Marquess anschauten, um seine Reaktion auf diese Aussage seines Onkels zu entdecken. Alec dachte, wie geschickt sein Onkel es doch geschafft hatte, die Unterhaltung davon abzubringen, dass Ferris die Frage, warum er männliche Einzelkinder als häufig bezeichnet hatte, nicht nur auf die Familie Halsey beschränkt, beantworten musste. Dann sollte es dabei bleiben. Er würde die Sache einstweilen auf sich beruhen lassen.

In dem Schweigen, das der Rede des alten Mannes folgte, sah Reverend Purefoy eine Gelegenheit, eine Erklärung zu äußern, die die Einzige war, die in Frage kam.

„Ich glaube", sagte er vorsichtig und betupfte seine feuchten Mundwinkel mit dem Rand einer Leinenserviette, um sich dann am Tisch umzuschauen, ob er aller Aufmerksamkeit genoss, „dass die Antwort nicht nur auf das mathematische Rätsel Myladys sondern auch auf die Inschrift auf dem Marktplatz ganz einfach ist. Das ist Gottes Wille. So, wie Gott Lady Halsey mit einem mathematischen Verstand gesegnet hat, der ihrer Schönheit entspricht, hat er die Familie Halsey seit fünf aufeinanderfolgenden Generationen mit je einem gesunden, männlichen Erben gesegnet. Ich bete, dass Er dies auch mit Eurem eigenen kostbaren Nachkommen tun wird, meine liebe Lady Halsey."

„Gottes Wille? Oh ja", stimmte Mrs. Bailey atemlos zu. „Das muss die einzige Erklärung sein! Und ich möchte mich in aller Bescheidenheit meinem Bruder anschließen. Jeder hier betet, Mylady, dass Ihr von einem gesunden Sohn entbunden werden mögt. Ich selbst suche bei Seinem göttlichen Willen Trost für die Tragödie unser eigenen Umstände. Der Oberst und ich haben einen geliebten Sohn. Wir hatten noch zwei Kindchen ... doch leider blieben sie uns nicht lange erhalten. Doch wir haben unseren wundervollen Daniel und ich muss Ihm dankbar sein, dass er mir diesen einen Sohn geschenkt hat."

„Meine liebe Schwester, wir haben in all den Jahren viele Male ausführlich über den Verlust deiner Kleinen gesprochen", sagte Reverend Purefoy besänftigend. Er drückte seiner Schwester sein Taschentuch in die Hand. „Zweifellos hat das bevorstehende glückliche Ereignis Lady Halseys schmerzliche Erinnerungen in dir geweckt. Doch ich würde dir raten, an glücklichere Zeiten zu denken, an Daniels Geburt und wie er zu einem großartigen jungen Mann herangewachsen ist ...‟

„Ja. Oh ja, du hast recht. So recht", antwortete Mrs. Bailey flüsternd, nickte heftig und schnäuzte sich gleichzeitig. Sie zerknüllte das feuchte Taschentuch heftig in ihrer Faust. „Ich muss an Daniel denken, *nicht* an die beiden Kleinen, die wir verloren haben, sondern an ihn."

„Gott ist heilig, gerecht und gütig", fuhr ihr Bruder fort. „Daher müssen wir auf sein Urteil vertrauen. Indem er deine Kinder bei der Geburt zu sich genommen hat, erlaubte er ihnen, den Prüfungen und Schmerzen einer irdischen Existenz zu entgehen. Niemand in meiner

Herde hat dieses Glück. Sie mögen auf der Erde herumgehen, aber die sündige Natur ihrer Existenz versperrt ihnen das ewige Leben. Du, meine liebe Schwester, wirst deine Kleinen im Himmel wiedersehen. Sei dir dessen gewiss."

„Ja. Ja. Ich bin so gesegnet. Ich danke dir, Adolphus." Mrs. Bailey schaute sich mit einem Schnüffeln und einem Lächeln am Tisch um, dann blieben ihre feuchten Augen auf Selina hängen. „Bitte verzeiht meine schlechten Manieren, dass ich an Eurem Tisch über meinen Kummer gesprochen habe, Mylady. Ich habe mich kurz vergessen. Ich versichere Euch, dass es nicht wieder vorkommen wird."

„Mrs. Bailey, es gibt keinen Grund, aus dem Ihr Euch entschuldigen müsstet", antwortete Selina mit einer Ruhe, die ihre Ängste, als sie vom Verlust dieser Frau hörte, Lügen strafte. Instinktiv legte sie die Hände auf ihren runden Bauch, als ob sie das Kind vor solch traurigen Dingen schützen wollte. „Ein Kind zu verlieren ist etwas, wovon Eltern sich nie erholen. Aber zwei Kindchen zu verlieren ..." Sie schaute den Tisch entlang zu Alec und unterdrückte ein bekümmertes Erschauern. „Das ist ein unvorstellbarer Kummer. Ihr habt jedes Recht auf Eure Trauer."

„Mylady ist zu freundlich", warf Oberst Bailey ein. „Wie der Reverend sagt, wir haben in Daniel einen wundervollen Sohn. Und nach allem, man muss ja auch praktisch denken, wie wir Gutsbesitzer es immer tun, ist es ein doppelter Segen, dass wir nur einen Sohn haben, denn er wird den Besitz ungeteilt erben, ohne etwas abgeben zu müssen."

„Ein sehr erfreuliches und segensreiches Ergebnis für Euch, Oberst", sagte Reverend Purefoy mit einem angespannten Lächeln. „Ein Umstand, von dem ich sicher bin, dass Eure liebe Frau, meine geliebte Schwester, auch großen Trost darin findet."

„Oh ja! Ja", stimmte Mrs. Bailey zu. „An jedem einzelnen Tag ..."

Eine schwere Stille folgte, während der die Gäste unter gesenkten Lidern hervor entweder in ihren Schoß oder zu den anderen Speisenden schauten. Alec wechselte einen Blick des Einverständnisses mit seiner Frau und war geneigt, das Schweigen aus Respekt einen Moment andauern zu lassen, bevor er vorschlug, dass sie sich alle zu den Sesseln weiter hinten in der Loggia zu Tee und einem Bocciaspiel zurückziehen sollten. Doch Mr. Ralph Ferris fand, dass diese Stille eine Gelegenheit für ihn bot, endlich eine Rolle in der Unterhaltung zu spielen und er an der Reihe wäre, die Aufmerksamkeit seines edlen Gastgebers zu genießen.

Er hüstelte in seine geschlossene Faust und wandte sich an Alec, wobei er seine Rede mit einer Reihe nervösen Schnaufens unterbrach, obwohl er kaum Luft holte.

„Ich bin dem Schicksal ebenfalls dankbar, Mylord, und dem Herrn, da er mir das große Privileg verliehen hat, Sir Tinsleys voraussichtlicher Erbe zu werden. Und da ich auch ein Einzelkind bin, wird der Nachlass meines Cousins, ebenso wie Oberst Baileys, intakt bleiben und nicht geteilt werden, wie es der Fall wäre, wenn ich Geschwister hätte, die mir das Erbe streitig machen könnten. In anderen Grafschaften wäre ein solches Ergebnis keine Last für begüterte Erblasser, da sie auf das Erstgeburtsrecht vertrauen. Doch wie Euer Lordschaft wohl nur zu gut wissen, ist das Erbrecht hier in Kent für Männer von Vermögen eine seltsame Sache. Das ist etwas, das ich aus nächster Nähe miterleben konnte, da mein Vater Anwalt ist und ...“

„Vielen Dank, Ralph“, unterbrach Sir Tinsley streng. „Du hast Seiner Lordschaft mehr über unsere Familie berichtet, als er wissen möchte, und ausreichend betont, welchen Kummer meine Frau und ich haben, weil wir keinen lebenden Sohn haben, der das Land der Ferris erben könnte.“

Mr. Ralph Ferris hätte seine Zunge verschlucken mögen, wäre ihm das möglich gewesen. Seine Wangen brannten und sein Adamsapfel hüpfte auf und ab. „Sir! Ich - ich wollte nicht - ich versuchte nur - meine liebe Lady Ferris, verzeiht mir ...“

„Bitte tadelt Mr. Ferris nicht, Sir Tinsley“, widersprach Mrs. Bailey mit vor Verlegenheit geröteten Wangen. „Es war meine eigene egoistische Trauer, die dieses ganze Gespräch in die Tiefen schlechterzogenen Kummers gezogen hat. Liebe Güte! Wie gefühllos von mir, nur an meine eigenen Gefühle zu denken und es zu wagen, meinen Verlust zu erwähnen, während die arme Lady Ferris ...“

„Leise! Dummes Weib!“, verlangte Lady Ferris mit einer abwehrenden Handbewegung. „Ich habe mich vor Jahrzehnten mit meinem Schicksal abgefunden. Ich habe seit Jahren keinen Gedanken daran verschwendet. Also wollen wir nichts mehr über ein Thema sagen, das offensichtlich Euch, nicht mich, verstört. Außerdem“, fügte sie hinzu und schenkte Alec ein Lächeln voller echter Wärme, „habe ich jetzt einen Neffen als Nachbarn und seine Frau wird bald sein erstes Kind bekommen, was mich zur Großtante machen wird. Etwas, worauf ich mich schon sehr freue!“

„Hört! Hört! Gut gesagt, meine Liebe“, stimmte Sir Tinsley zu und klopfte mit den Spitzen seiner breiten Finger auf den Tisch. „Dies ist nicht der Zeitpunkt, um unsere Gastgeber mit solch traurigen, alten Geschichten zu langweilen. Es ist jetzt ihre Zeit, eine Zeit, in der wir uns alle auf eine fröhliche Zukunft freuen dürfen. Ich bin sicher, darüber sind wir uns alle einig.“

Zustimmendes Gemurmel erhob sich und Alec nutzte den Moment, um die Tafel aufzuheben und hoffte, mit dem Wechsel der Umgebung würde sich auch die Stimmung ändern. „Wenn Mylady zustimmt, würde ich vorschlagen, dass wir uns zu den Sesseln am Teewagen zurückziehen, um denen von uns zuzuschauen, die eine Partie Bocchia spielen wollen?“

ZEHN

Plantagenet Halsey warf einen Blick über seine Schulter und sah, dass Alec am Teewagen im Gespräch mit Mrs. Bailey stand. Er schätzte, dass ihm das ein paar Minuten verschaffen würde, um mit den anderen Bocchiaspielern, Oberst Bailey und Sir Tinsley einige Worte zu wechseln, bevor Alec sich ihnen anschloss. Sie standen auf der anderen Seite des Rasenstücks und prüften, welche der Kugeln dem Jack am nächsten gekommen war. Daher ließ er Reverend Purefoy Ralph Ferris eine erschreckend detaillierte Geschichte dieses Spiels darlegen und stapfte, eine Kugel in der Hand, in den Sonnenschein hinaus.

Es war keine Zeit zu verlieren.

„Was zum Teufel sollte das alles bei Tisch, he?", zischte er. „Lateinische Inschriften und häufige Vorkommnisse und dergleichen! Ich habe gesagt, ich würde es ihm alles beizeiten erklären. Das werde ich auch. Wenn *ich* es für richtig halte. Nicht Ihr. Und glaubt nicht, dass Ihr mich dazu zwingen könntet! Keiner von Euch!"

Der Oberst und der Magistrat erhoben sich beide langsam aus der Hocke und schauten einander an. Wenn das Gepolter des alten Mannes sie erschreckt hatte, zeigten sie es nicht. Es war der Magistrat, der für beide sprach.

„Ihr wurdet letztes Jahr um diese Zeit gewarnt, lieber Freund. Nach dem unglücklichen Tod des Bruders seiner Lordschaft und nachdem der Teil des Besitzes auf ihn überging, hättet Ihr ihm die Wahrheit über sein Erbe erklären müssen. Doch da habt Ihr es nicht getan, und jetzt auch noch nicht. Daher seid nicht Ihr es, sondern die Fivetrees-Fünf, die zum Handeln gezwungen werden."

„Ich weiß trotzdem nicht, warum er alles erfahren muss! Es hat sich nichts geändert."

Die beiden Männer sahen sich augenrollend an und Sir Tinsley sagte: „Aber etwas hat sich geändert. Und das wisst Ihr. Adams erzählte mir, dass Seine Lordschaft die Jagd verbieten will …"

„Er setzt nur um, was ich im Unterhaus seit über dreißig Jahren predige."

„Und als unserem Parlamentsmitglied haben wir Euch nie gesagt, dass Ihr nicht zu Euren Überzeugungen stehen dürftet", sagte Sir Tinsley geduldig. „Aber eine verlorene Sache im Parlament zu vertreten ist Welten von den praktischen Umständen des Lebens hier entfernt."

„Und deshalb brauche ich Zeit - nein, *er* braucht sie, um hier hereinzuwachsen", widersprach Plantagenet Halsey, wobei er unbewusst die Kugel von einer Hand in die andere warf. „Er ist in der Stadt aufgewachsen. All dies hier ist neu für ihn. Wie Dinge auf dem Land geregelt werden …"

„Wir nehmen Einmischung nicht freundlich hin", warnte der Oberst. „Der vorige Titelträger wusste, wie er seine Nase aus unseren Angelegenheiten heraushalten musste."

„Er hielt seine Nase aus Euren Angelegenheiten, weil ich verdammt gut darauf geachtet habe, dass er überhaupt nichts davon erfuhr! Edward war ein prahlerischer Trottel. Er gab keinen feuchten Kehricht für das Land oder den Besitz und ganz sicher waren ihm die Leute hier keinen roten Heller wert. Das Einzige, woran ihm lag, war, dass er ein Einkommen daraus erzielen konnte …"

„Genau wie Ihr selbst."

Plantagenet Halsey ließ die Kugel schockiert fallen. Im nächsten Moment hatte er den Oberst an der Vorderseite seiner Weste gepackt und schob sein Gesicht vor das seines Gegners, mit knirschenden Zähnen. „Nehmt - das - zurück."

„Um Gottes willen, bleibt höflich!", zischte Sir Tinsley. „Unsere Frauen sind anwesend. Und die Marchioness schaut schon her …"

Mit einem Stoß ließ der alte Mann den Oberst los, der das Gleichgewicht verlor, als sein Stiefelabsatz ungeschickt auf einer der Kugeln landeten und er sich den Knöchel verdrehte. Er stolperte und wäre hart gefallen, wenn nicht Plantagenet Halsey ihn wieder am Rockärmel gepackt und der Magistrat das Gleiche getan hätte und sie so beide den Oberst aufrichten konnten. Alle drei schauten sofort über den Rasen hinweg, um zu sehen, ob ihr Verhalten bemerkt worden wäre. Doch die Damen saßen im Schatten um den Teewagen herum, Mrs. Bailey überschüttete Alec noch immer mit ihrem Geplauder und der Reverend und Mr. Ferris waren damit beschäftigt zu üben, wie man die Kugeln rollte. Die drei Gentlemen atmeten erleichtert auf.

Plantagenet Halseys Schultern entspannten sich und er lachte bellend auf, da ihre Vorstellung keine Zuschauer gehabt hatte. Er lachte nicht mehr, als der Magistrat den Arm des Oberst schüttelte.

„Entschuldigt Euch, Bailey. Halsey mag im Unterhaus seine Anträge herauskrähen, doch er hat immer das Richtige für uns und für Fivetrees getan. Immer.“

„Oh, na ja. Das hat er wohl“, knurrte der Oberst mit einem Blick voller Groll auf den alten Mann. Er streckte die Hand aus. „Nehmt meine Entschuldigung an. Können keine Feinde sein. Müssen daran denken, was wir für das Allgemeinwohl tun müssen.“

Der alte Mann ergriff seine Hand. „Ja, genau. Ich erinnere mich beständig daran, dass es besser ist, ein Heuchler zu sein, als das zu tun, was Ihr alle im Namen dieses Allgemeinwohls getan habt. Niemand könnte mir je vorwerfen, mich in das eingemischt zu haben, was die Natur so bestimmt hat ...“

„Was? Mal langsam!“, polterte der Oberst mit einem scharfen Blick zu dem Magistrat. „Zieht Eure Verleumdung zurück, oder ich marschiere direkt zu Seiner Lordschaft und informiere ihn über Eure schändlichen Aktivitäten ...“

„Nein, das werdet Ihr nicht“, antwortete Plantagenet Halsey glatt mit einem selbstbewussten Heben seines kantigen Kinns. „Ihr werdet kein Wort sagen. Die Ehefrauen sind anwesend, wie Ferris uns gerade ins Gedächtnis gerufen hat. Und der Geisteszustand Eurer lieben Frau ist labil genug, auch ohne dass sie weiß, was Ihr getan habt, um Euer Land für Euren einzigen Sohn zu bewahren.“

Der Oberst glättete imaginäre Falten in den Ärmeln seines besten schwarzen Rocks aus gewirkter Wolle. Es war viel zu warm, um ein solches Kleidungsstück an diesem Sommertag zu tragen, doch seine Frau hatte darauf bestanden, dass er bei diesem Essen mit einem Marquess seine besten Sonntagskleider tragen müsste. Er zählte bis zehn. Auf seiner flachen Stirn standen Schweißperlen. Sie hatten jedoch nichts mit der Hitze zu tun. Er brach immer in Schweiß aus, wenn die Vergangenheit erwähnt wurde, und was ihm aufgezwungen worden war, um seinen Besitz intakt zu halten. Er war entsetzt gewesen, als sein Vater ihm anvertraut hatte, wie die Dinge lagen und seit Generationen gehandhabt worden waren. Es war der Tag gewesen, an dem sein erstes Kind, eine Tochter, geboren worden war. Er war überglücklich gewesen. Es hätte ein Festtag sein sollen. Doch er war in seinem ganzen Leben noch nie so unglücklich gewesen wie an diesem Tag. Sein Vater erinnerte ihn daran, dass er nicht der Einzige war, der ein solches Opfer bringen musste, dass er nicht der Einzige war, der im Namen der Familie gelitten hatte. Er musste seine Pflicht gegenüber seinen Vorfahren erfüllen. So wurden die Dinge in Fivetrees geregelt. Das hatte man ihm erklärt und was die Fivetrees-Fünf glaubten und ehrten. Irgendwann würde er einen Sohn bekommen, der das Erbe antreten konnte und das Leben würde weitergehen wie immer. Opfer, Gewissensbisse und naher Wahnsinn, alle das diente dem Wohle der Allgemeinheit ...

Und daher sagte er selbstbewusst und aufrichtig: „Ich bin nicht der Einzige, der Opfer gebracht hat, und ich würde es für meinen Sohn alles wieder tun. Das ist eine Last, die wir zu tragen haben. Wagt es nicht, das schwächere Geschlecht damit zu belasten! Lasst unsere Frauen da raus. Das geht sie nichts an. Und wird es auch nie. Außerdem, in unserer Lage hättet Ihr dasselbe getan, Halsey. Gebt es zu.“

„Nein das werde ich nicht. Hätte ich hätte nicht. Und habe ich nicht.“

„Was für ein scheinheiliger Angeber!“, höhnte Sir Tinsley. „Die Halseys stecken ebenso bis zum Hals in diesem mörderischen Durcheinander wie wir alle.“

„Nicht dieser Halsey, nicht mein Vater und auch nicht der nächste Halsey, wenn ich Seine Lordschaft auch nur ein wenig kenne“, stellte der alte Mann zuversichtlich fest. „Das sind drei Generationen mit einem reinen Gewissen.“

„Wer kann sagen, dass Seine Lordschaft anders handeln wird, wenn er erst einmal ganz über das Erbrecht in diesem kleinen Teil England informiert ist?“, widersprach der Oberst.

„Wer sagen kann ...?“ Der alte Mann sah den Oberst an, als wäre ihm ein zweiter Kopf gewachsen. „*Ich* sage das! Ich sage, er braucht nichts über die abscheuliche Geschichte von Fivetrees zu wissen und davon, was seine Ahnen alles im Namen dieser Erbschaften getan haben. Und ich werde verdammt nochmal dafür sorgen, dass er es nie herausfindet!“

„Und wie schlagt Ihr vor, ihn über das Gesetz in Unwissenheit zu halten, wenn doch ...“

„Wir haben kein Problem mit diesem Gesetz, sondern mit dem, was unsere Ahnen taten, um es zu umgehen. Unter keinen Umständen möchte ich, dass er entdeckt, wie tief dieser Haufen im Schmutz gewatet ist! Seine Lordschaft ist mir ähnlicher, als Ihr je verstehen werdet, und wenn er Fragen zu stellen beginnt, glaubt mir, wird er nicht aufhören, bis er eine Antwort erhalten hat. Und dann steckt Ihr alle in der Tinte." Der alte Mann schnaubte und lächelte schief. „Ihr glaubt, dieser alte Schaumschläger ist ein frommer Heuchler, aber seine Lordschaft ist kein moralischer Scharlatan. Sein Gewissen ist rein und seine Seele unbefleckt. Und er ist jung genug, um die Energie aufzubringen, solch scheinheiligen Unholde wie Euch in Grund und Boden zu stampfen!"

Als der Magistrat und der Oberst einander erschrocken anschauten, fügte Plantagenet Halsey in versöhnlicherem Ton hinzu: „Sobald Ihr beide aus der Sonne geht und Euren Verstand ein wenig abgekühlt habt, werdet Ihr sehen, dass Eure Panik unbegründet ist. Hier wird sich nichts ändern, ob Seine Lordschaft sich um das Anwesen kümmert oder ich."

„Was ist mit der Jagd?", murrte der Oberst.

Der alte Mann verdrehte die Augen und schüttelte den Kopf. „Ich würde doch denken, das sollte Eure geringste Sorge sein."

„Das ist unser aller Sorge, Halsey", sagte der Oberst. „Und Adams sagt, Seine Lordschaft habe Anweisung gegeben, sie einzustellen."

Plantagenet Halsey wedelte mit seiner schlanken Hand, als ob er eine Mücke verjagen wollte.

„Lasst ihm in dieser Saison seinen Willen und in der nächsten werdet Ihr sehen, dass Eure Privilegien wieder alle vorhanden sind. Außerdem wird Adams Euch kaum bei Seiner Lordschaft anzeigen, wenn Ihr auf dessen Ländereien herumreitet. Hat er das je getan?"

Diesmal wechselten der Oberst und Sir Tinsley hoffnungsvolle Blicke und der Magistrat fragte: „Ihr wollt, dass wir weitermachen wie gewöhnlich und die Anweisung Seiner Lordschaft, mit der unser Recht, auf seinen Ländereien zu jagen, wiederrufen wurde, missachten?"

„Missachten ist ein hartes Wort, und Ihr könnt es ja nicht einfach ignorieren, da Ihr unser hiesiger Magistrat seid. Und er hat nichts über die Hasenjagd gesagt, nur die Hirschjagd. Wenn, sagen wir, so ein Hirsch zufällig die Grenzen seiner Ländereien überschreitet und auf Eure gerät, dann habt Ihr doch das Recht, ihn mit jedem notwendigen Mittel aufzuhalten, damit er Eure Ernte nicht zerstört, nicht wahr?"

Sir Tinsley blies die Wangen auf und schüttelte den Kopf.

„Nein. Habe ich nicht. Das ist das Dilemma. Die Hirsche bleiben Eigentum Seiner Lordschaft, ob sie auf seinen Äckern herumlaufen oder auf meinen. Und wir können verdammt noch mal auch außerhalb seiner Grenzen absolut nichts gegen Hirsche, Hasen oder was sonst noch an kriechendem, fliegenden oder grabenden Getier Lord

Halsey gehört, unternehmen. Wir brauchen seine Erlaubnis, um Ungeziefer zu vernichten, das sich zu uns verirrt, und ich bezweifle sehr, dass er seine Hirsche als Ungeziefer betrachtet. Nicht, nachdem er die Jagd verboten hat."

„Nun ja", antwortete Plantagenet Halsey und kaute nachdenklich auf seiner Unterlippe. „Wenn das Eure wohlüberlegte Meinung als Magistrat ist, dann bleibt uns nur eine Alternative."

„Und die wäre?", fragte Sir Tinsley.

„Ich gebe Euch die Erlaubnis, aber Ihr dürft Lord Halsey kein Wort davon verraten. Verstanden?"

„Kann er das?", fragte Obert Bailey Sir Tinsley.

Der Magistrat überlegte einen Augenblick und nickte dann langsam. „Da ihm dieser Besitz teilweise gehört, ja. Wenn ein Hirsch auf unser Land wandert und Ihr ihn abschießt, wäre es eine kleinliche Rechtsfrage zu entscheiden, wem dieser spezielle Hirsch gehört, der die Grenze überschritten hat - Seiner Lordschaft oder dessen Onkel. Und wenn man bedenkt, dass Halsey hier einen beträchtlichen Teil des Besitzes geerbt hat, bevor Lord Halsey auch nur geboren war, könnte man sagen, dass sein Anspruch auf diesen Hirsch dem seines Neffen vorgeht."

„Aber dazu wird es nicht kommen, da ich keinen Streit anfangen werde. Soweit es mich angeht, gehört ihm das Ganze hier. Und das ist alles, was er je erfahren wird, verstanden?"

„Verstanden." Die beiden Männer antworteten einstimmig auf die in drohendem Ton ausgesprochene Aussage, und Oberst Bailey fügte hinzu: „Und von uns werdet Ihr keine Widerworte hören! Obwohl es mich immer verblüfft hat, warum Ihr den Anspruch auf das, was Euch von Rechts wegen zusteht, aufgegeben habt ..."

„Das wird ein Geheimnis bleiben, Bailey. Haltet Eure Nase aus meinen Angelegenheiten heraus, und ich stecke meine nicht in Eure."

„Was fair ist, ist fair", stimmte der Oberst zu und drückte sein Kinn in die Krawatte.

„Was ist los, Ferris? Ihr seht nicht überzeugt aus."

„Der Wildhüter hier steht noch immer in Eurem Sold?"

„War das je anders? Ich sagte es Euch doch. Es hat sich nichts geändert."

„Also keine Unterbrechung der Versorgung mit Wildbret für die üblichen Märkte?"

„Warum denn? Ihr bekommt immer noch beide Euren Anteil, so wie alle anderen Beteiligten."

Der Magistrat atmete tief ein, doch die Falte blieb zwischen seinen Brauen.

„Es könnte ein Problem geben. Ein kleines, doch durchaus ein Problem, vor allem, wenn Ihr darauf bedacht seid, Seine Lordschaft im Dunklen zu lassen ...“

„Wo liegt das Problem?“

„Der junge Hugh. Turners Sohn.“

„Und wieso ist der Sohn unseres Verwalters ein Problem?“, fragte Plantagenet Halsey überrascht.

„Während er Lady Ferris im Garten hilft, hat er ihr die Ohren mit allem möglichen Unsinn vollgeschwätzt, den Ihr im Unterhaus von Euch gegeben habt“, erklärte ihm der Magistrat. „Es scheint, er liest die Zeitungen seines Vaters. Eure Meinung über den Black Act und dass dadurch die Dorfbewohner ihre Lebensgrundlage verloren hätten ...“

„Aber Eure Frau kennt meine Ansichten, das kann also kein Schock für sie gewesen sein.“

„Ja, das war es nicht“, antwortete der Magistrat knapp. „Doch was andererseits Lady Ferris beunruhigte, ist, dass der Junge Euren Unfug nicht nur unter den Dorfburschen verbreitet ...“

„Diese Turner-Jungs sind eine Plage. Dachte ich immer schon“, unterbrach der Oberst, obwohl sein Tonfall nicht hitzig war und er daher wenig überzeugend klang. „Er sollte seine radikalen und unsinnigen Ansichten für sich behalten. Wenn die Armen eigene Schweine wollen, können sie verdammt noch mal auch für deren Futter sorgen ...“

„Es sind nicht die Armen, die mir Sorgen bereiten ...“, begann der Magistrat.

„Noch nie ein wahreres Wort von Euch gehört“, murmelte der alte Mann.

„... sondern, was der junge Hund meiner Frau über uns erzählt hat“, fuhr der Magistrat fort, als hätte Plantagenet Halsey nichts gesagt. „Er fragte sie so höflich, wie man es sich nur vorstellen kann, ob sie glaubte, dass Seine Lordschaft über die Wilderei Bescheid wüsste, die hier im Wald vor sich geht, und - was Euch beide sicher sehr amüsieren wird - dass es Gentlemen sind, die *es besser wissen sollten.*“

„So eine Unverschämtheit!“, schnaubte der Oberst. „Dem Burschen sollte man Verstand einprügeln. Lord Halsey ist einer von uns, also gibt es keinen Grund ...“

„Aber das ist es doch eben, Bailey. Seine Lordschaft ist eben nicht einer von uns, nicht wahr?“, sagte Sir Tinsley ruhig, ohne den Blick von Plantagenet Halsey abzuwenden. „Ich denke, wir sollten es Euch überlassen, mit dem jungen Hugh fertigzuwerden, Halsey. Es sei denn, Ihr möchtet, dass Euer Neffe …"

„Nein. Ich werde ein Wörtchen mit ihm reden …"

„Wenn er je gefunden wird. Er wird vermisst, wie Ihr wisst."

„Das ist mir bekannt, Bailey. Und Turner auch. Wenn er bis zum Morgen nicht wieder zurück ist, werden Männer ausgeschickt, um das Unterholz zu durchsuchen."

„Soweit es mich angeht, kann er gern verschwunden bleiben!"

„Aber es geht uns an, George", sagte der Magistrat leise. „Solltest du es vergessen haben, dass die Familie Turner eine der fünf ist, ungeachtet der Tatsache, dass sie ihre Chancen nicht genutzt hat …"

„Was heißen soll, dass sie unseren Vorfahren nicht auf einem mörderischen Höllenweg gefolgt ist", warf Plantagenet Halsey ein.

„Weshalb ihnen nicht viel Land blieb und sie gezwungen waren, Verwalter für Eure Familie zu werden", widersprach der Magistrat.

„Nichts gegen anständige Arbeit", murmelte der Oberst kleinlaut. „Und natürlich will ich nicht, dass dem Burschen etwas zustößt, auch wenn er ein dummer junger Hund ist, weil das seiner armen Mutter das Herz brechen würde. Und das möchte doch keiner von uns, oder?"

„Nein. Keiner von uns. Obwohl Ihr vielleicht mehr Grund als andere habt, Mrs. Turner nicht mehr als nötig leiden sehen zu wollen?", bohrte Plantagenet Halsey und richtete mit hochgezogenen Augen seinen unverwandten Blick auf den Oberst. Als Baileys Gesicht dunkelrot anlief, ließ der alte Mann seine Brauen wieder sinken und fuhr gleichmütig und an beide gewandt fort: „Also einverstanden? Wir machen so weiter, wie wir es immer getan haben. Wenn Ihr Euren Teil der Abmachung einhaltet, Ferris, wird Fivetrees weiterhin die geringsten Probleme mit Wilderei im Land haben."

„Womit Ihr meint, dass Ferris hier weiter den armen Leuten hier erlaubt, Feuerholz zu holen, Schweine zu weiden und ein paar Hasen aus dem Wald Seiner Lordschaft zu töten …"

„Gott verhüte, dass die Armen das Recht haben sollten, ihr armseliges Leben zu fristen!", höhnte der alte Mann.

„Bailey, bedenkt, dass es auch Halseys Wald ist", unterbrach Sir Tinsley.

„Oh ja, das tue ich. Und ich bin willens, ein Auge zuzudrücken."

„Und im Gegenzug dafür, dass Ihr ein Auge zudrückt und unser Magistrat hier das Gesetz nicht buchstabengetreu anwendet, könnt Ihr beide auf diesem Anwesen nach Herzenslust herumreiten und jagen", stellte Plantagenet Halsey fest. „Was in meinen Augen ein mehr als faires Abkommen ist. Doch selbst, wenn Ihr es nicht für fair haltet, es sind meine Bedingungen. Akzeptiert sie oder ich halte mich heraus und Ihr könnt Euch mit den Anweisungen Seiner Lordschaft herumschlagen, so gut Ihr es vermögt.“

„Was mich überrascht, Halsey, ist, dass Ihr noch immer in der Lage seid, Bedingungen zu stellen. Aber wie Ihr mit Seiner Lordschaft zurechtkommt, ist nicht unsere Sache oder die von sonst jemandem. Solange Ihr mit ihm zurechtkommt“, warnte Sir Tinsley. Er hob seine Kugel auf und drehte sich zum Rasen um, wobei er sagte: „Spielen wir weiter, bevor - oh! Da kommt Seine Lordschaft auch schon auf uns zu. Mylord!“, sagte er lauter und trat vor, um Alec mit einem Lächeln zu begrüßen. „Wie Ihr an unserem Zögern sehen könnt, sind wir immer noch nicht klüger, wenn es darum geht zu sagen, wessen Kugel dem Jack am nächsten war, daher haben wir die Diskussion aufgegeben und die Partie für unentschieden erklärt. Nicht wahr, Oberst? Halsey?“

Als die beiden Männer zustimmend nickten und verlegen dreinschauten, fragte Alec sich, was die drei alten Herren im Schilde führen mochten, so deutlich schuldbewusst wirkte sein Onkel. Doch er behielt das für sich und wollte schon vorschlagen, dass sie eine neue Partie beginnen sollten, um dem Reverend und Mr. Ferris eine Chance zum Mitspielen zu geben, als erhobene Stimmen hinter seinem Rücken ihn dazu brachten, sich wieder zur Loggia umzudrehen.

Die Haushälterin, Mrs. Turner, kam, so schnell sie gehen konnte, ohne zu laufen, den Kiesweg am Rasen zur Loggia entlang. Ihre Finger umklammerten die Falten ihrer Röcke. Ein paar Schritte hinter ihr folgte ihr Ehemann, Alecs Verwalter, mit ausgestreckten Armen. Turner flehte seine Frau an, stehenzubleiben und zuzuhören. Doch sie hörte ihm nicht zu. Und sie blieb auch nicht stehen. Hinter den Turners kam Adams, der Wildhüter.

Alec und die drei Spieler schauten schweigend zu, als diese ungewöhnliche Szene sich vor ihnen entfaltete, ohne zu wissen, was sie erwarten sollten und ohne den Wunsch, sich einzumischen.

Der Verwalter holte seine Frau ein, bevor sie halb an der Rasenfläche entlang gekommen war und zog sie an sich. Sie kämpfte darum, sich loszureißen, doch er hielt sie nur noch fester, das Gesicht in ihren Haaren, sprach rasch und versuchte, sie zu beruhigen. Schließlich hörte sie auf zu kämpfen und wurde in seinen Armen still. Die Ruhe dauerte nur einen Moment. Sie fiel schluchzend an seine Brust. Sie wäre zu seinen Füßen zusammengebrochen, die Knie gaben unter der Last ihres Kummers nach, wenn er sie nicht schnell aufrecht gehalten hätte. Dann kam ihm der Wildhüter zu Hilfe.

Adams sah, was zu geschehen drohte und war mit drei langen Schritten bei dem Verwalter. Er hob die Haushälterin auf und dieses Mal kämpfte sie nicht, sondern lag schlaff in seinen Armen, alle Kraft hatte sie verlassen. Mit Mrs. Turner auf den Armen und Turner neben sich ging Adams auf den Schatten der Loggia zu. Die Haushälterin wurde sanft auf einen der Stühle neben dem Teewagen gesetzt. Turner kniete sich neben den Stuhl und nahm die Hand seiner Frau in seine. Adams zögerte einen Augenblick und schaute auf die beiden hinab, dann überließ er die Haushälterin der Fürsorge ihres Ehemannes und kehrte auf den Rasen zurück.

Den Hut zwischen den Händen zerdrückend verbeugte Adams sich vor Alec.

Über den unbedeckten Kopf des Wildhüters hinweg sah Alec zu, wie Selina von ihrem Sessel aus die Herrschaft über die Situation übernahm. Sie deutete auf einen Lakaien, sprach mit Evans und dann mit den beiden bei ihr sitzenden Frauen. Dann entstand um den Teewagen herum ein Ausbruch von Aktivität. Mrs. Bailey und Lady Ferris standen von ihren Stühlen auf und stellten sich neben das Ehepaar. Evans brachte der Haushälterin eine Tasse Tee, und ein Diener rannte ins Haus, ohne Zweifel, um der Haushälterin zu holen, was auch immer sie brauchte, um es sich bequemer zu machen. Alec hoffte, dass Selina auch nach Tam geschickt hatte. Er war zuversichtlich, dass seine Frau alles unter Kontrolle hatte und er nicht gebraucht würde, daher sah er wieder den Wildhüter an, der vor ihm stand und mit gesenktem Blick von einem Fuß auf den anderen trat.

„Was ist passiert, Adams?" fragte er, Plantagenet Halsey, Colonel Bailey und Sir Tinsley in seinem Rücken.

„Es ist der junge Hugh, Mylord. Der jüngste Sohn der Turners. Wir haben ihn gefunden. Er ist - er ist - tot."

ELF

„*Tot?*“

„Ja, Mylord. Wir haben ihn nicht weit von der Hütte von Old Bill gefunden.“

Alec sah zu den Turners hinüber. „Die armen Eltern ...“ Er schüttelte sich innerlich und wandte seinen Blick wieder Adams zu. „Old Bill?“

„Lebt im Wald, solange ich denken kann“, warf Plantagenet Halsey ein, als der Wildhüter ihn anschaute. „Harmlos. Würde keiner Fliege etwas zuleide tun, schon gar nicht dem jungen Hugh ...“

„Das hatte ich nicht andeuten wollen“, sagte Alec ruhig, der ebenso Adams‘ raschen Blick zu seinem Onkel bemerkt und wie er auf dessen Antwort gewartet hatte. „Old Bill wird über dein Leumundszeugnis erfreut sein, vor allem, da Sir Tinsley mit ihm über den Tod des Jungen wird sprechen wollen ...“

„Mylord, wie Halsey gerade sagte“, mischte sich Sir Tinsley nervös ein. „Ich kann mir nicht vorstellten, dass Old Bill etwas damit zu tun hatte ...“

„Ob er etwas Ungewöhnliches bemerkt hat. Ob er Hugh gesehen hat“, erklärte Alec und drehte sich dabei halb zu dem Magistrat um. „Wir wissen nicht, wie der Junge gestorben ist, ob aus natürlichen Ursachen, vielleicht ein Unfall, oder anders, werdet Ihr erfahren wohl wollen, so wie wir alle.“

„Ja! Ja! Ich verstehe, was Ihr meint“, murmelte Sir Tinsley und verstummte.

„Wer will sagen, dass er keines natürlichen Todes gestorben ist?“, protestierte der alte Mann. „Wir wissen ja noch nicht, was mit ihm passiert ist. Vielleicht hatte er einen Unfall. Ist gestolpert, gestürzt und hat sich den Kopf an einem Baumstamm eingeschlagen. Vielleicht ist er eine der Fallen geraten oder hat giftige Beeren gegessen oder ...“

„Adams?“, unterbrach Alec. „Könnt Ihr uns etwas dazu sagen?“

Alle vier Gentlemen schauten den Wildhüter an. Trotz Plantagenet Halseys Einwurf dachte niemand, dass Hugh Turners Tod ein Unfall gewesen wäre, obwohl alle hofften, dass es sich doch als solcher herausstellen würde.

„Ich wünschte, es wäre ein Unfall gewesen, Mylord“, antwortete Adams ernst. „Nicht, dass ich seinen Eltern etwas in der ein oder anderen Richtung gesagt hätte. Ich sagte nur, dass wir ihren Jungen im Wald gefunden hätten und dass er tot ist.“

„Was habt Ihr ihnen nicht gesagt?“, fragte Alec. „Und Ihr fangt besser ganz von vorn an, damit Ihr Euch bei Sir Tinsley nicht wiederholten müsst. Obwohl er später vielleicht noch Fragen an Euch haben wird.“

„Ich bin mit Peter und John auf meiner üblichen Runde an Old Bills Hütte vorbeigekommen“, erklärte der Wildhüter, dessen Blick über alle vier Herren wanderte, bevor er auf Alec hängen blieb. „Etwa zwanzig Yard oder so davon entfernt verschwanden die Hunde im Unterholz. Wir dachten zuerst, sie hätten die Überreste eines toten Tiers, vielleicht die Innereien eines Hasen oder eines Wildschweins gefunden, die von Wil- von Landstreichern, die im Wald vorbeikamen, dort zurückgelassen wurden. In dieser Jahreszeit tauchten Fahrende und ähnliche Leute auf, die nach einem Ort zum Lagern suchen. Aber die Fußangeln sollten sie eigentlich vertreiben ...“

„Ich dachte, Turner hätte meine Ansichten über Fußangeln mit Euch besprochen - aber lassen wir das Thema für ein anderes Mal. Was haben die Hunde gefunden?“, fragte Alec weiter, als der Wildhüter verstummte.

„Wie es sich herausstellte, war es kein Wildschwein, sondern die üblichen Anzeichen davon, wenn ein Hirsch ohne Erlaubnis erlegt wird ...“

„Ihr meint, ein Hirsch, der von einem Wilderer getötet wurde?“

„Ja, Mylord. Nicht, dass wir regelmäßige Wilderer haben, wie ich sagte —“

„Und die üblichen Anzeichen? Worin bestehen die?“

Adams sah über Alecs Schulter hinweg und ließ seinen Blick auf dem Magistrat ruhen. Doch als dieser schwieg, fuhr der Wildhüter fort und konzentrierte sich wieder auf Alec. „Wir fanden das Geweih, vom Schädel abgetrennt und außer Sicht. Es war hinter einen Baumstamm geschleppt worden. Der Anzahl von Enden nach fürchte ich, dass es einer Eurer Prachthirsche war, Mylord. Tut mir leid, Euch das sagen zu müssen ..."

„Ein Prachthirsch? Verdammte Frechheit von diesen Schuften!", verkündete der Oberst zornig. „Über wie viel Enden reden wir, Adams?"

„Vierzehn ..."

„*Vierzehn?* Lieber Gott! Das ist kein Hirsch, das ist ein mächtiges Tier!", platzte Sir Tinsley ehrfurchtsvoll heraus.

„Ich schätze, das Gehörn wurde zurückgelassen, weil es viel zu schwer war, um mit dem Rest des Kadavers transportiert zu werden", stellte Alec fest, was nicht wie eine Frage klang.

„Ja, Mylord. Es wird meist geholt, nachdem das Fleisch - der Kadaver - auf den üblichen Wegen entsorgt wurde. Vielleicht haben sie dieses Mal ohnehin geplant, es zurückzulassen, denn sie haben es benutzt, um den Körper des Jungen dahinter zu verstecken und obendrein noch Laub über ihn gestreut. Wir haben das Gehörn zuerst gesehen, und als wir es hinter dem Baumstamm herauszerrten, fanden wir den Jungen. Wir fanden auch eine Armbrust und einen Köcher."

„Seine?"

„Wahrscheinlich gehört sie seinem Vater", antwortete der Wildhüter.

„Nicht möglich, dass er dort hinter den Baumstamm gekrochen ist, nachdem er verletzt wurde, vielleicht durch den Hirschen?"

„Er hätte verletzt werden können, als das Tier zu Fall gebracht wurde", räumte Adams ein. „Und das Gehörn ist schwer. Also wenn es auf ihn gefallen wäre ... Aber nein. Der Hirsch hat ihn nicht getötet."

„Kommt zur Sache, Adams", verlangte Sir Tinsley verärgert. „Was glaubt Ihr, was mit dem Jungen passiert ist? Die Turners werden eine Antwort verlangen und was können wir ihnen sagen, wenn Ihr es uns nicht erzählt?"

„Ja, Sir. Nur, Seine Lordschaft hatte gefragt ..."

„Ja! Ja! Weiter", befahl der Magistrat mit einem abweisenden Schnauben und sagte in völlig anderem Tonfall zu Alec: „Verzeihung, Mylord. Ich kann nicht ertragen, eine Mutter einen Sohn verlieren zu sehen ... Eure Haushälterin so aufgelöst zu sehen ... Die Turners leben fast so lange in Fivetrees wie die Ferris und die Baileys."

„Eine der ersten Familien in diesem Teil von Kent", warf der Oberst ein. „Haben eine Eiche, die nach ihnen benannt wurde, wie der Rest von uns. Waren schon vor dem Eroberer hier."

„Danke für die Geschichtsstunde - Euch beiden - aber das ist nicht das, was Seine Lordschaft jetzt benötigt", schalt der alte Mann, was ihre Münder fest verschloss.

„Wisst Ihr, wie der Junge gestorben ist, Adams?", fragte Alec. „Oder brauchen wir erst einen Arzt, um das ..."

„Ich kann Euch sagen, wie wir ihn gefunden haben, Mylord. Mit durchgeschnittener Kehle. Er wäre am eigenen Blut ertrunken und das wäre schnell gegangen, aber ..."

„Lieber Gott!", murmelte Plantagenet Halsey, ebenso erstaunt über die Unverblümtheit dieser Aussage wie über das, was dem Jungen zugestoßen war.

„... das war nicht unsere einzige grausige Feststellung", entschuldigte sich der Wildhüter. „Bei dem Körper des Jungen lagen ... Teile."

„Teile?" Alec war verwirrt. „Was für Teile?"

„Menschliche Körperteile, Mylord. Zwei abgetrennte Hände."

„Die Hände des Jungen wurden *abgetrennt?*"

„Ja und nein."

„Verdammt, Mann!", polterte der Oberst. „Entweder waren sie abgetrennt oder nicht!"

„Die rechte Hand des Jungen war abgetrennt", erklärte der Wildhüter.

„Nur eine Hand?", fragte der Magistrat.

„Durch einen Menschen oder durch ein Tier?", fragte der Oberst.

Der Wildhüter schaute vom Magistrat zum Oberst und dann zu Alec.

„Ich würde sagen, mit einem Messer."

„Habt Ihr nach einem Messer gesucht?", fragte Alec.

„Ja, Mylord, aber wir haben keins gefunden. Jedenfalls noch nicht. Wir werden morgen noch einmal dort hingehen, um gründlich zu suchen. Ein Wetter zieht auf."

„Ihr sagtet, zwei abgetrennte Hände", stellte Alec fest und wartete.

„Doch wenn dort zwei Hände sind, gehörten sie doch sicher beide zu Hugh Turner", widersprach der Magistrat, den die grausige Entdeckung nicht sehr zu verstören schien. „Die Kehle wurde ihm durchgeschnitten, um ihn zu töten, und dann wurden ihm die Hände abgeschnitten als Warnung an andere, nicht zu wildern."

„Ist das eine gängige Praxis?", fragte Alec überrascht. „Die Hände abzuschneiden als Warnung für andere Wilderer?"

„Nicht üblich, aber es ist schon vorgekommen", erklärte der Magistrat. „Üblich ist es aber, Hufe und Kopf eines gewilderten Tieres abzuschneiden. Macht es leichter, den Kadaver zu transportieren. Stimmt's, Adams?"

„Genau", stimmte der Wildhüter zu. „Aber nur eine der Hände gehörte Hugh Turner."

Alec hatte eine gute Ahnung, was der Wildhüter sagen würde und hätte das selbst sagen können, obwohl Selina wohl gemeint hätte, seine Vermutung könnte sich so richtig erweisen wie bei einem Münzwurf. Also ließ er dem Wildhüter die Befriedigung, sie zu informieren.

„Und woher wisst Ihr das, Adams?"

„Weil das, was wir fanden, zwei rechte Hände waren."

„Zwei *recht*e Hände?", wiederholte Plantagenet Halsey entsetzt. „Das bedeutet ..."

„... dass es zwei Jungen mit tödlichen Verletzungen gibt", beendete der Magistrat den Satz.

„Aber keine zweite Leiche?", fragte Alec den Wildhüter.

„Wir haben keine gefunden, Mylord. Obwohl sich das morgen ändern könnte ..."

„Erwähnt die Hände einstweilen nicht", befahl Alec. „Lasst uns das für uns behalten ... bis wir mehr wissen. Wir müssen den Wald ordentlich durchsuchen. Nehmt so viele Männer mit, wie Ihr braucht, Adams. Ich bin sicher, mein Vorarbeiter wird Euch die Männer zur Verfügung stellten, die die Arbeit niedergelegt haben, während sie darauf warten, dass das Loch unter dem Stone Court untersucht wird."

„Sehr wohl, Mylord. Das wird eine große Hilfe sein. Wir werden bei Tagesanbruch aufbrechen."

„Ich komme mit", sagte Alec.

„Ich kann ein paar meiner Leute anbieten. Wir können uns in der Nähe der Hütte Old Bills treffen."

„Danke, Bailey", sagte Alec. Er wandte sich an den Magistrat. „Ich schätze, Ihr werdet genug zu tun haben, wenn Ihr auf den Arzt wartet, der den Jungen untersuchen soll, und dann sind da die Familien und andere, dir Ihr befragen werden wollt."

„Befragen?" Sir Tinsley wirkte verblüfft.

Alec sprach es deutlich aus. „Ihr habt es mit einer Mordermittlung zu tun, Sir Tinsley."

„Der arme Hugh Turner und eine abgetrennte rechte Hand, deren Eigentümer noch unbekannt ist", stellte Plantagenet Halsey grimmig fest. Er drückte die Schulter des Magistrats und sagte in dessen Ohr: „Ich verlasse mich darauf, dass das alles ist, was Eure Untersuchung ergeben werden ..."

Der alte Mann wandte sich dann um, um die Turners zu begrüßen, die wieder den Weg entlang des Rasens heraufkamen. Ein paar

Schritte hinter ihnen kam Reverend Purefoy, mit aschfahlem Gesicht, der sich die Hände rieb, als wollte er sie waschen. Der Rest der Gesellschaft oben beim Teewagen beobachtete sie, stumm und verängstigt.

Alec sah sie ebenfalls aus dem Augenwinkel herankommen. Und jetzt wandten sich alle fünf Männer ihnen zu, mit ernsten Gesichtern. Gerade als das Paar am Ende des Rasens ankam, riss Mrs. Turner sich von ihrem Mann los, was ihn überraschte. Sie marschierte direkt geradeaus und stellte sich diesen ernsten Gesichtern. Ihre Augen waren rot, ihr Gesicht feucht und geschwollen von ihrem Schluchzen. Doch sie hatte keine Tränen mehr zu vergießen und als sie sprach, war es nicht tiefe Trauer, die ihre Stimme brechen ließ, sondern ungezügelte Wut, die sie auf die vor ihr Stehenden losließ.

„Ihr alle seid schuld daran!", kreischte sie. „Jeder einzelne von Euch, verdammt!"

✠

SELINA KONNTE MRS. TURNERS WORTE NICHT HÖREN, ABER IHR Aufschrei der Verzweiflung war unmissverständlich. Und als sie sich auf die Gruppe von Gentlemen stürzte, war es Oberst Bailey, der vortrat. Er fing ihre Handgelenke ein, schob ihre Arme auf den Rücken und hielt sie fest, sodass sie sich nicht bewegen konnte, die Beine in ihre Röcke gedrückt und seine Brust an ihren wogenden Busen. Er legte seine Wange auf ihre Haare und flüsterte ihr ins Ohr. Sie schluchzte weiter. Schließlich zog sie sich zurück. Die Gentlemen kamen vor, umringten die beiden und verdeckten Selina die Sicht. Und als sie auseinandergingen, hatten sich der Oberst und Mrs. Turner voneinander gelöst. Er ging zu dem Kreis der Männer zurück und sie fiel schluchzend in die tröstende Umarmung ihres Mannes.

Die Begegnung zwischen dem Oberst und Mrs. Turner hatte nur Augenblicke gedauert, doch sie hatte einen unauslöschlichen Eindruck auf Selina hinterlassen. Sie erkannte aufgestaute emotionale Aggression, wenn sie vor ihren Augen entfesselt wurde. Es ließ sie zusammenzucken und nach Atem ringen. Unwillkürlich trat sie einen Schritt von der Rasenkante zurück, ihre Hand strich unbewusst über ihren runden Leib und blieb dort liegen. Sie verstand augenblicklich, dass der Kummer der Frau diese dazu veranlasst hatte, auf die Männer loszugehen, doch die Art, wie der Oberst reagiert hatte - wie seine fleischigen Hände ihre dünnen Handgelenke gepackt hatten, wie er seinen großen Körper an sie herangeschoben und sie dann festgehalten hatte – zeigte zweifellos die Kennzeichen einer missbräuchlichen Beziehung. Und als er der Haushälterin ins Ohr flüsterte, erschauerte Selina, die seinen heißen Atem auf ihrem eigenen Hals spüren konnte. Durch diese intime Handlung blitzten unerwünschte Bilder der unaussprechlichen Grausamkeiten auf, die sie durch die Gelüste ihres ersten, sadistischen Ehemannes hatte erleiden müssen.

Nervös, von Übelkeit geplagt und überwältigt kämpfte Selina hart darum, ihre Würde zu bewahren. Doch dann kam Evans an ihre Seite und schlug mit leiser, ruhiger Stimme vor, dass sie zu der Chaiselongue zurückkehren sollte, oder, wenn sie es wünschte, sich für den Nachmittag zurückziehen; niemand würde es ihr übelnehmen, wenn sie unter solche schwierigen Umständen und angesichts ihres Zustands den Tag beenden würde. Selina dankte Gott für ihre Zofe, die den Albtraum ihrer ersten Ehe mit ihr durchlitten hatte und vermutlich der einzige andere Mensch war, Alec nicht ausgenommen, der genau wusste, was sie erduldet hatte.

Entschlossen, stärker zu sein, als sie war, atmete sie tief durch und schüttelte den Kopf. Sie konnte Alec zu einer Zeit wie dieser nicht verlassen, noch war sie bereit, ihre Pflichten als Herrin dieses Haushalts zu vernachlässigen. Und dann waren da noch die Turners und der Verlust ihres Sohnes ...

„Es wird mir gleich wieder besser gehen", sagte sie leise. „Kannst du jemanden schicken, der dafür sorgt, dass die Turners alles haben, was sie brauchen? Ich bin sicher, dass Seine Lordschaft Herr der Lage ist, doch ich möchte nicht, dass sie denken, sie müssten weiterarbeiten. Sie sollten zu Hause bleiben, mit ihrem anderen Sohn. Mrs. Wilson kann Mrs. Turner einstweilen ersetzen."

„Ja, Mylady. Ich werde mich selbst darum kümmern."

Als Evans zögerte, begegnete Selinas Blick dem ihren. Sie musste nicht fragen, um ihre Gedanken zu kennen. Sie schloss rasch die Augen und sagte ganz leise, sodass nur Evans sie hören konnte: „Ich habe es auch gesehen ... dieses ... dieses *Besitzergreifende* ...“

„Das kann Euch nie wieder zustoßen. Das wisst Ihr. Doch diese arme Frau ... Mylady, es muss etwas geschehen."

„Ja. Ja. Ich werde mit Seiner Lordschaft sprechen... Eine frische Kanne Tee und vielleicht Kaffee für die Herren", fügte sie vernehmlich hinzu, da Mrs. Bailey in die Nähe gekommen war, und angeblich Tee aus ihrer Tasse schlürfte. „Wenn du mir zuerst deinen Arm geben würdest, um mich zur Chaiselongue zu begleiten ...“

„Oh, bitte, Mylady, erlaubt mir, das zu tun!", sagte Mrs. Bailey und trat heran. Sie reichte ihre Teetasse und Untertasse Evans, ohne diese auch nur anzusehen. „Zu Zeiten wie dieser ist es ein Glück, dass ich grobknochig und kräftig bin. Ich kann mit Sicherheit Euer Gewicht stützen ...“

Evans starrte in die Tasse, die sie jetzt in den Händen hielt und stellte fest, dass sie sauber war. Ohne ein weiteres Wort knickste sie, brachte das unbenutzte Teegedeck zum Teewagen zurück und eilte fort.

„Wie freundlich von Euch", antwortete Selina tonlos und stützte sich auf den angewinkelten Arm von Mrs. Bailey.

Doch sie bewegte sich nicht sofort. Die Gentlemen standen noch im Gespräch mit dem Wildhüter auf dem Rasen, doch sie war froh zu sehen, dass Reverend Purefoy mit den Turners gegangen war. Alle drei gingen jetzt den Pfad in entgegengesetzter Richtung zur Loggia entlang fort. Dieser Weg führte zu den Stallungen, und direkt hinter den Stallungen, in einem eigenen, von einer Mauer umgebenen Garten, stand das ansehnliche Haus des Verwalters.

Mrs. Bailey verschwendete keine Zeit, um unverblümt zu sagen, was ihr auf dem Herzen lag, und was sie Selina anvertraute, riss diese aus allen privaten Grübeleien. Die Frau hatte ihre volle Aufmerksamkeit.

„Ich habe keinen Zweifel daran, dass Ihr von der Reaktion meines lieben Mannes auf die Verzweiflung der armen Mrs. Turner überrascht wart", sagte sie in ihrem typisch atemlosen Ton. „Da Ihr neu in Fivetrees seid, fragt Ihr Euch sicher, wie er so vertraulich mit ihr umgehen kann ...“

„Mrs. Bailey, ich gebe zu, dass mir ein solcher Gedanke kam, aber geht mich nichts ...“

„Aber *mich* geht es etwas an, und ich möchte es Euch erklären, damit Ihr nicht denkt, dass mein lieber Oberst brutal und gemein wäre. Wollen wir ein wenig herumgehen? Ich sehe, dass Lady Ferris in ihrem Sessel eingedöst ist, trotz all des Dramas der letzten halben Stunde.“ Sie seufzte und fügte vertraulich hinzu: „Obwohl ich nicht glaube, dass sie wirklich schläft. Sie hat das in Gesellschaft schon früher getan. Wenn sich die Dinge nicht ihrem Geschmack nach entwickeln, schließt sie einfach die Augen.“

Selina war sich nicht sicher, was sie mehr schockierte, die Tatsache, dass die Frau Lady Ferris' Verhalten so sachlich akzeptierte oder das Verhalten selbst.

Nicht nach ihrem Geschmack? Ein Junge, den sie gut kannte, ist tot im Wald aufgefunden worden. Das ist nicht einfach unangenehm, das ist tragisch!“

„Wir haben alle unsere Art und Weise, mit Verlust fertigzuwerden", erwiderte Mrs. Bailey nüchtern. „Doch ich glaube, Lady Ferris hat ihre mütterlichen Instinkte schon vor Jahren verloren ...“

Als sie es wagte, ihre Hand auf Selinas Ellenbogen zu legen zum

Zeichen, dass sie am Teewagen vorbeigehen sollten, blieb Selina wie angewurzelt stehen. Etwas dabei, wie Lady Ferris mit geschlossenen Augen auf diesem Sessel saß, hatte ihre Aufmerksamkeit erregt. Licht glänzte auf den Wangen der Frau. Ihr Gesicht war feucht ... Tränen liefen ihr die Wangen hinab. Weit davon entfernt, so völlig emotionslos zu sein, wie Mrs. Bailey unterstellt hatte, trauerte Lady Ferris, wie Selina sehen konnte, auf ihre eigene Art, schloss die Welt und ihre Sorgen aus, indem sie die Augen schloss. Mit trockener Kehle und zitternd wandte Selina sich schließlich ab und erlaubte es Mrs. Bailey, sie in den Schatten der Loggia zu begleiten.

„Bitte ärgert Euch nicht über Lady Ferris' kalte Art, Mylady", riet Mrs. Bailey. „In Eurem Zustand könnte jede Aufregung in diesem heiklen Stadium zu - zu Komplikationen führen, oder schlimmer, zu einer verfrühten Geburt, und das möchte ich nicht auf dem Gewissen haben! Seid so gut und lasst uns Lady Ferris' Gefühle für den Moment ignorieren, denn ich muss Euch erklären, wie die Dinge zwischen dem Oberst und Mrs. Turner stehen ..."

„Das geht mich nichts ..."

Selina wollte erneut sagen, dass dies nicht ihre Angelegenheit wäre, überlegte es sich dann jedoch anders. Denn was gerade für jeden offensichtlich geschehen war, entschied sie, war sehr wohl ihre Angelegenheit. Nicht nur, weil Mrs. Turner ihre Haushälterin war, sondern als Frau, die die sadistische Gewalt eines eifersüchtigen Ehemannes erlebt und geschworen hatte, dafür zu sorgen, dass andere Frauen nicht das Gleiche von der Hand eines gewalttätigen Mannes erdulden müssten, fühlte sie sich für ihr Wohlergehen verantwortlich. Dass die Frau des Oberst von der gewalttätigen, besitzergreifenden Art ihres Mannes nicht erschrocken schien, widersprach jeder Vernunft. Sie fragte sich, ob die fortgeschrittene Schwangerschaft ihren Verstand verwirrt hätte. Trotzdem gelang es ihr, ruhig und ausdruckslos zu bleiben und lässig zu sagen:

„Wie Ihr wünscht, Mrs. Bailey. Ihr habt meine gesamte Aufmerksamkeit. Und macht Euch keine Sorgen um mich. Ich bin weit robuster, als ich aussehe, daher wird es mir gut gehen, und auch meinem Baby, ganz gleich, was Ihr mir anvertrauen wollt. In der Tat hat dieser kurze Spaziergang Wunder bei der Wiederherstellung meiner Konstitution gewirkt."

Mrs. Bailey warf ihrer Gastgeberin einen anerkennenden Blick von der Seite zu und nickte langsam. Die Marchioness mochte wie eine zarte Porzellanfigur mit einer Masse Locken wie aus gesponnenem Gold wirken, doch da war etwas an ihr - vielleicht die dunklen Augen und ihre offene Redeweise - das ihr sagte, dass dies eine Frau von ruhiger Entschlossenheit, von Widerstandskraft, war, die nicht leicht zu brechen, geschweige denn, hinters Licht zu führen war. Daher kam sie auf etwas umständliche Art gleich auf den Punkt.

„Mein Mann und Mrs. Turner kennen einander."

„Ich glaube nicht, dass ich Euch verstehe, Mrs. Bailey."

Die Frau des Obersts kicherte hinter vorgehaltener Hand. Es war ein gezwungenes, sprödes Kichern.

„Ach, Mylady! Ihr kommt aus der obersten Schicht der Gesellschaft. Ihr gehört zu Kreisen, wo die Untreue eines Mannes zu den Tatsachen des Lebens gehört, die eine Ehefrau ertragen muss. Ich lebe jetzt weit draußen auf dem Land und bin eine Landmaus. Oder vielleicht eher ein Igel als eine Maus, denn an mir ist nichts Zierliches! Ich bin in einem Stadthaus in Westminster aufgewachsen. Mein Vater war Arzt und meine Mutter die Tochter eines Earls. Ein so ungleiches Paar, doch Adolphus und ich haben unsere adligen Großeltern immer besucht, bis zu ihrem Tod. Daher denke ich, Ihr versteht durchaus, was ich meine, wenn ich sage, dass sie einander *kennen*."

Selina blieb stehen und sah sie an.

„Wollt Ihr mir sagen, dass Euer Ehemann und meine Haushälterin ein - ein *Liebespaar* sind?"

„Waren. Ich glaube jedoch nicht, dass sie es noch sind ..."

„Aber dann ..."

„Ja. Vielleicht..." Mrs. Bailey dachte einen Moment nach, eine Falte zwischen ihren schönen Brauen. Schließlich nickte sie, als ob sie zu einem Schluss gekommen wäre. „Ja. Ja, ich denke, Ihr habt recht, Mylady. Nach dem, was wir gerade zwischen ihnen beobachtet haben, müssen sie immer noch - oder wieder - ein Liebespaar sein. Oder vielleicht waren sie es die ganze Zeit und der Oberst hat mich angelogen ..."

„Ihr habt immer von - von ihrer Affäre gewusst?"

„Ja, sicher. Ich habe sie als Notwendigkeit akzeptiert. Und dann, später, als ich dachte, er würde sie nicht länger brauchen, störte es mich. Jetzt, in meinem Alter, bin ich geteilter Meinung, ob es mir wirklich etwas ausmacht oder nicht. Ich werde gründlicher darüber nachdenken müssen."

Selina war sich nicht sicher, was sie auf eine so kühle Antwort erwidern sollte. Wäre es um Alec anstelle des Obersten gegangen, wäre sie am Boden zerstört gewesen, ihr Herz gebrochen, wütend, und jede andere Emotion dazwischen. Mit Sicherheit wäre sie nicht ruhig gewesen.

„Das ist sehr großmütig von Euch, Mrs. Bailey."

Mrs. Bailey zuckte mit den Schultern. „Wenn es um fleischliche

Dinge geht, können Männer nicht anders. Es ist ihre Schuld. Gewisse Frauen, vor allem die der unteren Stände, haben so eine Art, Männer zu umgarnen ...“

„Aber es ist doch offensichtlich, dass sie mit diesem Arrangement nicht glücklich ist!“, platzte Selina heraus, bevor sie sich zurückhalten konnte.

Weit davon entfernt, überrascht oder schockiert oder verärgert zu sein, richtete Mrs. Bailey sich auf. Verschwunden war die atemlose Unterwürfigkeit.

„Mylady, wenn Ihr andeuten wollt, dass mein Mann sich Eurer Haushälterin aufzwingen könnte, muss ich Euch mit allem Respekt sagen, dass Ihr Euch nicht mehr irren könntet. Ihre *Vereinbarung* lief schon seit vielen Jahren. Sie hat ihm Freiheiten mit ihrem Körper erlaubt, zweifellos für eine Gegenleistung, von der nur die beiden wissen. Vielleicht weiß er - ihr Mann - welche Art von Bezahlung sie erhält. In der Tat muss er das, sonst hätte diese *Vereinbarung* nicht so laufen können. Wie kann sie also so unglücklich dabei sein, wie Ihr zu glauben scheint? Dass mein Mann sich erlaubt hat, seine Sorge um sie öffentlich zu zeigen, als er sie so verzweifelt sah, sagt mir, dass ihm mehr an ihr liegt, als mir lieb ist. Doch ich werde Trost in meinem Glauben suchen und Adolphus wird mir helfen, für die Seele meines Mannes zu beten. Und verlasst Euch darauf, dass solch ungehörigen öffentlichen Zurschaustellungen nicht wieder vorkommen werden.“ Sie machte einen Knicks. „Ich sehe, dass Seine Lordschaft und die anderen Gentlemen zum Teewagen zurückgekehrt sind. Lord Halsey wird darauf bedacht sein, sich zu vergewissern, dass Euch die dramatischen Ereignisse dieses Nachmittags nicht geschadet haben, also lasst mich Euch zu ihm zurückbringen. Oh, und bitte, sagen wir nichts mehr über diesen bedauerlichen Vorfall. Ich bitte darum, dass das, was ich Euch gerade über den lieben Oberst und Eure Haushälterin erzählt habe, unter uns bleibt.“

„J-ja, natürlich“, antwortete Selina, ohne nachzudenken. Doch sobald sie später am Abend mit Alec allein war, zögerte sich nicht, ihr Versprechen zu brechen.

ZWÖLF

Alec war ebenso darauf bedacht, die dramatischen Ereignisse des Tages mit Selina zu besprechen. Obwohl er ihr die grausigen Einzelheiten über den Mord an Hugh Turner oder die Tatsache, dass der Wildhüter zwei rechte Hände entdeckt hatte, was bedeutete, dass einer der anderen Jungen, die mit Hugh zusammen gewesen waren, auch ermordet worden war, nicht verraten wollte. Aber wer würde zwei Jungen, die zum Wildern ausgezogen waren, ermorden wollen? Sie verschrecken, ja. Ihnen vielleicht eine Tracht Prügel verabreichen, wenn sie sich in das Revier eines anderen Wilderers verirrt hatten, sicher, aber Mord? Nein. Es war hier mehr als Wilderei im Spiel, seine Intuition sagte ihm das. Aber was?

Er schüttelte den Gedanken an den armen Hugh und das Schicksal dessen Freundes ab, als er in das Ankleidezimmer seiner Frau trat und Evans dort vorfand, wie sie die Haare ihrer Herrin zum Zubettgehen flocht. Daher ging er und wartete an dem nicht verhangenen Fenster, um den klaren Nachthimmel zu bewundern, die Hände tief in den Taschen seines seidenen Schlafrocks vergraben. Selina schlüpfte mit Evans Hilfe in ein Paar weicher Lederpantöffelchen und kam dann zu ihrem Mann ans Fenster, eine Hand in der Mitte ihres schmerzenden Rückens.

„Soll ich ihn dir massieren?", fragte er, küsste sie auf die Schläfe und zog sie dichter an sich.

„Bitte. Aber ... später."

Evans stand noch am Frisiertisch und räumte Bürsten, Nadeln und Bänder weg. Sie musste gespürt haben, dass sie beobachtet wurde, denn sie blickte in den Spiegel und sah Alecs Spiegelbild. Das reichte, um ihre Finger alle zu Daumen werden zu lassen und sie wandte sich rasch ab, um zur Dienstbotentür zu huschen. Doch sie war nicht schnell genug. Sie hörte, wie Alec ihr eine gute Nacht wünschte. Sie hielt inne, knickste, ohne die Augen zu heben, murmelte ebenfalls *gute Nacht*, dann floh sie in einem Rauschen von Röcken in den Gang, so schnell, dass Selina lächeln musste.

„Du bist ein Schuft!", sagte Selina, ohne böse zu sein. „Arme Evans. Du weißt, dass sie dich nie wieder anschauen kann, aus Angst, dass du nackt hereinkommen könntest ..."

„Einmal. Einmal ist das vorgekommen. Und es war *sie*, die hier hereinkam, als *ich* schon da war."

Sie schaute ihn von oben bis unten an und schmollte. „Du bist unter dem Schlafrock immer noch angezogen."

„Ja. Ich tue mein Bestes, um mich zu benehmen."

Sie ließ sich von seinem zerknirschten Blick nicht täuschen.

„Ich wünschte, das würdest du nicht!"

Alec lachte bellend auf.

„Dann werde ich das nicht mehr tun - aber später. Zuerst wollen Onkel und ich noch einen kleinen Brandy in der Gemäldegalerie zusammen genießen."

„Bis du zurückkommst, schlafe ich vielleicht schon."

Er vergrub die Nase in ihrem Haar und sog ihren Duft ein. „Ich könnte dich aufwecken ..."

„Bitte tu das. Aber es wird nicht nötig sein, denn ich habe gelogen. Ich werde nicht schlafen."

Sie drehte sich in seinen Armen um und drückte sich an ihn, ihr Kuss war innig und verlangend. Als sie vor Frustration darüber, dass ihre Schwangerschaft es ihm unmöglich machte, sie ganz in den Arm zu nehmen, seufzte, lächelte er, anscheinend konnte er ihre Gedanken lesen.

„Dir ist klar, dass wir schon zu dritt sind. Dass er oder sie von jetzt an auf die ein oder andere Weise ewig bei uns sein wird."

„Ja. Und ich bin glücklich, dass wir bald eine Familie sein werden. Doch hier, in unseren Räumen, gibt es nur uns beide. Hier will ich dich ganz für mich haben. Wenn das egoistisch ist, tut es mir doch nicht leid. Ach, warum konnten wir nicht unser erstes Ehejahr genießen, ohne dass ich in diesem Zustand bin! Alles, was ich will, ist, die Welt auszusperren und mit dir in unserem Bett herumzutoben."

Alec grinste.

„Es war unser Herumtoben, das dich in diesen Zustand gebracht hat, und, wenn ich das sagen darf, bevor wir verheiratet waren."

„Wenn wir das Glück der Halseys haben, ist uns vielleicht nur einen Sohn vergönnt, obwohl es mir nichts ausmachen würde, den Rest unseres Lebens zu versuchen, noch einen zu bekommen!"

„Verruchtes Wesen. Mal im Ernst, du willst doch sicherlich unserem Sohn nicht Brüder und Schwestern verwehren? Außerdem", fügte er hinzu, und ging Hand in Hand mit ihr ins Schlafzimmer, „vergisst du, dass ich auch einen Bruder hatte. Das bedeutet doch sicherlich, dass das Pech, das die Familie hatte, damit beendet war."

„Wenn es Pech ist, dann hat es nicht nur die Halseys heimgesucht, sondern auch andere Landbesitzerfamilien im Bezirk. Du hast gehört, was beim Nuncheon erzählt wurde. Alle akzeptierten es als Tatsache, dass ihre Familien nur ein Kind pro Generation produzierten und das Kind ein Sohn und Erbe war." Sie sah zu, wie Alec ein paar der Daunenkissen aus dem Himmelbett holte und sie dann am Ende der Chaiselongue aufbaute. „Ihre Begründung für eine solche Unwahrscheinlichkeit, dass es hier eben so ist, ist einfach … lächerlich. Das ist unmöglich. Wenn ich diese Leute oder deinen Onkel nicht kennen würde, oder wenn du kein Halsey wärest, würde ich sagen, dass riecht wie … wie …"

„Ausgeklügelt?"

„Ich wollte sagen, wie eine Legende. Aber wenn du meinst, es könnte auch ausgeklügelt sein", antwortete Selina, als sie zu ihm zu der Chaiselongue hinüberkam. „Welche andere Erklärung könnte es geben? Suche es dir aus, Hexerei oder Absicht. Das wäre jedenfalls plausibler, als zu sagen, dass es in Fivetrees eben so ist, als wäre es für diese Familien normal, Generation nach Generation immer nur männliche Kinder zu haben. Man könnte ein solches Ergebnis ebenso gut auf etwas im Trinkwasser oder in der Milch oder in den Eiern schieben, dass diese in diesem Landesteil anders als überall sonst wären! Alles sind völlig akzeptable Erklärungen für eine solche Anomalie, wenn man glauben will, dass es sich um eine solche handelt - was?", fragte sie besorgt, als er aufschaute und nicht länger lächelte. „Bin ich zu rational? Oder bist du auf eine andere Erklärung gestoßen?"

„Nein. Gar nicht. Ich liebe deinen Verstand. Aber die Schlussfolgerung, die ich aus deinen vernünftigen Erkenntnissen gezogen habe, könnte dir missfallen. Du musst nur den nächsten logischen Schritt gehen, dann wirst du sehen, was ich meine."

Sie dachte einen Moment darüber nach, was er sagte, und das Funkeln erstarb in ihren Augen. „Oh nein. Bestimmt nicht", sagte sie kopfschüttelnd. „Nein. Das kann nicht sein. Das ist … das ist …

„… eine plausible Erklärung."

„... *teuflisch*." Ihr kamen die Tränen und sie schluckte schwer. „Du glaubst, dass diese Paare über viele Generationen hinweg bewusst beschlossen haben, nur ein Kind zu bekommen, und die Schwangerschaften, die unerwünscht waren oder keinen männlichen Erben hervorbrachten, einfach wegzumachen? Bist du zu diesem Schluss gelangt, weil ich das getan habe, statt George Kinder zu schenken?"

„Nein. Natürlich nicht, Liebling. Was du getan hast, war nicht, um aufgrund des Geschlechts ein Kind zu wählen und dich seiner zu entledigen, wenn es nicht männlich war. Was du getan hast, geschah, um zu überleben. Außerdem, wie hätten diese Paare vorher wissen können, ob sie ein männliches oder ein weibliches Kind haben würden? Das konnten sie nicht. Aber, was sie tun *konnten*, war, nicht mehr miteinander zu schlafen, wenn sie ihren lang ersehnten Sohn endlich hatten." Alec zuckte mit den Schultern. „Und dann gibt es die Möglichkeit - obwohl du mir sagen wirst, dass die Chance, dass es so ist, völlig unwahrscheinlich ist - dass es eine natürliche Veranlagung der Familien in Fivetrees ist, nur männliche Kinder zu haben. Vielleicht ist etwas in der weiblichen Linie schwach und Töchter haben nie überlebt?" Er nahm eine Decke, die über dem Ende der Chaiselongue hing, und breitete sie aus, um das Ende dicht an den Kissen aufzufalten. „Wenn du eine bessere Erklärung hast, angesichts der Tatsache, dass du das mathematische Genie in der Familie bist, bin ich nur zu gern bereit, sie mir anzuhören."

Selina schüttelte den Kopf und spielte geistesabwesend mit dem weißen Seidenband, das um die Enden ihres langen Zopfes aus aprikosenfarbenem Haar gebunden war. „Ich möchte über das hinaus, was du mir erzählt hast, gar nicht nachdenken. Nicht heute Abend. Morgen." Sie löste sich plötzlich aus ihrer Gedankenversunkenheit und deutete mit ihrem Zopf auf die Chaiselongue. „Was machst du da?"

„Ich dachte, du würdest vielleicht lieber hier schlafen ..."

„Warum sollte ich das tun, wenn ich dir doch gerade gesagt habe, dass ich ohne dich nicht schlafen kann?"

Er lächelte über ihre Empörung in sich hinein.

„Nicht ohne mich die *ganze Nacht*. Nur, bis ich wiederkomme. Das Bett ist hoch. Du hast ohnehin Probleme, die Stufen hinaufzukommen. Und was, wenn du wieder herunterkommen willst?"

„Warum? Warum sollte ich das tun?"

Alec versuchte, nicht zu lächeln, doch es misslang ihm. Nun war die Reihe an ihm, den Kopf zu schütteln. Es gab keinen Grund, verschämt zu sein. Schließlich waren sie Mann und Frau. „Mein Liebling, in deinem gegenwärtigen Zustand helfe ich dir mindestens drei Mal jede Nacht, diese Stufen hinauf und hinab zu kommen."

Selina lief bei seinem unverhüllten Hinweis auf ihre schwache Blase tiefrot an. Und als er zu ihrer Seite des Bettes ging, die oberste Schublade ihres Nachttischs öffnete und ihr porzellanenes Bourdaloue herausholte, war sie sprachlos. Er hätte ebenso gut den Nachttopf, der in dem Schrank hinter dem Gobelinwandschirm in der entfernten Ecke des Raums stand, herausholen können, so groß war ihre Verlegenheit. Doch als er das tragbare Urinal neben der Chaiselongue auf den Boden stellte, fand sie ihre Stimme wieder.

„Danke. Ja, du hilfst mir, und ohne dich zu beklagen. Und ich wünschte, dieses Baby würde nicht auf alle meine Organe drücken, sodass ich mich fühle, als könnte ich jeden Augenblick platzen!" Sie legte die Arme um ihren runden Bauch, als müsste sie ihn stützen. „Ich habe das Gefühl, als würde ich ein Nilpferd zur Welt bringen! Da gibt es gar nichts zu lachen!", grummelte sie. „Ich will nur, dass er da raus kommt. Ich habe es satt, schwanger zu sein. Da! Ich habe es gesagt! Ich bin die schlechteste Frau, bei der man sich eine Schwangerschaft vorstellen kann. Was für eine Mutter ich sein werde, wage ich nicht einmal zu erahnen!"

Dann brach sie in Tränen aus und bedeckte ihr Gesicht, fühlte sich völlig ausgelaugt und töricht. Als Alec sie an sich zog, fiel sie ihm in die Arme, so gut es ging, die Stirn an seine Brust gedrückt.

„Du wirst eine wundervolle Mutter sein", murmelte er beruhigend. „Ob es sich um einen dicken, fröhlichen Jungen oder ein Nilpferd handelt. Es wird unseres sein, und das ist alles, was für mich eine Rolle spielt."

Sie lachte unter Tränen und fühlte sich dadurch besser. Sie tupfte ihre Augen mit seinem Taschentuch ab und sagte mit einem Schnüffeln: „Du bist der liebste Mann und zu unglaublich nett für dein eigenes Wohl. Ich weiß, dass ich es schon einmal gesagt habe, aber es ist wahr: Ich verdiene dich nicht."

Er küsste ihre Schläfe. „Der Tag heute war sehr anstrengend für dich ..."

„Meine Erschöpfung ist nichts, und auch nicht mein egoistischer Wunsch, dass diese Schwangerschaft zu Ende sein möge, wenn ich an die armen Turners und ihren Verlust denke. Den Sohn bei einem Jagdunfall zu verlieren ..."

„Ja. Es ist sehr traurig für sie", unterbrach Alec sie und wollte ihr nicht widersprechen, dass es sich um einen Unfall handelte. „Nach allem, was ich gehört habe, war Hugh ein fürsorglicher, lebhafter Junge, der sich für Gärten interessierte; das hat Lady Ferris mir erzählt." Er griff nach ihrer Hand und küsste ihre Finger. „Es tut mir leid, dass du diese Szene zwischen Oberst Bailey und Mrs. Turner mitansehen musstest. Das muss schmerzhafte Erinnerungen in dir geweckt haben …"

„Ja. Das kann ich nicht leugnen. Doch das Gefühl von Panik, das ich manchmal habe, wenn ich an jene Jahre mit George erinnert werde - der Schrecken, der mich bei der Aussicht auf seine Gewalt zu übermannen pflegte - dauert in diesen Tagen nicht lange." Sie lächelte ihn an. „Das liegt daran, dass ich dich habe. Ich denke nur an dich und weiß, dass ich nie wieder solche Grausamkeit erleben werde …"

„Niemals. Bei meinem Leben."

„Danke. Das weiß ich …" Sie raffte sich auf und sagte, als sie an den Tag zurückdachte: „Ich hatte ein seltsames *tête-à-tête* mit Mrs. Bailey, direkt nach der schockierenden Szene zwischen dem Oberst und Mrs. Turner." Sie fasste die Unterhaltung kurz zusammen und fügte hinzu: „Also, wenn alles, was sie mir über ihren Mann und Mrs. Turner erzählt hat, darüber, dass sie ein Liebespaar sind, stimmt, dann haben vielleicht andere Landbesitzer in Fivetrees auch Mätressen aus den niederen Ständen gehalten, um …"

„Mrs. Turner ist unsere Haushälterin und Frau des Gutsverwalters. Sie gehört kaum zu den niederen Ständen."

„Für dich, und für mich, und vielleicht für deinen Onkel, nicht. Aber für die Grundbesitzer in Fivetrees und die meisten meiner Bekannten in Westminster, gehört jeder, der kein Land besitzt und keinen Stammbaum hat, zu den niederen Ständen! Und in den niederen Ständen finden Männer wie der Oberst und seinesgleichen Frauen, mit denen sie herumhuren können, damit sie ihre Frauen nicht belästigen müssen - sei es mit körperlicher Intimität, sei es mit der Zeugung weiterer Kinder. Das hat Mrs. Bailey selbst zu mir gesagt."

Alec half Selina, sich auf der Chaiselongue niederzulassen. Dann setzte er sich neben sie, um ihr sanft das Kreuz zu massieren.

„Es war etwas Böses daran, wie Bailey Mrs. Turner packte und nicht loslassen wollte", sagte er leise. „Und es war etwas entschieden Seltsames in den Reaktionen der Umstehenden. Niemand zeigte sich überrascht oder machte eine Bemerkung, nicht einmal ihr Mann. Warum tat Turner nichts, *absolut nichts*, um zu verhindern, dass seine Frau so grob angefasst wurde? Warum verteidigte er sie nicht? Ganz gleich, dass er Verwalter und der Oberst einer der hiesigen Landbesitzer ist, unter diesen Umständen hätte er jedes Recht gehabt, ihn direkt anzugreifen. Ich würde niemanden dich auch nur mit einem Finger anrühren lassen!"

„Danke, Liebster. Dein energischer Schutz ist mir ein Trost. Und ich hätte mir gewünscht, dass du dem Oberst die Faust ins Gesicht schlägst. Direkt zwischen die Augen!"

„Ha! Turner hat keinen Finger gerührt."

„Er weiß seit je her über die Affäre Bescheid. Er muss es wissen", argumentierte Selina. „Das ist die einzige Erklärung dafür, dass er die Ehre seiner Frau und seine eigene nicht verteidigt hat. Entweder das oder er ist ein abscheulicher Feigling."

„Dem stimme ich zu. Entweder kann er nichts dagegen tun, oder er will es nicht. Und da niemand sonst sich gerührt hat, muss allgemein bekannt sein, was zwischen diesen beiden vor sich geht. Selbst mein Onkel weiß es! Ich war der Einzige, der keine Ahnung hatte - und ich hätte etwas unternehmen müssen."

„Was hättest du tun können? Du warst ebenso fassungslos wie ich. Und wenn Sir Tinsley und Lady Ferris davon wissen, kannst du davon ausgehen, dass jeder innerhalb von zwanzig Meilen Umkreis es auch weiß! Warum fragst du nicht deinen Onkel danach, wenn du jetzt mit ihm ein Schlückchen trinken gehst?"

Alec antwortete nicht gleich. Er würde seinen Onkel nach den Turners und den Baileys fragen, doch er hatte ein viel dringenderes Thema, das er zuerst mit ihm besprechen wollte, und dabei handelte es sich um Lady Ferris' Aussage beim Nuncheon, dass sein Vater und sein Onkel identische Zwillinge gewesen wären. Trotz allem, was an diesem Nachmittag geschehen war, hatte er diese Enthüllung nicht vergessen. Und je früher er seinen Onkel darauf ansprach, warum er ihm dies verschwiegen hatte und warum er das für nötig gehalten hatte, desto schneller würden sie alle ihr Leben fortsetzen können. Er wollte für die Suchaktion am nächsten Morgen im Wald, wo die grausigen Überreste von Hugh Turner von seinem Wildhüter entdeckt worden waren, einen klaren Kopf haben.

Alec hielt seine Gedanken davon ab, sich der Frage zuzuwenden, wer zwei Jungen ermorden und ihre rechte Hand abschneiden würde und was mit dem dritten Jungen geschehen war, und erhob sich. Er schaute auf seine Frau hinab, die Hände in den Taschen seines seidenen Schlafrocks vergraben, die Finger der einen Hand auf seinem Brillenetui. Eine schwarze Locke fiel ihm in die Augen, doch er bemerkte es kaum, so konzentriert war er. Und obwohl er sie ansah, spürte Selina, dass seine Gedanken meilenweit entfernt waren. Sie schwieg und wartete geduldig, und dann sagte er abrupt:

„Ich glaube, wir haben die falsche Frage gestellt."

„Über den Oberst und Mrs. Turner?"

„Nein. Über die Familien in diesem Bezirk und ihren Mangel an Nachkommen – Söhne und Töchter.“

„Oh? Du weißt, warum es so ist? Erzähl es mir!“

Er schüttelte den Kopf. „Genau das ist es ja. Ich weiß es nicht. Aber wir brauchen nicht unbedingt die Antwort darauf, *wie* es diesen Familien gelungen ist, ihre Nachkommen auf einen Sohn und keine Töchter zu beschränken. Wir sollten uns fragen, *warum* sie es für notwendig hielten.“

Selina blinzelte auf ihn zu, und ihre Lippen öffneten sich langsam.

„Oh! Du *bist* schlau“, sagte sie bewundernd. Ihre Brauen zogen sich zusammen, als sie eingehender darüber nachdachte, was er gerade gesagt hatte. „Und dann ist da noch die Tatsache, dass dieser Zustand schon so lange andauert, dass es für die Landbesitzerfamilien in diesem Bezirk zu einer Art Fivetrees-Tradition geworden zu sein scheint. Und da es jetzt eine Tradition ist, versucht niemand, sie in Frage zu stellen. Das wird durch die Inschrift auf dem Marktplatz bestärkt, nicht wahr? Wer würde es wagen, in Stein gehauenen lateinischen Worten zu widersprechen! Es ist, als ob sie direkt aus der Bibel genommen wären.“

„Das ist eine ausgezeichnete Argumentation, Liebes. Obwohl ich mich frage, warum mein Onkel nicht versucht hat, sie in Frage zu stellen. Er stellt doch sonst alles in Frage!“

„Vielleicht hat er es getan und nichts erreicht. Ebenso, wie niemand mit der Wimper gezuckt hat, als der Oberst Mrs. Turner packte. Es wird so hingenommen. Es ist falsch, wird aber akzeptiert...“ Sie erschauerte. „Das Landleben ist manchmal recht verwirrend für mich.“

Alec wies nicht darauf hin, dass die grobe Behandlung von Mrs. Turner durch den Oberst wenig mit einer besonderen Lebensweise auf dem Land und alles mit einer Gesellschaft zu tun hätte, die es zuließ, dass Frauen wie das Vieh ihrer männlichen Verwandten, seien es Väter, Brüder, Onkel und Ehemänner, behandelt wurden und dass diese mit ihnen tun konnten, was sie wollten. Doch er wollte sie nicht weiter aufregen, indem er schmerzhafte Erinnerungen an ihre selbst erlittenen Misshandlungen durch die Hände eines gewalttätigen Frauenfeinds aufleben ließ. Er wollte ihre Gedanken so weit wie möglich von solch traumatischen Erfahrungen ablenken, und er wusste, dass das, was er ihr erzählen würde, ihr nicht gefallen möchte, sie aber ausreichend ablenken würde.

Er beugte sich vor und küsste ihre Stirn, und als er sich aufrichtete, zog er einen Brief aus seiner Tasche und hielt ihn ihr hin.

„Ich hasse es, der Bote schlechter Nachrichten zu sein, aber es kann nicht bis morgen warten. Der Brief ist von deinem Bruder ..."

„Talgarth?"

„Cobham."

Das erwartungsvolle Leuchten in ihren Augen erstarb. „Cobham?" Stirnrunzelnd und widerwillig nahm sie den Brief an. Er war an Lord Halsey adressiert, in der üblichen gestelzten Handschrift ihres älteren Bruders. Das Siegel war erbrochen. „Was will er?"

„Das weiß ich nicht - noch nicht."

„Aber du hast den Brief gelesen ..."

„Ja. Aber er sagt nicht, was er will. Nur, dass er sich selbst zu einem Besuch hier eingeladen hat ..."

Selina richtete sich aufgeregt halb aus den Kissen auf. „Oh nein, Alec! Du weißt, dass ich ihn schon in den besten Zeiten nicht ertragen kann. Ganz sicher werde ich ihn nicht so empfangen! Du musst ihm noch heute Nacht schreiben und ihm sagen, er solle nicht kommen."

„Ich wünschte, das könnte ich. Ich bin mir sicher, dass er sich des Empfangs bewusst ist, der ihn erwartet, aber es ist ihm gleich. Zweifellos wird er auch von Olivia einiges zu hören bekommen. Aber das wird alles nichts helfen. Er reist mit ihr und Sybilla hierher ..."

„Mit Tante Olivia? Warum hat sie ihm nicht einen Platz in ihrer Kutsche verweigert? Er hört auf sie."

„Wie ein pflichtbewusster Neffe es sollte. Aber bei dieser Gelegenheit konnte sie es ihm nicht verwehren. Er musste sich nur als Leiter der Auslandsabteilung aufplustern und ihr erzählen, dass sein Besuch von nationaler Bedeutung wäre ..."

„*Nationale Bedeutung*!?" Sie zerknüllte den Brief in der Faust, ohne sich dessen gewahr zu werden. „Er ist ein so eingebildeter Wichtigtuer! Was könnte hier draußen für die Nation von Bedeutung sein?"

„Vielleicht ich?", witzelte er.

„Du?" Sie schmollte, zu aufgebracht, um seinen scherzhaften Unterton zu hören. „Sicher kann alles, egal, worum es sich handelt, warten, bis nach unserem freudigen Ereignis - das für *uns* weit wichtiger ist, als alles, was mein Trottel von Bruder *dir* zu sagen haben könnte."

Alec verbeugte sich grinsend vor ihr und fasste sie dann unters Kinn.

„Ich könnte dem nicht mehr zustimmen, mein Liebling. Aber dieses Mal ist es ihm gelungen, uns alle drei auszutricksen – dich, mich und Olivia. Gott weiß, wie er es geschafft hat, aber das hat er."

„Wenn er das erreicht hat, war es die Idee oder der Anstoß von jemand anderem, der das zustande gebracht hat", grummelte Selina. „Cobham hat noch nie in seinem Leben einen originellen Gedanken gehabt."

„Ja. Ich denke, du hast recht. Aber er ist nicht so unempfindlich für deine Gefühle oder meine, wie du vielleicht denkst. Deshalb schickte er diesen Brief per Kurier und nachdem Olivias Kutsche mit ihm an Bord Buckinghamshire verlassen hatte. Sie sind bereits auf dem Weg und sollten morgen irgendwann spät am Tag hier sein."

❧

ALEC LÄCHELTE IMMER NOCH ÜBER DIE REIHE UNFREUNDLICHER Ausdrücke, die seine Frau aufzählen konnte, wenn sie ihren älteren Bruder beschrieb, als er zur Gemäldegalerie hinüberschlenderte. Er dachte auch an seine Patentante, Olivia St. Neots und was sie ihrem Neffen wahrscheinlich predigen würde, während er mit ihr in der Kutsche eingesperrt war. Die einzige Person, für die er wirklich Mitgefühl empfand, war Olivias Tochter, Lady Sybilla. Die arme Frau würde vor Angst außer sich sein und zweifellos den größten Teil der Reise mit den behandschuhten Händen auf den Ohren zurücklegen in der Hoffnung, die eloquenten Schimpftiraden ihrer Mutter nicht mitanhören zu müssen.

Er war bereits halb durch den langgestreckten Raum gegangen, als er bemerkte, dass die gesamte Galerie mit ihren mit rotem Samt gepolsterten Möbeln unter den Reihen von Ahnenporträts in Kerzenlicht getaucht war. In schweren Rahmen boten die Porträts zeitlich geordnet eine Ansicht des Aufstiegs der Halseys zu Größe und Ruhm. Seine Vorfahren, in ihrem besten Staat gemalt, schauten aus viel zu weißen Gesichtern mit strengem Gesichtsausdruck herab. Alle waren gemäß der neuesten Mode ihrer Zeit gekleidet, von den Gentlemen in ihren federgeschmückten Hüten und Ladys in Schleiern, deren Zöpfe in juwelenbesetzten Netzen gefangen waren bis hin zu Edeldamen in seidenen Verdugados und Paaren mit natürlichem Haar - wo ihre Locken zu beiden Seiten geröteter Wangen herabhingen und seine, ebenso lang und natürlich, zu den wohlgepflegten und gewachsten Schnurrbärten passten.

Und da war sein Onkel, der Brandy nippte und zu einer bestimmten, riesigen Leinwand hinaufsah. Es war das Familienporträt von Alecs Großeltern, des Earls von Delvin mit seiner Gräfin und ihren beiden Söhnen. Einer der Jungen war ein junger Plantagenet, der andere sein Bruder Roderick, der Vater, der Alec noch vor dessen Geburt verstoßen hatte. Alle waren in schwarzen Samt und weiße

Seide gekleidet, der Earl trug eine beeindruckende Allongeperücke und seine Gräfin eine kunstvolle Frisur mit weißer Seidenhaube als Kopfschmuck.

Alec hatte Zeit, zu dem Porträt aufzuschauen, bevor Plantagenet Halsey neben ihm ein Lebenszeichen von sich gab. Als der alte Mann sich halb umwendete, sich in den Rücken seiner knochigen Nase kniff und seinen Brandy heruntergoss, fragte sich Alec, ob er zu sehr in seine Gedanken versunken gewesen wäre, um sich seiner, Alecs, Anwesenheit bewusst zu werden. Doch als sein Onkel sich endlich zu ihm wandte, um ihn mit einem schwachen Lächeln zu begrüßen, wurde der Grund für sein Zögern offensichtlich. Die Augen des alten Mannes standen voller Tränen.

DREIZEHN

Alec stellte die Frage instinktiv, die Worte waren heraus, bevor ihm klar wurde, dass sein Onkel sich nicht krank fühlte; die Tränen mussten einen völlig anderen Grund haben. Vielleicht schaute er das Porträt an und dachte über seine Jugend nach, oder den Verlust seiner Eltern oder seines Bruders, oder aller drei. Alec hatte keine Ahnung und versuchte, sich an das letzte Mal zu erinnern, als er seinen Onkel zu Tränen gerührt gesehen hatte. Dazu brauchte er nur einen Augenblick - der Tag der Beerdigung seiner Mutter.

Er gab seinem Onkel Zeit, sich zu fassen, indem er in einer Tasche seines seidenen Schlafrocks nach seiner Brille kramte. Dann trat er auf die große Leinwand zu, die goldumrandete Brille auf seine schmale Nase geklemmt, und musterte die edle Familie genauer. Mit seiner Brille und aus so großer Nähe konnte er die Pinselstriche erkennen. Er war noch nie zuvor stehengeblieben, um dieses Porträt zu studieren. Und seine Tante hatte recht. Die beiden Jungen hatten unterschiedliche Haarfarben. Doch in jeder anderen Hinsicht hätten sie ein und derselbe Junge sein können. Es war, als wäre der Künstler zu faul gewesen, sich die Mühe zu machen, sie als Individuen zu malen. Das war nicht überraschend. Künstler vergangener Zeiten waren dafür bekannt, Kinder als identische Wesen zu malen, als ob sie es nicht wert wären, als Individuen mit getrennten Persönlichkeiten herausgehoben zu werden, bis sie das Erwachsenenalter erreicht hatten. Es gab nichts Neues in dieser Behandlung von Nachkommen. Viele starben im Säuglingsalter und einige lange vor dem Erwachsenwerden, so dass sie überhaupt nicht gemalt wurden. Oft wurden die Namen von Brüdern oder Schwestern, die gestorben waren, erneut verwendet, Alec vermutete, in der Hoffnung, dass dieses Kind überleben und auch der Name eines verstorbenen Verwandten weiterleben würde.

Alec konnte, wenn er die Brüder leidenschaftslos betrachtete, nicht gleich glauben, dass dies identische Zwillinge wären. Alles, was er erblickte, waren zwei Jungen annähernd gleichen Alters. Hätte seine Tante ihm nicht den Grund für die unterschiedlichen Haarfarben genannt, würde er nichts bemerkt und nicht weiter darüber nachgedacht haben. Doch, nachdem er jetzt den Grund für die unterschiedliche Darstellung der Brüder kannte, neigte er dazu, sich zu fragen, ob es mehr gäbe als das Offensichtliche, eine versteckte Bedeutung, die vielleicht nur den Eltern oder den Jungen selbst bekannt war. Warum sollte man sich die Mühe machen, einen Unterschied zu betonen, wenn die Gleichheit schon unter Geschwistern häufiger üblich war? Nein, er glaubte nicht, dass der Maler faul oder die Eltern gleichgültig gewesen wären bei dieser Gelegenheit. Seine Großeltern hatten sich entschlossen, den Unterschied zwischen ihren Söhnen zu betonen, und das machte dieses Porträt umso rätselhafter. Er war im Begriff, eine Bemerkung über diese Familiengruppe zu machen, in der Hoffnung, dass sein Onkel über seine Kindheit sprechen würde, als der alte Mann zuerst das Wort ergriff.

„Wie geht es unserem Mädchen?"

Alec trat von der Leinwand zurück und nahm die Brille ab. „Emotional erschöpft nach den heutigen Ereignissen. Aber ich habe sie mit der Nachricht zurückgelassen, dass Cobham auf dem Weg hierher ist. Sie ist wütend und damit entsprechend abgelenkt."

„Ha! Gut für dich! Sie braucht Ablenkung. Was sie nicht braucht, ist, dass diese Pest von einem Bruder hier einen Aufstand macht. Obwohl ich gedacht hätte, dass ein so kalter Fisch wie Clive Vesey, Earl of Cobham, lieber im Winter die Äußeren Hebriden besuchen würde als sich einem eigensinnigen Zankteufel von Schwester, die kurz vor der Geburt steht, auf weniger als eine Meile zu nähern!"

„Glaube mir, wir würden es alle vorziehen, ihn auf der Reise zu einer entfernten Insel zu wissen. Aber er kommt nicht her, um uns das Vergnügen seiner Gesellschaft zu schenken, sondern um mit mir zu sprechen."

„Hätte das nicht bis nach dem freudigen Ereignis warten können?"

„Das war auch Selinas empörte Reaktion. Offensichtlich nicht. Ich habe eine Ahnung von dem, was er will, da er Midanich erwähnte. Er bestand darauf, dass es eine Angelegenheit von nationaler Bedeutung wäre und überaus wichtig, dass ich das für mich behielte. Also behalte ich es für mich, indem ich es dir erzähle."

„Bravo! Verdammt anmaßend von ihm, sein Gesicht hier zu zeigen, nachdem er dich mitten in einen Bürgerkrieg geschickt hat, der in genau diesem Land stattfand! Mir juckt es, ihm ein paar zu verpassen, weil er unser aller Leben aufs Spiel gesetzt hat."

„Da er in Olivias Kutsche mitreist, habe ich keinen Zweifel daran, dass Ihre Gnaden ihm ausgiebig die Meinung über Midanich, mich und alles andere, worüber sie sich im Ausland aufgeregt hat, sagen wird."

„Er hat seine Anwesenheit seiner Tante aufgedrängt?" Der alte Mann kicherte. „Lieber Gott! Was für ein Dummkopf! Er muss tatsächlich verzweifelt wünschen, mit dir zu sprechen. Sie wird ihm auf jeder Meile dieser Reise die Haut abziehen, sei dir dessen gewiss. Es war der Gedanke daran, was sie mit ihrem Einfaltspinsel von Neffen anstellen würde, wenn wir nach England zurückkämen, der sie während der ganzen Reise über raue See aufrecht gehalten hat. Hier", fügte er hinzu und reichte Alec ein Glas Brandy. Er hob sein eigenes. „Ein Toast auf Respekt einflößende Frauen", sagte er mit einem weichen Lächeln. „Mögen wir sie immer in unserem Leben haben."

Alec schloss sich dem Toast an. Er nahm einen zweiten Schluck der bernsteinfarbenen Flüssigkeit und schaute dann auf das Porträt. Ohne seine Brille waren die Pinselstriche unscharf, ebenso wie die strengen Gesichter der Erwachsenen. „War meine Großmutter eine Respekt einflößende Frau?"

„Bei Gott, das war sie! Olivia und unser flammenhaariges Mädchen sind Xanthippen, das ist sicher, aber keine von ihnen kann meiner Mutter das Wasser reichen. Rod und ich hatten mehr als nur ein wenig Angst vor ihr." Der alte Mann wandte sich auch dem Porträt zu. „Sie hatte so eine Art, einen anzuschauen, wenn sie etwas missbilligte. Sie musste nichts sagen. Und wenn sie doch etwas sagte, musste sie ihre Stimme nicht heben. Sie musste nur diesen Blick aufsetzen. Das machte uns schreckliche Angst! Nicht, dass sie grausam oder gemein oder herzlos war. Beileibe nicht. Sie ertrug einfach keine Narren oder Bösewichter. Und sie war nicht der Typ, um bei Säuglingen oder Kleinkindern zu gurren, zu glucksen oder sie zu kuscheln. Rod und ich mussten andernorts nach dieser Art der Zuneigung suchen. Sie hatte allgemein nicht viel Zeit für Kinder. Trotzdem. Sie hat ihre Pflicht uns gegenüber erfüllt."

„Und mein Großvater – dein Vater? Wie war er?"

„Ach, da kommt das Sprichwort zu recht - aber es stimmte – Gegensätze ziehen sich an! Das waren meine Eltern. Er war das Licht zu ihrer Dunkelheit. Er war ein sanfter Riese von einem Mann. Freundlich. Ehrenhaft. Ein gütiger Herr. Glaubte an Gerechtigkeit. Hasste Bigotterie. Sprach nie herablassend zu uns, weil wir nur Kinder waren. Er lenkte uns durch sein Beispiel ...“

„Du kommst nach ihm.“

„Was? Ja, i-ich schätze, das muss ich wohl“, murmelte der alte Mann verlegen und schaute auf das Porträt. „Zumindest dem Temperament nach, wenn nicht im Handeln ...“, fügte er geheimnisvoll hinzu.

„Haben sie aus Liebe geheiratet oder war es eine arrangierte Ehe?“

„Arrangiert. Doch sie lernten einander lieben. Meine Mutter war eine treue Ehefrau; mein Vater hatte verschiedene Affären und eine langjährige Mätresse - die Tochter eines Zuckerpflanzers mit einer seiner Sklavinnen. Sie lebte mit der Familie ihres Vaters in Canterbury, bis mein Vater ihr ein Haus einrichtete. Er - mein Vater - zeugte mehrere Mulattengören mit ihr. Mein Kammerdiener Joseph Cale - er war einer von ihnen. Als seine Geliebte im Kindbett starb, brachte mein Vater ihre Kinder in dieses Haus, und meine Mutter zog sie groß. Bis dahin hatte sie diese Seite des Lebens meines Vaters ignoriert; aus den Augen, aus dem Sinn, was sie betraf.“

Alec hielt die Augen auf das Porträt gerichtet. „Deine Mutter muss tatsächlich eine großartige Frau gewesen sein, um die illegitimen Kinder ihres Mannes mit seiner Mätresse zu akzeptieren und hier großzuziehen ...“

„Das erinnert mich an etwas!“, unterbrach Plantagenet Halsey ihn mit einem schnaubenden Lachen und er wechselte das Thema. „Ich habe meine Mutter immer nur in Gesellschaft meines Vaters lachen sehen. Ich kann mich nicht erinnern, was er Besonderes sagte oder tat, um sie dazu zu bringen, aber nur er konnte es.“ Er lächelte Alec an und erhob erneut sein Glas. „Danke, dass du mich dazu gebracht hast, mich daran zu erinnern ...“

„Gern geschehen. Danke, dass du es mir erzählt hast. Ich weiß so wenig über sie, daher bin ich für alles dankbar, dass du bereit bist, mit mir zu teilen. Erzähle mir mehr über deine Kindheit ... ich würde gern alles über dich und meinen Vater als Brüder wissen.“

Es folgten einige Sekunden völliger Stille, die unterstrichen, dass das ganze Haus unheimlich ruhig war. Die Renovierungsarbeiten waren für die Nacht eingestellt worden. Jeder Diener, der sich nicht in die den Dienstboten vorbehaltenen Teile des Hauses zurückgezogen hatte, schritt leise bei seiner Arbeit aus, einen Kerzenleuchter in der Hand, und tat sein Bestes, seine Herren nicht zu stören. Es war tatsächlich so still, dass Alec eine Nadel hätte fallen lassen und auf den

Dielen aufschlagen hören können. Doch was die laute Stille am meisten betonte, war das extreme Zögern seines Onkels, mehr über seinen Bruder zu erzählen. Und dennoch hatte er kein Problem damit gehabt, über die Untreue seines Vaters zu sprechen. Alec wollte gerade seine Gründe darlegen, als der alte Mann endlich sprach, doch mit einer Stimme, die kälter war als ein Wind im Januar.

„Ist das der Grund, aus dem du mich gerade hier sehen wolltest?"

„Nicht nur. Aber ja, einer der Gründe."

„Wie viele Gründe - oder sollten es Fragen sein - hast du denn?"

„Das kommt darauf an, was du zu beantworten bereit bist ..."

„Verdammt, Alec! Hör mit dem scheinheiligen Herumgerede auf! Ich bin kein Narr! Ich bin nicht Cobham."

„Niemand außer Cobham könnte Cobham sein", witzelte Alec und versuchte, die Stimmung aufzuheitern, da die eisige Kälte in der sonst so warmen, freundlichen Stimme seines Onkels ihn überraschte.

Doch Plantagenet Halsey wollte nicht scherzen und sich auch nicht beschwichtigen lassen. Er goss die letzten Tropfen Brandy herunter und ging zu dem Fenster hinüber, wo er die Flasche gelassen hatte. Er nahm sie zur Hand und funkelte Alec an. „Sie hat dich dazu aufgehetzt, nicht wahr. Ja? Stimmt das?"

„Nein. Nicht, dich so auszufragen. Doch Selina hat mich schon bevor wir geheiratet haben, gedrängt, mehr über meine Familie herauszufinden. Da das Kindchen jetzt jeden Tag kommen kann, ist sie sehr darauf bedacht, ebenso wie ich, einen passenden Namen zu finden. Aber ich glaube, sie möchte auch eine brennende Neugier befriedigen. Sie sagt mir, es wäre völlig natürlich, alles über seine Großeltern und Urgroßeltern, Tanten und Onkel erfahren zu wollen. Sie sagt, ich wäre seltsam, nicht nur, weil ich so wenig über meine Familie weiß, sondern auch, weil ich es nie für meine Existenz als notwendig erachtet habe, mehr zu wissen." Er lächelte den alten Mann liebevoll an. „Du bist alles an Familie, was ich je gewollt oder gebraucht habe."

Alecs Lächeln und seine Aufrichtigkeit kühlten die Feindseligkeit des alten Mannes sofort ab. Er brachte die Flasche mit herüber und goss einen großzügigen Schuss in beide Gläser. „Verzeih mir, mein Junge", sagte er ziemlich kleinlaut. „Es war falsch von mir, meinen Ärger an dir auszulassen. Es ist natürlich, dass sie etwas über deine Familie erfahren will. In ihrem Zustand kann sie gar nicht an anderes als Familie denken. Doch deine - unsere - Familie ist - ist - anders, mehr, als du dir je vorstellten könntest oder wissen müsstest."

„So scheint es, wenn man bedenkt, dass dein Kammerdiener dein Halbbruder war!", scherzte Alec.

„Also das Detail hast du dir gemerkt?" Als Alec eine Augenbraue hob, als wollte er sagen, wie hätte er anders gekonnt, seufzte er und lenkte das Gespräch ab, indem er hinzufügte: „Ich schätze, die Geschehnisse des heutigen Tages - vor allem der grausige Tod des jungen Burschen - haben mich mehr mitgenommen, als mir bewusst war."

„Wie geht es den Turners?"

„Nicht gut, keinem von beiden. Sie ist am Boden zerstört, was verständlich ist. Und Turner weiß nicht, wie er ihr helfen soll. Nicht, dass er ihr helfen könnte, oder? Der Bursche ist tot. Und der Bruder des Jungen ist irgendwo hin verschwunden, um so zu trauern, wie er es braucht. Die Turner-Jungs standen sich nicht nahe, aber sie waren doch Brüder." Plantagenet Halsey schüttelte den Kopf. „Ich kann nur rätseln, warum jemand Hugh töten wollen würde. Er war doch nur ein Junge. Beide waren das, denn Adams ist davon überzeugt, dass dort draußen noch eine Leiche liegt. Doch ihre Hände abzuschneiden, nun, das wird anderen Wilderen eine Warnung sein, nicht wahr?"

„Ja?" Als der alte Mann nickte, fügte Alec hinzu: „Könnten es Fahrende sein, die hier vorbeikamen? Vielleicht entdeckten die Jungen sie, wie sie Hirsche töteten und wurden dann selbst getötet, um zum Schweigen gebracht zu werden?"

„Gibt keinen Grund, ein paar Burschen aus der Umgebung hier zum Schweigen zu bringen. Jeder weiß, dass im Wald hier nicht gewildert wird ..."

„Nur manchmal doch?"

Der alte Mann hob sein Glas. „Ja. Nur manchmal doch", räumte er ein. „Wir bewegen uns auf dünnem Eis, doch es hält, und wenn man sich an die Regeln hält, zugunsten des Allgemeinwohls, wird niemand verfolgt, nicht einmal Fahrende, die hier durchziehen, und wir alle leben unser Leben weiter."

„Und wie soll Seine Lordschaft auf diesem dünnen Eis wandeln, wenn er diese Regeln nicht kennt, oder muss er nicht ..."

„Oh, ich wandelte auf diesem dünnen Eis! Jeder tut das", beharrte Plantagenet Halsey und fügte eilig hinzu, als ihm zu spät klar wurde, dass Alec von sich selbst gesprochen hatte: „Doch ich wollte nicht, dass du mit den Eigenheiten des Lebens in diesem Teil von Kent belästigt wirst, noch nicht ... Du hast etwas weit Wichtigeres, über das du dir Sorgen machen musst, als sich über das Gehen auf dünnem Eis zu kümmern, ob es echt ist oder nicht! Und das habe ich Adams und den anderen gesagt. Daher haben wir vereinbart, dich nicht zu belästigen, bis Selina und ihr Kind nicht alles gut überstanden haben und du weniger von Sorgen geplagt wirst.“

Alec beschloss, den Versprecher seines Onkels zu ignorieren - einstweilen. Zumindest bestätigte die Erwiderung des alten Mannes, die fast prahlerisch klang, Alec, was er vom Beginn seiner Zeit in *Deer Park* vermutet hatte - dass sich die Diener, die Pächter und seine Nachbarn alle zunächst nach seinem Onkel richteten. Er hatte sich das nicht nur eingebildet. Einiges - vieles - war hinter seinem Rücken vor sich gegangen, seit er das Anwesen geerbt hatte. Und während er glaubte, dass sein Onkel nur sein Bestes wollte, und dass er sein Wunsch war, ihn während des Wartens auf die Ankunft seines Kindes nicht zu belasten, konnte er doch den Verdacht nicht abschütteln, dass mehr daran war. Ihm entging etwas Wesentliches, und er war absichtlich in Unwissenheit gehalten worden. Wie konnte er herausfinden, worum es dabei ging? Wie Lady Ferris argumentiert hatte, er konnte keine Fragen stellen, wenn er nicht wusste, wonach.

Doch er wollte dieses besondere Dilemma nicht an diesem Abend besprechen, auch nicht den Mord an Hugh Turner. Seine Intuition sagte ihm, dass der Tod dieser beiden Jungen irgendwie mit dem Verständnis aller über Wilderei und Wilderer im Bezirk zu tun hatte, und dass Hugh und sein Freund ermordet worden waren, weil sie gegen diese ungeschriebenen Gesetze verstoßen hatten. Welches Gesetz und wer sie ermordet hatte - nun, das konnte bis zum nächsten Tag warten, wenn er wieder einen völlig klaren Kopf hatte.

An diesem Abend war er zur Gemäldegalerie gekommen, um Antworten über seinen Onkel und seinen Vater zu bekommen. Und da er wusste, dass Selina bis zu seiner Rückkehr nur unruhig, wenn überhaupt, schlafen würde, beschloss er, direkt zum Thema zu kommen und seinem Onkel von seiner Unterhaltung mit Lady Ferris zu erzählen. Plantagenet Halsey kam ihm zuvor.

„Als ich sagte, sie hätte dich angestiftet, war die *sie,* die ich meinte, nicht Selina. Ich sprach von Lady Ferris.“

„Du meinst, sie wollte absichtlich Unruhe stiften?“, fragt Alec ruhig. „Sie war natürlich durch meine große Unkenntnis über die Geschichte der Familie überrascht, aber nicht darüber, wie es schien, dass du es vorgezogen hattest, mich in Unwissenheit zu halten.“

„Es vorgezogen hatte, dich in Unwissenheit zu halten?“, wiederholte Plantagenet Halsey leise. Er hob eine Schulter. „Ja, das stimmt wohl. Aber an meiner Absicht ist nichts Finsteres. Ich hielt es für das Beste - deinem Seelenfrieden zuliebe - unter den gegebenen Umständen. Ich stehe zu dieser Entscheidung. Sie hatte kein Recht, dich zu verstören. Überhaupt kein Recht!“

„Welche Umstände sollten denn meinen Seelenfrieden stören?"

Wieder zuckte der alte Mann mit den Achseln, aber dieses Mal schob er seine Unterlippe vor und wehrte die Frage ab, als wäre sie komisch. Er musterte Alec fragend. „Also hat sie nichts Spezielles über diese Inschrift auf dem Marktplatz gesagt?"

„Sie erwähnte es, genau wie die anderen beim Nuncheon. In der Tat wirkte sie gleichgültig, sagte, die Inschrift - die sie als eine Art Segensspruch bezeichnete - wäre vermutlich das am wenigsten Seltsame an Fivetrees."

„Ha!"

„Ich würde es lieber von dir als von jedem anderen erfahren. Was hat sie zu bedeuten, diese Inschrift? Mit nur einem Sohn und keinen Töchtern gesegnet zu sein, ist ziemlich deutlich und, ja, seltsam."

Der alte Mann hob eine Hand. „Dafür haben wir jetzt keine Zeit. Ich bin müde. Du auch."

Alec zog eine Augenbraue hoch. Er würde nirgendwo hingehen.

„Du konntest es vielleicht schaffen, mich so abzuwehren, als ich ein Kind war, sogar noch als junger Mann, aber du scheinst vergessen zu haben, dass ich sechsunddreißig bin. Du kannst dies - oder mich - nicht so willkürlich abtun."

„Ich weiß, wie alt du bist! Es ist nicht wahrscheinlich, dass ich jemals vergessen werde, es sei denn, ich werde senil. Doch dein Alter spielt keine Rolle, ob du fünfzehn oder fünfzig bist. Ich werde nicht zulassen, dass dir das Leben so ausgesogen wird, wie mir, meinem Bruder, meinem Vater und ..." Er umschrieb mit der ausgestreckten Hand den ganzen Raum. „... jedem Mann unserer Familie, schon bis zu Zeiten des Eroberers. Und ich übertreibe nicht! Es ist eine Last, die für jeden zu schwer zu tragen ist."

Alec versuchte, sein Erstaunen zu unterdrücken. Er wusste, dass sein Onkel dazu neigte, melodramatisch zu werden, doch diese Aussage war weit sensationeller als üblich.

„Meinst du nicht - da du mich kennst, wie du es tust, und ich erwachsen bin und nach allem, was ich durchgemacht habe - dass meine Schultern stark genug wären, diese Last zu tragen? Du hast es getan. Und wenn jeder andere männliche Halsey in unserer Familie das getan hat, warum nicht ich? Was war mit meinem Bruder? Wusste Edward davon?"

Plantagenet Halsey schüttelte den Kopf. „Nein. Zu seinem Glück starb er, bevor er heiratete."

„Wenn die Bedingung dafür, diese Pflicht der Familie zu schultern, eine Ehe ist, bin ich dafür durchaus geeignet. Die Frage ist: warum fiel sie dir zu, obwohl du nie geheiratet hast?"

Die Augen des alten Mannes wurden schmal, doch war er voller Bewunderung für Alecs Logik. „Sehr schlau ...“ Er nahm die beiden leeren Gläser und stellte sie auf einen kleinen Tisch unter dem Porträt seiner Eltern, was ihm Zeit gab, eine Antwort zu formulieren.

„Aber ich war einzigartig und brachte meinen Vater in eine unangenehme Lage. Er fühlte sich verpflichtet, uns - meinen Bruder und mich - beide zu informieren und tat es gleichzeitig. Doch es war meine Mutter, die ihm den Rat gab, dass er mich nicht in Unwissenheit halten könnte.“

„Während du das Gefühl hast, mir die Wahrheit vorenthalten zu können?“

„Alec, ich-“

„Lady Ferris sagte, die Entdeckung würde unangenehm werden – für mich“, fuhr Alec fort, als hätte sein Onkel nicht gesprochen. „Doch sie sagte, ich verdiente, die Wahrheit zu erfahren - die Wahrheit über meine - meine *Geburt* und alles, was davor kam. Und das ist der Teil, der mir rätselhaft ist - dieses *alles, was davor kam*. Ich kann nur vermuten, dass sie die Ereignisse meinte, die zu meiner Geburt führten und die der Grund dafür sind, dass ich überhaupt hier bin. Also muss ich mich fragen, was sie damit meinte, wichtiger noch, wie meine Geburt und diese Last meiner Familie miteinander verbunden sind. Und warum du glaubst, ich würde diese Wahrheit nicht verdienen.“

„Nicht verdienen? *Die Wahrheit* nicht *verdienen*?“, wiederholte der alte Mann. Er lächelte schief, doch er betrachtete Alec voller Traurigkeit. „Nun, das ist etwas, das ich leicht beantworten kann. Es ist nicht so, dass du etwas *nicht* verdienst. Du verdienst weit mehr. Von all den Männern der Halseys würde ich sagen, dass du mehr verdienst als alle anderen zusammen! Doch was du verdienst, ist ein gutes Leben, mit einer zufriedenen, liebevollen Ehe und eine glückliche Familie. Das ist alles, was ich mir je für dich gewünscht habe, das weißt du, mein Junge, nicht wahr - ein glückliches Leben?“

Alec lächelte und nickte. „Natürlich. Und ich hatte bei dir ein glückliches Leben. Das Leben mit Selina ist nur eine Erweiterung davon und du gehörst zu diesem Leben, zu uns.“

„Es ist mehr als ich verdiene. Aber ich nehme es an, weil es das ist, was ich will. Und was ich auch möchte, ist, dass du dieses Verlangen nach Wissen aufgibst, nur dieses eine Mal, mir zuliebe. Es gibt Familiengeheimnisse, die es nicht wert sind, ausgegraben zu werden. Du musst mir vertrauen, dass dieses dazu gehört. Zu wissen, dass sich zwischen uns alles ändern wird...“ Er schnippte mit den Fingern. „... einfach so. In einem Augenblick ...“

„Nichts könnte je meine Gefühle für dich ändern."

„Alec! Alec!" Plantagenet Halsey packte ihn an den Schultern und sah ihm direkt in die Augen. „Muss ich dir Verstand einbläuen, mein Junge? Es *wird* alles zwischen uns ändern, wie es alles zwischen meinem Bruder und mir änderte. Du musst mein Wort darauf nehmen." Er ließ seine Hände sinken, ging aber nicht fort, sondern holte tief Luft. „Hör zu. Es gab Männer in unserer Familie, die nicht belastbar waren. Ihnen hätte nie diese Last auferlegt werden dürfen, doch es war ihre Pflicht, eine Pflicht, die im Laufe der Jahrhunderte weitergegeben wurde, eine Pflicht, die sie zu erfüllen hatten. Doch die Last erdrückte sie. Sie lag zu schwer auf ihrem Herzen. Du weißt, was sie taten? Man spricht nicht darüber, weil es nicht angeht, Männer von schwachem Geist in der Familie zu haben, es wird als beschämend angesehen. Doch ich kann sie nicht tadeln. Ich fühle nur Trauer für ihre Notlage. Doch ich finde es feige, eine trauernde Witwe mit einem kleinen Sohn zu hinterlassen, und niemand ahnt, warum ein anscheinend zufriedener Ehemann und Vater sich das Leben nehmen sollte. Einige schafften es durchzuhalten, bis ihr eigener Sohn alt genug war, die Last selbst zu übernehmen. Andere wurden in den Wahnsinn getrieben. Einer deiner Vorfahren ging zum Ententeich und wanderte hinein, bis er ertrank. Ein anderer wurde im Keller gefunden, mit seiner eigenen Krawatte erhängt. Ein dritter lehnte Essen und Trinken ab, bis er zu schwach war, eines von beidem zu sich zu nehmen."

„Du glaubst, wenn diese familiäre Pflicht mir enthüllt würde, bestünde die Möglichkeit, dass ich sie auch nicht ertragen könnte und verrückt werden und - und mich selbst *umbringen* könnte?", fragte Alex leise, aus dessen Gesicht alle Farbe gewichen war. „Lieber Gott! Ich kann mir nicht einmal ansatzweise vorstellen, was einen Mann zum Selbstmord treiben könnte. Doch ich könnte dir nichts so Selbstsüchtiges antun, nicht dir, nicht Selina und keinem noch ungeborenen Kind. Welcher Wahnsinn in der Familie liegen mag, inzwischen ist doch sicher sichtbar, dass ich ihn nicht geerbt habe!"

„Natürlich bist du nicht verrückt!", polterte der alte Mann. „Aber ich glaube auch nicht, dass die Männer in unserer Familie, die sich umgebracht haben, verrückt waren. Sie wurden dazu getrieben. In den Wahnsinn getrieben durch die Last dieser familiären Pflicht und der düsteren Geschichte ihrer Ahnen."

Alecs Blick wanderte über die Familienporträts, die in Kerzenlicht getaucht waren. Jeder Vorfahr starrte mit selbstbewusster Miene und dem Wissen seiner natürlichen Überlegenheit seines Platzes in der Welt aus einer Leinwand herab. Er erinnerte sich an das erste Mal, als er und Selina durch die ganze Galerie spaziert waren und die Sonne durch die Fenster strömte, die auf den Stone Court hinausgingen. Sie hatte die alten Möbel und Teppiche bemerkt, und gemeint, nach gründlichem Abstauben, Ausklopfen und Lüften, etwas Politur und ein wenig Farbe, vielleicht einer anderen Anordnung, wäre dies ein hübscher Raum, wo die Familie sich an einem regnerischen Tag versammeln könnte. Sie hatte sogar gemeint, dass es für ihre Kinder gut sein könnte, Zeit mit ihren Ahnen zu verbringen, die hier auf sie herabschauten, um zu wissen, von wem sie abstammten. Er hatte daraufhin die Augen verdreht und gescherzt, jemand in seiner Familie sollte das wissen, denn er konnte absolut keines der strengen, humorlosen Gesichter vom anderen unterscheiden. Sie hatten gelacht und waren weitergegangen, und er hatte danach der Galerie oder ihren schweigend wachsamen Bewohnern kaum einen Gedanken gewidmet. Wie glückselig Unwissenheit doch war!

Er wandte seinen Blick wieder seinem Onkel zu, der ihn mit besorgtem Stirnrunzeln musterte.

„Und die Männer, die diese Last nicht tragen konnten, sind sie auch hier in dieser Galerie?"

„Ja. Sie alle, und niemand weiß, wie sie starben." Der alte Mann lächelte dünn. „Du bist nicht egoistisch, ich schon. Ich habe mein Leben damit verbracht, dafür zu sorgen, dass du nie von der Familiengeschichte belastet werden solltest. Und bei Gott, ich werde nicht all diese Jahre meiner väterlichen Fürsorge vergeudet sehen, nicht, wo du gerade davor stehst, selbst Vater zu werden."

Alec wusste, er würde an diesem Abend nichts mehr aus seinem Onkel herausbekommen, und vermutlich andere Mittel anwenden müssen, um dieses Geheimnis seiner Ahnen zu enthüllen, das sein Onkel nicht mit ihm teilen wollte. Also lenkte er die Unterhaltung auf sein ursprüngliches Ziel, weshalb er den alten Mann gebeten hatte, sich hier in der Gemäldegalerie mit ihm zu treffen.

„Dann erzähle mir von deinem Bruder."

Plantagenet Halseys Seufzer der Erleichterung war hörbar.

VIERZEHN

„WARUM HÄNGT DAS PORTRÄT DEINES BRUDERS NICHT HIER unter den Ahnen der Halseys?“, fragte Alec. Als Plantagenet Halseys Blick zu dem Familienporträt huschte, hob Alec seine Augen und schüttelte den Kopf. „Deute nicht auf dieses Bild. Ich sagte ein Porträt. Er war ein stolzer Mann. Sicher gibt es eines von ihm in seinem Hermelin, ebenso wie das seiner Gräfin in ihrem, gleich dort am Kamin. Und wenn jede andere Familie ein Porträt hatte, warum nicht dieser Earl und die Gräfin von Delvin und ihr Sohn und Erbe?“

„Du hast nie das leiseste Interesse gezeigt oder dich für einen Penny gekümmert um ...“

„Ob mir etwas an ihm liegt, ist unwichtig. Ich bin neugierig, warum es in dieser Galerie kein Bild von ihm gibt, auf dem er älter als acht ist. Liegt es daran, wie Lady Ferris denkt, dass du mir verschweigen wolltest, dass du und dein Bruder identische Zwillinge wart?“

„Die liebe Lady Ferris musste unbedingt dieses Körnchen in die Unterhaltung beim Nuncheon streuen, als ob es das Natürlichste von der Welt wäre, nicht wahr“, knurrte der alte Mann. „Also gut, Rod und ich waren identische Zwillinge. Na und?“

Alec schnaubte ungläubig lachend. „Abgesehen von der Tatsache, dass du einer der Zwillinge warst, die in jeder Hinsicht identisch waren? Du kannst das nicht so einfach abtun. Das ist außergewöhnlich. Doch noch außergewöhnlicher ist zu denken, dass du und dein Bruder in jeder Hinsicht wie ein und dieselbe Person wart, und dennoch hätten zwei Männer nicht unterschiedlicher sein können! Er verstieß mich; du liebtest mich. Er war ein eigensüchtiger Adliger, für den nur seine eigenen Interessen wichtig waren. Du setzt dich für die Not der Armen und Enterbten ein. Ihr wart wie Tag und Nacht."

„Ich schätze, das muss für dich so aussehen, vor allem nach deinen üblen Erfahrungen in Midanich mit dem Markgrafen und seiner verrückten Zwillingsschwester ..."

„Hättest du mir erzählt, dass du ein identischer Zwilling bist, hätte sich nicht herausgestellt, dass Ernst und Johanna wahnsinnig waren?"

Plantagenet Halsey schüttelte den Kopf. „Nein. Ich hätte dir das so lange wie möglich verschwiegen, unabhängig von allem anderen. Für immer, wenn das möglich gewesen wäre. Diese Sache in Midanich hat mir noch einen Grund mehr gegeben, es dir nicht zu erzählen. Aber nicht, weil Roderick verrückt oder böse oder die Nacht zu meinem Tag gewesen wäre. Wir waren nicht die zwei Seiten einer Münze, mit ihm als dem Bösen und mir als dem Guten. Den größten Teil der Zeit, tatsächlich während unserer gesamten Jugend, waren wir dieselbe Münze, und unzertrennlich. Er war ich, ich war er, und wir waren die besten Freunde."

„Wann änderte sich das zwischen euch?"

„Nicht lange, nachdem unser Vater gestorben war - das war der Beginn der Entfremdung zwischen uns. Deine Geburt war der letzte Nagel im Sarg unserer Nähe als Brüder." Er lächelte traurig. „Und, ja, wie deine Tante sagte, das, was davor geschah."

„Du musst den Tag, an dem ich Lady Ferris kennenlernen würde, gefürchtet haben."

Plantagenet Halseys blaue Augen hoben sich flackernd zu Alecs Blick. „Oh, ich habe Lady Ferris schon länger als das gefürchtet ... Aber das ist eine Geschichte für einen anderen Tag. Du fragtest, warum es keine Bilder von meinem Bruder hier in der Galerie gibt. Es gab welche. Aber nur zwei. Und du hast recht. Eines in Hermelin und Grafenkrone, das Gegenstück zu dem Porträt deiner Mutter in ihrem. Und eines von den beiden mit Edward auf den Knien deiner Mutter."

„Was ist mit ihnen geschehen? Und wo sind sie?"

„Deine Mutter ließ sie abnehmen, fast sofort, nachdem Rod gestorben war. Was das angeht, wo sie jetzt sind ... ich vermute, sie müssen irgendwo auf dem Dachboden oder im Keller gelagert sein. Auf jeden Fall würden sie einiges an Restauration benötigen, wenn du vorhättest, sie wieder aufzuhängen ..."

„Warum ließ sie sie abnehmen?"

„Möchtest du sie wieder aufhängen?"

„So weit habe ich noch nicht gedacht. Ungeachtet meines

Mangels an Gefühl für ihn, war er schließlich der Earl of Delvin und hat das Recht, hier in der Galerie zu sein. Ob er es verdient hat ... Doch wenn meine Mutter beide Porträts entfernen ließ, ihn effektiv von seinem Platz unter seinen illustren Verwandten verbannte, bringt mich das zum Nachdenken. Warum hat sie das getan?"

„Sie sagte, diese Bilder wären eine ständige Erinnerung an *ihre* Fehler."

„Was gab ihr das Recht, ihr Porträt in Hermelin und Krönchen an der Wand zu lassen aber nicht seines? Warum sollte es ihr erlaubt sein, mit all ihrem Reichtum und Titel zu prahlen, wenn ihre Fehler ...“

Die bittere Ironie in Alecs Tonfall traf einen Nerv und der alte Mann raffte sich auf.

„Deine Mutter war das süßeste, sanfteste und lieblichste Geschöpf, das je auf Gottes Erde herumging, und du hast sie kaum gekannt, also wage es nicht, einen Schatten auf ihren Charakter zu werfen oder von ihren Fehlern zu sprechen!“

„Du hast recht. Ich kannte sie kaum. Aber das war wohl nicht meine Schuld. Und so wie die Porträts des Earls hat sich mich aus ihrem Leben entfernt - aus den Augen, aus dem Sinn - zweifellos, damit sie nachts ruhig schlafen konnte. Ist das das Verhalten eines süßen, liebevollen Wesens? Mir scheint, deine Gefühle trüben dein Urteil.“

„Du glaubst, sie hatte eine Wahl? Du glaubst, sie wollte dich weggeben? Habe ich das je gesagt?“

„Nein. Aber ...“

„Nein! Nicht ein einziges Mal in all deinen Jahren habe ich deine Mutter für das getadelt, was passiert ist.“

„Weil du sie liebtest und ein guter Mann bist, und du nicht wolltest, dass ich schlecht von ihr denke, weil sie schließlich meine Mutter war.“

„Unsinn! Ich habe sie geliebt, ja. Und sie liebte mich. Doch ich weiß nicht, warum sie das weiter tat, nach dem, was ich ihr angetan hatte! Doch wie ich sagte, sie war ein süßes, sanftes Geschöpf ... und du irrst dich. Es hat nichts damit zu tun, dass ich nicht wollte, dass du schlecht über *sie* denken könntest, sondern damit du nicht schlecht über *mich* denken solltest. Ich sagte es dir doch - ich bin egoistisch.“

„Doch sie hat mich aufgegeben. Sie hat nicht darum gekämpft, mich zu behalten, weil das nicht möglich war, nicht wahr? Und warum sollte sie das tun, wenn ich nicht der Sohn meines Vaters war, sondern das Produkt ihrer Affäre mit deinem Kammerdiener, von dem ich heute Abend erfahren habe, dass er zufällig auch dein Halbbruder war ...“

„Das ist völliger Blödsinn!"

„Aber ich habe ihren Brief. In dem sie sich als Ehebrecherin bezeichnet. In dem sie sich die Schuld an dem gibt, was mit mir geschah ...“

„Oh, um Gottes willen! Alec! Hör mit diesen selbstgerechten Schuldzuweisungen auf! Hör dir doch selbst zu! Ich sagte dir, es war nicht ihre Schuld sondern meine, und doch weigerst du dich, mir zu glauben - schlimmer! Du denkst weiter schlecht über sie. Keine Mutter gibt *freiwillig* ihr Neugeborenes auf. Sie wurde durch Umstände, die außerhalb ihrer Kontrolle lagen, dazu gezwungen. Die außerhalb der Kontrolle jedermanns lagen. Daher wage es nicht - *wage* es nicht - schlecht über sie zu sprechen.“

„Wenn du das sagst.“

„Ja.“

„Dann sage mir, wenn du willst, dass ich dir glaube, die Wahrheit über meine Geburt.“

Der alte Mann fuhr sich mit der Hand über das Gesicht und sein graumeliertes Haar, die Zähne zusammengebissen und die Augen zugepresst, als ob er sich für das stärken müsste, was er sagen würde und die Folgen dessen.

„Du wirst das nicht auf sich beruhen lassen, bis du den letzten Tropfen Wahrheit aus mir herausgepresst hast, nicht wahr?“

Alec schnitt eine Grimasse und zuckte resigniert mit den Schultern. „Das kann ich nicht. Ich muss es wissen. Das dachte ich zuvor nicht. Aber je näher Selina der Geburt kommt, desto größer ist das Verlangen in mir, etwas über meine eigene zu wissen.“

Plantagenet Halsey nickte. „Olivia hat gesagt, dass das kommen würde ...“

„Olivia?“ Alec blinzelte überrascht. „Du hast mit meiner Patin über ... über *meine Geburt* gesprochen?“

„Das überrascht dich? Sie denkt sehr oft an dich.“

„Ja. Aber mit Sicherheit doch nicht hieran?“

„Warum nicht? Es geht dabei nicht nur um dich, weißt du!“

„Aber ... du hast ihr die Wahrheit anvertraut?“

„Ja. Aber als Teil eines umfänglicheren Geständnisses“, stellte der alte Mann verlegen fest. „Sie musste alle üblen Einzelheiten aus meiner Vergangenheit erfahren.“

Aus irgendeinem Grund war Alec gekränkt und irritiert. „Warum solltest du es ihr erzählen und mir verschweigen?“

Plantagenet Halsey wurde verlegen. „Deine Patin ist ein gutes Mädchen. War sie immer. Sie war nicht bereit, mich zu nehmen, ohne ein volles und offenes Geständnis all meiner vergangenen Sünden.“

Alec blinzelte, noch immer ahnungslos. „Dich zu nehmen ...?“

„Und da wir nicht jünger werden und sie mir so viel bedeutet wie die ganze Welt, sagte ich ihr alles - jedes letzte Detail.“ Als Alec ihn weiter verblüfft anstarrte, spürte er, wie sein Gesicht heiß wurde. „Oh, um Himmels willen!“, fügte er irritiert hinzu. „Erzähle mir nicht, dass du keine Ahnung davon hast, wie die Dinge zwischen uns stehen!“

„Stehen, zwischen ... dir - dir und - und *Olivia*? Lieber - Gott!“

„Was? Dachtest du, wir wären zu alt, um im Bett herumzutoben?“

„Ich wusste, dass ihr einander mögt - aber nicht - aber nicht *das* ... ich frage mich, ob Selina etwas ahnt?“

„Mehr als du, würde ich wetten!“, erwiderte Plantagenet Halsey. „Also jetzt weißt du es. Aber behalte es für dich, denn sie möchte es dir selbst erzählen. Und das wird sie, morgen, wenn sie hier ankommt.“

„Was genau wird meine Patin verkünden?“, fragte Alec mit einem Lachen. „Das sie, eine Adlige mit höchst moralischem Rückgrat und ein aufrührerisches Parlamentsmitglied mit republikanischen Neigungen, ein Liebespaar sind?“ Er hob seine Faust zum Mund, um ein Grinsen zu verbergen. „Das - das kann ich kaum erwarten!“

Seine Belustigung kränkte Plantagenet Halsey. Und weil der alte Mann mehr über seine intime Beziehung zu der Herzogin von Romney-St. Neots gesagt hatte, als es seine Absicht gewesen war, und weil er müde war und sein Geständnis hinter sich bringen wollte, waren seine nächsten Sätze unverblümt und kompromisslos. Ohne Rücksicht auf die Folgen, die sie bei seinem Zuhörer auslösen würden, legte er Feuer an sechsunddreißig Jahre sorgfältiger Erziehung und Lehre, alles ging in Flammen auf und wurde zu Asche.

„Du hast nach der Wahrheit über deine Geburt gefragt, also lass sie mich dir direkt erzählen, dann können wir beide zu Bett gehen. Wir müssen morgen früh raus, wenn wir mit Adams gehen wollen, um festzustellen, was mit Turners armem Jungen passiert ist.“ Als Alecs Lächeln erstarb und er schweigend wartete, schluckte sein Onkel schwer und fuhr fort. „Die erste Wahrheit ist, ich habe dich belogen. Ich habe dich dein ganzes Leben lang wegen deiner Geburt belogen. Und den größten Teil der Zeit habe ich mir erlaubt, diese Lüge selbst zu glauben. Denn das war weit einfacher, als dir die Wahrheit zu sagen.

„Die Lügen hören jetzt auf, von heute an. Das muss sein, um meinet- wie um deinetwillen. Die Wahrheit - und ich habe das auch Olivia erzählt, du kannst sie fragen - ist, dass ich dich von deiner Mutter weggenommen habe, kaum eine Stunde, nachdem sie dich unter Qualen zur Welt gebracht hatte. Ihre Frauen hatten die Nabelschnur abgeschnitten, dich gesäubert und gewickelt. Und dann nahm ich dich weg … unter dem Klang, wie sie sich das Herz aus dem Leib schluchzte. Es war das Entsetzlichste, was ich je in meinem Leben getan habe, und ich habe nie die Geräusche ihres absoluten Elends, als sie dich aufgeben musste, vergessen.

„Doch sie kannte die Bedingungen der Vereinbarung zwischen meinem Bruder und mir, und sie wusste, wenn du leben solltest, musste ich dich an Ort und Stelle übernehmen und so schnell und so weit wie möglich fortbringen. Ich brachte dich in den Norden, zu der Familie eines unserer Pächter. Die Frau hatte einen Stall voll Kinder und sie hat dich auch gestillt und versorgt während der ersten beiden Jahre deines Lebens. Inzwischen war Edward geboren worden und deine Mutter tröstete sich, doch sie hat nie, *niemals*, dich, ihren Erstgeborenen, vergessen.

„Und sie wusste, hätte ich dich nicht mitgenommen, würdest du jetzt nicht hier stehen, kurz davor, selbst Vater zu werden. Ich bedauere nicht, was ich getan habe. Sie hat es auch nicht bereut. Wir beide nicht. Das ist die reine, unbestreitbare und schockierende Wahrheit. Doch ich bedauere, dass ich all diese Jahre die Lüge aufrecht erhalten musste. Daran dachte ich damals nicht. Wir dachten nur daran, dich am Leben zu erhalten. Und ich tat, was ich tat, weil ich deine Mutter liebte und wir taten, was wir taten, weil wir dich liebten. Liebe ist etwas Unerklärliches und Seltsames, und oft tun Menschen Falsches, aber aus den richtigen Gründen. Ich bin zu müde, um dir mehr zu erklären, also gehe ich jetzt zu Bett. Und da ist noch mehr, viel mehr, aber das muss auf einen anderen Tag warten. Gute Nacht, mein Junge.“

ᚼ

ALEC KROCH INS BETT UND KUSCHELTE SICH AN SELINAS Wärme, ohne sich daran zu erinnern, wie er aus der Bildergalerie in das Schlafzimmer gekommen war. Lady Ferris Offenbarung beim Nuncheon hatte ihn wie betäubt zurückgelassen, doch das rohe Geständnis seines Onkels hatte ihn ausgelaugt und emotional taub werden lassen. Vielleicht war seine Mutter auf diese Weise damit fertiggeworden, ihn direkt nach der Geburt verloren zu haben, indem sie ihn als tot betrachtete. Erst gegen Ende ihres Lebens hatte sie schließlich Kontakt zu ihm aufgenommen. Doch selbst dann hatte er sich immer als Fremder, bestenfalls wie ein entfernter Verwandter gefühlt. Nicht einmal hatte sie erwähnt, dass man ihn ihr fortgenommen hatte, nicht, weil sie ihn hatte aufgeben wollen, sondern, weil sie dazu gezwungen worden war. Nicht einmal hatte sie angedeutet, es wäre die Schuld der Halsey-Brüder gewesen. Vielleicht war es ihr lieber gewesen, diese erschütternde Episode zu vergessen, indem sie jede emotionale Verbindung dazu unterdrückte. Und sie hatte einen anderen Sohn bekommen und ihm zweifellos all ihre Liebe und Aufmerksamkeit geschenkt, und damit waren die Gedanken an ihren Erstgeborenen mit jedem Monat weiter in die Ferne gerückt. Doch die wichtigste Frage für Alec, auf die der Onkel ihm keine Antwort gegeben hatte, war, warum die Brüder überhaupt eine Vereinbarung hatten treffen müssen, die festlegte, dass Alec seiner Mutter bei der Geburt weggenommen werden musste. Und wenn er nicht das Ergebnis der Affäre seiner Mutter mit dem Mulattendiener Joseph Cale war, wie sein Onkel jetzt vehement leugnete, wer war dann sein Vater?

Bei all diesen Grübeleien spürte er, wie Selina sich bewegte. Halb wach suchte sie unter den Decken nach seiner Hand. Sie schob ihre Finger in seine und murmelte etwas, das er nicht verstand, doch es reichte, um ihn aus seinen Gedanken zu reißen und wieder in die Gegenwart zurückzubringen, um sich auf sie zu konzentrieren. Sie lag auf dem Rücken, gestützt von Kissen. Es war ihr seit Wochen unmöglich gewesen, auf der Seite liegend zu schlafen. Kerzenlicht fiel über die Decken und die Umrisse ihres runden Leibs - ein Buckel unter den Laken. Er wurde plötzlich von dem Drang überwältigt, sie und ihr ungeborenes Kind zu beschützen. Und er wusste, dass sie neben ihm tief schlafen würde, im Vertrauen darauf, dass er das um jeden Preis tun würde. Und als er in einen unruhigen Schlaf fiel, begann in ihm ein brennender Groll zu schwelen gegen den Mann, den er wie einen Vater liebte und von dem er nun wusste, dass er willig daran beteiligt gewesen war, seiner Mutter ihr Kindchen und ihm die Liebe seiner Mutter zu rauben.

⚜

ALS ER ERWACHTE, MEINTE ER, KAUM FÜNF MINUTEN geschlafen zu haben. Tatsächlich war es mehrere Stunden später, doch die Sonne war noch nicht aufgestanden, und Selina neben ihm schlief noch.

Das Geräusch von Wasser, das in eine Porzellanschüssel an seinem Waschtisch gegossen wurde, betonte die Notwendigkeit, aufzustehen und sich gleich anzukleiden, wenn er sich rechtzeitig Adams und den versammelten Männern anschließen wollte, wenn sie bereit waren, in den Wald aufzubrechen. Er war dankbar für das Schweigen seines

Kammerdieners während des Ankleidens, doch die beiden Diener, die Hadrian halfen, schlichen im Kabinett und Ankleidezimmer herum, als ob das leiseste Geräusch die zarte Konstitution ihres Herrn aus dem Gleichgewicht bringen könnte. Und das ließ ihn sich fragen, ob er wirkte, als hätte er die Nacht mit übermäßigem Trinken verbracht, denn obwohl er wach war, war es viel zu früh, als dass er richtig funktionieren hätte können. Doch als Hadrian seine Gehilfen aus dem Raum scheuchte und sie forthuschten, als hätten sie Angst um ihr Leben, war Alec nicht so müde, als dass er nicht bemerkt hätte, dass etwas los war. Er brauchte nicht lange zu warten, um es herauszufinden.

Gekleidet in eng anliegende, gewirkte Reithosen, die langen Unterschenkel in Reitstiefeln, brauchte er nur noch sein leinenes Reitjacket über die Weste zu ziehen, um bereit zu sein, nach unten zu gehen und sich dem Suchtrupp anzuschließen. Er hatte während des Ankleidens ein Brötchen gegessen und eine Tasse Kaffee getrunken, um Zeit zu sparen, und stand jetzt vor dem hohen Spiegel, um einen letzten Blick auf sein Bild zu werfen, bevor er ging. Doch als der Kammerdiener seinen Rock am Haken ließ und darum bat, dass Seine Lordschaft sich wieder auf den Frisierschemel setzen möge, wandte Alec sich mit einer Falte zwischen seinen schwarzen Brauen wieder dem Raum zu.

„Ist etwas nicht in Ordnung?"

Hadrian schluckte, nickte und deutete auf den Frisierschemel. „Bitte setzt Euch, Sir. Es ließe sich besser reden, wenn Ihr sitzt."

Alec rührte sich nicht. „Kann das nicht warten bis nach ..."

„Nein, Sir. Ich muss jetzt mit Euch sprechen, bevor Ihr aufbrecht. Wir haben etwa eine Stunde Zeit, bis sich die Männer bei den Ställen versammeln."

„So?"

„Ja, Sir. Ich habe Euch zu früh geweckt, damit wir dieses Gespräch führen konnten."

Alec tat einen Schritt vor. „Du hast *was*?

„Bitte setzt Euch, Sir."

„Kein Wunder, dass Phillips und Putnam so schnell von hier verschwanden."

„Ja, Sir."

Alec setzte sich auf den gepolsterten Frisierschemel und wartete. Und dann überraschte ihn sein Kammerdiener erneut.

Statt ihm zu sagen, was er auf dem Herzen hatte und was nicht warten konnte, ging Hadrian zu der Tür hinüber, durch die die beiden Gehilfen verschwunden waren und die zu den Dienstbotentreppen und -gängen führte. Aus dem Dunkel tauchte die letzte Person auf, die Alec zu sehen erwartet hätte. Tam betrat das Zimmer. Er und Hadrian sprachen mit leisen Stimmen nahe der geschlossenen Dienstbotentür und dann kamen beide zu Alec herüber.

Wenn eine Feder zur Hand gewesen hätte, und man Alec damit angestoßen hätte, wäre er, davon war er überzeugt, umgefallen. Dieses beiden so dicht beieinander zu sehen, noch dazu so freundschaftlich, war fast zu viel, als das es sein zu dieser frühen Morgenstunde noch benommener Verstand aufnehmen konnte. Doch sein vornehmliches Gefühl war Erleichterung darüber, dass die beiden jungen Männer nicht länger im Krieg miteinander standen. Und das versetzte ihn in eine gute Stimmung, um sich anzuhören, worüber auch immer sie mit ihm reden wollten, auch wenn das hieß, dass man ihn um eine Stunde dringend benötigten Schlafes betrogen hatte. Doch zuerst musste er eine Frage stellen:

„Wie geht es den Turners?"

„Gar nicht gut, Sir", antwortete Tam und schob sich die roten Locken aus den Augen, um dann an den Spitzen seiner dunkelblauen Leinenweste zu zupfen. Er sah aus, als hätte er sich in Eile angekleidet, als wäre ihm erst in letzter Minute eingefallen, dass er vor Morgengrauen irgendwo zu sein hatte. Dass er von einem Fuß auf den anderen trat, zeigte seine Nervosität. „Ich habe Mrs. Turner Laudanum gegeben. Und genug, dass ich hoffe, sie wird den größten Teil des Tages verschlafen. Wenn sie aufwacht, wird sie glauben, die Ereignisse gestern wären ein Albtraum gewesen. Doch es war keiner, und ich habe keinen Zweifel, dass sie sich noch schlechter fühlen und mich verfluchen wird, weil ich ihren Kummer unterdrückt habe."

„Und Mr. Turner?"

Tam schüttelte den Kopf. „Er sagt, er braucht nichts. Und da er selbst den armen Hugh aus dem Wald holen will, sei es das Beste, wenn er einen klaren Kopf behält. Obwohl ich sehe, dass er nicht weniger leidet als sie."

„Und Hughs Bruder - Verzeihung, wie heißt er noch ...“

„Roger, sir. Roger wurde seit vor dem Abendessen nicht mehr gesehen. Und da die Turners nicht in einer Verfassung sind, dass man sie nach ihm fragen könnte, und niemand sie noch mehr aufregen möchte, indem man ihnen erzählt, dass nun auch ihr anderer Sohn verschwunden ist, hoffen wir, dass er rechtzeitig von allein wieder auftauchen wird. Die Wahrheit ist, er versteckt sich wahrscheinlich in der Wäscherei. Dort verbringt er viel Zeit - er ist hinter einer der Wäscherinnen her - aber das hat Zeit bis zu einem anderen Tag ..."

„Vielleicht sollte ein Diener zur Wäscherei geschickt werden, um nach ihm zu suchen ..."

„Das habe ich getan, bevor ich herkam, Sir."

„Danke. Der Junge sollte in diesen Stunden bei seinen Eltern sein ... Und wir können nur hoffen, dass die Suche in den Wäldern Antworten liefert. Obwohl ich fürchte, dass nichts ihren Kummer wird lindern können."

„Ja, Sir. Das wird es nicht. Mein Cousin Hugh war schon ein Schlingel, doch er hatte ein großes Herz und er war der Liebling seiner Mutter. Er glaubte an das, was Mr. Halsey Überzeugungen nennt. Er hielt nichts von der Jagd und er wollte, dass sie geächtet würde. Und für ihn war es wichtig, was mit den Fahrenden geschah, die in den Wäldern plünderten."

„Hast du irgendeine Ahnung, wer ihm Schaden hätte zufügen wollen?"

„Nein, Sir. Jeder mochte Hugh. Er war sympathisch. Nun, wenn es mein Cousin Roger gewesen wäre..." Tam zuckte mit den Schultern. „Aber nein, ich habe keine Ahnung, wer Hugh hätte Schaden zufügen wollen, am allerwenigsten ihn töten! – oder schon gar seine Freunde aus dem Dorf. Es gibt viel Geschwätz im Dienstbotenquartier, wo gehofft wird, dass es nur ein Missverständnis wäre und Hugh lebend gefunden werden könnte, aber das ist alles Wunschdenken ..."

„Ja, das fürchte ich auch. Ich habe keinen Grund daran zu zweifeln, dass Adams die Leiche richtig als Hughs identifiziert hat, oder?"

„Nein, Sir. Kein Zweifel. Jeder hier in der Gegend kennt - ich meine, *kannte* - Hugh."

Als Tam Hadrian anschaute und Alec stumm blieb in der Erwartung, dass einer der beiden jungen Männer sprechen würde, fügte Tam entschuldigend hinzu: „Aber wir sind nicht hier, um mit Euch über Hugh oder Roger oder den Kummer der Turners zu sprechen, Sir."

„Nein? Also was kann ich dann für dich - oder für euch beide - tun?"

„Es geht nicht um das, was Ihr für uns tun könntet", antwortete Tam mit einem Blick auf den Kammerdiener. „Sondern, was wir für Euch tun können."

FÜNFZEHN

„Für *mich*?"

„Ja, Sir."

Hadrian und Tam schauten einander an, und mit einem Nicken ließ der Kammerdiener Tam weiter erklären.

„Sir, Mr. Jeffries muss Euch erzählen, was er über den Stone Court erfahren hat. Er kam zu mir, um Rat einzuholen, und ich sagte ihm, er sollte es Euch erzählen - alles. Und ich bin hier, weil ich möchte, dass Ihr wisst, dass ich jedes Wort von dem, was er mir erzählt hat, glaube. Keiner von uns möchte es für wahr halten, aber das ist es, auch wenn man es zuerst nicht für möglich hält. Also bitte, Sir, hört ihn an, bevor ihr es als märchenhaften Unsinn abtut. Wie ich hat auch Mr. Jeffries nur Eure Interessen im Sinn. Das glaube ich wirklich."

„Vielen Dank, Mr. Fisher", murmelte Hadrian mit vor Verlegenheit über solches Lob gerötetem Gesicht, vor allem, da es von jemandem kam, der bis vor Kurzem sein Gegner gewesen war.

„Gern geschehen, Mr. Jeffries. Doch was ich sage und warum ich es sage, ist, um Seiner Lordschaft zu helfen. Sonst wäre ich nicht hier."

„Das weiß ich, Mr. Fisher. Doch ich danke Euch trotzdem, weil Ihr mir glaubt."

Die beiden jungen Männer sahen zu Alec, der sich mit verschränkten Armen zurückgelehnt hatte und sie anlächelte. Als sie weiter stumm blieben, wurde ihm klar, dass er aufgefordert war, ihre Aufrichtigkeit zu bestätigen, was er auch tat.

„Mr. Fisher. Mr. Jeffries. Ich werde tun, worum ich gebeten werde, und aufgeschlossen zuhören. Also was ist mit dem Stone Court?"

„Darf ich hinzufügen, Sir, bevor Mr. Jeffries Euch erzählt, was er weiß, dass wir auch davon überzeugt sind, dass Mr. Halsey nur Euer Bestes im Sinn hat. Das mag nicht so scheinen, wenn Ihr hört, was Mr. Jeffries Euch zu sagen hat, doch es gibt keine andere Erklärung dafür, warum er tat, was er tat. Wenn das verständlich ist?"

„Nein - noch nicht", antwortete Alec, der überhaupt nichts verstand. „Aber ich werde trotzdem tun, was du sagst und es im Hinterkopf behalten, während ich Jeffries zuhöre, wenn du es für hilfreich hältst?"

Tam grinste und nickte zufrieden. „Ja, Sir."

„Also, Mr. Jeffries, was hast du mir über den Stone Court zu berichten?"

Der Kammerdiener warf Tam einen Blick zu, schluckte und begann dann direkt: „Ihr müsst wissen, dass sich unter dem Stone Court, wo das Pflaster eingebrochen ist, ein geheimes Gewölbe befindet, und Mr. Halsey möchte nicht, dass Ihr etwas darüber erfahrt."

„Nun, das ist unverblümt und kommt auf den Punkt", entgegnete Alec gleichmütig. Doch der Ausdruck auf seinem Gesicht verriet den beiden jungen Männern, dass seine Lordschaft keine Ahnung von einem Gewölbe unter dem Stone Court hatte und dass es Plantagenet Halsey gelungen war, dies geheim zu halten. „Woher weißt du das?"

In einigen kurzen Sätzen erzählte Hadrian ihm, wie er unter den Tisch in der Bibliothek gekrochen war und zufällig die Unterhaltung zwischen Plantagenet Halsey und dem Verwalter des Anwesens mitgehört hatte.

„Und du hast von diesem geheimen Gewölbe erfahren, als du ihr Gespräch belauscht hast?"

Hadrian zögerte nicht. „Ja, Sir."

„Und du irrst dich nicht, weil du dieses Gespräch in deinem Gedächtnis gespeichert hast. Stimmt das?"

„Ja, Sir. Für Euch, weil ich dachte, es wäre wichtig, das zu tun."

Alec atmete tief durch und nickte. „Na gut. Sprich weiter."

„Das könnt Ihr wirklich tun? Ein Gespräch in Eurem Gedächtnis speichern?", unterbrach Tam erstaunt und starrte Hadrian an. Als der Kammerdiener nickte, fragte er weiter: „Und das gilt auch für ganze Listen? Ihr habt nie ein Stück Papier versteckt, wenn jemand Euch bittet, eine Liste zu wiederholen?"

„Nein. Es ist leicht für mich, eine Liste in meinem Gedächtnis zu speichern ..."

„Wie macht Ihr das?"

Hadrian wurde verlegen. „Es sind nicht nur Listen ... Auch Gespräche, wenn es nötig ist. Und ich kann in meinem Kopf ein Bild einer Szene malen und dann diese Szene erneut herstellen ..."

„Weshalb mein Frisiertisch immer ordentlich ist", fügte Alec hinzu.

„Das ist richtig, Sir", antwortete Hadrian. „Jedes Ding hier hat seinen Platz und so kann die Ordnung aufrechterhalten werden."

„Aber warum ..."

„Später, Tam", unterbrach Alec ruhig. „Wir haben nicht den ganzen Morgen Zeit ..." Er wandte sich wieder an Hadrian. „Warum möchte Mr. Halsey dieses Gewölbe vor mir geheim halten? Und bitte, ich brauche nicht alles, was du mitangehört hast wortwörtlich zu hören. Sag es mir in deinen eigenen Worten."

„Ja, Sir. Doch wenn nötig, werde ich die Worte verwenden, die ich mitangehört habe, denn dann werdet Ihr wissen, dass ich die Wahrheit sage ..."

Alec begegnete dem Blick seines Kammerdieners. „Ich weiß, dass du mich nie anlügen würdest, Hadrian."

Hadrian schluckte und nickte, voller Ehrfurcht. Erst, als Tam ihm einen freundlichen Schubs gab, fand er seine Stimme wieder, hustete zunächst in seine Faust und sagte dann leise:

„Mr. Halsey sagte nicht ausdrücklich, warum dieses Gewölbe vor Euch geheim bleiben müsste, Sir, nur, dass er sein ganzes Leben damit verbracht hätte, dessen Existenz zu vergessen und er dafür sorgen würde, dass es ein Geheimnis und vor Euch versiegelt bliebe."

„Wurde der Zweck dieses Gewölbes erwähnt? Warum es dort ist? Wer es hat bauen lassen? Irgendetwas dieser Art?"

„Nur, dass das Gewölbe schon sehr lange dort ist. Der Eroberer wurde erwähnt. Und dass die Oberhäupter der Familie Halsey das Gewölbe seit Generationen benutzt hätten. Warum es existiert, hat etwas mit dem zu tun, was Mr. Halsey als *die alte Gewohnheit der Familie der Beisetzung zu ehren* bezeichnete ..."

„Beisetzung?"

„Ja, Sir."

„Hat Mr. Halsey das Gewölbe benutzt?"

„Warum sollte er das, Sir? Mr. Jeffries hat nicht erwähnt, dass Mr. Halsey etwas damit zu tun hätte. Oder, Mr. Jeffries?", warf Tam ein und schloss dann rasch wieder den Mund, als Alec ihm einen bösen Blick zuwarf.

Als Alec die Frage wiederholte, sagte Hadrian ruhig: „Nein, Sir. Es - das Gewölbe - war lange verschlossen gewesen. Mr. Halsey sagte, es wäre sein Vater gewesen, der es hatte zumauern lassen. Und es war Mr. Halseys Bruder, der es wieder aufbrechen ließ, um, wie Mr. Halsey es ausdrückte, *„die alte Sitte der Beisetzung der Familie* wiederzubeleben …"

„… Beisetzung. Ich verstehe …" Alec rutschte auf dem Schemel herum und sagte so beiläufig, wie er konnte: „Und Mr. Turner? Was hat er damit zu tun?"

„Mr. Turner erzählte Mr. Halsey, dass er erst von dem Gewölbe erfahren habe, als er nach dem Tod seines Vaters das Amt des Verwalters übernahm. Im Safe befindet sich ein Dokument …"

„Im Safe des Verwalters?"

„Ja, Sir."

„Das von dem Gewölbe und dessen Zweck handelt?"

„Das ist richtig, Sir."

„Und was hat Mr. Turner über das Gewölbe herausgefunden, als er Verwalter wurde?"

Der Kammerdiener hielt inne und antwortete dann ohne Zögern: „Er sagte, es wäre weder sein noch Mr. Halseys Recht, Mr. Halseys Vorfahren für ihre Art der Beisetzung zu verurteilen. Mr. Turner sagte, es wäre das einzige Mittel für die Familie gewesen, um das Gesetz umgehen zu hoffen, ein Gesetz, das bereits vor dem Eroberer in Kraft gewesen wäre …"

„Das Gesetz umgehen?", unterbrach Alec. „Ist es das, was sie als Zweck des Gewölbes nannten, meinen Vorfahren zu erlauben, das Gesetz zu missachten?"

„Nicht nur Euren Vorfahren, Sir, sondern auch die anderen begüterten Familien in Kent würden dieses Gesetz missachten."

„Sagten sie, worum es sich handelte?"

„Nein, Sir. Doch es wurde erwähnt, dass dieses Gewölbe ihnen dabei geholfen hätte, das Gesetz zu umgehen, und dieses Gesetz zu umgehen bedeutete, dass sie ihren Besitz zusammenhalten konnten."

Es entstand eine lange Pause und dann sagte Alec zu beiden: „Euch ist klar, dass nichts von diesem Gespräch zwischen Mr. Halsey und Mr. Turner für mich einen Sinn ergibt, bevor ich sie nicht darauf anspreche …"

„Nein! Das dürft Ihr nicht!", platzte Tam heraus und fügte rasch hinzu, als Alec, so rüde angesprochen, das Gesicht verzog: „Natürlich könnt Ihr mit ihnen sprechen, wir könnten Euch nicht davon abhalten, aber ich glaube, es wäre nicht in Eurem besten Interesse, das zu tun, das ist alles."

„Warum nicht?"

Tam ließ Hadrian es erklären.

„Mr. Halsey möchte nicht, dass Ihr etwas von dem Gewölbe erfahrt oder darüber, was darin ist oder wozu es benutzt wurde. Er sagte - Mr. Halsey sagte -, dass nichts Mord rechtfertigen könnte, und das wäre es, was seine Familie seit Jahrhunderten betrieben hätte ...“

„Das hat er gesagt? Er hat dieses Wort benutzt? ER hat das Wort *Mord* benutzt?“

Der Kammerdiener zuckte bei Alecs Ungläubigkeit nicht mit der Wimper. „Ja, Sir. Er hat dieses Wort benutzt. Er sagte, dass Eure Familie - seine Familie - seit Jahrhunderten Mord verübt hätte, ebenso wie andere landbesitzende Familien. Und dass Mr. Turner nicht lange raten müsste, was in dem Gewölbe beigesetzt wäre.“

„Ich verstehe ...“, murmelte Alec, obwohl er nicht verstehen oder gar spekulieren wollte, welcher Art der mörderische Inhalt des Gewölbes unter dem Stone Court sein mochte. Tam sprach es für ihn aus.

„Aber er war nicht derjenige, der Mord beging und die Leichen in diesem Gewölbe entsorgte, nicht wahr?“, widersprach Tam.

„Du glaubst, das ist es, was in diesem Gewölbe ist?“, stellte Alec unaufgeregt fest. „Die Leichen von Männern, die meine Vorfahren ermordet haben?“

„Ich - ich weiß eigentlich nicht, was ich denken soll“, sagte Tam leise. „Aber Mr. Halsey hat das Wort Mord benutzt ...“

Alec erhob sich, so schnell, dass der gepolsterte Hocker unter ihm ins Schwanken geriet. Die beiden jungen Männer traten unwillkürlich einen Schritt zurück, hielten den Atem an und schauten zu, wie Alec in dem Raum zwischen seinem Frisiertisch und dem hohen Spiegel hin und her ging und dabei mit den Fingerknöcheln knackte. Auch sein Gesichtsausdruck hatte sich verändert. Verschwunden war das freundliche Leuchten in seinen Augen. Er blieb stehen und schaute Hadrian und Tam an.

„Vielleicht hat er die Tat nicht begangen, aber die bloße Tatsache, dass er weiß, dass Morde begangen wurden und bereit ist, das geheim zu halten, macht ihn fast so schuldig wie die, die sie ausführten.“

„Sir! Ihr könnt doch nicht glauben, Mr. Halsey würde ...“

„Tam, ich weiß nicht, warum er dieses entsetzliche Familienge- heimnis vor mir verbergen will, doch nachdem es jetzt nicht länger ein Geheimnis ist, muss es untersucht und die Wahrheit aufgedeckt, und, wenn das überhaupt möglich ist, die Täter vor Gericht gebracht werden.“

„Bei allem Respekt, Sir, wie wollt Ihr Eure Vorfahren vor Gericht bringen?“, fragte Hadrian ruhig.

Alec warf ungehalten einen Arm hoch. Er war über sich selbst verärgert. „Das ist offensichtlich unmöglich. Doch was ich tun kann, ist, dafür zu sorgen, dass es nie wieder geschieht."

„Zu Mr. Halseys Verteidigung", sagte Hadrian in die sich dehnende Stille hinein, „er hat erwähnt, dass er das Gewölbe und dessen Inhalt vor allem in diesen Tagen geheim halten wollte, weil Mylady so kurz vor der Niederkunft steht ... Vielleicht hatte er also die Absicht, es Euch nach dem glücklichen Ereignis zu erklären?"

„Vielleicht ...", murmelte Alec, der zwar Ersteres, nicht aber Letzteres glaubte. Er riss sich aus seinen Gedanken und fragte: „Wie beabsichtigen mein Onkel und mein Verwalter, dieses Gewölbe und dessen Inhalt vor mir geheim zu halten? Vor allem, da jetzt ein Loch im Dach klafft und die Hälfte meiner Arbeiter nur darauf wartet, Seile hineinzuwerfen und in die Dunkelheit hinabzuklettern."

„Um die Wahrheit zu sagen, Sir, dieser Plan hört sich mehr nach Wunschdenken als nach einer vernünftigen Überlegung an ..."

„Wunschdenken?" Alec konnte den Hauch eines Lächelns nicht unterdrücken. „Ihr meint, sie haben einander davon überzeugt, dass sie mich in Unwissenheit halten könnten, ohne einen echten Plan zu haben?"

Hadrian ertappte sich, wie er selbst lächelte. „In der Art, Sir. Ja. Obwohl sie hofften, sich vor allem der Tatsache zu bedienen, dass es nicht leicht ist, durch den ursprünglichen Eingang in das Gewölbe zu gelangen, von dem Loch im Dach einmal abgesehen. Und da die Decke jetzt instabil ist, würdet Ihr keinem Mann einen so gefährlichen Auftrag erteilen, um nicht sein Leben zu riskieren. Daher ging es mehr darum, abzuwarten und das Beste zu hoffen ..."

„Was heißen soll?"

„Mr. Halsey meinte, dass die Geburt des Kindchens Euch genügend ablenken würde, um das Loch zu vergessen. Und bis Ihr - äh - diese Ablenkung hinter Euch hättet, würde es geflickt sein und das Gewölbe unerforscht bleiben."

Alecs Brauen hoben sich leicht. „Das, Mr. Jeffries, ist Wunschdenken vom Feinsten."

„Allerdings, Sir."

„Also wie kann man dieses geheime Gewölbe betreten, wenn nicht durch das klaffende Loch in der instabilen Decke?"

Hadrian berichtete ihm von dem zugemauerten Eingang im Keller, verdeckt durch einen alten, muffigen Wandbehang, der darüber hing. Er beschrieb den Vorraum, der hinter diesem verborgenen, zugemauerten Eingang lag, und wenn man ihn erreichte, dass sich dort eine Eichentür befand, mit Riegel und Vorhängeschloss. Und dann sagte er ihm, wer die Schlüssel aufbewahrte.

Alec schnaubte überrascht. „Die Schlüssel sind in der Kanzlei von Yarrborough und Yarrborough?"

„Ja, Sir. Dieser Name wurde zweimal erwähnt."

„Sir–!" Tam sagte abrupt, mit einem Blick auf Hadrian: „Da es Eure Vorfahren waren, und nicht Mr. Halsey oder Ihr selbst, der etwas mit diesem Gewölbe zu tun hattet, könntet Ihr das Ganze nicht auf sich beruhen lassen? Einfach das Dach flicken und das Innere unangetastet lassen. Auf diese Weise werden Mylady und alle anderen nie erahnen, was darin ist, und Ihr könnt ebenfalls vergessen, dass es existiert."

Alec lächelte ihn verständnisvoll an. „Aber so einfach ist es nicht, nicht wahr? Und du und Hadrian habt mir von der Existenz dieses Gewölbes berichtet. Ihr seid zu mir gekommen, um mir zu erzählen, was Hadrian in der Bibliothek mitangehört hatte, und habt mir eure Hilfe angeboten."

„Das habe ich, und ja, das haben wir", sagte Tam. „Aber - aber ich möchte nicht, dass Ihr und Mr. Halsey Euch wegen etwas, das vor Jahrzehnten oder sogar Jahrhunderten geschehen sein muss, und mit keinem von Euch beiden etwas zu tun hat, zerstreitet!"

„Hältst du es für möglich, dass wir unser Leben weiterführen können, im Wissen, dass direkt unter unseren Füßen ein Gewölbe ist - mit wer weiß wie vielen Leichen, und ohne zu wissen, wie diese Leichen dorthin kamen?"

Tam zuckte mit den Achseln und sah düster aus. „Das ist jahrhundertelang geschehen, bis jetzt, nicht wahr? Ich meine, Eure Vorfahren haben weitergelebt, obwohl sie sehr gut wussten, dass es unter dem Stone Court ein Gewölbe gab, nicht wahr? Und soweit bekannt, schien es ihnen nichts auszumachen, und vielleicht lag das daran, dass sie taten, was ihrer Meinung nach im besten Interesse der Familie und der Familien hier im Bezirk lag?"

„Und das rechtfertigt ihr Verhalten - das rechtfertigt Mord? Weil es in ihrem besten Interesse geschah?"

„Nein! Nein! Nichts rechtfertigt Mord!", stellte Tam heftig fest. „So habe ich das nicht gemeint. Ich weiß nicht, was ich denken soll. Was ich weiß, ist, dass Mr. Halsey kein Mörder ist. Und Ihr auch nicht, daher ist es für mich unglaublich, dass einer Eurer Vorfahren einer sein könnte."

Alec dachte sofort an seinen Bruder Edward und wie einfach er seinen besten Freund in einem Duell getötet hatte, und zwar ohne Reue. Und dann erinnerte er sich an das, was sein Onkel ihm am Vorabend in der Gemäldegalerie gesagt hatte: Dass einige Familiengeheimnisse es nicht wert wären, ausgegraben zu werden, und dass sich einige Vorfahren selbst getötet hätten, entweder weil sie es nicht über sich bringen konnten, eine Familientradition fortzuführen, die sie abscheulich gefunden hatten, oder dass sie von Reue erfüllt waren, dies getan zu haben, und dadurch wahnsinnig geworden waren.

„Du hast recht, Tam. Für Mord gibt es keine Rechtfertigung. Doch der einzige Grund, warum das Gewölbe ein Geheimnis blieb, ist, dass entweder meine Vorfahren sich zu sehr schämten, die mörderischen Aktivitäten ihrer Ahnen zu gestehen, oder dass sie selbst Mörder waren und alles in ihrer Macht Stehende taten, um dafür zu sorgen, dass ihr unaussprechliches Verhalten nie ans Tageslicht käme. Ich kann mit einem solchen Geheimnis unter meinen Füßen nicht leben, und Mylady auch nicht. Und ich werde nicht zulassen, dass meine Kinder eine entsetzliche Geschichte erben, an der sie keine Schuld tragen. Sie - wir alle - müssen imstande sein, in diesem Haus, auf diesem Anwesen, zu leben, an Geist und Körper unbeeinträchtigt. Und leider glaube ich, dass einige meiner Vorfahren vom Handeln ihrer Ahnen nicht so unbeeindruckt waren, wie die Geschichte uns vielleicht glauben machen möchte. Nicht alle sind leichten Herzens in diesen Gängen und Höfen herumspaziert, nachdem sie von dem Familiengeheimnis und dem Zweck dieses Gewölbes wussten.“

„Glaubt Ihr, Hugh hat davon erfahren und wurde deshalb getötet?“

Alec erschrak. „Hugh? Ich habe keine Ahnung, Tam. Aber es ist ein großer Schritt, Hughs Tod im Wald, während er mit seinen Freunden Hirsche wilderte, mit einem Gewölbe der Familie und dem oder was in seinen Mauern begraben ist, in Zusammenhang zu bringen.“

„Es sei denn, dass Hugh etwas über das Gewölbe entdeckt hatte und zum Schweigen gebracht wurde“, warf Hadrian ein, mehr, um Tam zu unterstützen, als dass er wirklich an eine Verbindung geglaubt hätte. „Schließlich ist er des Sohn der Verwalters ... Vielleicht hat auch er ein Gespräch belauscht ...“

„Diese Logik würde dann voraussetzen, dass entweder mein Onkel oder sein Vater ihn umgebracht hätten, um ihn zum Schweigen zu bringen“, antwortete Alec barscher, als er beabsichtigt hatte. „Sie sind die beiden Einzigen, die von der Existenz des Gewölbes wissen, nach dem, was du selbst belauscht hast, und daher ist vernünftigerweise anzunehmen ...“

„Mr. Turner und Mr. Halsey würden niemals ein so abscheuliches Verbrechen begehen!“, erklärte Tam mit einem wütenden Seitenblick zu Hadrian. „Schon gar nicht an Hugh!“

„Du kannst Hadrian nicht dafür tadeln, dass er einen Gedanken ausführt, den du selbst zuerst ausgesprochen hast", riet Alec. „Und da ich an den armen Hugh erinnert werde, wenn ich mich nicht fertig ankleide, werde ich zu spät zu den Ställen kommen. Doch zuerst muss ich etwas wegen des Gewölbes unternehmen. Und ihr beide könnt mir helfen ..."

„Selbstverständlich!", unterbrachen Hadrian und Tam ihn einstimmig, um sich dann anzugrinsen, weil sie beide den gleichen Gedanken geäußert hatten.

„Danke. Und auch dafür, dass ihr damit zu mir gekommen seid. Es bedurfte großen Muts und ich werde alles, was ihr mir erzählt habt, mit äußerster Vertraulichkeit behandeln. Und ich würde es zu schätzten wissen, wenn ihr beide es auch für euch behaltet. Niemand sollte wissen, was wir erfahren haben. Und jetzt möchte ich, dass ihr beide etwas tut, während ich heute Morgen fern des Hauses bin. Tam, ich möchte, dass du einen Brief an Yarrborough und Yarrborough überbringst und einen der Anwälte dazu bringst, dich hierher zu begleiten, mit den Schlüsseln, die die Tür zum Gewölbe öffnen, und mit allen Dokumenten der Familie, die noch in ihrer Kanzlei aufbewahrt werden. Nimm am St. James Place meine Stadtkutsche. Auf dieses Weise werdet der Anwalt und du eine bequemere Rückreise haben."

„Ja, Sir. Das tue ich gern. Was, wenn Mr. Halsey oder jemand anders fragen sollte, warum ich nach London reise?"

„Sicher hast du doch etwas mit deinem Gehilfen in deinem Laden in der St. James Street zu erledigen? Vielleicht Vorräte für die Regale deiner Apotheke hier zu besorgen. Pflanzen aus dem Arzneigarten in Chelsea, die du zuerst besichtigen musst, bevor du sie erwirbst. Das überlasse ich deiner Fantasie."

Tam schmunzelte. „Kein Grund, sie zu bemühen, Sir. Zufällig warten all diese Aufgaben tatsächlich auf mich."

„Wenn Ihr für mich heute Morgen nichts Besonderes zu tun habt, Sir, werde ich weiter Mylady in der Bibliothek behilflich sein", sagte Hadrian, während er Alec in die Reitjacke half.

„Schon einmal in der Wäscherei gewesen?"

Hadrians Rücken wurde steif und seine Nasenflügel bebten. Alec sah das Anzeichen dieser Gekränktheit im Spiegel, als sein Kammerdiener die Ärmel seiner Reitjacke glattstrich. Und Tams Grinsen nach zu urteilen, bemerkte Tam sie auch, doch er wandte schnell den Rücken, damit Hadrian es nicht sah.

„Nun?" Alec fragte, und suchte den Blick seines Kammerdieners im Spiegel. „Warst du schon dort?"

„Nein, Sir. Phillips und Putnam gehen in die Wäscherei. Nicht
ich.“

„Heute schon - Tam? Wie heißt die Wäscherin, auf die Roger ein
Auge geworfen hat?“

„Sally, sir.“

„Hadrian, du wirst der Wäscherei einen Besuch abstatten und
Sallys Bekanntschaft machen. Wenn ich aus dem Wald zurückkehre,
kannst du mir deine Meinung über sie berichten und über das, was sie
von Roger und seinem Aufenthaltsort weiß.“

„Wie Ihr wünscht, Sir.“

Als sein Kammerdiener kurzzeitig den Raum verließ, öffnete Alec
die oberste Schublade seines Frisiertischs. Er holte sein Brillenetui
heraus und ließ es in eine Tasche gleiten. Dann suchte er tiefer in der
Schublade und holte eine kleine, samtbezogene Schachtel heraus, in
der Größe und Art einer Ringschachtel, und damit einen Brief, auf
dem sein Siegel saß. Beides reichte er Tam.

„Ich hatte mich schon gefragt, wie ich dies beides nach London
schicken könnte. Dein Besuch verschafft mir die perfekte Deckung.
Lass sie nicht sehen, bis du in der Stadt bist. Überbringe sie der
Person an der Anschrift auf dem Brief, noch bevor du in Yarrboroughs
Kanzlei gehst. Und du musst die Schachtel und den Brief der Lady
selbst in die Hand übergeben. Bestehe darauf. Niemand anders darf
das tun.“

Tam nickte, neugierig auf die Identität der Lady und was wohl in
dem Brief stehen könnte. Ganz zu schweigen von der kleinen Schachtel. Es juckte ihn in den Fingern, die Adresse auf dem Brief zu lesen,
doch er bezwang den Instinkt, nach unten zu schauen, und verstaute
beides in einer Rocktasche. „Ja, Sir. Ihr könnt Euch auf mich
verlassen.“

„Es ist eine Erleichterung für mich zu wissen, dass ich das kann.
Du bist der Einzige, dem ich das anvertrauen kann, Tam.“

„Natürlich, Sir. Soll ich auf eine schriftliche Antwort warten?“

„Nicht nötig. Sobald sie die Schachtel öffnet, wirst du ihre
Meinung erfahren, und sie wird sie dir sagen. Davon bin ich überzeugt. Und Tam ... Niemand sonst - und ich meine *niemand* - in
diesem Haus muss von diesem speziellen Besuch erfahren.“

Tam erwiderte Alecs Blick und nickte erneut. Er wusste sofort, auf
wen sich das bezog. Seine Lordschaft wünschte nicht, dass seine Frau
erführe, dass ihr Mann einer geheimnisvollen Lady in London einen
Ring geschickt hatte. Tam konnte es vor Neugierde kaum erwarten,
ihre Bekanntschaft zu machen. Und auf seinem Ritt nach Westminster war er mit Gedanken an sie beschäftigt und wie ihre Reaktion

auf die kleine Schachtel von Marquess Halsey ausfallen würde. Was
Alecs Beziehung zu dieser Lady anging, wagte er es nicht, Vermutungen anzustellen, doch spielte er in Gedanken mit Möglichkeiten,
denn ihm war die Vergangenheit Seiner Lordschaft als Casanova mit
einer Reihe Affären mit schönen Frauen, sowohl hier in England wie
auch auf dem Kontinent, wohl bekannt. Dies lag jetzt alles hinter
ihm, da er ein hingebungsvoller Ehemann und demnächst Vater war.
Trotzdem war es eine bessere Beschäftigung für seine Gedanken, über
die Identität der Lady und ihre Beziehung zu Seiner Lordschaft zu
rätseln, um sich die Zeit auf dem Rücken seines Pferdes zu vertreiben,
als seine Gedanken zu den unaussprechlichen Schrecken wandern zu
lassen, die in dem geheimen Gewölbe ihrer Entdeckung harrten, oder
an den Zustand zu denken, in dem die Überreste seines Cousins
Hugh sein mochten, die in diesem Moment aus einem flachen Grab
aus Laub tief in den Wäldern der Ländereien von *Deer Park* ausgegraben wurden.

SECHZEHN

DIE LEICHE DES JUNGEN LAG UNBERÜHRT DORT, WO DER Wildhüter sie am Tag zuvor hatte liegen lassen, in einer flachen Mulde von Laubschicht zwischen einem hohlen Baumstamm und einem Gehörn, das einem mächtigen Hirschen abgehackt worden war. Mehrere Leinensäcke, beschwert von Stangen, schützten die Leiche; Adams und seine Männer hatten sie dorthin gelegt, um dafür zu sorgen, dass die Überreste nicht berührt oder in der Nacht von Aasfressern fortgetragen würden.

Die Sonne war gerade aufgegangen. Gedämpftes Licht drang durch die Baumkronen, die in einem kühlen Morgenwind raschelten, und Nebel hing tief über ausgetretenen Pfaden durch den uralten Wald. Vogelzwitschern kündigte einen neuen Sommertag an, der warm und hell und wolkenlos sein würde. Doch für Hugh Turner würde es keinen Sommertag mehr geben. Drei Nächte waren gekommen und gegangen, seit er zuletzt sein Gesicht dem warmen Sonnenschein entgegen gehoben hatte. Jetzt verlor dieses junge Gesicht mit jeder vergehenden Stunde mehr an Farbe und seine einst dünne Gestalt war aufgebläht und begann zu verfaulen.

Die Gentlemen zu Pferd waren abgestiegen, blieben aber in respektvoller Entfernung zurück, während Adams mit Paul Turner und Plantagenet Halsey zu der Stelle hinübergingen.

Mehrere der Männer des Wildhüters standen schon an dem Baumstamm, bereit, zu tun, was getan werden musste, um die Leiche zu entfernen und auf eine Leinentrage zu legen, auf der sie zum Haus zurückgebracht werden konnte. Aber auch sie hielten sich zurück. Alle hatten die Hüte gezogen und hielten die Köpfe geneigt und die Augen gesenkt, bis ihnen etwas anderes befohlen würde.

Der Verwalter stand hoch aufgerichtet da, ging festen Schrittes, als ob er eine Fußangel inspizieren wollte, nicht die Überreste seines toten Sohnes. Doch es brauchte nur einen Blick auf die abgenutzte Sohle des Stiefels seines Sohnes, die unter dem Leder hervorragte, dass Paul Turner zusammensackte und seitlich gegen Plantagenet Halsey fiel. Wären die Reflexe des alten Mannes nicht so schnell gewesen, wäre der Verwalter zusammengebrochen und ins Laub gefallen. Plantagenet Halsey legte den Arm um ihn, flüsterte ihm etwas ins Ohr und sie hielten sich aneinander fest, als sie sich neben den Wildhüter stellten. Mehrere Sekunden vergingen. Es gab kein Geräusch außer dem Vogelgezwitscher und dem Bellen des Hunerudels und der Rufe der Männer, die die Wälder nach Hughs vermissten Begleitern absuchten. Dann konnte Paul Turner seinen Kummer nicht länger bezähmen. Er warf sich auf die Säcke und heulte wie ein verwundetes Tier, seine qualvollen Schreie durchschnitten die Stille und die Herzen der um ihn versammelten Männer.

Es war kaum zu ertragen. Doch sie ertrugen es in Stärke, für den Verwalter von *Deer Park*, den sie ihr ganzes Leben lang gekannt hatten und für seinen Sohn, der nun für immer jung bleiben würde. Sie wären vielleicht viel länger schweigend und reglos geblieben, wäre ihre feierliche Ehrfurcht nicht von dem sich nähernden Suchtrupp gestört worden.

Die Gruppe von Arbeitern und ein kleiner Teil von Alecs Dienern außerhalb des Hauses wurden von einem Rudel Hunde und ihren Führern geleitet und waren ausgeschwärmt, durchsuchten Laub und Farn, traten das Unterholz auf, aufmerksam und auf der Suche nach allem Ungewöhnlichen. Sie waren noch ein Stück entfernt, doch ihre Bewegungen und ihr Lärm waren nahe genug, um die Männer, die um den trauernden Verwalter herumstanden, zum Handeln zu treiben.

Es blieb Plantagenet Halsey überlassen, Paul Turner von seinem Sohn wegzulocken, damit Adams und seine Männer damit fortfahren konnten, die Leiche vorsichtig zum Transport zurück ins große Haus herauszuheben. Doch als der Verwalter zögerte, den Männern die Fortsetzung ihrer Arbeit zu erlauben, war es Oberst Bailey, nicht Alec, der vortrat. Er schlug Alec vor, Plantagenet Halsey ihre Hilfe anzubieten.

„Wir sollten Eurem Onkel helfen", murmelte der Oberst in Alecs Ohr.

„Ja, das sollten wir wohl", antwortete Alec knapp mit einem Blick auf seinen Onkel, der sich über den verzweifelten Verwalter beugte, eine Hand auf seinem Rücken. Doch er rührte sich nicht, und als er nichts tat, zögerte der Oberst.

„Mylord, vielleicht wäre es besser, wenn Ihr allein zu Turner hinüberginget. Turner und ich verstehen uns nicht, und er würde es vielleicht nicht schätzen ...“

„Warum?“ Alec fragte, drehte der bedrückenden Szene den Rücken und musterte den Oberst scharf. „Was ist zwischen Euch und meinem Verwalter?“

„Hä? Ich - ich glaube - ich *weiß*, warum. Doch - doch ich möchte es lieber nicht erklären - nicht hier, nicht *jetzt*, weil - weil ...“

„... er Euer Hilfsangebot für unaufrichtig ansehen könnte, da Ihr mit seiner Frau schlaft?“

„*Was*?“ Der Oberst hätte nicht benommener wirken können, wenn Alec ihn ins Gesicht geschlagen hätte. „Geschlafen - Ihr glaubt - Ihr glaubt, Eliza und ich - Ihr glaubt, wir hätten - eine *Affäre*?“

„Nun? Stimmt es?“

„Oh mein Gott!“

Der Oberst bedeckte das Gesicht mit den Händen und wandte sich ab. Er machte ein paar schwere Schritte, als ob er durch das Wasser eines schnell fließenden Flusses ginge, und schwankte zur Seite. Alec folgte ihm. Durch die Äste erblickte er ein Häuschen. Ein dünner Rauchfaden kringelte sich träge aus dem einzigen Schornstein. Alec nahm an, dass dies die Hütte des alten Bills sein müsste, trat an den Magistrat heran, sagte zu Sir Tinsley, dass er und der Oberst dem Bewohner der Hütte einen Besuch abstatten würden, um zu sehen, was sie herausfinden könnten. Bevor der Magistrat antworten konnte, folgte Alec bereits dem Oberst, der weiter in Richtung der Hütte ging. Doch seine Hände bedeckten nicht länger sein Gesicht, sie hingen an den Seiten herab und waren zu Fäusten geballt.

„Bailey! Oberst! Wartet!“

Der Oberst blieb stehen, drehte sich aber nicht um.

Alec warf einen Blick über seine Schulter. Alle anderen waren beschäftigt, und er und Bailey weit genug entfernt, sodass niemand sie hören würde, wenn sie ihre Stimmen gesenkt hielten. Er trat vor den Oberst und wartete, dass der Mann seinen Blick zu ihm heben würde.

„Ihr leugnet, dass Ihr und Mrs. Turner eine Affäre habt?“

Der Oberst biss die Zähne zusammen, die Fäuste noch immer geballt.

„Natürlich leugne ich das, verflucht!“, zischte er durch die Zähne hindurch.

„Aber - gestern, beim Nuncheon - Euer Verhalten und ihres. Ich hätte kein Wort gesagt, aber diese Szene ...“

„Verdammter Narr!“

Alec zuckte zusammen. „Wie bitte?“

„Nicht Ihr, Mylord. Ich. Ich bin der verdammte Narr.“ Der Oberst seufzte tief und die Anspannung seines Kiefers lockerte sich. Etwas erheiterte ihn, denn er lächelte schief. Er zuckte mit den Schultern. „Ich habe mich verraten, nicht wahr? Doch ich konnte nicht anders, als ich mein armes Mädchen so verzweifelt sah. Es ging mir sehr zu Herzen. Zu sehr ...“ Er musterte Alec. „Glaubt Mrs. Bailey, dass Eliza und ich – dass wir –“

„... eine Affäre haben? Ja. Das hat sie Lady Halsey anvertraut. Es scheint, dass sie diesen Gedanken schon seit langer Zeit hegt.“

Der Oberst nickte, nicht sonderlich überrascht. „Wenn ich mich nicht falsch erinnere, würde ich sagen, meine Frau könnte das genaue Datum nennen, wenn man ihr einen Kalender vorlegen wollte, an dem sie zu vermuten begann, dass Eliza und ich - äh - ein Liebespaar wurden. Das war an ihrem vierzehnten Geburtstag ...“

„*Vierzehn*?“, platzte Alec heraus. Er trat einen Schritt näher und senkte seine Stimme. „Ihr habt Mrs. Turner besucht, seit ...“

„... Fisher. Damals hieß sie Fisher. Sie alle. Ja. Ihr vierzehnter Geburtstag... Es war der Tag, an dem mein Sohn Daniel geboren wurde. Sie – Eliza und Daniel – teilen diesen bedeutsamen Tag.“ Er begegnete Alecs verstörtem Gesichtsausdruck mit glasigen Augen. Innerlich war er zu jenem Tag zurückgekehrt. „Es hätte der glücklichste Tag meines Lebens sein sollen – die Geburt eines Sohnes! Ich hätte bei meiner Frau sein sollen. Aber ich ließ sie und das Kindchen sofort allein. Alles, woran ich denken konnte, war Eliza, und was ich ihr angetan hatte.“

Alec wollte nicht fragen, aber er tat es. „Was geschah mit Mrs. - mit Eliza?“

„Werdet Ihr mir glauben, wenn ich sage, dass ich dem armen Mädchen nicht *in dieser Weise* Gewalt angetan habe?“

„Ja. Ja, ich glaube Euch“, sagte Alec, ohne zu zögern, und weil er es tatsächlich glaubte.

Der Oberst nickte und setzte seinen Weg zu der Hütte neben Alec fort.

„Ihr seid ein anständiger Mensch und ein Gentleman, Halsey. Es gibt nicht viele Leute auf der Welt, die das sind. Aber Ihr - Euer Onkel hat recht mit seiner Einschätzung Eures Charakters ... Nicht, dass ich nicht in einigen Dingen anderer Meinung bin als Ihr ... zum Beispiel das Verbot der Jagd - aber das ist etwas anderes. Nur, weil ich mit vielem, worüber Plantagenet wettert, nicht einverstanden bin, heißt das nicht, dass Ihr nicht beide Gentlemen seid. Und so, wie Ihr seid, werde ich Euch verraten, was ich niemals einer lebenden Seele erzählt habe, da ich weiß, dass Ihr es für Euch behalten werdet. Ich möchte Eliza keinerlei Kummer verursachen. Sie - Eliza - kennt die Wahrheit. Sie kennt sie seit ihrem vierzehnten Geburtstag. Damals hat sie mich direkt gefragt. Ich konnte sie nicht anlügen. Obwohl ich jeden sonst belogen habe. Ich schätze, ich werde in der Hölle schmoren für das, was ich getan habe." Plötzlich wurden seine Schultern von stummem Gelächter erschüttert, und er schüttelte den Kopf. „Ich werde viel Gesellschaft haben. Die Fivetrees-Fünf werden bei mir sein!"

Sie hatten fast die Haustür der Hütte erreicht, als Alec anhielt und sich dem Oberst zuwandte, da er wollte, dass dieser sich ihm anvertrauen sollte, bevor sie unterbrochen würden. Er betrachtete den Mann mit festem Blick, der, wie er hoffte, seine Befürchtungen verbarg.

„Habt Ihr eine Ahnung, wovon ich hier schwätze?", fragte der Oberst, als Alec weiter schwieg.

„Ich möchte nicht so unhöflich sein, zu erraten, was Ihr mir anvertrauen wollt."

Der Oberst nickte und atmete tief durch. Schließlich wusste er nicht, wie der Marquess auf sein Geständnis reagieren würde. Obwohl er meinte, dass der Edelmann nichts Schlimmeres von ihm denken konnte, als zu meinen, er und Eliza Turner wären ein Liebespaar.

„An jedem Tag ihres jungen Lebens kämpfte ich mit meinem Gewissen, ob ich die richtige Entscheidung getroffen hätte, nicht für Eliza, sondern in den Augen meiner Ahnen, die so viel geopfert hatten. War ich ein Feigling, dass ich ihr zu leben erlaubte, wenn ich sie draußen in den Hügeln hätte aussetzen sollen, um dort umzukommen, wie es all den Generationen vor ihr geschehen war? Wie es zahllosen Töchtern und unerwünschten Söhnen widerfahren war, die den Fivetrees-Fünf geboren wurden. Doch ein Blick auf dieses winzige Geschöpf - Fleisch von meinem Fleisch, Blut von meinem Blut - und ich wusste, ich musste einen anderen, einen besseren Weg finden. Und während ich mit meinem Gewissen kämpfte, wurden meine Gebete erhört. Die Fishers kamen zu Besuch."

Der Oberst riss die Augen auf. Alec wagte nicht zu fragen, wer die Fishers waren. Er wusste, dass der Mann darauf brannte, alles zu gestehen.

„Bis heute weiß ich nicht, wie Mrs. Fisher erfuhr, dass meine Frau gerade einer Tochter das Leben geschenkt hatte, aber sie wusste es.

Wenn ich zurückdenke, vermute ich, dass der Arzt, der beim Kindbett meiner Frau anwesend war, es ihr erzählt hat. Doch ich weiß es nicht mit Sicherheit, und da er zu seinem Schöpfer zurückgekehrt ist, werde ich es nie erfahren. Doch am Tag, nachdem meine Frau entbunden hatte, kam Mrs. Fisher mit drei ihrer fünf Kinder im Schlepptau an meiner Tür an, um Schutz zu suchen. Eine Achse an ihrem Wagen war gebrochen und das Wetter wurde schlechter. Sie kamen von Delvin - Eurem *Deer Park*, doch es war unmöglich, in einer solchen Nacht durch den Wald zu ihrem Cottage zu gelangen. Ich ließ sie im Stall übernachten. Als sie morgens aufbrachen, nahm Mrs. Fisher Eliza mit sich, ohne dass jemand ahnte, dass sie einen weiteren Mund zu stopfen haben würde, der bei ihrer Ankunft nicht bei ihnen gewesen war.“

„Ihr habt Eure neugeborene Tochter Mrs. Fischer gegeben?“ Alec konnte kaum seine eigene Frage glauben. Er versuchte, das Entsetzen aus seiner Stimme zu halten. „Und Eure Frau - was hat sie - was glaubt sie, was mit dem Kindchen passiert wäre?“

„Meiner Frau wurde gesagt, das Kind wäre gestorben. Säuglinge sterben ständig. Und so tat ich, was ich tun musste. Die Alternative war noch erschreckender. Andere Männer mit stärkerem Magen und eisernem Willen – mein eigener Vater – haben getan, was ich nicht tun konnte. Ich verneige mich vor ihrem Mut. Aber ich konnte das nicht. Und ich bereue nicht, dass sie lebt. Ich bedauere, dass ich meine liebe Frau anlog und Eliza nicht das Leben geben konnte, das sie als meine Tochter verdient hätte. Doch bei meinem Tod wird sie erhalten, was ihr rechtmäßig zusteht. Ich bin dazu entschlossen, und habe das auch Paul Turner versichert, obwohl er mir nicht glaubt.“

„Paul Turner weiß, dass Ihr der Vater seiner Frau seid?“

„Sie hat es ihm gesagt und er hat auf ihren Wunsch hin unser Geheimnis gewahrt. Obwohl ich weiß, dass er mich in tiefstem Inneren verabscheut ... Ich glaube nicht, dass sie ein unglückliches Leben hatte, vor allem nicht, seit sie Turner geheiratet hat, der, trotz seiner Abneigung gegen mich, ein anständiger Kerl ist. Doch diese Tragödie ... Hughs Tod ...“

„Ihr sagt, Eliza wüsste seit ihrem vierzehnten Geburtstag, dass Ihr ihr Vater seid ... Wer hat es ihr gesagt? Die Fishers?“

„Nein. Niemand hat es ihr gesagt. Sie ist ein kluges Mädchen. Seht Ihr, Halsey, es gab nie einen Mr. Fisher, und doch wuchs Mrs. Fishers Nachkommenschaft beständig - Nachkommen, die weder ihr noch ihrer Schwester ähnelten, die oft im Alter zu nahe beieinander waren, um von einer der Frauen geboren worden zu sein.“ Er lächelte schwach. „Und da ist die unbestreitbare Tatsache, dass Eliza wie eine Bailey aussieht.“

„Verzeiht meine Unwissenheit, aber warum musstet Ihr Eure Tochter weggeben?“

Überrascht starrte der Oberst Alec an, als wäre die Antwort selbstverständlich. „Die Inschrift — *Et benedicta tu quae uno filio tantum, non et filiabus nomen tuum.* Mögest du nur mit einem Sohn gesegnet sein und keine Tochter deines Namens haben - es ist der Fivetrees-Segen. Seit der Eroberung. Einen Sohn. Keine Töchter. Nur dann kann unser Besitz ungeteilt bleiben und dem einzigen Sohn vererbt werden.“

„Indem man sich von Nachkommen befreit, die nicht gebraucht werden?“, stellte Alec entgeistert fest.

„Genau. Ihr habt es verstanden.“

Aber Alec verstand es nicht, und das würde er nie. Er hätte ein Neugeborenes nicht eher weggeben können, als seiner wahren Liebe einen Dolch ins Herz zu stoßen. Und ihr das Kindchen wegzunehmen, sie glauben zu lassen, dass der Säugling gestorben wäre, und zulassen, dass sie auf ewig solch unvergesslichen Verlust betrauerte? Mit Sicherheit war nur ein Ungeheuer einer solch verwerflichen Tat fähig. Doch als er den Mann anschaute, der vor ihm stand, hielt Alec den Oberst nicht für ein Ungeheuer, und auch nicht für willentlich böse. Er wusste wirklich nicht, was er denken sollte, so groß war sein Schock. Doch nachdem der Oberst jetzt seinem Herzen Luft gemacht und die Inschrift auf dem Marktplatz benutzt hatte, um sein Handeln vor all diesen Jahren zu rechtfertigen, hatte Alec eine Ahnung, dass es noch etwas gab, etwas Grundlegendes und weit Übleres, was ihm verschwiegen wurde. Er wollte, dass der Oberst ihm mehr über diese Inschrift und den Zusammenhang mit dem Weggeben seiner Tochter erzählte, doch er wusste, dass dies weder Zeit noch Ort dafür war. Aber er stellte eine Frage, die ihn quälte, eine, von der er hoffte, dass sie eine weit einfachere Antwort hätte.

„Was meintet Ihr damit, als Ihr sagtet, Eliza wäre *damals eine Fisher gewesen. Wie sie alle?*“

„Alle Säuglinge, die zu Mrs. Fisher gebracht wurden, erhielten den Namen Fisher. Ist doch logisch, nicht wahr?“

„So?“, fragte Alec stirnrunzelnd. Und dann hellten sich seine Augen mit neuer Erkenntnis auf. Er sah den Oberst an. „Die Inschrift - *... und keine Tochter deines Namens ...*“

„Eliza hätte nie meinen Namen tragen und eine Bailey sein können. Um zu leben, wurde sie eine Fisher.“

„Unerwünschte Söhne und Töchter - die, die nicht zum Sterben in den Hügeln ausgesetzt wurden - sie wurden von den Fishers aufgenommen", stellte Alec fest, mehr zu sich selbst gewandt, als um den Obersten seinen Verdacht bestätigen zu lassen. Er hatte einen plötzlichen Einfall. „Tam - Thomas Fisher - der Apotheker …„

„Er ist einer von Mrs. Fishers Gören."

„Wisst Ihr, wer seine Eltern sind?"

„Niemand fragt, daher weiß es auch niemand. Nur Mrs. Fisher wusste es. Und manchmal auch nicht. Ebenso, wie wenn Säuglinge von unbekannten Eltern auf den Stufen der Kirche zurückgelassen werden. Sie werden aufgenommen, versorgt und erfahren fast nie, woher sie stammen, geschweige denn, wer ihr Vater sein könnte."

„Von wie vielen Fisher-Kindern sprechen wir?"

Der Oberst zuckte mit den Schultern. „Das ist eine Frage, die keiner von uns beantworten kann. Eliza lebte bei Mrs. Fisher bis zu ihrer Heirat, als sie siebzehn war. Aber das heißt nicht, dass sie mitgezählt hätte. Und jetzt ist nicht der richtige Zeitpunkt, sie zu fragen."

„Nein. Wohl nicht", murmelte Alec. Er fragte, obwohl er sich die Antwort bereits denken konnte: „Wie hat Mrs. Fisher all diese Kinder gefüttert und gekleidet?"

Der Oberst lächelte schief. „Die Fivetrees-Fünf spendeten regelmäßig an die Kirche. Es gibt einen speziellen Fonds dafür in der Pfarrgemeinde. Die Spenden wurden an die Fishers weitergereicht. Ein Balsam auf das kollektive Gewissen!"

„Der Gemeindepfarrer - war er in dieses - diesen *Plan* eingeweiht?"

„Nicht mein Schwager. Purefoy ist ein seltsamer Kerl. Heftig in seinen Predigten und eifrig darin, seine Herde vor Bösem zu bewahren, aber das ist nur Gerede von der Kanzel herab. Er hat nichts Böses an sich. Doch die Pfarrer vor ihm? Sie müssen es gewusst haben, wie sonst wären all diese Fisher-Kinder gefüttert und gekleidet worden?"

Alec dachte einen Moment darüber nach. „Ich vermute angesichts des Alters meiner Nachbarn und dass ihre Nachkommen erst noch heiraten müssen, dass schon einige Zeit keine Fishers geboren wurden?"

„Damit habt ihr recht, Mylord." Der Oberst erlaubte sich ein schmallippiges Lächeln. „Doch Ihr irrt Euch, wenn Ihr denkt, dass nur die unerwünschten Nachkommen derer von uns sind, die verheiratet sind, von den Fishers aufgenommen wurden. Es geht das Gerücht, dass Euer Bruder in seiner Jugend mindestens zwei Fishers gezeugt hat …"

„*Edward*? Edward, Earl of Delvin?"

„Er ist der einzige Bruder, den Ihr habt, oder? Doch was die

Anzahl und die Namen seiner Gören angeht, könnte Euer Onkel das wissen.“

„Ich werde das auf meine Liste setzen“, witzelte Alec; diese Liste wurde mir jeder Stunde länger. Er hatte noch eine letzte Frage. „Was hat Mrs. Turner gestern gemeint, als sie Euch angeschrien hat: ‚Ihr alle seid schuld. Jeder einzelne von Euch, *verdammt*!‘ Ich hatte angenommen, sie spräche vom Tod ihres Sohnes …“

„Eliza hat recht. Wir sind verdammt. Wir sind verdammt für das, was wir und unsere Vorfahren unseren Nachkommen und unseren Frauen angetan haben, und wir werden uns alle in der Hölle wiedertreffen …“, sagte der Oberst. Das letzte Wort wurde unterbrochen, als er von der knarrenden Haustür abgelenkt wurde.

Ein Mädchen erschien aus der Dunkelheit und blinzelte zu ihnen auf.

„Ah! Guten Morgen. Sei so freundlich und sage dem alten Bill …“, begann Alec. „Nein! Nein, das wirst du nicht tun!“

Die Tür wäre Alec vor der Nase zugeschlagen und verriegelt worden, hätte er nicht einen Stiefel ausgestreckt und ihn in den Spalt zwischen Tür und Rahmen geklemmt. Dann legte er eine Schulter an die Holztür. Das Mädchen hatte nicht die Kraft, um Widerstand zu leisten. Sie trat zurück und die Tür schwang an ihren rostigen Scharnieren weit auf und knallte an die Wand.

Ein Knurren ertönte tief hinten aus der Hütte.

„Old Bill empfängt keine Besucher!“

SIEBZEHN

Der Oberst folgte Alec nicht in die Hütte. Und als Alec sich umdrehte, um zu sehen, warum, sah er ihn hinter sich eine Geste machen.

„Vielleicht brauchen sie meine Hilfe ...“

„Natürlich“, antwortete Alec und duckte sich unter dem Türsturz durch. „Ich komme zu Euch zurück, sobald ich erfahren habe, was Old Bill weiß oder nicht weiß. Und selbstredend, doch will ich es trotzdem ausdrücklich versichern: Was Ihr mir anvertraut habt, behalte ich für mich.“

„Danke, Mylord. Das wäre wohl das Beste. Insbesondere für Mrs. Bailey. Sie würde sicher den Verstand verlieren, müsste sie erfahren, was ich ... Danke“, wiederholte er murmelnd, die Traurigkeit in Alecs Augen reichte, um ihn schwer schlucken zu lassen.

Während der Colonel den Weg zurück stapfte, betrat Alec die Hütte. Er war angenehm überrascht, wie gemütlich sie war. Und als er sich an das schwache Licht gewöhnt hatte, wurde ein kleiner Holztisch neben einem nicht verdeckten Fenster sichtbar. Er war für eine Mahlzeit gedeckt, mit Bestecken aus Hirschhorn und ein paar Tellern und Bechern aus Zinn. Mitten zwischen den Gedecken lag ein knuspriger Brotlaib, der in ein Leinentuch gewickelt war.

„Frisches Brot? Und Eintopf. Wild?“, fragte er rhetorisch, mit einem Blick auf den köchelnden Inhalt eines Eisentopfes, der über einem knisternden Feuer hing.

„So ist es“, antwortete ein schmalschulteriger junger Mann, der mit gekreuzten Beinen am anderen Ende des Tischs saß. „Das beste Wildbret, das aus der Herde seiner Lordschaft zu haben ist."

„Dann werde ich es sicherlich kosten müssen ..."

„Tut mir leid, Freund, aber es ist nicht genug für alle da."

Alec kam weiter in den Raum hinein und musterte den jungen Mann, der nicht aufgehört hatte, ein kleines Messer mit poliertem Holzgriff herumzuwirbeln, wobei die Spitze der gebogenen Klinge in einem Auge des Holztisches steckte. Er war gut gekleidet in einen Rock ohne Flicken und saubere Kniehosen. Und trotz allen Schmutzes auf seinen Stiefeln waren sie doch vor kurzem noch poliert worden. Er hatte saubere Hände, die nicht an körperliche Arbeit gewöhnt waren, kurze und glatte Nägel. Also war er keiner von Alecs Landarbeitern oder einer der zugereisten Arbeiter oben im Haus. Tatsächlich wirkte er überhaupt nicht wie ein Diener, und seine Rede-weise ließ darauf schließen, dass er weit fort von Kent erzogen worden war.

„Ich nehme an, dass auch das Brot Seiner Lordschaft gehört und mit dem Zeichen der Halseys versehen ist?", fragte Alec obenhin.

„Ihr könnt nicht von hier sein, wenn Ihr das fragen müsst", antwortete der junge Mann mit einem gelangweilten Seufzer. Sein Blick blieb auf das kreisende Messer gerichtet. „Aber es braucht kein Zeichen, um als Eigentum Seiner Lordschaft betrachtet zu werden. Der Krug dort neben dem Laib ist voll mit Holunderblütenwein. Die Holunderblüten wurden von den Hecken gepflückt, die Seiner Lord-schaft gehören und in seiner Brennerei destilliert. Das heißt, dass auch er ihm gehört." Er schaute mit einem höhnisch verzogenen Gesicht auf, während er das Messer mit der Spitze auf einem Finger balan-cierte. „Also, um ein umfassendes Geständnis abzulegen, all dies wurde ohne Erlaubnis Seiner Lordschaft beschafft. Das nennt man im Allgemeinen Diebstahl. Wenn Ihr also mit uns esst oder trinkt, stehlt Ihr ebenfalls." Er ging wieder dazu über, das Messer herumzuwirbeln.

„Danke für deine Aufrichtigkeit, aber ich würde es riskieren ..."

„Ihr habt mich nicht gehört, mein Freund. Ich sagte Euch: Es ist nicht genug für alle da."

„In dem Topf da ist mehr als genug."

Der junge Bursche knallte das Messer auf den Tisch, ließ seine Hand darüber schweben und erhob sich halb. „Schaut, mein Freund ...!"

„Genau das ist es ja. *Ihr* solltet richtig hinsehen. Und ich bin nicht Euer Freund - noch nicht."

Daraufhin platzierte der junge Mann sein Hinterteil mit einem schweren Seufzer wieder auf dem Stuhl und hob langsam seinen Blick.

Als selbst diese kleine Bewegung für ihn eine Anstrengung zu sein schien, musste Alec der Versuchung widerstehen zu lächeln und die Augen bei so jugendlichem Verhalten zu verdrehen. Stattdessen richtete er einen missbilligenden Blick auf den Lehmboden unter den Füßen des Jungen. Woraufhin der junge Mann wieder seufzte und großes Aufhebens daraus machte, seinen Hocker zurückzuschieben und seine Beine zu strecken, um sich zu voller Größe aufzurichten. Wenn er Alec genau betrachtete und erkannte, wer oder was er war, versteckte er das gut hinter einem halb höhnischen Lächeln.

Doch Alecs stummer Tadel richtete sich auf mangelnde Manieren und Respekt vor einem Älteren, nicht, wie er vermutete, dass der junge Mann annahm, auf ein Bedürfnis, aufgrund seiner höheren gesellschaftlichen Stellung Achtung erwiesen zu bekommen. Falls der Bursche denn erkannt hatte, dass er sich in Gegenwart eines Adligen, und nicht irgendeines, sondern des Lords und Herrn all dessen befand, soweit das Auge reichte. Alec vermutete, dass ihm das nicht klar war, denn er hielt die Hände vor sich gefaltet, die noch immer das Messer hielten, und senkte nicht respektvoll den Blick, sondern schaute Alec frei in die Augen, wenn nicht als Gleichgestellter, dann doch als jemand, der sich dem Status quo widersetzte.

„Nur, damit Ihr wisst, was Seine Lordschaft über Diebstahl denkt", sagte Alec ruhig und ignorierte die offene Unverschämtheit, als der junge Mann seinen Mund öffnete und die Augen verdrehte. „Wenn aus seiner Vorratskammer oder seiner Brennerei Essen genommen oder auf seinem Anwesen ein Tier getötet und dazu verwendet wird, für die Hungrigen zu sorgen, ist das kein Diebstahl. Doch wenn dieses Essen gestohlen wird, um es mit Gewinn zu verkaufen, oder wenn Hirsche unrechtmäßig aus reiner Freude am Töten abgeschlachtet werden, dann, ja dann ist das Diebstahl und die Täter werden mit der ganzen Härte des Gesetzes verfolgt."

Weit davon entfernt, beruhigt zu sein, verschränkte der junge Mann die Arme und schaute durch das Zimmer, bevor er Alec skeptisch musterte. „Ihr werdet verzeihen, wenn ich ungläubig meine eigene Zunge verschlucke."

Alec sah den Blick und fragte sich, ob die Prahlerei des jungen Mannes durch seine Zuschauer angefeuert wurde, einem Mädchen und einem Jungen, die sich auf einem Lager auf der anderen Seite des Tisches aneinanderklammerten. Das Mädchen hatte Alec die Tür geöffnet und nachdem er eingetreten war, war sie schnell wieder zu dem Jungen zurückgeeilt. Keiner der beiden hatte es gewagt, einen Ton zu sagen oder ihn oder den jungen Mann mit dem Messer anzuschauen. Alec fragte sich jetzt, ob ihre Angst nicht durch seinen

Besuch verursacht worden war oder durch die Geräusche der Aktivitäten gleich unterhalb der Hütte oder die Rufe der Männer und das Bellen der Hunde auf der Suche im Wald nach den beiden vermissten Dorfjungen, sondern, weil dieser junge Mann sie vielleicht gegen ihren Willen festhielt. Das verschaffte Alec einen zusätzlichen Anreiz, den Jungen zur Vernunft zu bringen und ihm das Messer abzunehmen, das er eifersüchtig bewachte.

„Welchen Teil davon glaubst du nicht?", fragte Alec und ignorierte das Mädchen und den Jungen einstweilen. „Lord Halseys Ansichten oder dass ich sie kenne?"

„Beides. Ihr könntet sein bester Freund sein. Das weiß ich nicht. Mit Sicherheit seid Ihr gekleidet wie der beste Freund eines Lords. Und er könnte Euch gesagt haben, was Ihr mir gerade erzählt habt, doch das würde Seine Lordschaft, mich und meine Ma zu dreien machen, die auf diesem Anwesen so denken!"

„Mich und meine Ma? Ich muss gestehen, dass ich zu so früher Stunde ein wenig langsam denke. Wenn du das also genauer erklären würdest ..."

Der junge Mann schloss die Augen und schluckte, als ob es das Schwerste auf der Welt wäre, dies zu erklären. Doch ein paar Sekunden später öffnete er die Augen und gehorchte. „Meine *Mutter* und ich sind nicht darin verwickelt, uns auf Kosten dieses Landes zu bereichern. Nein! Ich muss mich berichtigen. Mas Cousin ist auch kein Dieb, selbst wenn er Lord Halseys stiefelleckender Apotheker ist."

„Ich bin erfreut, das zu hören." Alec zog die Augenbrauen hoch. „Was ist mit Lord Halsey? Wenn du seinem Wort nicht traust, glaubst du vielleicht, er könnte auch mit diesem gewinnsüchtigen Handeln zu tun haben?"

Der junge Mann schürzte ungläubig die Lippen. „Jetzt weiß ich, dass Ihr Euch einen Scherz mit mir macht! Seid Ihr sicher, dass Ihr sein Freund seid?", fügte er hinzu und musterte Alec scharf. „Denn, wenn man meinem Vetter glauben darf, ist Seine Lordschaft der selbstgerechteste Gentleman auf dieser Seite des Atlantiks. Außerdem, was hätte er zu gewinnen, wenn er seine eigenen Hirsche wilderte und verkaufte? Das wäre unsinnig."

„Er könnte nicht vielleicht das eine sagen und das andere tun?", schlug Alec lässig vor.

„Wie meint Ihr das?"

„Er könnte ein Auge zudrücken ..."

„Wie der alte Mann?"

„Der alte Mann?"

„Sein Onkel."

Es entstand eine kurze Pause, bevor Alec um Bestätigung bat.

„Plantagenet Halsey drückt bei der Wilderei auf dem Anwesen ein Auge zu?"

Der junge Mann nickte, ohne zu zögern.

„Das sagt meine Ma. Sie sagt, Seine Majestät hätte Lord Halsey zu einem Lord gemacht, doch hier in der Gegend hätte der alte Mann das Sagen."

„Wenn, wie deine Mutter sagt, Plantagenet Halsey der Herr dieses Anwesens in allem außer im Namen ist, warum sollte er beim Wildern ein Auge zudrücken?"

Der junge Mann zuckte mit den Schultern und schnitt eine Grimasse. „Vielleicht tut er das ja nicht. Vielleicht betrachtet er wie Euer Lord Halsey das Töten für den eigenen Tisch nicht als Wilderei. Das sagt mein Br... das sagt man im Dorf."

„Aber Eure Mutter hält trotzdem nichts von Plantagenet Halsey?"

„Sie ist nicht allzu glücklich darüber, dass mein Pa von ihm abhängig ist. Sie sagt, wenn Seine Lordschaft jemals röche, was sich unter seinen feinen Nase abspielt, würde Pa an den Galgen kommen, nicht der ehrenwerte Mr. Plantagenet Halsey."

„Um es deutlich auszudrücken, du sagst, Seine Lordschaft und die meisten Bewohner von Fivetrees stecken bis zum Hals in illegalen Machenschaften?"

„*Illegale Machenschaften?* Wenn das ein eleganter Ausdruck für Wilderei und Diebstahl sein soll, dann ja." Der junge Mann beugte sich vor und sagte vertraulich, wobei er mit dem Finger auf den Tisch klopfte, um seine Worte zu unterstreichen. „Und wenn Seine Lordschaft gewillt ist, dem Einhalt zu gebieten, müsste er nicht nur das ganze Dorf einsperren, sondern auch diese selbstgefällige Bande, die vorgibt, gesetzestreue Bürger zu sein. Ich sage Euch, dieser Haufen sind die schlimmsten Verbrecher, und *sie* sollten diejenigen sein, gegen die das Gesetz vorgeht, nicht die Dorfbewohner, die ihre Anweisungen ausführen. Als ob die Armen ihnen etwas verweigern könnten? Als ob einer von uns das könnte!" Er lachte höhnisch. „So zu tun, als wären sie aufrechte Mitglieder der Gesellschaft, während sie es doch sind, die die *illegalen Machenschaften* betreiben und damit die größten Gewinne erzielen ..."

„Außer Plantagenet Halsey, weißt du, welche aufrechten Mitglieder?"

Der junge Mann blinzelte, plötzlich misstrauisch.

„Warum? Wer will das wissen?"

Alec hielt sein Gesicht gleichmütig und zwang sich, nicht zu lächeln, da die Ernsthaftigkeit des jungen Mannes ihn an seinen Onkel erinnerte. Es war erfrischend, solche moralische Empörung bei jemandem zu sehen, der kaum den Kinderschuhen entwachsen war. Er erwiderte das Stirnrunzeln des Burschen mit einem fragenden Blick und sagte gleichmütig:

„Ich möchte es wissen. Und ich bin deiner Meinung. Wenn, wie du sagst, diese aufrechten Mitglieder der Gesellschaft auf Kosten Seiner Lordschaft Gewinne machen, dann sind sie keineswegs so aufrecht, nicht wahr? Sie geben nicht nur ein schlechtes Beispiel ab für die, die zu ihnen um Führung aufschauen, sondern sie stehlen und sollten dafür zur Rechenschaft gezogen werden.“

Der junge Mann ließ sich nicht so leicht überzeugen. Während er erleichtert war, ernst genommen zu werden und das Gefühl zu erhalten, dass Wert auf seine Meinung gelegt wurde, dazu von jemandem, der gekleidet war und klang, als wäre er ein Lord, kannte er sich doch in der Welt zu gut aus. Männer, die sich Gentlemen nannten, die in einer bestimmten Schicht geboren waren, die durch Geburt und Reichtum und Landbesitz in Beziehung miteinander standen, hielten zusammen. Jeder Vorwurf eines Fehlverhaltens wurde innerhalb ihrer eigenen Ränge abgehandelt, wenn überhaupt. Und wenn diese Anschuldigungen von außerhalb ihres eigenen Standes kamen, wurden sie nicht gebührend beachtet oder abgewiesen, ohne dass die Gerechtigkeit Suchenden zufrieden gestellt wurden. Also war es sinnlos, überhaupt nach Gerechtigkeit zu suchen. Er konnte sich über alles, was in Fivetrees vor sich ging, beschweren, konnte Bitterkeit darüber empfinden und wünschen, etwas tun zu können, doch er war nicht bereit, seinen Hals zu riskieren. Denn die Wahrheit zu sagen, hieße, gegen den örtlichen Magistrat aufzutreten, und Sir Tinsley würde ihn eher aufhängen, als sich als selbstsüchtigen Scharlatan entlarven zu lassen.

Und das hatte er seinem Bruder erklärt. Er hatte Hugh immer wieder gewarnt, dass kein noch so lauter Protest für die ärmsten Bewohner von Fivetrees einen Wandel zum Besseren herbeiführen würde, da der örtliche Magistrat, der alte Mann und Adams, ganz zu schweigen von ihrem Pa, die Rädelsführer waren. Sie würden nie für irgendein Fehlverhalten vor die Assisen gezerrt werden. Wenn Hugh einen Aufstand machte, würden die einzigen, die bestraft würden, genau die sein, in deren Interesse er es tat. Nicht, dass ihm an den Landstreichern und Fahrenden, die in diesen Wäldern ihr Dasein fristeten, ein feuchter Kehricht gelegen war. Doch Hugh war daran gelegen gewesen, nicht nur am Wildern und Diebstahl und der Misshandlung der ärmsten der Armen, sondern auch an der Heuchelei der angeblich Besseren. Und wohin hatten ihn seine Proteste geführt? Tot mit dreizehn Jahren und das Herz seiner Mutter gebrochen.

Er wollte nicht an Hugh denken oder an den Kummer seiner Mutter oder den mörderischen Mistkerl, der seinem kleinen Bruder die Kehle aufgeschlitzt und ihn, allein und voller Entsetzen, in seinem eigenen Blut hatte ertrinken lassen. Doch er wollte Rache und dass Hughs Mörder vor Gericht käme, und Sallys Bruder Nic würde alles sagen, was er wusste, da er mit Hugh zusammen gewesen war und daher etwas wissen musste. Doch wenn Nic seinen Mund hielt, dann könnte er hungern und sie würden alle hier in der Hütte bleiben, bis sie verhungerten und verfaulten.

Und plötzlich dachte er gar nicht mehr an Hugh, als ihm eine Hand sanft die Schulter drückte und ihm sagte, er solle sich hinsetzen. Also nahm er Platz. Ein feines, weißes Leinentaschentuch wurde ihm in die Hand gedrückt mit der Anweisung, sich das Gesicht abzuwischen. Also wischte er über sein Gesicht, ohne zu bemerken, dass es feucht war. Und in ein paar stillen Augenblicken, während er ruhig dem Lodern und Knistern des Feuers lauschte, wurde eine Schale Eintopf und ein Brocken Brot vor ihn hingestellt. Niemand musste ihm befehlen zu essen.

Er war am Verhungern und löffelte den Eintopf mit Fleisch, bevor er bemerkte, dass seine Tirade nicht in seinen Gedanken geblieben, sondern laut ausgesprochen worden war, dem Gentleman gegenüber, der jetzt auf der anderen Seite des Tisches saß und Holunderblütenwein aus einem Becher trank.

„Ich muss meiner Köchin ein Kompliment machen", sagte Alec, der den Wein überraschend köstlich und erfrischend fand. „Das schmeckt ausgezeichnet."

Er schaute zu dem Lager hinüber. Das Mädchen und der Junge aßen hungrig, genossen die dicke Fleischbrühe und das weiche Weißbrot. Aber in Anbetracht dessen, was direkt hinter der Tür zur Hütte vor sich ging, fehlte Alec der Appetit, daher hatte er das Angebot einer Schale Eintopf abgelehnt. Er nahm den Wein aus Höflichkeit entgegen und wandte sich über den Becher an das Mädchen.

„Warst du es, die den Eintopf und den Wein aus dem Haus mitgebracht hat?" Als sie rasch schluckte, aber ohne Zögern nickte, fügte er lächelnd hinzu: „Und du bist die Sally, die in meiner Wäscherei arbeitet?"

ACHTZEHN

Die braunen Augen des Mädchens wurden gross und sie warf dem jungen Mann am Tisch einen Blick zu, bevor sie erneut stumm nickte. Nie im Leben hätte sie davon geträumt, von ihrem Herrn und Meister angesprochen zu werden, noch dazu hier in der Hütte des alten Bill. Und man hätte sie umpusten können ob ihres Staunens, dass Seine Lordschaft ihren Namen kannte!

Natürlich wusste sie, wer *er* war. Was ihr unbegreiflich war, war die Tatsache, dass Roger Turner, der schlauste Junge, den sie kannte, der an der Universität gewesen war und eines Tages Verwalter dieses Anwesens sein würde, nicht die leiseste Ahnung hatte, dass der Fremde, der zu Besuch gekommen war, in Wahrheit Lord Halsey war. Sie erkannte ihn auf den ersten Blick, denn sie war einmal zu dem Kammerdiener Seiner Lordschaft geschickt worden, der besondere Anweisungen zur Pflege der Wäsche Seiner Lordschaft gehabt hatte. Keines der anderen Mädchen aus der Wäscherei hatte den Mut gehabt zu gehen, doch Sally war neugierig. Es hatte ihr nichts ausgemacht, von Mr. Jeffries ausgeschimpft zu werden, nicht, solange ihr das die einmalige Gelegenheit bot, in einer so prächtigen Umgebung zu sein. Und dann war seine Lordschaft in das Kabinett geschlendert, ebenso gekleidet wie jetzt. Sie hatte ihn angestarrt. Sie hatte nicht anders gekonnt. Doch was sie am meisten überrascht hatte, war, dass er sich für die Störung entschuldigte und ging, ohne ein Wort mit Mr. Jeffries gesprochen zu haben. Sie konnte sich nicht einmal an das Ende dieses Gesprächs erinnern, denn sie war bereits wieder im Dienstbotenquartier mit einer Limonade und erzählte der Köchin alles Geschehene, bevor sie wieder ganz zu sich kam und sich fragte, ob alles nur ein Traum gewesen wäre.

Doch jetzt träumte sie nicht und konnte sich das auch nicht leisten. Sie musste ihren Bruder beschützen. Nics Leben hing davon ab.

„Und dein Gefährte - ist das dein Bruder?", fragte Alec. Er lächelte, als das Mädchen sich instinktiv über ihren Bruder beugte. „Ihr habt die gleiche Nase und die gleichen Haare. Er könnte natürlich dein Cousin sein ..."

„Bruder!", platzte Sally heraus und fügte dann in weniger angespanntem Ton hinzu: „Nic ist mein Bruder, Mylord. Er ist neun. Er hat zu viel Angst, um zu sprechen. Er hat kein Wort mehr gesagt, seit es passiert ist. Also müsst Ihr seine Manieren verzeihen."

„Nic sollte sich am besten an seine Manieren erinnern", drohte der junge Mann. „Und dass er eine Zunge hat! Sonst muss ich dafür sorgen, dass er sich erinnert!"

Er wollte nach dem Messer greifen, um es herumzuwirbeln, doch es lag nicht mehr auf dem Tisch. Er fragte sich stirnrunzelnd, wo es sein konnte. Vielleicht hatte er es fallen lassen. Doch bei einem raschen Blick über den Tisch sah er, dass Alec das Messer jetzt hielt. Er wurde dunkelrot. In mehr als einer Hinsicht entwaffnet, wie er zugeben musste, doch er war froh, dass er es nicht mehr hatte. Er hatte Nic nicht wehtun und Sally weder erschrecken noch enttäuschen wollen. Doch jemand musste etwas unternehmen, um Nic zum Sprechen zu bringen. Er lehnte sich zurück, verschränkte die Arme und täuschte Gekränktheit vor; es wäre nicht gut, in Sallys Augen noch schwächer zu wirken. Er hatte ohnedies schon geheult wie ein Baby, und wie sollte ein Mann das je wieder gutmachen?

„War Nic in der Hütte des alten Bill, seit *es* passiert ist?", fragte Alec das Mädchen, und ging dabei davon aus, das ‚es' der Tod von Hugh war, und nach dem tränenreichen Geständnis des jungen Mannes wusste er, dass Sallys Bruder der dritte des Trios war, die verschwunden waren. Als Sally nickte, fragte er: „Und außer dass er Manieren und Stimme verloren hat, wurde er irgendwie verletzt?" Als Sally den Kopf schüttelte, lächelte er mit einem Blick auf ihren Bruder. „Das freut mich zu hören."

Alec rutschte dann mit voller Absicht sehr offensichtlich auf seinem Stuhl herum, um sich in dem kleinen Zimmer umzuschauen, bevor er seine Aufmerksamkeit wieder auf den jungen Mann richtete, von dem er jetzt wusste, was er seit dem Moment, in dem er die Hütte betreten hatte, vermutete; nämlich, dass dies der Sohn des Verwalters und Hughs ältere Bruder, Roger, war. „Da dies die Hütte des alten Bill ist, bist du der alte Bill?"

„*Ich?* Der alte Bill?" Der junge Mann schnaubte. „Ihr braucht wohl eine Brille, wenn Ihr denkt ..."

„Zufällig trage ich eine Brille. Zum Lesen und für alles, was in der Nähe ist. Doch ich sehe dich deutlich genug, Roger Turner." Was er mit einem schiefen Lächeln hinzufügte, als der junge Mann erschrak und widersprechen wollte, dann aber den Mund fest zupresste. „Aber du warst es, nicht wahr, der hier knurrte und sich für den alten Bill ausgab?"

„Ja", sagte Roger verlegen grinsend. „Um Euch zu verscheuchen."

„Warum?"

„Warum was?"

„Nic ist nicht der Einzige, der seine Manieren verloren hat", murmelte Alec und fügte fest hinzu: „Warum was - *Sir*."

„Aber Ihr seid Lord Halsey und ich sollte Euch zumindest mit M'lord anreden."

„Nachdem wir jetzt festgestellt haben, wer wir sind, habe ich durchaus das Recht, wenn es mir so gefällt, dir zu sagen, dass du mich mit ‚Sir' anreden sollst, wie dein Cousin Tam es tut. Aber wenn du besonders förmlich sein willst ..."

„Nein. Nein. Ich werde tun, was Ihr sagt - Sir", sagte Roger, als würde er dazu gezwungen. Die Tatsache, dass er sich jetzt aufrechter hingesetzt hatte und ein Lächeln nicht unterdrücken konnte, als er dachte, dass man ihm das gleiche Privileg einräumte wie seinem Cousin, besagte etwas anderes.

„Warum wolltest du mich verscheuchen?", wiederholte Alec.

Statt die Frage zu beantworten, sagte Roger: „Ich entnehme Eurer Frage, Sir, dass Ihr keine Ahnung habt, dass eine Person namens Old Bill nicht existiert?"

„Das ist richtig. Das wusste ich nicht", antwortete Alec ehrlich. „Genauer gesagt, wenn ich wüsste, dass eine solche Person nicht existiert, warum sollte ich mich dann von dir verscheuchen lassen, wenn du so tust, als wärest du der alte Bill? Sicher würde mich das doch eher neugierig machen herauszufinden, wer sich für ein Phantom ausgibt?"

Das ließ den jungen Mann angesichts von Alecs Logik den Kopf schütteln. Er gestand.

„Es gab einmal einen Old Bill. Pa sagte, es hätte seit über zweihundert Jahren oder mehr einen Old Bill gegeben. Natürlich offensichtlich nicht derselbe Mann. Aber Männer, die sich selbst Old Bill nannten, kamen und gingen. Der letzte Old Bill starb vor ungefähr zwanzig Jahren.

„Weißt du, warum der letzte Old Bill nicht ersetzt wurde?"

„Kann ich nicht recht sagen …“

„Ein schlauer junger Bursche wie du, ein Absolvent der Universität? Ich bin sicher, du könntest mir auf jeden Fall eine fundierte Vermutung nennen.“

„Wenn Ihr meine fachmännische Meinung wissen wollt, Sir, ist diese Vermutung, dass ich nicht wirklich weiß, warum der letzte Old Bill nicht ersetzt wurde. Doch nachdem ich einen Monat oder mehr hinter Adams und seiner faulen Truppe her getrapst bin, habe ich einen recht guten Eindruck von dem gewonnen, war hier in der Hütte vor sich geht. Und alles, was ich tun musste, um meinen Verdacht zu bestätigen, war, durch die Sachen zu stöbern, die draußen im Hinterhof lagern …“

„Im *Hinterhof*?“

„Hinter der Hütte gibt es einen Hof“, erklärte Roger. „Hier in Kent nennen wir ihn einen Hinterhof. Egal, wie ich sagte … in dem Hinterhof steht eine Hütte und sie ist mit einem Vorhängeschloss verriegelt. Eines Tages war es nicht so, und ich habe mich heimlich umgeschaut. Dort ist eine Kette mit einem Haken und eine Ablaufgrube …“

„Eine provisorische Speisekammer, wie die am hinteren Ende des Küchengartens?“

„Ja, genau das ist es. Aber diese hier ist nicht aus Ziegelstein mit einem guten Dach und gefliestem Boden, wie die oben bei Eurem Haus. Man würde es für nichts anderes als einen baufälligen Schuppen halten, doch drinnen ist alles vorhanden, was man braucht, um einen Kadaver zu zerlegen.“

„Wir müssen nicht lange überlegen, wo unsere Wilderer die Gerätschaften gefunden haben … Also wenn ein Hirsch ohne Erlaubnis erlegt wird, bringt man ihn hierher, um ihn zu zerlegen und zu verkaufen?“

„So habe ich es mir gedacht. Und ich schätze, Old Bill war bei dem Unternehmen der Schlachter.“

„Das denke ich auch“, grübelte Alec, der plötzlich eine überwältigende geistige Müdigkeit verspürte.

Sein Tag hatte vor Sonnenaufgang damit begonnen, dass Tam und Hadrian ihm von seinen mörderischen Vorfahren berichtet hatten, und von der Möglichkeit, dass in dem versiegelten Gewölbe unter dem Stone Court Leichen liegen könnten und dass sein Onkel sein Bestes tat, um ihm das vorzuenthalten. Dann machte der Oberst das erstaunliche Geständnis, dass Mrs. Turner in Wahrheit seine Tochter war, die er als Kind in die Obhut einer Mrs. Fisher gegeben hatte, einer Frau, die es sich zur Gewohnheit machte, unerwünschte Säuglinge als ihre eigenen Kinder aufzunehmen und großzuziehen. Und dann war da noch der schreckliche Tod von Hugh Turner. Welche Art von Monster schlitzte einem Jungen die Kehle auf und schnitt seine Hand und die Hand seines Freundes ab? Ausufernde Wilderei und Diebstahl schien die kleinste seiner Sorgen zu sein.

Aber seine vordringlichste Sorge war es, für die Sicherheit dieser Kinder zu sorgen. Sie konnten nicht hier in der Hütte des alten Bill bleiben, doch wusste er nicht, wem er vertrauen durfte. Wenn man Roger Glauben schenken durfte, dann konnte er jedenfalls den Männern im Wald nicht vertrauen. Er fragte sich, ob der Oberst den anderen erzählt hatte, dass die Hütte des alten Bill bewohnt war. Der Rauchfaden aus dem Schornstein war verräterisch genug, besagte jedoch nicht, wer sich hier aufhielt. Und es war nur eine Frage der Zeit, bis diejenigen, die in das Zerlegen und die Verteilung von illegalem Wildbret involviert waren wieder mit einem frischen Kadaver auftauchen würden.

Alec wollte Roger schon fragen, wie oft Wilderer zu der Hütte kämen, als ein beharrliches Pochen an der Tür den Atem der Kinder stocken ließ. Und dann flehten Roger und Sally Alec an, niemanden, egal, wer es war, hereinzulassen, und vor allem nicht zu verkünden, dass Sallys Bruder gefunden worden war.

Sie bettelte: „Bitte, M'lord, bitte, lasst sie nicht ein. Ich flehe Euch an. Nic fürchtet sich so. Er ist wirr im Kopf. Aber er kommt schon wieder in Ordnung. Nur, die Männer da draußen ..."

„... suchen nach Nic, wie sie nach Will gesucht haben", unterbrach Roger Turner.

Alec versicherte ihnen, dass weder Nic noch einem von ihnen etwas geschehen würde. Sie standen unter seinem Schutz. Er war der Herr und Meister in *Deer Park*. Niemand sonst. Alle hatten ihm zu gehorchen. Das beruhigte sie so weit, dass sie zum Einverständnis nickten. Sie erwarteten, dass er jeden, wer es auch war, der da an die Tür pochte, fortschicken würde. Und Alec wollte das gerade tun, als ihm ein Gedanke kam ...

Er bat Roger, die Tür zu öffnen. Der junge Mann zögerte, runzelte die Stirn und weigerte sich. Doch auf Alecs ermutigendes Lächeln hin, stapfte er schließlich hinüber und riss sie auf. Ohne aufzuschauen trat er zurück und ließ die Besucher eintreten.

Alecs Blick ruhte auf Nic. Der Junge enttäuschte ihn nicht.

Colonel Bailey, Paul Turner und Adams, der Wildhüter, betraten eilig die Hütte und blieben dann wie ein Mann stehen. Turner sah seinen Sohn sofort und wäre zu ihm gegangen, aber der ein Leben lang geübte Respekt hielt ihn zurück. Er zog seine Kappe und wartete auf Alec. Der Verwalter sah aus, als wäre er um zehn Jahre gealtert; sein Gesicht war angespannt, die grauen Augen leer, und er ging gebückt, als litte er Schmerzen. Es war zu viel für Roger, der sich am Oberst vorbeidrängte und seine Arme um seinen Vater schlang, der ihn liebevoll festhielt.

„Wir haben die andere Lei...“, begann der Oberst, Alec zu berichten, unterbrach sich dann aber. Er war im Begriff, Leiche zu sagen, doch da die Turners in Hörweite standen, überlegte er es sich anders und kam zu Alec herüber, um mit leiser Stimme fortzufahren. „Er wurde hinter einem umgestürzten Baumstamm gefunden. Ein abgebrochener Ast war ihm direkt durch die Augenhöhle gedrungen ...“

„Jesus ...“, murmelte Alec und wischte sich mit einer behandschuhten Hand über den Mund, schloss kurz die Augen. „Das hat ihn umgebracht?“

„Ja. Sieht aus, als wäre er gestolpert und hineingefallen.“

„Vermutlich auf der Flucht ... und seine Hand?“

„Fehlt.“

Alec war verblüfft. „Entfernt, nachdem er sich aufgespießt hatte?“

„Sieht so aus. Beide Lei..., beide Jungen werden zum Haus der Turners gebracht. Wir haben nach Sir Tinsley und Dr. Riley geschickt. Ich bot an, mit ihnen zu gehen, doch Turner hat recht. Mrs. Turner braucht kein Haus voller Menschen. Ich muss zu Mrs. Bailey zurück. Sie wird auf Nachricht warten ... Ich vertraue darauf, dass Euer Lordschaft mich wissen lassen wird, wenn und falls es neue Entwicklungen gibt.“

Alec nickte, während er Nic und Sally aus dem Augenwinkel beobachtete. Keiner der beiden hatte sich gerührt. Wichtiger noch, Nic hatte nicht auf die Gegenwart von Adams, Turner oder des Obersts reagiert. Der Junge stand teilnahmslos neben seiner Schwester. Wenn er sich überhaupt regte, dann, um sich enger an sie zu drücken. Sein Mangel an Reaktion war eine Erleichterung. Hätte er auf ihre Anwesenheit in anderer Weise als in dieser reagiert, hätte er Furcht gezeigt oder wäre in Panik geraten, wäre Alec vielleicht der Erkenntnis der Identität des Mörders näher gekommen. Doch dem war nicht so, also würde er anderswo suchen müssen. Er hoffte auch, wenn er Nic und seine Schwester zu Hause hätte, wenn sie sich sicher fühlten, würde sich die Zunge des Jungen lockern und er würde imstande sein, ihm zu erzählen, was er gesehen hatte, als er mit seinen Freunden draußen im Wald war.

Alec hasste sich dafür, das Schlimmste von diesen Männern zu denken, einen von ihnen eines Mordes zu verdächtigen. Doch nach den Enthüllungen des heutigen Tages war er nicht einmal mehr sicher, dass er seinen eigenen Onkel kannte - den Mann, der ihn aufgezogen hatte und den er wie einen Vater liebte. Sie hatten fast jeden Tag der ersten zwanzig Jahre seines Lebens zusammen verbracht, und doch war es, als wäre der Plantagenet Halsey, den er in London kannte, ein anderer Plantagenet Halsey für jeden auf diesem Anwesen und dass die Gemeinde von Fivetrees von ihm Anweisungen erwartete. Dieser Plantagenet Halsey war für Alec ein Fremder. Und dieser merkwürdige Gedanke machte ihn unglücklich.

Es musste auf seinem Gesicht oder in seinen Augen zu lesen gewesen sein, denn als sein Onkel ihn mit einem erwartungsvollen Lächeln von der Tür her rief und er nicht reagierte, verblasste das Lächeln des alten Mannes und sein Blick sank zu Boden.

Er kam zu ihnen an das Lager und lächelte den Jungen und das Mädchen an, sagte mit freundlichem Ton: „Ich vertraue darauf, dass Master und Miss Fisher sich in der Gesellschaft Seiner Lordschaft gut benommen haben?“

„Fisher? Warum überrascht mich das nicht?“, murmelte Alec. „Wir haben uns über eine Schale mit Wildeintopf miteinander bekannt gemacht“, fügte er hörbar hinzu. „So gut bekannt, in der Tat, dass Sally und ihr Bruder Nic als meine Gäste ins große Haus mit zurückkommen. Wenn es dir nichts ausmacht, Sally bei dir aufsitzen zu lassen, Onkel, nehme ich Nic mit. Das heißt, wenn du nicht bei den Turners gebraucht wirst?“

„Nein. Ich reite mit dir zurück. Aber du wirst später beim Verwalter gebraucht werden, oder du kannst einfach nach Dr. Riley und Ferris schicken ...“

„Ja“, antwortete Alec knapper, als er beabsichtigte. Er blickte Nic an und dann wieder auf seinen Onkel. „Und nachdem jetzt alle drei Jungen gefunden wurden, kann die Suche abgebrochen werden.“

Der alte Mann verstand sofort, was Alec andeutete - dass Nic der dritte Junge war, der mit Hugh und Will an jenem schicksalhaften Morgen im Wald unterwegs gewesen war - und er riss bei dieser Erkenntnis die Augen auf. Als sein Name gerufen wurde, warf er einen Blick über die Schulter. Es war der Verwalter. Doch er zögerte und sah Alec verlegen an.

„Bitte. Geh zu ihm“, sagte Alec mit einem mitfühlenden Lächeln.

„Er braucht dich, er ist ein Vater, der gerade seinen Sohn verloren hat, und das unter den schrecklichsten Umständen."

Plantagenet Halsey nickte, aber er bewegte sich nicht. Er erwiderte Alecs Blick. „Ja. Es gibt auf dieser Welt nichts Furchtbareres als den Verlust eines Kindes."

„Du hast ein Wort zwischen *den* und *Verlust* ausgelassen - *ungeplanten*."

Die Augen des alten Mannes wurden trüb und sein Tonfall verlor die Wärme. „Ich sagte dir, wie es sein würde. Ich wusste, es würde alles zwischen uns ändern, und so ist es gekommen." Er machte eine abwehrende Handbewegung. „Es ist nicht deine Schuld, es ist meine. Dann muss es eben so sein." Er senkte den Kopf. „Entschuldigt mich, Mylord."

Mit plötzlich trockener Kehle sah Alec zu, wie Plantagenet Halsey an Paul Turners Seite zurückkehrte und, Roger zwischen sich, verließen die beiden die Hütte. Er bemerkte kaum, wie benommen er durch die Bemerkung seines Onkel war, bis ein Zupfen an seinem Ärmel ihn hinabschauen ließ. Es war Sally und sie lächelte schüchtern zu ihm auf.

„Habt Ihr das ernst gemeint, M'lord, dass Nic und ich Eure Gäste sein sollen?" Als er nickte, sagte sie naiv: „Dann tut es mir nur leid, dass wir für Euch und Mylady nicht unsere besten Sonntagskleider anhaben."

Aus einem unerfindlichen Grund - er war sich nicht sicher, ob es das vertrauensvolle Lächeln des Mädchens war oder ihre Enttäuschung, für ihn nicht gut genug auszusehen, oder eine verspätete Reaktion auf die Kälte seines Onkels - doch seine Brust wurde eng und er fühlte eine überwältigende Last von Verantwortung, nicht nur für dieses Mädchen und seinen Bruder, sondern auch dafür, alles auf seinem Besitz wieder in Ordnung zu bringen, vor allem für seine Familie, aber auch dafür, zwischen ihm und seinem Onkel alles wieder ins Reine zu bringen. Und mit diesem Gefühl kam das Verlangen, wieder zu Selina zurückzukehren, sich zu vergewissern, dass es ihr und auch ihrem ungeborenen Kind gut ging. Mehr als alles andere wollte er eine ruhige Stunde mit ihr verbringen, spüren, dass die Planeten seiner kleinen, häuslichen Welt ruhig in ihren Bahnen liefen, auch wenn rings um sie alles im Chaos versank.

NEUNZEHN

Es war mit Sicherheit Chaos, doch ein wohlgeordnetes Chaos, das sie bei ihrer Rückkehr zu den Ställen vorfanden. Stalljungen rannten in alle Richtungen, Reiter stiegen ab, Pferde wurden in die Boxen gebracht und das Hunderudel, das die Hundeführer zusammengerufen hatte, wurde in die Zwinger zurückgebracht, um gefüttert und getränkt zu werden. Inmitten all dieser hektischen Aktivität und stand die schlammbespritzte und staubige Reisekutsche der Herzogin von Romney-St. Neots auf einer Seite des großen Stallhofs; Stallburschen schirrten müde Pferde ab, deren Hufe vom Schmied des Anwesens inspiziert wurden, bevor man sie fortführte. Hadrian Jeffries, der sein Bestes tat, um den Arbeitenden und den Tieren nicht in die Quere zu kommen, stand inmitten dieser Geschäftigkeit.

Er kam dorthin, wo Alec und sein Onkel mit den beiden Kindern abgestiegen war und überbrachte seinem Herrn die kryptische Nachricht, dass die Männer versammelt wären und auf ihn warteten. Alec wusste, was er damit meinte. Bevor er in den Wald aufgebrochen war, hatte er Hadrian mehrere Aufgaben hinterlassen, eine davon war es, Stephens, den Vorarbeiter, fünf seiner stärksten Arbeiter aussuchen und die Werkzeuge bereithalten zu lassen, um eine Ziegelsteinwand abzureißen. Nach dem Frühstück sollten sie in den Keller gehen. Dort waren diese Männer jetzt. Der muffige Wandbehang, der dieses gewisse Stück Ziegelwand, mit der sie sich befassen sollten, bedeckte, war abgenommen worden. Wenn Seine Lordschaft, sobald es ihm möglich war, sich ihnen anschließen mochte ...

Das hatte Alec vor. Und er wollte sicher sein, dass die Männer sich an diese Arbeit machten, bevor er die neu angekommenen Gäste begrüßte. Zuerst musste er jedoch dafür sorgen, dass Sally und ihr Bruder versorgt wurden, und er würde sie nicht bei irgendeinem Diener zurücklassen, nicht, wo der Junge noch immer stumm vor Angst war.

„Wenn du anderweitig gebraucht wirst, bringe ich sie sicher in die Dienstbotenquartiere", bot Plantagenet Halsey an, und ignorierte dabei die Tatsache, dass er eine Unterhaltung zwischen Herrn und Diener unterbrach, die Alecs Stirnrunzeln nach zu urteilen, nicht für seine Ohren bestimmt gewesen war. Er verbarg seine Traurigkeit hinter einem Lächeln und sagte zu dem Jungen und dem Mädchen, die so dicht hinter Alecs Rücken stand, dass er nicht überrascht gewesen wäre, sie an Alecs Rockschöße geklammert zu sehen: „Gäste seiner Lordschaft müssen sauber sein, was heißt, das ihr zwei in einer Wanne Seifenwasser abgeschrubbt werdet, keine Widerrede." Er sah Alec an. „Mrs. Dawson wird auch saubere Wäsche für sie finden." Er deutet mit einem Ruck seines Kopfes auf die Reisekutsche. „Am besten bleiben sie einstweilen unten; und man weiß nie, was ich auf dem Weg zum Haus aus ihnen herausbekommen könnte ..."

„Wenn jemand ein Kind zum Plappern bringen kann, dann du", sagte Alec lächelnd. „Du hast eine Begabung dafür, Kinder sich wohlfühlen zu lassen."

Der alte Mann wollte scherzen und sagen, wie er wünschte, dieses Fähigkeit bei *ihm* nicht verloren zu haben, doch er lächelte nur, nickte und sah schweigend zu, wie Alec mit Hadrian Jeffries an seiner Seite über den Hof ging, während seine Windhunde an seinen Fersen hüpften. Er muss ein paar Minuten dort gestanden haben, denn Herr, Diener und Hunde tauchten wieder auf und gingen über den Rasenhang zum Haus. Sie gingen nicht zum Torbogen, in dem sich eine Außentreppe befand, die Zugang zu den Wohnräumen bot, die Alec mit seiner Frau teilte, sondern zum Torbogen unter der Kinderzimmer-Galerie, die zum Stone Court führte. Was ihn sich fragen ließ, ob noch mehr von den Steinplatten in das Gewölbe darunter gestürzt waren.

Sein erster Gedanke war, Turner eine Nachricht zu schicken, um dafür zu sorgen, dass der Mann wachsam blieb, damit Alec weiter glauben sollte, es wäre zu gefährlich, das Loch genauer zu untersuchen. Und dann erinnerte er sich, dass der Steward um seinen jüngsten Sohn trauerte, einen dreizehnjährigen Jungen, dem die Kehle durchgeschnitten worden war. Dieser tragische Umstand rückte plötzlich alles in ein anderes Licht. Die ängstliche Besorgnis verließ ihn und ließ ihn seltsam taub zurück. Und ebenso, wie der junge Hugh

Turner seinen Angreifer nicht hatte abwehren können, wurde Plantagenet Halsey klar, dass er das Schicksal nicht verhindern konnte. Noch konnte er es beherrschen, soweit es um Alec ging - nicht mehr. Ironischerweise waren die Rollen jetzt vertauscht. Sein Schicksal, das Schicksal von *Deer Park*, die Zukunft der Halseys, lagen nicht mehr in seinen Händen, sondern in denen seines Neffen - *seines Neffen!* Er schüttelte den Kopf. Er hatte sich und alle anderen seit so vielen Jahren belogen, dass er sie und sich selbst inzwischen davon überzeugt hatte, dass die Lüge wahr war. Aber auch das lag jetzt außerhalb seiner Kontrolle.

Er nahm Bruder und Schwester an den Händen und verließ die Stallungen, um das Haus zu betreten, wo jeder Erbe der Halseys seit den Zeiten Henry Tudors geboren worden war. Nur dieses Mal erlaubte er sich, es ohne jede Sorge auf der Welt zu betreten. Die Frau, die er liebte, wartete auf ihn, und, dachte er leise in sich hineinlachend, darauf, ihn auszuschelten - mochte die Schlacht der Worte beginnen!

⚘

Der Keller war dunkel, feucht und kalt genug, um das Schmelzen der Eisblöcke zu verhindern. Aber in der äußersten Ecke, jenseits der Fässer, Kisten und Reihen von Weinflaschen, brannten genug Fackeln, um den Bereich wie einen Sommertag zu beleuchten. Stephens trug noch seinen Rock, doch seine Männer hatten sich bereits bis auf die Hemdsärmel ausgezogen und zu ihren Füßen lagen diverse Geräte. Sie traten beiseite und zogen ihre Kappen, als Alec sich mit Hadrian Jeffries näherte.

Der Vorarbeiter teilte Alec seine Feststellungen bezüglich der Ziegelsteinwand mit, nachdem jetzt der Wandbehang entfernt war. Seiner Meinung nach bestand sie über den größten Teil ihrer Länge aus zwei Lagen Steinen, außer in dem von dem Wandbehang bedeckten Abschnitt, nach der geringen Größe der Steine und der Art des Mörtels zu urteilen. Was auch für Alec sofort erkennbar war, ohne dass Stephens ihn darauf hätte aufmerksam machen müssen, was er trotzdem tat, war, dass der Wandbehang den zugemauerten Torbogen nur teilweise verdecken konnte. Was den Zeitpunkt anging, zu dem der Torbogen zu einer Wand geworden war, hätte Stephens geraten, dass dies nicht vor der Jahrhundertwende und nicht nach dem letzten Dienstag gewesen sein musste. Das letztere war ein schwacher Versuch, witzig zu sein, über den die Männer aus Höflichkeit lachten, und Alec nickte nur, so sehr war er in Gedanken versunken. Stephens hüstelte und wurde wieder ernst.

„Obwohl ich nur raten kann, warum dieser Wandbehang hier angenagelt wurde, Mylord, denn wie wir alle sehen können, gehen der Torbogen und das Mauerwerk oben und an den Seiten darüber hinaus."

„Vielleicht sollte er den Eingang zu dem Raum dahinter nicht verbergen, sondern markieren?", überlegte Alec und ließ eine behandschuhte Hand leicht über einen Teil der Wand gleiten, wo die alten Steine mit den neuen zusammenstießen. „Eine Fackel gibt nicht viel Licht, aber sie würde rasch den Unterschied zwischen Ziegelmauer und Wandbehang erkennen lassen ..."

„Ja, das würde sie wohl. Und es wäre wohl einladender, als, sagen wir, ein schwarzes Loch, in das manche Männer Angst hätten, hineinzugehen", stimmte Stephens zu. „Der Wandbehang könnte als eine Art Vorhang gedient haben."

Alec schaute sich um, erspähte den weggeworfenen Wandbehang weiter hinten neben einer Holztür und trat darauf zu, während einer der Arbeiter ihm mit einer Fackel folgte. Er stieß mit der Stiefelspitze gegen den Haufen Stoff. „Ich möchte, dass er vorsichtig zusammengerollt und zur Wäscherei gebracht wird. Die Frauen dort könnten vielleicht etwas tun, um den Schimmel zu entfernen."

Die anderen Männer traten vor und zwei breiteten den Wandbehang auf den Steinfliesen flach aus, um ihn aufrollen und wegbringen zu können. Sie zögerten, als Hadrian Jeffries, der sich neben Alec gestellt hatte, sich neben dem Wandteppich hinhockte. Er bedeutete einem der Männer, eine Fackel näher zu bringen, damit er besser sehen konnte. An einigen Stellen hing Schimmel und er war schmutzig, doch es gab genug Farbe und Metallfäden, die durch den Schmutz hindurchschimmerten, dass Hadrian das Muster sofort erkennen konnte. Er rieb den Stoff zwischen seinen Fingern und stand dann befriedigt auf.

„Sir, das habe ich schon zuvor gesehen. Nicht genau dies, sondern eine Gouache-Zeichnung in einer Mappe über die Geschichte Eurer Familie. Mylady schaute die Mappe neulich durch und machte eine Bemerkung darüber. Dies ist kein Teppich, sondern ein Baldachin - die Bedeckung eines Baldachins."

Er ging neben Alec wieder in die Hocke, der den Stoff durch seine Brille musterte, während einer der Arbeiter mit der Fackel leuchtete. Etwas glitzerte in dem Gewebe und Hadrian fuhr fort.

„Ich erinnere mich insbesondere daran, weil Lady Halsey die Inschrift vorlas. Sie besagte, dass der Baldachin speziell für den königlichen Besuch Königin Elizabeths in diesem Haus angefertigt worden war. Und dass er wieder verwendet worden wäre, als Königin Anne ein Jahr nach ihrer Thronbesteigung diesem Haus einen Besuch abstattete."

„Und du nanntest es einen - einen Baldachin?"

„Das ist richtig, Sir. Lady Halsey erklärte mir, dass ein solcher Baldachin über einem Thron angebracht wird und dass dieser hier zusammen mit dem Delvin-Sofa benutzt worden wäre, das sich im Großen Saal befindet."

„Also hat dieses Haus seinen eigenen Thron ... Liebe Güte, das wird Mr. Halsey überhaupt nicht gefallen!" Alec winkte den Arbeiter fort, richtete sich auf, und sein Kammerdiener tat es ihm nach. „Doch ich schätze, es würde ihm nichts ausmachen, dass er hier unten, im Keller, gelandet ist. Obwohl, was Lady Halsey mit ihm wird tun wollen, nachdem wir ihn nun gefunden haben, kann man nur raten."

„Vielleicht für den nächsten königlichen Besuch aufbewahren?"

„Himmel hilf, Hadrian! Trotzdem, wir sollten ihn am besten retten, da er zur Geschichte dieses Hauses gehört. Du gehst mit den Männern zur Wäscherei und erklärst seine Bedeutung, damit sie sich besonders darum kümmern."

„Ja, Sir. Ich weiß jetzt, wo die Wäscherei ist ..."

„Gut. Aber Sally war nicht da, oder? Obwohl sie inzwischen gefunden wurde. Also kein Grund für dich, wieder hierher zu kommen. Ich bin sicher, dass du genug zu tun hast, nachdem das Haus jetzt voller Gäste ist. Und ich sollte besser zusehen, dass ich wieder nach oben komme", fügte er hinzu und wandte sich dann an Stephens. „Ich gehe davon aus, dass Ihr sicher seid, diese Ziegelsteine aus dem Torbogen entfernen zu können, ohne den Rest der Wand oder das Dach zu beeinträchtigen?"

„Jawohl, Mylord. Damit wird es kein Problem geben. Und es wird auch nicht viel Mühe kosten. Der Mörtel ist sehr schlecht. Ich würde sagen, dass der Torbogen eilig zugemauert wurde. Aber da wir nicht wissen, was dahinterliegt, werden wir uns Zeit lassen, wenn es Euer Lordschaft recht ist."

„Ja. Tut das. Und wenn ich zuverlässig informiert bin, liegt auf der anderen Seite dieses Torbogens ein Vorraum, und dahinter eine schwere Eichentür mit einem Vorhängeschloss, die sich in den Raum hin öffnet, dessen Dach oben im Stone Court eingestürzt ist."

„Wenn wir bis zu dieser Tür kommen, möchtet Ihr, dass wir das Schloss aufbrechen?"

„Nicht nötig. Ich werde die Schlüssel in den nächsten ein oder zwei Tagen bekommen. Und bis dahin möchte ich, dass diese Abrissarbeiten unter uns hier bleiben. Lasst jederzeit zwei Männer am Eingang zu den Kellerräumen hier Wache stehen. Niemand darf herein. Und ich meine niemand - meine Familie eingeschlossen."

„Sehr wohl, Mylord. Als wir hier herunter kamen, waren da zwei Burschen, die den Kellereingang bewachten, aber sie verdrückten sich schnell, als wir ihnen unsere - äh - Muskeln zeigten."

„Auf wessen Befehl waren sie da?"

„Mr. Turner hatte ihnen befohlen, den Eingang zu bewachen, Mylord."

„Mein Steward und seine Männer werden euch nicht weiter stören. Und Turner hat im Moment andere Sorgen, die seine Zeit in Anspruch nehmen."

„Wir haben von seinem armen Sohn gehört, Mylord, und betrauern alle seinen Verlust. Ich gehe davon aus, dass ich mir Zeit nehmen darf, um bei der Beerdigung unseren Respekt zu erweisen?"

„Ja. Ja, natürlich. Das ist eine rührende Geste, Stephens. Danke. Oh, und Stephens, solltet ihr etwas anderes als einen leeren Vorraum und eine mit Vorhängeschloss versperrte Tür hinter dieser Wand finden, ganz gleich, für wie unbedeutend ihr den Fund auch halten mögt, lasst mich sofort holen."

Mit diesen Worten rief Alec seine Windhunde und kehrte ins Erdgeschoss zurück. Er dachte daran, weiter die Treppe zu seinen eigenen Räumen hinaufzusteigen, um seine Reitkleidung zu wechseln. Doch er hatte Hadrian zur Wäscherei geschickt und er wollte seine Gäste nicht warten lassen. Wichtiger noch, er durfte Selina nicht in der Gesellschaft ihres Bruders lassen, nicht einmal für eine Stunde. Wenn irgendetwas oder irgendjemand vorzeitige Wehen verursachen konnten, wäre es Clive, Lord Cobham.

Doch er war angenehm überrascht, die Mitglieder seiner weiteren Familie vorzufinden, wie sie im Großen Saal gemütlich Tee und Kuchen genossen.

Selina ließ ihre bestrumpften Füße auf einem samtgepolsterten Hocker ruhen, während sie wie üblich mit ihrer Hand über ihren runden Bauch strich. Man hatte ihren neu angekommenen Gästen Reiseumhänge und Hüte abgenommen, und sie erholten sich auf den Sesseln und Sofas, die um den riesigen Kamin herum arrangiert waren, in dem zum ersten Mal in diesem nassen, heißen Sommer kein Feuer brannte. Sie tranken Tee und knabberten an Erdbeertörtchen. Seine Patin, die Herzogin von Romney-St. Neots, ihre Tochter, Lady Sybilla und sein Schwager und Leiter der Auslandsabteilung, Lord Cobham, den Mund voller Kuchen, warteten alle darauf, ihn zu begrüßen.

ZWANZIG

„ACH, MEINE JUNGE, DA BIST DU JA ENDLICH!", RIEF OLIVIA ST.
Neots von ihrem Sessel her. Sie eilte mit einem Rauschen ihrer
bemalten Baumwollröcke auf Alec zu, die passenden Schuhe klap-
perten auf den Steinfliesen, als sie den Orientteppich verließ, um ihm
auf halbem Weg durch den riesigen Raum entgegenzukommen. Und
dort hielt sie ihn auf, eine Hand auf die Vorderseite seiner hellbraunen
Leinenweste gelegt. „Ich habe alles mir Mögliche getan, um das
Gespräch vom Grund für Cobhams Besuch abzulenken", berichtete
sie ihm in leisem Ton, während sie sich auf Zehenspitzen hob, um
seinen Kuss zu empfangen. „Aber Selina ist klüger, als gut für sie ist.
Und Cobham ist so begriffsstutzig wie eine alte Eiche, daher wird er
mit allem herausplatzen, wenn ich seinen Mund nicht mit diesen so
ausgezeichneten Erdbeertörtchen stopfe."

„Dein Einfallsreichtum hat meinen Beifall, meine liebe Olivia",
antwortete Alec mit einem Grinsen. „Aber das Ergebnis war unver-
meidlich seit dem Moment, in dem du ihm erlaubtest, in deiner
Kutsche Platz zu nehmen. Es ist passiert und ich werde mit den
Konsequenzen so gut wie ich kann fertigwerden."

„Natürlich wirst du das. Du weißt immer, was zu tun ist, aber ..."
Sie musterte ihn abschätzend. „Meinst du es ist klug, deine hoch-
schwangere Frau erfahren zu lassen, wer genau dich ängstlich in
London erwartet?"

Alec tätschelte ihre ringgeschmückte Hand. „Klug? Ich hatte keine
Ahnung, dass dieses Wort noch in deinem Wortschatz existiert,

nachdem du dich jetzt ganz offen mit einem bekennenden Republikaner abgibst ..."

„Abgibst?" Sie schnaubte, rote Flecken auf den Wangen, und grummelte: „Nichts dergleichen! Es ... es ..."

„... geht mich nichts an. Und es ist durchaus dein Recht, mir das zu sagen." Er hob ihre Hand, um sie zu küssen. „Danke, dass du die Reise auf dich genommen hast. Wir wären beide verloren ohne dich - ohne dich und Sybilla. Selina wird jetzt, wo ihr hier seid, weniger ängstlich sein."

Die Herzogin lächelte tapfer.

„Du musst dich auch nicht sorgen. Für jede Frau ist ihre erste Geburt sehr traumatisch, weil es so viel Unbekanntes gibt. Aber ich weiß, dass sie und das Kindchen alles gut überstehen werden; davon bin ich fest überzeugt."

„Ich glaube dir, Olivia. Aber das lindert meine Sorgen nicht. Um Selinas willen tue ich mein Bestes, um zuversichtlich zu wirken. Und um ganz ehrlich zu sein, habe ich mit einer völlig egoistischen Sorge meine Gedanken von ihrer Entbindung abgelenkt. Ich sollte mir das bis nach der Geburt aus dem Kopf schlagen. Nichts sollte unser Glück trüben, doch ich musste an die Entbindung meiner Mutter denken und ich habe diese Vorahnung ..."

„Vorahnung?", fragte die Herzogin und versuchte, so zu tun, als hätte sie keine Ahnung, worauf er anspielte.

Aber sie konnte Alec nicht täuschen. Seine Mundwinkel zuckten bei ihrem Versuch.

„Dein republikanischer Verehrer hat gestanden, dass er mich meiner Mutter weggenommen hat, doch er hat sich geweigert, mir den Grund zu nennen. Doch du kennst ihn, nicht wahr?"

Die Herzogin tat ihr Bestes, um ungerührt zu erscheinen. Plantagenet hatte ihr die traurige Geschichte von ihm und Alecs Geburt anvertraut und sie hatte in seinen Armen lange und heftig geschluchzt, bis ihre Lungen schmerzten. Er hatte ihr nicht das kleinste Detail erspart, so groß war sein Verlangen gewesen, ein Geständnis abzulegen. Sie waren an Bord des Schiffs auf der Rückreise von Dänemark nach England gewesen. Sie hatte in Jahrzehnten nicht so sehr geweint und hoffte, es nie wieder zu tun.

„Ja", gestand sie, und als Alec nickte, fügte sie hinzu: „Aber ich habe deinem - Plantagenet etwas geschworen, und ich kann den Schwur nicht brechen, nicht einmal dir gegenüber."

„Das sollst du auch nicht. Aber er kann nicht sein ganzes Leben lang ein Feigling sein. Er sollte es mir ins Gesicht sagen, statt es mir zu überlassen, die Stücke des Puzzles zusammenzusuchen."

„Das denke ich auch, und das habe ich ihm gesagt - nicht, dass er ein Feigling wäre, denn das ist er nicht. Er ist der tapferste Mann, den ich kenne - ihr beide seid das. Aber er ist auch unerhört idealistisch und stur! Verdammt soll er sein!"

Sie eilte mit gesenktem Kopf fort und ließ ihn mitten auf dem Orientteppich zurück. Er blieb nicht lange allein. Lady Sybilla kam herüber und bot ihm ihre errötete Wange. Und Lord Cobham schluckte den Rest eines Erdbeertörtchens herunter und wischte sich die klebrigen Finger an seinen Hosen ab, um ihm die ausgestreckte Hand hinzuhalten.

Alec gesellte sich am Kamin zu seiner Frau und beugte sich über sie, um ihre Stirn zu küssen und an ihrem Ohr zu sagen: „Verzeih mir, dass ich direkt vom Stall herkam, ohne mich umzuziehen, bevor ich mich euch anschließe."

„Du bist hier. Nur darauf kommt es an", murmelte sie. „Außerdem" fügte sie mit einem verschmitzten Lächeln hinzu, „bist du am anziehendsten, wenn du zerzaust bist ...."

„Selina!", zischte er verlegen. Die Hitze in seinen Wangen leuchtete, während sie hinter ihrem Fächer kicherte. „Benimm dich, Frau Gemahlin!"

„Oder, Mylord? Du wirst dich mit mir befassen? Wie ich mir das wünschte! *Das* ist eine ferne Erinnerung."

Er lupfte die Schöße seines Reitrocks, um sich auf den Fußschemel zu setzen und legte ihre bestrumpften Füße in seinen Schoß. „Kaum so fern, meine Liebste", widersprach er ihr mit einem wissenden Lächeln und einem leichten Drücken ihrer Zehen.

Selina wollte gerade einen weiteren Scherz machen, überlegte es sich dann aber anders und ihr Lächeln wich einem besorgten Stirnrunzeln, als sie die Müdigkeit in seinen Augen sah.

„Geht es dir gut? Ich hätte dich gleich fragen sollen und wollte nicht gefühllos sein, aber mein Bestes tun, um deine Gedanken von den fürchterlichen Ereignissen dieses Morgens abzulenken. Und es war fürchterlich, nicht wahr? Habt ihr - habt ihr gefunden, wonach ihr gesucht habt?"

„Ja. Und mir wird es gleich wieder besser gehen."

Sie bat ihn nicht, Genaueres zu erzählen, fragte sich aber, ob er ihr wegen ihrer Schwangerschaft Einzelheiten verschwieg. Zu jeder anderen Zeit hätte sie darauf bestanden, dass er ihr alles erzählte, doch sie verstand ihn und fragte daher nicht.

„Natürlich ... aber wo ist dein Onkel?", fragte sie, das Thema wechselnd und laut genug, dass die anderen es hören konnten.

„Er wird hier sein, sobald er unsere anderen Gäste untergebracht hat - zwei Kinder aus dem Dorf. Sie brauchen ein Bad und frische Kleider."

„Dorfgören?" Cobhams Mund blieb offen stehen, seine buschigen roten Augenbrauen schossen nach oben. „Was? Keine Eltern?"

„Nicht, dass ich wüsste."

Lord Cobham war skeptisch. „Hmpf! Wie glaubwürdig! Bettler! Nehmt meinen Rat an, Halsey. Nächstenliebe beginnt zu Hause, im eigenen Haus, bei der eigenen Familie. Nicht bei den Blagen eines namenlosen Bettlers, die sich bei Euch einschmeicheln. Sie fangen in der Küche an, verzehren Eure Vorräte, und als nächstes werdet Ihr feststellen, dass sie den Weg nach oben gefunden haben und das gute Leinen finden und sich mit dem Silberzeug davonmachen. Fangt so etwas an, Halsey, und die Horden werden sich nicht aufhalten lassen. Es wird bekannt werden, dass Ihr einfältig seid."

„Einfältig?"

Das Wort wurde von allen drei anwesenden Damen voller Entsetzen wiederholt, was Alecs Stimmung erheblich aufheiterte. Er ließ sich von der unerwünschten Predigt seines Schwagers nicht ärgern, um ihn aber davon abzubringen, noch mehr völlig sinnlose Ratschläge zu erteilen, fragte er ihn nach der Reise von London hierher. Es war das letzte, was er zu hören wünschte, da Cobham ein überaus langweiliger Erzähler war. Doch während sein Schwager sich langatmig über jede gereiste Meile ausließ, hoffte Alec, ein wenig Raum zum Denken zu finden. Er war recht geschickt darin zu wissen, wann er nicken und so aussehen musste, als interessiere er sich für das Gesagte. Er war eine Fähigkeit, die er als jüngerer Angestellter in der Auslandsabteilung erworben hatte, als er gezwungen war, den langwierigen Ausführungen älterer Diplomaten zuzuhören, die keinen Rat, sondern nur zustimmendes Publikum wünschten.

Alec kannte auch seine Frau. Selina legte tapfer den Anschein schwesterlicher Rechtschaffenheit an den Tag, aber das konnte nicht anhalten. Dass sie hochschwanger war, mochte sehr wohl der Grund für ihre untypische gütige Langmütigkeit sein. Doch als sie bei seinem Vorschlag zusammenzuckte, wusste er, dass sie nach fünf Minuten von Cobhams Monolog über die Reise anfangen würde, die Fäden aus dem Polster zu kratzen. Zehn Minuten, und sie würde den Vortrag zu einem abrupten Ende bringen, indem sie ihre Schwangerschaft als Vorwand zur Flucht nutzte und ihre Tante und ihre Cousine mit in ihr Wohnzimmer nehmen würde, um über alles Mögliche über Säuglinge und Geburten zu reden. Er würde verlassen werden und hätte Cobham allein zu unterhalten, eine in ihren Augen gerechte Strafe dafür, dass er dem Geschwätz ihres Bruders freien Lauf ließ.

Das war das Ergebnis, auf das Alec zählte, denn dann würde er Cobham in die Abgeschiedenheit der Bibliothek entführen können. Dort könnten sie das Gespräch führen, dessentwegen Cobham als Leiter der Auslandsabteilung im Auftrag Seiner Majestät den ganzen Weg von London nach Kent zurückgelegt hatte.

Doch Alecs Pläne wurden von Lady Sybilla vereitelt. Als Lord Cobham mitten im Satz innehalten musste, um Atem zu holen oder wegen Luftmangels in Ohnmacht zu fallen, sah sie ihre Gelegenheit gekommen, zu seinem Monolog beizutragen.

„Lina, du wirst nie erraten, wem wir am Rande von Fivetrees begegnet sind", sagte sie atemlos mit einem Blick auf Alec.

„Ich werde es nicht versuchen, also sag es mir", antwortete Selina und umklammerte die Armlehne fest. Doch als Alec ihr zuzwinkerte, schnitt sie ihm eine Grimasse und tat ihr Bestes, die Spannung zu unterdrücken, die ihr Bruder immer in ihr aufzubauen schaffte.

„Dem Apothekerjungen, der einmal Lord Halseys Kammerdiener war. Terrence Fisher, oder heißt er Theodor?"

„Thomas Fisher. Aber wir nennen ihn Tam", berichtigte Selina und fügte mit einem fragenden Stirnrunzeln hinzu, als Alec schwieg: „Bist du sicher, dass es Tam war, denn er ist hier bei uns ..."

„Oh ja, ganz sicher, Lina. Ich habe ihn auf den ersten Blick erkannte, obwohl er den Hut fast bis zu den Augen heruntergezogen hatte. Er hat einen roten Zopf, und fast die gleichen Farben wie du und Lord Cobham", schwätzte Lady Sybilla weiter. „Obwohl es bei ihm eher ein Karottenrot ist, wie bei Lord Cobham, während dein Haar die sanfte Farbe von Aprikosen haben ..."

„Verdammt unhöflich, so zu tun, als hätte er uns nicht gesehen, Hut oder kein Hut", unterbrach Cobham mit einem Auge auf dem letzten Erdbeertörtchen. Dass er sich gezwungen sah, im Hause eines anderen Mannes seine Manieren zu beweisen und es auf dem Teller zu lassen, machte ihn noch gereizter als gewöhnlich. „Der Kerl brachte Ihre Gnaden dazu, in höchst würdeloser Art und Weise mit dem Fächer aus dem Fenster zu winken, nur, um seine Aufmerksamkeit zu erregen. Noch dazu war eine Herde Schafe zwischen uns und sie lehnte sich so weit hinaus, dass der Fächer fast ihre Schnauzen berührte, da konnte er nicht anders, als ihre Mühen endlich zur Kenntnis zu nehmen! Stellt Euch das vor! Eine Herzogin, die sich einem Hausierer für Arzneimittel aufdrängt!"

„Tam ist voll ausgebildeter Apotheker, Cobham", antwortete Selina gereizt. „Und noch dazu ein sehr guter."

„Ich gebe zu, übertrieben besorgt zu sein", gestand Olivia St. Neots auf Alecs fragend gehobene Braue hin. Er kannte ihre Methoden, wie sie Informationen aus erster Hand erlangte, da er einmal dazugekommen war, als sie Tam ausfragte, als dieser noch sein Kammerdiener war. „Ich nahm natürlich an, wenn der Junge auf dem Weg in die Stadt war, müsste Selina schon entbunden haben, denn warum sonst sollte er sie verlassen? Und ich wollte Neuigkeiten ...“

„Und hast du gute Neuigkeiten erfahren?“, fragte Selina mit einem misstrauischen Seitenblick auf Alec. „Ich hoffe, er wurde nicht wegen einer dringenden Angelegenheit abberufen?“

„Das sagte ich zu Mama“, unterbrach Lady Sybilla. „Ich sagte, wenn Mr. Fisher auf dem Weg in die Stadt ist, muss es dringend sein, denn er würde sonst Selina so kurz vor ihrer Entbindung nicht allein lassen, nicht ohne guten Grund. Wir wissen alle, wie gefragt er als *accoucheur* geworden ist, seit er sich um die Herzogin von Cleveley gekümmert hat. Alle jungen schwangeren Ladys in Westminster bestehen darauf, dass er sie aufsucht. Es ist geradezu zur Mode geworden ...“

„*Mode*?“ Lord Cobham verzog angewidert das Gesicht. „Es ist ... *degeneriert*, das ist es!“

„Sei nicht lächerlich, Clive!“, sagte die Herzogin scharf. „Wie Selina dir nochmals erklärt hat, Thomas Fisher ist ein examinierter Apotheker. Und wie Sybilla sagt, ist er auch ein sehr gefragter *accoucheur*. Und wenn die Cleveleys ihm als ihrem *accoucheur* vertrauen, liegt es nahe, dass auch alle anderen es tun! Der Junge weiß offensichtlich sehr gut, was er tut.“

„Weiß, was er tut?“ Lord Cobham blies die Wangen auf. „Wenn du mich fragst, sind die - die *Teile* einer Frau kein Ort, an dem ein Mann sich zu schaffen machen sollte, ganz gleich, wie fähig er ist!“

Selina brach in Kichern aus und schlug sich die Hand vor den Mund, Alec grinste. Es war ein Augenblick der Leichtigkeit, der die Spannung im Raum löste, doch lenkte Selina, nachdem sie sich beruhigt hatte, nicht davon ab, ihren Mann mit süßer Stimme zu fragen: „Welche Angelegenheit hat Tam dazu veranlasst, mich zu verlassen und in die Stadt zu galoppieren?“

„Er hat dich nicht verlassen, mein Liebling. Und er wird höchstens zwei Nächte lang fortbleiben.“

„Das beantwortet meine Frage nicht, Schatz“, sagte Selina angespannt lächelnd.

Alec grinste. „Nein, das wohl nicht ...“

Selina öffnete schon den Mund, doch die Herzogin, die ihre feuchten Augen betupfte und endlich ihr eigenes Lachen unter Kontrolle gebracht hatte, unterbrach sie.

„Liebe Güte! Kein Wunder, dass du und Caro noch kein Kind

zustande gebracht habt, Clive! Nein! Ich möchte kein weiteres Wort darüber hören oder über Thomas Fisher oder warum er in der Gegend herumgaloppiert. Und warum, bitte, soll Selina die Dienste eines gefragten *accoucheurs* brauchen, wenn sie doch mich hat? Habt ihr alle vergessen, dass ich *ein Dutzend Mal* im Kindbett gelegen habe? Es gibt keinen Mann und keine Frau, die über die *Teile* einer Frau und Geburten mehr weiß als ich."

„Bitte, Tante, ich flehe dich an, sag nichts mehr", brachte Lord Cobham heraus, dem übel wurde. Er wischte sich die feuchte Stirn mit einem Taschentuch ab. „Es gibt einige - *Angelegenheiten* - über die Männer am besten in Unwissenheit gelassen werden. Geburten gehören dazu."

„Oh, dem stimme ich durchaus zu", antwortete Lady Sybilla ernsthaft. „Männer, die keine *accoucheurs* sind, haben keinen Platz in …"

„Ich stimme dem ganz sicher *nicht* zu!", antworte Selina scharf. „Männer, die Vater werden wollen, die Erben wollen, sollten genau wissen, was ihre Frauen ertragen müssen, um ihre Nachkommen zur Welt zu bringen. Mir sagt man, dass all das Blut, der Schweiß und die Anstrengung, ganz zu schweigen von den Schreien, wenn das Baby herausgepresst wird aus - Cobham? Cobham? Liebe Güte", sagte sie ohne Mitgefühl, doch mit einem wissenden, verschmitzten Lächeln zu ihrer Tante und ihrer Cousine. „Was habe ich nur gesagt, dass er so plötzlich wegläuft?"

EINUNDZWANZIG

„Lieber Gott, Halsey, ich war nie dankbarer als jetzt, dass Ihr mir von dort nach draußen gefolgt seid!", verkündete Lord Cobham mit einem tiefen Seufzer der Erleichterung, als die zweiflüglige Tür der Bibliothek von zwei livrierten Dienern aufgestoßen wurde. Alec ließ ihn vor sich eintreten. „Nicht, dass ich wirklich ein Feigling wäre. Nicht bei *Männer*sachen. Aber Geburten und so etwas ..." Er schauderte und schloss kurz die Augen. „Wer möchte wohl eine Frau sein, he?"

„Ich bezweifle, dass ich den Mut hätte, eine Geburt durchzustehen ..."

„Nun! Nun! Was für eine Menge verstaubter alter Bücher Ihr hier habt", platzte Cobham heraus, um das Thema zu wechseln, und hob das fliehende Kinn, um die deckenhohen Bücherregale eines anderen riesigen Raums zu mustern. „Sind all Eure Empfangsräume ebenso groß und gut ausgestattet?"

„Ich fürchte, ja", entschuldigte sich Alec und lächelte über Cobhams unverhohlenen Neid in sich hinein. „Wir ersetzen den größten Teil der Möbel, weil sie unbequem sind. Aber was Ihr hier drinnen seht, habe ich vom Stadthaus mitgebracht. Was das Silber angeht ...", fügte er hinzu und beobachtete, wie sein Schwager den Hals in alle Richtungen reckte, um zu versuchen, das ganze Ausmaß der stuckverzierten Decke zu sehen, „habe ich es nicht gezählt, aber es ist ein ziemlicher Haufen und in der Kammer des Butlers zusammen mit den goldenen Tellern eingeschlossen."

Cobham senkte den Kopf. „Silber?", fragte er verwirrt. Er hatte

völlig vergessen, dass er Alecs Gäste im Untergeschoss beschuldigt
hatte, Diebe zu sein. „Sinnlos, mich um Rat zu fragen. Ich verstehe
nichts von solchen häuslichen Angelegenheiten."

Er folgte Alec zu einer Ansammlung von Sofas und Stühlen, die
um einen niedrigen Tisch gruppiert waren und ließ sich schwer auf
das Ende eines Sofas fallen, nur, um sein Gesäß wieder zu heben und
ein dickes Gobelinkissen darunter hervorzuziehen. Dies ließ er über
die gepolsterte Armlehne auf den Boden fallen, bevor er sich wieder
niederließ.

„Lady Cobham hat zu viel von diesen fransengeschmückten
Dingern herumliegen. Verdammt lästig." Er verdrehte die Augen und
verzog das Gesicht, als wollte er Alec bedeuten, dass ein anderer Mann
deshalb Mitgefühl mit ihm haben müsste. „Habe nie verstanden,
warum Frauen darauf bestehen, all diesen Krimskram im Haus zu
brauchen. Seit ich in die Ehefalle geraten bin, hat sich die Zahl der
Kissen auf den Sofas vervielfacht. Und im Londoner Haus finde ich
ständig kleine Porzellantöpfe mit offenen Drahtdeckeln im Raum
verteilt. Sie sind mit getrockneten Blumen und Gewürzen gefüllt, und
Lady Cobham sagt, es wäre irgend so ein französischer Unfug namens
potpourri. Sie sagt, dieses französische Zeug würde einen guten
Geruch im Raum verbreiten. Habt Ihr so etwas schon gehört? Natürlich nicht! Sehr unwahrscheinlich. Welcher Mann hat das schon?

„Aber wenn dieses *potpourri* die Frau ihre Tage in der Stadt damit
verbringen lässt, den Dienern beizubringen, wie sie diese unnötigen
Töpfchen mit getrockneten Blättern und was weiß ich noch zu füllen
haben und sie mit häuslichen Trivialitäten beschäftigt, kann ich mich
wichtigen Dingen widmen, ohne dass sie sich einmischt, also warum
sollte ich etwas dagegen haben? Natürlich muss ich mich nicht über
diesen *potpourri*-Unsinn ärgern, wenn wir auf dem Land sind. Auf
dem Landsitz gibt es genug, um ihre Zeit auszufüllen. Sie wurde auf
dem benachbarten Besitz geboren und ist dort aufgewachsen, wie Ihr
wisst."

„Das hat Selina erwähnt ...", begann Alec und wurde unterbrochen, da Cobham kaum innegehalten hatte, um Luft zu holen..

Alec biss sich auf die Zunge und schwieg geduldig, in der Hoffnung, dass sich hinter diesem umständlichen Monolog ein Grund
verbarg. Er erinnerte sich an seine Zeit in der Auslandsabteilung,
während der er gezwungen gewesen war, Cobhams langen, ziellosen
Reden zu lauschen, wobei ihm schnell klar geworden war, dass der
Leiter der Abteilung seine intellektuellen Fähigkeiten nicht am Inhalt,
sondern an der Anzahl der Sätze, die er von sich gab und wiederholte,
maß. Und alle in Alecs Umgebung wussten dies auch. Sie waren auch

gezwungen, den Mund zu halten, und tauschten am Ende des Monologs verstohlenes Augenrollen. Dann machten sie sich trotz der Predigten ihres Vorgesetzten an die Arbeit. Mehr als einmal hatte Plantagenet Halsey Lord Cobhams einträgliche Stellung als Paradebeispiel für die Dummheit eines Systems benutzt, warum es abgeschafft werden und eine nur auf Verdienst beruhende Struktur in den Regierungsabteilungen eingeführt werden sollte. Und während Alec die Meinung seines Onkels über solche Pfründe teilte, konnte er Cobham nicht völlig missachten, wenn auch nur, weil unter seinen wortreichen Ausführungen und ohne, dass der Mann sich dessen selbst bewusst sein mochte, oft auch eine Perle der Intelligenz zu finden war.

Alec nutzte seine frühere Übung, als sein Schwager seinen Monolog über Lady Cobham und Landbesitz im Allgemeinen fortsetzte.

„Land zu besitzen ist, soweit es mich angeht, ein Mittel zum Zweck. Weshalb ich Lady Cobham überhaupt erst geheiratet habe. Nicht, dass sie keine anziehende Frau wäre. Doch wenn sie nicht Land mit in die Ehe gebracht hätte, aus welchem verdammten Grund hätte ich sie in meinem Salon unterbringen sollen? Ich habe lange und hart darüber nachgedacht, bevor ich mich darauf eingelassen habe, das kann ich Euch sagen, Halsey. Eine Ehe ist ein verdammt schwieriges Unterfangen, aber ich wäre ein völliger Schwachkopf gewesen, hätte ich sie nicht genommen. Sie ist das einzige Kind, und es gab keine männlichen Verwandten, die ihr das Land streitig gemacht hätten. Also hat sie alles geerbt, ohne Streit. Natürlich, wenn sie Brüder gehabt hätte, wäre neben ihrer Mitgift alles Land, worauf sie Anspruch hatte, das Anwesen hier unten in Kent gewesen. Aber das ist ein wertloses Stück Schmutz. Es ist so oft und über so viele Generationen hinweg immer wieder unter Geschwistern aufgeteilt worden, dass ich überrascht wäre, wenn der Anteil meiner Frau mehr wäre als ein Klumpen Erde, auf dem man eine Bohne pflanzen kann! Verdammt schockierender Zustand. Schockierende Verschwendung von guten Landgütern, aber daran lässt sich nichts ändern."

Er sah Alec plötzlich scharf an, als sähe er ihn das erste Mal. Er wackelte mit einem dicken Finger in Alecs Richtung und seine Lippen bewegten sich, als hätte er eine Menge zu sagen, doch sein Mund wollte nicht kooperieren und die Worte hinauslassen. Schließlich platzte er heraus:

„Lieber - Gott! Euer Anwesen liegt in Kent! *Dieses* Anwesen liegt in Kent!"

„Ja, Cobham", bestätigte Alec und unterdrückte ein Grinsen. „Wir sind in Kent ..."

„Wie viel Hektar besitzt Ihr, Halsey? Hier. Hier in Kent. Nicht anderswo. Hier. Dieses Anwesen."

Alec zuckte mit den Schultern. „Zwölf-, vielleicht fünfzehntausend Hektar ..."

„Fünfzehn*tausend* Hektar. Hölle und Teufel! Aber wie haben - wie habt Ihr - Eure Vorfahren - es geschafft, alles zusammenzuhalten?"

„Ich schätze, in der üblichen Weise. Die ältesten Söhne erbten von ihren Vätern, Ländereien wurden in Eheverträgen übertragen ..."

Lord Cobham schüttelte heftig den Kopf, so heftig, dass seine Perücke nach links verrutschte. Er bemerkte es kaum.

„Nein! Nein! Nein! Das kann nicht sein. Das hier ist Kent, Mann. So läuft das hier unten nicht. Man kann einen Besitz nicht zusammenhalten, auch nicht, wenn man das will. Vertraut mir. Ich habe es versucht. Es ist eine verdammte Farce, aber älteste Söhne haben nicht mehr Rechte als ihre jüngeren Brüder und - Ihr werdet ebenso entsetzt sein wie der Rest von uns, wenn Ihr das erfahrt - als ihre *Schwestern*. Genau! *Frauen* haben in Kent das *Recht*, *Land* zu erben. *Alle* Geschwister haben das *gleiche* Recht am Nachlass, gemäß eines archaischen und offen gesagt verdammt dummen Gesetzes, das sich Realteilung nennt. Ihr habt doch sicher davon gehört? Das müsst Ihr! *Realteilung*", wiederholte er, langsam, als spräche er zu einem Kind. „Regelung des Landbesitzes speziell für Kent. Sicher hat man Euch doch über die Erbteilung aufgeklärt, als Ihr dieses Gemäuer geerbt habt. Haben Eure Anwälte, Euer Verwalter, Euer Onkel, Euch diese schlechten Nachrichten nicht eröffnet?"

„Ist es eine so schlechte Idee, dass Kinder gleichermaßen erben?", fragte Alec sanft, und dachte sofort an Selina, die mit Sicherheit ebenso viel verdiente und dessen würdiger wäre als einer ihrer Brüder.

Doch seine Gedanken rasten, er versuchte sich zu erinnern, ob er je den Begriff *Realteilung* gehört hätte, oder ihm gar ein solches Gesetz erklärt worden wäre, seit er sein Erbe angetreten hatte. Vielleicht, als er direkt nach Edwards Tod hierhergekommen war, als man ihn des Mordes an seinem Bruder beschuldigt hatte und er wie ein Einsiedler lebte und alle Einladungen ablehnte. Anwälte kamen und gingen, informierten über bestimmte Einzelheiten und Rechte, und er hatte genickt, als ob er es verstünde, ohne zuzuhören. Sein Onkel war hier gewesen. Der Verwalter ebenso. Sie hatten ihm gesagt, er müsste sich nicht darum kümmern. Und genau das hatte er getan - sich nicht darum gekümmert. Alles, woran er zu jener Zeit gedacht hatte, war eine riesige, unerwünschte Verantwortung, die ihm zugefallen war. Wie unüberwindlich die Reparaturen am Haus gewirkt hatten, welcher immensen Mittel es bedürfen würde, um das Haus bewohnbar zu machen und das Gut wieder ordentlich zu betreiben. Er hatte es als Mühlstein um seinen Hals empfunden. Das letzte, was ihm in den Sinn gekommen war, waren Heirat, Kinder und, in ferner Zukunft, ihr Erbe. Und jetzt, in nur zwei kurzen Jahren, hatten sich seine Einstellung und sein Leben dramatisch zum Besseren gewendet. Er und Selina würden ihre Familie hier gründen ...

„Eine so schlechte Idee?“, wiederholte Cobham mit dünner Stimme. Er hustete laut in seine Faust, was Alec aus seinen Gedanken riss, und sagte streng, doch in einem Ton, den man bei einem Welpen benutzt, der einen Strumpf versteckt hat und nicht verraten will, wo: „Schaut her, Halsey. Ihr seid nicht länger ein jüngeres Mitglied der Auslandsabteilung. Das geht nicht. Nicht, nachdem Seine Majestät es für angebracht gehalten hat, Euch in den Adelsstand zu erheben. Ihr seid jetzt Earl. Ihr versteht doch, was das bedeutet, oder nicht? Und Ihr seid Landbesitzer, und zwar eines ziemlich erheblichen Besitzes. Das Wichtigste für mich ist, dass Ihr mit meiner Schwester verheiratet seid. Selina und ich mögen nie über etwas einer Meinung gewesen sein - unter uns, manchmal flößt sie mir furchtbare Angst ein - aber sie ist von meinem Blut, und das ist wesentlich. Und da Ihr mit ihr verheiratet seid, sind wir jetzt im Guten wie im Schlechten miteinander verbunden. Also was ich von Euch gehalten habe und in der Vergangenheit über Euch gesagt habe und was Ihr seid ...“

„Ein Halbblut unbekannter Abstammung?“

Cobham winkte ab. „Das ist nicht mehr wichtig. Vergesst das alles. Sache ist, Ihr seid mein Schwager und das ...“

„... gleicht meine schlechte Abstammung aus?“

Cobham tippte sich an die Nase und lächelte. „Genau! Wusste doch, dass Ihr das verstehen würdet. Guter Mann! Und als mein Schwager habt Ihr einige Privilegien, doch es heißt auch, dass ich und der Rest Eurer Standesgenossen gewisse Erwartungen an Euch haben. Es gibt ungeschriebene Gesetze, an die Ihr Euch halten müsst. Und da wir jetzt miteinander verwandt sind und ich der Leiter der Auslandsabteilung bin und das Ohr Seiner Majestät und Sein Vertrauen habe und Ihr ein Lord des Reichs seid, könnt ihr keinen verräterischen Unsinn von Euch geben.“

„Und den Wunsch zu haben, dass all meine zukünftigen Kinder gleichermaßen erben ist verräterischer Unsinn?“

„Absoluter Wahnsinn, Halsey“, erwiderte Cobham düster, und mit so finsterem Ausdruck, dass Alec in Lachen hätte ausbrechen mögen. Das tat er jedoch nicht und so fuhr sein Schwager im gleichen feierlichen Ton fort. „Wenn Ihr etwas dieser Art in einem der Clubs oder im Oberhaus äußert, könnt Ihr Euch auf einem Karren auf dem

Weg zu einem Strohsack in Bedlam wiederfinden. Schlimmer noch, die Blicke werden sich auch auf mich richten. Fragen werden aufkommen, warum ich verdammt noch mal nichts getan habe, um Euch daran zu hindern, Euch zum Narren zu machen." Er beugte sich so weit auf dem Sofa vor, wie sein Bauch es ihm erlauben wollte. „Denkt nach, Halsey. Es ist eine Sache, wenn dieser alte Windhund von Eurem Onkel verräterischen Unsinn im Unterhaus heraussprudelt wie ein verdammter Wahnsinniger. Er kann das tun, weil er kein Lord ist. Er ist so frei wie ein Vogel und kann tun, was ihm gefällt, so lächerlich es auch sein mag. Aber das seid Ihr nicht und werdet es auch nie wieder sein. Ihr könnte Eurem Titel nicht den Rücken kehren oder so tun, als hätte er nie existiert. Wer würde das tun, der noch bei Verstand ist? Nur ein Wahnsinniger. Ihr müsst daran denken, dass Euer Titel erblich ist. Euer Sohn wird ihn erben, und sein Sohn nach ihm, und so weiter und so fort. So funktioniert das System und wird immer funktionieren. So erhalten wir die Ordnung aufrecht. Und so erwarten die schmutzigen Massen von uns, dass wir die Ordnung aufrecht erhalten. Ihr habt gegenüber Eurem ältesten Sohn eine Verantwortung, dafür zu sorgen, dass er dieses ganze Zeug erbt. Aber wie Ihr das tun wollt, wenn Ihr Euch mit dieser verdammten Realteilung herumschlagen müsst, weiß ich verdammt nochmal nicht." Er stieß ein schnaubendes Lachen aus, als ob ihm gerade ein absolut lächerlicher Einfall gekommen wäre. „Wenn Ihr Glück habt, wird Selina Euch vielleicht einen Sohn gebären und Ihr werdet keine weiblichen Kinder haben, um den Landbesitz teilen zu müssen; das wäre die Lösung!"

„Mögest du nur mit einem Sohn gesegnet sein und keine Tochter deines Namens haben", wiederholte Alec und erinnerte sich sofort an die lateinische Inschrift am Marktplatz von Fivetrees.

„Ganz genau! Wenn ich an Eurer Stelle wäre, würde ich diesen Satz meinem Abendgebet hinzufügen."

Doch Alec dachte nicht an seine zukünftigen Kinder, sondern an die, die in der Vergangenheit hier geboren worden waren, und an seinen Onkel in der Gegenwart, und er sprach seine Gedanken laut aus.

„Wenn, wie Ihr sagt, dieses Anwesen dem Gesetz der Realteilung unterliegt und Söhne und Töchter Land zu gleichen Teilen erben, dann hat mein Onkel als einer von zwei Zwillingsbrüdern einen Anteil an diesem Anwesen von seinem Vater geerbt. Und als sein Bruder starb, und mein Bruder Edward das Erbe antrat, müsste ich neben ihm als sein Bruder geerbt haben. Edward ist tot, aber mein Onkel ist noch sehr lebendig. Das heißt, er teilt sich noch immer das

Eigentum an diesem Anwesen mit mir. Und das bedeutet, dass ich nicht alleiniger Eigentümer bin und nicht die Möglichkeit habe, dieses Anwesen im Ganzen an einen ältesten Sohn weiterzugeben, selbst wenn ich das wollte und könnte, es sei denn, dass ein rechtliches Wunder dieses Gesetz der Realteilung verschwinden lässt."

„Seht her, Halsey. Ich habe keine Ahnung, wovon Ihr redet, doch es klingt wie eine unordentliche Sache, etwas, das Ihr am besten mit Eurem Onkel klärt, und zwar besser früher als später. Ich weiß über die rechtliche Lage nicht im Einzelnen Bescheid, doch Tante Olivia beharrt darauf, dass dieses Anwesen Euch gehöre, und nur Euch allein."

Cobham hatte Alecs volle Aufmerksamkeit. „Tante Olivia? Was weiß sie über ..."

„Nein! Es steht mir nicht frei, das zu sagen. Habe ein Versprechen gegeben, das ich halten muss, oder Ihre Gnaden wird meine Eier zum Frühstück verzehren - äh, ihre Worte, nicht meine. Nicht, dass sie mir viel erzählt hätte. Sie kann den Mund so fest schließen wie eine verdammte Fußangel, wenn sie will. Aber da Ihr und ich jetzt verwandt sind und wir Männer gegen eine Verschwörung von Weibern zusammenhalten müssen, kann ich Euch verraten, dass Vorkehrungen getroffen wurden ..."

„Von wem?"

„Hört zu! Los! Vorkehrungen, getroffen von Eurem Onkel bezüglich des Erbes an diesem Anwesen", verkündete Cobham und verdrehte die Augen. Als Alec sprechen wollte, schüttelte er den Kopf und winkte mit der Hand ab, geistig erschöpft. „Nein! Ich kann Euch nicht mehr verraten. Sagte ich Euch doch. Tante Olivia würde mir die Eier abschneiden. Sprecht mit Eurem Onkel. Das heißt, falls Ihr ein vernünftiges Wort aus ihm herausbekommt. Aber ich habe genug gesagt. Bin nicht hergekommen, um Eure Angelegenheiten zu regeln. Denn, offen gestanden, geht es mich verdammt nichts an. Es ist Eure Sache. Und, um es unverblümt zu sagen, meine Geschäfte sind weit wichtiger. Es geht um die Nation und die Ehre Seiner Majestät und ist ziemlich dringend."

„Dann sollten wir uns besser stärken", sagte Alec und ging zum Beistelltisch hinüber.

Er kam mit einer Karaffe Brandy und Gläsern zurück und machte sich daran, langsam zwei Gläser einzuschenken. Zuzusehen, wie die bernsteinfarbene Flüssigkeit in das Glas rann, gewährte ihm einen Augenblick, um alle Fragen, die nach Cobhams Enthüllungen seinen Kopf füllten, beiseite zu schieben. Er wusste, er würde seinem Schwager nicht mehr entlocken können, da dieser nun die Rolle als

Leiter seiner Abteilung angenommen hatte. Seine Fragen würden warten müssen, bis er seinen Onkel damit konfrontieren konnte, und wenn aus diesem nichts herauszubekommen wäre, war da immer noch der Anwalt von Yarrborough und Yarrborough, den Tam aus London herzubringen unterwegs war. Auf jeden Fall würden seine Fragen in den nächsten paar Tagen beantwortet werden. Er lenkte seine Gedanken wieder auf das Hier und Jetzt, reichte Cobham ein Glas und hob das seine. Sein Schwager tat es ihm nach.

„Normalerweise trinke ich nicht vor dem Diner", gestand Cobham, goss aber den Inhalt in einem Zug herunter. Er hielt sein Glas hin, um es nachfüllen zu lassen, und Alec tat das. „Aber das, was ich Euch sagen muss, schreit danach."

„Also warum braucht der Leiter der Auslandsabteilung meine Hilfe?", fragte Alec sanft.

„Warum? Das werde ich Euch verdammt noch mal sagen!"

Lord Cobham schrie die Worte fast. Der Brandy hatte ihn belebt. Er setzte sich auf, rückte seine Perücke zurecht und wackelte mit dem Glas in Alecs Richtung, als wäre es ein Schwert. All seine Zusicherungen, dass Alec nicht länger ein jüngeres Mitglied seiner Abteilung wäre, lösten sich in Luft auf. Er sprach mit ihm, wie er es mit allen in der Auslandsabteilung machte, die er für unter seiner Würde hielt, was jeden aus ihm selbst miteinschloss.

„Halsey, Ihr habt das Land in diese Klemme gebracht, also müsst Ihr uns verdammt noch mal wieder da raus holen!"

ZWEIUNDZWANZIG

„Klemme?“

Alec stellte sein leeres Glas ab und verschränkte die Arme. Er war von Cobhams heftigem Ausbruch nicht erschüttert und wartete darauf, dass dieser sich erklären würde, als ob er alle Zeit der Welt hätte.

„I-ihr wisst schon, eine- eine Schwierigkeit“, murmelte Lord Cobham schließlich, der von Alecs festem Blick beträchtlich eingeschüchtert wurde.

„Ich verstehe den Ausdruck. War es Seine Majestät, die meinte, dass ich dafür verantwortlich wäre, dass das Land irgendwie in Schwierigkeiten steckt, oder hat jemand seiner Majestät eingeredet, dass ich der Grund dafür wäre?“

Lord Cobham winkte ab. „Nicht Seine Majestät. Seiner Majestät.“ Er schnaubte in hochnäsiger Ungläubigkeit. „Wie sollte der König eine Ahnung haben, was vor sich geht, wenn ich es ihm nicht sage, he?“

„Also wart Ihr es, der ihm gesagt hat, dass es meine Schuld wäre.“

„Hört zu, Halsey. Wer was zu wem gesagt hat, spielt jetzt keine Rolle. Das Problem ist da und Ihr seid der Einzige, der es in Ordnung bringen kann. Aus welchem Grund ich den ganzen Weg hergekommen bin, um dafür zu sorgen, dass Ihr das auch tut.“

Alec gab vor, nicht zu verstehen. Er legte nachdenklich den Kopf schief. „Hier scheint es zwei gegensätzliche Aussagen zu geben. Eine ist, dass ich das Land in Schwierigkeiten gebracht hätte; die andere, dass das Problem, welches es auch immer sein mag, nur von mir gelöst werden könnte, der es, wie Ihr sagt, überhaupt erst verursacht hätte? Wie denn nun?"

Lord Cobham verzog sein Gesicht und verstand überhaupt nicht, wovon Alec sprach. Doch um seine Unwissenheit zu verbergen und weil er eine übertriebene Meinung von seinem Verhandlungsgeschick hatte, da niemand in seiner Abteilung es je gewagt hätte, ihm das Gegenteil zu sagen, bemerkte er mit einem Schnüffeln und einem überheblichen schiefen Lächeln: „Ihr wisst doch, wie diese ausländischen Höfe und ihre Herrscher sind. Sie beneiden uns. Sie würden alles sagen und tun, um unsere Freunde zu sein, während sie uns mit Hilfe unserer Feinde den Dolch in den Rücken stoßen."

„Um im Zweifelsfall auf beiden Seiten investiert zu haben."

„Genau!"

„So, wie Eure Regierung versuchte, bei dem Ausgang der Revolution in Midanich auf beiden Seiten zu stehen?"

„Ganz genau! Ich wusste, Ihr würdet das vers... Nein! Nein! Das hat unsere Regierung überhaupt nicht gemacht!"

„Oh? Dann habt Ihr nicht selbst den Markgrafen von Midanich als - äh *verdammtes Nichts von einem Herrscher* bezeichnet oder Midanich als *unwichtiges Fürstentum Gott-weiß-wo in der Mitte von Europa*?"

Lord Cobhams Gesäß hob sich vom Sofa, während seine Füße fest auf dem Teppich verwurzelt blieben. Er wankte. „Wer hat Euch gesagt - warum sollte ich ...?"

„Dass es Euch gleich wäre, wer den Bürgerkrieg gewänne, Prinz Ernst oder Prinz Viktor, solange es so aussähe, als ob die Regierung Seiner Majestät die Seite des Gewinners von Beginn an unterstützt hätte?"

„Wo habt Ihr das gehört?"

„In einem Brief an mich, der Euch und Eure Ansichten über Midanich und seinen Markgrafen beschrieb. Ich glaube nicht, diesen Brief, oder Euch, falsch zitiert zu haben."

„Aber wie ..."

„Sicher seid Ihr Euch dessen bewusst, dass Ihr als Leiter der Auslandsabteilung nicht dagegen immun seid, bespitzelt zu werden. Ich würde weiter gehen und sagen, dass Ihr wahrscheinlich der für Spione interessanteste Mann in der Regierung seid."

„Aber diese Ausländer verstehen die englische Sprache nicht, am Allerwenigsten das, was ich ..."

„Wer sagte etwas über ausländische Spione?"

Lord Cobham sprang auf. „Das ist Verrat, verdammt noch mal, und es werden Köpfe rollen!"

„Setzt Euch, Cobham. Dies ist nicht das England der Tudors. Unser Monarch wird kaum seine eigenen Spione dafür enthaupten, dass sie berichten, was der Leiter der Auslandsabteilung im Namen der Krone sagt und tut. Und was Ihr über den Markgrafen von Midanich und sein Fürstentum gesagt habt, missfällt dem König, weil es das Missfallen des Markgrafen erregt hat. Ist das nicht so?"

Alec brauchte keine Antwort auf diese Frage, da er sie bereits kannte. Er hatte in den letzten sechs Wochen Briefe von einer Reihe an Korrespondenzpartnern erhalten, die meisten aus Midanich. Und einer war vom Earl von Salt Hendon gekommen, den der König gebeten hatte, eine Willkommensdelegation für einen Besuch des neu gekrönten Markgrafen zu leiten, dem ersten Besuch des Herrschers dieses Landes in England. Lord Salts Brief erklärte, dass die Vorbereitungen für den Besuch des Markgrafen stockten und die Lage sich durch den Leiter der Auslandsabteilung nicht besserte.

Daher war Alec sich dessen bewusst, dass sich zwischen England und Midanich eine diplomatische Krise zusammenbraute. Und während er die Gedanken seines Königs nicht kannte, genoss er doch das Vertrauen des Earls von Salt Hendon und des Markgrafen von Midanich. Beide wollten das Problem gelöst sehen, und zwar schnell. Und der Markgraf wollte, dass Alec es löste, niemand sonst. Er setzte sein Vertrauen in seinen Baron Aurich von Midanich, weshalb er einen geheimen Gesandten nach London geschickt hatte. Doch Alec war auch der Marquess Halsey von England, und seine Loyalität gehörte König George. Und daran hatte der Earl von Salt Hendon ihn erinnert.

Er würde einen diplomatischen Seiltanz ausführen müssen - das hieß, *wenn* er bereit wäre, sich auf dieses Seil zu wagen und als diplomatischer Vermittler zu wirken. Als ob in seinem Leben und auf seinem Landsitz nicht genug vor sich ginge! Doch Cobham war jetzt sein Schwager, der Earl von Salt Hendon ein vertrauter Freund und der Markgraf ebenso. Und dann war da der private Besuch der Gräfin Rosine in London, der er durch Tom einen Brief geschickt hatte. Wie könnte er sich weigern?

Zuerst musste er Cobhams fehlgeleitetes Vertrauen in dessen eigene dürftige Fähigkeiten zerstören. Denn er wusste auch, dass Seine Majestät wütend auf den Leiter seiner Auslandsabteilung war und gedroht hatte, ihm nicht nur seine Pfründe zu entziehen, sondern ihn auch aller seiner hohen Ämter zu entheben.

Alec goss Brandy in Cobhams leeres Glas und befahl ihm auszutrinken. Dann übernahm er die Kontrolle des Gesprächs.

„Damit wir uns verstehen. Das Problem, wie Ihr es nennt, das unsere Regierung mit einer ausländischen Macht hat, war nicht *mein*, sondern Euer Werk ...“

„Jetzt hört aber mal, Halsey, ich ...“

„*Euer* Werk“, betonte Alec, ohne mit der Wimper zu zucken.

Er deutete auf das Sofa, auf dessen Polster Cobham sein Gesäß platzieren sollte. Und als er genau das getan hatte, fuhr Alec fort.

„Eure unwissende und, ich wage zu sagen, beleidigende Meinung über Midanich und seinen Herrscher haben Seine Majestät in eine peinliche Zwickmühle gebracht. Der Markgraf, der bereits die Einladung Seiner Majestät, England zu besuchen, angenommen hatte, entdeckte dann, dass sein Land und seine Person von niemand anderem als Englands Außenminister verleumdet worden waren. Was sollte er tun?“

„Es einfach vergessen! Vergessen, dass ich ein Wort gesagt habe. Das sollte er tun, wenn er will, dass wir ...“

„Ich brauche darauf keine Antwort von Euch, Cobham. Euer Aussagen waren schriftlich, jeder konnte sie lesen. Dies ist kein bloßes Gerücht, das der Markgraf einfach beiseiteschieben könnte, es ist eine Tatsache.“

„Niemand kann sagen, dass es in meiner Handschrift wäre, am allerwenigsten dieser deutsche Emporkömmling!“

„Wir alle wissen, dass Ihr es gesagt habt, Cobham. Der Markgraf, seine Höflinge, unsere, Lord Salt, der Herr der Spione und Seine Majestät. Und weil wir alle es wissen, hätte der Markgraf das Recht, seinen Besuch in unserem Land abzusagen und Seine Majestät dürfte keinen Anstoß daran nehmen, sonst gäbe es einen diplomatischen Zwischenfall. Doch es ist eine diplomatische Sackgasse, und die habt *Ihr* verursacht.“

„Warum sollte der Mann etwas so verdammt Dummes tun, wie nicht nach England zu kommen, he?“, fragte Cobham streitlustig. „Hierher eingeladen zu werden ist in der Tat eine hohe Ehre. Und es ist das erste Mal, dass ein Nachbar Hannovers eingeladen wurde, also eine doppelte Ehre für ihn.“

„Das könnte vielleicht Euch und Eure Abteilung noch retten, und auch dem Markgrafen helfen, das Gesicht zu wahren.“

„Hä? Wie das?“

„Weil Seine Majestät den Markgraf nicht als Seine Britische Majestät, Herrscher von Großbritannien und Irland, einladen wird, sondern als Herzog von Braunschweig und Kurfürst von Hannover. Was bedeutet, er wird den Markgrafen als seinen deutschen Cousin und Freund behandeln.“

„Klingt vernünftig. Dagegen kann der Markgraf doch kaum etwas einzuwenden haben, oder?“

„Es bedeutet, dass Seine Majestät nicht den üblichen parlamentarischen und ministerialen Zwängen unterliegen wird, wie die Monarchen Großbritanniens sonst. Und es bedeutet auch, dass die auf unserer Seite mit dem Besuch Befassten die deutschen Ratgeber des Königs sein werden, nicht ihre englischen Gegenstücke.“ Als Lord Cobham nichts dazu sagte, wurde Alec deutlicher. „Bei diesem Besuch wird kein Platz für den englischen Leiter der Auslandsabteilung oder die Abteilung selbst sein, oder bei den Verhandlungen über ...“

„Was? Das ist empörend! Wir sind hier in England, verdammt! Ich bin der Leiter der verdammten Auslandsabteilung. Ich werde nicht ...“

„... viel länger Leiter der Auslandsabteilung sein, wenn Ihr auf diese streitsüchtige Art weitermacht. Das ist Tatsache, Cobham. Wenn Ihr bei diesem Besuch des Herrschers von Midanich nicht zur Seite tretet, Euch Zeit nehmt, um Eure Güter zu besuchen und den beschäftigten Landbesitzer zu spielen, könntet Ihr Euch zu einem Leben verdammt sehen, in dem Ihr den Rest Eurer Tage damit verbringt, kleine Porzellandöschen mit Potpurri zu füllen. Ich bin sicher, dass das nicht Euer Wunsch ist, oder?“

Lord Cobham schüttelte mit vorgeschobener Unterlippe den Kopf, hielt das Glas zwischen den Knien und drückte sein Doppelkinn in das Halstuch. Er war ein Bild der Zerknirschung. Das einzige Anzeichen für seinen inneren Aufruhr war die Bewegung seiner kleinen, dunklen Augen, die von einer Seite zur anderen huschten. Und dann zerstörten seine nächsten Worte Alecs Hoffnung, dass sein Schwager endlich Verantwortung für sein Handeln übernehmen würde. Doch was Alec nicht überraschte, war, dass Cobham seinem Ruf Ehre machte, der am wenigsten geeignete Kandidat zu sein, um eine Abteilung, die sich mit Diplomatie befasste zu leiten.

„Der Kerl muss eine dünnere Haut haben als ein verdammt verhungertes Pferd, wenn er sich meine Bemerkungen zu Herzen genommen hat! Außerdem wissen wir alle, dass er es sich nicht leisten kann, beleidigt zu tun. Nicht, nachdem sein Land nach dem Bürgerkrieg mit seinem verrückten Bruder in Trümmern liegt und Mittel zum Wiederaufbau braucht. Er sollte sich ein dickeres Fell zulegen und sich zusammenreißen und vergessen, dass er je beleidigt wurde, wer sagt denn sonst, dass wir seine dämlichen Truppen nehmen müssen, oder?“

„Cobham, ich glaube, Ihr versteht nicht, was hier auf dem Spiel steht.

Der Markgraf muss nicht mit dem Hut in der Hand zu uns kommen. Er kann leicht eine andere ausländische Macht finden, die so gut ausgebildete und angesehene Kämpfer anheuern will, wie sie Midanich zu bieten hat. Das Land hat die besten Soldaten Europas. Er mag das Einkommen brauchen, um sein Land wieder aufzubauen, aber das kann er von überall bekommen. Wir - England und Seine Majestät - können solche Truppen nicht einfach irgendwo anders finden. Um es deutlich auszudrücken: England braucht Midanich mehr, als Midanich uns braucht.“

Lord Cobham nickte, sah aber nicht überzeugt aus. „Offen gesagt, alles, worum es geht, ist, dass der Markgraf seine Unterschrift auf diese Dokumente setzt und uns seine Truppen überlässt. Wenn das heißt, dass ich aufs Land gehen und in Schweinemist herumstapfen muss, dann muss es eben sein. Aber das werde ich nicht, und das wisst Ihr ...“

„Was werdet Ihr nicht?“

„Ich gehe nirgendwo hin. Ich werde in London sein, wenn ich gebraucht werde.“

Alec holte tief Luft und knirschte mit den Zähnen, bevor er ruhig, aber fest sagte: „Warum seid Ihr dann hergekommen, wenn Ihr nicht bereit seid, auf mich zu hören?“

„Sagte es doch: Brauche Eure Hilfe. Der Markgraf will mit keinem von uns sprechen, nicht einmal mit Seiner Majestät. Will nur mit Euch sprechen. Sagt, er kommt im November nicht nach London, wenn Ihr nicht an der Seite Seiner Majestät seid, um ihn zu begrüßen.“

Alec hätte am liebsten die Arme hochgeworfen und *Hallelujah* gebrüllt. Der Leiter der Auslandsabteilung hatte endlich um seine Hilfe bei einem Problem gebeten, von dem er wusste, dass nur Alec es lösen konnte.

„Ich werde Euch helfen, Cobham ..“

„Gut! Höchste Zeit, dass Ihr Euch einverstanden erklärt, unserem König und dem Land zu Hilfe zu kommen ...“

„... aber nur unter zwei Bedingungen.“

Lord Cobham stellte das leere Glas auf das Polster neben sich und stand auf. Er machte eine Handbewegung, als ob solche Details von höchst untergeordneter Bedeutung wären.

„Nennt diese Bedingungen, und sie werden erfüllt. Und jetzt, wenn es Euch nichts ausmacht, würde ich gerne diese Reisekleidung gegen etwas Vorzeigbareres für das Diner austauschen. Man muss doch den Anstand wahren, vor allem für unsere Damen, auch wenn wir auf dem Lande sind. Ich hoffe, Ihr tut das auch. Das muss ich meiner Schwester lassen. Sie sieht immer anziehend aus, wo auch immer sie ist ... nun? Los! Los! Steht nicht einfach da, nennt mir Eure Bedingungen! Mein Kammerdiener wird schon auf mich warten.“

„Ihr werdet Euch aus den Verhandlungen mit dem Markgrafen heraushalten. Und Ihr und Eure Untergebenen und der Herr der Spione und seine Leute werdet meinen Anweisungen folgen.“

Alec streckte die Hand aus.

Lord Cobham verzog das Gesicht, seine buschigen roten Brauen zuckten, dann hob er eine Schulter. Dann zupfte er an den Spitzen um seine Handgelenke, streckte seinen dicken Hals in seiner Leinenkrawatte, was Alec sich fragen ließ, ob er vorhatte, den Handschlag abzulehnen. Doch endlich schlug er ein und fügte missmutig hinzu:

„Na gut. Nicht, dass ich nicht ohnehin vorschlagen wollte, dass wir uns an Euch halten. Schließlich sprecht Ihr die *lingua franca* besser als ich. War in Eton nie besonders gut in Französisch ... Und Ihr sprecht auch Deutsch, was in den Ohren weh tut; klingt wie ein Haufen sinnloser, abscheulicher Krächzer.“

Alec biss sich auf die Zunge und nickte den Lakaien zu, dass sie die Flügeltüren öffnen sollten. Das taten sie, und herein schritten Plantagenet Halsey und Sir Tinsley Ferris in erhitztem Wortwechsel. Beide wurden vom Leiter der Auslandsabteilung aufgehalten, der ihren weiteren Zutritt zur Bibliothek blockierte.

„Sir Tinsley, das hier ist Lord Cobham, Lady Halseys Bruder“, stellte Plantagenet Halsey mit einem tiefen Seufzer fest, als wäre es eine Anstrengung, solche Vorstellungen durchzuführen. Die beiden Fremden verbeugten sich zur Begrüßung höflich voreinander. „Cobham, dies ist Sir Tinsley Ferris, der hiesige Magistrat und unser Nachbar. Mehr Zeit haben wir nicht, daher könnt Ihr Eurer Wege gehen. Und da Ihr nach Pferd und Wagen stinkt, solltet Ihr besser ein Bad nehmen und Euch abschrubben, sonst kränkt Ihr die Damen - Nun, Mylord“, sagte er zu Alec gewandt und ging an dem sprachlosen Lord Cobham vorbei, „Sir Tinsley und ich müssen ein Wort mit Euch reden.“

„Nein, da gibt es kein *wir*“, stellte Sir Tinsley mit einem verärgerten Schnaufen fest.

Es war dem Magistrat kaum bewusst, dass der Mann, der da vor ihm stand, mit dem Kopf wie ein Fisch und einem Bauch, der ihn als Vielfraß verriet, ein hohes Mitglied des Geheimen Staatsrates und der Leiter der Auslandsabteilung war. Er bildete sich so viel auf seine Rolle als heimischer Gesetzeshüter ein, dass er sich für den wichtigsten Mann im Raum hielt, und der nächste auf dieser Liste war sein Gastgeber, Lord Halsey. Also folgte er Plantagenet Halsey weiter in den Raum hinein, ohne Lord Cobham einen zweiten Blick zu gönnen, dessen Mund halb offen stehenblieb, als er von einem Mann so kurz abgefertigt und von dem anderen ignoriert wurde.

„Ich, und ich allein in meiner Rolle als Magistrat, muss mit Lord Halsey sprechen, und ohne Eure Einmischung in diese Mordermittlung!“

„Einmischung?“, polterte Plantagenet Halsey, einen Schritt hinter Alec, der zu der Sesselgruppe zurückgekehrt war, die er gerade mit Lord Cobham verlassen hatte. „Ihr hättet meinen Rat befolgen sollen, dann wäre der Junge vielleicht eher willens gewesen zu reden.“

Sowohl der Magistrat als auch der alte Mann waren so in ihren Streit vertieft, dass sie taub für die Schimpfkanonade waren, die Lord Cobham auf die beiden unseligen Lakaien niederregnen ließ, die an der offenen Flügeltür standen. Alec nicht. Er sah zu, wie Cobham aus der Bibliothek stürmte und gab mit einem Nicken das Zeichen, die Türen zu schließen. Es würde ein langer Tag werden …

DREIUNDZWANZIG

„Ich sagte ihm, dass der Junge nicht sprechen will", sagte Plantagenet Halsey in einem viel gemäßigteren Ton zu Alec, als er ihn beim Eintritt in die Bibliothek Sir Tinsley gegenüber benutzt hatte. „Wenn er sich schon nicht seiner Schwester gegenüber öffnet, dann wird er bei einem Magistrat erst recht kein Wort sagen, oder?"

„Euer Rat wurde notiert, Halsey, aber als Magistrat habe ich gewissen Pflichten zu erfüllen. Der Turner-Junge wurde ermordet, und auch wenn der Tod des Schmiedesohns ein Unfall gewesen sein mag, wurde sich an seinem Körper vergangen, seine Hand wurde von einer unbekannten Person oder Personen abgetrennt. Und der einzige Zeuge beider Verbrechen ist Nicholas Fisher. Also muss er reden und *wird* er reden. Und wenn nicht mit mir, dann muss er einer höheren Autorität zum Verhör übergeben werden. Die Tatsache, dass er sich weigert, überhaupt zu sprechen, könnte zu der Annahme führen, dass er in den Mord verwi..."

„Das ist völliger Schwachsinn, und das wisst Ihr", fauchte Plantagenet Halsey mit einem Augenrollen in Alecs Richtung. „Der Junge ist kaum stärker als ein kleiner Ast. Hugh Turner war ein strammer Bursche und drei Jahre älter als Nic Fisher, dessen Arme kaum so dick sind wie ein Besenstiel. Sagt mir, wie ein solcher Junge den einen Freund überwältigen und ihm die Kehle durchschneiden konnte, und dann, als sein anderer Freund floh, diesen einholen, ihn aufgespießt finden und dann so ganz lässig seine Hand abschneiden. Das ist einfach unmöglich. Außerdem, warum sollte er seinen beiden besten Freunden das antun, noch dazu auf so grausige und vielsagende Art und Weise? Nein. Er hatte nichts damit zu tun. Und der Grund, warum er nicht spricht, ist, weil er vor Angst fast den Verstand verloren hat und sich in einem Zustand höchster Aufregung befindet. Und das wird so bleiben, wenn Ihr ihn weiter quält. Er wird sprechen, wenn er soweit ist."

„Ich stimme zu, dass es unwahrscheinlich ist, dass der Junge etwas mit diesen entsetzlichen Dingen zu tun hat", antwortete Sir Tinsley, plötzlich seine Meinung ändernd. „Meine Hypothese war nur die Folgerung, die andere aus seinem andauernden Schweigen ziehen könnten. Doch wenn er nicht den Mund aufmacht, werde ich gezwungen sein, ihn anderen zu übergeben, die ihn nicht kennen. Und sie werden eifrig darauf bedacht sein, jemandem den Mord in die Schuhe zu schieben, um die trauernden Eltern zu beschwichtigen und ein Dorf zu beruhigen, das ebenso vor Angst um den Verstand kommt, weil im Wald ein Mörder frei herumläuft, der es auf Unschuldige abgesehen hat. Da Nicholas Fisher zu der Zeit dort war, als die Jungen angegriffen wurden, ist er der Einzige, der uns etwas sagen kann; er könnte sogar die Identität des Mörders oder der Mörder kennen. Also nein, wir haben keine Zeit, um abzuwarten, bis der Junge sich zum Reden entschließt. Weshalb ich hier bin, Mylord, um zu verlangen, dass Ihr mir erlaubt, Nicholas Fisher in meine Obhut zu nehmen und ..."

„Sir Tinsley, wenn Ihr keinen Grund zu der Annahme habt, dass Nicholas Fisher diese Verbrechen begangen hat, kann ich, fürchte ich, Eure Forderung nicht erfüllen", sagte Alec ohne Umschweife. „Der Junge und seine Schwester werden hier, unter meiner Fürsorge und meinem Schutz bleiben."

Sir Tinsley neigte den Kopf. „Sehr wohl, Mylord. Jedoch lasst Ihr mir keine andere Wahl, als nach London in die Bow Street zu schicken und anderen zu erlauben, diese Angelegenheit zu übernehmen."

„Warum seid Ihr so schnell dabei, Euch von der Verfolgung zu drücken, he?", fragte Plantagenet Halsey. „Sonst seid Ihr doch immer begierig, mit dem Finger auf Euch selbst zu zeigen, aber diesmal nicht. Warum?"

„Onkel, haben Nic und Sally ein Bad bekommen und wurden sie in saubere Kleidung gesteckt?" Als der alte Mann nickte, fragte er weiter: „Und die abgelegten Kleider wurden aufbewahrt, wie ich befohlen hatte?" Der alte Mann nickte erneut. „Und als du die Kleidung untersucht hast, was hast du gefunden?"

„Lumpen. Die Sachen waren fadenscheinig, übermäßig geflickt und die des Jungen voller Läuse. Ich wage zu behaupten, dass die Röcke des Mädchens sauberer und frei von Ungeziefer waren, weil sie eine Anstellung hat und den größten Teil des Tages bis zu den Knien in Seifenlauge verbringt!"

„Was hat all das zu bedeuten, Mylord?", fragte Sir Tinsley aufgebracht.

„Wenn, wie Ihr unterstellt, Nic Fischer in einen grausigen Mord verwickelt war, wäre zu erwarten, dass seine Kleidung von den verräterischen Spuren seine verbrecherischen Handelns übersät wäre."

„Das soll heißen?", fragte der Magistrat mit tiefem Stirnrunzeln.

„*Blut*, Ferris!", mischte der alte Mann sich ein. „Es war kein Blut, nicht einmal ein Fleckchen, auf irgendeinem Kleidungsstück, das diese Kinder trugen. Ihr könnt Euch diese Lumpen selbst ansehen. Sie wurden nicht berührt oder verändert oder gesäubert. Es lässt sich vernünftigerweise annehmen, dass, wenn man den Hals eines Tiers durchschneidet, *überall* jede Menge Blut zu finden sein müsste. Und da wir beide uns auf dem Land auskennen, wissen wir doch, wie das geht, oder?"

„Der Junge wurde seit Tagen vermisst - er hätte seine Lumpen wechseln können", widersprach Sir Tinsley schwach, dachte über das nach, was der alte Mann über das Fehlen von Blutflecken auf Nicholas Fishers Kleidung gesagt hatte und fühlte sich töricht, weil er es versäumt hatte, darauf zu achten.

„Wechseln - gegen was?", fragte Plantagenet Halsey spöttisch. „Er ist ein Fisher! Ich wette, dass er ohnehin nur abgelegte Lumpen trägt."

„Er hat diese Tage versteckt in der Hütte des alten Bill verbracht", sagte Alec zu Sir Tinsley. „Und soweit ich sehen konnte, gab es dort keine Blutflecken ..."

„Euer Lordschaft waren in der Hütte des alten Bill?", fragte der Magistrat misstrauisch.

„Was mich am meisten überraschte, außer der Tatsache, dass im Moment niemand namens Old Bill dort wohnt, ist, dass sie für die Hütte eines Waldarbeiters bemerkenswert gut instand gehalten ist - zu gut." Alec schaute beide Männer an, als er mit einem ironischen Lächeln hinzufügte: „Und ich gehe davon aus, dass das daran liegt, dass diese Instandhaltung Teil der Abmachungen zwischen Euch allen ist, aber ist die verschlossene Hütte im *Hinterhof* das auch? Ja, draußen im Hinterhof, das ist wohl das wichtigere Gebäude. Aber ich schweife ab, und was ich jetzt wissen möchte, Sir Tinsley, ist, wie Nic auf Eure Gegenwart reagiert hat?"

„Mylord? Er hat nicht anders reagiert, als ich erwartete", antwortete der Magistrat langsam, denn er verdaute noch die Nachricht, dass Lord Halsey nicht nur die Hütte des alten Bill besucht hatte, sondern auch den Zweck des Gebäudes kannte. „Warum fragt Ihr?"

„Vielleicht, da Ihr zu sehr mit Euren Pflichten beschäftig wart, um es zu bemerken, wäre es besser, wenn mein Onkel, der als Beobachter dabei war, es mir berichtet."

„Der Junge hat die Sprache verloren", antwortete Plantagenet Halsey. „Er hielt sich dicht bei seiner Schwester. Und selbst, als sie ihn zum Sprechen animieren wollte, kam nichts. Aber warum sollte er den Mund aufmachen, wenn Ferris hier sich über ihn beugte und ihm ins Gesicht schrie und ihm mit dem Galgen drohte, sollte er nichts sagen."

„Also war er nicht erschrocken, sondern fürchtete sich?"

„Erschrocken? Nein. Nicht mehr als gewöhnlich. Nic und seine Schwester wissen, dass Ferris der hiesige Magistrat ist, daher haben sie natürlich Angst vor ihm, welcher Dorfbewohner hat die nicht? Sie erwarteten, verhört zu werden. Die Schwester hat bereitwillig geredet, während ihr Bruder stumm blieb."

„Also wenn er nicht erschrak, war er völlig verängstig?", beharrte Alec weiter und sah von seinem Onkel zum Magistrat und wieder zurück.

„Nein, auch nicht verängstigt", bestätigte Plantagenet Halsey. „Um ehrlich zu sein, er war überhaupt nichts. Ich meine, er zeigte keine Regung. Ferris hier hätte eine Wand befragen können und die gleiche Reaktion erhalten, nämlich überhaupt keine."

„Das sagt mir weit mehr, als Ihr derzeit ahnen könnt."

Sowohl der alte Mann als auch der Magistrat schauten zuerst einander, dann Alec an, verwirrt durch die Richtung der Fragen und Alecs Reaktion. Er klärte sie auf.

„Ich frage, weil, wäre Nic erschrocken oder völlig verängstigt von Sir Tinsleys Gegenwart gewesen, es mich dazu hätte führen können zu denken, dass der Junge ihn als jemanden, der im Wald war, als Hugh und Will überfallen wurden, erkannte. Und wenn das der Fall wäre, und er gesehen hätte, wie Sir Tinsley ein Messer an Hughs Kehle setzte, dann würde Sir Tinsley das auch wissen und hoffen, ihn zum Schweigen zu bringen."

„Aber - aber das ist - empörend! Absolut empörend!", stammelte Sir Tinsley. „Warum sollte ich zwei Jungen im Wald umbringen? Mein Gott, Mylord, ich bin von Eurer Vermutung beleidigt und muss Euch bitten, das sofort zurückzunehmen, oder ..."

„... oder was? Seine Lordschaft zählt nur zwei und zwei zusammen, und erhält dabei mehr als Ihr! Was spricht dagegen, dass Ihr *nicht* auf Hirschjagd im Wald wart? Wenn ich darüber nachdenke, hätte Bailey bei Euch sein können und Ihr beide hättet Euch über die drei Jungen hermachen können, weil Ihr nicht wolltet, dass sie herausfinden, dass Ihr die Prachthirsche Seiner Lordschaft jagt!"

„Seid nicht lächerlich, Halsey!", sagte Sir Tinsley abschätzig. „Jeder in Fivetrees, vom Schmied über den Pfarrer und bis zu Adams, dem Wildhüter, und den Landstreichern und Zigeunern, die hier durchkommen, weiß, dass wir die Hirsche Seiner Lordschaft jagen; und das schließt auch diese drei Jungen ein. Und Euch auch. Ihr habt zu viel Brandy getrunken!"

„Es scheint, jeder weiß es, außer mir", sagte Alec ruhig und lächelte schwach, als die beiden Männer ihn plötzlich anschauten, als hätten sie gerade das größte Geheimnis enthüllt, das ihnen je bekannt geworden wäre. Alec hätte über das Schuldbewusstsein, das deutlich auf ihren Gesichtern geschrieben stand, lachen mögen, doch der Anlass war zu ernst. Als er an Hugh und Will dachte, sagte er unverblümt: „Ihr habt recht, Sir Tinsley. Da die Jagd und die Wilderei meiner Hirsche allgemein bekannt ist, wäre das kein Grund, jemanden zu töten. Aber vielen Dank, dass Ihr mir bestätigt habt, was ich bereits selbst herausgefunden hatte ...“

„Alec, ich ...", begann der alte Mann, wurde aber unterbrochen. Alec sah ihn nicht an.

„Wie Ihr bereits sagtet, Sir Tinsley, jeder weiß, dass Ihr auf meinem Land jagt. Daher nehme ich an, dass jeder im Dorf, vom Dorftrottel bis zum Pfarrer, meinem eigenen Wildhüter und meinen landbesitzenden Nachbarn und meinem Onkel, alle in irgendeiner Weise in die Wilderei meiner Hirsche und dem illegalen Verkauf und der Verteilung von Wildbret verwickelt sind ...“

„Alec, es ist nicht, wie du denkst! Ich ...“

„Halsey hat recht, Mylord. Es ist nicht so ...“

„Die Zeit für Erklärungen und Entschuldigungen ist vorbei. Ihr beide hättet reichlich Gelegenheit gehabt, Euch zu erklären." Endlich schaute Alec seinen Onkel direkt an. „Und du hattest mehr Zeit als jeder andere, und mehr Grund, mir alles zu erzählen. Nein! Lasst mich ausreden, und dann gebe ich Euch vielleicht Gelegenheit zu sprechen. Um ehrlich zu sein, organisierte Wilderei auf meinem Anwesen ist die geringste meiner Sorgen. Der Sohn meines Verwalters wurde ermordet und sein Freund ist tot, beides noch Kinder ...“ Er hielt inne, weil ihm ein Gedanke kam, und runzelte die Stirn. „Onkel, darf ich annehmen, dass Turner von der Wilderei wusste? Natürlich! Er muss tief mit drin stecken, damit dieser Plan überhaupt funktionierte ...“

Plantagenet Halsey öffnete den Mund, um zu antworten, dann

schloss er ihn wieder und presste die Lippen aufeinander, als Alecs
Stirnrunzeln sich vertiefte.

„Meint Ihr ... meint Ihr, Mylord, dass Turners Verwicklung in ein
solches Unternehmen irgendwie mit dem Mord an seinem Sohn
zusammenhängt?", fragte der Magistrat schüchtern.

Alec schüttelte den Kopf. „Nein. Das heißt, ich bin einigermaßen
zuversichtlich, dass dies nicht der Fall ist."

„Schließlich wilderten diese Jungen Hirsche für sich selbst und
hatten einen Eurer Prachthirsche erlegt", fuhr Sir Tinsley glatt fort,
ermutigt durch Alecs andauerndes nachdenkliches Stirnrunzeln und
Plantagenet Halseys ungewöhnliche Schweigsamkeit. „Das ist keine
kleine Leistung. Das Tier hatte vierzehn Enden oder mehr. Dass sie
sich nicht an das übliche Verfahren hielten, hätte unter der Bevölkerung von Fivetrees Unruhe auslösen können, die das Gefühl hatten,
sie würden, jedenfalls ihrer Ansicht nach, um Einnahmen betrogen ...
Vielleicht war Adams oder einer der Dorfbewohner oder Turner selbst
wütend, dass die drei sich nicht an die Abmachung von Fivetrees hielten. Und Ihr sagtet selbst, Mylord, Nicholas Fisher war in der Hütte
des alten Bill, die für alle außer ein paar Auserwählten tabu ist ..."

„Oh, nein, Ferris, das werdet Ihr nicht tun", platzte Plantagenet
Halsey heraus. „Wagt es nicht, die Schuld jenen zuzuschreiben, die
nie das Recht haben werden, sich gegen jemanden wie Euch zur Wehr
zu setzen! Wie passend, wenn man das alles einfach unter den Teppich
kehren könnte, indem der Mord einem beliebigen Dorfbewohner
oder Adams oder sogar dem Verwalter selbst in die Schuhe geschoben
wird! Adams und Turner werden nichts sagen, weil sie loyal sind, und
niemand anderen mit hineinziehen wollen würden. Und wer wird auf
das Geheul von ein paar Dorfbewohnern hören, gegen das Wort eines
angesehenen örtlichen Magistrats? Ich kenne Eure Geschichte. Wenn
Ihr gezwungen werdet, dies der Bow Street zu übergeben, habt Ihr
Sorge, dass herauskommen könnte, wie Ihr nicht nur bei der Wilderei
und allem, was bei Old Bill vor sich geht, ein Auge zugedrückt habt,
sondern dass auch Ihr Euer Pfund Fleisch - oder sollte ich Wildbret
sagen - bekommen habt, um wegzusehen. Ihr seid genauso in alles
verwickelt, und ebenso ein gewöhnlicher Dieb und Wilderer wie jeder
in Fivetrees. Ihr habt Nerven! Ich würde Euch beide Fäuste ins
Gesicht setzen, hier und auf der Stelle, doch ich möchte nicht noch
weiter in der guten Meinung Seiner Lordschaft sinken. Also überlasse
ich es ihm, Euch mit Worten zu entkleiden und zu verprügeln ..."

„Liebe Güte, Halsey, ich werde Euch nie verstehen", unterbrach
Sir Tinsley mit einem Zungenschnalzen und einem traurigen Kopfschütteln. Er schaute Alec an, als ob dieser mit ihm fühlen müsste.

„Wir alle dulden Euch wegen Eurer Abstammung und ich dazu, weil wir durch Eure Verwandtschaft mit meiner lieben Frau verwandt sind. Sie sagt immer, der falsche Bruder wäre Earl geworden, was ich nie verstehen konnte, weil, so weit der Rest Euer Nachbarn betroffen ist, Euer Bruder ein guter Earl of Delvin war, der verstand, was *noblesse oblige* bedeutet und die Würde, mit der Tradition und Stand zu wahren sind. Ihr, andererseits, seid eine Anomalie."

Der Magistrat schaute Alec an und, ermutigt durch die Tatsache, dass dieser ihn nicht unterbrochen hatte, sondern fest den alten Mann ansah, fuhr er mit einem Hauch von Überlegenheit fort.

„Was Ihr nie verstanden habt, ganz gleich, wie oft es Euch erklärt wurde, ist, dass Oberst Bailey, ich und die Halseys keine Wilderer, sondern Sportsleute sind. Wilderer töten, um zu essen oder Geld zu verdienen. Wir andererseits jagen Hirsche zum Sport, wegen des Nervenkitzels der Jagd und der Freude am Töten, nicht aus kaufmännischen Impulsen. Dass Wildbret von unserer Jagdbeute auf unsere Tische kommt, ist ein Produkt dieses Sports, aber nicht der Zweck an sich."

„Erlaubt mir, Onkel", bat Alec ruhig, der sah, wie der alte Mann seine Finger lockerte und die Zähne zusammenbiss.

Alecs blaue Augen huschten über den Magistrat und blieben auf dem herablassenden Lächeln hängen, das dieser aufsetzte, wenn er mit denen, die er für sich gleichgestellt hielt, über weniger Geachtete sprach. Alec bewies ihm rasch das Gegenteil und hatte die hohle Genugtuung zu sehen, wie Sir Tinsleys Lächeln schwand und die Farbe aus seinem Gesicht wich, das im nächsten Moment in einer Mischung aus Empörung, Verlegenheit und Schuldbewusstsein erglühte.

„Wilderer oder Sportsmann, beide töten zu ihrem eigenen Vorteil oder ihrer Befriedigung. Und doch werden die, die töten, weil sie hungern, bestraft? Wo liegt da die Moral? Ich verstehe den Bauern, der seine Herde schlachtet, um ihr Überleben zu sichern oder weil er es tun muss, um seine Ernte oder die seiner Nachbarn zu schützen, diese Zwecke rechtfertigen das Mittel. Eure tun das nicht und werden es auch niemals. Ihr kennt auch meinen Wunsch, dass auf meinem Anwesen nicht mehr gejagt werden sollte, und es nur während der Abschusszeit erlaubt wäre, und doch habt Ihr Euch meinen Anweisungen widersetzt. Aus welchem Recht glaubt ihr, über dem Gesetz zu stehen? Nein! Lasst mich ausreden!

„Ihr wusstet, dass auf meinem Land gewildert wurde, und doch habt Ihr, der Magistrat, nichts unternommen. Als Gesetzeshüter ist das unverzeihlich. Als Magistrat ist es Eure Pflicht, die Gesetze zum

Wildschutz und den Black Act durchzusetzen, was auch immer Eure eigenen Ansichten in dieser Sache sein mögen. Dass Ihr dies nicht tatet, ist für mich ein Segen, da ich wie mein Onkel den Black Act verabscheue. Viele in diesem Land tun das. Ihr glaubt, weil ich den größten Teil meines Lebens in der Hauptstadt verbracht habe, wüsste ich nicht, was in den Grafschaften vor sich geht? Die Zeitungen sind voll mit Argumenten und Gegenargumenten über den Black Act und ich habe meinen Onkel seit Jahren über seine Ungerechtigkeit und Härte sprechen hören. Warum sollten Landbesitzer das Recht haben, Wild zu jagen, während neunundneunzig Prozent der Bevölkerung nicht einmal eine Waffe besitzen oder einen Jagdhund halten dürfen? Ich weiß auch, dass die Wildschutzgesetze allerorts umgangen werden, und dass das geduldet wird. Wie sonst würden Fasan, Rebhuhn und Wild auf den Tischen derer landen, die es sich leisten können, sie auf dem Schwarzmarkt zu kaufen, aber kein eigenes Wild besitzen, geschweige denn Zugang zur Jagd auf solche Geschöpfe?

„Wenn ich dächte, Ihr drückt bei der Wilderei ein Auge zu, um die Ungleichheit zu lindern oder es den Armen zu erlauben, ihre Bäuche zu füllen, wäre ich der erste, der Euch Beifall zollen würde. Doch als Landbesitzer und Sportsmann saht Ihr es als Euer Vorrecht an, meine Hirsche zu töten und Wilderer zu verfolgen, wenn es Euch gefiel?"

„Mylord, bei allem Respekt, dem kann ich nicht zustimmen. Eure Zusammenfassung ist in einer Reihe von Punkten nicht korrekt. Und ich protestiere aufs Schärfste und muss Euch über einen Irrtum aufklären, der ...."

„Meint Ihr nicht, dass Ihr bereits genug gesagt habt, um Euch in den Augen Seiner Lordschaft zu belasten, Ferris?", warf Plantagenet Halsey mit einem vielsagenden Blick auf den Magistrat ein.

Doch Sir Tinsleys Kränkung und sein Bedürfnis, sich gegenüber dem Marquess Halsey reinzuwaschen, führte dazu, dass er den alten Mann ignorierte. Und in der Hast, seinen guten Namen und sein Ansehen wiederherzustellen, grub er ein sprichwörtlich tieferes Loch, nicht nur für sich, sondern auch für den alten Mann.

„Bitte, Sir Tinsley", sagte Alec und ignorierte seinen Onkel. „Ihr könnte mich gerne vom Gegenteil überzeugen."

„Das möchte ich wohl, Mylord", antwortete der Magistrat steif mit einem Seitenblick auf Plantagenet Halsey. „Abgesehen von Eurer - äh - *eigentümliche* Ansicht über die Wildgesetze und über die Jäger unter uns, kann ich nicht zulassen, dass Ihr weiter die fehlgeleitete Überzeugung hegt, dass Eure Nachbarn auf diesem Land Hirsche ohne die Kenntnis und die Einwilligung des Landbesitzers jagen würden. Wir sind schließlich Gentlemen, und als Gentlemen würden wir nie ohne Erlaubnis jagen. Das würde uns tatsächlich zu gemeinen Wilderern machen! Doch wir haben die Erlaubnis zur Jagd erhalten. Nicht durch Eure Lordschaft, sondern durch …"

„… meinen Onkel."

„Das ist korrekt, Mylord. Wir - Oberst Bailey, Reverend Purefoy und ich, wollten auf Euch zugehen und Euch unsere Bitte vortragen, doch Halsey versicherte uns, dass er das mit Euch regeln würde. Er überzeugte uns davon, so weiterzumachen, wie wir es immer getan haben."

„Alec, ich …"

„Dann muss ich mich bei Euch entschuldigen, Sir Tinsley", stellte Alec fest und unterbrach den alten Mann, bevor dieser mehr sagen konnte. „Wenn Ihr die Erlaubnis erhieltet und Euch gesagt wurde, Ihr könntet meine Wünsche ignorieren, verstehe ich, warum Ihr so weitermachtet, als hätte sich nichts auf diesem Anwesen geändert. Eure Empörung über meine Vorhaltungen ist verständlich. Die wortreichen Ausführungen meines Onkels im Unterhaus über den Black Act und seine Ansichten über die Jagd werden in den Zeitungen ausführlich dargelegt und ich stimme diesen Ansichten zu. Doch hier in Kent, auf diesem Anwesen, erlaubte er seinen Nachbarn, ungestraft zu jagen? Ihr müsst ihn wirklich für einen Heuchler und mich für einen Trottel halten, weil ich seinen Worten Glauben schenkte."

„Alec! Mein Junge! Ich kann erklären …"

„*Nicht*. Ich bin nicht *dein Junge*", zischte Alec zwischen den Zähnen hindurch, während er an Plantagenet Halsey vorbeikam, um die benutzten Gläser zur Anrichte zu bringen. Er blieb einen Moment dort stehen, um seine Gedanken zu sammeln und seinen Zorn abkühlen zu lassen, mit gesenktem Kopf, die Handflächen auf die polierte Oberfläche gedrückt. Als er zu den beiden Männern zurückkam, brachte er es nicht fertig, seinen Onkel anzusehen, aus Angst, seine Emotionen würden ihn überwältigen und er würde überhaupt nicht sprechen können; welche Emotionen das waren - Wut, Verwirrung, Enttäuschung, überwältigende Traurigkeit – war er sich nicht sicher. Alles, was er wusste, war, dass ihm hundert Worte auf der Zunge lagen, Worte, die er herunterschluckte und nicht aussprechen würde, solange er nicht mit ihm allein war. Zuerst musste er den Magistrat loswerden.

„Ich schlage vor, wir beschränken uns auf Eure Untersuchung über den Tod von Hugh Turner und Will Bolen", sagte er ruhig. „Den Mörder finden, Gerechtigkeit für diese armen Jungen und Frieden für die Familien Turner und Bolen in ihrer Trauer bewirken sind unsere vorrangigen Aufgaben. Die Jagd auf dem Anwesen und alles, was damit zusammenhängt, kann warten und zu einem späteren Zeitpunkt besprochen werden."

Der Magistrat nickte, war sich jedoch der Spannung zwischen Alec und Plantagenet Halsey bewusst. Er trat an Alec heran und sagte mit einem Hauch von Zerknirschung: „Ich werde tun, was Ihr sagt, Mylord, doch ich muss eine letzte Bemerkung machen, damit Ihr mich nicht für völlig korrupt haltet, was ich nicht bin. Ihr müsst wissen, dass ich immer mein Äußerstes getan habe, um dafür zu sorgen, dass jeder Mann, jede Frau oder jedes Kind aus Fivetrees, die mir vorgeführt wurden, nicht wegen Wilderei oder einem der vielen Vergehen, die im Black Act aufgeführt sind, belangt wurden, wenn ein guter Grund für ihr Handeln zu finden war. Wenn, wie Ihr sagt, sie nur einen Vogel, keinen ganzen Schwarm, genommen oder ein Stück Wildbret von einem Nachbarn erhalten hatten, um ihre Familie zu füttern. Und das liegt an der Vereinbarung mit Eurem Onkel. Mr. Halsey hält sich an seine Prinzipien und hat darin nie gewankt, wie - *seltsam* - wir, seine Nachbarn, diese auch finden mögen. Im Gegenzug für die Erlaubnis, über diese Ländereien reiten zu dürfen, gab ich mein Wort, barmherzig zu sein und den Black Act zu ignorieren, wo es möglich war. Ich habe mein Wort gehalten. Ist es nicht so, Halsey?"

„Ja. So ist es, Ferris. Habt Euer Wort gehalten und wart gütig zu den Dorfbewohnern von Fivetrees."

„Ich weiß es zu schätzen, dass Ihr mir die Angelegenheit erklärt, Sir Tinsley", antwortete Alec, mit trockener Kehle und ohne den alten Mann anzusehen. „Ob diese Vereinbarung aufrecht erhalten bleibt, das kann bis zu einem anderen Tag warten. Ihr habt Wichtigeres zu tun und diese Mordermittlung zu leiten, und alles, was ich tun kann, um Euch dabei zu helfen, steht zu Eurer Verfügung."

„Vielen Dank, Mylord."

„Ich hoffe, Ihr werdet beiden Familien erlauben, Ihre Söhne so bald wie möglich zu begraben?"

„Ja, Mylord. Bei der unerbittlichen Sommerhitze gilt: Je früher, desto besser."

„Das wird den Eltern ein kleiner Trost sein. Oh, und Sir Tinsley: ich habe vor, beide Beerdigungen zu bezahlen, alles, was damit zusammenhängt. Es ist das Mindeste, was ich tun kann, um die Last ihrer Familien zu erleichtern."

„Das ist sehr großzügig von Euch, Mylord. Es wird vor allem den Bolens sehr willkommen sein, die eine große Familie haben und bei denen in keiner Woche viel übrig bleibt." Der Magistrat sah zu Plantagenet Halsey, bevor er vorsichtig fragte: „Ich gehe davon aus, dass die freundliche Einladung an meine Frau und mich für morgen Abend noch steht? Natürlich würden wir verstehen, wenn Ihre Lordschaft angesichts der heutigen Umstände, die für Lady Halsey besonders in ihrem gegenwärtigen heiklen Zustand sehr beunruhigend sein müssen, beschließen würde, dies zu verschieben."

„Nein, Sir Tinsley. Lady Halsey und ich freuen uns auf Eure Gesellschaft, ebenso wie Ihre Gnaden von Romney-St. Neots. Es wird eine stille Angelegenheit sein, angesichts des Verlustes der Turners, doch der Tisch wird voll sein, durch die Handvoll Hausgäste, die bis zu dem freudigen Ereignis bei uns bleiben werden. Der Colonel und Mrs. Bailey und der Reverend Purefoy haben ihre Einladungen ebenfalls angenommen."

„Es wird Lady Ferris und mir eine Ehre sein. Und wir freuen uns darauf, die Bekanntschaft Ihrer Gnaden zu machen. Lady Ferris möchte sie unbedingt kennenlernen ..."

„Darauf könnte ich wetten!", unterbrach Plantagenet Halsey mit einem harten Lachen. „Das Gefühl beruht auf Gegenseitigkeit." Und mit dieser kryptischen Bemerkung und einem kurzen Nicken in Richtung des Magistrats schlenderte er davon.

Sir Tinsley wusste nicht, was er von dieser Randbemerkung des alten Mannes halten sollte, und zögerte, bis Alec ihm zu gehen erlaubte, was er schweigend tat.

Erst, als die Lakaien die Flügeltüren geschlossen hatten, wandte sich Alec wieder dem Raum zu. Er fand seinen Onkel an dem langen Tisch hinter dem Sofa stehen, an dem Hadrian Jeffries zu sitzen pflegte, wenn er Selina bei ihren Nachforschungen über die Vorfahren der Halseys half.

⚜

PLANTAGENET HALSEY HIELT EINIGE BLÄTTER PAPIER IN DEN Händen, die er vom Tisch genommen hatte, um sich abzulenken, während der Magistrat sich verabschiedete, und um Zeit zu finden, seine Gedanken zu ordnen. Nach allem, was Sir Tinsley über ihre Vereinbarung über die Jagd enthüllt hatte, wusste er, dass Alec jedes Recht hatte, wütend zu sein, dass er so hintergangen wurde und dass sein Onkel so heuchlerisch war. Er würde einiges erklären müssen, und das sollte er besser früher als später tun.

Und dann erregte etwas, das auf den Papieren in seiner Hand geschrieben war, seine Aufmerksamkeit. Es war ein Stammbaum. Neben den Ästen des Baumes war die Bleistiftskizze einer Blume und zwei lächelnde Gesichter, unsicher von einem Kind gezeichnet,

obwohl der Stammbaum und die Beschriftung die Handschrift eines
Erwachsenen trugen. Er starrte die Äste an, die Namen, und wusste
genau, was das zu bedeuten hatte. Seine Hände begannen zu zittern.
Ohne ein zweites Mal darüber nachzudenken, faltete er das Blatt
hastig zweimal zusammen und ließ es in einer Innentasche seiner
Reitjacke verschwinden. Dann zupfte er sinnlos an den Schößen der
Jacke, als ob er die Falten zurechtziehen müsste.

Es blieben zwei weitere Blätter Papier. Er holte tief Luft, als er
seinen Blick auf das obere richtete. Es war in der Mitte gefaltet und er
öffnete es. Dies hatte er in den Regalen gesucht, als er auf der Leiter
stand und Selina darum bat, mit ihm sprechen zu dürfen. Er fragte
sich, wer es wohl gefunden hatte, und nahm an, dass es Hadrian
Jeffries gewesen sein musste, da es auf seinem Tagebuch lag. Die brennende Frage war, ob Selina es gesehen hatte?

Es war eine Zeichnung eines Quadrats, wie die eines Zeichners
unter der Anleitung eines Architekten. Linien führten von unten nach
oben und von rechts nach links, so dass das Gittermuster sechzehn
kleinere Quadrate ergab. Manche dieser Quadrate enthielten zwei
Kreuze, andere drei. Die Kreuze waren in keiner bestimmten Weise
angeordnet, einige waren in den Ecken, andere in der Mitte, sodass es
aussah, als wären diese später hinzugefügt worden und nur, um anzu-
zeigen, dass jedes Quadrat mindestens zwei Kreuze enthielt.

An einer Seite dieses Quadrats gab es eine Schraffur und dort war
in präziser Handschrift das Wort „Mauer" eingetragen. Und weiter an
einer Seite des Quadrats war ein kleineres Quadrat, bezeichnet mit
dem Wort „Eingang".

Plantagenet Halsey juckte es in den Fingern, mit diesem Blatt
ebenso zu verfahren wie mit dem ersten und es in seine Tasche zu
stecken. Doch er wusste, dass Alec ihn beobachtete. So beiläufig, wie
er es vermochte, faltete er es wieder zusammen und schob es unter das
dritte und letzte Blatt.

Dies war eine Liste von männlichen Vornamen, und die Handschrift eine weibliche, die er erkannte - Helen, Gräfin Delvin. Der
erste Eintrag lautete auf 1215, das Jahr der Magna Carta, mit dem
Namen Linus, und der letzte Name Ralph war neben dem Jahr 1689
niedergeschrieben, ein Jahr nach der Glorreichen Revolution.

Er ahnte kaum, was diese Liste zu bedeuten hatte, doch als er
weiter stirnrunzelnd auf sie hinabschaute, blitzte Erkenntnis so heftig
in ihm auf, dass er schwankte. Hastig öffnete er den Plan des Zeichners mit seinen Gitterlinien und Kreuzen. Dann sah er wieder auf die
Liste. Dort standen achtunddreißig Namen. Er zählte rasch die
Anzahl der Kreuze, es waren achtunddreißig.

Er konnte seinen Augen kaum trauen. Doch hier schrie es ihm in Tinte festgehalten ins Gesicht. Das große Quadrat musste die Gruft der Halseys sein. Jedes Kreuz bedeutete ein Leben, ein Leben, das kurz nach dem ersten Atemzug ausgelöscht worden war. Es war die Bestätigung dessen, was man ihm erzählt hatte, an dessen Wahrheit er aber nie hatte glauben wollen: er war der Abkömmling einer langen Reihe von Vorfahren, die Kindesmord begangen hatten.

VIERUNDZWANZIG

Plantagenet Halsey dachte, er müsste sich an Ort und Stelle übergeben. Er streckte eine Hand aus, um sich am Tischrand festzuhalten, damit er nicht vornüber kippte.

Warum, fragte er sich, würden diese Kreuze und eine Namensliste ihn derart betroffen machen, wo er doch seit seinem einundzwanzigsten Geburtstag wusste, dass er in eine Familie von Mördern hineingeboren worden war. Sein Vater hatte es nicht Mord genannt, und auch, wie er vermutete, seine Vorfahren nicht. Aber für ihn und für diejenigen unter seinen Verwandten, die nicht imstande gewesen waren, dieses Wissen zu ertragen und sich lieber das Leben genommen hatten, als ein anderes zu zerstören, war es schlicht und einfach Mord. Die Griechen hatten ihn verübt, hatten unerwünschte Neugeborene auf Misthaufen und Abfallhalden ausgesetzt. Und hatte nicht Euripides über Medea geschrieben, die ihre beiden Söhne aus Rache getötet hatte, weil sie von ihrem Vater verlassen worden war? Die Römer hatten den Kindesmord in Gesetz gefasst: Ein Vater hatte das Recht seine eigenen Kinder zu töten und wurde durch das Gesetz über *patria potestas* geschützt. Dies waren Zivilisationen, die es zu Größe gebracht hatten, und doch hatten sie den Mord an Unschuldigen geduldet.

Doch sie waren auch Barbaren und Heiden, und dies hier war eine christliche Nation mit christlichen Werten. Mord wurde aus keinem Grund geduldet und der Mord an Unschuldigen wurde insbesondere verdammt. Und das hatte er auch zu seinem Vater gesagt. Sein Vater hatte ihm zugestimmt und ihm versichert, dass seine Eltern

sich nie an diese Familientradition gehalten hätten. Sein Vater hatte
ihn und seinen Zwillingsbruder auch auf die Familienbibel schwören
lassen, dies ebenfalls niemals zu tun und nie die Familiengruft zu
öffnen. Sie sollte zugemauert bleiben und würde mit der Zeit von der
Geschichte vergessen werden. Plantagenet und Roderick hatten bereitwillig zugestimmt. Keiner wollte die mörderische Geschichte der
Familie erforschen. Und dann waren seine Eltern gestorben und alles
hatte sich geändert.

Warum, fragte er, hatte Helen es für angebracht gehalten, eine
Namensliste zu erstellen, und warum lag diese Liste bei einem Plan
der Gruft? Die Säuglinge dürften namenlos gewesen sein, wie die, die
auf Misthaufen ausgesetzt wurden, und lauter Jungen, wie sein Vater
ihm gesagt hatte, um dafür zu sorgen, dass nur ein Sohn das Erbe
insgesamt antrat und es nicht unter Geschwistern aufgeteilt werden
musste. Was mit den Töchtern geschah, blieb ein Rätsel. Nach
Angaben seines Vaters gab es in über fünfzehn Generationen keine
offiziell registrierten Geburten einer Frau in der Familie. Hatte sein
Vater das nicht seltsam gefunden? Ja. Doch er hatte keine weitere
Erklärung oder Antwort für diese Anomalie geboten. Erst später, viel
später, erfuhr er die Wahrheit hinter der Inschrift am Marktplatz und
über das Schicksal der Frauen, die in den Familien der Landbesitzer
von Fivetrees geboren wurden.

Der alte Mann konnte nur denken, dass Helen nicht gewollt
hatte, dass diese verlorenen Kinder von der Geschichte vergessen
würden und daher jedem der achtunddreißig Kreuze einen Namen
gegeben hatte. Und waren die Kreuze auf der Karte nur repräsentativ
oder tatsächliche Kreuze? Waren die Säuglinge in dem Gewölbe
begraben und ein Kreuz über ihnen aufgestellt worden, oder zeigten
die Kreuze nur an, wo ein Kindchen einfach verlassen worden war?
Und wer hätte eine solche Karte zeichnen können, und warum? Doch
vor allem kreisten seine Gedanken um Helen und wie traumatisch es
für sie gewesen sein musste, eine solche Karte zu finden. Und zu
denken, dass ihr Erstgeborener das namenlose neununddreißigste
Kreuz hätte werden können, dazu bestimmt, sich diesen namenlosen
Neugeborenen anzuschließen, die ungeliebt und allein in der eisigen
Dunkelheit unter der Erde gestorben waren, war für ihn unerträglich.
Er brach zusammen. Seine arthritischen Knie knickten unter ihm ein,
seine Hände glitten vom Tisch und er fiel zu Boden. Die Welt um ihn
herum wurde schwarz.

ALEC HATTE BEOBACHTET, WIE SEIN ONKEL PAPIERE herumschob und sie genau ansah und sich gefragt, wie er am besten mit seiner Widerspenstigkeit umgehen solle. Sir Tinsley hatte seinen Verdacht bestätigte, dass sein Onkel in die systematische weitverbreitete Wilderei auf dem Anwesen verwickelt war. Tatsächlich war er derjenige, der für das ganze Verfahren verantwortlich war, und verschloss die Augen, wenn der Magistrat und seine Nachbarn ungestraft Hirsche jagten. Alec hatte geglaubt, dass sein Onkel es ernst meinte mit seiner Verurteilung der Jagd als barbarisch, des Black Act als abscheuliche Barbarei, die eines zivilisierten Landes nicht würdig sei und die Wildschutzgesetze als Schandfleck auf dem Recht des armen Mannes, zu jagen und Nahrung für seine Familie zu sammeln. Das war keine Wilderei, das war Überleben, schlicht und einfach. Den meisten Parlamentsmitgliedern war sein Onkel ein Dorn im Auge und sie taten seine Verdammung seines eigenen Standes und seine Haltung als Beschützer der Armen als wirre Reden eines Verrückten ab. Cobham hatte ihn als Wahnsinnigen bezeichnet.

Alec konnte sich an keine Zeit erinnern, in der sein Onkel nicht im Unterhaus und in den Zeitungen an den Pranger gestellt worden war, oft wegen seiner Überzeugungen und seiner Themen karikiert. Doch er stand zu seinen Überzeugungen und riet Alec, dasselbe zu tun. Alec hatte seine Standhaftigkeit immer bewundert. Er erinnerte sich gut an die Männer, die ihre Füße unter ihren Esstisch gestellt hatten. Als Junge hatte er mit großäugigem Interesse zugehört, wie Gentlemen stritten und predigten und Dinge von sich gaben, die von der guten Gesellschaft als verräterisch und oft blasphemisch angesehen wurden, während sie Braten und Kartoffeln herumreichten und Wein im Überfluss ausschenkten, als käme er aus ihrem Keller. Und dann gab es immer ein oder zwei Männer, die nichts sagten, aber gierig aßen und in Kleider gehüllt waren, die schon bessere Tage gesehen hatten. Alec hatte sich gefragt, ob diese Männer Bettler waren, die sein Onkel oft am Straßenrand aufsammelte und einlud, sich am Feuer zu wärmen und eine gute Mahlzeit zu genießen. Und manchmal war es so. Meistens waren diese Männer in ihrer schlecht sitzenden Kleidung gleichgesinnte Gelehrte ohne eigene Mittel; sie konnten keine reguläre Beschäftigung finden, lebten von der Nächstenliebe ihrer Freunde.

Und als Achtjähriger hatte Alec gefragt, warum solche Männer keine Familie hätten, an die sie sich wenden könnten. Sein Onkel hatte ihm gesagt, dass sie in ihren Familien nicht erwünscht wären, sondern als peinlich angesehen wurden, weil sie sich nicht anpassten. Und Alec hatte geantwortet, dass diese Männer dann wie sie waren, weil sein Onkel ein Nonkonformist war, und sie auch keine Familie hatten. „Sind wir unserer Familie peinlich, Onkel?", hatte er gefragt und seine dünnen kleinen Beine von dem Stuhl baumeln lassen, auf dem für ihn Kissen gestapelt waren, damit er an einem Tisch voller lauter, eigenwilliger Männer in bequemer Höhe säße. Woraufhin sein Onkel beteuert hatte, dass es in ihrem Fall ihre Familie wäre, die peinlich wäre; sie wären ohne sie besser dran. Er hatte gezwinkert und gelächelt und gesagt, dass Alec alles an Familie war, was er brauchte, und Alec hatte vor Freude die Schultern gebeugt und geantwortet, dass auch für ihn sein Onkel alles wäre, was er an Familie brauchte. Sie hatten dann miteinander angestoßen und sein Onkel hatte sich wieder der Unterhaltung gewidmet, während er selbst weiter den Braten auf seinem Teller verzehrte, während ihm die schwarzen Locken in die Augen fielen, seine Ohren dabei aber immer weit offen blieben.

Lange Zeit hatte die Familie nur aus ihnen beiden bestanden und keiner hatte den Wunsch verspürt, dass jemand zu ihnen stoßen sollte. Und jetzt, obwohl er verheiratet war und er und Selina kurz davor standen, ihr erstes Kind willkommen zu heißen, konnte er sich nicht vorstellen, dass seine Familie ohne seinen Onkel vollständig sein sollte.

Plantagenet Halsey mochte Alecs Wünschen getrotzt und Sir Tinsley und dem Oberst und benachbarten Landbesitzern erlaubt haben zu jagen, aber Alec wusste, dass sein Onkel kein Heuchler war. Er war sehr sicher, dass sein Onkel diese Erlaubnis im Gegenzug zur Nachsicht des Magistrats gegenüber den Armen des Ortes erteilt hatte. Das hatte Sir Tinsley ja zugegeben. Und er konnte nur denken, wenn aus dem illegalen Verkauf von Wildbret Gelder geflossen waren, dass sein Onkel sie für wohltätige Zwecke verwendet haben musste. Es lag nicht in der Natur seines Onkels, sich an dem Unglück anderer zu bereichern. Er wäre keineswegs überrascht gewesen zu erfahren, dass diese Vereinbarung seit Jahrzehnten bestand, und bei der einheimischen Bevölkerung so eingefleischt war, dass sie zur Lebensart geworden war; kein Wunder, dass Fivetrees die geringste Verbrechensrate im Land hatte!

Er war nicht zornig auf seinen Onkel, weil der diese Vereinbarungen mit Sir Tinsley und dessen Jagdgenossen getroffen hatte, sondern weil er ihn nicht darüber informiert hatte, wie die Dinge auf dem Anwesen lagen. Sein Wildhüter, sein Verwalter und alle möglichen Dienstboten wussten alle, was vor sich ging, also warum hatte man ihm nichts davon gesagt? Sicher wusste sein Onkel, dass er es billigte, wenn in Bezug auf den Black Act ein Auge zugedrückt wurde, um den Ärmsten der Armen zu erlauben, in den Wäldern ihr Leben zu fristen. Was die Jagd Sir Tinsleys auf den Halsey-Ländereien anging, war das etwas anderes, aber man hätte sich einigen können.

Dass sein Onkel es für angebracht gehalten hatte, ihn in Unwissenheit zu halten und hinter seinem Rücken zu handeln und sich zu benehmen, als wäre er der Herr dieses Besitzes, rief ihm wieder in Erinnerung, was Cobham ihm über das Realerbrecht erzählt hatte. Dies ließ ihn vermuten, dass sein Onkel bei dem Tod seines Vaters den halben Nachlass geerbt hatte und daher jedes Recht hatte, auch als sein Herr angesehen zu werden. Das störte Alec nicht im Geringsten. In der Tat begrüßte er es. Es war nicht so, als ob er die Einnahmen aus dem Nachlass brauchte, um zu überleben. Seine Mutter hatte ihm ein beträchtliches Vermögen hinterlassen, was bedeutete, dass er unabhängig wohlhabend war. Was er nicht verstehen konnte, war, warum sein Onkel so darauf bedacht war, Alec als alleinigen Herrn auf *Deer Park* zu sehen und warum er sich mit den Angestellten und Dienern des Anwesens verbündet hatte, um diese Täuschung aufrechtzuerhalten. Warum hatte sein Onkel eine solche Geheimnistuerei für nötig gehalten? Es ließ ihn sich fragen, was er ihm sonst noch vorenthielt.

Und während er darüber nachgrübelte und seinen Onkel vom anderen Ende des Raums aus beobachtete, sah er, wie die Knie des alten Mannes nachgaben, die Papiere aus seiner Hand durch die Luft flatterten und er selbst schwer auf dem Boden landete. Plantagenet Halseys Kopf schlug mit einem dumpfen Schlag auf dem Teppich auf, bevor Alec ihn erreichen konnte. Und alles, woran Alec denken konnte, als er an seine Seite stürzte, war, dass sein Onkel nicht sterben durfte, nicht jetzt, nicht, wenn sie an der Schwelle zu einer Zukunft als große Familie standen. Wie könnte er ohne ihn weiterleben?

✠

EIN PAAR SCHNELLE SCHRITTE UND ALEC KNIETE NEBEN EINEM bewusstlosen Plantagenet Halsey. Er brüllte die an der Tür stehenden Diener an, die bereits halb durch den Raum zu ihm geeilt waren, nach dem Arzt zu schicken. Er verlangte eine Schüssel, einen Krug Eiswasser und Tücher, und dass man ihm die Brandykaraffe und ein Glas bringen möge. Dann widmete er dem alten Mann seine ungeteilte Aufmerksamkeit. Seine aschfahle Blässe deutete darauf hin, dass er schwer erkrankt sein musste. Alec fragte sich, ob er einen bösen Herzschlag erlitten hätte - ob sein Herz überhaupt noch schlug. Er prüfte das und war erleichtert, dass er einen Puls fühlte; dieser war schnell, aber nicht unregelmäßig, und er atmete noch. Sein Onkel mochte ohnmächtig geworden sein, aber es gab keine Platzwunde und er schien sich auch keine Knochen gebrochen zu haben, obwohl er wahrscheinlich eine böse Schwellung am Hinterkopf haben würde.

Er machte es ihm auf dem Teppich bequemer und strich dann die zerzausten Haare des alten Mannes aus dem Gesicht. Alec sprach leise mit ihm, legte eine kühle Hand auf seine Stirn und sagte ihm, dass er gestürzt wäre und flehte ihn an, aufzuwachen. Er sagte, dass ihn wohl seine arthritischen Knie im Stich gelassen hätten und schimpfte ihn liebevoll aus, beschuldigte ihn, nicht sorgfältig seine Tropfen anzuwenden, wie Tam es ihm empfohlen hatte. Da flatterten die Augenlider seines Onkels und er öffnete langsam die Augen. Als er Alec sah, lächelte er, doch ein Hämmern in seinem Kopf ließ ihn zusammenzucken und er legte eine Hand auf die Stelle, wo er den größten Schmerz verspürte.

„Verdammt! Das wird morgen eine hübsche Beule geben ...“

„Nicht überraschend. Du bist zu Boden gefallen wie ein Stein. Kannst du dich bewegen?“

Als er nickte, half Alec ihm, sich aufzusetzen. Als er sich aufgerichtet hatte und Alec sicher war, dass sein Onkel nicht gleich wieder schwanken und umfallen würde, goss Alec ihm einen Brandy ein und drängte ihn, kleine Schlucke zu trinken.

„Hast du Schmerzen?“, fragte er mit besorgtem Stirnrunzeln und einem Blick, der über den alten Mann huschte, um sich zu vergewissern, dass er nicht versuchte, stärker zu erscheinen, als er sich wirklich fühlte. „Du hast mir einen teuflischen Schrecken eingejagt.“

„Dir und mir selbst auch, mein Junge - äh - entschuldige, du willst ja nicht, dass ich dich so nen...“

„Ich bin ein Esel. Ich war wütend. Aber ich hätte dich nie so anfahren dürfen. Ich - ich ...“

„Du hattest jedes Recht dazu“, unterbrach der alte Mann, als Alec verstummte. Er lehnte sich an das Tischbein, vorsichtig darauf bedacht, nicht mit dem pochenden Schädel an das geschnitzte Holz zu stoßen, und schloss kurz die Augen, als er mit einem Seufzer der Resignation sagte: „Ich bin der Esel. Und ein verdammter Narr. Ich habe dich wie ein Kind behandelt. Wir alle. Ich dachte, ich würde dich beschützen, während ich in Wirklichkeit nur der Wahrheit nicht ins Auge sehen wollte. Ich bin ein verdammter, egoistischer Feigling und könnte es dir nicht übelnehmen, wenn du es nie über dich bringen würdest, mir zu verzeihen ...“

„Liebe Güte, du musst wirklich einen üblen Schlag auf den Kopf bekommen haben, wenn du das denkst!“, scherzte Alec, in dem

Versuch, ihn aus seinen trüben Gedanken zu reißen. Als der alte Mann in sein Glas starrte, verblasste Alecs Lächeln und er drückte ihm liebevoll den Arm. „Du weißt, dass ich dir alles verzeihen kann, weil du immer mit guten Absichten handelst. Du bist ein guter Mann. In all meinen Jahren habe ich nie erlebt, dass du rachsüchtig, frivol oder unaufrichtig gewesen wärest."

„Aber ich bin ein Lügner und ein Feigling, und ich habe dich deiner Mutter weggenommen."

„Ja, das hast du. Aber nachdem der erste Schock über dein Geständnis an dem Abend abgeflaut war, musste ich annehmen, dass du zu meinem eigenen Besten dazu gezwungen warst."

„Ich musste dich so schnell von hier fortbringen wie möglich, bevor - bevor mein Bruder seine Meinung änderte. Doch Jahre später, nach seinem Tod, als deine Mutter noch lebte und dich sehen wollte, hielt ich dich von ihr fern." Plantagenet Halsey erwiderte offen Alecs Blick. „Das war selbstsüchtig und es war grausam." Er lächelte schief. „Ich sagte dir neulich Abend, dass die Lügen aufhören würden, und das haben sie. Frage mich, was du willst; ich werde mein Bestes tun, um dir zu antworten."

„Warum hast du mich von ihr ferngehalten?"

„Ah! Und ich habe gedacht, die erste Frage, auf die du würdest eine Antwort haben wollen, wäre, warum ich dich als Neugeborenes deiner Mutter weggenommen habe."

„Das möchte ich auch wissen. Aber erzähle mir zuerst, warum du nicht wolltest, dass ich meine Mutter besuchte, als sie verwitwet war."

„Ich glaubte nicht, dass du bereit für die Wahrheit wärest. Aber sie - deine Mutter - hätte sie dir nicht gesagt. Darin waren wir uns einig. Doch wenn ich dich hierher gebracht hätte, als du jünger warst, hätte die Möglichkeit bestanden, dass du der Schwester deiner Mutter begegnen könntest und ich konnte nicht zulassen, dass sie dir etwas verriete ..."

„Lady Ferris? Warum?"

„Weil sie dir nur zu gern von deinen Eltern erzählt hätte. Das Risiko konnte ich nicht eingehen. Sie hat kein Recht, es dir zu erzählen. Wenn jemand das tut, dann ich." Er hielt ihm sein Glas hin und Alec goss Brandy hinein. Er genoss die schwere Flüssigkeit, die ihm die Kehle hinabbrann und sammelte seine Gedanken. „Ich hatte nie erwartet, dir dies alles auf dem Teppich in der Bibliothek dieses Hauses sitzend zu erzählen! Doch irgendwie scheint es passend, dass wir uns auf so tiefem Niveau befinden. Tiefer kann ich nicht sinken."

„Warum wollte Lady Ferris unbedingt, dass ich etwas über meine Eltern erfahre?"

„Um deine Mutter zu verletzen. Um mich zu verletzen."

„Das hört sich an, als ob ihr beide sie verletzt hättet ..."

„Diese Kränkung besteht nur in ihrem Kopf. Sie hat nie verstanden, warum ich ihr Helen vorzog, obwohl sie hübscher und, wie sie glaubte, klüger war. Doch nur, weil deine Mutter ein liebes Geschöpf mit einem goldenen Herzen war, heißt das nicht, dass sie nicht intelligent war. Sie schob sich nur nicht so in den Vordergrund, wie ihre Schwester das tat. Und selbst, als Helens Schwester die Wahrheit über unsere - über unsere *Beziehung* - erfuhr, und dass es unmöglich für deine Mutter und mich war, zusammen zu sein, war sie - Lady Ferris - entschlossen, Helen in meiner Zuneigung zu ersetzen. Was lächerlich war. *Sie* war lächerlich."

Alec runzelte Stirn, nicht völlig sicher, dass er verstand, welche Beziehung dies zwischen den Schwestern und seinem Onkel war, doch er war sich ziemlich sicher, was der Antrieb hinter Lady Ferris' Handlungen war.

„Ich sagte dir, Liebe ist unerklärlich und seltsam", sagte Plantagenet Halsey und unterbrach Alecs stirnrunzelndes Schweigen. „Es gab keinen Reim oder Grund, warum deine Mutter und ich uns verliebten. Es geschah einfach. Wir machten einander glücklich. Es ist nur schade, dass wir - dass sie - dass es nicht auf Dauer sein durfte ..."

„Du sagst, ihr hättet einander glücklich gemacht und euch geliebt und doch wurde sie die Gräfin von Delvin?"

„Ja."

Alec ließ seinen Blick auf seinem Onkel ruhen. „Darf ich eine Erklärung versuchen? Ich habe viel über das nachgedacht, was du mir in der Gemäldegalerie erzählt hast."

Plantagenet Halsey lächelte. „Daran habe ich keinen Zweifel. Erkläre es!"

„Hat sie deinen Bruder geheiratet, weil sie Gräfin von Delvin werden wollte? Hat sie, als du den Titel deiner Prinzipien wegen ablehntest, und dein Bruder Lord Delvin wurde, ihn geheiratet?. Du sagtest, sie wäre liebevoll gewesen, hätte ein Herz aus Gold gehabt, aber das muss nicht heißen, dass sie deine Prinzipien verstand. Sie hielt sie möglicherweise für einen Haufen unverständlichen Unsinns, nichts, was wert war, deine Stellung und deinen Titel dafür aufzugeben. Vielleicht dachte sie, da dein Bruder dein identischer Zwilling war, könnte er nicht so verschieden von dir sein und vielleicht war er es auch nicht. Schließlich sieht es so aus, als hättet ihr beide den Austausch ohne weiteres Drama durchgeführt. Ich muss annehmen, dass die obere Dienerschaft, der Verwalter und jeder, der euch näher verbunden war, eingeweiht gewesen sein muss. Meine Tante zweifellos auch. Und du wolltest nicht, dass sie mir das erzählte? Vielleicht war es für diese obere Dienerschaft unwichtig, wer von euch Earl wurde, solange es einer von euch war." Alec lächelte ironisch. „Wie war ich?"

„Ich bin verblüfft! Wann hast du erkannt, dass ich mein Geburtsrecht aufgegeben habe?"

„Sei nicht allzu beeindruckt. Ich muss Cobham dafür danken, mir diese Perle vorgeworfen zu haben."

Plantagenet Halseys schmale Wangen röteten sich. Er war zu erstaunt, um etwas zu sagen. Alecs Lächeln wurde breiter und er war erleichtert, wieder Farbe auf dem blassen Gesicht seines Onkels zu sehen. Er klärte ihn auf.

„Gelegentlich, wenn man aufmerksam zuhört, findet sich eine Perle der Weisheit in den langatmigen Reden unseres Leiters der Auslandsabteilung ..."

„Die nur du finden kannst, mein Junge! Ich bin voller Bewunderung für deine Geduld. Der Mann ist ein Trottel. Nicht überraschend, dass du von Perlen sprichst, denn eine Auster ist faszinierender! Erstaunt es dich nicht - wie mich - dass er und unser goldenes Mädchen aus demselben Leib stammen?"

Alec grinste. „Ich bin mir völlig sicher, dass das Selina jedes Mal in den Sinn kommt, wenn sie gezwungen ist, die Gesellschaft ihres Bruders zu ertragen."

„Wie hat die Auster dir diese Perle präsentiert?"

„Er bot mir seinen Rat an ..."

„Mein Erstaunen wächst mit jeder Minute!"

„... dass, nachdem Seiner Majestät mich zum Marquess erhoben hätte, ich nicht länger tun oder sagen könnte, was mir gefällt. Ich müsste mich anpassen und so werden wie andere Lords. Dass ich, selbst, wenn ich es wollte, meinem Titel nicht den Rücken kehren und so tun könnte, als hätte er nie existiert. Und jeder, der so etwas dächte, wäre nicht ganz richtig im Kopf. Nur ein Irrer würde so handeln. Und das ließ mich an dich denken ..."

„... der ein Irrer ist? Ha!"

„In gewisser Hinsicht, ja. Denn für Cobham und seinesgleichen sind deine Ansichten die eines Bedlam-Insassen. Doch was er sagte, war, dass du verräterischen Unsinn von dir geben kannst, weil du kein Lord bist und daher so frei wie ein Vogel sagen und tun kannst, was du willst. Und daher dachte ich, wenn ich an deiner Stelle gewesen wäre und einen identischen Zwillingsbruder hätte, und dieser darauf brannte, Earl zu sein, und ich darauf brannte, meine Überzeugungen im Unterhaus zu vertreten, würde es einfach sein, die Reihenfolge der

Geburt zu ändern. Er hätte den Titel und ich meine Freiheit zu sagen und zu tun, was mir gefällt, und wir wären beide zufrieden."

„Ich bin voller Bewunderung für Cobhams Scharfsinn, obwohl ich vermute, dass er es nicht einmal merkt, was auch gut so ist, denn er würde ihn nie richtig anwenden und noch lästiger sein, als er es bereits ist." Plantagenet Halsey warf Alec einen Blick zu und stellte sein Glas zwischen sie beide auf den Teppich; seine nächsten Worte wählte er vorsichtig. „Deine Erklärung ist nicht allzu weit von der Wahrheit entfernt, aber lass mich dich berichtigen. Und vielleicht könnte ich dich sogar überraschen, was nichts Geringes ist, weil ich nicht glaube, dass ich dich überraschen konnte, seit du noch ein Junge warst. Und dennoch werde ich ständig von dir überrascht! Du weißt, wie stolz ich auf dich bin, mein Junge ..."

„So, wie ich auf dich. Dass du zu deinen Überzeugungen gestanden und dein Geburtsrecht, noch dazu den Titel eines Earls, aufgegeben hast! Dazu gehört Mut."

Der alte Mann verzog das Gesicht. Das hatte nichts mit dem pochenden Schmerz in seinem Hinterkopf zu tun. „Die Sache ist ... ich habe Helen geheiratet."

„Du und meine Mutter wart - wart *verheiratet?*", brach es aus Alec ungläubig heraus.

„Ha! Also habe ich dich schließlich doch überrascht! Natürlich habe ich sie geheiratet. Ich liebte sie. Wir waren verliebt. Schande über dich, dass du das Schlimmste von uns denkst!", fügte er neckend hinzu. „Ich habe dir einmal gesagt, deine Mutter und ich waren kein Liebespaar, und wir waren es nicht. Zumindest *darüber* habe ich nicht gelogen!"

„Onkel - ich - stellt das hier ab und verschwindet! *Los, weg!*", befahl Alec barsch, verärgert über die Unterbrechung, als zwei Lakaien eine Porzellanschüssel, Tücher und einen Krug Eiswasser neben ihnen auf den Teppich stellten. „Und macht die Tür zu! Und lasst niemanden herein - niemanden!"

„Das ist der gröbste Ton, den ich dich je einem Diener gegenüber habe gebrauchen hören", bemerkte Plantagenet Halsey mit einem traurigen Kopfschütteln. Doch das Funkeln in seinen blauen Augen strafen seine Kritik Lügen. „Und ich dachte, ich hätte dich Besseres gelehrt. Schließlich weißt du ja, dass sie sich nicht wehren dürfen."

„Ich weiß das, aber - ach, verdammt! Das hier - das hier ist viel wichtiger", widersprach Alec, das Gesicht heiß vor Scham.

Er machte sich daran, den Krug Eiswasser in die Schüssel zu leeren, doch der alte Mann winkte ab und er ließ den Krug sinken. Er stellte überrascht fest, dass seine Hand zitterte. Das hatte nichts mit seinem ungewöhnlich unhöflichen Verhalten gegenüber seinen Dienern, aber alles mit der Antwort auf eine brennende Frage zu tun, die ihn sein ganzes Leben lang gequält hatte und die er doch nie gestellt hatte, aus Angst, es könnte nicht wahr sein. Er brachte es noch immer nicht fertig, direkt zu fragen.

„Wenn du mit meiner Mutter verheiratet warst, wie kam es, dass sie hier bei deinem Bruder blieb, als er Earl wurde, dem Namen nach, wenn auch nicht rechtmäßig, und nicht mit dir nach London ging?"

„Ich heiratete Helen, als unsere Eltern noch lebten. Sie waren gegen diese Verbindung, waren es immer gewesen. Niemand konnte uns für ihren Widerstand einen vernünftigen Grund nennen. Helen war eine Erbin und eine Cousine, daher war es in jeder Beziehung eine ausgezeichnete Partie. Doch wir ließen uns von ihrem Widerstand nicht aufhalten. Wir heirateten heimlich. Ich fand einen anglikanischen Geistlichen in der nächsten Pfarrgemeinde und bezahlte ihn. Das war vor dem Hardwicke-Gesetz, daher war es völlig legal. Der einzige Mensch, der davon wusste, war mein Bruder. Nicht einmal Helens Schwester erfuhr davon ... Reiche mir doch das Tuch, mein Junge. Ich glaube, jetzt brauche ich es doch."

Alec beugte sich zur Seite, um Eiswasser in die Porzellanschüssel zu gießen, den Kopf voller unbeantworteter Fragen. Er tränkte ein Tuch, wrang es aus, faltete es zusammen und formte ein Kissen, das er seinem Onkel reichte, der es vorsichtig an die schmerzhafteste Stelle an seinem Hinterkopf drückte.

„Hat sie sich geweigert, mit dir zu gehen, weil du deinen Titel für deine Prinzipien aufgegeben hast? Wie kannst du dann sagen, sie hätte dich geliebt?"

Der alte Mann schüttelte den Kopf und entspannte sich ein wenig, das kalte Tuch betäube den Schmerz in seinem Kopf. Doch er wurde von einem Gefühl der Dringlichkeit gepackt, dass er dieses Geständnis hinter sich bringen müsste, Alec alles erzählen müsste, bevor jemand anders das tat, bevor sie unterbrochen wurden. Und er hatte noch immer nichts zu dem Gewölbe erklärt und über das, was er dort finden würde.

„Ich muss dir etwas erklären, etwas Grundlegendes. Etwas, das du, wie ich denke, jetzt akzeptieren und verstehen wirst, was du in jüngerem Alter nicht gekonnt hättest. Es wird nicht viel Sinn ergeben, bevor ich dir nicht alles gesagt habe, also lass mich ausreden. Außerdem schätze ich, haben wir nicht viel Zeit, bevor unsere Verwandten an diese Tür pochen werden, weil sie sich wundern, wo wir bleiben." Als Alec nickte, fuhr er fort. „Ich habe dir erzählt, dass deine Mutter und ich in einer kirchlichen Zeremonie geheiratet haben. Doch wir hielten unsere Verbindung geheim, weil mein Vater noch nicht aus London heimgekehrt war und wir wollten, dass beide Eltern unsere Neuigkeiten zur gleichen Zeit erfahren sollten. In Wahrheit hatten wir ein wenig Angst vor ihrer Reaktion, besonders der meiner Mutter, von der ich dir ja erzählte, dass sie respekteinflößend war. Sie hatte nie ein enges Verhältnis zu Helen und ihrer Schwester, nachdem sie zu uns gezogen waren. Mein Vater tat sein Bestes, ihnen die Eltern zu ersetzen, doch meine Mutter blieb distanziert. Helen sagte, sie hätte immer das Gefühl gehabt, dass meine Mutter sie und ihre Schwester als Eindringlinge ansähe.

„Einige Monate vergingen und inzwischen entdeckte Helens Schwester unser Geheimnis. Sie ging direkt zu meiner Mutter und mein Vater kam sofort aus der Stadt zurück. Sie waren wütend und entsetzt und sagten uns, dass es etwas gäbe, was sie für ein *unüberwindliches Hindernis* für unsere Ehe hielten. Doch da sie uns nicht sagen wollten, was das wäre, weigerte ich mich, ihnen zu glauben. Es war nur die Voreingenommenheit meiner Mutter Helen gegenüber. Und da wir vom Pfarrer getraut waren, gab es nichts, was sie dagegen hätten tun können. Helen und ich waren verheiratet und dabei blieb es.“

Als er das Tuch von der Schwellung nahm, weil es warm wurde, und es neu befeuchten wollte, tat Alec das für ihn. Als das Tuch ausgewrungen und wieder kalt war, drückte Plantagenet Halsey es vorsichtig an seinen Kopf, hielt es dort fest und fuhr fort; Alec schwieg ernst und wagte nicht, ihn zu unterbrechen.

„Mein Vater kam krank aus der Stadt zurück und bald wurde auch meine Mutter krank, beide hatten Influenza. Die Nachricht von unserer Hochzeit verschlimmerte ihre Krankheit. Ebenso unsere Entschlossenheit, verheiratet zu bleiben. Meine Mutter erhob sich nie wieder von ihrem Bett. Mein Vater forderte, dass ich unsere Verbindung leugnen sollte; Helen und ich sollten so tun, als wäre sie nie geschlossen worden. Wenn wir das täten, würde er uns vergeben und alles würde wie früher, niemand außerhalb der engsten Familie müsste davon erfahren. Er ließ Roderick und mich an sein Bett holen und verlangte, dass das Kirchenbuch zerstört werden müsste. Er ließ uns versprechen, die gesamte Episode geheim zu halten. Natürlich wollte ich nichts mit diesen Befehlen zu schaffen haben. Wir waren Mann und Frau in den Augen Gottes. Ich war zuversichtlich, dass es nichts gäbe, das uns trennen könnte.

„Aber mein Bruder, immer der gute und gehorsame Sohn, gab unserem Vater heimlich das feierliche Versprechen, seinen Willen zu erfüllen. Er hoffte, dass dieses Versprechen die Gesundheit unseres

Vaters verbessern würde. Was Rod mir nicht erzählte, war, dass unser Vater in seiner Erleichterung, oder vielleicht im Delirium seines Fiebers, Rod dann anvertraute, dass unsere Mutter recht gehabt hätte - er hätte die Mädchen dort, wo sie waren und von anderen versorgen lassen sollen, statt sie in dieses Haus zu bringen. Dann verriet er Rod das - das *unüberwindliche Hindernis*.

„Mein Bruder wartete auf seine Gelegenheit. Sie kam wenige Wochen später, als unser Vater gestorben war. Ich hielt mein Versprechen an Rod und er wurde an meiner Stelle Earl of Delvin. Seine erste Handlung als Earl of Delvin war es, die Wünsche unseres Vaters auszuführen. Er ließ das Kirchenbuch vernichten. Er bestach den Pfarrer, der Helen und mich getraut hatte, und schickte ihn in eine abgelegene Gemeinde im nördlichsten Wales. Doch das Verheerendste von allem - und etwas, das ich ihm nie vergeben habe - er verriet Helen den Grund, warum unsere Eltern gegen unsere Heirat gewesen waren ... Und dann erzählte er es mir. Das war das Ende - von allem - meiner Ehe, unserer Hoffnungen und Träume für die Zukunft und Helens Seelenfrieden. Und es war das Ende jeder brüderlichen Liebe zwischen Rod und mir.

Der Blick des alten Mannes huschte nach oben, um Alecs unverwandtem Blick zu begegnen. Emotionen erstickten seine Worte beinahe und ließen seine Stimme heiser werden.

„Rod nahm mir alles, was ich auf dieser Welt liebte. Und ich dachte, er würde mir auch dich nehmen. Ich kämpfte hart, um dich zu behalten, Helen und ich zusammen. Erst nach vielem Zureden und Versprechungen von uns beiden stimmte er schließlich zu, dich mir zu überlassen.“

„Welche Versprechungen?“

„Dass ich deiner Mutter nie erlauben würde, dich zu sehen. Dass ich der Lüge, Helen und Roderick wären verheiratet, zustimmte ...“

„Aber, wenn deine Eltern dagegen waren, dass du Helen heiratest und auch dein Bruder, und es da dieses unüberwindliche Hindernis gab, wie konnte er die Behauptung aufrecht erhalten, dass er mit ihr verheiratet wäre? Ich nehme an, da deine Ehe mit ihr noch immer rechtmäßig war, trotz der unternommen Schritte, sie zu zerstören, dass sie vorgaben, Mann und Frau zu sein? War er auch in meine Mutter verliebt?“

„Ihre Ehe war eine Lüge, und das blieb sie für den Rest ihres Lebens“, eröffnete Plantagenet Halsey ihm unverblümt. „Sie waren nur dem Namen nach Mann und Frau. In jeder anderen Hinsicht lebten sie getrennte Leben, hielten jedoch den Anschein, verheiratet zu sein, aufrecht, wenn es um öffentliche Anlässe ging. Und es stellte sich heraus, dass diese Vereinbarung, so, wie alles lag, ihnen beiden recht war und mir auch. Er war Earl of Delvin, sie war die Gräfin Delvin und ich stimmte zu, Abstand zu halten."

„Wenn die Ehe eine Lüge war, woher kam dann mein Bruder Edward? Vielleicht, wenn ihre Ehe nur dem Namen nach bestand, hatte sie Ehebruch begangen. In ihrem Brief schrieb sie, dass sie mich zur Strafe für ihren Ehebruch hätte weggeben müssen, und ..."

„Unsinn! Alles das! Der Ehebruch war Teil der größeren Lüge, die besagte, dass sie und mein Bruder verheiratet waren und der Vorwand, warum du bei mir und nicht bei ihnen lebtest ... Glaube mir, deine Mutter betrachtete es als kleinen Preis, den sie für dein Leben zahlte, als Ehebrecherin gebrandmarkt zu sein. Was Edwards Vaterschaft angeht ..." Er holte tief Luft und zuckte mit den Schultern. „Ich habe nie gefragt und sie haben es mir nie gesagt. Und ehrlich gesagt, nach allem anderen war ich darüber hinweg, dass es mir so oder so etwas bedeutet hätte. Er hatte das Recht, einen Sohn und Erben zu haben, da ich genug Leben ruiniert hatte, also was kam es darauf an, woher er ihn hatte. Und ich habe Joseph Cales Leben ruiniert ..."

„Hat Cale der Lüge, der Liebhaber meiner Mutter gewesen zu sein, zugestimmt, weil er dein Halbbruder war, und du hast es von ihm verlangt?"

„So ähnlich ... Niemand wusste von seiner engen Verwandtschaft zu uns. Das hielt mein Vater gut geheim. Und da Joseph mehr wie der Sohn eines Sklaven als wie ein Halsey aussah, bekannte mein Vater sich nie zu ihm. Obwohl Joseph es wusste, und es mir viel später sagte, nachdem er mein Kammerdiener geworden war; er wusste von den Besuchen unseres Vaters in dem Haus, das er mit seiner Mätresse teilte und von den Jahren, die sie als Familie zusammenlebten, bis Josephs Mutter bei der Geburt des dritten Kindes, eines Mädchens, starb."

Der alte Mann seufzte, von Trauer überwältigt.

„Joseph war ein guter Mann. Er erinnert mich in vieler Hinsicht an meinen Vater. Und nicht einmal gab er mir die Schuld oder zeigte seinen Zorn wegen dem, was zwischen Helen und mir geschehen war. Und er erlaubte meinem Bruder - unserem Bruder - ihn öffentlich zu demütigen und zu beschuldigen, der Vater von Helens Kind zu sein."

„Ich hoffe, er wurde angemessen für sein Opfer entschädigt!", scherzte Alec bitter.

„Ich habe ihn ausgezahlt, damit er auf der anderen Seite der Grenze, in Edinburgh, ein besseres Leben haben könnte."

„Wurden andere Versprechen gemacht, andere Leben ruiniert, nur, um deinen Bruder dazu zu bringen, mich dir zu überlassen?"

Der alte Mann hörte die Verletztheit und den Sarkasmus, ignorierte sie aber weiterhin. Er bemühte sich angestrengt, seinen Blick auf Alec ruhen und seine Stimme fest klingen zu lassen.

„Ich gab Rod mein Wort, dir nie die Wahrheit über deine Abstammung zu sagen, nicht, solange er oder sein Sohn und Erbe noch lebten. Wäre Edward nicht ermordet worden, hätte er bis in ein hohes Alter gelebt - oder zumindest mich überlebt! - hätte das bedeutet, dass du nie die Wahrheit über deine Geburt herausgefunden hättest und wir nie dieses Gespräch geführt hätten."

„Weil du dein Wort gehalten hättest", sagte Alec rundheraus. „Durch dick und dünn, trotz jeder Anschuldigung und jeden Gerüchts, das sich in meinem Kopf angesammelt hat. Trotz eines lebenslänglichen Zweifels, weil ich die Wahrheit über meine Geburt, oder, wie Lady Ferris mir sagte, das, *was davor geschah* - wovon ich jetzt verstehe, dass das heißen soll, wie es zu meiner Zeugung kam - hättest du es mir nicht gesagt?"

„Alec, nachdem ich einmal mein Wort gegeben hatte, konnte ich es nicht brechen. Nicht, nachdem ich es gegeben hatte, um dein Leben zu retten. Das verstehst du doch sicher?"

„Ich wünschte, ich könnte das sagen. Aber, nein."

Plantagenet Halseys Schultern sanken wieder herab und sein Atem wurde flach. Die ungesunde Blässe kehrte zurück. Alec hätte sofort aufhören sollen, ihn auszufragen, doch er erwartete nicht, Ruhe zu finden, bevor er nicht alles wusste. Die Frage, die er stellte, war nicht die, die er alte Mann erwartete.

„Wie fand Lady Ferris heraus, dass du ihre Schwester geheiratet hattest?"

FÜNFUNDZWANZIG

ALEC WARTETE AUF PLANTAGENET HALSEYS ANTWORT, MIT festem Blick, aber mit heftig pochendem Herzen. Er wartete darauf, dass dieser ihm sagen sollte, was er immer hatte hören wollen, was er in seinem Herzen immer für die Wahrheit erachtet hatte, die aber niemand auszusprechen wagte und die sein Onkel bei zahlreichen Gelegenheiten abgestritten hatte. Und ebenso, schien es, viele andere Leute; keiner von ihnen hatte in seinen sechsunddreißig Jahren je die Wahrheit angedeutet.

„Lady Ferris entdeckte, dass Helen und ich verheiratet waren?“, wiederholte Plantagenet Halsey, als ob er die Frage missverstanden hätte. Doch die Hitze in seinem Gesicht sagte etwas anderes und innerlich kritisierte er sich für seine neu entdeckte Prüderie. Daran gab er Olivia die Schuld. Oder vielleicht, wie der pochende Schmerz in seinem Hinterkopf ihn erinnerte, war ihm etwas Vernunft eingeprügelt worden, als er das Bewusstsein verloren und auf dem Teppich aufgeschlagen war. Er lächelte scheu. Oh, ihr Götter! Er *wurde* auf seine alten Tage prüde! „Wenn zwei Menschen verliebt sind, gibt es Konsequenzen, und wir konnten Helens Schwangerschaft nicht für immer verbergen -“

„*Endlich*. Da! Und *trotzdem* kannst du es noch immer nicht aussprechen!“, verlangte Alec heftig. „Habe ich dir nicht genug Gelegenheit gegeben, es mir aus freiem Willen zu sagen, ohne es dir wie einen gesunden Zahn ziehen zu müssen?“

Er rappelte sich auf und starrte auf den alten Mann hinab, als ob er ein Geist wäre, bevor er sein Gesicht in dem Versuch, seine überwältigenden Emotion zu beherrschen mit zitternden Händen bedeckte. Seine schlanken Finger fuhren durch seine unordentlichen Locken, während er die Augen fest zupresste und tief Luft holte. Dann ließ er seine Arme schwer an seinen Seiten herabfallen, wusste nicht, ob er lachen oder weinen sollte. Er dachte, er wäre selbstbeherrscht, konnte aber die Worte kaum herausbringen.

„All diese Jahre. All diese Nächte als Junge, in denen ich darum betete, dass das, was ich mir am meisten auf dieser Welt wünschte, durch ein Wunder wahr würde. Ich träumte davon, dass du mit der höchst erstaunlichsten Nachricht zu mir kommen würdest, dass du es beim Frühstück bekannt geben würdest, dass es ein Missverständnis oder einen Fehler oder so etwas gegeben hätte und du würdest mir einfach so sagen, also ob es das Einfachste von der Welt wäre, dass ich nicht dein Neffe wäre und du nicht mein Onkel. Es war mir völlig gleichgültig, wie das alles zustande gekommen war. Alles, was für mich zählte, waren wir, du und ich. Alles, was ich immer wollte, war, dass du mir die Wahrheit sagen solltest, die Wahrheit, die ich hier, in meinem Herzen kannte. Und dennoch kannst du mir jetzt noch immer nicht, nach all diesen Jahren sagen ... und es ist lächerlich, dass ich jetzt nicht imstande bin, es laut auszusprechen, bevor du es nicht zuerst sagst. Ich habe diese irrationale Angst, dass wenn ich es tue, es sich als falsch herausstellen wird und dieser Traum in mir sterben wird und dieser Teil meines Herzens ebenfalls sterben wird. Du musst es sagen. Solange du es nicht sagst, kann es nie Wahrheit sein ...“

„Alec, wie kann ich dir sagen ...“

„Es ist doch nur ein einfacher Satz, nicht wahr?“

„In unserem Fall ist nichts einfach.“

„Um Himmels willen! Wirst du weiter Ausreden finden? Um mich das Netz aus Lügen glauben zu lassen, dass du, dein Bruder, meine Mutter und dein Halbbruder gesponnen habt, um die Wahrheit vor anderen, vor *mir* zu verbergen?“ Als der alte Mann den Kopf senkte, wurde Alecs Gesicht finster. Bitterer Unglaube lag in seiner Stimme. „Wenn du es mir nicht hier und jetzt sagen kannst, dann sage mir wenigstens, dass du nicht die Absicht hast, es jemals zu tun, denn dann werde ich wissen, dass du es nicht sagen willst!“

Plantagenet Halsey zögerte, und das war zu viel für Alec. Er hob eine Hand, als wollte er bedeuten, er hätte genug, und wandte sich ab. Er wusste nicht, was er tun oder sagen sollte, oder ob er dieses Gespräch überhaupt würde fortsetzen können. Doch als er die Bibliothek entlang schritt, stieg vor seinen Augen die Erinnerung daran auf, wie er ein kleiner Junge gewesen war, der an einem langen Tisch saß, allein mit seinem Onkel - *seinem Onkel, ha!* - und dieser ihm zeigte,

wie man die Eierschale mit der Rückseite eines Löffels aufschlug. Das
brachte ihn zum Lächeln und aller Zorn verflog. Er sank erschöpft in
den nächsten Ohrensessel, legte den Kopf in die Hände und überließ
sich eine überwältigenden Traurigkeit.

⚮

PLANTAGENET HALSEY KAM LANGSAM AUF DIE BEINE UND
wollte Alec folgen, als er die Papiere erblickte, die er in den Händen
gehalten hatte, bevor er ohnmächtig umgefallen war. Sie lagen am
Rande des Teppichs. Er hob sie auf und legte sie wieder auf Hadrian
Jeffries' offenes Tagebuch, wohl wissend, dass er noch immer das
Stück Papier mit dem Stammbaum der Familie in seiner Tasche
versteckt hielt. Er hatte nur ein paar Schritte gemacht, als die Flügeltüren aufgerissen wurden, trotz Alecs Befehl, dass sie geschlossen
bleiben sollten.

Die Herzogin von Romney-St. Neots rauschte über die Schwelle,
ihr Fächer wedelte wild, und sie war taub für das Flehen der beiden
rotgesichtigen Lakaien, die hinter ihr herumhüpften. Sie ging direkt
zu dem alten Mann und klopfte mit den Stäbchen ihres zusammenge-
klappten Fächers gegen die Vorderseite seiner Weste.

„Warum wurde nach einem Arzt gerufen?", wollte sie wissen und
musterte ihn. Aus dem Augenwinkel sah sie den Krug, die Schüssel
und die beiseitegelegten Tücher, und wirbelte herum, um dieses
Gegenstände mitten auf dem Teppich genauer in Augenschein zu
nehmen. „Was ist geschehen? Bist du krank? Wo ist Alec?"

„Umgekippt. Aber kein Grund ..."

„Wer ist umgekippt?" Sie drehte sich mit einem Rauschen ihrer
Röcke wieder zu ihm. „Du? *Du?* Zeig es mir!"

Bevor er protestieren konnte, packte sie seine Manschette und zog
ihn auf ein Sofa, wo sie ihn in ein Kissen drückte. Als er vorsichtig
eine Hand zu seinem Nacken hob, zog sie ihn am Aufschlag nach
vorn, damit sie über seine Schulter sehen und seinen Kopf inspizieren
konnte. Als sie nichts sah, fuhr sie sanft mit ihren Fingerspitzen durch
sein ergrautes Haar, bis sie auf eine Beule stieß.

„Was hat dich denn fallen lassen - liebe Güte! Das ist eine schöne
Beule! Du musst hart auf dem Boden aufgeschlagen sein. Aber die
Haut ist nicht verletzt, also blutet es auch nicht. Gott sei Dank! Eine
kalte Kompresse wird helfen, die Schwellung zu lindern." Sie stand
auf und schob ihn vorsichtig in eine sitzenden Position. „Was du
brauchst, ist eine Dosis von James' Pulver und Ruhe, bis der Arzt
kommt. Wie schade, dass Thomas nicht hier ist, um ..."

„Euer Gnaden. Olivia", unterbrach er leise, und als er ihre volle Aufmerksamkeit hatte, sagte er in einem Tonfall, den er nur bei ihr benutzte: „Livvy. Livvy, es ist nicht mein Kopf, der verletzt ist. Ich konnte nicht - habe ihm nicht - gesagt, aber er weiß ..."

Olivia St. Neot riss die Augen auf und als er sie auf seinen Schoß zog, wehrte sie sich nicht, sondern saß in einer Wolke von Röcken dort und hielt sich fest, indem sie ihm den Arm um die Schultern legte. „Über uns? Du hast es ihm gesagt?"

Er schüttelte lächelnd den Kopf und widersprach sich dann. „Das nicht. Ich habe ihm etwas von uns erzählt, aber auch, dass ich dir versprechen musste zu warten, und das habe ich. Nein. Über ihn und mich. Über Helen ..."

Sie richtete sich kerzengerade auf. Ihr Entsetzen war spürbar. „Er weiß von dir und - und Helen? Wie? Hat deine aufdringliche Schwester es endlich geschafft ..."

„Livvy, nein. Nicht sie. Ich. Ich kann - ich kann es nicht. Ich habe es nicht getan. Ich - ich bin ein Feigling", flüsterte er gequält. „Er glaubt, ich wollte ihn nicht anerkennen. Wie kann er sich so täuschen? Aber wenn ich ihm die Wahrheit nach all diesen Jahren, in denen ich ihn belogen habe, nicht sagen kann, für was als für einen elenden Weichling muss er mich halten ..."

„Unsinn! Du bist alles andere als das!" Sie lächelte resigniert. „Hatte ich dir nicht geraten, ihm alles zu erzählen, sobald ihr hier ankommen würdet? Du weißt, dass du es ihm sagen musst, also worauf wartest du noch?"

„Aber wenn ich ihm einen Teil erzähle, muss ich ihm alles sagen. Und ich - ich glaube nicht, dass ich das kann, denn wie du jetzt weißt, ist die Wahrheit weit schlimmer, als wenn er das Resultat einer ehebrecherischen Affäre wäre ..."

„Unsinn, du dummer Mann!", schalt sie ihn liebevoll. Sie flüsterte ihm ins Ohr: „Sage ihm den Teil, den er hören *muss*. Das ist alles, was er sich *seit jeher* von dir wünschte. Der Rest kann warten."

Er zog sich zurück und schaute sie mit solcher Qual an, dass sie den Atem anhielt, um nicht zu schluchzen. Keiner der beiden war sich bewusst, dass noch jemand im Raum war, am allerwenigsten, dass Alec wieder zu ihnen zurückgekommen war, gerade rechtzeitig, um zu hören, was Plantagenet Halsey als nächstes sagte.

„Vielleicht - vielleicht hast du recht. Das kann warten ..."

„Ich habe so lange gewartet, warum dann nicht", stellte Alec trocken und ohne sich zu entschuldigen fest.

Das Paar sprang auf und schaute sich um, sah Alec vor ihnen stehen, als einer von Stephens' Arbeitern, die Mütze in der Hand, in den Raum geschlurft kam, als Alec ihm bedeutete, hereinzukommen.

„Bitte - meinetwegen müsst ihr euch nicht bewegen", fügte er ironisch zu tun. Er verbeugte sich vor seiner Patin. „Ich höre, Glückwünsche wären angebracht?"

Die Herzogin sah gleichzeitig trotzig und verlegen aus, wenn das möglich war. Sie schmollte. „Wir haben gehofft, es dir, Selina und dem Rest der Familie zu verkünden, wenn wir alle beim Diner versammelt sind."

„Dann werde ich meine Begeisterung bis dahin unterdrücken", antwortete Alec, immer noch, ohne den alten Mann anzuschauen. „Das Diner mit der Familie wird eure Ankündigung noch viel unterhaltsamer machen. Vor allem durch Cobhams Anwesenheit. Jetzt müsst ihr mich entschuldigen."

„Wohin gehst du?", wollte die Herzogin wissen. Und als Alec nur eine Augenbraue hob, als wollte er sagen, dass dies sie nichts anginge, er aber zu höflich wäre, das auszusprechen, setzte sie sich auf Plantagenet Halseys Schoß auf und versuchte, majestätisch zu wirken. „Deine Frau kann jetzt jeden Tag euer Kind bekommen, da er ist es zwingend notwendig, dass ich - *wir alle* - über deine Bewegungen Bescheid wissen, um dich in kürzester Zeit finden zu können."

Daraufhin warf Alec Plantagenet Halsey einen Blick zu, bevor er kryptisch sagte: „Wenn ich gebraucht werde, kannst du mir Nachricht in den Keller schicken." Er winkte dem Arbeiter, näher zu treten. „Was möchte Mr. Stephens mir sagen lassen?"

Der Mann verbeugte sich nervös, ohne das Paar auf dem Sofa anzuschauen.

„Der Meister sagt, ich soll Seine Lordschaft benachrichtigen, dass der Torbogen aufgebrochen ist. Es gibt etwas Seltsames, daher wartet der Meister auf Eure Anweisungen. Bitte um Verzeihung, M'lord, und er bat, Seine Lordschaft zu ersuchen, schnell zu sein."

„Sagt Mr. Stephens, ich werde gleich dort sein." Er wirbelte auf dem Absatz herum und wandte sich an den alten Mann. „Nun, *Onkel*, ich weiß nicht, wie es mit dir ist, aber ich für meinen Teil möchte wissen, was unsere Vorfahren im Schilde führten. Möchtest du mitkommen?"

„Nach unten in den Keller?" Die Herzogin war entsetzt. Sie sah zu, dass sie auf die Beine kam und schüttelte ihre Röcke aus. Jede Verlegenheit, dass sie auf Plantagenet Halseys Schoß sitzend entdeckt worden war, verschwand und ihre Sorge um sein Wohlergehen war so groß, dass sie schroff zu Alec wurde. „Er hatte einen hässlichen Sturz und an seinem Hinterkopf ist eine Beule von der Größe eines

Hühnereis und du willst, dass er mit dir in einen alten, muffigen Keller geht? Nein! Er ..."

„Olivia ..."

„Nein, sage ich!", antwortete sie ärgerlich auf die Unterbrechung des alten Mannes und sprach weiter zu Alec: „Er wird hier mit mir auf den Arzt warten und ..."

„Livvy", begann Plantagenet Halsey erneut, „es geht mir gut. Und dies ist weit wichtiger als ein Schlag auf meinen Kopf." Als er nach ihrer Hand griff, wollte sie ihn ihre Finger nicht nehmen lassen und wehrte ihn ab. „Euer Gnaden ..."

„Hör auf, mich auf diese Weise mit *Euer Gnaden* zu betiteln! Wer will wissen, ob du nicht wieder ohnmächtig wirst. Was, wenn es in einem dunklen Keller passiert, wo der Boden uneben ist? Dann würde es dir weit schlechter ergehen als bei einem Fall auf einen weichen Teppich! Wie sollen sie deinen langen Körper von dort heraustragen? Es ist absolut leichtsinnig und sieht dir ähnlich - nein! Wage es nicht zu versuchen, mich in den Arm zu nehmen! Nicht hier. Nicht vor - vor - verdammt!"

Plantagenet Halsey hielt sie einen langen Moment im Arm, bis er spürte, dass sie still wurde, dann flüsterte er ihr zu, er würde vorsichtig sein, küsste sie auf den Kopf und trat beiseite. Die Herzogin fummelte am Sitz ihres Mieders, spielte mit ihrem Fächer und hielt den Kopf gesenkt, ohne einen der Männer anzusehen. Plantagenet Halsey musterte sie mit stirnrunzelnder Besorgnis, doch Alec, der die Szene rührend fand, lächelte. Das vertrieb die Härte aus seinem Tonfall.

„Ich möchte, dass du mich nur begleitest, wenn du dich dazu imstande fühlst", sagte er sanft zu Plantagenet Halsey.

„Ja, das tue ich."

Alec legte einen Arm um die Schultern der Herzogin und beugte sich vor, um sie auf die Wange zu küssen. „Ich werde gut auf ihn aufpassen und er wird rechtzeitig für den Besuch des Arztes wieder hier sein. Versprochen."

Olivia St. Neots nickte, konnte aber trotzdem ihren Kopf nicht heben. Als sie es dann tat, schlossen sich die Flügeltüren bereits hinter dem Rücken der beiden Männer, die ihr auf der Welt am meisten bedeuteten.

SECHSUNDZWANZIG

Keiner sagte ein Wort, bis sie am oberen Ende der Kellertreppe angekommen waren, dann hielt Plantagenet Halsey Alec mit einer Hand auf dem Arm auf. Alec dachte sofort, es ginge ihm nicht gut, doch der alte Mann schüttelte den Kopf, obwohl er die Schultern an die Steinwand lehnte, um sich zu stützen. Einer der beiden Männer von Stephens, die den Eingang unten bewachten, wollte mit einer Fackel die Treppe heraufkommen, aber Alec winkte ihn zurück nach unten, da er sah, dass Plantagenet Halsey unter vier Augen mit ihm sprechen wollte.

„Ich habe mir mächtig Mühe gegeben, dass du nicht herausfinden solltest, was sich in diesem Keller dort befindet", gestand der alte Mann entschuldigend. „Ich dachte, das wäre das Beste für deinen Seelenfrieden..."

„Aber bis wir es nicht wissen, wird diese Unwissenheit wie eine schwarze Wolke über uns hängen", antwortete Alec fest. „Das wünsche ich für keinen von uns oder für unsere Familie. Ich bin nicht böse auf dich, weil du versucht hast, mich zu schützen. Ich verstehe, dass dies nur ein weiterer deiner Versuche ist, mich vor unseren gefürchteten und, wenn ich so sagen darf, abscheulichen Vorfahren zu schützen. Aber du weißt nicht besser als ich, was in diesem Gewölbe ist, oder?"

„Wenn du damit meinst, ob ich diesen grässlichen Ort je besichtigt habe, nein! Ich habe die Familiengeschichte von meinem Vater erfahren, der sie von seinem erfuhr, und so weiter. Das war genug für mich."

„Dann weißt du, abgesehen davon, dass dir gesagt wurde, im Keller gäbe es ein Gewölbe, das benutzt wurde, um - wie lautete diese Phrase? Ach ja! *Um die alte Gewohnheit der Familie der Beisetzung zu ehren* - es auch nicht mit Sicherheit ...“

„Alec! Ich muss nicht dort hinuntergehen, um zu wissen, was meine Vorfahren angerichtet haben. Diese Phrase über Ehre und alte Familientradition ist eine Menge eleganten Geschwafels, um die Tatsache zu rechtfertigen, dass sie ...“ Er beugte sich vor und flüsterte „*Morde* begangen haben“, bevor er sich wieder an die Wand lehnte. „Und es gibt Dokumente und Karten darüber. Der Verwalter hat ein paar alte Unterlagen in seinem Safe eingeschlossen. Und heute fand ich eine Karte des Gewölbes in der Bibliothek. Dort sind achtunddreißig Kreuze markiert. Die sind nicht aus Spaß dort! Es sind *Kreuze*, um Himmels willen! Ich glaube, sie geben einen guten Hinweis darauf, was wir erwarten können dort zu finden, meinst du nicht?“

„Acht-und-dreißig?“ Als Plantagenet Halseys grimmig nickte, aber schwieg, holte Alec tief Luft, fügte dann aber ruhig hinzu, obwohl er alles andere als gelassen war: „Wenn es dort achtunddreißig Leichen gibt, müssen wir uns damit befassen. Und da dein Vater das Gewölbe nicht benutzte und wie es scheint, auch mein Urgroßvater nicht, dann dürfte dort seit hundert Jahren keine Leiche mehr begraben worden sein ...“

„Nicht mehr seit 1689“, murmelte der alte Mann.

Alecs Augenbrauen schossen in die Höhe. „Wie exakt.“

„Frage mich nicht, wieso ich das *jetzt* weiß, aber ich zeige es dir, wenn wir wieder in der Bibliothek sind. Es gibt eine Liste.“

„Dann hat dein Bruder, obwohl er damit drohte und die Mauer aus dem Torbogen entfernen ließ, das Gewölbe auch nicht benutzt.“

„Ein kleiner Trost. Aber ich akzeptiere ihn.“

„Dann sind es fünfundsiebzig Jahre, das heißt, drei Generationen, seit unsere Vorfahren diese Last schulterten, von denen du sagtest, sie wäre für manche zu schwer gewesen, um sie zu tragen. Ein Euphemismus, um Mord zu rechtfertigen ...“

„Es ist mehr daran, als dass sie nur ein Haufen Mörder wären“, platzte Plantagenet Halsey heraus und senkte dann seine Stimme. „Unsere Vorfahren haben eine bestimmte Art von Mord praktiziert, so entsetzlich, dass ich es kaum fassen kann. Und ich wünschte, du müsstest nichts davon erfahren!“

„Jeder Mord ist entsetzlich. Denke an die armen Turners. Hugh war erst dreizehn. Und sein Freund Will auch. Mord ist Mord, und diese Jungen sind ihren Familien für immer genommen, und es geschah erst vor ein paar Tagen! Die Turners und die Bolens werden

es so gut wie sie können ertragen müssen, und das für den Rest ihres
Lebens. Unsere Vorfahren haben unter dem Anschein von Achtbarkeit
und als Gentlemen, die Worte wie Ehre und Last verwendeten, jahrhundertelang Morde begangen. Wie du richtig sagst, das ist eine
Menge elegantes Geschwätz. Doch wir können uns von den Verbrechen unserer Vorfahren distanzieren, und von dem Schicksal dieser
armen Geschöpfe, weil die Zeit ein großer Heiler ist. Zwischen uns
und den Morden liegen fünfundsiebzig Jahre. Nicht bei den Turners
und den Bolens.

„Und wir sind nicht wie unsere Vorfahren, und das wird unsere
Familie auch nie wieder sein. Du hast mich nach meiner Geburt
gleich hier fortgebracht. Du hast deinen mörderischen Vorfahren den
Rücken gekehrt und dein ganzes Leben mit dem Versuch verbracht,
Leid und Ungleichheit zu lindern. Du und ich müssen uns daran fest-
halten, dass wir gute Männer sind und weiter Gutes tun werden.
Auch meine Kinder werden das, denn sie werden von dem Beispiel
lernen, das ich ihnen gebe und das ich bei dir sah ...“

„Ach! Mein Junge! Ich verdiene dein Lob nicht, nicht nach dem,
was ich dir angetan habe. Und dies ...“ Er machte eine Handbewegung zu den Stufen hin. „Wie immer du es ausdrückst, sich damit
befassen zu müssen, ist eine Bürde, ganz gleich, ob es eine Zeitspanne
von Jahren gibt, die uns einen gewissen Abstand erlaubt. Und da du
kurz davor stehst, Vater zu werden, wirst du es noch mehr spüren.
Doch du musst das nicht allein tragen. Ich werde an deiner Seite
sein.“

„Danke. Es ist gerade, weil ich fast schon Vater bin, dass es mir
wichtig ist, dieses Kapitel unserer Familiengeschichte ein für alle Mal
abzuschließen“, sagte Alec sanft zu ihm. „Ich sollte dich warnen ...
Wenn dieses Gewölbe Gebeine von achtunddreißig unserer
Verwandten enthält, habe ich die Absicht, sie aufnehmen und
ordnungsgemäß beerdigen zu lassen ...“

„Alec, Alec, hast du noch nicht begriffen, welcher Art von
Verwandten das sind? Du kannst nicht von *Gebeinen* sprechen, es sind
keine Gebeine. Diese achtunddreißig Kreuze gehören zu - zu *Säuglingen*. Jedes Kreuz steht für - für einen *kleinen Jungen* - einen - ein
Neugeborenes. Sie wurden von unseren Vorfahren geopfert - *geopfert* -
auf dem hohen Altar des Erbes, nur, um dafür zu sorgen, dass ein
einziger Sohn den Besitz erbte. Alle männlichen Geschwister wurden
beseitigt - *ermordet* - um zu verhindern, dass das Land unter ihnen
aufgeteilt werden musste. Es ist so unaussprechlich, ich kann mir
kaum vorstellen, wie man im Altertum solche Barbarei verübte,
geschweigen denn, dass unsere Vorfahren es taten, um ein paar

Brocken Erde zusammenzuhalten. Ist es ein Wunder, dass Männer sich lieber selbst töteten, als eine solche grässliche Tat zu begehen? Welche Art von - von *Ungeheuer* in einer Familie machte das zu einer makabren Tradition, die sich über Jahrhunderte hielt? Sie hat einen Namen, diese Art von Mord - Kindsmord. Und es muss eines der schrecklichsten Wörter in der englischen Sprache sein."

„Ja. Ja, das ist es", stimmte Alec heiser zu und räusperte sich, um seine Kehle von einer eingebildeten Blockade zu befreien. „Ich kann das Handeln unserer Vorfahren nicht rechtfertigen oder auch nur annähernd verstehen, was sie dazu getrieben hat, wie sie sich davon überzeugten, Mord zu begehen, um in ihren eigenen Gedanken zu rechtfertigen, dass es völlig akzeptabel wäre, einen Säugling zu töten. Ein Neugeborenes ist ein kostbares Leben, ein wehrloses Leben, ein Geschenk Gottes. Es ist ein Leben, das ein Vater lieben und schätzen und schützen muss, mit jeder Faser seines Seins. So wie ich mein Kind schützen werde, so, wie du mich beschützt hast ..."

„Oh! Ah! Mein lieber, lieber Junge", rief Plantagenet Halsey gequält aus. „Und ich habe mich als feiner Beschützer erwiesen - dich angelogen, zugelassen, dass du aufwuchsest, ohne deine Mutter oder deinen Vater zu kennen. Anderen erlaubt zu denken, dass du verstoßen wärest und deinen Platz, dein Geburtsrecht und deinen Titel nicht verdientest. Die Wahrheit ist, der Teil, der von deiner lieben Mutter stammt - ihr Blut und ihre Abstammung - ist weit edler und ehrlicher als alles, was die männliche Linie hätte hervorbringen können. Vergiss das nie. Ich verdiene dich nicht ..."

„Unsinn!", unterbrach Alec ihn und versuchte, ihn zu trösten. Doch während er es schaffte, seine Stimme fest zu halten, verrieten die Röte in seinen schmalen Wangen und die Tränen in seinen Augen seinen inneren Aufruhr. „Du bist zu hart zu dir selbst, wie immer." Mit einem liebevollen Lächeln stellte er dann schlicht fest: „Du bist mein Vorbild und wirst es immer sein."

Der alte Mann brach völlig zusammen und in einem Nebel aus Tränen zog er Alec in die Arme und umarmte ihn, als ob sein Leben davon abhinge, ihn in seinen Armen zu behalten und nicht wieder loszulassen. Endlich ließ er ihn gehen. Den Blick fest auf ihn gerichtet, sagte er mit einer Stimme voller Emotionen: „Du bist der beste Sohn, den ein Mann sich wünschen könnte. Ich habe so viele Jahre von diesem Tag geträumt, dass ich glaubte, es würde für immer ein Traum bleiben - dich endlich meinen Sohn nennen zu dürfen. Denn das bist du - *mein Sohn* - und warst es immer. Und ich liebe dich von ganzem Herzen."

„Vater!"

Sie umarmten sich erneut, dieses Mal so überwältigt von diesem Augenblick, dass sie die Zeit vergaßen. Sie hätten noch viel länger so gestanden, wenn sie nicht vom Fuße der Treppe aus unterbrochen worden wären, als Stephens zu ihnen heraufrief. Er schickte dann einen seiner Männer mit einer Fackel zum oberen Ende der Treppe.

Stephens entschuldigte sich für die Eile. Das Sonnenlicht würde schwächer und bald völlig hinter den schwarzen Wolken verschwinden, die vom Süden grollend heraufzogen. Ein Gewitter braute sich zusammen, erklärte Stephens, als Alec und Plantagenet Halsey die Treppe zu ihm hinabkamen. Und da es jeden Moment zu regnen beginnen könnte, würde die Leinwand so bald wie möglich wieder über das Loch im Stone Court gedeckt und befestigt werden müssen. Wenn also Seine Lordschaft das Innere des Gewölbes ohne Fackel sehen wollte, wäre es jetzt möglich, solange es von oben beleuchtet wurde.

„Das *Innere*?" Alec war überrascht. Als der Vorarbeiter nickte, warf er seinem Vater einen Blick zu und fragte Stephens: „Wie ist es möglich, dass ihr dieses Licht gesehen habt? Ist dort drinnen nicht eine Tür, noch dazu mit einem Vorhängeschloss verschlossen, zwischen dem Vorraum und dem Gewölbe?"

„Dort ist eine Tür. Doch ich sollte es Eurer Lordschaft besser zeigen. Dann werdet Ihr verstehen, was ich meine."

Als Alec nickte, wandte sich der Vorarbeiter ab und bedeutete dem Arbeiter mit der Fackel, vor ihnen herzugehen. Alec nahm den Arm Plantagenet Halseys, für den Fall, dass er unsicher auf den Füßen sein könnte, und sie folgten Stephens schweigend tiefer in den Keller hinein. Als sie an dem Torbogen ankamen, lagen die entfernten Ziegelsteine auf beiden Seiten des Eingangs aufgestapelt, einige säuberlich, andere eher unordentlich. Der Vorarbeiter erklärte, dass sie, nachdem klargeworden war, dass Sonnenlicht von oben hereinströmte, was hieß, dass der Raum den Elementen offenstand, und da sie die Nachricht erhalten hatten, dass ein Wetterwechsel bevorstünde, eiliger daran gearbeitet hatten, ihre Aufgabe zu beenden, bevor der Himmel seine Schleusen öffnete. Daher die Unordnung.

„Die starken Winde haben die Plane hin und her gezerrt", erklärte der Vorarbeiter. „Meine Männer stellten fest, dass sie sich aus ihrer Verankerung gelöst hatte, und nachdem keiner von Mr. Turners Leuten ein Auge darauf hielt ..."

„Die Plane?", warf Alec besorgt ein.

„Nachdem wir den Torbogen durchbrochen hatten und sehen konnten, wurden wir von einem Lichtstrahl überrascht, manchmal deutlich und zeitweise verschwindend", erklärte Stephens. „Da wurde mir klar, dass die Plane oben flattern musste. Und jetzt ist sie ganz entfernt, was Euch genug Licht geben sollte, um den Raum ohne Fackel besichtigen zu können. Doch wir nehmen eine mit, nur für den Fall, dass die Gewitterwolken die Sonne verdecken. Ich sehe kommen, dass es ein ziemlicher Sturm werden wird …"

„Dann sollten wir keine Zeit verlieren", unterbrach Plantagenet Halsey schroff. „Können nicht herumstehen und grübeln, wenn ein Gewitter droht. Es wird ohnehin kommen, und eher früher als später, wenn Ihr weiter schwätzt."

„Ja, Sir", sagte Stephens gelassen und nahm die Schroffheit des alten Mannes klaglos hin. „Wenn Ihr beide mir folgen wollt."

Der Vorarbeiter ging durch den Torbogen, Alec und Plantagenet Halsey folgten ihm. Keiner sagte ein Wort oder schaute den anderen an, da sie das Unbehagen des jeweils anderen spürten.

Der Vorraum war unauffällig und wie jeder andere Kellerraum, mit roh behauenen und weiß getünchten Wänden, einer niedrigen Decke und einem mit Ziegeln gepflasterten Boden, der von einer feinen Staubschicht bedeckt war, die zum ersten Mal in Jahrzehnten von den Stiefeln von Stephens und seinen Männern aufgewirbelt worden war. Und es war dunkel. Ohne die Fackel wäre es pechschwarz gewesen.

Doch Alec starrte auf die hintere Wand vor ihnen, gegenüber dem Torbogen. Kein Wunder, dass Stephens seine Männer angewiesen hatte, die Steine schnell abzubauen. Ein Lichtstrahl strömte durch das klaffende Loch im Hof und in einen Raum hinter dem Vorraum, Sonnenschein beleuchtete einen Haufen Trümmer mitten auf dem Boden. Und dann verschwand das Licht, als ob eine Kerze ausgeblasen worden wäre. Ebenso schnell erschien der Lichtstrahl wieder, heller als zuvor. Es wurde Alec klar, warum es möglich war, die Sonne in das Gewölbe scheinen zu sehen. Plantagenet Halsey äußerte seine Gedanken als erster.

„Ich glaube, dieser Schlag auf meinen Kopf hat mein Sehvermögen gestört … Diese Tür steht weit offen!"

SIEBENUNDZWANZIG

Die schwere Eichentür zum Gewölbe war nur angelehnt, Vorhängeschloss und Kette nirgends zu sehen. Alec unterdrückte einen zornigen Ausbruch, als er dachte, man hätte seinen Befehlen zuwidergehandelt, und sagte mit angestrengter Zurückhaltung: „Mr. Stephens, ich dachte, ich hätte mich deutlich ausgedrückt, dass wir auf die Ankunft meines Anwalts mit dem Schlüssel warten würden."

„Ja, Mylord. Und wir haben nichts angerührt", erklärte Stephens. „Wir haben die Tür so gefunden, als wir den Torbogen aufgebrochen hatten. Sie war offen und es gab weder Vorhängeschloss noch Kette, wie Ihr beschrieben hattet. Schaut genauer hin, Mylord. Ihr werdet sehen, dass keine Fußspuren über die Schwelle führen. Ich befahl meinen Männern zurückzubleiben. Und das haben wir getan. Wir haben Euch sofort geholt."

Alec und Plantagenet Halsey schauten einander an und hatten den gleichen Gedanken: Wer hatte einen Schlüssel zu dem Gewölbe und warum hatten sie die Tür geöffnet und angelehnt gelassen?

„Würden Euer Lordschaft gern einen Blick hineinwerfen? Das Wetter wird nicht mehr lange halten ..."

Am Eingang des Gewölbes wandte Alec sich zu seinem Vater und sagte leise: „Was immer wir dort drinnen finden, denke daran: Wir sind nicht unsere Vorfahren."

Dann streckte er ihm die Hand hin und sie traten in den Raum, Hand in Hand, der Vater hinter dem Sohn.

Es gab kleine Nischen, die tief in das Mauerwerk eingelassen waren, eine Reihe über der anderen, entlang zwei der weiß getünchten Wände. Für jeden, der nicht wusste, welchem Zweck dieser Raum gedient hatte, sah es aus wie eine Erweiterung des Weinkellers. Vielleicht war es das, was es vor langer Zeit gewesen war, dachte Alec, denn die Nischen waren gemauerte Fächer, in denen mehr als ein Dutzend Flaschen Wein Platz hatte und nicht anders als die auf der anderen Seite der Wand. Das Besondere an diesem Raum war jedoch, dass es keine Wandhalter für Kerzen gab und keine der Vorkehrungen, die für einen Weinkeller üblich waren. In der Tat war der Raum unheimlich leer, schwerer Modergeruch hing an den Ziegelsteinen und in der Luft, was auf Jahre der Versieglung deutete, in denen die Eichentür gegen Eindringlinge verschlossen gewesen war.

Das einzige Lebenszeichen bildete das Sonnenlicht, das durch die eingebrochene Decke hereinströmte, direkt vom Himmel, und den Raum mit einer ätherischen Jenseitigkeit erhellte. Der Sonnenschein strahlte auf einen Haufen Trümmer, die dort lagen, wo das gemauerte Dach eingestürzt war, und die Steinplatten auf dem Boden aufgeprallt und zersplittert waren. Alec vermutete, dass in Jahrzehnten der Raum kein größeres Lebenszeichen gesehen hatte, denn die gemauerten Nischen waren nicht nur unberührt - sie waren leer.

Für Alec war dies eine große Erleichterung. Plantagenet Halsey zeigte eine völlig andere Reaktion.

Der alte Mann stapfte an der Reihe der Nischen entlang und schaute in jede einzelne. Er tat dies mit einer Gründlichkeit, die dem Vorarbeiter und den Arbeitern verriet, dass er nach etwas Bestimmtem suchte. Er ging sogar so weit, seinen Kopf in einige hineinzustecken und eine Hand weit in einer andere zu schieben und sich schließlich hinzuhocken, um unter die Decke von anderen zu schauen, als ob er finden könnte, was immer er dort suchte.

Alec war nicht überrascht, dass er die Männer sich am Türeingang sammeln sah, begierig darauf zu erfahren, was in dem Raum war, wegen dem sie sich die Mühe gemacht hatten, eine Ziegelsteinmauer in Rekordzeit abzubrechen. Und als der Lichtstrahl wieder verschwand und einer der Männer mit einem Leuchter kam, wurde er daran erinnert, dass jeden Moment ein schwerer Regenguss zu erwarten war. Also ging er zu Plantagenet Halsey hinüber, der seine Suche in den leeren Nischen wiederholte, und berührte ihn sanft am Arm.

„Ich muss Stephens und seine Männer die Plane befestigen lassen, bevor es zu regnen beginnt ...“

„Was? Ja!“, antwortete Plantagenet Halsey zusammenschreckend.

Er war so tief in Gedanken versunken, dass er keine Ahnung hatte, was Alec gesagt hatte. Er war geistesabwesend und furchtbar wütend. „Es ist alles eine verdammte Lüge! Es gab nie Leichen hier! Es ist ein Mythos. Das muss es sein! Von allen Tricks, um ...“

„Du wolltest, dass Leichen hier sind?“

„Was? Natürlich möchte ich nicht, dass es Leichen gibt“, zischte der alte Mann und zog Alec beiseite, damit der Vorarbeiter sie nicht hören konnte. „Was ich will, ist die Wahrheit. Es gab achtunddreißig Kreuze auf diesem Plan, und seit Jahrhunderten folgen Halsey-Männer diesem widerwärtigen Edikt auf dem Marktplatz, und unsere Familie ist nicht die einzige! Umso dümmer sind wir, und mein Vater, weil er glaubte, was sein Vater ihm erzählte!“

„Unsere Vorfahren, die sich umbrachten, taten es aus gutem Grund“, widersprach Alec. „Und es gibt einen Grund dafür, dass dieser Spruch am Marktplatz eingehauen wurde. Das vergisst du. Zahlen lügen nicht.“

„Die achtunddreißig ...“

„Nicht die achtunddreißig. Ich hätte sagen können, das *Fehlen* von Zahlen. Du hast Selina beim Nuncheon gehört. Es ist so gut wie unmöglich, dass eine Familie über Generation hinweg nur je einen Sohn und keinerlei Töchter hat. Das ist eine *Erfindung*.“ Alec schaute über seine Schulter zu seinem geduldigen und schweigenden Vorarbeiter, dann wieder zu seinem Vater. „Wir haben nicht einmal das Thema angesprochen, was mit den Töchtern geschah, die in diese Familien hineingeboren wurden, obwohl ich da eine Theorie habe.“

„So? Ich auch.“

„Gut. Wir könnten später über die Theorien sprechen. Doch einstweilen kannst du vergessen, dass dies ein Mythos wäre oder du getäuscht wurdest. Nur, weil wir hier nicht gefunden haben, was wir erwarteten, heißt das nicht, dass nicht geschah, was wir vermuten. Denke daran, dass die Tür unverschlossen war ...“

Die buschigen Brauen des alten Mannes schossen nach oben. „Du meinst, sie wurden fortgebracht?“

„Gibt es eine andere plausible Erklärung?“

„Keine, die mir in diesem Moment einfallen würde“, sagte Plantagenet Halsey in weit gedämpfterem Ton. Er lächelte schwach. „Um ehrlich zu sein, ich fühle mich nicht sehr gut. Dieser verdammte Schlag auf den Kopf droht, mir eine Migräne zu verschaffen, also wenn es dir recht ist, sollten wir uns besser wieder zusammensetzen, nachdem ich mich etwas ausgeruht habe ...“

„... und der Arzt dich untersucht hat. Olivia besteht darauf. Und ich auch.“

Alec ließ seinen Vater gutmütig über aufdringliche Verwandte murren und ging zu seinem Vorarbeiter.

„Wenn es Eurer Lordschaft recht ist, räumen wir diese Trümmer weg. Wenn die Plane wieder fest an ihrem Platz ist, können wir damit beginnen, ein Gerüst aufzubauen. Ich habe Männer, die bereit sind, die ganze Nacht an der Reparatur der Decke zu arbeiten. Doch es wird von der Stärke des Regens abhängen, wie viel wir schaffen können."

„Vielen Dank, Stephens. Und dankt Euren Männern dafür, dass sie die Arbeit so schnell wie möglich erledigen. Sie könnten alle eine doppelte Portion Apfelwein für ihre Mühe bekommen und einen zusätzlichen Laib Brot."

„Das ist gütig von Euch, Mylord. Ich habe vom Haus des Verwalters Nachricht erhalten, dass die Beerdigung des Turner-Jungen morgen stattfindet."

„Ich werde dem oberen Hauspersonal Urlaub geben, um an der Beerdigung teilzunehmen, wenn Ihr also zusammen mit ihnen die Kutsche zur Kirche nehmen wollt, könnt Ihr das gern tun."

„Dann hoffen wir, dass das Gewitter über Nacht abzieht und morgen für den Jungen die Sonne scheint."

⚬

DAS HOFFTE SELINA AUCH, ALS SIE EINE STUNDE SPÄTER IN Alecs Ankleidezimmer trat, eine Hand in die Mitte ihres schmerzenden Rückens gedrückt, in der anderen einen Stapel Papiere. Sie fand ihren Mann, wie er in der Badewanne lag, bis zum Nacken im Seifenwasser, während ein Arm über den Rand hing, und er döste. Sie fragte sich, wie er bei dem trommelnden Regen, den Windböen und Donnerschlägen schlafen konnte. Sie zuckte jedes Mal zusammen, wenn es blitzte, wartete auf den unausweichlichen Donnerschlag und betete, es möge weit fort sein und nicht, wie ihr Bruder fest behauptete, direkt über ihnen.

Ein neuer lauter Schlag ertönte, und nicht nur Selina, sondern auch Alecs Kammerdiener und seine beiden Gehilfen machten einen kleinen Satz. Dann verschwanden sie und ließen das Paar allein. Sie ging direkt zu der Badewanne, hob eines der Handtücher auf und ließ es leicht über Alecs Arm gleiten, um ihn sanft zu wecken. Als er ein Auge öffnete, sagte sie:

„Clive glaubt, unser Haus würde in diesem Gewitter bis auf die Grundmauern niederbrennen."

„Was? In dieser Sintflut? Macht es dir Angst?"

Sie schüttelte lächelnd den Kopf. „Nein. Aber ihm! Und deshalb habe ich ihm zugestimmt. Und da ich ihm nie zustimme, macht er sich jetzt wirklich Sorgen. Trottel."

Alec grinste und setzte sich auf, darauf bedacht, kein Wasser über den Rand des Zubers zu spritzen, und strich sich die nassen Locken aus den Augen. Er nahm ihr das Handtuch ab und trocknete sein Gesicht.

„Danke. Auch dafür, dass du mich aufgeweckt hast. Ich vermute, dein Bruder möchte sein Diner und ich lasse ihn warten."

„Er kann warten. Außerdem, als ich Tante Olivia verließ, war sie noch nicht angekleidet. Sie wollte Dr. Riley nicht gehen lassen, bevor sie nicht wirklich davon überzeugt war, dass dein Onkel nichts Schlimmeres erlitten hatte als eine Prellung und eine Beule. Und jetzt kann Riley wegen des Sturms nicht abfahren. Also bleibt er über Nacht. Sind sie ein Liebespaar, was meinst du?"

„Wer? Riley und deine Tante?"

„Dummkopf! Du weißt ganz genau, dass ich von meiner Tante und deinem Onkel rede! Sie benehmen sich jedenfalls wie ein altes Ehepaar."

„Ich dachte, sie benehmen sich eher wie ein frisch verheiratetes Paar."

„Aber wir machen nicht ein solchen Aufstand umeinander, wie sie es tun."

„Oh? Machen das lange verheiratete Paare?"

„Ja. Sehr. Nun, jedenfalls die, die einander noch gern haben. Sind sie ein Liebespaar?"

„Würde es dich stören, wenn sie es wären?"

Selina zuckte die Achseln. „Wenn sie das sind, beneide ich sie. In ihrem Alter können sie die fleischlichen Freuden des Schlafzimmers genießen, ohne Folgen zu befürchten."

Alec lachte in sich hinein. „Und hat Olivia das nicht verdient, nachdem sie zehn verheiratete Kinder und mehr Enkel hat, als man zählen kann,? Außerdem", fügte er hinzu, griff nach ihrer Hand und küsste den Handrücken, bevor er sie ansah: „Glaubst du nicht, dass es in ihrem Alter mehr Kameradschaft sein könnte als das Herumhüpfen im Bett?"

„Du könntest recht haben, aber ich hoffe, dass es ein wenig von beidem ist, um ihretwillen. Sie verdienen es, glücklich zu sein … und ich bin außerordentlich gereizt, weil ich mich danach verzehre, mein Kind im Arm und nicht immer noch in mir zu tragen! Und das ist einer der Gründe, aus denen ich hier bin. Tante Olivia sagt, ich muss *viel* laufen. Anscheinend hilft das, die Wehen zu beschleunigen. Und wenn es das nicht tun, dann könnte vielleicht dieses grässliche Gewitter helfen!" Sie musterte ihren Mann einen Moment und fragte dann überrascht und misstrauisch: „Warum lächelst du so selbstzufrieden? Du siehst aus wie die Katze, die am Sahnetopf geschleckt hat. Und sage mir bitte nicht, dass es daran liegt, dass du dich sehr auf die Vaterschaft freust. *Das* Lächeln ist anders als *dieses*."

Alecs Lächeln wurde breiter und er schüttelte den Kopf. Trotz der geistigen Erschöpfung, die ihn in seinem Bad hatte einschlafen lassen, und das ausgerechnet mitten in einem Gewitter, war er fröhlich. Einmal abgesehen von den Enthüllungen über seine Vorfahren, konnte nichts sein Glück darüber, endlich seinen Kindheitstraum, seinen Vater zu kennen, zerstören. Ein Leben voller Unsicherheit, die in ihm eine Leere hatte bestehen lassen, war jetzt bis zum Rand mit Zufriedenheit erfüllt. Er wollte dies gern Selina und der ganzen Welt mitteilen. Doch etwas ließ ihn zögern, es ihr anzuvertrauen. Er war sich des Grundes nicht sicher, doch ein intuitives Gefühl warnte ihn, dass es noch mehr zu wissen gab, über seine Geburt, über seine Mutter und die Beziehung seiner Eltern, bevor er eine solche Ankündigung machen konnte. Und er hatte das Gefühl, dass er es seinem Vater schuldete, ihn um Erlaubnis zu bitten, bevor er irgendjemand Einzelheiten verriet, einschließlich seiner Frau. Und während es ihm unangenehm war, Selina irgendetwas vorzuenthalten, rechtfertigte er das, ebenso wie die Tatsache, dass er ihr die entsetzlichen Einzelheiten über Hugh Turners Tod und das mörderische Verhalten seiner Vorfahren verschwieg, damit, dass er sie in ihrer Schwangerschaft nicht aufregen wollte, schon gar nicht, wenn Olivia der Meinung war, das Kind könnte jeden Tag kommen. Solche Neuigkeiten konnten warten, alles konnte warten bis nach der Ankunft des Kindes.

Also tat er, statt ihr zu antworten, das, was ihm während Selinas Schwangerschaft zur Gewohnheit geworden war, er lenkte von Unangenehmem ab, indem er selbst eine Frage stellte.

„Ist das der andere Grund, warum du mein inneres männliches Heiligtum gestürmt hast?", fragte er und deutete auf die Papier in ihrer Hand.

Sie ließ sich von seiner Ablenkung nicht täuschen, aber die Frage erinnerte sie daran, warum sie sein Bad gestört hatte. Sie hielt sie hoch.

„Ich habe sie in der Bibliothek gefunden. Sie lagen oben auf Jeffries' Tagebuch. Eines ist eine Liste und das andere eine Karte. Ich hatte keine Gelegenheit, ihn zu fragen und hätte es hier nicht getan ..."

„Liste? Karte?", unterbrach Alec und versuchte, seine Stimme ruhig zu halten. Er erkannte die Handschrift auf dem Papier, das seine Frau hochhielt als die seiner Mutter; er erinnerte sich auch daran, dass sein Vater im Keller eine Liste mit Namen erwähnt hatte, und dass er diese auch in der Bibliothek gefunden hatte. „Was für eine Liste, bitte, sag mir das?"

„Namen. Aber die Liste ist nicht in der Handschrift deines Kammerdieners und es stehen auch Daten darauf. Und es sind lauter männliche Vornamen ..."

„Wie viele Namen?"

„Achtunddreißig. Warum? Ist die Zahl für dich seltsamer als die Tatsache, dass alle Namen männlich sind?"

„Nicht unbedingt. Du sagtes, die Namen seien männlich. Die nächste logische Frage war die Anzahl der Namen ...", antwortete Alec gleichmütig. „Was mich dann fragen lässt, ob die Zahl achtunddreißig für dich wegen deiner besonderen Affinität zu Zahlen von größerer Bedeutung ist?"

Selina lächelte. „Seine Lordschaft kennt mich gut. Ja! Es ist die Zahl, die mich interessiert, denn auf diesem zweiten Blatt Papier ist eine Karte gezeichnet, auf der achtunddreißig Kreuze stehen. Und das entspricht der Anzahl der Namen ..."

„Zufall?"

„Das ist eine Möglichkeit. Doch wenn man bedenkt, dass diese Papiere beieinander lagen, eine Namensliste und eine Karte, und dass die Anzahl übereinstimmt, halte ich es für offensichtlich."

„So?"

„Ja. Schau dir die Karte an. Sieh hier", sie entfaltete das Papier und hielt es hoch, ließ aber dann ebenso schnell die Hand wieder sinken und errötete. „Verzeih mir. Ich vergaß. Du brauchst deine Brille ..."

„Ja. Egal. Du erzählst es mir, während ich alles außer meinem Kopf in dieses lauwarme Wasser tauche. Aber ich werde bald hier raus müssen."

„Natürlich. Ich halte dich vom Ankleiden ab", murmelte sie, als ihr plötzlich ihre Selbstabsorption bewusst wurde. „Dir muss kalt sein."

„Ja, aber wichtiger ist, dass du den Sturm, der über uns tobt, völlig vergessen hast. In den letzten Minuten gab es drei laute Donnerschläge und du bist nicht einmal zusammengezuckt. Was hat diese Zahl achtunddreißig zu bedeuten?", drängte er.

„Es ist nicht die Zahl, sondern dass die beiden Papiere zusammenpassen, Namen und Kreuze. Ich glaube, diese Karte ist die Zeichnung eines Friedhofs ..."

„Weil dort Namen und Kreuze sind?"

„Die Art, wie die Karte angelegt ist und die Platzierung der Kreuze lässt mich das vermuten. Die Tatsache, dass alle Namen männlich sind, lässt mich die Frage stellen, ob auf diesem Friedhof vielleicht Lieblingshunde oder Pferde begraben sind, oder vielleicht beides, Haustiere allgemein. Und es ist ein uralter Friedhof, denn der erste Eintrag lautet auf einen Linus im Jahr 1215. Linus hört sich doch an wie ein Name, den man einem treuen Ross gibt, nicht wahr? Was?", fragte sie, als Alecs Mundwinkel sich nach unten zogen. Sie nahm es als Zeichen der Ungläubigkeit und protestierte. „Du glaubst, ich fantasiere!"

„Gar nicht. Deine Theorie ist ebenso gut wie jede andere, die ich gehört habe ..."

„Also wusstest du schon die ganze Zeit von dieser Liste und dieser Karte?"

„... warum die beiden so gut zueinander passen", fuhr Alec geschickt fort und ignorierte ihre Beschuldigung. „Und ich könnte verstehen, dass die Familie ihre Lieblingstiere an einer besonderen Stelle begraben wollte ..."

„Das zumindest hast du mit deiner Familie gemeinsam - die Liebe zu Tieren", bestätigte Selina. Sie deutete mit einer Kopfbewegung auf Cromwell und Marziran, die neben dem Badezuber zusammengekringelt lagen, so dicht, wie sie ihrem Herrn kommen konnten, ohne zu ihm ins Wasser zu springen. „Deine vierbeinigen Kinder werden sich vielleicht etwas ungeliebt fühlen, wenn dieses Kleine erst ankommt."

„Sie mögen Gewitter ebenso wenig wie du, mein Liebling. Und du tust ihnen unrecht. Sie werden es als große Brüder beschützen wollen, das wirst du sehen."

„Es ist also nicht zu fantastisch zu denken, dass dies ein Haustierfriedhof ist, oder?", beharrte Selina mit einem triumphierenden Lächeln.

„Nein. Das ist es nicht. Und ich würde gerne weiter über deine Liste und deine Karte nachdenken, wenn ich angekleidet bin."

„Da ist noch ein letzter seltsamer Umstand, was die Zahl achtunddreißig betrifft. Und ich sollte es als bloßen Zufall abtun ... Mein logischer Verstand sagt mir das. Doch gleichzeitig sagt mir derselbe Verstand, dass es nur wenige Gelegenheiten gibt, in denen Zufälle, die man als Muster sieht, es auch wirklich sind."

„Vertraue deinem Instinkt. Ich tue es."

„Gut. Dann sage ich es. Achtunddreißig Namen. Achtunddreißig Kreuze. Achtunddreißig weiße Rosen."

„Rosen?"

„Die Anzahl der weißen Rosen, die Lady Ferris in einem Garten hatte schneiden lassen, von dem sie sagte, er läge in der hintersten Ecke der ummauerten Wiese an der anderen Seite des Hauses. Er wurde von deiner Mutter angelegt und es scheint, dass er seit ihrem Tod etwas vernachlässigt wurde. Lady Ferris ließ mir durch einen unserer Gärtner einen Strauß für den Tisch beim Nuncheon gestern bringen, erinnerst du dich nicht?"

„Ja. Und du hast sie gezählt?"

„Mir war langweilig. Es war, als der junge Mr. Ferris über sein großes Glück dahinschwätzte ... ich tat mein Bestes, um interessiert zu wirken, und die Zahlen der Rosen in diesem Strauß zu zählen, half mir dabei ... du runzelst schon wieder die Stirn."

„Ich erinnere mich an etwas, das meine Tante sagte, als ich ihr für die Rosen dankte. Sie sagte, der Garten läge an einem Ort, der nicht der beste wäre, um die Rosen gedeihen zu lassen, aber sie gediehen doch. Sie sagte, es müsste etwas Besonderes in der Erde sein ..."

„Das sagte sie? Sie benutzte diese Worte: ,*etwas Besonderes in der Erde*'?" Als Alec nickte, glänzten Selinas Augen triumphierend. „Das ist es also! Es muss ein Friedhof sein! Diese lieben Tiere haben den Boden fruchtbar gemacht, damit die Rosen blühen können. Lady Ferris muss wissen, was dort begraben ist, aber sie wollte das nicht bei Nuncheon sagen, aus Angst, uns aufzuregen. Oder wahrscheinlich wollte sie nicht, dass ich mich aufrege." Sie sah Alec mit einer Grimasse an, die halb böse, halb ein Lächeln war. Was auch immer, Alec wusste, dass sie nicht auf ihn zornig war, als sie energisch sagte: „Es scheint, du bist nicht der Einzige, der versucht, alles Unangenehme von mir fernzuhalten. Es muss eine allgemeine Neigung sein, schwangere Frauen in Unwissenheit zu halten aus Angst, sie aufzuregen!"

„Vielleicht wollte sie nur höflich sein?", riet Alec obenhin, ohne ihrer Anschuldigung zu widersprechen.

Selina dachte einen Augenblick darüber nach und nickte dann. „Ich schätze, in dieser kulturellen Öde auf dem Land kümmern sich die Leute weit mehr darum, was als höfliche Konversation bei Tisch angesehen wird und was nicht, als um den Inhalt der Gespräche. Während wir Stadtbewohner uns kaum darum sorgen, was diskutiert wird, solange es interessant ist, ohne etwas auf Höflichkeit zu geben."

„Erinnere mich daran, niemals Tierfriedhöfe an unserem Tisch hier in *Deer Park* zu erwähnen."

Selina kicherte. „Dummchen!" Sie beugte sich so weit vor, wie es ihr körperlich möglich war, um Alec zu küssen, und das gelang ihr, als er sich halb aus seinem Bad erhob, um ihr entgegenzukommen.

„Wenn das Wetter umschlägt und die Sonne wieder scheint, möchte ich zu diesem Familientierfriedhof mitgenommen werden."

„Gibt es dazu einen besonderen Grund, außer, um deine Neugier zu befriedigen und zu bestätigen, dass du mit der Liste und der Karte recht hast?", fragte Alec und hoffte, dass sein Tonfall leicht genug klang. Was ihn beunruhigte, war nicht, sie zu einem Besuch auf einen Friedhof mitzunehmen, sondern dass dieser Friedhof - wenn es tatsächlich das war, als das der Rosengarten sich herausstellen würde - nicht die letzte Ruhestätte geliebter Haustiere war, sondern etwas weit Finstereres und Herzzerreißenderes. Also fügte er, in der Hoffnung, sie davon abzubringen, hinzu: „Könnte das nicht warten, bis unser Kindchen da ist? Schließlich ist es ein ziemlicher Weg bis zur hintersten Ecke der ummauerten Wiese und ich möchte nicht, dass deine Wehen so weit fort vom Haus beginnen; Olivia würde das auch nicht wünschen."

„Schon richtig, aber ich möchte ihn doch lieber früher als später sehen, denn danach werde ich einige Zeit sehr beschäftigt sein. Vielleicht könnte ich im Tragsessel hingebracht werden?"

„Wir haben einen Tragsessel? Hier in diesem Haus?"

„Ja. Er steht derzeit im Zimmer der Gräfin. So nenne ich das Gästezimmer gleich neben der Treppe. Es war das Zimmer deiner Mutter und der Tragsessel gehörte ihr. Dein Onkel erzählte mir, dass dies seine Idee war, damit sie überall hin kommen konnte, ohne gehen zu müssen."

„Wegen ihrer Arthritis?" Als Selina nickte, zog es Alecs Herz zusammen, als er daran dachte, dass er das nicht gewusst hatte und dass die Arthritis seiner Mutter so schwer gewesen war. Für was für eine Art von Sohn musste sie ihn gehalten haben? Er und Edward hatten beide sie nicht gut behandelt ... Er schüttelte seine Selbstvorwürfe ab und versuchte, Selina von ihrer Idee abzubringen. Ein Donnerschlag kam gerade zurecht. „Selbst, wenn du den Tragsessel benutzen würdest, ich bezweifle, dass der Boden morgen trocken genug sein wird, um es den Trägern zu erlauben, dich ohne Missgeschick über eine durchnässte Wiese zu tragen, meinst du nicht auch?"

„Das stimmt wohl ... Haben Haustierfriedhöfe Grabsteine?"

„Keine Ahnung. Warum? Möchtest du Grabsteine?"

„Nein! Mir wäre es lieber, es gäbe keine. Nur die Rosensträucher."

„Weil?"

„Ich dachte, das wäre offensichtlich. Ich möchte nicht, dass unser Sohn erfährt, dass seine Eltern seinen Namen von einem Haustierfriedhof ausgewählt haben!"

„Haben wir denn einen Namen ausgewählt?"

„Linus."

Alec erwiderte ihr triumphierendes Lächeln. Er hoffte, dass seines echt genug wirkte, denn ihm gefiel der Name gar nicht. Doch er würde ihr das nicht sagen, oder warum er es nicht für einen Zufall hielt, dass der erste Name auf dieser Liste Linus war.

Seit man ihm von der Liste erzählt hatte, spukte der Name Linus in seinem Kopf herum. Nicht aus seiner Abneigung gegen ihn, sondern in der Frage, warum der Name Linus gewählt worden war, und dass er etwas zu bedeuten haben müsste. Es war ihm eingefallen, als er unter dem Klang grollenden Donners in seinem Bad eingedöst war. Er erinnerte sich an seine klassische Erziehung, insbesondere an Homer, und den Grund, warum ein Klagegesang als *Linus* bekannt war. Es hieß, dass eine Prinzessin namens Psamathe aus der Stadt Argos dem Gott männlicher Schönheit Apollo, einen Sohn gebar - Linus. Dann setzte sie diesen Sohn an einem Berg aus, wo er von Hunden verschlungen wurde und Apollo strafte Argos zur Rache, bis er zufrieden war, dass dieses Volk für den Tod seines kleinen Sohnes genug gezahlt hätte.

Dann war Alec mit einem Ruck aufgewacht, nicht von der Kälte oder weil ein heller Blitz die Fenster erhellte und unter seine Lider drang. Selinas künstlerischer Bruder nannte ihn Apollo, und das tat auch Selina, wenn sie in sehr neckischer Stimmung war. Daher war Linus der letzte Name, den er je für seinen Sohn gewählt hätte.

Vielleicht sollte er Selina die Geschichte von Apollo und Psamathe und ihrem Sohn Linus erzählen. Das sollte ausreichen, um sie davon zu überzeugen, einen passenderen Namen zu finden, auf den sie sich einigen könnten.

Am nächsten Tag würde er all dies Plantagenet Halsey anvertrauen und wenn das Wetter aufklarte, den Spaziergang durch den Park bis ans ferne Ende antreten, ohne Selina.

ACHTUNDZWANZIG

Warum, fragte Alec sich, wurde er in einem Haus, das ungefähr sieben Hektar bedeckte, ausgerechnet in seinen Räumen, genauer, in seinem Ankleidezimmer in seinem Tagesablauf am meisten gestört? Lag es daran, dass seine Diener und seine Familie unbewusst ahnten, dass er dort in die Enge getrieben war und ihnen daher nicht leicht entkommen konnte? Nicht, dass er sich verstecken wollte, doch am Ende eines langen Tages sehnte er sich nach einer Ruhepause. Und dieser Tag hatte sich besonders in die Länge gezogen, zuerst war er eine Stunde zu früh geweckt worden und am Ende hatte es noch hitzigen Worte zwischen Selina und Cobham gegeben, nach dem Diner im Salon, wobei Lady Sybilla ihre Bestes tat, um Frieden zu stiften.

Er war sich nicht sicher, was stürmischer war, das Wetter draußen oder der Streit mit Donner und Blitz zwischen den Geschwistern. Es machte ihn froh, als einziges Kind aufgewachsen zu sein und er betete, dass seine Kinder nicht wie Wasser und Feuer würden wie es Selina und ihr Bruder waren.

Er saß auf dem Frisierschemel in seinem Schlafrock und versuchte sich zu erinnern, wer oder was diesen Streit ausgelöst hatte. Und dann kam sein Kammerdiener auf leisen Füßen in das Kabinett und unterbrach seinen Gedankengang. Er hatte Hadrian Jeffries schon gute Nacht gesagt, und hier stand er wieder in der Tür und hielt etwas, das wie gefaltete Bettwäsche aussah.

„Es tut mir leid, Euch zu stören, Sir. Dies kam für Euch, während Ihr beim Diner saßet. Ich habe mir die Freiheit genommen, es für wichtig genug zu halten, dass Ihr es jetzt sehen solltet, statt bis zum Morgen zu warten. Und ich wollte es nicht herumliegen lassen, für den Fall, dass Mylady hier hereinkäme und danach fragte. Daher habe ich es in ein paar Kissenbezüge gewickelt. Es ist zerbrechlich. Darf ich es auf den Frisiertisch stellen?"

Dass Hadrian Jeffries nicht wollte, dass Selina es sah, machte Alec neugierig genug, um seinen Kammerdiener heranzuwinken.

„Soll ich dein Werk zerstören oder willst du das selbst tun?", witzelte er und schaute über die genaue Anordnung seiner persönlichen Pflegegeräte auf dem Frisiertisch.

„Wenn Ihr die Haarbürsten nach links schieben würdet, Sir, würde das genug Platz bieten."

Alec tat, wie ihm gesagt wurde und hielt seine Fragen zurück, bis Hadrian Jeffries den umhüllten Gegenstand langsam und vorsichtig auf dem Tisch abgestellt hatte. Dann schaute er zu, wie sein Kammerdiener das Tuch abnahm. Er war sich nicht sicher, was er da sah, als es ihm enthüllt wurde, nur, was auch immer es gewesen war, lag jetzt in Trümmern und sah aus, als wäre es aus großer Höhe fallen gelassen oder unter einem großen Gewicht zerquetscht worden. In jedem Fall war es irreparabel.

„Ich fürchte, die Männer, die es fanden, waren nicht sehr sorgfältig beim Aufsammeln aller Stücke", entschuldigte sich Hadrian. „Und trotzdem habe ich mir die Freiheit genommen und mein Bestes getan, um es zu rekonstruieren. Aber wie Ihr sehen könnt, fehlen Stücke, und da sie vermutlich zu Staub zermahlen wurden, besteht wenig Aussicht darauf, es zu reparieren."

Alec setzte seine Brille auf. „Wenn jemand ein Puzzle aus Scherben rekonstruieren kann", meinte er nachdenklich, während er sich die Stücke genauer anschaute, „bist du das, Hadrian."

„Vielen Dank, Sir."

„Was auch immer es einmal war", sagte Alec und hob vorsichtig einen Holzsplitter zwischen Daumen und Zeigefinger auf, „wo wurde es gefunden?"

„Verzeihung, Sir. Das hätte ich sagen sollen. Mr. Stephens' Männer fanden es in dem Keller …"

„Wo in dem Keller?"

„Mr. Stephens sagte, es hätte unter den Trümmern im Gewölbe gelegen. Er meint, es wäre zerquetscht worden, als das Dach einstürzte."

„Das wäre durchaus möglich. Glaubst du, dass es sich, bevor die Platten im Stone Court nachgaben, um eine kleine Holzschachtel mit Messingscharnieren und einem Schloss handelte?"

„Ja, Sir. Genau das meine ich. Mr. Stephens ebenfalls. Er brachte mir die Stücke persönlich, er sagte, Ihr würdet nicht wünschen, dass jemand anders davon wüsste, aufgrund des Ortes, an dem sie gefunden wurden.“

Alec nahm seine goldgeränderte Brille ab und musterte seinen Kammerdiener. „Das ist alles sehr faszinierend, aber es kann nicht der Grund sein, warum Stephens zu dir kam, oder warum du zu dieser Stunde zu mir gekommen bist.“ Als Hadrian Jeffries ein dünnes Lächeln nicht unterdrücken konnte und seinen Kopf anerkennend neigte, fragte Alec so ruhig, wie er es schaffen konnte: „Was war in der Kiste?“

„Es ist dort, Sir, eingeklemmt zwischen der oberen und der unteren Schicht der Splitter. Ich habe es an die Stelle gelegt, an der es sich meiner Meinung nach befunden haben muss, bevor die Kiste zerstört wurde.“

„Wie umsichtig von dir.“ Alec setzte seine Brille wieder auf und entfernte vorsichtig die obere Lage der Holzsplitter, die er Stück für Stück auf eine Seite des Tuchs legte. „Ein Brief!“

„Ja, Sir. Und ungeöffnet. Das Wachssiegel ist noch intakt.“

Alec zog das gefaltete Papier mit seinem Siegel heraus und pustete leicht über die Oberfläche, um Staub und Splitter zu entfernen. Und dann saß er nur da und starrte auf die Worte, die auf der Vorderseite des Pergaments geschrieben standen. Die Buchstaben waren zittrig ausgeführt, als ob, wer auch immer sie geschrieben hatte, durch Alter oder Krankheit eine unsichere Hand gehabt hätte. Doch er wusste, dass es Letzteres war, denn er erkannte die Handschrift als die seiner Mutter. Was er jedoch bemerkenswert fand, waren die drei Worte, die in ihrer Handschrift geschrieben waren – *für meinen Sohn.*

„Dann sage ich noch einmal gute Nacht, Sir ...“

„Ja. Ja. Nur zu.“

Alec hatte keine Ahnung, was sein Kammerdiener gesagt hatte und in einer Art von Trance öffnete er eine Schublade seines Frisiertischs und legte seine Brille hinein. Und mit ihr den Brief, um ihn zu öffnen, wenn er völlig wach wäre, und in der Gegenwart seines Vaters. *Morgen ...*

❧

ER TRUG DEN BRIEF SEINER MUTTER DEN GRÖSSTEN TEIL DES nächsten Tages in seiner Rocktasche bei sich. In dieser Tasche waren auch die Karte und die Liste, die Selina geschwenkt hatte, während er sein Bad nahm. Doch erst am frühen Nachmittag konnten Vater und Sohn sich endlich zusammensetzen.

Alec gelang es, aus dem Salon zu schlüpfen und einer eher schweigsamen Familienversammlung zu entkommen, in der der Streit zwischen den Geschwistern noch unter der Oberfläche schwelte. Er benutzte den Vorwand, dass die Windhunde bei dem aufklarenden Wetter Auslauf bräuchten und es jetzt oder nie Zeit dafür wäre, da die Gäste später am Nachmittag zum Diner ankämen und er sich dafür würde ankleiden müssen. Das entsprach alles der Wahrheit und Selina schickte ihn mit einem Kuss und einem Lächeln auf den Weg.

Ihr Lächeln verbarg die Tatsache, dass ihre Intuition ihr sagte, wohin er gehen würde. Intuition und die Tatsache, dass sie an diesem Morgen gut zehn Minuten damit verbracht hatte, nach der Karte und der Liste zu suchen, um sie ihrer Tante und ihrer Cousine zu zeigen, und weder sie noch Evans sie hatten finden können. Und nun hatte sie den Verdacht, dass ihr Mann sie die ganze Zeit bei sich gehabt hatte und auf dem Weg war, sich diesen Haustierfriedhof selbst anzuschauen, und zwar ohne sie. Sie hätte sich darüber ärgern sollen, dass er sie ausschloss, doch sie war zu müde, um irgendetwas zu fühlen. Sie und Alec und ihre persönlichen Diener hatten eine schlaflose Nacht verbracht, da alle dachten, das Kindchen hätte beschlossen, in dieser Nacht, bei Regen, Hagel und Blitz, anzukommen. Dann hatten ihre Schmerzen nachgelassen und sie war schließlich vor Tagesanbruch in einen unruhigen Schlaf gefallen. Angesichts der dunklen Ringe unter seinen schönen Augen und der Tatsache, dass er unrasiert war, vermutete sie, dass Alec überhaupt nicht geschlafen hatte.

Im Glauben, dass seine Frau keine Ahnung von seinem Ziel hätte, schritt Alec über die offene Fläche der durchnässten Wiese in dem ummauerten Garten, während seine vierbeinigen Begleiter um ihn herum sprangen und ihre Schwänze fröhlich wedelten, weil sie im Freien waren. Und hinter ihm, jeder mit einem Weidenkorb voller Gartengeräte, kamen zwei der Gärtner, die er aus den Gruppen, die damit beschäftigt waren, nach dem Gewitter der vorausgegangenen Nacht aufzuräumen, herausgenommen hatte. Anzeichen der zerstörerischen Kraft des Sturms waren überall, von abgerissenen Ästen und umgestürzten Bäumen bis zu flachgedrückten Getreidefeldern und Gartenzäunen. Und selbst hier, im Schutze eine hohen Backsteinmauer, war ein beträchtlicher Rosengarten, der überwuchert war und sich an der Mauer entlang zog, nicht unversehrt geblieben, eine Bö war durch die Sträucher gepeitscht und hatte tausend weiße Rosenblätter freigeschüttelt.

❧

PLANTAGENET HALSEY KAM VOM HAUS DES VERWALTERS ZURÜCK und fand Alecs Kammerdiener mit einer kryptischen Botschaft auf ihn warten: Seine Lordschaft wäre in der nördlichsten Ecke der ummauerten Wiese zu finden, wo er weiße Rosen für den Esstisch Myladys schnitte. Der alte Mann hatte keine Ahnung, was das alles bedeuten sollte, doch es war ihm sehr recht, heimlich davon zu schlüpfen, bevor die Frauen des Haushalts sich auf ihn stürzen und um seinen Bericht über die Beerdigung Hugh Turners bitten konnten.

Er hatte in dieser Nacht ebenfalls unruhig geschlafen. Nur, weil er sich geweigert hatte, das von Dr. Riley verordnete Laudanum zu nehmen. Daher hatte er den Abend mit heftigen Kopfschmerzen verbracht, dabei so getan, als hätte er keine, da Olivia ängstlich und böse auf ihn war, weil er so stur wäre wie ein alter Esel. Es war das Wort alt, das ihn am meisten störte. Und als sie in ihre eigenen Räume davongestapft war, endlich zufrieden, dass er nicht in Gefahr wäre, da jemand so Stures nicht so krank sein könnte, verbrachte er den Rest der Nacht damit, sich mit dröhnendem Kopf im Bett herumzuwerfen und sich selbst leid zu tun.

Das war das letzte, was er von der Herzogin gesehen hatte, denn er war nicht zum Diner nach unten gegangen, er war zu krank gewesen, um das zu tun, und hatte auch in seinem Zimmer gefrühstückt. All dies würde sie noch mehr erzürnen, denn sie hatte sich in einen Zustand höchster Aufregung versetzt wegen der Ankündigung für ihre Familie und seine Abwesenheit würde ein weiterer Punkt zu seinen Ungunsten darstellen. Er konnte es ihr nicht übelnehmen. Es war seine Schuld. Doch der Gedanke, alles das zu ertragen, während dieser Clive Cobham mit seinem Fischgesicht ihn anstarrte und er selbst dröhnende Kopfschmerzen hatte, war einfach zu viel.

Und nun mied er sie völlig. Alecs kryptische Botschaft hätte nicht zu einem besseren Zeitpunkt kommen können. Er zog ein Paar alte Reithosen an, einen abgetragenen Rock, seine zweitbesten Reitstiefel und drückte sich vorsichtig einen Hut auf seine ergrauten Haare, dann verschwand er aus seinen Zimmern und machte sich in Rekordzeit auf den Weg über die nassen Wiesen.

Als er an seinem Ziel ankam, war er außer Atem und musterte etwas, das, wie er vermutete, vor dem Sturm ein schöner, wenn auch überwucherter, und ordentlich angelegter Garten gewesen sein musste. Die Rosenbüsche waren in säuberlichen Reihen gepflanzt, doch selbst er konnte sehen, dass man sie hatte verwildern lassen und die stärkeren Sträucher jetzt an den Backsteinen hinaufwuchsen. Und alle mussten noch am Vortag voller Blüten gewesen sein. Jetzt waren Rosenblätter überall am Boden verstreut, schwammen im Wasser der sintflutartigen Regenfälle. Es waren so viele, dass es aus der Entfernung wirkte, als läge unberührter Schnee unter den Büschen. Blütenblätter klebten an den Stiefeln zweier Gärtner, die sich damit befassten, Ordnung in das Chaos zu bringen, und an den langen Schnauzen von Alecs Windhunden, die auf den Fersen der Gärtner herumschnüffelten.

Alec kam zu ihm herüber. Beide lächelten einander an, Worte waren nicht nötig, um auszudrücken, dass nach den emotionalen Enthüllungen des vorigen Tages ihre Beziehung nur noch enger geworden war. Der alte Mann würde seinen Sohn niemals mehr belügen und sein Sohn wollte ihn in alles einbeziehen. Doch bevor Alec erklären konnte, warum er ihn hier heraus gebracht hatte, musste der alte Mann sich etwas vom Herzen reden.

„Verzeih, dass ich es gestern Abend nicht zum Diner geschafft habe. Unsere Ankündigung wurde durch meine Abwesenheit wieder hinausgeschoben!“ Er verdrehte die Augen und lächelte verlegen, dann sagte er jedoch mit einem Stirnrunzeln: „Doch das ist nicht, was mich beunruhigt, warum ich nicht schlafen konnte. Hat auch nichts mit der Beule auf meinem Kopf zu tun, der es im Übrigen gut geht. Es sind diese beiden Kinder, Nicolas und Sally Fisher. Ich habe bei ihnen hereingeschaut, bevor ich zu Hugh Turners Beerdigung gegangen bin. Die Haushälterin sagt, das Mädchen wäre so fröhlich, wie nur möglich, aber der Junge klammert sich noch immer an sie, als ob er jeden Moment erwarte, dass ein Geist aus der Vertäfelung herauskommen und ihn packen könnte! Armer kleiner Kerl!“

„Er hatte ein außergewöhnlich traumatisches Erlebnis, das ihn noch lange verfolgen wird. Doch ich habe die Hoffnung, dass er sich, wenn der Mörder erst der Gerechtigkeit übergeben wird, nicht länger bedroht fühlen wird und zu sprechen beginnt. Hier unter meinem Schutz zu leben sollte auch helfen, ihm ein Gefühl von Sicherheit zu geben.“ Alec lächelte schwach. „Doch es ist nicht ihre Sicherheit, die dir die größten Sorgen macht, nicht wahr?“

„Du hast recht. Nein. Ich weiß, dass sie hier bei uns sicher sind. Es ist etwas anderes. Etwas an ihnen ... ich kann es nicht in Worte fassen.“

„Sie erinnern dich an jemanden.“

„Das ist es!“, sagte Plantagenet Halsey mit einem Fingerschnippen. „Ich dachte, es wäre der Schlag auf meinen Kopf, der mich zu solchen Gedanken veranlasste. Doch gestern in der Hütte des alten

Bill hatte ich noch keine Beule am Kopf ..." Der alte Mann sah Alec eindringlich an. „Sie erinnern dich auch an jemanden, nicht wahr?"

„Kannst du es erraten?"

Plantagenet Halsey machte eine Handbewegung. „Habe mir den Kopf zermartert, aber mir fiel es nicht ein. Sag du es mir."

„Sir Tinsley ..."

„Was? *Ferris*? Du glaubst, die beiden sind seine Kinder?"

„Nein. Nicht direkt."

„Wie meinst du das - *nicht direkt*?"

„Dass sie mit unserem Magistrat verwandt sind, aber vielleicht im zweiten Grad."

„Nicht seine Kinder, sondern die Kinder seiner Kinder oder so?"

„Ja. Genau so."

Der alte Mann kratzte sich die rasierte Wange und schürzte nachdenklich die Lippen. „Er und Lady Ferris hatten zwei Kinder, aber beide starben jung, daher weiß ich nicht, wie Ferris mit Nic und Sally Fisher verwandt sein könnte ..."

„Komm schon! Das hier ist Fivetrees!" Alec dachte an das Geständnis des Obersten, wie er seine neugeborene Tochter weggeben hatte, doch er würde sein Vertrauen nicht enttäuschen, solange das nicht nötig wäre. „Es war nicht ungewöhnlich in Fivetrees, dass die neugeborenen Töchter unserer Vorfahren und die unserer landbesitzenden Nachbarn den Fischers übergeben wurden, nicht wahr? Warum dann nicht auch illegitime Nachkommen?"

„Den Verdacht hatte ich ..."

Alec konnte es nicht glauben. „Du wusstest nicht, dass weibliche Säuglinge weggeben wurden? Du hast dich nie über den Sinn des Teils des Spruches, der am Marktplatz in Stein gemeißelt ist, gewundert: ... *und keine Töchter deines Namens?*"

„Ich sagte ja, ich hatte einen Verdacht", bestätigte Plantagenet Halsey gereizt, mit einem schuldbewussten Erröten seiner Wangen. „Aber ich habe nie gefragt. Niemand hat das je getan. Feige, ich weiß. Doch ich hatte Angst davor, wie die Antwort lauten könnte."

„Dein Vater erwähnte nie etwas über die Töchter der Halseys, als er euch anvertraute, was mit den Söhnen geschah, die nach dem ältesten Bruder geboren wurden?"

Der alte Mann schüttelte den Kopf, räumte aber ein: „Das bedeutet nicht, dass er es nicht wusste, und seine Nachbarn ebenfalls. Er zeugte mit meiner Mutter nur zwei Söhne, und nach dem, was ich mir zusammenreimen konnte, war das das Ende ihrer ehelichen Beziehungen. Denn mit identischen Zwillingen zurechtzukommen war ein ausreichend großes Dilemma für sie, ohne sich noch über andere legitime Söhne und Töchter Sorgen machen zu müssen ..."

„... weil nach dem Gesetzesgrundsatz der Realteilung alle Geschwister, männliche wie weibliche, die in einer rechtmäßigen Ehe geboren werden, gleiche Rechte am Nachlass haben?"

„Ja. So ist es hier unten in Kent", schnaubte der alte Mann, dessen schuldbewusste Röte noch tiefer wurde.

„Bevor du fragst, Cobham hat mir die Realteilung erklärt." Alec grinste, als sein Vater ungläubig das Gesicht verzog. „Ich sagte dir ja, dass mein Schwager hin und wieder eine Perle produziert, wenn man zuhört ... Du kannst mich korrigieren, doch wenn ich zusammensetze, was er mir gesagt hat, haben du und dein Bruder beim Tode eures Vaters zu gleichen Teilen geerbt. Was bedeutet, dass, als Edward deinen Bruder beerbte, er die Hälfte der Hälfte erbte, denn ich erbte die andere Hälfte dieser Hälfte. Was bedeutet, dass Edward nur ein Viertel des Einkommens aus diesem Anwesen hatte, also kein Wunder, dass er ständig verschuldet war und keinen Gewinn aus diesem Besitz ziehen konnte!"

„Es ist noch komplizierter, aber im Grund, ja, richtig", gestand Plantagenet Halsey. „Mein Vater hinterließ seinen Söhnen seinen Besitz zu gleichen Teilen, doch als Teil der Vereinbarung, die ich mit Rod hatte, gab ich meinen Anspruch für meine Lebzeiten auf, im Austausch gegen dich ..."

„Ach, Vater! Nein", unterbrach Alec ihn und sog schockiert den Atem ein. „Ich hatte keine Ahnung..."

Der alte Mann zuckte mit den Schultern. „Wie solltest du? Ich bedauere nichts. Und in gewisser Weise machte es das Leben sehr viel einfacher für Rod und mich, dass ich meine Finger nicht in dem hatte, was sein Kuchen war, als er Earl of Delvin wurde. Du hättest von all dem bis zu meinem Tod nichts erfahren sollen. Ich sage es dir jetzt, weil ich versprach, dass wir keine Geheimnisse mehr voreinander haben würden. Und ich sollte dir auch sagen, dass ich von diesem Anwesen aus dreißig Jahre lang ein illegales Wildereiunternehmen geführt habe, damit wir - du und ich - in London leben konnten und die Armen dieser Gemeinde Essen und alles Nötige bekommen konnten. Turner, Vater und Sohn, Adams und sein Vater und die Alten Bills, die in diesem Häuschen im Wald kamen und gingen, waren alle in den Plan eingeweiht. Ebenso Ferris und Bailey, die beide wegschauten, im Gegenzug für das Jagdrecht und Wildbret für ihren Tisch. Ich bin sicher, dass Rod wusste, dass etwas vor sich ging, doch solange es ihn nicht in seinem Leben störte, ließ er mich weitermachen. Natürlich wird das alles jetzt enden und das haben ich den anderen auch gesagt, nachdem du jetzt verantwortlich bist. Und ich hätte es vor langer Zeit einstellen sollen, doch es gibt Leute da draußen, die sich auf dieses Einkommen verlassen und ..."

„Ich verstehe", antwortete Alec mit einem sanften Lächeln. „Ich habe vor langer Zeit erraten, dass du das wichtigste Rädchen bist, das diese Wilderei antreibt! Und ich weiß zu schätzen, warum du es in der Vergangenheit für nötig hieltest, das Gesetz zu umgehen. Was mich dazu gebracht hat, lange und gründlich darüber nachzudenken, was wir tun können - zusammen, und gemäß dem Gesetz, so, wie es ist. Doch es wird Zeit brauchen, sowie die Mitarbeit unserer Anwälte und der Zusammenarbeit von Sir Tinsley."

„Glaube nicht, dass unser Magistrat ein Problem sein wird, oder? Er ist so aufgeblasen von seiner eigenen Wichtigkeit als nächster Nachbar und Onkel eines Marquess durch Heirat, dass er deine Stiefel lecken würde, wenn du es ihm befählest! Was den Nachlass und dein Erbe angeht, solltest du am besten die Yarrborough-Brüder herholen, um dir die Rechtslage erklären zu lassen, und diesmal umfänglicher, als es ihnen zuvor erlaubt war."

„Sie können uns beide beraten. Ein Abgesandter von Yarrborough und Yarrborough wird heute Abend oder morgen hier ankommen."

„Du warst recht beschäftigt hinter dem Rücken dieses alten Mannes, wie, mein Sohn?", scherzte Plantagenet Halsey trocken.

Alecs Augenbrauen schossen in die Höhe. „Nicht geschäftiger als du, Vater."

Sie beide grinsten und lachten, dann schwand das Lächeln des alten Mannes und er sinnierte stirnrunzelnd: „Ich bin noch immer verwirrt, wie Nic und Sally Fisher mit Ferris verwandt sein können, wenn auch entfernt."

„Ich fürchte, die Verbindung, die ich vermute, könntest du für fantastisch halten."

„Ich möchte es noch immer wissen, wenn du bereit bist, es mir zu sagen ..."

„Dir, ja. Doch ich habe nur meine Intuition und die Tatsache, dass sie alle drei eine unglaubliche Ähnlichkeit mit Ferris haben ..."

„Drei? Aber es sind doch nur zwei."

„Ihr Vater ist der dritte. Ich glaube, dass der Vater von Nic und Sally Fischer Edward ist ..."

„Edward?" Plantagenet Halsey war erstaunt. „Dein Bruder Edward?"

„Warum nicht? Du hast mir gesagt, dass die Ehe meiner Mutter mit deinem Bruder nur dem Namen nach bestand und dass Edward nicht ihr Sohn war. Doch wie erklärst du dir seine Ähnlichkeit mit den Halseys? Und wenn du Sir Tinsley sorgfältig studierst - wozu ich Zeit hatte, seit ich hierhergekommen bin - wirst du erkennen, dass Edward, Nic und Sally ihm auch ähneln. Wie wäre das möglich, wenn nicht unser Magistrat und meine Mutter Edward ..."

„Nein! Niemals!", erklärte Plantagenet Halsey mit Nachdruck. „Deine Mutter hätte nie ihre Schwester hintergangen, indem sie mit ihrem Schwager Ehebruch beging. Doch andererseits, wenn es Lady Ferris' Moral wäre, die wir infrage stellen ... Doch das würde nicht gehen, denn Rod und ich hätten nie diese Grenze überschritten. Bei meiner Ehre und bei seiner."

„Nun gut. Dann muss es eine andere Verbindung geben ... die mir im Moment entgeht. Du räumst doch ein, dass es eine Ähnlichkeit mit dem Magistrat gibt?"

Der alte Mann nickte. „Ja. Nachdem du mich jetzt darauf aufmerksam gemacht hast, *kann* ich es nicht bestreiten! Doch frage mich nicht, wie das zustande kam." Er schüttelte den Kopf. „Und daran zu denken, dass Edward einem armen Mädel zwei Kinder gemacht und ihnen keinen Penny gegeben hat ..."

„Er muss mehr als nur einen Penny für sie übrig gehabt haben, denn wer auch immer sie war, sie hat ihm nicht ein, sondern zwei Kinder geschenkt", scherzte Alec. „Und wer weiß, vielleicht ist sie noch immer unter uns. Doch bis ich die direkte Verbindung zwischen unserem Magistrat, Edward und Nic und Sally Fisher finden kann, sollten wir das besser für uns behalten. Und sie sind nicht der Grund, warum ich dich hierher gebeten habe ..."

„Das macht mich neugierig. Diese Seite des Hauses genießt nicht viel Aufmerksamkeit, außer dass es ein Platz ist, um Schafe zu weiden und für die Enten, um sich am Teich sammeln zu können", gab Plantagenet Halsey zu. „Rod und ich pflegten im Sommer in diesem Teich zu schwimmen."

Alec holte die Karte, die Liste und den Brief aus seiner Tasche und erzählte ihm, wo der Brief entdeckt worden war. Dann drehte er den Brief um und zeigte ihm die drei Worte, die auf der Vorderseite geschrieben standen. Wenn der Mund seines Vaters weit genug hätte offenstehen können, um bis zum Boden zu reichen, hätte das seinem Erstaunen entsprochen. Und während er stumm dastand, erweiterte Alec seine Ungläubigkeit, indem er ihm von Selinas Theorie darüber erzählte, was die Karte und die Liste zu bedeuten hatten.

Als er geendet hatte, schaute er zu den Rosensträuchern mit den beschädigten Stielen, zerfetzten Blüten und dem Haufen Blütenblätter hinüber und war sich sicher, dass es, wenn er nachzählte, achtunddreißig sein würden. Als er weder einen der Gärtner noch seine beiden

Hunde sah, sagte er mit einem traurigen Lächeln: „Ich glaube nicht, dass dies die letzte Ruhestätte für die geliebten Tiere der Familie ist. Und deinem stummen Unglauben nach zu urteilen, denkst du das auch nicht. Was bedeutet, dass du meiner Theorie zustimmst: Dass dieser Garten die letzte Ruhestätte der im Gewölbe ausgesetzten Säuglinge ist.“

„Ja, mein Junge. Doch bei meinem Leben, deine Mutter hat mir hiervon nichts erzählt. Warum sollte sie mir das verschwiegen haben?“

„Vielleicht wird uns dieser Brief das erklären. Doch, nachdem ich jetzt mehr über dich und eure gemeinsame, schmerzliche Vergangenheit weiß, vermute ich, dass sie dich nicht weiter durch das verstören wollte, was sie in der Gruft entdeckt hatte.“ Er schob die Karte und die Liste wieder in seine Tasche und nahm seine Brille heraus. „Gehen wir in den Schatten dort an der Mauer und lesen ihn gemeinsam ...“

An meinen Sohn Alec

Ich adressiere diesen Brief an dich, weil es mich tröstet, dies zu tun. Nicht, weil ich erwarte, dass du derjenige sein wirst, der ihn findet. Edward hat den Titel geerbt und so ist ein Tropfen meines Blutes, doch nicht meines Körpers, jetzt Earl of Delvin, und daher wurde die Strategie, die Seine Lordschaft und meine Schwester geplant hatten, wahr. Ich kann nicht bitter sein, denn es ist ein passendes Ergebnis für alle. Und was sonst hätten wir tun sollen? Wenn jemand zu tadeln ist, dann unser Vater. Doch ich kann auch ihn nicht tadeln. Er hätte die Konsequenzen nicht vorhersehen können, die das Erbe von Fivetrees für seine Nachkommen haben würde.

Wer immer dies liest, ich bete, dass du nicht die leiseste Ahnung hast, wovon ich spreche, was auch ein Trost ist. Es ist mein innigster Wunsch, dass ihr alle in einer fernen Zukunft lebt, in der meine Brüder, Schwester und ich nur noch alte, verstaubte Gemälde an der Wand sind.

Daher werdet ihr mit einer alten Lady Geduld haben müssen, denn ich habe fantastische Gedanken an eine Zukunft, in der mein Sohn die Wahrheit über die Ehe seiner Eltern kennt - dass sie einander zutiefst und ihr ganzes Leben lang liebten - doch dass er nie die Tragödie ihrer gemeinsamen Geschichte entdecken möge, wegen der ihnen eine Heirat verboten war.

Doch dieser Brief handelt nicht von meinem Sohn oder seinen Eltern. Er wurde hier hinterlassen, um den Abkommen der Halseys, die ihn finden, Frieden für ihre Seele zu geben.

Die einzige Wahrheit, die ihr erfahren müsst, ist, dass ich die unschuldigen Seelen von diesen üblen Ort fortbrachte und sie freiließ. Weint nicht um sie. Erlaubt nicht, dass Eure Gegenwart oder Eure Zukunft von unseren unwissenden Vorfahren überschattet wird. Sie wussten es nicht besser. Irgendwie, auf dem Wege, Reichtum, Land und Titel zu sammeln, verloren sie ihre Menschlichkeit und begingen unsägliche Verbrechen. Es entsetzt mich bis heute derart, dass ich es weder hier noch anderswo aufschreiben kann.

Es ist eine Ironie, nicht wahr, dass die Geschichte von Schrecken übersät ist, die von Männern begangen wurden, die ihr abscheuliches Verhalten als notwendig rechtfertigten, um ihren Namen in den Annalen der Geschichte zu verewigen. Doch nichts rechtfertigt, was sie für all ihre Macht und ihr Ansehen begingen. Und kein Name kann sich rühmen, groß zu sein, wenn er auf dem Tod und der Zerstörung Unschuldiger beruht.

Verzweifelt nicht daran, dass all Eure Vorfahren den gleichen mörderischen Zug hatten, denn mein Vater weigerte sich, die barbarische Tradition der Familie fortzusetzen, um seinen Besitz intakt und nur von einem Sohn erben zu lassen. Da er Zwillinge hatte und nicht wusste, welchen er wählen sollte, tat er es nicht und ließ sie schwören, seinem Beispiel zu folgen. Und mit der Geburt seiner Enkel, Alec und Edward, wurde diese Praxis endlich zu einer Legende. Der Flecken auf der Geschichte der Familie wird, so Gott will, mit der Zeit verblassen und nie wieder auferstehen.

Da Ihr jetzt hier seid, mit diesem Brief, müsst Ihr hunderte Fragen haben, doch ich werde nur eine beantworten. Sie zu beantworten wird sicher eine Wunde öffnen, die bereits geheilt war.

Ihr fragt Euch, wie es kommt, dass ich, eine Frau, von diesem Ort weiß, der ein großes Geheimnis war, das über die Jahrhunderte hinweg von den Männern der Halseys und ihren bevorzugten Gefolgsleuten gehütet wurde. Ah! Wenn nur diese Männer sich nicht für besonders schlau gehalten hätten und die Schrecken ihrer Vorfahren weiterbetrieben hätten, würde diese unsägliche Praxis vor langer Zeit aufgehört haben. So blieb es den Frauen in der Familie überlassen, die Dinge in die Hand zu nehmen und gegen die Praxis zu arbeiten, die von ihren Söhnen und Ehemännern verübt wurde.

Es war die Großmutter meines Sohnes, die Mutter seines Vaters, die mir die Existenz des Gewölbes anvertraute. Es war notwendig. Sie lag in ihren letzten Atemzügen und gab ihr geheimes Wissen an die nächstälteste Frau der Familie weiter. Zu ihre Ehre ist zu sagen, dass Lady Delvin dies trotz meiner schwachen Blutsverwandtschaft mit dem Familiennamen tat, etwas, das sie nie anerkannt hatte, und auch unserem Vater nicht erlaubt hatte, anzuerkennen. Es war ein Umstand, den sie in ihrer Todesstunde bitter bereute, denn es war der Grund für unsere gebrochenen Herzen, das meines Liebsten und das meine.

Das Geheimnis, das sie mir anvertraute, das ihre Schwiegermutter ihr überliefert hatte und das ich zu bewahren versprach, sollte es notwendig werden (was es zum Glück nie wurde), war, dass während der hunderten von Jahren, wenn die Männer der Halseys dafür sorgten, dass nur je ein Sohn und keine Tochter da waren, um den Besitz zu erben, ihre Frauen und Mütter die unerwünschten Säuglinge fortbrachten, um anonym an anderen Orten zu leben. In ähnlicher Weise wurden legitime weibliche Säuglinge von den Fishers aufgenommen und aufgezogen.

Ich will nicht die erste sein, die einen Stein auf unsere Vorfahren wirft und sie verdammt. Das heißt nicht, dass ich verstehe, wie sie tun konnten, was sie taten, und in der Tat waren einige Männer nicht fähig, mit dem, was von ihnen erwartet wurde, zu leben und setzten entweder ihrem Leben ein Ende oder blieben unverheiratet, damit sie keine solche Entscheidung treffen mussten.

Leider gab es im Laufe der Jahrhunderte Säuglinge, die es nicht aus diesem Gewölbe heraus geschafft haben. Ich denke gern, dass diese Kleinen eines natürlichen Todes starben, wie es oft bei Neugeborenen ist. Es sind diese Säuglinge, die jetzt für immer in der Erde ruhen, die von meinem Pfarrer geweiht wurde. Sie ruhen endlich in Frieden in der stillsten Ecke des ummauerten Gartens. Achtunddreißig kleine verlorene Seelen mit je einem Rosenbusch, der zur Erinnerung über sie gepflanzt wurde.

Eine Liste von Namen und eine Karte wurde bei unserem Familienanwalt hinterlegt, von denen Abschriften in der Familienbibliothek existieren, doch ich scheine das geheime Versteck nicht finden zu können. Ich konnte nicht zulassen, dass diese Säuglinge beerdigt wurden, ohne ihnen Namen zu geben. Einige wurden im Gewölbe gefunden und trugen ein Datum mit Tinte auf ihren Windeln geschrieben. Ein wirklich herzzerreißender Anblick, der mich fast umwarf, doch meine Entschlossenheit nicht zerstörte. Ich habe auf der Liste nur das erste und das letzte Datum vermerkt, damit Ihr einen ungefähren Zeitraum der Geschichte erfahren könnt, wann diese Kinder beigesetzt wurden. Das jüngste Datum ist das wichtigste, denn es zeigt, dass nunmehr seit fast zwei Generationen kein Säugling mehr seinen Weg zu diesem grässlichen Ort gefunden hat.

Alles, worum ich bitte, ist, dass diese Liste mit den Dokumenten der Familie beiseite gelegt wird, damit diese Säuglinge irgendwie in den Akten der Familie auftauchen und nicht für die Geschichte verlorengehen.

Meine zweite Bitte ist, dass dieser Rosengarten gepflegt werden soll und die Blüten einmal im Jahr geschnitten werden mögen, um das Haus mit ihrer Schönheit und ihrem Duft zu füllen - als Tribut, nicht nur an die Säuglinge, die hier tief im Boden ruhen, sondern auch an die Kinder und ihre Nachkommen in diesem Teil des Landes und weiter fort, die nie ihre wahre Familiengeschichte kennen werden.

Ich bedauere nur eines in meinem Leben, und das ist, dass meine Krankheit mein Leben verkürzt, ohne die Gnade zu erleben, meinen Sohn wirklich kennenzulernen. Vielleicht, wenn es Alec ist, der diesen Brief findet, wird er mir die Ehre antun, eine einzige Rose abzuschneiden, in Erinnerung an seine Mutter, die ihn liebte.

Helen Cale Halsey
Gräfin von Delvin

NEUNUNDZWANZIG

Die Stimme schien so weit weg zu sein. Tatsächlich stand einer der Gärtner mit der Mütze in der Hand vor ihm und wartete geduldig auf eine Antwort. Alec hob seinen Blick über den Brillenrand bei dieser Störung, ohne sich bewusst zu sein, dass Tränen über seine Wangen liefen. Er hörte die Frage des Gärtners nicht. Er musste noch den Brief seiner Mutter verarbeiten. Er wurde sich bewusst, dass sein Vater nicht mehr neben ihm stand. Er war ein Stück weitergegangen, zwischen die Rosensträucher, stand dort mit dem Rücken zu ihm, zweifellos, um mit seinen Gedanken und Gefühlen allein zu sein.

Alec schüttelte innerlich die Vergangenheit ab, entfernte rasch seine Brille und trocknete sein Gesicht mit seinem weißen Leinentaschentuch, dankbar, dass der Gärtner seinen Blick auf die Blütenblätter unter seinen Füßen gesenkt hielt. Er bat ihn, seine Frage zu wiederholen, was er mit gesenkten Augen tat.

„Wie viele Rosen möchte Seine Lordschaft ins Haus zurückgebracht haben?"

„Achtunddreißig - nein! Nehmt neununddreißig. Wenn ihr so viele finden könnt, die noch zu retten sind."

„Ganz recht, M'lord. Wir machen uns gleich an die Arbeit!"

„Wartet!", befahl Alec, als der Gärtner sich auf dem Absatz umdrehte, ohne auch nur aufzusehen, und seine Mütze wieder aufsetzte. Er grub in einer anderen seiner Taschen und holte das kleine Messer mit der gebogenen Klinge und dem polierten Holzgriff heraus, das er Roger Turner in der Hütte des alten Bill abgenommen hatte. „Ihr könnt die Stiele hiermit abschneiden. Das ist doch ein Rosenmesser, nicht wahr?"

„Ja, M'lord. Vielen Dank, aber ich habe mein eigenes Rosenmesser. Wir Gärtner haben alle eins."

„Das ist ein recht ungewöhnliches Gerät. Ich nehme an, du würdest dein eigenes Messer unter anderen herauskennen, nicht wahr?"

„Ja, M'lord. Wir lassen unsere Messer nie aus den Augen. Sie sind schwer zu bekommen und wir haben alle unsere Besonderheiten ..."

„Wie zum Beispiel ...?"

„Die Art, wie der Griff geformt ist. Welche Art von Holz. Solche Sachen eben. Wenn man erst ein gutes Messer hat, behält man es für immer. Wenn ich fragen darf - hat Euer Lordschaft dieses unter den Blütenblättern gefunden?"

„Ich habe es gefunden, ja", antwortete Alec, ohne den Mann belügen zu müssen. Er hielt ihm das Rosenmesser hin. „Ob du wohl weißt, wem dieses gehört?"

Der Gärtner inspizierte es und drehte es in seinen kräftigen Händen herum. „Ich habe es noch nie gesehen, aber ich schätze, es gehört einer Frau, und daher könnte ich es mir denken ..." Als Alec schwieg und Plantagenet Halsey zu ihnen trat, wandte der Gärtner sich an beide. „Mylady - Lady Ferris - sie suchte neulich nach ihrem Messer, als sie herkam, um Rosen für unsere Lady Halsey nach oben bringen zu lassen. Ich gab ihr meines zum Rosenschneiden."

„Kommt Lady Ferris oft hierher, in diesem Rosengarten?", fragte Alec.

Der Gärtner verzog nachdenklich das Gesicht und schüttelte dann den Kopf. „Ungefähr einmal im Jahr, in der Regel. Etwa um diese Zeit. Sie hatte Glück, dass sie die Rosen erst vor ein paar Tagen holen ließ, denn nach diesem Gewitter ..."

„Du glaubst, das Messer gehöre Lady Ferris?", unterbrach Plantagenet Halsey schroff und deutete mit dem Finger auf das Messer.

„Ich kann es nicht mit Sicherheit sagen, Sir. Ich weiß nur, dass sie ihres verloren hatte, und daher meines benutzte. Doch seht her. Im Holz sind Initialen eingelegt: TCF." Der Gärtner zog ein Messer aus dem Weidenkorb zu seinen Füßen und hielt es grinsend hoch. Es hatte eine genauso scharfe Klinge, doch der Holzgriff war dicker und abgenutzter. „Das ist meins. Initialen: BRF. Wobei das F auf dem Messer der Lady für Ferris steht, meines für Fisher."

„Ich kenne dich, Brun Fisher!", sagte der alte Mann schroff und streckte die Hand nach Lady Ferris' Rosenmesser aus. Etwas daran störte ihn mehr, als es sollte. „Wenn seine Lordschaft keine weiteren

Fragen an dich hat, solltest du dich besser an die Arbeit machen und die Rosen für Lady Halsey schneiden. Wir können nicht den ganzen Tag warten und die Gäste werden in einer Stunde ankommen ... Was?", zischte er Alec an, als der Gärtner mit einer Verbeugung seinen Weidenkorb nahm und ging, während Alec ihn mit erhobenen Augenbrauen anstarrte. „Nur, weil es in Fivetrees eine Menge Fishers gibt, sind sie trotzdem nicht alle Blutsverwandte, weißt du! Sie haben auch ihre eigene Brut, genau wie all die Smiths und Browns in der Gegend." Er hielt das Messer hoch. „Ich dachte, sie wäre besorgt wegen einer Schere, die sie verloren hatte, und jetzt stellt sich heraus, dass es ihr Rosenmesser war, das sie verlegt hatte."

„Glaubst du, sie hat es beim Jagen im Wald verloren, denn dort wurde es gefunden ..."

„Was sollte sie mit dem Rosenmesser im Wald anfangen?"

Als Plantagenet Halsey ihm das Messer gab, ließ Alec es wieder in seine Rocktasche gleiten, bevor er ruhig bemerkte: „Es ist jetzt kein Blut daran, doch ich bin ziemlich sicher, dass dieses Messer dazu benutzt wurde, Hugh umzubringen."

„Jesus! Nein! Der Junge wurde mit einem *Rosen*messer aufgeschlitzt? Aber wer - nein!", sagte er kopfschüttelnd, als Alec fortfuhr, ihn reglos anzustarren. „Niemals! Das würde sie nicht tun. Ich kann nicht glauben, dass Tabitha - nein!"

„Tabitha? Ist das der Vorname meiner Tante? Du hast ihn noch nie ausgesprochen."

„Das tue ich nie - der Schock ... Du glaubst, sie hat Hugh ermordet?"

„Ich bin mir noch nicht sicher. Dass ihr Messer benutzt wurde, lässt mich natürlich fragen ... Warum sprichst du ihren Namen nicht aus?"

„Es ärgert sie. Und alles, was ich tun kann, um sie zu ärgern, führt dazu, dass ich mich besser fühle. Das ist eine kleinliche Rache, aber ich weigere mich, ihren Vornamen zu benutzen. Und das habe ich nicht getan, seit sie deine Mutter und mich an unsere Eltern verraten hat. Wenn sie sich einfach herausgehalten hätte, hätten wir unsere Leben in seliger Unwissenheit weiterführen können, niemand wäre verletzt worden und niemand hätte etwas geahnt. Tabithas Verrat hat mein Leben ruiniert. Daher verdient sie keine Vertrautheit von mir, nur Höflichkeit."

„Sie kann kaum mehr als ein Kind gewesen sein."

„Sie und Tinsley waren seit fast einem Jahr verheiratet. Also wusste sie verdammt gut, was sie tat, ja!", fauchte der alte Mann. „Eines Nachts kam sie in mein Zimmer und versuchte, mich zu verführen. *Mich.* Einen verheirateten Mann, verheiratet mit ihrer Schwester, und wo wir unser erstes Kind erwarteten. Oh, ihr Götter! Sie sagte, die Wahrheit über das, was vor unserer Ehe war, spielte keine Rolle; das war alles Vergangenheit. Nun, für uns spielte die Vergangenheit verdammt doch eine Rolle, und auch für den Rest von uns! Und ebenso meine Ehegelübde. Auch wenn sie ihre nicht sonderlich ernst nahm! Ich war in meinem Leben noch nie so empört!"

Alec musterte seinen Vater mit festem Blick und versuchte sein Bestes, diesen leidenschaftlichen Ausbruch zu verarbeiten und zu verstehen. Doch eine innere Stimme warnte ihn, genau diese Richtung der Erkundungen nicht weiter zu beschreiten. Es war dieselbe innere Stimme, die an ihm genagt hatte, nachdem er den Brief seiner Mutter gelesen hatte. Er behielt seine Gedanken einstweilen für sich und sagte stattdessen: „Und doch, obwohl du ihr Verhalten so verabscheust und ihr nie vergeben kannst, weigerst du dich, in Betracht zu ziehen, dass sie Hugh Turner ermordet haben könnte?"

„Das war etwas anderes. Dies ist etwas anderes. Es ergibt keinen Sinn, warum sie etwas so Entsetzliches tun sollte."

„Unsere Vorfahren rechtfertigten Kindesmord und Hugh Turner war nicht einmal ein Blutsverwandter!"

„Mach keine dummen Witze, Alec!", knurrte Plantagenet Halsey.

Alec verschluckte eine Erwiderung und ließ seinen Blick über den Rosengarten wandern. Er sagte leise: „Ich habe den Steinmetz ins Dorf geschickt, um diese lateinische Inschrift abzumeißeln, damit sie vergessen wird. Sie hat keine Relevanz mehr für den *Deer Park*, den ich geerbt habe, oder die Zukunft, die ich mir für meine Kinder wünsche und für die Kinder meiner Pächter, Dorfbewohner und Nachbarn."

„Bravo. Das hätte vor langer Zeit getan werden sollen."

„Und ich bin fest entschlossen, Hugh Turners Mörder zu fassen, noch heute. Ich werde deine Hilfe brauchen ..."

„Alles, was du willst!"

„Halte ein Auge auf Nic und Sally Fisher. Ich habe vor, sie unseren Gästen vorzustellen und zu verkünden, dass sie jetzt meine Mündel sind. Ich möchte, dass du auf Nic achtest, und falls er - nein, *wenn* er zusammenbricht, kümmere dich bitte um ihn, halte ihn fest und sage ihm, dass er nie wieder in Gefahr sein wird. Ich hasse es, ihm das anzutun, aber ..."

„Er wird unseren Mörder entlarven!"

„Ich bin mir dessen sicher. Und wenn er das tut, wird er furchtbare Angst haben. Ich kann unmöglich ahnen, was ihm das antun wird. Und ich werde abgelenkt sein, weil ich bereit sein muss, dafür zu sorgen, dass unser Mörder weder ihm noch sich selbst ein Leid zufügt, bevor wir ein Geständnis haben."

„Weiß unser Mädchen, was du vorhast?"

Alec schüttelte den Kopf und lächelte über die liebevolle Bezeichnung seines Vaters für Selina. Er mochte sie. „Ich habe sie über die meisten Dinge im Dunklen gelassen, je näher sie ihrer Entbindung kommt. Das tue ich nicht gern, doch ich sorge mich, dass all dies eine schädliche Wirkung auf sie und das Baby haben könnte."

„Das wird sie dir nicht danken, und das weißt du. Und ich glaube auch nicht, dass sie so blind für das ist, was hier um uns herum vorgeht, wie du glaubst. Aber ich kann es dir nicht verübeln. Sie hat genug Sorgen wegen der Geburt, und das kann ich *ihr* nicht übelnehmen! Grässlich nervenzerreißende Angelegenheit - Verzeih mir", fügte er hinzu und tätschelte Alecs Arm, als dieser zusammenzuckte und schlucken musste. „Du weißt, dass sie und das Kindchen alles gut überstehen werden. Sie kommt aus einer starken Familie. Schau dir ihre Mutter und ihre Tante an! Diese Schwestern haben genug Geburten hinter sich, um eine eigene Schwadron aufzustellen!"

Obwohl Alec nicht imstande war, eine erschütternde Angst abzuschütteln, wann immer er daran dachte, dass seine Geliebte die Schmerzen und Gefahren einer Geburt würde ertragen müssen, lächelte er und sagte ruhig: „Wenn wir einen Sohn haben, möchte Selina ihn Linus nennen ..." Er erzählte die Geschichte von Apollo und der Prinzessin von Argos und grinste, als sein Vater fluchte. „Das war auch meine unmittelbare Reaktion. Hoffen wir besser, dass es eine Tochter wird."

Er trat vor und pfiff nach seinen Windhunden. Als sie zu ihm kamen, machten er und sein Vater sich auf den Weg über die Wiese zum Haus. Cromwell und Marziran rannten durch das hohe Gras und die Sommerblumen und ließen die Gärtner, die die Rosenbüsche wieder in Form schnitten und ihre Körber mit den letzten Sommerblüten füllten, weit hinter sich.

❦

AM FUSSE DER VERZIERTEN, GESCHNITZTEN TREPPE, DIE ZU DEN privaten Räumen der Familie führte, blieb Alec stehen und schickte die Hunde voraus, wodurch seine persönlichen Diener darauf aufmerksam gemacht werden würden, dass er ihnen bald folgen würde.

„Ich habe unsere Nachbarn zum Essen eingeladen, nicht nur in der Hoffnung, einen Mörder zu fassen, sondern auch, weil sie in der

Gegenwart Ihrer Gnaden und unseres Leiters der Auslandsabteilung kleinlaut und aufmerksam sein werden", erklärte er. „Sir Tinsley und Oberst Bailey werden sich in solch illustrer Gesellschaft eher meinem Willen beugen. Und bevor ich Nic und Sally Fisher hereinhole, habe ich vor, eine Ankündigung zu machen, wie hier alles von jetzt an weitergehen wird - für dich und mich, meine Familie und dieses Anwesen. Ich werde so viele Diener in den Große Saal rufen, wie hineinpassen, damit auch sie meine Ankündigung hören. Ich werde Jeffries alles aufschreiben lassen ..." Plötzlich kam ihm ein Gedanke. „Ich sollte Hadrian als Sekretär anstellen."

„Allerdings", stimmte Plantagenet Halsey zu. „Die Fähigkeiten dieses jungen Mannes sind als Kammerdiener vergeudet. Er ist ein wandelndes Lexikon. Und er spricht fast ebenso viele Sprachen fließend wie du selbst. Ich wäre fast vor Überraschung umgefallen, als ich ihn in Emden Niederländisch reden hörte! Außerdem wirst du einen Verbündeten brauchen, wenn du wieder in die Auslandsabteilung zurückgehst, um diesen Ärger mit Midanich in Ordnung zu bringen." Bei Alecs überraschtem Gesicht erklärte er unbeholfen: „Olivia hat mir erzählt, was Cobham ihr unachtsamer Weise anvertraut hat. Du weißt doch, dass sie ein Talent dafür hat, alles aus jedem herauszubekommen!"

„Bettgeflüster? Nein! Antworte nicht. Das war ungeschickt von mir - wo war ich?"

Der alte Mann lehnte sich an das geschnitzte Treppengeländer und verschränkte die Arme. „Eure Lordschaft erzählten mir von einer Proklamation ..."

„Ach ja! Ich werde Jeffries alles aufschreiben lassen und beabsichtige, es von meinen Nachbarn unterschreiben zu lassen, damit wir alle uns einig sind, wie wir uns in diesem kleinen Winkel von Kent verhalten wollen."

„Ich schätze, dann wird es hier oder um Fivetrees herum keine Jagd oder Wilderei mehr geben?"

„Nicht illegal. Ich habe nichts dagegen, dass meine Nachbarn zur Jagd reiten, wenn Adams es für nötig hält, die Herde zu reduzieren. Aber ich fürchte, ich werde deinen illegalen Wildbrethandel schließen müssen."

„Es ist eine Erleichterung, ehrlich zu sein. Aber so, wie ich dich kenne, nehme ich an, dass du eine Lösung für die Armen unserer Gemeinde hast, damit sie sich ernähren können, und nicht nur dafür bestraft werden, ihr Leben zu fristen, wenn sie hin und wieder ein Kaninchen oder ein Bündel Feuerholz aus deinem Wald holen."

„Ja. Und Sir Tinsley wird mir dabei behilflich sein, wenn er

Magistrat bleiben und auf gutem Fuße mit seinem illustren Nachbarn
- das bin ich, im Übrigen - stehen will.“

Der alte Mann grinste und senkte demonstrativ den Kopf. „Ja, das
weiß ich, Mylord.“

„Ich werde also auch Roger Turner zum Verwalter machen - und
bevor du es sagst, sein Vater ist ein ausgezeichneter Verwalter gewesen,
aber ich brauche jemanden, der auf meiner Seite steht.“

Plantagenet Halsey versuchte, seine Skepsis nicht in seiner Stimme
mitklingen zu lassen. „Und Roger ist das?“

„Mir ist klar, dass er noch viel erwachsener werden muss und
derzeit eher mürrisch wirkt, aber trotzdem hat er einen starken
Gerechtigkeitssinn und wird sich nicht leicht beschwatzen lassen.
Wenn er Verantwortung übertragen bekommt, habe ich große Hoffnung, dass er ihr gerecht werden wird. Und er wird zwei Jahre Probe-
zeit haben, bevor er die Stellung dauerhaft bekommt. Ich werde
seinen Vater noch nicht gleich aufs Altenteil schicken.“

„Gut zu hören. Paul ist ein guter Mann und treu bis in die
Knochen.“ Der alte Mann seufzte. „Mir treu ergeben, heißt das.
Daher verstehe ich deine Motive. Und niemand wäre stolzer, als er,
seinen Sohn seinen Platz übernehmen zu sehen. Ich bezweifle nicht,
dass er gern mehr Zeit darauf verwenden würde, sein eigenes Stück
Land zu verbessern, vor allem jetzt, wo er nur noch Roger hat ...“

„Ich habe dich nicht nach der Beerdigung gefragt.“

Plantagenet Halsey warf resigniert eine Hand hoch. „Was gibt es
da zu sagen? Doch es ist nur gut, dass Frauen bei solchen herzzerrei-
ßenden Anlässen nicht dabei sind, sonst würden wir Kerle es nie überstehen. Ich habe unser Beileid ausgesprochen, wie du es wolltest. Paul
wird zum Haus kommen, wenn du nach ihm schickst.“

„Und du, Vater, wirst du annehmen, was dir rechtmäßig an
diesem Besitz zusteht?“

„Das ist unnötig, mein Junge. Ich brauche nicht ...“

„Nimm es an, oder ich fürchte, ich werde Maßnahmen ergreifen
müssen, um dafür zu sorgen, dass du es tust. Und meine Maßnahmen
schließen meine Patin mit ein.“

„Lass sie hier heraus!“, klagte der alte Mann und wischte sich mit
der Hand über das Gesicht. „Sie plagt mich schon, dass ich mit dir
sprechen soll, um alles in Ordnung zu bringen, aber dieser Besitz
gehört dir und ich werde ihn nicht aufteilen lassen!“

„Das muss er auch nicht. Doch du wirst ein Einkommen daraus
annehmen, oder ich werde mich an Olivia wenden, um dich davon zu
überzeugen, das zu tun.“

„Gegen sie bin ich wehrlos, wie du weißt“, gestand Plantagenet

Halsey, unfähig zu verhindern, dass Röte sein Gesicht überzog. „Bei deiner Mutter war es genauso. Doch ich hätte nie erwartet, dass zwei Frauen mich auf die gleiche Weise beherrschen könnten! Und ich benehme mich wie ein grüner Junge. Ha! Aber um Himmels willen, sag Livvy nicht ...“

„Sag Livvy nicht - was?“, fragte die Herzogin von Romney-St. Neots und schaute über das Treppengeländer im ersten Stock.

Beide Männer fuhren herum, die kantigen Kinns in die Luft gereckt, und schauten drein wie unartige Schulbuben, die beim Schwänzen erwischt wurden. Sie sahen zu, wie sie das halbe Dutzend Stufen zu ihnen herabkam. Alec fand zuerst die Sprache wieder.

„Er will dich nicht wissen lassen, wie nervös er ist, dass ihr beim Diner endlich Eure Ankündigung machen werdet. Ihm ist ganz schwach vor Angst.“

„Das wirst du bereuen“, murmelte der alte Mann in sich hinein.

Alec zwinkerte seinem Vater zu und lächelte seine Patin engelsgleich an. „Wenn ihr beide mich dann entschuldigen wollt, ich muss mich für unsere Gäste umziehen.“

Plantagenet Halsey hätte ihn mit einem Tritt die Treppe hinaufbefördern mögen, doch er grinste nur dümmlich und nickte. Die Herzogin durchschaute diese nutzlose Verstellung und brach in Kichern aus.

DREISSIG

Das einzige Gesprächsthema beim Diner war das Wetter, genauer gesagt, die heftigen Blitze und der Hagelsturm am vorigen Tag. Es hatte Überschwemmungen und Feuer gegeben, mit weit verbreiteten Schäden an Eigentum und Ernten. Vieh war umgekommen und auch ein Paar am Rande des Dorfes, wo eine große Eiche von einem Blitz gefällt worden und über ihrer Hütte zusammengebrochen war. Ein Kutscher, der seine Passagiere nach Mitternacht in den *Fivetrees Inn* gebracht hatte, berichtete, dass das Gewitter Richtung London gezogen war. Die Güter Baileys und Ferris' hatten Glück gehabt, da sie nur geringe Verluste an Vieh und Schäden an der Ernte zu verzeichnen hatten. Der Taubenschlag von Reverend Purefoy war weniger gut davongekommen, denn ein Blitz hatte eingeschlagen und die Hälfte des kostbaren Schwarms war verloren. Ein sehr trauriges Ereignis, doch er versicherte den Gästen des Diners, dass, wenn man es neben dem unermesslichen Verlust betrachtete, den die Turners erlitten hatten, die etwas früher am Tage ihren jüngsten Sohn hatten begraben müssen, ein paar tote Tauben gar nichts bedeuteten.

Es folgte ein allgemein zustimmendes Gemurmel und dann Schweigen, das erst von Selina durchbrochen wurde, die als Gastgeberin ihr Bestes tat, um die Stimmung zu heben, indem sie berichtete, dass hier in *Deer Park* keines der Gebäude getroffen worden war und die Überflutung nur den tiefsten Punkt des ummauerten Gartens, der unten im Dorf, bei der Wäscherei und der Bäckerei lag, betroffen hatte. Glücklicherweise hatte es keine Feuer gegeben und die Gerüste, die den größten Teil der Fassaden des Gebäudes bedeckten, die auf den Stone Court hinausgingen, hatten nur geringe Schäden erlitten. Was jeder wissen wollte, war, ob das Loch im Stone Court Überschwemmungen und Schäden in den Kellerräumen darunter verursacht hatte. Alec meldete sich zu Wort, um zu berichten, dass sein Londoner Vorarbeiter und eine Gruppe von Männern die Nacht über in Schichten gearbeitet hätten, um die eingebrochene Decke zu reparieren und den Keller abzudichten. Die Plane war noch an Ort und Stelle, um das Mauerwerk zu schützen, und wenn es genügend getrocknet wäre, würden die Steinplatten wieder verlegt werden. Bei dieser Nachricht seufzten alle erleichtert und applaudierten.

Dann empfahl der Oberst die Installation von Franklin-Stäben, insbesondere, einen Franklin-Stab auf dem Uhrturm von *Deer Park*, um zu helfen, Blitzschläge abzuleiten. Von diesen Stäben, einer Erfindung des Amerikaners Benjamin Franklin, hieß es, dass sie in den Kolonien zahlreiche Besitztümer und Kirchen gerettet hätten. Lord Cobham war der erste, der bei der Vorstellung, Stahlstäbe auf Gebäuden anzubringen, verächtlich schnaubte, denn sie würden nur Blitze anziehen und katastrophalen Ergebnisse bewirken. Woraufhin Selina erwiderte - mit mehr Geduld, als sie gewöhnlich für ihren Bruder aufbrachte, doch sie hatten ja Gäste - dass es das Ziel der Übung war, Blitzschläge durch die Stäbe anziehen zu lassen. Sie erklärte ihrem begeisterten Publikum weiter, dass die Franklin-Stäbe am höchsten Punkt eines Gebäudes angebracht wurden, und dass an ihnen ein Draht hing, der zu einem zweiten Stab führte, welcher in die Erde eingegraben war. Wenn dann ein Blitz einschlug, fuhr er durch den Stab und hinunter zu dem zweiten in der Erde, wo die Energie des Schlags sich verteilte.

Plantagenet Halsey spendete ihrer Erklärung und dem Erfindungsreichtum Mr. Franklins Beifall. Doch da er aus Prinzip nie mit etwas übereinstimmte, was der republikanische, aufrührerische Parlamentsabgeordnete sagte, verfestigte sich der höhnische Unglaube Lord Cobhams und kein noch so gesunder Menschenverstand würde ihn seine Einstellung ändern lassen, dass ein Franklin-Stab ein gefährliches Instrument war. Die Einzige, die ihm zustimmte, war Mrs. Bailey. Doch half ihre Unterstützung wenig, um den folgenden heftigen und ziemlich hitzigen Streit zwischen den Geschwistern zu verhindern. Zwei Parteien bildeten sich über die Verdienste und Gefahren solcher Stäbe und ob sie Blitzschläge eher anzögen oder verhinderten. Insgeheim hätte der Streit, wenn es nach dem alten Mann gegangen wäre, die ganze Nacht andauern können, solange er half, die Herzogin davon abzuhalten, ihre Ankündigung zu machen.

Da seine Gäste mit der erhitzten Diskussion ausreichend abgelenkt waren, benutzte Alec die Gelegenheit, sich an seine Tante zu wenden, die zu seiner Rechten saß und die während des Essens bemerkenswert still gewesen war.

„Ich hoffe, der Sturm hat dich nicht verunsichert, Tante? Du scheinst nicht du selbst zu sein."

„Es geht mir gut. Es war nicht dieser elende Sturm, der mich verunsichert hat ... sondern die Rosen ... Du weißt es, nicht wahr?"

Alec schaute über den Tisch zu der Kristallschale voll weißer Rosen, die vor seiner Frau standen. Doch eine einzelne Rose hatte er beiseite genommen und in eine hohe Vase mit Wasser vor sich hingestellt.

„Ja – jetzt schon."

„Ist der Garten schwer beschädigt worden?"

„Zum Glück nicht. Und mit der nötigen Pflege und Aufmerksamkeit, die er von jetzt an erhalten soll, hoffe ich, dass es im nächsten Jahr noch mehr Blüten geben wird."

Lady Ferris legte ihr silbernes Besteck hin und hob ihren Blick von ihrem Teller. Auf ihren Zügen waren wenig Emotionen zu sehen, doch Alec spürte, dass dies ein völlig anderes Geschöpf war, als das, mit dem er beim Nuncheon vertraulich geplaudert hatte. Verschwunden waren Verspieltheit und süffisante Selbstzufriedenheit. Er wusste, dass sie sich auf mehr als den Rosengarten bezog, und auf das, was in der Erde begraben war; sie sprach gezielt von ihm und seiner Geschichte. Und es war die einzelne Rose vor ihm und für was sie stand, was ihren Zorn erregte.

Er beschloss, seinen Verdacht bestätigt zu finden, und fragte daher in seiner gewöhnlichen ruhigen Art (schließlich saßen sie bei Tisch und er wollte sie oder seine anderen Gäste nicht aufregen): „Bei deinem vorigen Besuch hast du mich über den Fivetrees-Segen auf dem Marktplatz informiert und dass die Halsey-Brüder identische Zwillinge waren, und über deine Enttäuschung über meinen kläglichen Mangel an Wissen über die Geschichte der Familie ..."

„Jemand musste dir einen Stoß in die richtige Richtung geben! Stell dir vor, Oberhaupt der Familie zu sein, noch dazu nichts Geringeres als ein Marquess, und sich nicht der Opfer bewusst zu sein, die deine Vorfahren brachten, um diesen Besitz zu bewahren. Ohne das bezweifle ich, dass diese prächtige Ansammlung von Gebäuden existieren würde, und mit Sicherheit hättest du keinen Hirschpark."

„Dennoch ... ich glaube nicht, dass du mich in die Richtung der *Familien*geschichte stoßen wolltest, sondern sichergehen, dass ich meine *persönliche* Geschichte entdecken würde."

Sie rutschte auf dem Stuhl herum. „Du kannst das eine nicht ohne das andere verstehen, nicht wahr?"

„Das stimmt. Doch es sind nicht die achtunddreißig Blüten, die dich stören, sondern diese einzelne Rose, und das, was sie bedeutet, nämlich ..."

„Ich wünschte, der Sturm hätte den Garten zerstört!", brummte sie.

„... die bedingungslose Liebe einer Mutter zu ihrem Sohn."

Lady Ferris verdrehte die Augen. „Helen war so sentimental."

Alec hörte ihre Geringschätzung und stellte langsam sein Weinglas ab. „Warum ist das eine Eigenschaft, deren man sich schämen müsste?"

„In großen Adelsfamilien ist kein Platz für Sentimentalitäten. Ehen sind vertragliche Abmachungen, die von Eltern getroffen werden, die wissen, was das Beste für ihre Kinder ist."

„Weshalb du deine Ehe mit Sir Tinsley eingegangen bist?"

„Es war eine sehr passende Partie für uns beide. Und ich hatte eine Mitgift von fünftausend Pfund."

„Aber du hast den Antrag erst angenommen, nachdem deine Hoffnungen sich zerschlagen hatten; Du wolltest Gräfin werden. Man sagte dir, es wäre unmöglich, dass du einen der Halsey-Brüder heiratest und du müsstest dich damit zufriedengeben, die Frau des hiesigen Magistrats zu werden. Das war mehr, als deines Schwester sich erhoffen konnte - das dachtest du jedenfalls. Und dann brach deine Welt zusammen, als Helen heimlich Plantagenet heiratete. Du konntet die Vorstellung, dass sie Gräfin von Delvin würde, nicht ertragen, daher verrietest du die beiden an Lord und Lady Delvin. Zum Leidwesen aller Beteiligten löste dein Verrat eine Kette von Ereignissen aus, die die schmutzige Geschichte der Familie offenlegte und auf eine Art und Weise, die du nicht hättest vorhersehen können."

In der folgenden Stille wählte Alec Erdbeeren aus der vor ihm stehenden Schüssel. Er legte mehrere auf seinen Teller und sah mit einem fragenden Lächeln zu seiner Tante hinüber. „Meine eigene Geschichte zu entdecken hat dazu geführt, dass ich auch deine jetzt kenne."

„Ich habe meine Nähschere nie wiedergefunden, weißt du", begann Lady Ferris mit einem vagen, stirnrunzelnden Blick über den Tisch. „Ich bin sicher, dass ich sie noch hatte, als ..."

„Komm schon, Tabitha", sagte Alec gedehnt. „Deine Vortäuschung von Geistesabwesenheit beim Nuncheon hat mich fast überzeugt. Aber nicht heute. Oh, ich glaube wohl, dass du Episoden von

Gedächtnisverlust hast. Vielleicht werden sie häufiger und das macht dir Angst und lässt dich gereizt werden. Aber nicht hier, nicht neulich beim Nuncheon und nicht heute."

Lady Ferris versuchte nicht, es zu leugnen. Sie lachte leise und ihre Augen funkelten zum ersten Mal, seit sie sich zum Essen gesetzt hatte. „Ich mag es, wie mein Name von deiner Zunge rollt!" Sie schaute den Tisch hinab zu Selina. „Ich frage mich, wie lange sie dein Interesse halten wird, bevor sich ein lüsternes kleines Ding sich an deinem seidenen Oberschenkel reibt."

„Ich bin der Sohn meines Vaters. Wenn das Herz erst vergeben ist, dann auch alles andere", erwiderte Alec hart, von ihrer geschmacklosen Bemerkung verärgert. „Lass mich offen sein: Du hattest gehofft, wenn du mich auf die Spur setzt, die zur Entdeckung des Gewölbes führte und die teuflische Bedeutung hinter dem Fivetrees-Segen, würde ich auch die Wahrheit über meine Geburt erfahren. Das habe ich, und ich habe auch meinen Vater gefunden, und dafür danke ich dir."

„*Mir danken*? Himmel, Junge! Du solltest meinen Namen vom Uhrturm herab verfluchen! Vielleicht, wo du jetzt die Wahrheit kennst, wünschst du dir, du wärest der Bastardsohn eines Mulattendieners und einer Gräfin geblieben."

„Lassen wir doch die Vorwände, ja? Du und ich wissen, wie wenig Veränderung an dieser Aussage zwielichtigen Klatsch zu Fakten macht. Mein Vater war kein Diener und auch nicht der Mulatte. Doch meine Mutter war mit Sicherheit eine Gräfin." Als Lady Ferris eine abwehrende Handbewegung bei der Verwendung des bestimmten Artikels machte, wusste er, dass sie verstand, dass er sich darauf bezog, dass sie und seine Mutter von gemischtem Blut waren. Nachdem er eine der Erdbeeren gegessen hatte, fügte er im Plauderton hinzu: „Was mir aber ein Rätsel ist - und ich weiß, dass du mich darüber aufklären kannst - ist, warum meine Mutter mich nicht behalten durfte. Niemand hätte geahnt, welcher Zwilling der Vater war; sie waren identisch..."

„Kennst du die Antwort wirklich nicht und willst sie von mir hören?", fragte sie überrascht und beugte sich vor, damit er sie deutlich hören konnte, denn eine Bemerkung der Herzogin von Romney-St. Neots hatte alle zum Lachen gebracht.

„Möchtest du meine Theorie hören?", fragte er, und als sie nickte, nahm er eine Erdbeere von seinem Teller und sagte: „Roderick Halsey lehnte den Sohn seines Bruders als passenden Erben ab, da du ihm eine Alternative verspochen hattest."

„Mein lieber Junge, wie weit von der Wahrheit du entfernt bist!

Der Bruder deines Vaters lehnte dich ab, weil du ein unnatürliches Geschöpf bist. So etwas wie dich sollte die Natur nicht zulassen. Du hast keinesfalls einen Platz in guter Gesellschaft. Niemand wusste, was zu erwarten war, nicht zuletzt deine Mutter, die mit Recht entsetzt war bei dem Gedanken, welche widernatürliche Art von Geschöpf sie gebären würde. Du willst die Wahrheit hören ..."

„Bitte."

„... wir - die Familie - alle hofften, ihr Kind würde tot geboren werden oder so grässlich deformiert, dass es außerhalb ihres Leibes nicht lebensfähig wäre. Ah! Ich muss mich berichtigen", fügte sie mit einem angespannten Lächeln hinzu und hob ihr Glas wie zu einem Toast. „Plantagenet war angesichts der Fakten schaurig optimistisch. Doch er war immer ein Fürsprecher der Unterdrückten, der Gemiedenen und der gesellschaftlich Geächteten unserer Gesellschaft. Er weigerte sich, dich aufzugeben. Und sieh nur, wie du es ihm gelohnt hast! Er ist so stolz - und lacht hinter unserem Rücken über uns andere - dass sein - seine - *Kreatur* ein Adonis unter allen Männern ist und es geschafft hat, den Namen der Familie höher zu bringen als alle seine Vorfahren, bis in die Höhe des Titels eines Marquess!"

„Ich kann wenig daran ändern, wer oder was ich bin, aber ich kann dir mein Mitgefühl anbieten", antwortete Alec ruhig, obwohl er von ihrem giftigen Ton erschüttert war. „Du wünschst dir, es wäre dein Sohn Edward, der hier auf meinem Stuhl säße und als Lord Delvin an dieser Tafel präsidierte. Du hattest jedes Recht, das zu erwarten. Er wurde als Erbe von Roderick und Helen der Earl. Tragischerweise lebte er nicht lange genug, dass seine Lieblingstante ihren Sieg über ihre Schwester und über Plantagenet Halsey hätte voll auskosten können. Und jetzt sitze ich hier, die Kreatur, die nicht hätte existieren sollen. Doch ich bin hier und habe vor, hier zu bleiben."

Sie stützte ihr Kinn auf ihre Faust und lächelte ihn an, ihre dunklen Augen glitzerten vor Wut auf ihn und vor Schmerz über den Verlust ihres Sohnes.

„Was für ein Wunder du bist!", höhnte sie. „Ich kann verstehen, warum Edward dich so hasste, warum er dich mit solchem Spott als den Zweiten bezeichnete."

„Denn seine Lieblingstante hatte einen Garten aus Hass und Verachtung in seinem Kopf gepflanzt."

„Wie blumig! Doch es interessiert mich, wie du das alles herausgefunden hast. Sprich weiter! Erzähle mir den Rest. Wir haben Zeit. Die anderen da sind zu sehr mit Donner, Blitz und den Erfindungen Mr. Franklins beschäftigt, um uns zu stören. Ich glaube, sie sind jetzt bei einer Diskussion über seine Experimente mit Drachen und Schlüsseln angelangt. Außerdem, je länger du mir deine ungeteilte Aufmerksamkeit schenkst, desto mehr ärgert es deine Patin. Und welche Frau würde nicht gern einer Herzogin vorgezogen!"

Alec beschloss, ihre infantile Eifersucht zu unterstützen, wenn auch nur, um zu sehen, ob das jemand anderen am Tisch auch dazu reizte, seine wahre Natur zu enthüllen. Er hatte bemerkt, dass mehr als einer der Gäste sich aus dem Geplänkel zurückgezogen hatte und sich anstrengte, die Unterhaltung zwischen ihrem Gastgeber und seiner Tante zu belauschen.

„Bitte, lass es mich wissen, wenn ich mich irre", sagte er, als ob sie das neueste Theaterstück am Drury Lane Theater besprächen. „Ich weiß es nicht mit Sicherheit, aber ich nehme an, dass Roderick, obwohl er begierig war, Earl of Delvin zu werden, weniger von der Idee begeistert war, einen Erben zu zeugen, der ihm nachfolgen sollte. Und nicht, weil er nicht wünschte, die Familientradition aufrecht zu erhalten, die im Fivetrees-Segen beschrieben ist, sondern weil er sich nicht für weibliche - äh - Gesellschaft interessierte. Daher seine Bereitwilligkeit, mit Helen eine Scheinehe zu führen, und auch der Grund, warum diese Lüge erfolgreich war. Sie konnte nicht mit dem Bruder zusammen sein, den sie liebte, konnte aber trotzdem ein Leben voller Privilegien führen und im Heim der Familie bleiben. Und dann machtest du dem Paar ein Angebot, das sie nicht ablehnen konnten. Du warst mit deinem zweiten Kind schwanger. Besser, es würde leben und als Erbe eines Earls erzogen, als zum Sterben ausgesetzt oder im Gewölbe der Familie eingesperrt oder zu Fremden weggeben zu werden. Du wusstest, dass deine Schwester dein Kind nie ablehnen würde, ein Kind, das einen Tropfen ihres Bluts in sich trug, wenn auch nicht aus ihrem Körper stammte ..."

„Er hatte auch einen Tropfen von Rodericks Blut."

„Ja. Aber Helen verriet dich nie, oder ihn - oder irgendeinen von euch."

Lady Ferris lächelte. Aber es war kein angenehmes Lächeln. Sie hob ihr Weinglas zu einem Toast. „Auf Helen, die Sentimentale in der Familie. Und auf Loyalität in all ihren Formen."

Alec war sich nicht sicher, was sie mit Letzterem meinte, doch er folgte ihrem Beispiel und hob sein Glas. „Und auf Edward ..."

„Trotz allem, was du glauben musst, ich bin nicht meine Schwester", sinnierte Lady Ferris. „Als er erst der ihre war, verschwendete ich keinen weiteren Gedanken an ihn ... nun, nicht, bis er nicht viel älter war ... Ich mache mir nichts aus Säuglingen, während Helen dazu geboren war, bei den Kleinen zu gurren und zu plappern. Sie zog meinen Sohn groß, hat deinen Verlust jedoch nie verwunden."

„Du hast ihm vielleicht keine mütterlichen Gefühle gewidmet, doch ich zweifle nicht daran, dass du eine unglaubliche Befriedigung daraus gezogen hast, zuzuschauen, wie deine Schwester deinen zweiten Sohn aufzog. Dass er Erbe eines Earls wurde, gefiel deinem verdrehten Gerechtigkeitsgefühl, und dass meine Mutter die Hölle auf Erden hatte, weil man sie gezwungen hatte, sich von dem Mann zu trennen, den sie liebte und ihr Neugeborenes aufzugeben, nur wegen den Umständen seiner Geburt.“

„*Umstände?* Oh nein, das geht gar nicht“, schnurrte Lady Ferris mit einem traurigen Kopfschütteln. „Du bist viel zu höflich. Sag es, wie es wirklich ist.“

„Dass meine Eltern sich in Unkenntnis der Wahrheit ineinander verliebten?“

„Nicht diesen Quatsch!“, zischte Lady Ferris und zornige Ungeduld übermannte sie. „Gib zu, dass du eine Abnormität bist. Los. *Sag es.*“

„Meine liebe Lady Ferris! Geht es Euch wirklich gut?“

Es war Mrs. Bailey. Wie lange sie schon hinter Alecs Rücken gestanden hatte, wusste er nicht. Aber sie hatte schließlich eingegriffen, um ihre Freundin zu beruhigen, da Lady Ferris sich über den Tisch beugte und in Alecs Gesicht knurrte. Sie legte ihren Arm um sie und brachte sie dazu, sich wieder hinzusetzen und wandte sich atemlos entschuldigend an Alec.

„Ich weiß nicht, was über sie gekommen ist, Mylord. Manchmal wird sie von einer Art Angst oder etwas anderem ergriffen - oh! Sir Tinsley! Schaut, meine Liebe. Da ist Euer Mann, der kommt, um Euch zu helfen.“

Sir Tinsley nahm Mrs. Baileys Platz an der Seite seiner Frau ein. Doch Lady Ferris hatte alles und jeden außer Alec vergessen und forderte, dass er ihr gegenüber die Wahrheit über seine Abstammung gestehen sollte. Und nichts und niemand würde sie davon abhalten, ihn zum Reden zu bringen, weder ihr Ehemann noch ihre Freundin, Mrs. Bailey, noch Dr. Riley, der sich ihnen anschloss.

Alec blieb wie erstarrt auf seinem Platz und tat sein Bestes, untätig zu bleiben. Es bedurfte seiner gesamten Konzentration, um das Weinglas mit fester Hand an seinen Mund zu führen. Er war sich bewusst, dass Lady Ferris ihn weiterhin anstarrte, während sie die die Umstehenden anwies, sie in Ruhe zu lassen. Doch Alec war sprachlos. Und als Sir Tinsley darauf bestand, dass Dr. Riley sich um seine Frau kümmern solle und das mit scharfem Ton sagte, wurde Lady Ferris sich plötzlich ihrer Umgebung und der Tatsache, dass die gesamte Gesellschaft verstummt war, bewusst.

Gespräche wurden mitten im Satz unterbrochen und zerteilte Früchte blieben auf dem Weg zum Mund in der Luft stehen. Lord Cobhams Mund stand weit offen und ein halber Pfirsich schwebte zwischen seinen geöffneten Lippen. Es war ein Augenblick der Absurdität, den Alec brauchte, um die Spannung zu lindern, und er hätte am liebsten laut herausgelacht. Doch er richtete seine Konzentration wieder auf seine Tante, voller Bewunderung für ihre schauspielerischen Fähigkeiten, als sie sich umsah, als wäre sie sich ihrer Umgebung nicht bewusst. Sie legte eine Hand an ihre Wange und dann auf die Vorderseite der Weste ihres Mannes und blinzelte zu ihm auf.

„Tinsley? Ach, Tinsley, da bist du ja! Mrs. Bailey? Was macht Ihr denn an diesem Ende des Tischs? Oh? Habt Ihr mein Rosenmesser gefunden? Hatte dieser Junge es genommen, so, wie wir angenommen haben?"

„Euer Rosenmesser?" Mrs. Bailey war verblüfft und sie kicherte leicht vor Nervosität. „Was könnt Ihr nur damit meinen? Welcher Junge? Und es war Eure Nähschere, die Ihr verlegt hattet. Erinnert Ihr Euch nicht? Ich bin mir ganz sicher."

„Leider haben wir dein Messer noch nicht gefunden, meine Liebe", entschuldigte sich ihr Mann. „Mrs. Bailey, es wäre wohl am besten, wenn Ihr wieder auf Euren Platz ginget. Dr. Riley und ich können uns jetzt um die liebe Lady Ferris kümmern."

„Natürlich. Natürlich!", stimmte Mrs. Bailey zu und sagte im Weggehen zu Alec: „Ich hatte keine Ahnung, dass Lady Ferris ihr Rosenmesser verloren hatte. Ihre Schere, ja. Wisst Ihr, was sie meint, Mylord?"

„Komm schon hier weg, meine Liebe", befahl der Oberst und kam heran, um seine Frau zu ihrem Platz zurückzuführen, wobei er Alec eine Entschuldigung zumurmelte.

„Du hattest einen deiner kleinen Anfälle", erklärte Sir Tinsley laut seiner Frau. „Dr. Riley ist hier, um dir zu helfen ..."

„Dr. Riley?" Lady Ferris wirkte erstaunt. „Was macht Ihr denn hier? Ist das Baby unterwegs? Ist jemand krank? Doch nicht mein Neffe ...?

„Nein, meine Liebe. Allen geht es ausgezeichnet."

Sir Tinsley sah Alec flehend an, der noch immer unbeweglich und stumm dasaß, daher blieb es Selina überlassen, die Zeit weiterlaufen zu lassen und die Ankündigung zu machen. Sie hatte die Szene zwischen ihrem Mann und seiner Tante mit zunehmender Sorge beobachtet und der knurrende Angriff der Frau ließ sie innerlich zusammenschrecken. Doch sie schaffte es, ihre Gefühle zu verbergen und war schauspielerisch begabt genug, um heiter zu erscheinen.

„Kaffee, Kuchen und Süßes im Großen Saal", verkündete sie. „Andere werden sich uns dort anschließen, doch nicht sofort. Cobham, wenn du mit Tante Olivia vorausgehen würdest ..."

Es gab große Unruhe, als alle sich daran machten, Lord Cobham und der Herzogin von Romney-St. Neots zu dem Torbogen zu folgen, der sie in den großen Saal führen würde. Er befand sich am entgegengesetzten Ende des Raumes von dort, wo Alec noch immer reglos saß. Daher musste keiner der Gäste an ihm vorbeigehen und keiner war unhöflich genug, über die Schulter hinweg zu schauen, um zu entdecken, warum ihr Gastgeber noch immer dort saß. Es blieb Plantagenet Halsey überlassen, gegen die Flut zu schwimmen. Doch zuerst flüsterte er Selina ein paar Worte ins Ohr, und erst, als sie, gestützt auf den Arm ihrer Cousine Lady Sybilla, gegangen war, ging er zu Alec. Er setzte sich auf den von Lady Ferris verlassenen Stuhl und packte Alecs Arm unter dessen Leinenärmel fest, um seine Aufmerksamkeit zu wecken.

„Alec, mein Junge. Du musst mir nicht erzählen, was sie gesagt hat, aber sag mir, dass es dir gut geht."

Alec nickte und streckte ihm die Hand hin, und als sein Vater diese in seine beiden Hände nahm, erwiderte er auch das Lächeln.

„Erinnerst du dich, dass man mir sagte, dass das, was vor meiner Geburt kam, meinen Seelenfrieden stören würde?"

Plantagenet Halsey biss sich auf die Zunge, um sich davon abzuhalten, eine beleidigende Bemerkung über Lady Ferris zu machen. Er wusste, warum Alec diese Frage stellte und er hatte gewusst, dass dieser Tag kommen würde. Doch ganz gleich, für wie gut vorbereitet er sich gehalten hatte, es machte es nicht einfacher für ihn. Er nickte, und wie er es immer mit Alec gehalten hatte, seit dieser noch ein kleiner Junge gewesen war, gab er ihm eine sachliche Antwort.

„Ja, und ich sehe, dass es so gekommen ist. Doch das, was vor deiner Geburt geschah, war weder absichtlich noch verdorben. Deine Mutter und ich entdeckten die Tragödie unserer engen Verwandtschaft erst nach unserer Heirat und als du schon unterwegs warst. Lass dich nie von jemandem überzeugen, dass es anders gewesen wäre!" Als Alec nickte und scheu lächelte, erwiderte er dieses Lächeln und fragte: „Noch etwas?"

„Wie kam es, dass du glaubtest, dass ich gesund geboren werden würde und nicht als lebensunfähige Missgeburt? Warum hast du mich nicht aufgegeben?"

Die Antwort seines Vaters war schlicht. „Liebe, mein Junge. Ich liebte deine Mutter, sie liebte mich, und wir liebten dich. Das war alles, was zählte. Und es ist alles, was dir wichtig sein sollte."

EINUNDDREISSIG

„Es tut mir leid, Olivia", entschuldigte sich Alec, als er fünf Minuten später, nachdem er sich wieder wie er selbst fühlte, in den Saal geschlendert kam und die Herzogin mit einer Falte zwischen ihren Brauen auf ihn zu gerauscht kam. „Dies hat eure Ankündigung wieder verzögert ..."

„Das ist unwichtig!", antwortete sie mit einem Blick zu Lady Ferris, die von Dr. Riley versorgt wurde, während ihr Mann großes Aufhebens um sie machte. Sie klopfte mit den Stäbchen ihres geschlossenen Fächers auf die Vorderseite von Alecs cremefarbener Seidenweste. „Sie hat dich völlig verstört! Und versuche nicht, das zu bestreiten! Wenn du mich fragst", flüsterte sie laut, „hat sie es getan - sie hat diesen armen Jungen getötet! Diese Höllenkatze von einer Frau!"

„Natürlich basiert diese Anschuldigung auf Tatsachen und nicht auf deinen Gefühlen für meinen Vater?"

„Oh! Oh! Mein liebster Junge!" Es war das erste Mal, dass sie hörte, wie Alec Plantagenet Halsey so bezeichnete, wie es diesem zustand, und sie war so überwältigt, dass sie in Tränen ausbrach und ihr Gesicht in den Händen verbarg.

„Lieber Gott! Was hast du gesagt, um sie so aufzuregen?", wollte der alte Mann wissen, der Alec in den großen Saal gefolgt war, rechtzeitig, um Zeuge ihres Gesprächs zu werden, ohne jedoch die Worte hören zu können.

Alec hob die Hände, wie um zu sagen, dass er keine Ahnung

hätte, und es blieb Selinas Bruder überlassen, sich den Augenblick zunutze zu machen und seine Tante wiederzubeleben.

„Ich habe Euch gewarnt, Halsey", sagte Lord Cobham düster zu Plantagenet Halsey und kam zu ihnen, während er mit einem Zahnstocher in seinen Zähnen herumstocherte. „Zuerst war es Lady Ferris und jetzt Ihre Gnaden. All dieses Gerede von Elektrizität und Franklin-Stäben ist keine passende Unterhaltung für weibliche Köpfe. Das macht sie überspannt."

„Ach, sei doch still, Clive!", fauchte die Herzogin und mit einer Handbewegung öffnete sie ihren Fächer und stolzierte in Richtung des Teewagens, den Leiter der Auslandsabteilung mit rotem Gesicht und dem Gefühl, jeder Zoll ein Schuljunge zu sein, stehenlassend.

DIE GÄSTE DER ABENDGESELLSCHAFT SAMMELTE SICH AUF SOFAS, die um den riesigen Kamin im Großen Saal angeordnet waren. In dem tiefen Kamin loderte ein Feuer, doch es bewirkte wenig, außer einen Mittelpunkt zu bilden und einen Ort, an den man starren konnte, wenn man sich nicht am Gespräch beteiligen wollte. Oberst Bailey tat eben dies, und Mrs. Bailey ließ ihren Mann schweigend brüten und nutzte die Gelegenheit, um sich unter die Gäste zu mischen. Sie sprach mit Lord Cobham, wechselte ein paar Worte mit der Herzogin und erkundigte sich bei Sir Tinsley, ob die liebe Lady Ferris sich ein wenig besser fühlte. Und das, obwohl seine Frau neben ihm saß, allerdings mit geschlossenen Augen, was bei aller Welt den Anschein erregte, dass sie durch das Kopfschmerzpulver, das Dr. Riley ihr verabreicht hatte, eingeschlafen war. Sie hätte auch mit Lady Halsey gesprochen, doch Selina hatte sich dazu entschieden, an Lady Sybillas Arm durch den Raum zu wandern, da ihre Schwangerschaft ihr jetzt großes Unbehagen bereitete. Sie verursachte ihr auch Angst. Die Herzogin hatte nach einer Beobachtung am frühen Nachmittag in der Vertrautheit ihres Ankleidezimmers die Meinung geäußert, dass die Wehen jeden Moment einsetzen könnten.

„Ich will dieses Kind nicht bekommen, bevor nicht Alec seine Rede an den Haushalt gehalten und Tante Olivia ihre Ankündigung gemacht hat und all diese Leute wieder nach Hause zurückgekehrt sind", stellte Selina gereizt fest. Plötzlich fiel ihr etwas ein. „Weißt du, worum es geht?", fragte sie ihre Cousine.

„Hat Alec dir nicht gesagt ..."

„Das nicht, Silla. Die Ankündigung deiner Mutter. Weißt du es?"

Lady Sybilla schüttelte den Kopf. „Sie hat kein Wort zu mir

gesagt. Was auch gut ist, denn du weißt, dass ich kein Geheimnis vor dir bewahren könnte! Oh! Warum kehren wir jetzt um?"

„Still! Wir kehren noch einmal um, weil ich nicht ertragen kann zu hören, was Mrs. Bailey über Lady Ferris' Anfall zu sagen hat. So, wie es ist, traue ich mich nicht einmal, meinen eigenen Mann zu fragen, wie es ihm geht, was mir weit wichtiger wäre, aus Angst, dass unsere Gäste anfangen könnten, Vermutungen anzustellen, was überhaupt den Anfall seiner Tante ausgelöst hat! Komm!"

Als die beiden Ladys sich abwandten, um in die entgegengesetzte Richtung zu gehen, hielt Mrs. Bailey inne und kehrte zu der Ansammlung von Sofas vor dem riesigen Kamin zurück. Sie war erfreut zu sehen, dass ihr Mann nicht länger allein war, sondern in ein Gespräch mit Lord Cobham und ihrem Bruder, dem Pfarrer, vertieft, während die Herzogin von St. Neots und Plantagenet Halsey sich auf das hinterste Sofa zurückgezogen hatten, um ihren Tee zu trinken. Da sie keines der beiden Gespräche stören wollte, ging sie zum Teewagen, um sich zu beschäftigen. Hier standen zwei livrierte Diener Wache auf jeder Seite einer großen Silberkanne voll heißen Wassers und sie fand dort zu ihrer Überraschung Marquess Halsey vor, der anscheinend allein mit seinen Gedanken war und Zucker in seinen Kaffee rührte. Tatsächlich wartete er auf sie.

„Tee oder Kaffee, Mrs. Bailey?"

„Macht Euch meinetwegen keine Mühe, Mylord", antwortete sie, gleichermaßen nervös und entzückt.

„Das ist keine Mühe." Alec hob lächelnd eine saubere Porzellantasse mit Untertasse hoch. „Milch?"

Sie nickte, doch als ihr Tee bereit war, reichte Alec ihr die Tasse nicht, sondern schlug vor, sich einen Moment zusammen hinzusetzen. Er trug ihre Tasse zu einem rotsamtenen Sofa mit hoher Rückenlehne unter einem der hohen, längs geteilten Fenster. Es stand weit genug abseits, dass nichts, was er zu sagen hatte, belauscht werden konnte. Und da das Sofa an der Wand stand, erlaubte es den Blick in den Raum und gab ihm einen ausgezeichneten Aussichtspunkt, um die anderen Gäste zu beobachten. Dass es unbesetzt war und ein Diener mit starrem Gesichtsausdruck in der Nähe herumstand, war kein Zufall.

Alec bedeutete Mrs. Bailey, sich zu seiner Rechten zu setzen, was sie allen anderen den Rücken zuwenden und von den ungewöhnlich hohen Seitenteilen des Sofas teilweise verdeckt werden ließ. Ohne sich dieser Vorkehrungen bewusst zu sein und so nervös wie ein Mädchen frisch aus dem Schulzimmer, das zum ersten Mal in die berauschende Erwachsenenwelt der Salons eingelassen wurde, thronte Mrs. Bailey auf einem mit Fransen verzierten Samtpolster und nahm die Tasse Tee entgegen, die Seine Lordschaft persönlich für sie zubereitet hatte. Und als Alec sich dazu entschied, sich ihr gegenüberzusetzen, spürte sie, wie ihr die Wärme den Hals hinaufstieg, als die gesamte Aufmerksamkeit dieses gutaussehenden Edelmannes, der praktisch ein Herzog war, sich auf sie richtete.

„Ich muss mich entschuldigen, weil dieses Sofa nicht ebenso bequem ist wie die anderen. Es ist für meinen Geschmack auch zu sehr verziert, aber man sagte mir, es sei ein besonderes Möbelstück. So besonders, dass es eine Geschichte hat. Der Überlieferung der Familie zufolge wurde es einst als Thron benutzt, und dazu gehörte ein passender roter Gobelinhimmel, und es stand auf einem Podium. Stellt Euch das vor! Und es ist so berühmt, dass es einen Namen hat - das Delvin-Sofa - und Reisende von nah und fern kamen, um es zu besichtigen, ebenso wie den Rest des Hauses."

„Daran habe ich keinen Zweifel, Mylord. Man fühlt sich hier ganz besonders gut platziert."

Er nippte an seinem Kaffee, bevor er fragte, als wäre das die natürliche Fortsetzung ihrer Unterhaltung und er hoffte, dass sie nicht einseitig bleiben würde: „Hat Dr. Riley es geschafft, eine Medizin zu finden, um meine Tante zu beruhigen?"

„Ich denke, ja", antwortete sie. Und als Alec sie über den Rand seiner Tasse ermutigend anlächelte, verschwand ihre Schüchternheit und es gab kein Halten mehr für ihre Vertraulichkeiten. „Er hat eine ganze Menge Arzneien in seiner Reisekiste. Ich war überrascht, dass er wusste, was er wo finden konnte! Aber jede kleine Flasche und jeder Behälter ist beschriftet und steht in besonderer Anordnung, sodass er alles griffbereit hat. Ich schätze, das ist besonders wichtig, wenn eine Situation auftritt, in der er rasch handeln muss." Sie beugte sich ein wenig näher und vertraute ihm an: „Ich glaube, Dr. Riley hat Lady Ferris ein Kopfschmerzmittel gegeben, das einen Tropfen Laudanum enthält, um ihre Nerven zu beruhigen. Er sagte mir, dass er es in einem verschlossenen Fach aufbewahrte, zusammen mit anderen Giften." Sie seufzte und schüttelte den Kopf und nippte an ihrem Tee, bevor sie hinzufügte: „Arme Lady Ferris, ich habe sie noch nie so außer sich gesehen."

„Es muss für Euch auch schrecklich sein zu sehen, dass Eure Freundin solche Gedächtnislücken hat. Vor allem, da Ihr Euch seit vielen Jahren kennt — eigentlich, seit ihr jung verheiratet wart, nicht wahr?"

Mrs. Bailey lächelte und nickte bei der Erinnerung, dann trübte sich ihr Ausdruck bei dem Gedanken an den schlechter werdenden

Geisteszustand ihrer Freundin jedoch. Mit zur Seite gelegtem Kopf stellte sie ihre Tasse auf der Untertasse ab. „Sie tut mir leid. Es muss ein furchtbares Gefühl sein, die eigenen Erinnerungen zu vergessen ... Sie und ich haben so viel gemeinsam erlebt ... Ihre Freundschaft hat mir durch viele schwere Zeiten geholfen. Als ich meine Mutter verlor, als der Oberst in London war und mich monatelang allein ließ ... Sie war immer da."

„Und sie war da, um Euch bei der Geburt Eurer Kinder beizustehen - verzeiht. Ich wollte keine schmerzlichen Erinnerungen bei Euch hervorrufen, nur darauf hinweisen, wie wichtig Lady Ferris in Eurem Leben war."

Er schaute in den Saal hinaus und Mrs. Bailey folgte seinem Blick dorthin, wo Selina und ihre Cousine in Sicht gekommen waren, wie sie Arm in Arm dahinschlenderten und die Köpfe eng zusammensteckten. Selina hielt inne und wäre zu ihm herüber gekommen, doch sie erfasste rasch sein leichtes Kopfschütteln und den vielsagenden Seitenblick auf seine teetrinkende Begleiterin. Daher hob sie stattdessen nur ihre dunklen Brauen, drehte sich auf dem Absatz um und ging mit Lady Sybilla weiter, ohne dass Mrs. Bailey das Geringste von dem stillen Austausch zwischen Mann und Frau bemerkte.

„Die liebe Lady Halsey hat außerordentliches Glück, dass Lady Sybilla und Ihre Gnaden in dieser bedeutsamen Zeit bei ihr sind", bemerkte Mrs. Bailey, als sie die Marchioness und ihre Cousine aus ihrem Blickfeld spazieren sah, da sie zu höflich war, um das Gesicht von Alec abzuwenden. „Und Eure Lordschaft müssen sich keine Sorgen machen. Ich bete jede Nacht, und ich weiß, dass Adolphus das auch tut, dass Lady Halsey eine gesunde Geburt haben und sie und das Kleine diese Tortur in bester Gesundheit überstehen werden."

„Danke. In diesem Stadium ist beten alles, was ich noch tun kann." Er vertraute ihr mit einem scheuen Lächeln an: „Ich muss gestehen, dass die Besorgnis meine Fähigkeit, Entscheidungen zu treffen, umnebelt hat, und ich mich nicht für einen passenden Namen für unser Kind entscheiden kann. Ich bin der unentschlossenste aller werdenden Väter."

„Oh nein, Mylord, das müsst Ihr nicht denken!", sagte Mrs. Bailey mit atemloser Aufrichtigkeit. Sie fühlte sich vom Vertrauen seiner Lordschaft so erhoben, dass ihre Nervosität verflog. Und weil er ihr die Ehre erwiesen hatte, sich ihr anzuvertrauen, erwiderte sie diese Gunst. „Jeder Ehemann fühlt sich zu dieser Zeit so. Aber wenn Ihr Euer Kleines erst in den Armen haltet, werdet Ihr wissen, welchen Namen ihr ihm geben möchtet. Ich wusste es sofort, als ich Daniel hielt. Leider starb Terence, bevor er Zeit hatte, in seinen Namen hineinzuwachsen ..."

„Und Eure Tochter?"

„Meine-meine-Tochter?"

„Sicher hattet Ihr doch auch für sie einen Namen ausgesucht?"

„J-ja. Ich - ich habe sie Tabitha genannt."

„Nach meiner Tante?"

„Um unserer Freundschaft willen und weil es doch der schönste Name ist."

„So ist es. Ich weiß nicht, warum ich daran gedacht habe ... Vielleicht hat meine Tante es mir gesagt", fuhr Alec geschickt fort, während seine Aufmerksamkeit dem Inhalt seiner Tasse zu gelten schien, „doch mir war so, als wäre der Name Eurer Tochter Eliza?"

„Eliza? Warum solltet Ihr denken - warum sollte Lady Ferris - sie wusste, dass ich sie Tabitha genannt hatte." Mrs. Bailey blinzelte zu Alec auf und zum ersten Mal seit Beginn ihres *tête-à-tête* war die Atemlosigkeit aus ihrer Stimme verschwunden. „Warum sollte sie Euch so etwas anvertrauen?"

„Vielleicht hat sie mir das während einer ihrer Anfälle von Gedächtnisverlust erzählt?", antwortete Alec gelassen, wobei sein Tonfall jedoch von dem Leuchten in seinen Augen Lügen gestraft wurde. Er nahm einen Schluck Kaffee und musterte sie genau. Als er sah, wie sie sich entspannte, und seine Erklärung augenscheinlich akzeptierte, fügte er in vorgetäuscht nachdenklicher Art hinzu: „Obwohl - und ich hoffe, Ihr könnt mir helfen, das zu verstehen, Mrs. Bailey - warum sollte sie von Eurer Tochter sprechen, als ob sie noch lebte, wenn Ihr doch sagt, sie wäre bald nach der Geburt gestorben?"

Er hielt inne, um ihr Gelegenheit zu geben, die Wahrheit zu gestehen oder sich weiter hinter dem Dogma des Fivetrees-Segens zu verstecken. Und als sie seinem Blick begegnete, wusste er, ohne dass sie ein Wort gesagt hätte, dass sie ihn belügen würde. Doch sie konnte nicht verhindern, dass ihre Tasse auf der Untertasse klapperte.

„Erlaubt mir, das wegbringen zu lassen."

Er gab ihre Tassen auf den Untertassen einem livrierten Diener, der auf sein Nicken herantrat. Er schaute dann an dem Diener vorbei zum Teewagen und war erleichtert, dass noch mehr Tassen mit Tee und Kaffee und Teller mit Kuchen und Süßigkeiten herumgereicht wurden; er brauchte noch ein paar Minuten mehr mit Mrs. Bailey.

„Wenn ich darüber nachdenke, habt Ihr wohl recht, Mylord", stellte sie fest, als Alec seine Aufmerksamkeit wieder auf sie richtete und die Atemlosigkeit kehrte zurück. „Wegen ihres sich verschlechternden Gedächtnisses muss Lady Ferris verwirrt gewesen und den

Überblick über den Zeitablauf verloren haben. Sie hat meine Tochter wieder am Leben geglaubt, reines Wunschdenken, da sie ja in der Tat am Tag ihrer Geburt starb.“

„Mrs. Bailey, ich bin mir ziemlich sicher, dass Ihr Euch selbst eingeredet habt, dass dies die Wahrheit ist. Doch Ihr wisst ebenso gut wie meine Tante und auch Euer Ehemann, dass Tabitha nicht starb, sondern weggeben wurde und einen neuen Namen bekam …“

„Tabitha *ist* gestorben. Eliza ist *nicht* meine Tochter! Sie ist Mrs. Fishers Tochter!“

„Tabitha *wurde* zu Mrs. Fishers Tochter Eliza“, korrigierte Alec und fügte mit einem lächelnden Lächeln hinzu: „Und Ihr wart es, die Mrs. Turner erwähnte, nicht ich.“

Mrs. Bailey blinzelte und als ihr klar wurde, dass sie sich verraten hatte, stammelte und stotterte sie in dem Versuch, eine Erklärung zu bieten. „Wie habt Ihr - warum sollte ich - die einzige Eliza, die ich kenne, ist Eliza Fisher, die jetzt Mrs. Turner ist. Also nahm ich natürlich an, dass sie …“

„Der Verlust eines Kindes ist herzzerreißend, ob durch Krankheit oder Unfall oder durch Umstände, die sich der Kontrolle der Eltern entziehen“, stellte Alec ruhig fest und legte sein sauberes weißes Leinentaschentuch in ihre Hand, weil ihre Wangen sich gerötet hatten und ihre Augen glasig geworden waren. „Soweit es Euch anging, folgtet Ihr einer uralten Tradition von Fivetrees, eine, der zahllose Vorfahren auch gefolgt waren, indem Ihr Eure Tochter in die Obhut der Frauen der Fishers gabt. Diese Tradition wird seit so vielen Jahrhunderten aufrechterhalten, dass sie die Landbesitzer von Fivetrees und ihre Frauen im Griff hat, so sehr, dass es auf dem Marktplatz in Stein gemeißelt wurde, damit alle es sehen und sich daran halten sollten und sie nicht vergessen wird: *Mögest du nur mit einem Sohn gesegnet sein und keine Tochter deines Namens haben.*“

„Ich habe getan, was von mir als guter und gehorsamer Ehefrau erwartet wurde“, versicherte Mrs. Bailey ihm und zerknüllte unbewusst Alecs Taschentuch in ihren Händen. Doch trotz der wenigen Tränen, die ihr über die Wangen geflossen waren, hatte sie während Alecs Worten Zeit gehabt, ihre Selbstbeherrschung wiederzuerlangen. Verschwunden war die schmeichelnde, atemlose Kreatur und an ihre Stelle war eine bemerkenswert beherrschte Frau getreten, überzeugt von der Richtigkeit ihres Handelns, so abscheulich es auch sein mochte. Alec war wie gebannt von diesem selbstgerechten Wahn.

„Ihr habt wohl recht, Mylord. Die einheimischen landbesitzenden Familien halten sich an den Fivetrees-Segen, ebenso, wie ihre Ahnen vor ihnen, die so viel opferten, um ihren Besitz zusammenzuhalten.“

Sie schnüffelte und hielt Alec das feuchte Taschentuch hin, um es ihm zurückzugeben. „Ich habe keinen Zweifel daran, dass Lady Halsey weiß, dass viel mehr auf dem Spiel steht als ihre persönlichen Wünsche. Die Zukunft Eures Besitzes hängt davon ab. Und Lady Ferris und ich sind hier, um dafür zu sorgen, dass sie überzeugt ist und sich damit abfindet zu tun, was richtig und angemessen ist. Natürlich beten wir alle, dass sie Euch einen Sohn und Erben schenkt.“

Alec hätte nicht entsetzter sein können, hätte sie angeboten, das Neugeborene direkt zu den Fishers mitzunehmen, um ihm Zeit und Mühe zu ersparen. Als sie daher ihre Röcke ausschüttelte und einen Knicks machte, weil sie dachte, ihr *tête-à-tête* wäre zu Ende, brauchte er einige Sekunden, bis er reagieren konnte. Und als er aus seiner Trance herausfand, noch einige mehr, um sie am Gehen zu hindern. Er war noch nicht fertig mit ihr. Er musste einen kaltblütigen Mörder zur Strecke bringen.

ZWEIUNDDREISSIG

ALEC SCHOSS HOCH UND BEFAHL MRS. BAILEY, SICH WIEDER ZU setzen. Von seinem scharfen Ton erschrocken, fiel sie ohne weiteres Wort wieder auf das Sofa zurück.

Seine Familie und seine Gäste sahen dieser Szene zu. Die Herzogin von Romney-St. Neots und Plantagenet Halsey waren am Teewagen und warteten auf die Gelegenheit für eine Unterbrechung. Auch Selina war mit Lady Sybilla ein drittes Mal am Delvin-Sofa vorbeigekommen und schloss sich jetzt dem Paar an. Sir Tinsley und Lady Ferris hatten sich nicht von dem Sofa weggerührt, wo Dr. Riley sich um die Lady gekümmert hatte und wohin der Arzt zurückgekehrt war, um Lady Ferris Puls zu fühlen, nachdem sie sich jetzt genug beruhigt hatte, um eine Tasse Tee zu trinken. Doch alle drei hielten auch interessiert ein Auge auf das Delvin-Sofa. Lord Cobham, Oberst Bailey und Reverend Purefoy waren die einzigen, die das sich entfaltende Drama anscheinend nicht wahrnahmen. Sie hatten verwandte Seelen gefunden und steckten tief in einer Diskussion über den Sugar Act als notwendige Maßnahme zur Einnahmenerhöhung, um die Kosten der Verteidigung und des Schutzes der amerikanischen Kolonien zu tragen.

Als die Herzogin sich ruhig dem Sofa näherte, um besser zu hören, was gesagt wurde, folgten Plantagenet Halsey und der Rest der Gesellschaft ihr. Sogar Lady Ferris verlangte von ihrem Mann, dass er sie hinüberbegleite, um sich der Gruppe anzuschließen, sie wollte nicht aus zweiter Hand erfahren, was ihr Neffe und Mrs. Bailey besprachen, das die Herzogin von Romney-St. Neots so faszinierend fand.

Wenn Alec sich bewusst war, dass er Publikum hatte, ließ er es sich nicht anmerken. Er musste sich auf Mrs. Bailey konzentrieren, von der er überzeugt war, dass sie den Schlüssel zur Aufklärung von Hugh Turners Ermordung besaß. Und während es nicht schaden würde, wenn er Zeugen hätte, war er sich nicht sicher, ob die Aufgabe, ihr die Wahrheit zu entlocken, von der Anwesenheit anderer behindert oder unterstützt würde. Das würde er bald herausfinden.

„Mrs. Bailey, erlaubt mir: Ihr habt immer geglaubt, dass Eliza Turner die Mätresse Eures Mannes wurde, als sie noch ein junges Mädchen war ...“

„So ist es, Mylord. Aber ich tadele ihn nicht dafür ...“

„Bitte, Mrs. Bailey. Ich habe kein Interesse an Schuldzuweisungen und möchte mich auch nicht mit den scheußlichen Einzelheiten befassen. Ich möchte nur wissen, wenn Ihr von dieser angeblichen Affäre gewusst habt, war Euch auch bewusst, dass Eliza Fisher Eure Tochter ist?“

„Ich wusste von der Affäre viele Jahre, bevor mir gesagt wurde, dass sie die Tochter wäre, die ich nach ihrer Geburt weggegeben und die ich Tabitha genannt hatte.“

„Wie habt Ihr die Wahrheit entdeckt?“

„Fivetrees ist eine so kleine Gemeinde. Hier bleibt nichts lange ein Geheimnis.“

„Und diese gleiche Gemeinde - und Ihr - glaubtet, dass Euer Ehemann und Eliza Fisher ein Liebesverhältnis hatten, doch als Ihr entdecktet, dass sie Eure Tochter ist, habt Ihr nicht versucht, das zu verhindern?“

„Mylord Halsey, ich mag den Mund gehalten haben, aber meine Augen und Ohren waren immer weit offen. Ich komme aus gutem Haus. Mein Großvater war ein Earl und er hatte nicht nur eine Mätresse, sondern die Frau lebte auch in dem Haus, das er mit meiner Großmutter teilte. Ich habe gelernt, dass Ehemänner - Männer - solche fleischlichen Begierden stillen müssen. Sicher ist Euch als Angehörigem des Hochadels dieses Landes bekannt, dass Adlige oft mit Frauen schlafen, die nicht ihre Ehefrauen sind ...“

„Aber nicht mit Frauen, die ihre Töchter sind!“

Mrs. Bailey war peinlich amüsiert. Und sie war so davon überzeugt, im Recht zu sein, dass sie es wagte, an Alec vorbeizuschauen und nicht nur zu ihm, sondern auch zu den in seinem Rücken Versammelten zu sprechen.

„Mein Mann ist sich dieser Verwandtschaft nicht bewusst. Also

kann ich ihn nicht dafür tadeln. Ebenso, wie wir die anderen armen
Kerle aus diesem Bezirk nicht tadeln können, die alle so eng miteinander verwandt sind, weil jahrhundertelang verstoßene Kinder heimlich in der Gemeinde untergebracht wurden, dass ihr Stammbaum ein
Gewirr unheiliger Ehen ist. Natürlich ist es für Euch und mich und
jeden, der nicht von hier ist, eine abstoßende Vorstellung; also bleibt
es am besten unerwähnt und unerforscht, und ich befasse mich nicht
weiter damit. Mein lieber Bruder Adolphus, als Pfarrer, hat sein Leben
dem Gebet für ihre Seelen gewidmet, denn wie sonst hätten solche
Gräuel eine Chance, durch die Pforten des Himmels zu gelangen?"

„Was für eine herzzerreißende Situation für alle Beteiligten", antwortete Alec traurig und erkannte die Anwesenheit des schweigenden Publi-
kums an, indem er seine Schulter drehte, um sie einzubeziehen. Seine
nächsten Worte waren voller Verachtung, nicht nur für Mrs. Bailey,
sondern auch für andere, die ihre Ansichten teilten. „Dass Euch die
moralische Kraft fehlte, Eure Vorurteile zu überwinden, um Euren Mann
zur Rede zu stellen oder Euch zumindest an Eure Tochter zu wenden, ist
unverzeihlich. Sie verdiente Euren Schutz, nicht Euer Urteil."

„Aber hätte ich es ausgesprochen, würde es nur alles noch
schlimmer gemacht haben, für meinen Mann und für Mrs. Turner,
für beide Familien, wenn sie die Wahrheit erführen."

„Hättet Ihr es ausgesprochen, Madam, hättet Ihr die Wahrheit
erfahren!", unterbrach Alec schroff. „Erlaubt mir, Euch diesen Floh
aus dem Ohr zu ziehen, dass der Oberst und Mrs. Turner ein Liebespaar wären. Das sind sie nicht und waren sie nie …"

„W-was?" Mrs. Bailey fuhr halb von dem Sofa hoch und plumpste
dann wieder zurück. Ihr Blick huschte suchend über die Versamm-
lung, auf der Suche nach ihrem Mann und ihrem Bruder, doch keiner
von ihnen war dabei und die einzigen Gesichter, die sie anstarrten,
zeigten Schock und Empörung. Sie rang die Hände. „Ich - ich glaube
Euch nicht. Mir wurde gesagt - ich habe es von höchster Autorität -
Adolphus? Wo sind mein Bruder und mein Mann? Ich muss mit ihm
sprechen …"

„Aber ich bin nicht hier, Euch oder sie wegen des unergründli-
chen Schweigens zwischen Euch zu verurteilen, sondern um Euch zu
fragen, was Ihr über den Tod von Hugh Turner wisst."

„Hugh — Turner? Ich - ich verstehe nicht …", antwortete sie
wieder mit atemloser Stimme, rang aber noch immer die Hände.
„Mein Schweigen? Was hat der Tod dieses Jungen mit mir zu tun?"

„Ich weiß nicht, wer von Euch die bessere Schauspielerin ist, Ihr
oder meine Tante", murmelte Alec und fügte dann hinzu, laut genug,

dass jeder es hören konnte: „Lasst mich offen sprechen, Mrs. Bailey. Ihr glaubtet, Hugh wäre das Produkt einer Affäre Eures Mannes mit Eurer Tochter ..."

„Ja. Und das glaube ich noch immer. Sie hatten eine Affäre, ganz gleich, was Ihr anderes behauptet, und ich weiß dass es wahr ist. Und dass diese Junge ihre unnatürliche Ausgeburt ist ..."

Man hörte, wie alle Zuhörer die Luft einsogen, was Alec aber ignorierte und mit leiser Bedrohlichkeit fortfuhr: „Wie außergewöhnlich, dass Ihr Hugh als unnatürlich bezeichnet."

„Das ist er! Das war er! Er entsprang einer unheiligen Vereinigung. Er ist ein Gräuel, ein Geschöpf, dessen beschmutztes Blut für immer verdorben ist und dessen Seele jenseits jeder Erlösung steht."

„Hugh Turner war ein Junge. Geliebt von seinen Eltern, die er ebenfalls liebte. Er war ein Junge, der die Natur und das Herumstreifen im Wald mit seinen Freunden genoss. Er war harmlos und lustig und voller Leben, er war freundlich und geduldig, und er verbrachte Stunden in Eurem Garten, wo er zweifellos höflich Euren Geschichten zuhörte, ebenso, wie er es bei Lady Ferris tat. Es ist unwichtig, wie Hughs Leben begann. Wichtig ist, dass er und Will es verdient hätten zu leben und sich als Männer zu beweisen."

„Hört! Hört!", applaudierte Plantagenet Halsey. „Gut gesagt, Mylord!"

Der Ausbruch des alten Mannes wurde mit einem zustimmenden Murmeln beantwortet, wobei einige Blicke sich zu Boden richteten, als Alec in diese Richtung schaute. Er wartete, während der Oberst, Lord Cobham und Reverend Purefoy schließlich zu ihnen herüberkamen, dann wandte er sich erneut an Mrs. Bailey in dem Bewusstsein, dass sie jetzt die Aufmerksamkeit ihres Ehemannes und ihres Bruders hatte.

„Mrs. Bailey, wer hat Hugh als unnatürliche Ausgeburt, deren Seele jenseits jeder Erlösung stand, bezeichnet?"

„Wenn man es wusste, war es offensichtlich: Er sah dem Oberst sehr ähnlich."

„Was? Prudence!? Wer - was soll das?", wollte der Oberst wissen und trat einen Schritt auf seine Frau zu.

„Ruhig, Bailey!", befahl die Herzogin und streckte ihren Fächer aus, um ihn in die Gruppe zurücktreten zu lassen.

„Hugh Turner ähnelte Eurem Mann, weil der Colonel sein *Groß*vater war", fuhr Alec fort. „So einfach ist es. Also frage ich erneut, Mrs. Bailey: Wer hat Hugh als unnatürliche Ausgeburt, deren Seele jenseits jeder Erlösung stand, bezeichnet?"

„Niemand!", beharrte sie, trotzig und unnachgiebig. „*Ich* habe das gesagt! Ich war es."

Doch Alec sah, wie ihr Blick von ihm fort nach rechts glitt und er erriet richtig, an wen sie unbewusst appellierte, ohne dass er den Kopf hätte wenden müssen. Bevor er erneut fragen konnte, entschied der Magistrat, dass es an der Zeit wäre, sich bemerkbar zu machen.

„Mrs. Bailey, wenn Ihr wirklich wisst, wer Hugh Turner und Will Bolen getötet hat, ist es jetzt an der Zeit, zu gestehen ..."

„Warum sollte meine Frau etwas über dieses grausige Angelegenheit wissen?", fragte der Oberst verblüfft. „Zieht diese Anschuldigung zurück, Ferris, oder ..."

„Ich bin der Magistrat hier, und wenn Eure Frau oder irgendjemand sonst unter den Anwesenden Informationen hat, die zur Verhaftung der Person oder Personen führen könnte, die diese Jungen ermordet haben, dann fordere ich diese Person oder Personen auf, vorzutreten und zu sprechen - sofort!"

„Wenn Ihr einmal Atem holen würdet, damit sie ein Wort von sich geben können, würden sie sich vielleicht melden!", witzelte der alte Mann und erhielt für diese Weisheit einen liebevollen Klaps auf den Arm.

„Ich mag Euren Ton nicht, Halsey ..."

„Er ist immer so", warf Lord Cobham ein, unbewusst, dass er gerade seinen republikanischen Erzfeind unterstützte. „Lasst Seine Lordschaft weitermachen!"

„Wenn hier jemand weitermachen sollte, mein lieber Lord Cobham", sagte Sir Tinsley steif, „dann ich als Magistrat."

„Das sagtet Ihr, Ferris", seufzte der alte Mann und rollte mit den Augen.

„Genug! Von Euch allen!", befahl die Herzogin von Romney-St. Neots. „Erlaubt meinem Patensohn, seine Befragung dieser Frau zu beenden! Wir alle möchten wissen, wer es getan hat und warum, und wenn Ihr, Mrs. Bailey, die Antworten geben könnt, die mein Neffe und der Magistrat verlangen, dann tut das bitte! Und fasst Euch kurz. Lady Halsey könnte jeden Moment ihr Kind bekommen und das ist für mich weit wichtiger, Mord oder kein Mord!"

Es entstand ein leises, zustimmendes Gemurmel und alle verstummten, außer Selina, die mit einer Hand ihren runden Leib umfasste und sich mit der anderen fest an Lady Sybillas Arm klammerte und verkündete: „Ihr müsst mich entschuldigen ... ich muss herumgehen ... Kein Wort, Sybilla", sagte sie leise, als sie davonspazierten. Als sie sich einige Fuß entfernt hatten und keine Gefahr mehr bestand, dass sie belauscht werden könnten, bestätigte sie Lady

Sybillas Verdacht: „Meine Wehen dürfen Alec nicht davon abhalten, das Ungeheuer zu finden, das diese Jungen ermordet hat! Und ich werde auch nicht vor Publikum gebären! In meine Zimmer. Sofort."

Alec hatte die Unterbrechung zugelassen, schweigend dem Wortwechsel zwischen seinen Gästen zugehört, nicht nur, weil es ihm einen Moment kleiner Erleichterung verschaffte, sondern ihm auch die Gelegenheit gab, sorgfältig alle Anwesenden zu beobachten, zwei davon insbesondere. Und dann sprach Selina und er wurde abgelenkt und verlor seine Konzentration, weil er sich um ihr Wohlergehen sorgte. Sie hatte ihm zugelächelt und versucht, beherrscht zu wirken, doch Lady Sybillas stirnrunzelnde Besorgnis hatte ihn über den wahren Stand der Dinge aufgeklärt und dass seine Frau sich unbehaglicher fühlte als gewöhnlich. Es verlieh ihm ein Gefühl der Dringlichkeit und das Bedürfnis, dieses Verhör - denn das war es - so bald wie möglich zu einem Ende zu bringen. Also trat er an Plantagenet Halsey heran und bat ihn leise, Lakaien auszuschicken, um alle im Stone Court Versammelten in den Großen Saal bringen zu lassen.

„Keine Sorge. Ich halte Nic Fisher dicht bei mir", versicherte ihm der alte Mann und schlüpfte hinaus.

Alec verlor keine Zeit, um seine Aufmerksamkeit wieder auf Mrs. Bailey zu lenken, die weiter auf dem Delvin-Sofa saß, der Rücken etwas gerade als zuvor, und nun nicht länger die Hände rang. Sie hatte ihre Gelassenheit wiedergefunden und das war zweifellos ihrem Bruder zu verdanken. Er war zu ihr gegangen, ohne darum gebeten worden zu sein, und sprach im Flüsterton zu ihr. Alec unterbrach sie.

„Habt Ihr irgendwelche Einsichten, die Ihr mit uns zu teilen wünscht, Reverend, warum Hugh Turner als unnatürliche Ausgeburt gebrandmarkt werden sollte?", fragte Alec ruhig.

Der Reverend Purefoy drückte sanft die Hand seiner Schwester mit einem Lächeln und richtete dann seine Aufmerksamkeit auf Alec. „Ja, Mylord. Ich fürchte, ich muss etwas verraten, das Lady Ferris mir anvertraute und bei dem sie den Jungen mir gegenüber namentlich erwähnte, in einem Märchen, das sie ..."

„Unsinn! Es war kein Märchen. Es war eine Parabel. Und es ging nicht um den Jungen. Es ging um Tabitha. Aber ich habe sie Hugh erzählt."

„Ich bitte um Verzeihung, Mylady", erwiderte Purefoy höflich, „aber ich versichere Euch, das war es mit Sicherheit."

„Warum erzählst du uns nicht diese Parabel, Tante", ermutigte Alec sie.

„Na gut ...", stimmte Lady Ferris zu und genoss es, im Mittelpunkt der Aufmerksamkeit zu stehen. „Es geht um eine Liebe, die niemals hätte sein dürfen. Tabitha wird verboten, die Liebe ihres Lebens zu heiraten, da sich herausstellte, dass er in Wahrheit ihr Halbbruder war. Doch sie können sich nicht vorstellen, getrennt zu werden. Also geht Tabitha zu einer Hexe in den Wald und bittet sie, einen Zauber zu bewirken, der das Paar zu Hirschwild im Wald verwandelt, damit sie für immer zusammen sein können. Die Hexe ist einverstanden, doch sie warnt das Paar, dass im Walde Gefahren lauern, Gefahren, die abzuwenden nicht in ihrer Macht steht. Das Paar kann die möglichen Gefahren, die auf sie lauern, nicht vorhersehen, da ein Hirsch und seine Hirschkuh König und Königin des Waldes sind. Und so verwandelt die Hexe Tabitha in die schönste aller Hirschkühe und die Liebe ihres Lebens wird zu einem prächtigen Bock. Doch kaum ist ihre Verwandlung abgeschlossen, tötet ein Wilderer den Bock, schneidet ihm die Kehle durch, bricht damit den Zauber und verwandelt ihn in einen Jungen zurück. Tabitha jedoch bleibt ein Reh, das allein durch den Wald streift und an gebrochenem Herzen stirbt."

„Liebe Güte! Warum solltet Ihr dem Jungen eine so grausige Geschichte erzählen?", wollte die Herzogin entsetzt wissen.

Lady Ferris hob den Kopf. „Er musste eine Lektion bekommen. Die Moral darin ist, dass man mit seinem Los im Leben zufrieden sein soll. Er verstand es, aber das änderte nichts an seinen Unarten ..."

„Warum habt Ihr das Mädchen Tabitha genannt?", unterbrach Mrs. Bailey verwirrt. „Ihr hättet ihr jeden anderen Namen geben können ..."

„... wie zum Beispiel Eliza?" Lady Ferris verzog das Gesicht. „Warum hätte ich sie anders als Tabitha nennen sollen, was bei Weitem der schönere Name ist?" Sie seufzte. „Dieser Junge war ein so guter Zuhörer." Sie lächelte den Pfarrer an, aber es war kein angenehmes Lächeln. „Ihr hört auch zu, nicht wahr, Purefoy? Aber anders. Hugh hörte zu, als ob ihm etwas daran läge. Ihr hört zu, weil es Eure Pflicht ist. Ich fragte mich dabei, ob Ihr wirklich Eure Ohren offen hattet. Also änderte ich die Geschichte für Euch." Sie sah Alec an. „Ich erzählte Purefoy die Geschichte über ein Paar, das sich verliebt, und erst, als sie ihr erstes Kind erwarten, entdecken sie zu ihrem Entsetzen, dass sie so nahe blutsverwandt sind, dass ihre Beziehung als unheilig und ihr Kind als unnatürliche Ausgeburt betrachtet werden würden ..."

„Aha! Also Ihr wart es! Ich dachte mir schon, dass Ihr es wart, die Mrs. Bailey diesen Floh ins Ohr gesetzt hatte!", warf die Herzogin von Romney-St Neots ihr vor, nicht fähig, ihre Gefühle noch länger zu unterdrücken. „Hinterhältige, böse Hexe von einem Weib!

Niemand, am allerwenigsten Euer Pfarrer, glaubt Eure absurden Geschichten ..."

„Genug, Olivia", befahl Alec ruhig. „Keine Geschichten mehr und auch keine Lügen. Die Geschichte, die Lady Ferris Purefoy erzählte, handelte nicht von Hugh Turner und seinen Eltern, sondern von mir und meinen. Und du hast recht, Olivia, der Reverend glaubte Lady Ferris nicht. Er hielt es für das Geschwätz einer verwirrten alten Dame. Doch er änderte seine Meinung und schenkte ihren Geschichten Glauben, als seine Schwester ihm anvertraute, dass sie glaubte, ihr Mann hätte eine Affäre mit seiner eigenen Tochter; die unheimliche Ähnlichkeit des Jungen mit dem Oberst reichte für sie als Beweis aus, und dann auch, um ihn zu überzeugen, dass Hugh Turner eine unnatürliche Ausgeburt wäre."

„Mein Gott, was hast du getan, Prudence?", brach es voller Angst aus dem Oberst heraus und er brach im nächststehenden Sessel zusammen.

„Lionel! Lionel!", schrie Mrs. Bailey auf und erhob sich vom Sofa. Sie wäre zu ihm gelaufen, doch ihr Bruder hielt sie am Handgelenk fest und zog sie wieder neben sich hinab. Sie hielt sofort den Mund und ließ den Kopf hängen.

„Und weil Mrs. Bailey ihrem Bruder so viel anvertraut hatte", fuhr Alec fort, als wäre er nicht unterbrochen worden, „fühlte sie sich gezwungen, nicht nur zu gestehen, dass sie ihre Tochter nach der Geburt weggeben hatte, sondern auch den Rest des ganzen traurigen Chaos. Über den Fivetrees-Segen und was er für die Vorfahren und Nachkommen der Landbesitzer bedeutete. Das muss ein schockierendes Erwachen für Euch gewesen sein, Purefoy. Zu erkennen, dass Ihr eine Herde betreut, bei der man vernünftigerweise annehmen muss, dass etliche Eurer Pfarrkinder das Ergebnis dessen waren, was Ihr für unheilige Verbindungen haltet. Also frage ich Euch erneut, Mrs. Bailey: Wer war es, der Euch sagte, Hugh Turner wäre eine unnatürliche Ausgeburt?"

„Na, ist das nicht offensichtlich?", warf Lord Cobham mit einem Kopfnicken in Richtung des Reverend Purefoy ein. „Er. Der Pfarrer."

„Aber sie - diese unheilstiftende Kreatur - sagte es zuerst!", verkündete die Herzogin und deutet mit den Stäbchen ihres geschlossenen Fächers auf Lady Ferris.

„Wenn Ihr keine Anschuldigung irgendeiner Art gegen meine Schwester vorzubringen habt, Mylord", unterbrach Reverend Purefoy im Aufstehen, „dann möchte ich ergebenst darum bitten, diese höchst verstörende Befragung zu beenden!" Er schaute sich unter den Gesichtern um und wandte sich an den Magistrat. „Meine Schwester und ich haben nichts getan, weswegen wir uns hier auf Erden würden verantworten müssen, Sir Tinsley. Nur ER kann uns richten. Um die Wahrheit zu sagen, ist sie die Gekränkte bei all dem hier, und der Oberst und seine Hure sind es, die …"

„Liebe Güte, Pfarrer", unterbrach Alec mit einem schiefen Lächeln. „Ihr unter allen Menschen seid Euch doch sicher dessen gewahr, dass sich unter den sieben Dingen, die der Herr am meisten hasst, auch die Lüge befindet. Obwohl für Euch diese Sünde neben den anderen sechs nichts bedeutete. Die Ihr Euch alle zu begehen entschieden hattet, nachdem Ihr Euch entschlossen hattet, Eure Gemeinde von einem Gräuel mehr zu säubern, noch dazu einem mit Euch eng verwandten."

„Moment, Halsey! Es sind sechs Todsünden!", versicherte Lord Cobham unhöflich. „Lügen ist ein davon, ebenso falsches Zeugnis, und Stolz. Dann gibt es das Herz, das böse Pläne schmiedet und Füße, die schnell dabei sind, zu Unheil zu laufen. Und etwas über das Säen von Unfrieden unter der Herde …"

„Tut mir leid, Cobham, aber es sind sieben. Ich wünschte, es wäre nicht wahr, aber es ist so. Die siebte ist das Vergießen von unschuldigem Blut … Sprüche sechs, Verse sechzehn bis neunzehn", erklärte Alec ihm, ohne seinen Blick je von Reverend Purefoy abzuwenden. „Jetzt ist der Augenblick gekommen, Reverend. Wenn Ihr Eure Schwester retten und ihr eine Hoffnung auf Erlösung geben wollt …"

„Ich war es! Ich habe es getan! Ich habe ihn getötet! Ich. Ich habe seine Kehle mit dem Rosenmesser durchschnitten und es tut mir nicht leid!"

DREIUNDDREISSIG

Diese vernichtenden Worte wurden von Mrs. Bailey herausgekreischt, die neben ihrem Bruder aufgesprungen war. Ihre Geständnis war von solcher Heftigkeit, dass alle nach Luft schnappten und einen Schritt vor dem Delvin-Sofa zurückwichen. Und als sie dies taten, schwankte Mrs. Bailey und brach zu Füßen ihres Bruders zusammen. Der Oberst, der zunächst wie die anderen um ihn herum vor Schreck erstarrt war, wurde von dem Anblick seiner bewusstlos am Boden liegenden Frau wieder zum Leben erweckt. Schon war er aus dem Sessel aufgesprungen und kniete neben ihr. Dort gesellte sich Dr. Riley zu ihm. Der Reverend schaffte es, auf den Beinen zu bleiben, konnte sich aber nicht rühren und sein Gesicht war kalkweiß. Alec trat einen Schritt näher und dann drehten sich alle beim Geräusch ruhiger Schritte und leisen Murmelns um.

Der Große Saal füllte sich mit Menschen. Dorfbewohner, Arbeiter, fremde Arbeiter, Diener, Köche, Gärtner, Pächter, Frauen und Kinder, alte Männer und junge. Sie kamen so nahe heran, wie die Lakaien es ihnen gestatteten, still und achtsam, die Augen weit aufgerissen und die Herzen flatternd bei der Erlaubnis, sich unter dem Dach Seiner Lordschaft zu versammeln.

Alec überließ Mrs. Bailey der Fürsorge ihres Mannes und des Arztes und ging dorthin, wo eine Trittleiter für ihn aufgestellt worden war, auf die er klettern konnte, damit alle Gelegenheit hatten, ihn zu hören. Doch bevor er das tat, flüsterte er einem seiner Lakaien zu, alle Ausgänge bewachen zu lassen. Niemand dürfte den Saal ohne seine Erlaubnis verlassen.

Er tat sein Bestes, um Mrs. Baileys Geständnis beiseite zu schieben und ruhig und unberührt zu erscheinen, stieg auf die Leiter und schaute auf das Meer der erhobenen, misstrauischen Gesichter hinab.

„Ich habe Euch heute alle hierher bringen lassen, um eine Rede über die Zukunft unseres kleinen Flecken Englands zu halten, insbesondere über unsere Gemeinde von Fivetrees", sagte er zu ihnen, während sein Blick über sie alle schweifte. „Doch ich habe beschlossen, Euch die langatmige Version zu ersparen und nur das Wichtigste mitzuteilen. Zuallererst und am allerwichtigsten ist - und einige von euch wissen das sicher bereits – ich habe meinen Steinmetz den Fivetrees-Segen abmeißeln lassen, der seit mehr als dreihundert Jahren dort herrschte. Ob Ihr meint, die Geschichte hinter diesem Spruch zu kennen oder eine Version davon, alles, was ihr jetzt an wissen müsst, ist, dass sie nie wieder Einfluss auf einen von uns haben wird. Noch wird ein Landbesitzer in diesem Bezirk von Kent ihrer abscheulichen Praxis folgen, die eingeführt wurde, um Vorfahren zu ehren, die Entscheidungen trafen, um ihre Ländereien für zukünftige Generationen zu bewahren, Entscheidungen die für mich, offen gesagt, barbarisch und unverständlich sind und in diesem Jahrhundert keinen Platz haben.

„Von diesem Tag an werden alle in Fivetrees geborenen Kinder, vom Lord im Herrenhaus bis zu den Waldbewohnern, ihre Eltern kennen und von ihnen aufgezogen werden. Wenn ein Elternteil das Unglück hat, ein Kind zu verlieren, wird das aus natürlichen Ursachen geschehen, die nicht unter ihrer Kontrolle sind und trotz ihres besten Wissens und aller Anstrengungen von Hebammen und Ärzten. Jedes Kind, das zur Waise wird und keine Familie hat, die für es sorgen könnte, wird auf meine Kosten von der Gemeinde in Fivetrees erzogen. Und alle Kinder von ihrem vierten bis zum zehnten Geburtstag werden eine Schule im Dorf besuchen, die von Lady Halsey gestiftet wird, um Rechnen, Lesen und Schreiben zu lernen.

„Und ich werde nicht länger eine Verschwörung des Stillschweigens in unserer Gemeinde dulden, weil die Dorfbewohner vor Angst, gemäß dem Black Act bestraft zu werden, nicht sprechen wollen oder können. Das sollt Ihr wissen. Ich werde keine Wilderei um des Gewinns willen auf meinem Land dulden. Ich werde auch meinen Nachbarn nicht erlauben, ungestraft zu ihrem Vergnügen zu jagen, nicht, wenn die meisten von Euch durch ihr Verhalten und ihr Handeln geschädigt werden. Doch ich unterstütze auch nicht die Ausführung des Black Acts gegen die von Euch, die nach Nahrung jagen und Holz für Schutz oder Wärme sammeln. Von diesem Tag an dürft ihr unter Aufsicht meiner Verwalter und meiner Wildhüter im

Wald Fallen stellen, Ungeziefer von Euren Feldern vertreiben und frei von Strafe für geringe Übertretungen sein.

„Ich hoffe, dass meine Worte euch ein wenig Trost und Anleitung gegeben haben. In den kommenden Wochen werde ich mehr zu sagen haben und ihr könnt, wenn ihr einer Beruhigung bedürft, euch durch meinen Sekretär, Mr. Jeffries, an mich wenden. Obwohl", fügte er mit einem schuldbewussten Lächeln hinzu, „ihr mir werdet verzeihen müssen, wenn ich durch die bevorstehende Geburt meines Kindes etwas abgelenkt sein werde. Danke. Das ist alles, was ich einstweilen zu sagen habe."

Bei der Erwähnung seiner Ablenkung gab es ein verbreitetes Kichern, und als Alec von seiner Leiter herabkam, wurde dieses leise, amüsierte Gemurmel lauter, bis jemand in der Menge schrie: „Hoch! Hoch! Ein Hoch auf Seiner Lordschaft!", was einen ohrenbetäubenden allgemeinen Jubel in der Menge erzeugte.

Alec dankte mit einem Winken über seinem Kopf; sein Gesicht war glühend rot angesichts einer derartig überschwänglichen Reaktion. Und nachdem er sich umgedreht hatte, um zu sehen, ob seine Familie und seine Gäste noch immer am Delvin-Sofa standen, nickte er den Lakaien zu, dass sie die Türen öffnen und die Menge wieder in den Stone Court führen dürften, wo allen Erfrischungen serviert werden würden. Er wollte schon nach Mrs. Bailey fragen, der man auf das Sofa geholfen hatte und die jetzt schlaff an die Seite ihres Mannes gelehnt dort saß, während der Arzt an seiner Reisekiste mit Arzneien kniete, um ihr einen Trank zuzubereiten. Doch der Magistrat vertrat ihm den Weg mit der Forderung zu erfahren, was sich abspielte und ob das, was Mrs. Bailey geschrien hatte, der Wahrheit entspräche. Wenn dem so wäre, müsste er die Büttel rufen und sie abführen lassen.

„Einen Augenblick, Sir Tinsley", riet Alec ihm und wurde ebenso wie alle anderen abgelenkt, als Plantagenet Halsey sich aus der abziehenden Menge löste, je einen Arm um eines der Fisher-Kinder gelegt.

„Er wollte nicht herkommen", murmelte der alte Mann, als Alec ihnen entgegenkam. „Doch sie hat ihn überzeugt ..."

„Ich hasse es, dem armen Burschen das anzutun, doch ich fürchte, es ist der einzige Weg", antwortete Alec und sagte dann hörbar: „Kommt, Nic und Sally. Lasst mich Euch beide meiner Patin vorstellen. Habt Ihr je eine Herzogin kennengelernt?"

Sallys Augen wurden riesengroß und sie suchte mit den Augen sofort in der kleinen Gruppe nach einer Frau, die die teuersten Seidenstoffe und Juwelen trug.

„Nic! Das ist sie!", sagte Sally und deutete unhöflich mit dem

Finger auf eine majestätische kleine Dame mit einer gepuderten Hochfrisur, die ganz in Seide gekleidet und mit glitzernden Edelsteinen geschmückt war. „Schau nur! Es ist die mit den Diamanten und Rubinen und - was? Was ist los?"

Olivia St. Neots wollte schon bemerken, dass sie kein Schaustück auf einem Markt wäre, und es in jeder Situation unhöflich wäre, mit dem Finger zu zeigen, doch etwas ließ sie zögern und genauer hinschauen. Und als sie zu Alec blickte und seinen Gesichtsausdruck sah, wurde ihr klar, was vor sich ging - diese Kinder waren hier, um ihrem Patensohn zu helfen, einen Mörder zu entlarven.

Nic Fisher musterte die Gruppe ebenfalls aus der Sicherheit in der Umarmung des alten Mannes. Doch er vergaß jede Herzogin, Diamanten und Rubine, als sein Blick auf eine bestimmte Person fiel. Seine Finger umklammerten Plantagenet Halseys Rockärmel und er kniff die Augen fest zusammen, bevor er einen ohrenbetäubenden Schrei ausstieß. Es war ein Schrei, den er nicht unterdrücken konnte, und er konnte auch die Bilder von Blut und Tod nicht aufhalten, die vor seinem inneren Auge aufstiegen.

Er war wieder im Wald, hinter einem Baumstamm, wohin er gelaufen war, um sich zu verstecken, sobald Hugh, *schneidet ihm den Kopf ab*, gesagt hatte und wo er blieb, während seine Freund sich bückten, um sich dem grässlichen Geschäft zu widmen, den erlegten Hirsch zu zerlegen. Und als er über den Baumstamm hinweggespäht hatte, war Hugh dort gewesen, neben dem Hirsch, mit weit offenen Augen und Blut war aus seinem Hals geströmt. Neben ihm kniete eine Frau, Blut tropfte von einer Klinge, die sie in ihrer behandschuhte Hand hielt und Blut war über die Vorderseite einer weizenfarbenen Reitjacke verspritzt. Und dann kam Will auf den Baumstumpf zu gerannt, schrie, wie Nic jetzt schrie, und stolperte und schlug mit dem Kopf auf und verstummte. Doch das Blut hörte nicht auf und Nic konnte nicht aufhören zu schreien.

Plantagenet Halsey hob den Jungen auf seine Arme, als er schon das Bewusstsein verlor.

Alle erstarrten in schockiertem Schweigen. Doch was sie mehr schockierte als das Schreien des Jungen, war, als er seine fest zugekniffenen Augen öffnete und mit dem Finger in die Luft zeigte. Er deutete unwandelbar mit auf seinem kleinen, bleichen Gesicht erstarrten Entsetzen auf einen Mörder. Er zeigte unerschütterlich auf Adolphus Purefoy.

„ALL DAS GESCHREI HAT MIT SICHERHEIT EINES MEINER Trommelfelle platzen lassen", klagte Lord Cobham und stellte sein Brandyglas zur Seite, um sich die feuchte Stirn mit dem Hemdsärmel abzuwischen. „Es ist Stunden her und ich kann mit meinem linken Ohr verdammt noch mal immer noch nichts hören."

„Noch ein Brandy, Mylord?", fragte ein vorbeikommender Lakai.

„Noch ein - *was*? Sprecht lauter! Sprecht lauter!"

Plantagenet Halsey verdrehte die Augen und bedeutete dem verwirrten Lakaien mit einer Geste, Lord Cobhams Glas zu füllen.

„Das ist nur eine dürftige Entschuldigung dafür, warum Seine Lordschaft Euch so fertigmacht", brüllte der alte Mann fast. Er ruhte bequem in einem Ohrensessel, die Beine weit von sich gestreckt, und den Kopf auf die Faust gestützt. „Man muss nicht hören können, um zu fechten!"

„Wir können jetzt aufhören, wenn Ihr das vorzieht, Cobham", schlug Alec vor und ließ seinen Schwertarm herabhängen. Er strich sich die feuchten, schwarzen Locken aus den müden Augen und stützte sich auf ein Fensterbrett. Er legte seine Klinge beiseite und nahm den Brandy, den der Lakai ihm anbot. „Es ist ja nicht, als hätten wir bereits seit einer guten halben Stunde ..."

„Nein. Nein. Muss Euch beschäftigen. Muss Eure Gedanken davon ablenken, sich mit den Qualen und Gefahren der Geburt zu befassen. Befehl von Tante Olivia."

„Danke, dass Ihr ihn nicht daran erinnert, warum wir Männer in die Gemäldegalerie geschickt wurden!", sagte Plantagenet Halsey hinterhältig mit erneutem Augenrollen, das er diesmal an Alec richtete. „Ich könnte wetten, dass Ihr es ebenso geschickt anstellt, wenn Ihr Verträge mit ausländischen Mächten aushandelt."

„Braucht mehr Geschick, als Ihr Euch überhaupt vorstellen könnt", stellte Cobham düster fest, ohne dass sein Gehör weiter beeinträchtigt schien. Er zupfte an seinen Hemdsärmeln und sagte zu Alec: „Was ich noch immer nicht verstehe, ist, warum der Pfarrer plötzlich durchdrehte und mit dem Messer auf den Jungen losging."

„Das hat Seine Lordschaft Euch doch erklärt", stellte der alte Mann fest. „Purefoy war überzeugt, in Hugh Turner den Teufel zu sehen."

Lord Cobham verzog das Gesicht. „Nun, wenn ich den Teufel sehen würde, wäre das Letzte, was ich täte, ihn mit einem Rosenmesser anzugreifen - das *ist* Irrsinn."

„Laut seiner Schwester", erklärte Alec geduldig und unterdrückte ein Grinsen bei Cobhams Blick völliger Verblüffung, „steckte Hugh Turner bis zu den Ellbogen in Sehnen und Blut eines enthaupteten

Hirsches, als sie und Purefoy ihn im Wald antrafen. Für Purefoy war es, als wäre Lady Ferris' Parabel zum Leben erwacht, und der Junge wäre zwischen den Welten hängengeblieben, irdisch und ätherisch. Purefoy war überzeugt, dass er sich in Gegenwart des inkarnierten Bösen befände und das einzige Mittel, um sich, seine Schwester und seine Herde zu schützen, wäre, ihn zu zerschmettern."

„Aber mit dem Rosenmesser einer Dame?", fragte Lord Cobham, wenig überzeugt.

„Ja, mit Lady Ferris' Rosenmesser, das Hugh bei sich hatte."

Lord Cobham war verwirrt. „Hat der Junge das Rosenmesser gestohlen, oder war das Purefoy?"

„Man kann sich darauf verlassen, dass Ihr immer das wirklich Wichtige erkennt!", witzelte Plantagenet Halsey.

„Darf ich Euch daran erinnern, dass Diebstahl mit dem Tod oder zumindest Deportation und Zwangsarbeit bestraft wird, Sir."

Der alte Mann setzte sich auf. „Aber es ist kein Grund, von einem verrückten Pfarrer, der Euch für vom Teufel besessen hält, die Kehle durchgeschnitten zu bekommen! Und fangt nicht an, mir die hundert Möglichkeiten zu erklären, wie diese Regierung den Black Act benutzt, um Unschuldige zu ermorden!"

„Sir, warum hat Adams, der Wildhüter, nicht früher etwas zu Euch gesagt?", fragte Hadrian Jeffries Alec ruhig und schnitt damit der beabsichtigen Wutrede des alten Mannes das Wort ab und hoffte damit, einen Streit zwischen diesem und dem Leiter der Auslandsabteilung zu verhindern. „Schließlich hat er doch am Ende bei Sir Tinsley zugegeben, dass er Reverend Purefoy und Mrs. Bailey mit einem enthaupteten Hirschen vorgefunden hätte."

„Sollte er riskieren, in Wilderei verwickelt zu werden? Hätte Adams etwas gesagt, hätten sich daraus mehr Fragen als Antworten ergeben."

„Antworten, die Ihr ihm abverlangt hättet, Sir", erwiderte Hadrian.

„Mit einem toten Jungen, einem illegal erlegten Hirsch und einem gestohlenen Rosenmesser?", warf Lord Cobham ein. „Ich möchte verdammt noch mal hoffen, dass Antworten verlangt worden wären!"

„Cobham, die Leiche des Jungen war nicht dort, als Adams schließlich auf der Lichtung auftauchte, sonst hätte er etwas gesagt", erklärte Plantagenet Halsey langsam und deutlich. „Der Pfarrer hatte es geschafft, den Körper des armen Hugh unter dem Laub zu verstecken. Adams hielt es für einen Fall einfacher Wilderei. Und da das hier oft genug passierte, wollte er es Seiner Lordschaft nicht sagen." Er sah Alec an. „Weißt du, der arme Nic Fisher dachte, Gott wäre hinter ihm und seinen Freunden her, weil sie diesen Hirsch getötet hatten. Das hat ihn vor Angst um den Verstand gebracht. Er dachte, sie würden alle sofort in die Hölle kommen und es gäbe nichts, was jemand dagegen tun könnte, weil Purefoy das Instrument des Herrn hier auf Erden war ..."

„Was ist mit der Schwester?", unterbrach Cobham und stellte das leere Brandyglas ab, um seine Klinge mit der Spitze aus Kork wieder aufzunehmen. Er bog die Klinge. „Ist sie auch so verrückt wie ein Märzhase?"

„Möglich ... Sie besteht darauf, dass sie keine Ahnung hatte, was ihr Bruder tun wollte", sagte Alec ruhig zu ihnen. „Sie unterstützte seinen Wunsch, seine Gemeinde voller unheiliger Ehen und abscheulichem Nachwuchs auf den rechten Weg zu bringen. Doch sie behauptet, sich seiner extremeren Ansichten nicht bewusst gewesen zu sein."

„Wie etwa, unschuldige Kinder zu ermorden!", warf der alte Mann ein.

„Diese Frau ist ebenso schuldig wie ihr verrückter Bruder, denkt an meine Worte!", stellte Lord Cobham fest, der sich inzwischen auf der Stelle auf die Zehenspitzen hob und wieder senkte und dabei mit seiner Klinge nach vorn und hinten durch die Luft fuhr. „Beide verdienen es, mit Seilers Tochter Hochzeit zu halten!" Er hielt abrupt inne und zeigte mit der korkgeschützten Spitze seiner Klinge auf den alten Mann. „Was ich nicht begreifen kann, ist, wie diese beiden irren Mörder die Enkel Lord Moffats sein können. Er war ein Earl, um Himmels willen!"

„Warum überrascht Euch das?", fragte Plantagenet Halsey ruhig. „Unsere Reihen sind von Irren durchsetzt, und von mehr als nur ein paar Mördern. Ein Krönchen zu tragen und im Oberhaus zu sitzen, bedeutet nicht, dass sie unbedingt so geistig gesund sein müssen wie ..."

Er wollte gerade sagen *wie Ihr oder ich*, doch dann fiel ihm auf, dass er mit Cobham sprach und er unterdrückte diese Worte rasch. Ein rascher Blick zu Alec hinüber, der das Band in seinem Nacken erneut befestigte, und er erkannte an dessen Grinsen, dass er durchaus wusste, was er hatte sagen wollen und er erwiderte dieses Grinsen mit einem Zwinkern.

„Also erklärt mir noch einmal, woher Ihr wusstet, dass es Mrs. Oberst und ihr Bruder, der verrückte Pfarrer waren, die den Jungen aufgeschlitzt haben", fragte Lord Cobham Alec, während er ein paar Übungssprünge mit seiner Klinge machte. „Nach allem, was ich von den Einheimischen hier gesehen habe, sind sie alle aalglatt, fähig, ein

Tier auszuweiden und eine Kehle aufzuschlitzen und ich spreche nicht nur von den Männern!"

„Also Euch ziemlich ähnlich", warf ihm der alte Mann an den Kopf. „Ihr habt jede Menge wehrloser Kreaturen erschossen, erstochen, aufgeschnitten und getötet, wenn Ihr auf die Jagd gingt, nicht wahr?"

Lord Cobham hörte auf, herumzuhüpfen und ließ seinen Schwertarm sinken. Er starrte Plantagenet Halsey mit offenem Mund an. Er schüttelte den Kopf. Sein Lächeln war verächtlich. „Gentlemen jagen zum Sport und zum Vergnügen. Das ist etwas völlig anderes."

Plantagenet Halsey warf die Hände hoch und fiel in seinen Sessel zurück. „Ich gebe auf!"

„Lord Cobham stellt da eine gute Frage", sagte Hadrian Jeffries aufrichtig interessiert zu Alec. „Woher wusstet Ihr, dass es Reverend Purefoy war, der Hugh Turner getötet hatte?"

„Oh, habe ich das?" Lord Cobham warf sich in die Brust. „Äh, ja! Ja! Danke für die Unterstützung, äh - äh ..."

„... Jeffries, Mylord. Mr. Hadrian Jeffries."

Lord Cobham änderte das Ziel seiner Klinge von Alec zu Jeffries und hielt sie auf diesen gerichtet. „Und wie ist Eure Verbindung zu Lord Halsey - Cousin, Kollege, armer Verwandter?"

Hadrian Jeffries konnte ein Lächeln nicht unterdrücken. „Ich bin der frisch bestallte Sekretär seiner Lordschaft."

„Sekretär, wie?", murmelte der Leiter der Auslandsabteilung. „Verlasse mich darauf, dass Ihr Euch mit Sprachen auskennt, Johnson."

„Jeffries, Mylord. Und ja, ich spreche, schreibe und lese vier Sprachen fließend."

„Vier? Das sind für mich drei zu viel, aber wenn es für Lord Halsey nützlich ist, dann hurra!"

„Das ist es, und er auch", antwortete Alec und lächelte seinen neuen Sekretär an. „Ich freue mich, dass Mr. Jeffries bereit war, diese Stellung anzunehmen."

„Bereit war? Sekretär des Marquess Halsey zu sein? Johnson sollte sich verdammt *geehrt* fühlen!" Cobham fuhr mit seiner Klinge herum, durchschnitt die Luft, als er sich in Stellung für eine erneute Fechtpartie mit seinem Schwager brachte. „Kommt schon, Halsey! Muss Euch doch von den Schrecken der Geburt ablenken!"

Plantagenet Halsey stand auf, um seine Beine zu strecken. „Also seid Ihr nicht an der Antwort interessiert?"

„Antwort? Ich kann mich nicht an die verdammte Frage erinnern!"

Alle lachten, einschließlich des alten Mannes und es ließ ihn seinem politischen Gegner gegenüber etwas milder gestimmt werden, sodass er gestand: „Ich hätte nie gedacht, dass ich das je sagen würde, aber ich bin froh, dass Ihr hier bei uns seid, Cobham. Wohlgemerkt, fragt mich in ein paar Stunden, wie ich darüber denke und ich könnte Euch eine andere Antwort geben, vor allem, sollte unser Mädchen noch immer in den Klauen ihrer Wehen liegen. Die Frage, die Jeffries stellte, war, woher seine Lordschaft wusste, dass es Purefoy war, der den armen Hugh Turner ermordet hat? Und nicht zu vergessen seinen Freund, Will Bolen, von dem der Pfarrer behauptet, ihn nicht getötet zu haben, oder?"

„Laut den Geschwistern", sagte Alec zu ihnen, als er in die Mitte der Galerie trat, „floh Will Bolen, als er sah, wie Hugh die Kehle durchgeschnitten wurde, in den Wald. Doch er kam nicht weit, denn Mrs. Bailey jagte ihm nach und fand den Jungen tot hinter einem Baumstamm, er hatte sich im Fallen den Kopf angeschlagen und ein Ast war ihm durch das Auge gedrungen. Der Arzt bestätigt, dass nicht nur der Ast in Wills Gehirn gedrungen ist, sondern sein Schädel gebrochen, daher müssen wir annehmen, dass sie die Wahrheit sagt."

„Aber warum haben sie beiden Jungen eine Hand abgeschnitten, Sir?", fragte Hadrian Jeffries.

Alec zuckte mit den Schultern. „Mrs. Bailey bleibt dabei, dass sie ihren Bruder veranlasste, die Hände abzuschneiden, um es so aussehen zu lassen, als ob Wilderer durch diese Gegend gekommen wären. Und nach dem, was Purefoy Hugh gerade angetan hatte, bedeutete es nichts mehr, ihm eine Hand abzuschneiden."

„Ich bin ebenso ratlos wie Johnson", stellte Lord Cobham fest. „Was hatte es für einen Zweck, eine Hand abzuhacken, wenn er schon den Hals des Jungen aufgeschlitzt hatte? Völlig überflüssig!"

„Nicht, wenn Ihr ein anderer Wilderer seid", räumte Plantagenet Halsey ein. „Die Hand eines Konkurrenten abzuschneiden ist unter der Bruderschaft der Wildhüter ein Zeichen und eine Strafe, wenn man sich auf das Gebiet eines anderen verirrt."

„Ich erinnere mich!", verkündete Lord Cobham und wandte sich an Alec. „Woher wusstet Ihr, dass dieses mörderische Schwein von Pfarrer derjenige war, der ein Rosenmesser an die Kehle des Jungen gesetzt hatte?"

„Nachdem mir klar wurde, dass, wer auch immer Hugh getötet hatte, von Nic Fisher gesehen worden war", erklärte Alec, „musste ich nur noch die Reaktion des Jungen beobachten, wenn er bestimmten Leuten gegenüber gestellt wurde. Er war so verängstigt, dass er die Sprache verloren hatte und klammerte sich förmlich an seine Schwester. Ich war überzeugt, dass er den Mörder nicht nur gesehen hatte,

sondern auch den Mord selbst beobachtet. Und dennoch war da etwas
an seinem Entsetzen ... Er war ständig auf der Hut, als ob er erwartete, gefunden zu werden und das gleiche Schicksal zu erleiden wie
Hugh. In der Hütte des alten Bill hatte ich reichlich Zeit, das zu
beobachten und dann stand er Roger Turner, Adams und seinen
Männern, Paul Turner, dem Oberst und meinem Va...“

„Und mir gegenüber“, unterbrach Plantagenet Halsey rasch, als
Alec ins Stocken geriet.

„Verzeih mir. Das hätte ich sagen sollen. Ich weiß nicht, warum
ich ...“

„Nicht nötig. Wir werden es allen zu gegebener Zeit erklären, aber
nicht heute Nacht.“ Der alte Mann lächelte und schnaubte dann. „Du
hast genug damit zu tun, Cobham das hier zu erklären, ohne ihn noch
mehr zu verwirren. Und ich möchte lieber, dass du es unserem
Mädchen vor allen anderen erzählst.“

Alec nickte, sammelte sich und fuhr fort.

„Nic reagierte in keiner Weise auf diese Männer in der Hütte des
alten Bill, noch auf einen der Dorfbewohner, die draußen im Wald
mit den Hunden nach Will suchten. In der Tat blieb er gleichgültig
und stumm bei allem Personal im Freien und auch bei dem im Haus.
Dann ließ ich ihn in der Menge im Stone Court herumlaufen, in der
Hoffnung, dass zumindest einer von ihnen irgendwo Nics Ängste
aufflammen lassen und ihn zum Sprechen bringen würde.“

„Das flammte allerdings auf! Hat mit seinem Gekreische mein
Trommelfell zum Platzen gebracht!“

„Ich muss Euch danken, Cobham, weil Ihr mir eine Ahnung
verschafft habt, in welche Richtung ich meine Nachforschungen
betreiben musste.“

„Hä? Ich?“ Lord Cobham war verblüfft, ebenso wie Plantagenet
Halsey.

„Bei unserer Besprechung über das Problem Seiner Majestät mit
Midanich erwähntet Ihr eine Verschwörung von Frauen“, erklärte
Alec. „Das ließ mich an den Fivetrees-Segen denken und an die Rolle
der Frauen der Familien in diesem Bezirk. Es schien mir unglaublich,
dass nur die Männer damit zu tun hatten. Und während Hunderten
von Jahren war dieser Segen als Rechtfertigung für Kindesmord
genutzt worden? Nein. Ihre Frauen, als Mütter, mussten gewusst
haben, was vor sich ging, und daran mitgewirkt haben, damit dieser
teuflische Plan funktionierte und als Überlieferung zementiert werden
konnte.“

„Ich verstehe nicht, was irgendetwas davon bedeutet“, gestand

Cobham, „und ich kann mich nicht erinnern, eine Verschwörung erwähnt zu haben ...“

„Ihr erzähltet mir von Lady Cobhams Vorliebe für Polster und ihre kleinen Potpourri-Schälchen ...“

„Das verdammte französische Potpourri! Oh, ihr Götter! Dann bin ich nicht überrascht, dass Euch das an Mord denken ließ! Ich möchte jedes Mal, wenn ich über ein verdammtes Kissen stolpere oder Lady Cobham mit eine Schale von diesem französischen Zeug unter die Nase hält und mich auffordert, daran zu riechen, jemanden umbringen. Einmal hat sich ein Stück getrocknete Orangenschale in meinem Nasenloch verfangen. Verdammt schmerzhafte Angelegenheit!“

Plantagenet Halsey brach in Gelächter aus. Er lachte, bis er sich mit einer Hand an seinem Ohrensessel festhalten musste, um auf den Beinen zu bleiben.

„Mein Gott, Cobham! Das ist die beste - die beste Geschichte, die ich in diesem Jahr gehört habe! Verzeih mir, mein Junge!“, fügte der alte Mann hinzu, als er wieder zu Atem kam. „Bitte, sprich weiter!“

Alecs Grinsen schwand und er sagte nüchtern: „Die kurze Antwort ist, ich konnte nicht ausschließen, dass der Mörder eine Frau war. Und ich habe Nic absichtlich mit meinen Diner-Gästen konfrontiert, um ihm eine Reaktion zu entlocken.“

Alec hielt inne und wandte sich ab, abgelenkt vom Öffnen einer Tür am anderen Ende der Galerie und schnellen Schritten. Alle anderen schauten auch in diese Richtung. Es war ein Lakai. Alec trat einen Schritt vor, er konnte kaum atmen, und hoffte, dass der Diener Neuigkeiten von seiner Frau und seinem Kind brächte.

VIERUNDDREISSIG

DER LAKAI ÜBERREICHTE ALEC EINE KARTE UND SAGTE OHNE die geringste emotionale Regung: „Ein Mr. Thaddeus Fanshawe, Mylord."

Alec tat sein Bestes, seine Schultern nicht hängen zu lassen oder Enttäuschung darüber zu zeigen, dass es nicht die Nachricht war, die er und alle anderen zu hören erwarteten. Sieben Stunden waren vergangen, seit Selinas Wehen begonnen hatten und es musste fast Mitternacht sein. Er starrte auf die Karte, die Mr. Fanshawe als Anwalt aus der Kanzlei Yarrborough und Yarrborough auswies, dann vorbei an dem Lakaien auf die Person, die durch den langgestreckten Raum auf ihn zukam und eine Erinnerung blitzte auf. Es war ein junger Mann in einem zerknitterten, kanariengelben Rock, der ihm vor über einem Jahr einen Besuch in seinem Stadthaus in St. James abgestattet hatte.

Dies war in der Tat derselbe junge Mann und obwohl er nicht kanariengelb trug, war sein Äußeres doch nicht weniger farbenfroh und überraschend. Sein Anzug aus Rock, Weste und Kniehosen war aus leuchtend grasgrüner Seide mit rosa Besatz und bezogenen Knöpfen, und unter seinem linken Arm klemmte ein Dreispitz mit rosa Rändern. Etwas Großes, Glänzendes baumelte an einem Seidenband von seiner behandschuhten Hand. Doch alle starrten nur auf seinen Kopf. Seine gepflegte Perücke im Stil *à la pigeon* war ausgiebig mit rosa Puder bestreut und daher auch seine schmalen Schultern.

Thaddeus Fanshawe kam mit einem Lächeln auf Alec zu, das vorstehende Hasenzähne enthüllte, und machte eine tiefe Verbeugung, die ihn beim Aufrichten in eine Wolke aus rosa Haarpuder hüllte.

Alle traten einen Schritt zurück und sahen zu, wie diese Wolke aufstieg und sich wieder auf dem Anwalt niederließ. Als er wieder aufrecht stand, hielt Thaddeus Fanshawe ein versiegeltes Paket hoch, das Hadrian Jeffries auf ein Nicken Alecs hin in Besitz nahm, bevor er seinem stummen Publikum eine Erklärung lieferte.

„Von Mr. Fisher, Mylord, der sich zutiefst dafür entschuldigen möchte, dass er mich nicht nach Kent begleitet hat. Ein äußerst heftiger Sturm zog in der vorigen Nacht über die Hauptstadt und ich sah auf meinem Weg hierher, dass auch diese Gegend nicht davon verschont worden ist. Infolge des besagten Sturms erlitt die Fassade von Mr. Fishers Apotheke leichte Schäden und wurde von einer oder mehreren unbekannten Personen geplündert. Dieser Brief jedoch ist von einem Dritten, dessen Identität Mr. Fischer mir nicht enthüllen wollte. Er bat mich, ihn Euch zu überbringen, und ohne Verzögerung zu Euch zu eilen, und daher bin ich hier!"

„Ihr seid uns sehr willkommen, Fanshawe", antwortete Alec mit beherrschtem Gesicht. „Ich hoffe, Mr. Fisher hat Euch erklärt, dass ich Eure Dienste für ein paar Wochen benötige?"

„Ja, Mylord. Ich habe mehrere Anzüge zum Wechseln mitgebracht, die sich für das Landleben eignen."

Alec vermutete, dass diese Kleidungsstücke ebenso farbenfroh sein würden wie der Anzug, den Fanshawe gerade trug, denn plötzlich erinnerte er sich, dass der Anwalt ihm bei ihrem letzten Zusammentreffen erklärt hatte, farbenblind zu sein. Doch wenn diese Aufmachung als Beispiel dienen sollte, bezweifelte er, dass er irgendetwas hätte, das für einen anderen Ort als einen Salon in der Stadt geeignet wäre.

Der junge Anwalt sog Luft durch seine Zähne ein und verbeugte sich erneut, und wieder traten die Umstehenden zurück. Als er sich aufrichtete, hielt er ein breites Seidenband hoch, an dem ein großer und reich verzierter, glänzender Messingschlüssel baumelte und er überreichte ihn Alec mit allem Ernst, den er aufbringen konnte.

„Mylord, darf ich Euch den Schlüssel überreichen!"

„Schlüssel?", wiederholte Alec, den sein Gedächtnis einen Augenblick im Stich ließ.

Hadrian Jeffries beugte sich vor und flüsterte: „Man könnte annehmen, für das Gewölbe ..."

„Ah! Ja! Ja! *Dieser* Schlüssel!"

Lord Cobham konnte seinen Unglauben keinen Moment länger

zügeln. Er deutete mit seiner Klinge auf Thaddeus Fanshawe. „Wer - oder was - zur Hölle seid Ihr?"

Es war in den frühen Morgenstunden, gerade bei Sonnenaufgang, während die Männer unbequem, aber schlafend auf den verschiedenen Möbelstücken in der Gemäldegalerie verteilt lagen, als Nachricht aus Lady Halseys Räumen kam. Alec war der Einzige, der völlig wach war. Wie hätte er das nicht sein können? Er war schon fast eine Stunde wach, hatte auf den Sonnenaufgang gewartet und Lord Cobhams tiefen Schnarchtönen gelauscht. Er hatte sein Gesicht gewaschen, sein Haar geordnet, nach einem frischen Hemd und Weste geschickt und stand am Fenster, eine Tasse Kaffee trinkend. Die gleiche Tür, die sich geöffnet hatte, um spät in der Nacht den jungen Anwalt einzulassen, wurde jetzt von einem verschlafenen Lakaien geöffnet, um Lady Sybilla einzulassen. Sie war selbst gekommen, um Alec zu holen, statt ein Dienstmädchen zu schicken, damit er sich keine Sorgen machen sollte.

Müde und zerknittert, aber mit rosigen Wangen und einem Lächeln kam sie die ganze Galerie herabgeeilt. Alec hatte sie gesehen, doch nachdem er sich vom Fenster abgewandt hatte, merkte er, dass er sich nicht bewegen konnte. Angst brachte seine Beine dazu, ihm den Dienst zu verweigern. Daher kam Sybilla direkt zu ihm und fiel ihm förmlich in die Arme. Alec packte sie an den Ellenbogen und schaute, unfähig zu atmen, auf sie hinab.

„Sie - es geht ihr gut. Sie hat es überstanden. Sie war so tapfer - so sehr, *sehr* tapfer - oh!"

Alecs Knie wurden weich vor Erleichterung, doch er riss sich schnell zusammen und küsste Sybilla kurz auf die Wange.

„Gott sei Dank, und danke auch dir!"

„Was ist los? Was ist geschehen?", wollte Plantagenet Halsey wissen, noch halb im Schlaf, als er sich aus einem Sessel hochrappelte und seine langen Gliedmaßen entfaltete. Er fuhr sich mit der Hand durch die graumelierten Haare. „Wie geht es unserem Mädchen?"

„Wann kann ich sie sehen?", fragte Alec. „Ist das Baby ...?" Er wusste nicht, wie er den Satz beenden sollte.

Lady Sybilla nickte und blinzelte Tränen fort. „Ja. Ja. Ihr müsst kommen. Sie hat nach Euch gefragt ..."

„Und - und das Kind?"

„Oh! Oh! Ja, natürlich. Das Kindchen! Das Kind ist - ist ..."

Sybilla zögerte, unsicher, was sie ihm sagen sollte, ohne etwas zu verraten. Es war zu viel für Alec, der schwankte, weil er das Schlimmste vermutete, und rasch von seinem Vater gestützt wurde.

„Oh nein! Ihr müsst Euch keine Sorgen machen", versicherte Sybilla ihnen. „Selina ließ mich nur versprechen, nichts zu verraten. Sie möchte es euch erzählen."

Alec griff nach ihrer Hand und hielt sie fest, mit einem fragenden Blick in ihr Gesicht. „Aber es geht ihnen gut? Alles ging - gut?"

„Es geht beiden sehr gut. So gut, in der Tat, dass Dr. Riley für den Tag fortgegangen ist, doch er wird heute Abend wiederkommen."

„Und das Kind?"

Sybilla lächelte. „Das Kindchen - das Kindchen ist *wunderschön*."

❧

EINE ERSCHÖPFTE OLIVIA ST. NEOTS BEGRÜSSTE SIE IM Wohnzimmer. Sie ging direkt auf Alec und Plantagenet Halsey zu und hielt beide auf, mit einer Hand auf jeden Mannes Brust.

„Wenn einer von euch beiden ein Wort zu ihr sagt, dass sie müde aussieht, werfe ich euch zwei persönlich hinaus!"

Vater und Sohn nickten gehorsam und wagten nicht zu sprechen. Doch sie waren so aufgeregt, dass sie ihr Lächeln nicht unterdrücken konnte, so sehr sie es auch versuchten. Es war zu viel für die Herzogin, die in die Arme des alten Mannes fiel und in Tränen freudiger Erleichterung ausbrach.

„Es waren neun lange Monate für uns alle", murmelte Plantagenet Halsey. Er deutete mit dem Kinn in Richtung der Tür. „Geh hinein, mein Junge. Wir kommen gleich nach."

Selina döste, sie saß im Bett mit einem seidenen Morgenrock über einem frischen Nachthemd und ihr aprikosenfarbenes Haar war säuberlich zu einem langen Zopf geflochten. Das Zimmer war ordentlich und ruhig. Evans saß, ebenfalls dösend, in einer Ecke und ein Dienstmädchen stand in dem Durchgang, der zum Ankleidezimmer führte. Nichts an der Szene ließ darauf schließen, dass seine Frau einen gewaltigen Kampf hinter sich hatte, um ein neues Leben auf die Welt zu bringen. Außer dem winzigen, eingewickelten Bündel, das sich in ihre Armbeuge schmiegte.

Alec trat vorsichtig zum Fuß des Bettes. Er wusste nicht, was er sagen oder tun sollte. Doch als Selina sich regte und ihre freie Hand über die Decke ausstreckte, war er sofort dort. Er ergriff ihre Hand, um ihre Finger zu küssen.

„Du siehst müde aus", bemerkte sie. „Hast du dir große Sorgen um uns gemacht?"

„Sehr große. Aber das ist jetzt alles vorbei, nicht wahr? Du hast es geschafft, mein Liebling, und ich bin so stolz auf dich - auf euch beide. Heute ist der erste Tag vom Rest unseres Lebens!"

„Möchtest du sie sehen?", fragte Selina und lächelte auf das Bündel hinab.

„Eine - eine Tochter?"

Sie nickte, ohne aufzuschauen. „Es tut mir leid, dass es nicht der Junge ist, den du ..."

„Mir nicht!"

Er sagte das mit Nachdruck, und das ließ sie ihren Blick von dem Säugling ab und ihm zuwenden. Das Strahlen und der Ausdruck in seinen blauen Augen sagten ihr, dass er es ernst meinte. Sie erwiderte das Lächeln mit feuchten Augen.

„Mir auch nicht." Sie hielt ihm vorsichtig das Bündel hin. „Sie ist das wunderschönste kleine Wesen ..."

Alec nahm sanft den Säugling in seine Arme, und lächelte dabei noch immer seine Frau an. Und als er sie sicher in seiner Armbeuge hielt, wagte er endlich, einen Blick auf seine neugeborene Tochter zu werfen. Er holte überrascht tief Luft und sah dann Selina rasch mit einem unverhülltem Entzücken an.

„Sie hat meine Locken!"

„Dein Haar und mein Temperament, zweifellos! Obwohl dein Temperament und mein Haar vielleicht besser ... nein! Das nehme ich zurück. Sie ist perfekt, so, wie sie ist."

„Hast du einen Namen für sie?"

„Nein ... Obwohl ich gehofft hatte, sie nach meiner Mutter zu nennen ..."

„Großartig! Das machen wir!", antwortete Alec, unfähig, den Blick von seiner Tochter abzuwenden oder das Lächeln von seinem Gesicht zu wischen.

Erst ein Mädchen, das kam, um leise mit Evans zu sprechen, riss Alec aus seiner Trance, und er bemerkte, dass Selina weiter geschwiegen hatte. Als er sie ansah, lächelte sie in einer Art, die ihm sagte, dass er etwas sehr richtig oder völlig falsch gemacht hatte.

„Liebes Herz, du hast keine Ahnung, wie meine Mutter hieß."

Alec dachte einen Moment darüber nach. „Das stimmt. Ich kannte sie immer nur als Lady Vesey. Aber wenn du deine Tochter nach deiner Mutter nennen möchtest, habe ich dagegen nichts einzuwenden. Das heißt, wenn ihr Name nicht völlig scheußlich und unaussprechlich ist ..."

Selina lachte leise. „Er ist nicht unaussprechlich, aber er wird dir nicht gefallen." Als Alec eine Braue hob, als ob er sagen wollte, „versuche es doch", sagte sie es ihm. „Ihr Name war Helen."

⚭

„LIEBE GÜTE! WAS IST HIER DRINNEN LOS, WAS EUCH BEIDE dazu veranlasst hat, derart zu kichern?", wollte die Herzogin von Romney-St. Neots wissen, als sie, Plantagenet Halsey auf den Fersen, auf das Bett zu eilte. „Leise! Oder ihr werdet sie aufwecken!"

„Wir haben ihren Namen ausgesucht", erklärte Selina jetzt viel gedämpfter, aber noch immer mit einem Funkeln in ihren dunklen Augen.

„Bitte sagt mir nicht, dass ihr dem schönen Kindchen einen modischen oder unaussprechlichen Namen geben wollt."

„Nun, meinst du, Helen Olivia Jane ist modisch oder unaussprechlich?", begann Alec und ließ die Frage in der Luft hängen, während er seinem Vater zuzwinkerte. Dann ging er zu dem alten Mann hinüber, seine Tochter im Arm. „Möchtest du deine Enkelin auf den Arm nehmen?", fragte er ihn leise.

Plantagenet Halsey nickte und räusperte sich. „Sehr gern."

Alec legte seine neugeborene Tochter vorsichtig in die Arme seines Vaters und trat beiseite, um diesem einen Augenblick allein mit ihr zu gönnen. Dass Plantagenet Halsey nicht sprechen oder den Kopf heben konnte, sondern sein Kinn an die Brust gedrückt hielt, sprach Bände über seine Gefühle. Im ganzen Zimmer gab es kein trockenes Auge.

Alec setzte sich wieder auf die Bettkante und hielt die Hand seiner Frau fest.

„Olivia, würdest du bitte deine Bekanntmachung verlauten lassen, jetzt, bevor Cobham eine Audienz bei seiner Nichte fordert?"

Plantagenet Halsey sah zur Herzogin hinüber und nickte. Sie seufzte und hob eine Hand.

„Na gut. Obwohl ich sicher bin, dass ihr wisst, was wir euch sagen wollen, also warum sollten wie es offiziell verkünden?"

Alec und Selina wechselten einen Blick und dann sagte Alec: „Aber meine liebe Olivia, wir wissen es vielleicht, doch wir können nicht darüber sprechen, bis ihr es uns nicht sagt."

„Aus dir wird doch noch ein Botschafter, mein Junge!", scherzte die Herzogin, sagte aber nichts weiter.

„Wir haben in Kopenhagen geheiratet", sagte Plantagenet Halsey rundheraus. Als die Herzogin nach Luft schnappte, zuckte er mit den Schultern. „Du hättest es nie ausgesprochen, Livvy." Er lächelte zu seiner Enkelin hinab und dann zu ihren Eltern. „Doch wir werden keinen gemeinsamen Haushalt gründen. Sie ist dort glücklich, wo sie ist und ich bin bei euch beiden glücklich - wenn dieses Arrangement noch Bestand hat ...“

„Natürlich“, unterbrach Selina ihn, ohne zu zögern und lächelte Alec an, als er dankbar ihre Finger drückte. „Wir möchten es gar nicht anders haben.“

Der alte Mann nickte und schaute dann wieder überwältigt auf seine Enkelin.

Alec und Selina sahen einander an und dann die Herzogin von Romney-St. Neots. Beide hatten den gleichen Einfall, Olivia ebenso. Sie straffte ihre Schultern, hob ihr Kinn und sagte mit alle Würde, die sie aufbringen konnte:

„Wenn jemand es wagen sollte, mich mit Mrs. Halsey anzusprechen, spucke ich Feuer!“

„Ja, Euer Gnaden“, antworteten Alec, Selina und Plantagenet Halsey gehorsam einstimmig und lachten dann so laut, dass das Kind aufwachte.

ANMERKUNG DER AUTORIN

Realteilung war ein System des Erbrechts, in dem Eigentum zu gleichen Teilen unter den Erben, vor allem den Söhnen, aufgeteilt wurde. Es heißt, dass vor der Eroberung 1066 alle Ländereien in England der Realteilung unterlagen. Es war William der Eroberer, der überall im Königreich das Recht der Erstgeburt einführte (nach dem der erstgeborene eheliche Sohn das gesamte Vermögen erbte), außer in der Grafschaft Kent, wo Williams Unterstützer es schafften, das Zugeständnis zu erreichen, dass das Realerbrecht weiter galt.

Dieses System des Erbrechts bedeutete, dass über viele Generationen hinweg große Güter in Kent aufgeteilt wurden. Menschen mit Vermögen und Titeln erwarben Ländereien in anderen Teilen des Landes, um dafür zu sorgen, dass der älteste Sohn einen Besitz erben würde, der intakt gehalten werden konnte. Was immer sie in Kent an Land besaßen, wurde entweder verkauft oder Pächtern übergeben. Realteilung blieb das vorherrschende System des Erbrechts in Kent bis zur Abschaffung durch das Gesetz zur Verwaltung von Landgütern 1925.

Während also die Realteilung als Erbrechtssystem tatsächlich existierte, ist die Art, wie die Landbesitzer in Fivetrees dieses System umgingen, um dafür zu sorgen, dass ihre Ländereien nicht aufgeteilt, sondern an einen einzigen Sohn weitervererbt wurden, das Werk meiner Fantasie.

Deer Park, Alecs Anwesen mit seinem Hirschpark und dem weitläufigen Herrenhaus, beruht zu großen Teilen auf Knole, Kents letztem mittelalterlichen Wildpark. Ursprünglich als Erzbischofspalast erbaut, wurde es das Zuhause der Familie Sackville, die noch heute dort lebt. Knole liegt nahe der Stadt Sevenoaks, die in *Tödliche Verwandtschaft* das Dorf Fivetrees darstellt. Knole ist auch das Heim des Knole-Settees oder Sofas (hier Delvin-Sofa genannt), vermutlich das erste Möbelstück berühmter Persönlichkeiten, das über Jahrhunderte hinweg nachgeahmt wurde und von dem noch immer Kopien in modischen Innenarchitekturstudios gekauft werden können. Sie können mehr über Knole, das Knole-Settee und die Umgebung im Internet erfahren: www.nationaltrust.org

HINTER DEN KULISSEN

Erkunden Sie die Orte, Dinge und Geschichte im Zusammenhang mit *Tödliche Verwandtschaft* auf Pinterest.

www. pinterest.com/lucindabrant

www.ingramcontent.com/pod-product-compliance
Lightning Source LLC
Chambersburg PA
CBHW060739190726
48285CB00001B/270